KB263425

한국의 제의와 희곡문학

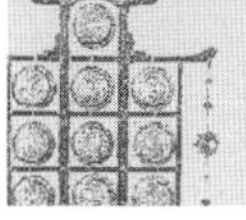

사재동(史在東, Jae Dong, Sha) 저자는 세종시 금남면 장재리에서 태어났다. 충남대를 졸업하고 같은 대학원에서 문학박사 학위를 받았다. 충남대 인문대 교수로 재직하면서 인문과학연구소장, 교육대학원장, 인문대학장 등을 역임하였다. 어문연구학회, 한국언어문학회, 한국고소설학회, 한국공연문화학회, 한국불교문화학회의 회장을 지냈다. 지금은 충남대 명예교수로서 불교문학과 불교예술, 불교문화 등을 중심으로 집필활동을 계속하고 있다. 저서로는, 『한국문학의 방법론과 장르론』, 『한국문학유통사의 연구』 1~2 등 15종 20책의 단독저서와 『한국서사문학사의 연구』 1~5와 『한국희곡문학사의 연구』 1~6 등 10여 종 20책의 편저서, 그리고 『학문생활의 도정』과 『심청황후』 1~3 등 수필 및 소설작품 7종 10여 책이 있다.

한국의 제의와 희곡문학

초판 인쇄 2018년 12월 12일 **초판 발행** 2018년 12월 26일
지은이 사재동 **펴낸이** 박성모 **펴낸곳** 소명출판 **출판등록** 제13-522호
주소 서울시 서초구 서초중앙로6길 15(란빌딩 1층)
전화 02-585-7840 **팩스** 02-585-7848 **전자우편** somyong@daum.net **홈페이지** www.somyong.co.kr

값 49,000원   ⓒ 사재동, 2018
ISBN 979-11-5905-325-2 93810

소명출판

한국의 제의와 희곡문학

사재동 지음

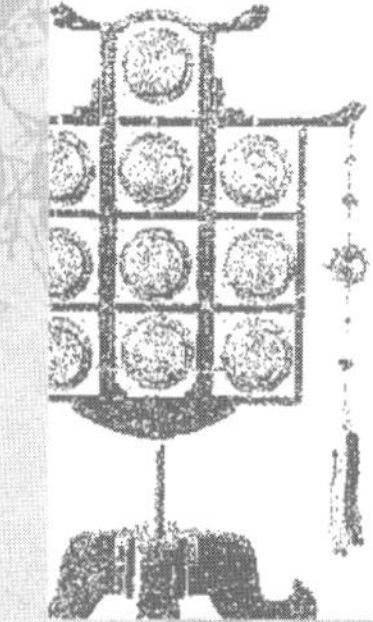

Korean Ritual Ceremonies and Drama

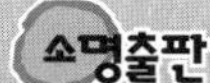

소명출판

제의학파의 예술·문화에 대한 이론이 널리 보편화되고, 날로 새로운 의미를 더해가고 있다. 고금을 통하여 모든 제의는 그 연행을 통하여 연극으로 발전·전개되고, 그 구비상관물이 극본·희곡으로 형성·전개되었기 때문이다. 그리하여 주변 각국의 학계에서는 이런 제의의 연극적 발전과 희곡적 전개 양상을 올바로 연구하여, 문학·예술사를 체계적으로 파악하는 데에 이바지하고 있다.

기실 한국의 제의는 불교재의나 무속의례를 중심으로 그 연행이 연극 형태로 발전·전개되고, 그 대본이 극본·희곡 형태로 형성·전개된 게 보편적 사실이다. 그리하여 고금의 재의가 연행·유전을 통하여 한국의 연극·희곡의 한 축을 이루어 문학·예술사를 이끌어 온 게 확연한 터다. 그런데도 우리 학계에서는 이 분야를 경시하고 방치해 온 것이 부인할 수 없는 실정이었다.

그래서 일찍부터 이 분야에 착안하고, 불교재의에 집중하여 연행의 연극적 공연 양상과 대본의 문학·희곡적 실상을 탐색·고구하고, 나아가 그것이 문학·예술사상에서 차지하는 위상을 파악하는 데에 힘써 왔던 터다. 그리하여 이 방면의 논고를 수합·정리하여 『한국의 제의와 희곡문학』을 묶어 내게 되었다. 작으나마 이것이 한국희곡·연극사를 체계화하는 데에 보탬이 되리라 믿었기 때문이다. 그와 같은 내용을 이 책은 다음처럼 다루었다.

제1부 제의 공연과 희곡문학에서는 먼저 무령왕릉 문물의 불교적 성향을 통하여 무령왕에 대한 거듭된 추모재의가 연극적 공연을 거쳐 신화·전설적 대본, 극본·희곡으로 형성되었으리라 추적하였다. 그리고 이 재의가 연극적 공연으로 발전·전승되면서, 그 궤본·대본이 극본·희곡으로 형성·전개되었다고 검증하는 한편, 이 불교재의의 대표·전형인 영산재가 그 연행을 통하여 연극 형태로 발전·전개되면서, 궤본·대본이 자연 극본·희곡으로 제작·전개되었다고 거론하였다. 이로써 다양한 재의가 연행·유전을 통하여 연극으로 전개되면서 의궤 대본이 자연 극본·희곡으로 역할·행세한 계맥이 밝혀지게 되었다.

제2부 제의 유형과 희곡문학에서는, 우선 불교명절 중의 하나인 우란분재가 목련전승을 주축으로 연극적 공연을 통하여 연극 형태를 보이면서, 그 대본이 문학·소설과 결부되고 마침내 희곡 형태로 정립·행세하였다고 거론하는 한편, 불탄재의와 직결된「실달태자전」이 변문계의 전기문학으로서 복합적인 희곡 형태로 정립되고, 나아가 각종 문학 장르로 전개되면서, 연극적으로 공연·행세하였다고 거론하였다. 그리고 이런 불교재의의 유형에 상응하여 무속재의가 성행하는 가운데, 그 무가가 연극적 공연을 통하여 서사적 구조의 극본 형태를 갖추고 희곡 형태로 전개되었다고 논증하였다. 이로써 불교·무속을 망라한 재의 유형들이 모두 연극을 통한 극본·희곡으로 발전·전개된 윤곽이 드러나게 되었다.

제3부 신앙의례와 희곡문학에서는, 먼저 법화신앙·관음신앙의 재의 연행을 통하여 형성된『법화영험전』이 찬성·유통되면서 서사문학·소설 형태를 보이고, 연극적 공연의 극본·희곡으로 정립·행세하여, 불교예술적 위상을

보였다고 고구하였다. 그리고 한·중 고승전이 서사적 전기문학으로서 그 전승과정을 통하여, 시가와 수필, 소설과 희곡 장르로 전개되었음을 밝히고, 또한 불타신앙을 통하여 형성된 국문불전이 유통 과정을 거쳐 각개 문학 장르로 전개되면서, 국문문학사상에서 중요한 역할을 해 왔다고 규명하였다. 역시 미타신앙 염불재의에 따른 「왕랑반혼전」의 원전과 유통상황을 전제로, 그것이 연극적 공연을 통하여 극본·희곡의 실상을 보였다고 밝혔다.

이로써 한국의 제의가 실제적 연행을 통하여 연극 형태로 전개되고, 그 대본이 극본·희곡으로 정립·행세한 계맥이 전체적으로 파악되었으리라 본다. 그러나 도도한 한국문학·예술에 대한 올바른 파악에 있어서는 빙산의 일각에 불과하다. 더구나 이 논저는 처음부터 저서 체제로 쓰인 것이 아니고, 그에 관한 임의적 논문 형태로 이뤄진 것이기에, 전체적 체계에서 어긋날 뿐만 아니라, 때로 기술상에서 중복되는 점도 없지 않을 것이다. 다만 그에 대한 완벽한 논술을 위하여 그만한 발원을 세우고 정성을 기울인 것만은 사실이다.

돌아보건대 사계의 학문 정신과 방법론을 일깨워 주신 지헌영·김열규 두 은사의 학은과 사계 석학의 교시, 지금껏 건강과 지혜를 주신 부모님의 은혜에 감사하고, 진실행의 내조·격려와 은경 이하 자녀들의 조력, 특히 김진영 교수의 적극적인 도움에 고마운 마음을 전한다. 나아가 어려운 가운데도 이런 저서를 선뜻 간행해 준 소명출판 박성모 사장에게도 감사의 뜻을 표한다.

2018년 가을

저자 사재동 근지

제1부

제의공연과 희곡문학

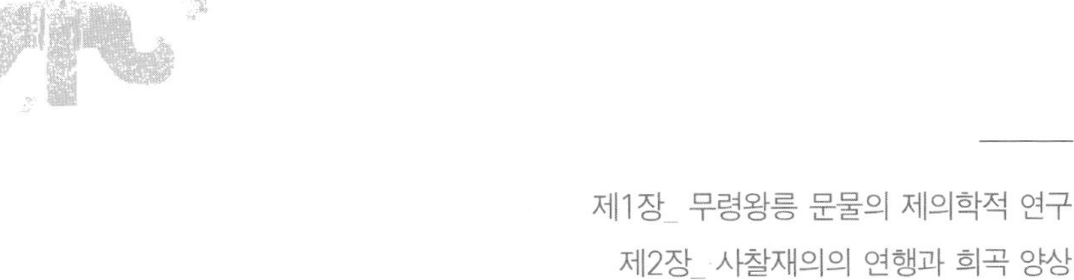

제1장_ 무령왕릉 문물의 제의학적 연구
제2장_ 사찰재의의 연행과 희곡 양상
제3장_ 영산재의궤범의 문학 장르적 전개

무령왕릉 문물의 제의학적 연구

1. 서론

주지하는 바와 같이, 무령왕릉의 발견은 실로 역사적인 사건이었다. 이미 사학계나 고고미술사학계의 학자들이 무령왕릉 발견의 역사적 의의를 다각도로 논의한 바가 있었거니와,[1] 타 학계에서도 그 발견의 중요성에 대하여 깊은 관심을 가지게 되었다. 실제로 무령왕릉의 발굴과 출토 문물에 의하여 백제사를 올바로 파악하게 되었고, 나아가 그것은 삼국사를 합리적으로 고구하는 지표로 등장하게 되었던 것이다. 뿐만 아니라 그것은 백제의 사회·경제사와 국제관계사, 그리고 문화·예술사와 고고미술사를 구명하는 직접적 근거가 되었으며, 또한 백제

---

[1]　이병도, 「무령왕릉 발견의 의의」, 문화재관리국, 『무령왕릉발굴보고서』, 삼화출판사, 1974; 성주탁, 「무령왕릉」, 『백제연구』 2, 충남대 백제연구소, 1971.

의 종교·의식사 내지 민속·문화사를 추정하는 기본적 사료가 될 것
으로 믿어지는 터다.

그동안 국내외 학계에서는 무령왕릉 발굴 이래 출토 문물을 검토·분석
하여 다양한 업적을 내놓았다. 문화공보부의『무령왕릉발굴보고서』를
기점으로 하여, 사학계에서는 백제사 전반에 새로운 조명을 가함으로써[2]
사회·경제사, 국제관계사, 문화·예술사 등에 관한 본격적인 연구의 계
기를 마련하게 되었다.[3] 이러한 학술적 분위기를 배경으로 하여, 고고미술
사학계에서는 무령왕릉 출토 문물 자체를 분석·고구하여 괄목할 만한
업적을 내었다. 거기에서 출토 문물의 하나하나를 과학적으로 분석하고
양식사적으로 비교·고찰함으로써[4] 백제 고고미술학사의 새로운 장을
열었을 뿐만 아니라, 백제학을 국제적 수준에 올려놓고 국내학계에 커다
란 자극을 주었던 것이다.

그런데도 종교학계나 민속학계·국문학계 등에서는 무령왕릉 출토
문물과 연구 업적들에 대하여 무관심해 왔으며, 더구나 그 출토 문물에
서 해당 분야의 연구를 본격화할 착안조차 하지 않고 있는 실정이라 하
겠다. 이러한 차원에서, 종래의 업적을 검토할 때에, 몇 가지 아쉬운 점

---

2 이기백,「백제사상의 무령왕」, 문화재관리국, 앞의 책, 1974.
3 김상기,「웅진시대에 있어서의 백제의 대륙관계」, 위의 책; 김철준,「백제사회와 그 문
   화」, 위의 책; 大谷光男,「武寧王と日本の文化」,『백제연구』8, 충남대 백제연구소,
   1977.
4 김원룡,「백제 무령왕릉과 출토유물」,『불교예술』83, 불교예술사, 1972; 樋口隆康,
   「武寧王陵出土鏡と七字鏡」,『史林』5, 1974; 伊藤秋男,「武寧王陵發見 金製耳飾につ
   いて」,『백제연구』5, 충남대 백제연구소, 1974; 진홍섭,「무령왕릉 발견 두침과 足
   座」,『백제연구』6, 충남대 백제연구소, 1975; 윤무병,「무령왕릉의 목관」, 위의 책,
   김원룡,「무령왕릉 출토 수형장식」, 위의 책; 윤무병,「무령왕릉 석수의 연구」,『백제
   연구』9, 충남대 백제연구소, 1978; 성주탁,「무령왕릉출토 '동자상'에 대하여」,『백
   제연구』10, 충남대 백제연구소, 1979 등 참조.

이 발견된다.

첫째, 역사적인 무령왕릉 발굴에 즈음하여 후대에 책임질 만한 학술적 보고서를 내놓았는가.[5] 둘째, 무령왕릉 출토 문물의 미시적이고 과학적인 분석·고찰을 통하여, 왕릉 내외 문물의 종교·예술적 구조를 거시적으로 종합·복원할 수는 없었는가. 셋째, 이러한 왕릉의 원형을 전시하고, 왕릉이 조성되기까지의 필연적인 조건과 과정 등을 사회제도·민속관례·종교예식 등의 측면에서 추적해 볼 수는 없었는가. 넷째, 무령왕릉의 내외 문물을 기초로 하여 무령왕대를 중심으로 하는 백제의 종교·민속·문학·예술 등의 정신문화를 추구해 볼 길은 없었던가.

위와 같은 아쉬움과 간곡한 바람은 결코 불가능한 꿈만은 아니라고 믿는다. 필자는 무령왕릉의 현장을 답사하고 출토 문물을 친견한 이래, 발굴보고서나 그 방면의 연구 업적을 대할 때마다 '미목여화眉目如畵 인자관후仁慈寬厚'한 무령왕과 '선화공주'류의 '미염무쌍美艶無雙'한 왕비가 생전에 받은 숭앙과 사후의 장례는 얼마나 화려·엄숙했으며, 그처럼 찬란한 능침에 안장된 이래, 그 추모제의는 어느 정도 풍성·근엄했을 것인가, 그 일련의 과정을 생동하는 서사적 맥락으로 파악할 수 있으리라고 보아왔기 때문이다. 이처럼 중대한 작업은 무령왕릉 문물의 입체적이고 종합적인 연구를 통하여 속히 성취할 수 있다고 본다. 사학계에서

---

5 김원룡 외, 「매장원장 및 정리작업」, 문화재관리국, 앞의 책, 16쪽에서 "以上의 遺物採取作業은 묘 밖에 발전기를 놓고 急히 가설한 전등 밑에서 徹夜續行하였는데 光力도 不足하지만 유물들은 바닥에 깔린 나무 썩은 것과 나무뿌리들의 섞인 層속에 틀어박혀 있어 細小한 玉類 따위의 原狀을 把握하기란 거의 不可能하였고 따라서 눈에 띄는 유물 一切를 들어내고 바닥에 남은 塵土를 빗자루로 쓸어 내서 그것을 쌀가마니 2개에 넣어 後에 다시 정밀하게 玉類 其他 유물 殘滓의 有無를 檢査키로 했다"고 하였다. 이런 정도의 발굴작업이었다면 과연 후대에 책임질 만한 보고서가 되겠는지 자못 의심스럽다.

그 문물을 역사적 측면에서 다각도로 고증하고, 고고미술사학계에서 그 문물 자체의 양식·형태와 그 사적 위치를 보다 정확히 분석·고찰함으로써, 그 문물의 원형적 구조를 제대로 복원해 놓았더라면, 거기에서 종교학계는 백제의 종교를 찾아내고, 민속학계는 백제의 민속을 캐내며, 국문학계는 백제의 문학을 읽어낼 수가 있었을 것이기 때문이다.

필자는 일찍이 「서동설화의 연구」와 「무강왕전설의 연구」에서 이 설화의 역사적 주인공이 무령왕임을 밝힌 바가 있다.[6] 이 전설은 그 작품 자체의 구조·형태로 보아 한국의 전형적인 서사문학으로서, 「서동전」·「무강왕전」이라 불려도 무방할 것이라 했다. 한편 이 전설은 미륵사창건 연기전설로서 신화적 성격을 구비하였기 때문에, 불교재의와 깊은 연관을 가져왔던 것으로 추정되었다. 더구나 이 전설의 역사적 주인공이 신격화됨으로써, 주인공인 무령왕(왕비 포함) 추모제의와 보다 긴밀한 관계를 맺어 왔으리라고 내다보았던 터이다. 게다가 무령왕은 호국·충효, 신행·발원 등의 복합적인 목적으로 익산에 미륵사를 조영한 창건주였음으로 하여, 그 추모의 제의는 실로 장엄했으리라고 보아진다.

여기서 추모제의의 현장이 미륵사였으리라는 것은 추측하기에 어렵지 않겠다. 그런데 미륵사가 무령왕 추모제의의 전용 도량일 수는 없었을 것이니, 고금을 통하여 사원이면 상하 대중 누구의 추선제의도 다 맡아서 시행하는 것이 관례였기 때문이다. 그러기에 무령왕 추모제의의 근원적 현장으로서 그 왕릉을 탐사하게 되었던 것이다. 실로 무령

---

6 사재동, 「서동설화의 연구」, 장암 지헌영선생 화갑기념논총간행회 편, 『장암 선생 화갑기념논총』, 호서문화사, 1971, 906쪽; 사재동, 「무강왕전설의 연구」, 『백제연구』 5, 충남대 백제연구소, 1974, 101쪽.

왕릉의 제반 문물은 추모제의의 규모와 내질, 그리고 종교적 성향 등을 증언하기에 족한 것이었다. 출토 문물이 대부분 무상재보로 이루어졌을 뿐만 아니라, 거의 모두 불교적 성향을 강하게 지님으로써, 우리에게 중대한 시사점을 던져주고 있기 때문이다.

신행信行이 돈독하고 일대 국찰을 창건한 무령왕이 서거함에 그분의 영원한 안식처로서 왕릉이 조영되었음을 전제하고, 그 능실의 규모·양식과 부장물의 세부 형태까지 결부시켜 볼 때에, 그 문물의 전체 구조는 그대로가 서방정토 극락국이요 연화장세계라 하겠다. 사후의 이상 세계로서 극락정토를 설한 경전은 실제로『불설아미타경』·『불설무량수경』·『불설관무량수경』 등 정토삼부경이다. 그 중에서도 극락정토를 연화장세계로써 연설한 경전은 실로『관무량수경』뿐이다. 여기서 우리는 무령왕릉의 문물과『관무량수경』의 내용 사이에 친연성이 있음을 직감할 수 있었던 것이다. 그처럼 찬란하고 장중한 왕릉의 문물이 이상적인 구조와 유기적인 조직을 가지고 조영되었던 것은 당연한 일이다. 게다가『관무량수경』은 서사성이 뚜렷하면서 극락세계를 가장 화려하고도 장엄하게 묘사하고 있으므로 하여, 그 왕릉의 조영과 결연될 가능성이 더욱 짙은 바라 하겠다. 백제의 무령왕·성왕대 이전에 정토신앙이 그 삼부경의 수입과 함께 숭신되었다는 것을 전제한다면, 무령왕릉의 조영은『관무량수경』의 세계를 기반으로 하여 진행되었으리라는 추측이 가능하기 때문이다.

이렇게 볼 때에, 무령왕에 대한 추모제의는 그 왕릉을 기점으로 하여 불교식으로 진행되었을 것은 물론이며, 미륵사를 주축으로 하여 다양한 천도불사로 전개되었던 것이 사실이다. 이러한 추모제의가 신성·장엄하게 되풀이되면서 무령왕을 신격화하는 신화·전설을 형성시켰으리라 추측해 볼 수가 있는 터라 하겠다.

이제 본고에서는 서동설화·무강왕전설에 대한 근원적 고찰의 일환으로서 무령왕릉의 제반 문물을 검토해 보려는바 첫째, 무령왕릉 문물의 불교사적 배경을 개관한 다음, 둘째, 무령왕릉 출토 문물의 불교적 성향을 구명하고, 셋째, 무령왕릉 문물의 원형을 복원하고 그 제의적 성격을 고찰하겠으며, 넷째, 무령왕에 대한 추모제의의 현장을 추상하고 그 제의의 구비상관물로서 무령왕의 신화·전설이 형성·전개되었음을 추정해 보고자 한다.

그리하여 본고는 그동안 사학계와 고고미술사학계에서 쌓아 올린 업적을 참고로 하여 종교학·민속학·신화학 등의 관점에 입각하여 구원의 역사 속에 생동하는 무령왕릉 문물의 제의·서사적 맥락을 나름대로 파악함으로써 백제문화의 실상을 구명하고 그 문화사적 위상을 파악하는 데에 일조가 되고자 한다.

2. 무령왕릉 문물의 불교사적 배경

주지하는 바와 같이, 백제시대의 불교 문물은 실로 찬란한 것이었다. 백제 구강 지역에 산재해 있는 불교계 유물·유적과 백제불교를 전수해 간 일본의 불교 문물이 직간접으로 그 사실을 입증하고 있기 때문이다.

이러한 불교문화사에서도 가장 절정을 이루었던 때가 무령왕대를 기점으로 하는 성왕대가 아니었던가 한다.[7]

동성왕대에 축성·외방으로 국기를 다져 놓은 다음, 무령왕대에 비교적 태평을 누리며 문화적 내실을 기하게 되면서, 왕실·조정과 상하 민중 사이에서는 호국·안녕을 위하여 불교를 본격적으로 신행하게 되었으리라고 보아진다. 그러하기로 무령왕과 왕비가 신행이 돈독했으며, 전술한 바 복합적인 목적을 달성하기 위하여 미륵사를 창건하게 되었던 것이라 하겠다.

그동안 학계에서는 고유섭의 『조선탑파의 연구』를 비롯하여 거의 모두가 『삼국유사』 권2 「무왕」조를 사실로 진신함으로써, 미륵사를 무왕대의 창건이라고 규정해 놓았던 것이다.[8] 그러던 차에 이병도 박사가 「서동설화의 신고찰」에서 종래의 무왕창건설을 전반적으로 뒤엎고, 동성왕대의 나·제 간의 통혼 사실을 근거로 하여 동성왕을 그 설화의 주인공이라 고증한 다음, 미륵사의 동성왕창건설을 내세웠던 것이다.[9] 거기에 대하여, 필자는 「서동설화의 연구」와 「무강왕전설의 연구」에서 그 설화·전설의 역사적 주인공이 무령왕임을 주장하면서, 제반 문헌의 분석과 미륵사지 유물·유적의 종합적인 검토를 통하여 미륵사의 무령왕창건설을 제기했던 터이다.[10]

이에 대하여, 지헌영 선생은 「백제와전도보百濟瓦塼圖譜」에서

7　이기백, 앞의 글, 66쪽; 안계현, 「백제불교에 관한 제문제」, 『백제연구』 8, 충남대 백제연구소, 1977, 33쪽.

8　고유섭, 『조선 탑파의 연구』, 을유문화사, 1954, 70~71쪽.

9　이병도, 「서동설화에 대한 신고찰」, 『역사학보』 1, 역사학회, 1953, 52~53쪽.

10　사재동, 「무강왕전설의 연구」, 앞의 책, 1947, 100~101쪽.

익산 彌勒寺塔 조성연대와 미륵사 창건연대는 자연 聖王 16년 이전인 公州奠都期(文周王~東城·武寧·聖王代로 올라가게 마련될 것이다. 高裕燮 氏의 卓見이 있음과도 같이 미륵사탑은 정림사탑에 선행한 조성양식으로서 木造塔婆의 조형양식이 어느 石造塔婆에서 보다 두드러지게 나타나기 때문인 것이다.[11]

라고 필자의 견해를 뒷받침해 주었고, 최근 이병도 박사는 「백제문화연구의 현황과 과제」에서

따라서 미륵사지 창건연대는 동성왕 때 시작하여 무령왕 때 완성된 것이 아닌가 생각됩니다. 또한 무왕 때는 백제말기로 의자왕대와 비슷하며 또 부여 5층탑도 백제 말기의 것인데, 백제말기에 5층탑 같은 세련된 탑과 미륵사지탑이 그 양식상 커다란 차이를 나타내고 있으므로 같은 시대의 것으로 보기는 어려운 것이며 따라서 미륵사지는 무령왕 때의 것이라 볼 수밖에 없을 것입니다.[12]

라고 전게 논문의 주장을 누그림으로써, 필자의 견해와 접근되어 있는 실정이다.

그래서 미륵사와 같은 대찰이 무령왕대에 창건되었다면, 왕과 왕비의 신행도 그렇거니와 그 시대 불교 문물이 바야흐로 황금기에 접어들

---

11 지헌영, 「백제와 전도보」, 『백제연구』 3, 충남대 백제연구소, 1972, 100~101쪽.
12 이병도, 「백제문화연구의 현황과 과제」, 『마한·백제문화』 3, 원광대 마한·백제문화연구소, 1979, 81쪽.

었으리라는 추정이 가능해진다. 그것은 후술할 바, 성왕대의 불교 문물과 무령왕릉 출토 문물이 결코 무령왕대의 그것을 계승·발전시킨 결과라는 점에서도 족히 짐작되는 터라 하겠다.

다음 성왕대의 불교 문물이 명실공히 황금시대를 이루었던 것은 학계 주지의 사실이다. 우선 공주 전도奠都 시대에는 도성 내에다 대통사와 같은 거찰을 경영했음이 밝혀지고, 부여 천도 이후에도 궁성 내에다 정림사와 같은 대찰을 조영했음이 추정되고 있다. 왕호 '성명聖明'이 주는 신행적 차원을 상기하고, 이들 사관寺觀의 찬란한 위용을 복원·추단해 볼 때, 그 당시 불교 문물의 성황을 대강 어림해 볼 수가 있겠다.

게다가 성왕은 무령왕대를 이어 인도·중국 등지에 승려를 유학시키거나 수다한 승려들을 영입하는 데에도 힘을 기울였던 것이다. 즉위 4년에 승려 겸익을 인도에 유학시키고 범문梵文 경전을 가져오게 한 것이라든지[13] 양의 천감년간(무령왕 2~19)부터 중국에서 30년 간 수학한 발정發正을 귀국시켜 예우한 것 등이[14] 대표적인 사례가 될 터이다. 더구나 성왕聖王은 재위 19년에 양나라에 사신을 보내어 열반 등 경의와 공장·화사 등을 청하는 데에까지 나아감으로써[15] 불교 문물의 수입·발전에 박차를 가했던 것이다.

그리하여 찬란하게 꽃핀 불교 문물은 위세를 갖추어 일본으로 전파될 수밖에 없었다. 이 방면에는 김동화 박사의 「백제불교의 일본전수」

---

13 안계현, 앞의 글, 41~42쪽.
14 김영태, 「백제 관음사상」, 『마한·백제문화』 3, 원광대 마한·백제문화연구소, 1979, 17~18쪽.
15 『삼국사기』 「백제본기」 「성왕」 「19년」조에 "王遣使入梁朝貢 兼表請毛詩博士 涅槃 等 經義 并 工匠畵師 等 從之"라고 하였다.

와 같은 전문 논고가 있거니와, 일본 전래의 각종 문헌과 불교 문물이 백제불교의 적극적인 전래·수용을 증언·자처하고 있는 현상이다. 『일본서기』에는 흠명천황欽明天皇 6년(성왕 23) 9월에 백제로부터 불교 문물 및 그 사상이 전래되었다고 기록한 것을 비롯하여, 동왕 13년 동 10월에 백제의 성명왕이 백제승을 시켜 석가불상과 경론 등을 보냈다고 기재한 것이 보인다.[16] 한편 일본의 『하내명소기河內名所記』와 『가람 개기기伽藍開基記』에서는 백제의 성명왕이 재위 30년에 일본에다 석가 상, 십일면관음상과 경전, 사리 등을 보냈다고 하였고, 『부상약기扶桑略 記』에는 백제의 성명왕이 그 30년에 일본에다 아미타불상과 관음·세 지상을 보냈다고 증언하였다.[17] 이들 기록의 사실 고증에 앞서, 그 당 시에 일본 승려들이 대거 백제에 유학을 왔었다는 사실과 일본에 있는 백제사, 법륭사의 백제관음 말고도 일본불교 내의 백제적 요소 등을 부 인할 수 없다면, 백제 불교문화의 융성했던 실상을 짐작하고도 남음이 있을 것이다.

이와 같이 무령왕대를 계승·발전시킨 성왕대의 불교 문물은 황금시대 를 맞이하여 실로 국제적인 수준을 유지하고 있었다 하겠거니와, 그 당시 에 주류를 이루고 있었던 불교신앙·사상은 과연 어떤 것이었을까, 따져 봐야만 되겠다. 그 당시에는 이미 『화엄경』·『법화경』·정토삼부경 등 의 대승경전이 한역되어 있었고, 게다가 불교 문물의 국제적 교류가 성행 하였던 터라, 이런 경전류가 백제불교계에 수입되고도 남음이 있었을 것 이다. 그러기에 불교신앙이 어떤 계열의 것에 국한되지 않고 폭넓게 전개

---

16 김동화, 「백제불교의 일본전수」, 『백제연구』 2, 충남대 백제연구소, 1971, 36쪽.

17 김영태, 앞의 글, 22쪽.

되었을 것이나, 그 중에서도 관음·정토신앙이 상당한 세력을 유지했으리라 추정된다. 불교 전래 이래, 고금을 통하여 대승불교의 기본 정신이 현세 대중을 자비로 구제하는 일이요, 사거 대중을 극락으로 왕생시키는 일이었기 때문이다. 실로 관음·정토신앙은 대승경전의 핵심을 꿰뚫으면서 현세 대중의 자비구제와 사거 대중의 극락왕생을 자유자재로 성취시키는 지고지선의 방편이었던 것이다.

김영태 교수는 「백제의 관음사상」에서 불전소설의 관음 유형을 화엄경류·법화경류·미륵경류·십일면관음경류·천수관음경류·반야심경류 등으로 분류하면서, 발정이 전한 '관음영험觀音靈驗'과 「성덕산 관음사연기」 등을 백제적 사례로 들고, 일본 측 『하내명소기』·『가람개기기』·『부상약기』·『원형석서元亨釋書』 등의 백제 관음기사와 일본에 있는 백제사 관음상과 법륭사 백제관음상 등을 보완자료로 하여 백제의 관음신앙을 추정·규명하였다.[18] 이제 위와 같은 관음의 유형을 실상적인 기능면에서 볼 때에, 크게 양면으로 나누어짐을 알 수가 있다. 첫째는 현세 대중을 자비로 구제하는 위신력이요, 둘째는 사거 대중을 극락으로 왕생시키는 신통력이다. 이 첫째의 권능은 주로 화엄경류와 법화경류에서 연설되고 있는 바인데, 이 경우의 관세음보살은 사바세계에서 독자적으로 현세 대승을 제도하는 위신력을 발휘한다. 그리고 둘째의 권능은 주로 아미타경류에서 연설되고 있는 바인데, 이 경우의 관세음보살은 서방정토에서 아미타불의 협시보처로 대세지보살大勢至菩薩과 함께 사거 대중을 극락왕생시키는 신통력을 운용한다. 그러기에 이들 양자는 둘이면서 하나요, 하나이면서 둘이다. 말하자면 정토신앙이 현세

---

18 위의 글, 34~35쪽.

대중에게 눈을 돌려 관음 중심으로 확대·전개되면 관음신앙으로 드러나고, 관음신앙이 사거 대중에게 눈을 돌려 미타 중심으로 수렴·복귀되면 정토신앙으로 나타난다고 하겠다.

그래서 전자가 주체 관음에 대한 신앙으로서 그대로 관음신앙이라 한다면, 후자는 미타 중심·보처관음에 대한 신앙으로서 이른바 정토신앙이라고 보편화되어 있는 것이다. 이러한 관음·정토신앙이 당시 백제불교의 주맥을 이루고 있었다면, 여기서 중시되는 것은 오히려 정토신앙의 부면이 아닐 수 없다. 무령왕의 상사를 당하여, 장례 절차·능침경영·추모제의 등이 정토신앙에 의거하여 진행되었을 것은 의심할 여지가 없기 때문이다.

기술한 바와 같이, 백제불교 문물의 절정, 황금기에 처하여 정토신앙이 성행하던 당시에, 국가·불교의 중흥주인 무령왕이 서거하였으니, 숭불의 성왕이 주상으로서 장사의 모든 절차를 어떻게 치렀을 것인가 족히 짐작할 수가 있다. 여기에 정토신앙의 모든 궤범이 동원되었을 것은 물론, 그 전거로써 정토삼부경이 등장했으리라는 것은 추정하기에 어렵지 않겠다. 그렇다면 이 삼부경 중에서도『관무량수경』이 추요한 전범이 되었을 것은 자명하다. 전술한 바와 같이, 이 경전만은 극락정토를 연화장세계로 연설했을 뿐만 아니라, 고금을 통하여 인도·중국·한국·일본 등 대승불교권의 장사신앙이 으레 극락왕생·연화화생으로 일관되어 왔었기 때문이다. 더구나 주상이 된 성왕이 호국·충효, 신앙·발원 등의 조화로운 이상을 구현하기 위하여 부왕의 능침陵寢을 가장 찬란·화엄하게 경영했던 것이라면,『관무량수경』이야말로 그 최선의 원전이 되기에 족한 것이었다.

그렇다면 무령왕·성왕대에 『관무량수경』이 백제불교계에 확실히 수용되어 있었던가 하는 문제가 나온다. 기술한 바와 같이 화엄경류, 법화경류, 아미타경류의 대승경전이 그 당시 불교문화의 국제적 교류에 따라 이미 수입되어 있었다면, 서사적 감화력을 갖춘 『관무량수경』이 그 속에 끼어 있었을 것은 의심할 여지가 없다. 대승불교의 이념이 하화중생, 대중 포교에 있었으므로, 무명 대중을 죽음의 공포로부터 구제하고 사후의 이상세계, 극락정토로 승화시키는 정토신앙은 불교 전래와 함께 비교적 빨리, 보다 깊게 뿌리박혔던 것이며, 따라서 그 중에서도 극락정토를 연화장세계로써 서사화한 『관무량수경』의 내용이 가장 빨리, 가장 깊게 수용되었으리라고 보아지기 때문이다. 그것이 중국을 통하여 한역본으로 유입될 수도 있고, 인도로부터 범문본으로 직수입될 수도 있으며, 한편 구두설법이나 내용 초기 등으로 전래될 수도 있었으리라는 점에서, 그 경전의 내용이 어느 면으로든지 그 당시 백제 불교신앙에 수용되어 있었다는 것은 부인할 수 없는 사실이다. 먼저 백제불교에 영향을 주었던 고구려 불교에 일찍이 정토신앙이 정립되어 있었다는 사실과[19] 백제불교의 영향을 받았던 신라불교에 정토신앙이 성행하고 있었다는 사실을[20] 상기할 필요가 있다. 게다가 전술한 바 성왕이 그 30년에 일본에다 아미타불상과 관음·세지상을 보냈다는 증언을 고려한다면, 그 당시 백제에 실존했던 정토신앙, 『관무량수경』의 수용 실태는 족히 추정될 수가 있겠다.

그러면 먼저 『관무량수경』에 소설된 극락정토·연화장세계를 개관

---

19 大谷光男, 앞의 글, 154쪽.
20 김동욱, 「신라정토신앙의 전개와 원왕생가」, 『한국가요의 연구』, 을유문화사, 1961.

해 보겠다.[21] 불타는 아난존자를 통하여 좌절·실의에 빠져 있는 위제희부인에게 극락세계를 관하도록 설시하되, 16개 가계假階의 관법을 방편으로 하였다.

제1관은 '일상日想'이라 하여 일몰을 '정좌서향체관正坐西向諦觀'함으로써 서방정토의 향방을 정립하도록 마련한다.

제2관은 '수상水想'이라 하여 '수상'의 징청명료徵淸明了함을 미루어 '빙상氷想'에 이르고 '빙상'을 이루어 '유리상瑠璃想'에 이르고, '유리상'을 통하여 '금강金剛·백보百寶·광명루대光明樓臺·백억화당百億華幢·무량악기無量樂器' 등으로 화엄된 '유리지'를 상견케 함으로써, 극락세계에 상도想到하는 과정을 구상화한다.

제3관은 '지상地想'이라 하여 '수상'을 실체적으로 '일일관지一一觀之'함으로써, 그 실존의 근거를 밝히는 가운데에 극락세계의 공간적 기반을 확인하고 있다.

제4관은 '수상樹想'이라 하여 보수寶樹를 관하되, 그 장엄한 모습을 일일이 묘사함으로써, 극락세계의 면모를 보여 주기 시작한다. 그 보수는 팔천유순 크기로서 '칠보화엽七寶華葉'을 갖추고 일체중보로 영식映飾되었으며, 일일수상一一樹上에 '칠중망七重網'이요 일일망간一一網間에 '오백억五百億 묘화궁妙華宮'이 마련되고 제천동자諸天童子가 들어 있으니, 오백억씩의 마니보摩尼寶로 영락을 만들어 그 광명이 백억 일월보다 더하다. 그런 보수들이 줄줄이 늘어서고 엽엽이 상차相次한데 묘화 만발하

---

21 이 원전은 『신수대장경』 제12권 「보적부(寶積部) 하(下)」 「열반부(涅槃部) 전 365호」와 『불설관무량수경』, 불교대승회, 1975를 택하였다. 이하 『관무량수경』의 모든 인용문은 이 원전의 것임을 밝혀둔다.

고 칠보계가 어울림으로써, 그 속에 시방불이 그대로 나타난다.

제5관은 '팔공덕수상八功德水想'이라 하여 극락정토에 '팔지수八池水'가 '칠보소성七寶所成'으로 되어 있고, '일일수중一一水中'에 육십억의 '칠보연화七寶蓮華'가 단원정등團圓正等하게 되어 있다. '마니수摩尼水'가 연화간에 흘러들어 미묘성으로 불법을 연설하고, '여의주왕如意珠王'이 용출하여 '미묘광명微妙光明'을 내매, 그 광명이 '백보색조百寶色鳥'로 화하여 불법을 상찬한다.

제6관은 '총관상總觀想'이라 하여 '중보국토衆寶國土'의 일일계상一一界上에 '오백억보루五百億寶樓'가 있고, 그 누각마다에 무량제천이 기악을 울리며, 또한 악기가 허공에 달려 스스로 노래하되 불법을 염하는 소리가 된다. 이 극락국토와 보수寶樹·보지寶地·보지寶池'를 조화시켜 완벽한 극락세계를 이룬다.

제7관은 '화좌상華座想'이라 하여 무량수불이 공중에 주립住立하고 좌우로 관음·세지가 시립侍立하여 있는 위의·광명을 내세우면서, 이 불보살을 친관親觀하고자 할 때에는 '칠보지상七寶地上'에 '연화상'을 지어야 한다. 그 연화蓮華는 일일엽一一葉이 백보색百寶色으로 되어 팔만사천맥, 팔만사천광을 갖추고 있는데, 그 팔만사천엽에 각기 백억마니주왕百億摩尼珠王이 있어 일전광명을 발하며 여타 중보衆寶와 어울려 '금강대金剛臺·진주망眞珠網·잡화운雜華雲' 등을 이루고 시방국에 수의변현隨意變現한다.

제8관은 '상상像想'이라 하여 '심상불시心想佛時 시심시불是心是佛'이라 하고 '상피불자想彼佛者'는 '선당상상先當想像'해야 된다. 그래서 일대연화一大蓮華를 만들어 무량수불을 모신 다음, 그 좌변에 또한 일대연화를 만들어 관세음보살을 앉히고, 그 우변에 또한 일대연화를 만들어 대세지보살을 앉히면, 불보살상이 모두 방광하여 금색광명이 제보수諸寶樹를 비춘다. 그러면 일일수하一一樹下에 다시 삼연화가 있고 그 연화상蓮華上에 각기 일불과 이보살상이 있어, 그 국토에 편만함으로써, '수류水流·광명光明·보수寶樹·부안鳧雁·원앙鴛鴦' 등이 모두 묘법을 설한다.

제9관은 '편관일체색신상遍觀一切色身想'으로 무량수불의 무상한 위의와 무량한 권능을 설파한다. 이러한 무량수불을 친견한 자는 십방十方의 무량제불을 만나 무량공덕을 받을 수가 있다.

제10관은 '관관세음보살진실색신상觀觀世音菩薩眞實色身想'이라 하여 관세음보살의 찬란한 상모와 무제한 자비·신통력을 묘파한다. 이 보살은 칠보색을 갖추어 '팔만사천종광명'을 발함으로써 무량무수한 불보살의 화신을 나투어 시방세계에 변현자재하며 또한 '오백억잡연화색五百億雜蓮華色'을 지어내어 팔만사천색이 각기 팔만사천광명을 발함으로써 모두를 보조하고 보수寶手로 중생을 접인하되 무수한 영험을 나타낸다.

제11관은 '관대세지색신상觀大勢至色身想'이라 하여 대세지보살의 장엄한 용모와 장광한 위신력을 설파한다. 이 보살은 몸 전체에서 '정묘광명淨妙光明'을 발하여 십방국토를 보조하며 유연중생에게 무량제불을 즉견케 하고 삼악도를 벗어나 무상력을 얻게 한다. 이 보살이 유행할 때에는 시방세계가 진동하고 오백억 보화가 나타나 극락세계를 장엄하며, 이 보살이 앉을 때에는 칠보국토가 동요하고 상하 불찰이 열리면서 무량수불과 관세음·대세지보살의 무량 분신이 공중에 가득히 연화대에 앉아 묘법을 연설한다.

제12관은 '보관상普觀想'이라 하여 마땅히 극락세계 연화대에 왕생하겠다는 마음을 일으킬진대, '연화합상蓮華合想·연화개상蓮華開想' 등을 지어야 한다. 연화가 필 때에 오백색광이 나타나 조신照身·개안開眼함으로써 허공중에 가득한 제불보살을 보게 되고 수조水鳥·수림樹林 제불의 묘법연설을 듣게 된다.

제13관은 '잡상관雜像觀'이라 하여 서방정토에 나고자 하면, 먼저 아미타불의 구족신상具足身相과 신통여의·변화자재함을 보고, 위와 같은 관세음·대세지보살이 아미타불을 보좌하여 일체를 보화함을 알아야 한다. 이로써 서방정토 극락세계와 그 세계를 주재하는 미타 삼존에 대한 일체 실상을 총괄하고 있다.

제14관부터는 극락왕생의 실제적 층위를 연설하니, 여기서는 우선 '상배생상上輩生想'이라 하여 상품왕생에 대한 내막을 설화한다. 그것도 생전의 신행수준에 따라서 상품상생·상품중생·상품하생의 층위로 나누어지니, 수행의 최고 등위로부터 하순위로 내려오며 왕생의 속도와 예우·복락의 정도가 하강한다. 그래서 상품왕생자는 명종시命終時에 아미타불과 관세음·대세지보살이 금강대(상품상생자), 자금대(상품중생자), 금연화(상품하생자) 등으로서 극락세계로 접인하여 무수 찬탄하고 연화세계에서 무한 복락을 누리게 한다.

제15관은 '중배생상中輩生想'으로 중품왕생의 실상을 설화하고 있다. 그것도 신행의 정도에 맞추어 중품상생·중품중생·중품하생의 순위로 나누어진다. 그래서 중품왕생자는 명종시에 아미타불과 관세음·대세지보살이 칠보연화로써 극락세계로 데려가니 찬탄하고 연화세계에서 복락을 누리게 한다.

제16관은 '하배생상下輩生想'이라 하여 하품왕생의 실태를 연설하고 있다. 그것도 수행의 차등에 따라서 하품상생·하품중생·하품하생의 순위로 나누어진다. 그래서 하품왕생자는 임종 시에 선지식의 법력으로 연화에 쌓여 극락세계로 왕생하는데, 오랜 세월이 지난 뒤에야 연화가 방개하여 비로소 관세음·대세지보살을 친견하고 설법을 듣는다.

이상과 같이 『관무량수경』은 16개관을 통하여 극락정토·연화장세계의 실상과 미타삼존의 권능을 연설하고 있다. 그 세계의 구조적 양상은 종교예술의 극치요 그 세계의 구상적 묘사는 종교문학의 최고봉이다. 그처럼 숭엄·신성하면서도 미려·찬란한 이상세계가 입체적 조직을 통하여 사실세계로 화현되었으니, 문자 그대로 극락세계가 아닐 수 없다. 죽음을 눈앞에 둔 자라면 누구든지 이 세계에 왕생하기를 갈망할 것이요 자손된 자 누구든지 선망先亡 조선祖先들이 그 세계에 왕생하기를 기원할 것은 물론이다. 여기서 우리는 역대 왕릉·대인묘나 추선원찰·석굴암 등이 이 극락세계를 그대로 조형화했을 가능성을 충분히 발견할 수 있는 것이다.

인도는 물론 가까운 중국에서도 육조 이래 불교 성행의 시대에 석굴암류나 능묘류의 경영에서 극락세계를 조성해 놓은 사례를 발견할 수가 있고[22] 고구려와 신라에서도 그런 유형을 찾아 볼 수 있다. 고구려의 삼실총三室塚·감신총龕神塚·쌍영총雙楹塚·무용총舞踊塚·우현리遇賢里 대묘大墓 등의 현실에 연화당초문蓮華唐草文 비천상류飛天像類를 그렸다는 것은[23] 그

---

22 중국 용문석굴 중 북위굴의 천장에 연화문류가 그려지고, 그 굴내에 「무량수불조상기」가 있다는 것은 그 굴을 극락세계로 나타내려는 성향이 짙은 바라 하겠고, 남조대묘의 연화문전실은 그대로가 극락세계·연화대를 표상한 것이라고 보아진다. 岡內三眞, 「百濟武寧王陵と南朝墓の比較研究」, 『백제연구』1, 충남대 백제연구소, 1970, 241~245쪽; 김동욱, 『한국가요의 연구』, 을유문화사, 1961, 77쪽 등 참조.
23 성주탁, 앞의 글, 113쪽.

실내를 극락정토·연화장세계로 상념하는 실상을 시사하는 바라고 하겠으며, 신라 경주의 석굴암이 문무왕의 천도원찰이라는 전제하에, 그 구조를 경주 남산 칠불암의 미타삼존과 결부시켜 볼 때에, 그것이 바로 극락세계를 조형화한 것이라는 추정이 가능해진다.[24] 백제시대와 그 구강 지역에도 그러한 사례가 있었을 것은 물론이나,[25] 그 유구遺構나 연기 출토 석조불상 등에서 그 편린을 짐작할 수 있을 뿐이었다. 그러던 차에 무령왕릉의 발굴에서 그 전형적인 사례를 발견할 수가 있었던 것이다.

3. 무령왕릉 출토 문물의 불교적 성향

무령왕릉의 문물이 『관무량수경』의 극락정토·연화장세계를 집약하여 조형화했다는 전제하에서, 그 문물의 불교적 성향을 검토해 보고자 한다. 따라서 문물의 제반 실태는 무령왕릉의 현장 답사와 출토 문물의 실물관찰을 토대로 하고, 문화재관리국에서 펴낸 『무령왕릉 발굴보고서』(이하 『발굴보고서』)에 의거하여 파악할 수밖에 없겠다.

---

24 황수영 박사의 견해를 기점으로 사계 일각에서 이러한 해석을 내리고 있다.
25 충남 서산군 운산면 소재 마애삼존불(磨崖三尊佛)이라 하면, 백제시대의 정토신앙과 석굴 경영의 편린을 짐작할 수가 있겠다.

1) 연화문 전실

주지하는 바와 같이, 무령왕릉의 전체 구조는 일괄하여 연화문전실이라 하겠다. 그 이도羨道와 현실玄室이 모두 대소 연화문전으로 축조되어 있기 때문이다. 이 왕릉의 전실구조에 대해서는 일찍이 윤무병·강인구·강내삼진岡內三眞 교수 등 전문가들의 분석·고증과 비교 연구가 있어 괄목할 만하거니와[26] 여기서는 그 연화문에 역점을 두어 검토하여 보겠다. 전술한 바와 같이 이 연화문전실은 다음에 언급될 연화문계 각종 장식·용기 등과 함께 화려·장엄한 연화장세계를 이루고 있다. 이것이 바로 기술한 바 『관무량수경』 소설의 극락정토·연화장세계를 조형화한 것이라는 점이다. 연화가 불교의 최상 상징으로서 고금을 통하여 제불보살이 연화로 장엄되었거니와, 이 경전에 나타난 극락세계의 연화장엄을 우선 살펴보겠다.

제5관에서

——水中 有六十億七寶蓮華 團圓正等十二由旬 其摩尼水流注華間 尋樹上下 其聲微妙演說苦空(p.342)

제7관에서

欲觀彼佛者 當起想念 於七寶地上 作蓮華想 令其蓮華 ——葉作百寶色 有八萬四千脈猶如天畫 ——脈有八萬四千光 了了分明 皆令得見 華葉小者縱廣

---

26 윤무병, 「무령왕릉 및 송산리 6호분의 전축구조에 대한 고찰」, 『백제연구』 5, 충남대 백제연구소, 1974; 강인구, 「중국 묘제가 무령왕릉에 미친 전축구조에 미친 영향」, 『백제연구』 10, 충남대 백제연구소, 1979; 岡內三眞, 앞의 글.

二百五十由旬 如是蓮華有八萬四千大葉 一一葉間 有百億摩尼珠王 以爲映飾 (…中略…) 此蓮華臺 八萬金剛甄叔迦寶 梵摩尼寶妙眞珠網 以爲交飾 於其臺 上 自然而有四柱寶幢(pp.242～243)

제8관에서

復當更作一大蓮華 在佛左邊 如前蓮華等無有異 復作一大蓮華 在佛右邊 想 一觀世音像 坐左華座 亦放金光如前無異 想一大勢至菩薩像坐右華座 此想成 時 佛菩薩像皆放妙光 其光金色照諸寶樹 一一樹下亦有三蓮華 諸蓮華上各有 一佛二菩薩像(p.343)

제10관에서

變現自在滿十方界 臂如紅蓮華色 有八十億微妙光明 以爲瓔珞 其瓔珞中 普 現一切諸莊嚴事 手掌作五百億雜蓮華色(p.343)

제11관에서

於其中間 無量塵數分身無量壽佛 分身觀世音大勢至 皆悉雲集極樂國土 側 塞空中坐蓮華座 演說妙法 度苦衆生(p.344)

제12관에서

當起想作心 自見生於西方極樂世界 於蓮華中結跏趺坐 作蓮華合想 作蓮華 開想 蓮華開時 有五百色光來照身想(p.344)

제13관에서

阿彌陀佛神通如意 於十方國變現自在 或現大身滿虛空中 或現小身丈六八 尺 所現之形皆眞金色 圓光化佛及寶蓮華 如上所說 觀世音菩薩及大勢至 於一 切處身同(p.344)

제14관에서

如一念頃 卽生彼國七寶池中 此紫金大如大寶華 經宿卽開 行者身作紫磨金

色 足下亦有七寶蓮華 佛及菩薩俱放光明 阿彌陀佛及觀世音幷大勢至 與諸眷屬持金蓮華化作五百化佛 來迎此人 (…中略…) 卽自見身坐金蓮華 坐已華合 隨世尊後 卽得往生七寶池中 一日一夜蓮華乃開 七日之中乃得見佛(p.345)

제15관에서

自見其己身坐蓮華臺 長跪合掌爲佛作禮 未擧頭頃 卽得往生極樂世界 蓮華尋開 當華敷時 聞衆音聲讚歎四諦 命欲終時 見阿彌陀佛與諸眷屬放金色光 持七寶蓮華 (…中略…) 行者自見坐蓮華上 蓮華卽合 生於西方極樂世界 在寶池中 經於七日 蓮華乃敷 華旣敷已 開目合掌讚歎世尊(p.343)

제16관에서

卽便命終 乘寶蓮華 隨化佛後 生寶池中 經七七日 蓮華乃敷 當華敷時 觀世音菩薩及大勢至放大光明 住其人前 爲說甚深十二部經 化佛菩薩迎接此人 如一念頃 卽得往生七寶池中 蓮華之內 經於六劫 蓮華乃敷 當華敷時 觀世音大勢至以梵音聲安慰彼人 命終之時 見金蓮華 猶如日輪 住其人前 如一念頃 卽得往生極樂世界 於蓮華中 滿十二大劫 蓮華方開 觀世音大勢至以大悲音聲 爲其人廣說實相除滅罪法(p.346)

이상과 같은 서방정토 연화장세계와 무령왕릉의 연화문전실을 비교해 볼 때에, 후자가 전자의 세계를 조형화했다는 가정은 실증되는 셈이라 하겠다. 오히려 무령왕릉의 경우가 보다 철저하게 보다 화려하게 연화세계를 조성하고 있다는 것을 확인하게 된다. 이로써 무령왕릉의 연화문전실은 어느 모로 보나 극락정토·연화장세계 그 자체라고 규정하여 무방할 것이다. 상게 교수들이 공통으로 지적한 남조대묘의 연화문전실이 무령왕릉의 경우처럼 극락정토·연화장세계를 상념하여 조영된 것이었음을 추리할 수가 있겠다. 지금껏 사계 전문가들은 양자의 외형상의 영향 관계만을 고증하는 데에 주력해 왔지만, 이제는 그들 양자의 정토신앙적 공통 이념을 구명함으로써, 무령왕릉 연화문전실이 지닌 극락정토·연화장세계의 성향을 더욱 분명히 할 수가 있겠다.

2) 보주형 벽감

연화문전실 3면 벽에 벽감壁龕이 5개나 있고, 그 속에 백자 등잔이 하나씩 들어 있어 불을 밝힌 흔적을 보인다. 벽감의 모양이 보주형인데다가 그 주변에 불보살의 배광과 같은 화염문이 얇게 새겨 있는 것이 특색이라 하겠다. 그동안 등택일부藤澤一夫와 같은 학자들은 이것이 등감으로서 연등공양의 잔존이라고 했는가 하면,[27] 강내삼진岡內三眞 교수는 이것을 중국 남조릉묘의 사례와 비교·검토한 나머지 불감설佛龕說이 성립되기 어렵다고 주장한 바도 있다.[28] 위와 같이 연화문전실을 극락정토·연화장세계로 보는 입장에서, 그 벽감을 연등공양의 등감으로 취급하려는 것은 상식에 속하는 일이거니와, 필자는 다른 차원에서 그 보주형과 화염문을 주목해야만 되겠다. 그 벽감 속에 백자등화의 광명이 있어 화염문과 찬란한 조화를 이룰 때에, 그것은 그대로 마니보주, 여의보주를 표상하는 바라고 보아지기 때문이다.

마니보주는 여의륜관음의 여의주와 같이 도형의 공간 속에 백자등잔

---

27 강인구, 앞의 글, 107쪽.
28 岡內三眞, 앞의 글, 238쪽.

과 같은 광원체가 들어 있고, 그 도형의 주변에는 화염이 치성하고 있는 현상을 보인다. 그것은 모든 중생의 소망을 여의성취케 하는 불법의 권능을 상징하되, 무상의 광명으로 나타나는 것이 보편적이다. 중생을 제도하려는 모든 보살과 성중들이 이 보주를 다양하게 운용하고 있거니와, 특히 극락정토·연화장세계를 화엄하고 불보살의 권능을 표상하는 방편물로 등장함을 볼 수가 있다. 그러기에 『관무량수경』에는 마니보주가 많이 나오는 바 보주·마니주·마니보·여의주 등으로 다양하게 표현되어 있는 터다.

제1관에서

其幢八方八楞具足 一一方面百寶所成 一一寶珠有千光明 一光明 八萬四千色 映瑠璃地 如億千日不可具見(p.342)

제4관에서

五百億釋迦毘楞伽 摩尼寶 以爲瓔珞 其摩尼光照百由旬 猶如和合百億日月(p.342)

제5관에서

復有讚歎諸佛相好者 如意珠王涌出金色微妙光明 其光化爲百寶色鳥 和鳴哀雅(p.342)

제7관에서

如是蓮華有八萬四千大葉 一一葉間 有百億摩尼珠王 以爲映飾 一一摩尼放千光明 其光如蓋七寶合成 偏覆地上(p.343)

이와 같이 마니보주는 극락세계의 장엄과 권능을 표상한 광명이 되어 있는 것이다. 더구나 그 보주가 영락이나 연화와 깊이 연관되어 있음이 주목되거니와, 특히 그것이 연화엽간에 위치한다는 점은 시사하는 바가 크다고 하겠다. 이로써 본다면 위 연화문전실의 벽감은 그 양모로 보나 연화문전, 연화엽 속에 자리하고 있는 위치로 보나 간에, 그것 그대로가 마니보주를 나타내고 있는 터라 하겠다. 따라서 그것은 연등공양의 의미도 지니면서 그 연화문전실을 극락세계로서 밝혀주는 미묘 극치의 광명원이 되어 있는 것이 분명하다.

3) 금제 연화보주문조형 장식

이것은 그동안 왕의 금제뒤꽂이라고 소개되어 온 것이다. 『발굴보고서』에서는 이 장식을 두고

> 金板으로 된 三角形部와 세 개의 꼬챙이로 구성된 뒤꽂이로서 三角形部는 상부에 새가 날개를 벌리고 있는 모습이고 三叉部는 긴 꼬리처럼 되어 全形이 나르고 있는 鳥形으로 되어 있다. 날개부에는 양쪽에 打出八花文이 각 1개씩이 상하 두 개의 打出文을 사이에 두고 배치되어 있는데 (…중략…) 그 아래 신체부에는 끌로 打出된 S형 忍冬文이 두 줄기 서로 對向하고 있으며 새의 머리 및 날개 부분 윤곽은 두 줄기의 끌 끝으로 찍은 細點列로 되어 있다.[29]

라고 묘사하였다. 이러한 관찰은 전체적으로 볼 때 비교적 타당한 면

---

29 김원룡 외, 「부장품」, 문화재관리국, 『무령왕릉발굴보고서』, 삼화출판사, 1974, 21쪽.

을 지니고 있다. 그러나 이것은 단순한 외양 윤곽만을 설명한 정도에 머물고 있으므로, 그 장식이 표현하고 있는 깊은 의미를 해석해 내야 되겠다.

그 장식의 전체 윤곽이 조형이라는 데에는 이의가 없다. 그러나 그 새가 그대로 단순한 새가 아닐 터이므로. 그것이 과연 어떠한 새인가를 찾아보아야 한다. 그 새는 광휘 찬란한 지금판으로 되어 있다. 그런데 머리와 날개의 윤곽에 두 줄기 끌로 찍은 세점열細點列은 금판 이상의 보배로운 색상을 나타내고 있는 것으로 보인다. 그리고 두 날개 부분에 각기 타출팔화문打出八花文이 보이거니와, 그 입체문이 팔판八瓣 연화문과의 비교에서 쉽사리 확인된다. 또한 그 새의 목 부분과 등 부분에 각각 1개씩의 원형 입체문이 부각되어 있는데, 그것이 주형인 것으로 보아 보주를 표현하고 있는 것만은 확실하다. 그것이 연화문 사이에 놓인 것으로 본다면, 위 『관무량수경』의 제7관에서 설한 바 연화엽간에 자리하고 있는 마니보주, 여의주를 표상한 것이라고 추단할 수가 있겠다. 그 새의 몸통 부분을 지나 꼬리와 연결되는 부분에 소위 S형 인동문忍冬文이라는게 새겨졌는데, 그것은 단순한 인동문만은 아닌 것 같다. 새의 머리가 곧바로 공중에 향했을 경우, 거기에 보이는 굵은 수직선은 무슨 줄기 같은데, 그 줄기를 중심으로 S형으로 그어진 굵은 선은 물줄기 같이 자연스럽게 굽이치면서 서로 만나 상하에 하나씩 연엽형의 윤곽을 만들었다. 그리고는 나머지 공간을 인동문으로 적절하게 장식하여 놓았다. 이 문양은 위 연화문과 결부시켜 크게 본다면, 연엽과 줄기를 나타내고 있는 것 같이 느껴지기도 하거니와, 한편 극락세계의 묘사에서 흔히 나오는 보수寶樹를 연상한다면, 그런 유형의 보수형을 나타낸 것 같이 추상되기도 한다. 끝으로 세 갈래의 꼬리가 주목된다. 그것은 단순한 새의 꼬리를 나타내면서 머리꽂이에 편리한 실용적 첨형尖形이라고 보아 넘길 수는 없다. 그것의 '세' 갈래에도 의미가 있겠지만, 광선처럼 길게 뻗어나간 것이 의미가 깊다고 본다. 그 셋이야, 동양의 삼수관념을 배경으로 하여 불경『관무량수경』등에 나타난 삼보·성수의 전형으로 판단되거니와, 그 모양이 광선형으로 뻗어 나간 것은 그대로가 금색광명의 표현이라고 볼 수가 있겠다.

온갖 보색으로 수식된 머리와 날개, 두 날개에 연화요 목과 등에 여의주며 연엽·보수·인동문을 거쳐서 금색광명을 길게 이끌고 나르는 새, 그것이 무엇인가 이념을 묘사하기 위한 상상의 새인 것만은 분명하다. 여기서 우리는 이 새를 연화문전실의 현장에 놓고 극락정토·연화장세계와 결부시켜 볼 수밖에 없다.『관무량수경』소설의 극락세계에는 그런 유형의 새가 있기 때문이다. 그 경전의 제5관에

一一水中 有六十億七寶蓮華 團圓正等十二由旬 其摩尼水流注華間 尋樹上下 其聲微妙演說若空 無常無我 諸波羅密 復有讚歎諸佛相好者 如意珠王涌出 金色微妙光明 其光化爲百寶色鳥 和鳴哀雅 常讚念佛念法念僧(p.342)

이라고 한 새가 바로 그것이 아닌가 한다. 칠보연화에 마니수가 화간·수상을 넘나드는 가운데 화엽간의 여의주가 용출한 금색미묘광명, 그 광명이 화하여 이룩된 백보색조라면, 이 새를 그대로 조형화한 것이 무령왕릉의 새라고 볼 수가 있겠기 때문이다.『관무량수경』소설의 새를 극락조라고 한다면, 또한 무령왕릉의 새도 극락조라고 하여 무방할 것이다.

4) 금은제 연화형 장식

연화문전실과 보주형벽감 등으로 이룩되는 극락정토·연화장세계라면 그 공간을 장식하는 갖가지 금은제연화가 있게 마련이다.『무령왕릉발굴보고서』이래 학계에서 지칭하는 소위 은제화형대형장식銀製花形大形裝飾, 화형이중관花形二重棺고리장식, 화형원두관정花形圓頭棺釘, 은판화형관정銀板花形棺釘받침 그리고 금제화형영락부대형장식金製花形瓔珞付大形裝飾, 금제화형영락부소형장식金製花形瓔珞付小形裝飾, 금제화형소형장식金製花形小形裝飾, 왕두침족좌부착금제화형소형장식王頭枕足座付着金製花形小形裝飾 등은 모두 금은제연화를 표상하고 있는 것이라 하겠다.

은제화형대형장식은 직경 6.1cm, 중앙화심부 직경 3cm의 크기로 모두 92개가 나왔는데,『발굴보고서』에서는

> 棺材表面과 바닥에 흩어져 있었으며 玄室莊嚴用으로 살포했던 것이 아니면 장막같은 것에 장착했던 것이라고 생각되며 9瓣과 11瓣 2종이 있다. (…중략…) 각 花瓣의 基部, 옆 花瓣과의 접촉부에 조그마한 못 구멍이 하나씩 있다.[30]

라고 설명하여 놓았다. 이 장식이 9판 및 11판의 대형 연화라는 것은 그 실물을 보아 확인할 수가 있다.

그런데 이 연화 장식이 어디에 쓰였었느냐 하는 것이 문제가 된다. 위에서 "玄室莊嚴用으로 살포했다"는 말은 자그마한 못 구멍이 있는 것으

---

30 위의 책, 42쪽.

로 보아도 타당성을 지니지 못하지만, 장막 같은 것에 장착되었었다는 견해는 비교적 합리성을 지닌다고 하겠다. 여기서 장막이라 함은 현실의 장식으로 천장으로부터 아래로 늘어뜨린 막을 연상케 하는데, 아무래도 그런 식의 장막은 아니었던 것 같다. 그 장식은 한 폭이나 몇 폭의 장막에 부착되어 있다가 떨어져 쌓인 것처럼, 그 상하면이나 위치 등에서 불규칙 내지 무질서를 보이지 않기 때문이다. 실제로 그 장식은 비록 원형原形을 잃은 관재棺材 상에서지만, 화심花心의 원형 돌출부를 한결같이 위로 하고 안전하게 부착된 모양을 보이며, 위치도 상당한 규칙성을 나타내고 있음이 주목된다. 장식은 아무래도 관을 장엄해서 덮었던 포장이 있었다는 전제 하에서 그 위에 문양처럼 부착되었던 것이 아닌가 느껴지는 터다. 그렇게 될 때에, 두 관을 덮은 포장 위에 장식된 은제대형연화가 조응함으로써, 관 전체를 연화대로 승화시켰으리라고 보아지기 때문이다.

화형이중관고리장식이나 화형원두관정, 은제화형관정받침 등이 바로 연화형蓮華形인 것은 직접 보아서 확인되는 바다. 그것들이 모두 연화로 표상될 때에, 관은 그 자체로서 연화대를 이룩하며, 위 은제대형연화장식의 포장과 어울려 보다 장엄한 연화대로 완성되는 터라 하겠다. 그 점은 왕과 왕비의 양관兩棺이 관개棺蓋의 좌우 경사로 말미암아 하나의 가옥 형태로 구성되어 있음을 보아 더욱 뚜렷해진다고 하겠다.

그리고 금제화형영락부대형장식은 화형경 4cm 고 0.7cm의 크기로 모두 38개인데, 29개는 왕비의 팔찌 위 곡옥 부근에서, 9개는 왕비 머리 위 탁잔托盞 부근에서 나왔다. 『발굴보고서』에서는 "큼직한 반구형 원좌圓座 주위에 8엽葉 혹은 7엽의 화판花瓣을 찍어낸 장식구"라고만 했거니와,[31] 그것은 그 모양으로 보아 금제대형연화金製大形蓮華임이 분명하다. 그것은 불보살의 장식으로 무가지보無價之寶라고 하는 영락瓔珞이 부착됨으로써 불교적 성향을 더욱 강화하고 있기 때문이다. 게다가 화판과 판근瓣根 사이에 소공이 있으니, 그곳이 왕비의 관부冠部나 동체부胴體部 의류의 장식용으로 부착되어 있었던 것임을 미루어 알겠다.

금제화형영락부소형장식은 화형경 1.9cm 원좌경 1cm의 크기로 왕관식王冠飾 부근에서 438개가 나왔다. 중앙에 큼직한 반구형 원좌가 있고 그 주변에 같은 간격으로 6엽·7엽·8엽의 화판을 돌렸고, 원좌 중앙에는 금사金絲를 꼬아서 원형 영락을 달았다. 따라서 이것은 왕비 측 금제화형영락부대형장식의 축소형으로서 그대로가 금제소형연화金製小形蓮華임을 확인할 수 있다. 게다가 그 연화의 3개 화판에 각각 소공小孔이 있으니, 그것은 왕의 관부나 흉부 의류의 장식용으로 부착되어 있었던 것이라 보아진다.

금제화형소형장식은 경 1.9cm의 크기로 12개가 왕의 과대銙帶에서, 은장도 일대에서 나왔다. 모두 육화형으로서 영락만 없을 뿐 위 금제소형연화와 동일한 형태다. 따라서 그것은 금제소형연화임이 분명하다. 또한 연화에는 3개씩의 소공이 있으니, 그것은 왕의 동체부를 중심한 의류의 장식용으로 부착되어 있었던 것이라 생각된다.

왕두침족좌부착금제화형소형장식王頭枕足座付着金製花形小形裝飾은 왕의 두침과 족좌에 부착된 원형이 그대로 남아 있어 독특하다. 그리고는 크기와 형태에서 위 금제화형영락부소형장식과 동일하다. 말하자면 동일 모형으로 찍어내어 만든 것들이라 하겠는데, 다만 용도의 성격과 용처가 다

---

31 위의 책, 23쪽.

를 뿐이었다 하겠다. 따라서 그 장식이 금제소형연화임을 부인할 수가 없거니와, 왕의 두침과 족좌가 이와 같은 연화 장식으로 장엄되어 있다는 것은 왕의 전신이 머리로부터 발끝까지 금제연화장식金製蓮華裝飾으로 둘러 쌓여 있었다는 것을 직증해 주는 바라고 하겠다.

5) 금제 연엽형 장식

위와 같이 각종 금은제연화金銀製蓮華가 있었다면, 그 기반과 배경으로서 금은제연엽金銀製蓮葉이 있어야 할 것은 당연하다. 『발굴보고서』이래, 학계에서 지칭하고 있는 이른바 금제원형영락부소형장식金製圓形瓔珞付小形裝飾과 금제원형소형장식金製圓形小形裝飾 등은 모두 금제연엽을 표현하고 있는 것이라고 보아진다.

금제원형영락부소형장식은 경 1.6cm, 원좌저경圓座底徑 1.1cm 크기로 모두 970개인데, 왕의 두부頭部 일대에서 182개, 왕의 과대 일대에서 237개, 왕의 족좌 부근에서 80개, 그리고 왕비의 가슴 부분에서 84개가 나왔다. 원판 주위에 얕은 전을 남기고 중앙에 큼직한 반구형 원좌를 낸 다음, 원형 영락을 달았다. 그것은 얕은 전에 각기 3개의 소공을 가지고 있어 왕의 관부나 동체부·하반부 그리고 왕비의 동체부 등 의류에 장식용으로 부착되었던 것을 알려 준다. 이 장식은 부착되기 좋은 형태대로 놓아 두고 본다면 좀채로 연엽이라 단정하기 어려우나, 그것은 뒤집어 들고 본다면 곧 연엽의 모습인 것을 알게 된다. 이 장식은 위 금제화형영락부소형장식과 대응되는 연엽으로서, 저 금제연화와 적절하게 어울려 자연스러운 연화원을 마련했던 것이라 하겠다. 위에 든 금제연화 장식들은 화엽이 선명하여 어떤 방향으로 놓아두던 그것이 연화라고 바로 판단되거니와, 실은 그것들도 어디에 부착하기 좋도록 엎어져 있는 모양이라고 볼 수도 있다. 이런 점에서도 양자는 영락을 다 같이 갖춘 연화와 연엽의 관계로 조화되는 것임을 알 수가 있겠다.

금제원형소형장식은 경이 약 1.5cm 반구형 원좌저경 약 0.9cm 크기로 28개가 왕관식 부근에서 나왔다. 이 장식은 영락만 없을 뿐, 위 금제원형영락부소형장식과 동일하다. 따라서 이 장식은 연엽의 형태임이 틀림없으며, 위 금제화형소형장식과 어울려 왕관의 주변에 자연스러운 연화원을 이룩했던 것이라 보아진다.

6) 왕비 두침족좌화면 연화문

먼저 왕비의 두침이 표면화식表面畵飾에서 주로 연화문을 나타내고 있는 점은 주목할 만한 사실이다.『발굴보고서』에서는 두침의 표면 화문을

지금 그림이 그려 있는 완전 龜甲은 일면에 5개씩이고 일부가 잘려 나간, 그러나 그림이 들어 있는 龜甲이 14개나 된다. 우선 身體側 즉 內側이 되는 쪽에는 5개의 完形龜甲과 16개의 공간 부족에 의한 不完龜甲形이 있는데 내부 畵文은 모두 滿開 및 측면에서 본 蓮花文이고 반대쪽인 외측 표면에는 좀 細長한 7개 龜甲文, 15개의 不完龜甲 속에 蓮花 · 魚龍 · 鳳凰 · 四花文 등이 세밀한 필치로 그려져 있다.[32]

라고 판독함으로써 화문에서 연화문이 주류를 이루고 있음을 시사하였다. 그 후로 진홍섭 교수가 「무령왕릉 발견 두침과 족좌」에서 왕비 두침의 화면을 회화사적으로 판독·분석하는 가운데 화문의 주류가 연화문임을 간파하고 그것의 불교적 성향을 의심할 수 없다고 지적한 바도 있다.[33] 그런데 길촌령吉村怜 교수는 두침의 화면을 두고 중국 용문 석굴 북위굴北魏窟의 천정화상天井畵像들과 비교·고찰함으로써 주목할 만한 견해를 보였다. 그는 「무령왕릉 목침도상」에서

> 왕비의 木枕에는 龜甲形으로 구획된 공백에 각각 십자형으로 꽂힌 蓮華, 頭部에 蕾形의 것을 붙여 異形의 銅體를 지닌 變化生, 流雲에 타는 天人들의 여러 가지 圖像이 보이는데 흥미 있는 것은 이들이 龍門石窟의 北魏窟 天井에 조각된 圖像과 일치하고 있다. (…중략…) 당시의 불교도들은 사후의 세계로서 佛이 거처하는 淨土의 실재를 확신하고 있었다. 그리하여 그 淨土에 다시 왕생하여 佛을 만나 聞法할 것을 염두하고 있었으며 (…중략…) 따라서 그 세계에 피는 蓮華 속에 태어나는 것이 그들의 절실한 염원이었다.[34]

라고 하여 연화문 중심의 두침 화면이 극락정토와 깊이 관련되어 있음을 밝혀 놓았다. 이로써 두침 화면의 연화문이 왕비의 두부를 연화대로써 떠받들고 있었음을 확인할 수가 있다.

다음 왕비의 족좌에 그려진 화면에 연화문이 주축을 이루고 있음도

---

32 위의 책, 44쪽.
33 진홍섭, 앞의 글, 174쪽.
34 성주탁, 앞의 글, 113쪽에서 재인용.

주목되는 바다. 『발굴보고서』에서는

> 이 足座는 전면에 朱칠을 하고 전후면과 양측면(좁은쪽)에는 폭 4cm의 金箔
> 帶를 윤곽에 붙여 돌린 다음 그 내부에 흑색으로 그림을 그렸는데, 전면에는
> 중앙 ∧자부 아랫쪽에 側視蓮花文을 그렸고 그 양측에서부터 공작꼬리 같은
> 것을 뽑아 W자형 옆의 주공간을 메우고 있고 후면도 비슷한 그림인데 부식
> 때문에 확실치 않다. 한편 상면 한쪽 方形面에는 중심부에 高 1cm, 徑 8mm
> 정도의 목침이 꽂혔고 그것을 중심으로 瓣端에 일점이 있는 蓮花文을 그리고
> 있다. 그리고 다른 方形面에는 중심부에 徑 6mm, 깊이 4cm의 구멍이 있고 그
> 주위에 蓮花文이 그려 있는데 원래 목침이 꽂혔던 것이라고 생각된다.[35]

고 하여, 족좌의 화면이 위 두침의 그것과 동질적이라는 점을 알려 주면서, 역시 연화문이 그 화면의 주축을 이루고 있음을 증명해 주었다. 이로써 족좌 화면의 연화문이 왕비의 족부를 연화대로써 감싸고 있었다는 것을 입증해 준 셈이라고 하겠다.

7) 연화문 용기

위와 같은 극락정토·연화장세계이고 보면, 그 세계에서 활용된 각종 용기가 불교적 색채를 강하게 띠면서 적어도 연화 문양으로 장식될 필연성을 지니게 마련이었다. 실제로 연화문 전실 내부에서 활용되었던

---

35 김원룡 외, 앞의 글, 45쪽.

금속류 내지 도자류의 각종 용기들이 대부분 연화문으로 수식되어 있음을 보게 된다. 금속류의 동탁은잔과 청동잔 그리고 도자류의 청자육이호靑磁六耳壺(대)와 또 다른 청자육이호(소) 등이 현저한 사례가 되겠다.

동탁은잔 1습은 왕비의 두부 남쪽 목침 가까이 놓여 있었다. 개잔은 은제로서 자색의 녹이 덥혀 있고 보존이 좋았으며 탁托(잔대)은 동제銅製로서 부식이 꽤 심하였다. 대臺·잔盞·개蓋의 세 부분으로 된 탁잔은 백제 특유의 부드러운 세선으로 음각된 연화문 중심의 문양이 표면에 나타나 있다. 『발굴보고서』에서 밝혀낸 연화문을 3단으로 나누어 요약해 보면 다음과 같다.[36]

잔대는 얇고 넓은 굽이 있는 접시형 중앙에 높은 받침이 있다. 이 받침 하단을 중심으로 폭 1.5cm의 연화문대가 있고 그 외주에도 문양대가 있으나 자세하지 않다.

잔은 높은 굽이 달린 완형碗形인데, 그 문양은 구연口緣에서 3.3cm 밑에 일조의 음각 횡대橫帶를 돌린 아래에는 8엽의 단판연화單瓣蓮華가, 위에는 운룡雲龍이 있다. 연화는 판단瓣端이 뾰쪽하고 잔대에서와 같이 모자를 씌우듯 판내瓣內에 음각선陰刻線을 긋고 그 사이에 종선縱線을 그었고 밑에는 5 내지 6줄의 고사리같은 꽃술이 있다.

개는 일부에 녹이 있을 뿐 완존하며 장식문양도 가장 많다. 표면은 백제시대 연판蓮瓣을 측면에서 보는 듯한 부드러운 곡선을 그렸고 뉴鈕까지 해서 삼중三重의 연화와 연축蓮蓄·삼산三山·수금水禽 등이 전면에 시공되었다. 뉴鈕는 개중앙蓋中央에 높은 받침이 있고, 그 위에는 판단에 사선을 그은 길죽한 단판연화單瓣蓮華 8엽이 조각된 금판이 붙어 있다.

---

36 위의 글, 38~39쪽.

이 금판 밖에는 금판의 연판에서 반월형¥月形의 투각을 생략한 형식의 판단이 둥글고 종선이 있는 단판연화 8엽과 연판 사이에 끝이 날카롭고 짧은 종선이 있는 판단만 보이는 중판형식重瓣形式의 연화가 음각되었다.

이로써 볼 때에 동탁은잔이야말로 연화문 일색으로 장식되어 있는 전형적인 용기라고 할 수가 있겠다. 이 용기는 그 자체가 그대로 연화세계를 이룩하고 있는 바, 그것은 어찌 보면 연화보탑과 같이 느껴지기도 한다. 그것은 그 모양이나 발견된 위치로 보아 불보살 또는 왕과 왕비의 성상께 무엇을 바치는 데에 사용했던 것이라 추정된다. 이것은 잔일진대 극락정토에 어울리는 감로차를 공양했던 다기였으리라고 보아지기도 한다.

다음 청동잔은 관대棺臺 앞 이도羨道와의 접촉부 가까이서 2개, 이도의 동북우東北隅 현실玄室 가까이서 목판 밑에 깔려 1개, 왕쪽 관대 앞 도병陶瓶 동남쪽에서 1개, 관대 바로 앞 중심부 가까이서 1개가 나왔으며 거의 동형동대同形同大의 잔들이다. 이들 잔의 문양은 바닥에 배를 마주대고 있는 쌍어가 있고 그 주위에 약 30개의 만개된 연화蓮華, 연실蓮實, 연축蓮蓄 등이 연경蓮莖과 함께 표현되었다. 이것은 아무래도 연지 속에 노니는 쌍어를 나타내고 있다고 보는 편이 합당할 것 같다.

이제 그 잔들은 내외 면에 약 30개의 다양한 연화문을 쌍어와 함께 장식함으로써 그 자체가 생동하는 연화지로 입체화된 것이라 하겠다. 이와 같이 동형동대의 연지형잔이 5개 이상이나 함께 있었다는 것은 불교적인 측면에서 어떤 의미를 지니는 것인가, 정토신앙을 중심으로 추구해 보아야 되겠다.

『관무량수경』에서는 극락세계에 팔공덕연화지와 오품왕생연화지가 있음을 설하고 있다. 이 경전 제5관에

極樂國土 有八池水 一一池水七寶所成 (…中略…) 一一水中 有六十億七寶蓮華(p.342)

라고 하여 팔공덕연화지가 있음을 연설하였고, 같은 경전 제14관 내지 제십육관에서 이미 인용된 바와 같이,

上品中生者 : 卽生彼國七寶池中 (…中略…) 足下高有七寶蓮華(p.345)

上品下生者 : 卽得往生七寶池中 一日一施蓮華乃開(p.345)

中品中生者 : 蓮華卽合 生於西方極樂世界 在寶池中(p.345)

下品上生者 : 乘寶蓮華 隨化佛後 生寶池中(p.345)

下品中生者 : 卽得往生七寶池中 蓮華之內(p.345)

라고 하여 오품왕생연화지가 있음을 설파하였다.

이와 같은 극락정토 연화지신앙에 의하여 자고로 사원이나 궁중, 신불내사에서는 ㄱ 선삭 수변이나 정원 내에 연화지를 실제로 조성하는 사례가 있었고, 사찰 내의 성물에도 석련지를 각조하는 실례가 남겨 왔던 것이다.[37] 이런 점에서 극락정토·연화장세계를 조영한 무령왕릉의 현실 내에 연화지를 표징하는 문물을 설치하려 했을 것은 당연한 일이었다. 그리하여 생동하는 연화지로서 상게 연화문청동잔을 만들어 놓았던

---

37 충북 보은군 속리산 법주사 미륵대불 앞에 있는 석련지는 그 전형적인 예가 될 것이다.

것이 아닌가 한다. 그렇다면 이 청동잔은 팔공덕연화지와 오품왕생연화지 중에서 어느 쪽을 보다 두드러지게 표징하고 있는 것인가. 살피건대 팔공덕연화지는 제5관에 속하여 극락세계의 입문 과정을 장엄하는 미화방편으로 연설된 것이요, 오품왕생연화지는 제14관 내지 제16관에 계하여 극락세계의 최고·최후 단계를 권화시키는 위신 기능으로 설파된 것이다. 이렇게 본다면 극락세계상의 위치·권능으로나 수량상의 합치점으로 미루어, 5개의 연화문청동잔은 아무래도 오품왕생연화지를 보다 적절하게 표징하고 있는 것이라 추정된다. 이로써 청동잔은 무령왕릉의 극락세계에서 왕생연화지의 권능을 발휘하면서 한편 불보살께 청정보수를 공양하는 성기의 역할도 겸했으리라고 추단할 수가 있겠다.

그리고 청자육이호(대) 1개는 이도 입구의 동남우에, 동벽에서 6cm 가량 떨어지고, 입구 폐색부에 붙어 세워 있던 것이며, 뚜껑은 지석誌石 쪽에서 뒤집혀서 발견되었다. 그 기신器身 주위에는 견부肩部에서 시작해 끝을 아래로 향한 11개의 연판이 간단한 박지剝地를 배경으로 윤곽을 드러내고 있다. 한편 뚜껑은 주연周緣에 2조의 음선陰線을 돌리고 그 안에 5판 연화문을 역시 박지로 배치하고 있다. 뉴는 연화문 중심에 있고 방형方形인데, 가운데가 패여 몹시 얕은 것으로 실용이 못된다. 유釉는 같은 담록색인데, 여기서는 밝고 광택 있는 현상을 보이고 있다.[38]

여기서 기신과 뚜껑의 연화문을 종합적으로 점검할 때에, 그것은 단순한 수식을 위한 것이 아니었음을 알겠다. 실제로 그 연화문들을 입체적으로 부각시켜 볼 때에, 그것은 기신과 뚜껑을 화대로 하는 일대 연화가 되는 것임을 발견한다. 거기에서 담록색의 연엽 바탕 위에 피

---

[38] 위의 글, 43쪽.

어난 칠보연화를 충분히 연상할 수가 있기 때문이다. 이 청자호^{靑磁壺}가 칠보연화를 표상하는 것이라면, 거기 보수^{寶水}를 수용할 수 있는 내부 공간과 외부의 청명광택은 실로 심상치 않은 의미를 지니는 터라 하겠다. 이처럼 이상적인 칠보연화라면 그것은 서방정토 극락세계에서만 존재하는 것임으로써다.

이미 인용된 바『관무량수경』의 제5관에

一一水中 有六十億七寶蓮華 團圓正等 十二由旬 其摩尼水流注華間 尋樹上下 其聲微妙 演說苦空無事無我諸波羅密(p.342)

이라고 한 가운데, 특히 "其摩尼水流注華間"을 주목하게 된다. 위 경전 제칠관에서 이미 백보색^{百寶色} 연화엽간마다에 각기 마니보주가 자리하고 있음을 밝혔거니와, 여기서는 칠보연화의 마니보수가 연화간에 흘러들어 화방에 고여 있는 상태를 유추할 수가 있겠다. 따라서 육십억칠보연화들이 하나같이 마니보주를 안으로 머금어 찬란히 빛나고 있는 실상을 어림해 볼 수가 있는 터다.

여기서 칠보연화를 표상하면서 안으로 보수를 포용할 수 있는 공간과 밖으로 잔잔히 빛나는 청명광택을 갖추고 있는 청자육이호야말로 극락세계의 칠보연화를 그대로 표징하고 있는 것이라 추상된다. 마침 이 청자호는 육이^{六耳}를 지니고 있는 데다 그것마저 실용성이 없으므로 하여, 그것이 혹 '육십억^{六十億}'을 상징하는 바가 아닌가 상상해 볼 수도 있겠다.

이상과 같이 두 개의 청자호는 무령왕릉의 극락정토·연화장세계에서, 육십억칠보연화의 표징으로 그 안에 마니보수를 가득히 머금어 스스로 청명광택을 발휘했으리라고 추상된다. 그리하여 그것은 연화문전실의 3개 벽에 자리한 마니보주(등화)의 무상광명과 조응함으로써 그 극락세계를 더욱 찬란하게 장엄했으리라고 보아진다. 이들 청자호와 동일 유형인 남조의 단연판문육이호單蓮瓣文六耳壺들도 대부분 능묘전실에서 출토된 점에서, 기능과 역할이 서로 동일했던 것이라고 추단할 수가 있겠다.[39]

8) 금제 관식

왕과 왕비의 금제 관식은 양식이 정묘하고 독특하여 백제 미술의 정화라 하겠다. 『발굴보고서』에서는 그 구조와 형태의 문양에 대하여 구체적으로 검토하였거니와, 그중에서도 형태와 문양의 불교적 성격에 관하여 언급한 것이 주목된다. 이제 왕과 왕비의 관식을 별도로 분석·고찰하여 불교적 성향을 보다 분명히 할 필요가 있겠다.

먼저 왕의 관식은 관전면冠前面, 관후면冠後面의 같은 모양 한 쌍으로, 머리 위치에서 포개진 상태로 발견되었다. 이 관식의 투각문양은 전체적으로 인동당초문이며 중앙에 꽃송이와 꽃봉오리 같은 부분을 두고 그 좌우에 각각 잎줄기들을 배치한 것이다. 꽃이라고 생각되는 중앙부는 삼지 중 가운데 가지 양면에 갈구리 같은 잎(잔가지) 몇 개씩이 달려 있고, 그 상부에는 팔판의 화형을 두었으며, 그 위에서 다시 세 개의 꽃

39　岡內三眞, 앞의 글, 263~267쪽 참조.

술 같은 것이 맺어져 그 끝은 화염처럼 올라가 있다. 중심부의 좌우 측에 자리한 5지씩의 인동당초는 그 잎이 아래쪽을 향하여 있고, 그 끝은 역시 화염처럼 솟아 올라간 것이다.[40]

여기서 문양을 분석할 때에, 그것은 인동당초문의 바탕 위에 핵심적인 팔판화문八瓣花文을 수놓고 그 다음 인동당초의 끝이 화염문을 이룩하고 있다는 점이다. 그렇다면 이 문양이 어느 면으로 보나 불교적 성향을 강하게 지니고 있다는 것은 의심할 여지가 없다. 여기 인동당초문이 불교문양의 전형적인 양식인 것은 주지된 사실이고, 위 팔판화가 불교의 연화를 나타내고 있는 것은 분명한 일이며, 그 화염문이 보편화된 불보살의 광배화염문光背火焰文과 직결되어 있다는 것도 확인되는 바이기 때문이다. 더구나 그것은 보살의 장엄 장식인 영락을 군데군데 달아 놓음으로써, 그것의 불교적 성향은 움직일 수 없는 사실이라 하겠다.

그런데 불교 일색의 이 관식을 불교계의 벽화나 광배문 등과 간접적으로 결부시켜 보기보다, 이제는 보살 내지 천왕들의 관식과 직접적으로 비교해 볼 수가 있다는 것이다. 이 왕의 관식은 일본 법륭사에 전래되는 백제계의 보살·천왕들의 관식과 너무도 유사한 것이 주목된다. 법륭사法隆寺 몽전夢殿의 구세관음救世觀音, 보장전寶藏殿의 백제관음百濟觀音, 금당金堂의 사천왕四天土 등등의 투각금동관식透刻金銅冠飾은 실로 그 구조·양태면에서 무령왕의 그것과 동류라는 인상을 주기 때문이다. 피차彼此는 금동판으로 투각한 반타원형半墮圓形의 천관형天冠型 구조를 지니고, 인동당초문 일색으로 그 끝이 뾰족한 광배형 화염문양을 들어냄으로써, 상호 동류·동계의 친연성을 느끼게 한다. 위 법륭사의 보살·

---

40 김원룡 외, 앞의 글, 18~20쪽 참조.

천왕상 등은 백제관음을 원형으로 하여 전개된 것 같은 동일 유형의 실
상을 보이고 있거니와, 실은 그것들이 백제계의 도래渡來 장인匠人 지리
파止利派의 작품이라는 사실이 일본 측 학자들에 의하여 밝혀진 터다.[41]

그런데 무령왕의 관식이 법륭사의 그것들과 동류적 친연성을 지녔
다고 볼 때에, 그것은 저 관음계보다는 오히려 사천왕계의 구조·양태
와 더욱 친근한 듯한 질량감을 주는 게 사실이다. 그 입체적 다양성과
화염문의 활발성이 비교적 강인한 남성적 분위기를 자아내고 있기 때
문이다. 그래서 이 왕의 관식은 전형적인 보살·천왕의 보관寶冠, 천관
의 양식이며, 그 위에 보화와 연화·영락 등을 장식함으로써 법륭사의
그것보다 불교색채를 더욱 강조하고 있음이 분명하다.

그리고 보면 이 왕의 관식은 그 생존 시에 상용하던 왕관이었다고 단
정할 수가 없겠다. 아무리 그 당시의 불교문화가 융성하고 왕의 신행
이 돈독했다 하더라도, 평상의 왕관에다 그런 보살·천왕의 관식을 했
을 것인가 의심이 가기 때문이다.

일반적으로 왕관이 왕통 계승의 상징으로 옥새와 함께 유전되는 것
이라면, 그런 왕관을 특정한 왕릉에 부장할 수도 없었으려니와, 그 왕
의 신행이 돈독했더라면 그랬을수록 평소에 우러러 받드는 보살·천
왕의 천보 관식을 감히 그 자신의 머리 위에 올려놓을 수는 없었으리라
고 보아지는 터다. 그러므로 이 왕의 관식은 그 왕을 왕릉의 극락세
계·연화대로 보시는 마당에서, 거기에 조화되는 성상으로 전환·장
엄하기 위하여 새로이 마련된 장식이었으리라고 보아진다. 그러한 성
역에 영주하기 위해서는 그 왕이 속신을 해탈하여 성신聖身으로 승화되

---

41 上原昭一,『日本の美術』, 至文堂, 1968, pp.46~47 참조.

어야만 하였기 때문이다. 그렇다면 그 관식이 보살·천왕의 천보관식을 본뜨게 된 것은 오히려 자연스러운 일이라 하겠다. 그러면 이러한 관식으로 장엄된 왕은 어떠한 성상으로 전환·승화되었을 것인가 추정해 볼 필요가 있겠다.

전술한 바,『관무량수경』제10관 내지 제11관을 중심으로 보면, 극락정토·화엄장세계에는 관세음보살과 대세지보살, 이대 성상이 아미타불을 좌우에서 모시고 중생을 접인하고 있다. 여기서 무령왕을 위 이대二大 성상 중에서 어느 한편으로 지정·승화시키기로 했었다면, 아무래도 남성적 성향을 띠고 있는 대세지보살 쪽이 아니었을까 생각된다. 그 왕은 생전의 무령적 행적으로나 사후의 호국·호법적 신념으로 미루어, 대세지보살적 경향을 강하게 지니고 있었기 때문이다.

이와 같이 무령왕이 대세지보살적 성상으로 승화되어 그 보관을 눌러 썼을 때, 그 관식이 대세지보살의 그것과 동류이어야 했을 것은 물론이다. 이제『관무량수경』제11관에서 대세지보살의 보관을 두고

此菩薩天冠 有五百寶華 ――寶華 有五百寶臺 ――寶臺中 十方諸佛淨妙國土 廣長之相皆於中現(p.344)

이라고 한 것을 보면, 대강 어림해 볼 수가 있겠다. 이것이 대세지보살의 백보천관百寶天冠의 실상이라면, 여러 보화와 연화·영락 등으로 장엄된 무령왕의 관식은 저것과 깊은 상관성을 가지고 있는 것이라 파악된다. 말하자면 무령왕의 관식은 대세지보살의 보관을 본떠 창조적으로 제작됨으로써, 무령왕 쪽에 속하는 여타의 장식물들과 함께 그 왕을

대세지보살로 전환·승화시키고 극락정토·연화장세계에서 그 위세를 떨치도록 마련했던 것이 아닌가 한다.

다음 왕비의 관식은 관전면·관후면이 같은 한 쌍으로 머리 위치에서 발견되었다. 이 관식의 투각문양도 왕관과 같이 전체적으로 인동당초문이면서 좌우 상칭으로 정돈되고 영락이 없어 매우 정연한 인상을 주고 있다.

그 문양은 중심부에 칠엽七葉의 단판복연單瓣伏蓮으로 둘러 싸인 대좌臺座가 있고, 그 위에 빙둘러 7개의 작은 투창透窓이 뚫린 또 하나의 대臺가 있으며, 그 위에 방형의 방석 같은 것이 깔리고 그 위에 하나의 병瓶이 놓여 있다. 그리하여 그것은 마치 장엄한 연화대 위 불좌에 보수정병寶水淨瓶을 모셔 놓은 것 같다. 그 병구瓶口 위의 사각형 받침대 위에서 곧바로 뻗어 올라간 줄기에 한 송이 큰 연화가 만개·생동하고, 그 연화 위에 인동이 보화처럼 올라 앉아 뾰쪽한 끝을 화염으로 뽑아 올리고 있다. 병과 연화 줄기를 주축으로 하여 좌우로 각기 3가지씩의 인동이 만개한 보화처럼 대응적으로 휘영청 뻗어 올라가 그 뾰쪽한 끝을 역시 화염으로 뻗쳐 올리고 있다. 그리고 중심부 칠엽단판복련七葉單瓣伏蓮의 꼬리를 물고 5가지의 인동당초가 하향·좌우로 적절하게 보화형寶華形을 드리우고 있는 것이다.

이만한 정도라면 문양이 불교일색의 성향을 지니고 있다는 것을 장담할 수가 있다. 게다가 문양의 중심부 연화대 위에 놓인 보수정병을 관세음보살의 그것과 결부시켜 본다면, 이 문양의 불교적 성향은 왕의 관식보다 훨씬 심각하고 절실한 것이라 하겠다. 그리하여 『발굴보고서』에서도 복련대좌伏蓮臺座 위의 화병은 6세기의 중국 불상대좌 앞 조

각에도 나타나고, 중앙에 화형花形을 두고 좌우 대칭으로 인동문을 배
치한 투작품透作品은 법륭사 천개천인상天蓋天人像과 같이 7세기의 일본
불상에서도 볼 수 있다고 전제하면서

> 이렇게 왕비의 관식의 경우는 특히 불교적 성격이 뚜렷하며, 그것이 육
> 조의 불교미술에서 직접 받아드린 것이겠으나 백제왕실의 불교숭상의 일
> 면을 잘 보여 주고 있다.[42]

라고 결론하였다.

이제 우리는 이 관식이 육조 불교미술의 수입이었거나 일본 고불古佛
의 관배문과 유사하다는 식의 막연한 추정을 벗어나, 이것과 직결될 수
있는 보살·천왕의 보관과 비교해야만 되겠다. 전술한 바 법륭사의 관
음계 내지 천왕계의 관식은 왕비의 그것과 동류라고 보아지기 때문이
다. 그 실물들이 직증해 주는 바와 같이, 왕비의 관식은 정연하고 평온한
기품이 여성적이어서, 천왕계의 그것보다는 오히려 관음계의 그것과 긴
밀한 관계를 가지고 있는 터라 보아진다. 전게한 백제관음과 구세관음
의 관식 사이에 왕비의 관식을 동열시킬 때에, 그것들의 친연성을 부인
할 도리가 없기 때문이나. 이 왕비의 관식이 단판복련대좌單瓣伏蓮臺座와
보수정병, 그 위에 핀 연화송이로 하여 저 관음계의 그것보다 불교적 색
채를 더욱 두드러지게 표출하고 있다고 보아지는 터다.

그렇다면 이 왕비의 관식은 왕비의 생존 시에 상용하던 바가 아닐 가
능성이 짙다고 하겠다. 왕비의 경우, 왕과는 달라서 대례나 국가적 행

---

42 김원룡 외, 앞의 글, 28쪽.

사에서 간혹 그런 류의 관식을 사용하였으리라는 추측은 가능하지만, 왕비가 평소 독실한 신행을 가졌었다면, 그다지 숭앙하는 성상의 관식을 감히 자신의 머리 위에 올려놓은 채 세속생활을 했으리라고 볼 수는 없음으로써다. 그러므로 왕비의 관식도 그 왕비를 왕릉의 극락세계·연화대로 모시는 마당에서 거기에 조화되는 성상으로 전환·장엄하기 위하여 각별히 마련된 장식이었으리라고 볼 수밖에 없겠다. 그러면 이러한 관식으로 장엄된 왕비는 어떠한 성상聖像으로 전환·승화되었을 것인가., 그 추정은 그리 어렵지 않겠다.

기술한 바 『관무량수경』의 극락정토·연화장세계에는 아미타불을 중심으로 관세음보살과 대세지보살 이대二大 성상이 좌우에 시립侍立하고 있거니와, 이미 무령왕은 그 성상 중의 대세지보살 쪽으로 전환·승화되었으리라고 확인할 수밖에 없다. 주지하는 바와 같이 관세음보살은 자비화현으로서 여성적 경향을 지니고 있거니와,[43] 왕비는 국모적 생애로나 자비구원적 염원 등으로 미루어 족히 관세음보살로 추앙될 수가 있었을 것이다. 더구나 왕비의 관식이 법륭사 백제계 관음의 관식과 그만한 친연성을 지니고 있는 데다, 그 관식의 중심부에 자리한 연화대와 보수정병, 그 만개한 연화 등이 '화불化佛'을 상징함으로써 관세음보살과 깊은 관련성을 가지고 있다는 점이다. 『관무량수경』 제10관에서는 관세음보살의 보관을 두고

頂上毗楞伽摩尼寶 以爲天冠 天冠中 有一立化佛 高二十五由旬(p.343)

---

43 관세음보살을 여성시하는 경향은 한·중·일 불교권에 공통되나 한국의 경우가 독특하다. 『삼국유사』 권3 「남백월이성」 「낙산이대성」조 참조.

이라고 하였거니와, 백제관음이나 백제계 관음의 관식에서는 그 '화불'
을 직역·표출하지 않은 것이 특색이다. 그러니까 후대의 관음관식에
서 직접 화불 일위를 조각하는 사례와는 달리, 백제의 관음관식에서는
그 '화불'을 상징적으로 표출했던 것이라 보아진다. 초기 불상의 경우
그 조각이나 벽화 등에서 연화 및 보화의 불단에 등신불의 실상을 나타
내지 않고 허공으로 남기든가 보리수菩提樹, 법륜法輪 등의 성물聖物로 상
징·암시하던가 하는 사례가 없지 않거니와,[44] 위 관음관식에서 '화불'
을 상징적으로 표출한 것은 오히려 자연스러운 일이며, 나아가 그것은
백제관식의 창조적 경향이라고 판단할 수도 있겠다.

이런 점에서, 왕비의 관식은 오히려 백제 관음관식의 특색을 강하게
부각시키고 있는 터라 하겠다. 이러한 관식은 왕비 쪽에 속하는 여타
의 장식물들과 함께 왕비를 관세음보살로 전환·승화시키고 극락정
토·연화장세계에서 그 권능을 부리도록 마련했던 것이라 보아진다.

9) 금제 귀장식

왕과 왕비의 금제이식金製珥飾은 금세관식과 함께 백제 금속세공예의
극치를 이루는 수작이다. 그리하여 『발굴보고서』에서는 그 구조·양
태에 대하여 자세한 분석·고찰이 있었고, 이등추남伊藤秋男 교수는 「무
령왕릉발견의 금제이식에 대하여」에서 그 양식사상의 계보와 위치를
비교·검토함으로써, 주목할 만한 성과를 내었다.[45] 그런데도 그들 이

---

44 望月信亨, 「佛像」, 『望月佛敎大辭典』, 地平線出版社, 1979, p.4460.

식耳飾의 불교적 성격에 대하여는 별다른 언급이 없었던 것이다. 물론 그 이식 자체만을 떼어 놓고 볼 때에, 그것의 불교적 성향이 두드러지게 나타나지 않는 것은 사실이다. 그러나 그 이식을 관식과의 관련하에서 왕과 왕비의 장식 전체와 유기적으로 결부시켜 볼 때에, 그것의 불교적 성향은 자연스럽게 부각되는 바라고 하겠다.

언필칭言必稱 '이식'이라고 통용되어 왔지만, 실제로 그것이 생사 간 왕과 왕비의 귀걸이로서 패용되기 어려웠으리라는 것은 그 규모와 질량으로 보아 족히 짐작되는 터다. 그러므로 그 것은 이식용耳飾用임에는 틀림없지만, 왕과 왕비의 실제 양이兩耳에 직접 꿰어 매단 것이 아니고, 그 관의 둘레 포혁류布革類에 매달아 양이 부분에 늘어뜨림으로써 이부장식耳部裝飾으로 삼았던 것이라 보아진다. 그 점은 전게한 백제 및 백제계의 관음상이 그 보관의 둘레에 잇대어 리본식의 투각 장식을 양이 측으로 길게 늘어뜨림으로써, 효과적인 이식을 삼고 있는 사례와 동궤라는 데에서 비교적 분명해진다. 이런 점에서 그 이식과 관식 사이의 긴밀한 관계를 전제하고, 그 이식들의 불교적 성향을 점검해 보겠다.

먼저 왕의 이식은 비교적 조그만 세환細鐶에 두 개의 두껍고 작은 고리를 달아 그 밑에 각기 화려한 수식垂飾을 매단 것이다. 그 하나는 공중의 원통형중간식圓筒形中間飾에 평면보주형장식平面寶珠形裝飾과 이 장식의 핵심이 되는 입체보주형소형장식立體寶珠形小形裝飾을 함께 매달아 놓았다. 이 원통형은 상하에 금선金線과 금주金珠로 윤곽된 육화문六花文 수식修飾의 마개가 자리하고, 중간부 상하에 금선·금주의 보주형寶珠形 장

---

45 伊藤秋男, 「武寧王陵發見の 金製耳飾 ついて」, 『백제연구』 5, 충남대 백제연구사, 1974 참조.

식 3개씩이 들러리 하여 대향·접합됨으로써, 그 전체가 칠보묘화七寶妙華·보주寶珠의 원통세계를 이루었다. 게다가 일월 같은 마니보주를 영락으로써 달아 놓았으니, 그대로가 보화·보주·영락의 세계를 집약하고 있는 터라 하겠다. 그리고 또 하나의 수식垂飾은 세환선으로 구성된 중망구형장식重網球形裝飾에 5개의 보엽형 영락을 사슬로 매달았는데, 그런 것이 다섯 뭉치나 연결되어 있고 맨 끝머리 중망반구장형장식重網半球長形裝飾에 곡옥曲玉을 열매처럼 끼워 놓고, 다시 2개의 보엽형 영락을 매달았다.[46] 이것은 보엽·보실寶實과 칠중보망七重寶網이 영락으로 하여 어울린 중보세계衆寶世界를 응축시키고 있는 바라 하겠다.

이렇게 볼 때에, 왕의 이식은 보화·보주·보엽·보실과 칠중보망이 영락으로써 조화된 보수세계寶樹世界를 응집·표징하고 있는 것이라 보아진다. 여기서 이러한 보수세계는 현실계를 초탈하여 서방정토·극락세계에만 설정되어 있음을 직감하게 된다. 『관무량수경』 제4관에

其諸寶樹 七寶華葉無不具足 ——華葉作異寶色 (…中略…) 一切衆寶以爲映飾 玅眞珠網彌覆樹上 ——樹上有七重網 ——網間有五百億妙華宮殿 如梵王宮 諸天童子自然在中 ——童子有 五百億釋迦毘楞伽摩尼寶以爲瓔珞 其摩尼光照百由旬 猶如和合白億日月 不可俱名 衆寶間錯色中上者 此諸寶樹行行相當 葉葉相次 於衆葉間生諸妙華 華上自然有七寶果(p.342)

라고 보수세계를 묘사하고 있음이 주목된다. 여기에 나오는 '칠보화엽', '칠중망·묘화궁전妙華宮殿', '마니보·영락', '보수엽寶樹葉·묘화',

---

'칠보과七寶果' 등을 중심으로 이 보수세계를 응집·표출했다면, 왕의 이식과 같은 조형예술로 승화될 수밖에 없었을 것이기 때문이다.

다음 왕비의 이식 2쌍은 구조·양태 면에서, 왕의 이식에서와 같은 사실을 더욱 분명하게 입증해 주고 있다. 그중 대형 이식은 주환主鐶에 다시 소세환小細鐶을 하나 걸고 거기에 두 줄기 수식을 매단 것이다. 한 줄기는 4개씩의 원형영락군圓形瓔珞群이 7절로 연결된 끝에 6개의 원엽형 영락과 금사망모金絲網帽로 쌓인 고추형 장식이 매달려 있다. 그것은 인동덩굴과 같은 사슬로 엮어져 있으면서 원형 영락을 잎사귀 같이 달아 놓음으로써, 그 고추형 장식이 신종 보실인 것을 알려 준다. 그리하여 인동형忍冬形 보만寶蔓과 원형 보엽의 영락, 그리고 신기新奇 보실 등이 극락세계에서 볼 수 있는 보수세계를 지향하고 있음을 실증하는 터라 하겠다. 그리고 또 한 줄기는 제일 위에 세환중복식細鐶重複式으로 투각된 투각반구형 금모가 씌워진 담연색 유리 구옥球玉이 자리한 다음, 4개씩의 보엽형 영락군이 2절로 연속되었고, 맨 끝에 보실형 장식이 매달려 있다. 이 보실형은 2개의 펜촉형 장식을 직교시킨 사익형四翼形이며 그 사이마다 1개씩, 4개의 보엽형 영락이 따로 달리고 주연周緣에는 모두 누금鏤金으로 윤곽이 돌려져 있다.[47] 이것은 왕비의 소형 이식과 동류인데, 보엽·보실과 칠중보망이 영락으로 조화된 중보세계를 표상하고 있는 바라 하겠다.

그렇다면 왕비의 이식은 왕의 이식과 동계의 조형예술로서 극락정토의 보수세계를 집약·표출하고 있음이 분명하다 하겠다. 그동안 한·중·일 간에 출토된 동일 유형의 이식들이 결코 단순한 장식이 아

---

47 위의 글, 29쪽.

니고, 피장자를 위한 신앙적 염원의 징표로서 조형화된 것이었으리라고 추정되기 때문이다. 실제로 이 이식들은 보살들의 그것과 유형을 같이하고 있는 것이라 하겠다.

10) 영락계 각종 장식

영락계의 장식들은 연화계의 그것과 쌍벽을 이룰 만큼 질량 면에서 중요한 위치를 점하고 있다. 전술한 바 영락이 부착된 금제연화형대형장식金製蓮華形大形裝飾, 금제연화형소형장식金製蓮華形小形裝飾, 금제연엽형소형장식金製蓮葉形小形裝飾, 왕관식, 금제이식 등은 실제로 영락계의 장식임에 틀림이 없다. 나아가 이보다 적극적이고 전형적인 영락계 장식에는 왕 쪽에서 발견된 금제원형영락金製圓形瓔珞, 금제보주형영락金製寶珠形瓔珞, 금제보주金製寶珠·과형영락銙形瓔珞, 은제영락식과대銀製瓔珞式銙帶, 영락부금은제요패瓔珞付金銀製腰佩 그리고 유리제 곡옥曲玉(금모 포함), 감금탄목편옥嵌金炭木偏玉(탄화목수형패식 포함) 등속의 옥류 영락과 왕비 쪽에서 발견된 금제영락부사각판장식金製瓔珞付四角板裝飾, 금제이식형영락金製耳飾形瓔珞, 영락부청동세이자상구瓔珞付靑銅製二叉裝具 그리고 유리제 곡옥(금모 포함), 유리 연주옥, 호박 관옥, 유리 관옥, 호박 조옥, 탄화목 조옥(탄화목수형패식 포함) 등류의 중보주衆寶珠 영락 등이 있다. 그런데도 『발굴보고서』에서는 금제원형영락과 금제보주형영락만을 영락으로 취급했을 뿐, 여타에 대해서는 이렇다 할 언급이 없었던 것이다. 그 후로 학계에서도 이 영락계 장식에 관하여 전문적으로 논급된 바가 없었고, 따라서 그 장식들의 불교적 성향에 대하여 구체적으로 검토된 바가 없었음은 물론이다. 실제로 영락은 소재와 양태가 다양한 터에, 그것이 연화와 같이 불교적 성향을 가장 강렬하게 나타내는 장식 중의 하나라는 것은 잘 알려진 사실이다.

전술한 바와 같이 영락은 불보살을 장엄하기 위하여 중보주옥으로 만들어진 패대용佩帶用 장식이라 하겠다. 원래 인도에서는 그 영락이 왕공귀인王公貴人의 장신구로 활용되었던 것이나, 불교 전파 이래 그것은 불보살·성중의 장엄 장식으로 전용되기에 이르렀던 터다. 나아가 영락은 확대·전용되어 불보살의 주위 환경이나 서방정토를 장엄하는 데까지 사용되었다. 이러한 관용을 통하여 어느새 영락은 불보살과 불국토를 장엄하는 무상보의 장식으로 전용·행세하였던 것이다. 『중아함경』·『기세경』·『대방등대집경』·『십송율』·『오분율』 같은 경전에 그런 묘사가 나오지만, 『법화경』「관세음보살보문품」에

無盡意菩薩白佛言 世尊 我今當供養觀世音菩薩 卽解頸衆寶珠瓔珞 價値百千兩金 而以與之 作是言 仁者受此法施珍寶瓔珞 (…中略…) 卽時觀世音菩薩愍諸四衆及於天龍人非人等 受其瓔珞[48]

이라고 한 것만을 보아도, 그 실상을 알 수가 있겠다. 그리하여 영락은 연화와 함께 불법을 상징하는 표식으로 승화되었던 것이라 하겠다. 『보살영락본업경』「집중품集中品」 같은 데에

---

48 『신수대장경』 제9권 「법화부 (전)」·「화엄부 (상) 262호」, 『묘법연화경』, 57쪽.

昔始得佛 光影甚明 今復放光 四十二光 光光皆有百萬阿僧祇功德 光爲瓔珞
嚴好佛身 彌滿法界 諶若虛空 凝身照寂 樂常住性 窮化體神 大用無方 法王法
主 於一切衆生 而作父母 自然百千寶蓮華 師子之座 (…中略…) 是時敬首菩薩
入十方刹 諸佛神力 大獅子吼 發問一切 菩薩無量 大寶藏海 金剛瓔珞法門[49]

이라고 한 것을 보면, 영락이 불법의 무상장엄을 상징하고 있다는 것은
분명하기 때문이다.

이와 같은 영락이 극락세계와 그곳의 불보살·성중 등을 장엄하기
위하여 중용되었던 것은 당연한 일이다. 『무량수경』에

無量壽佛其道場樹 (…中略…) 一切衆寶自然合成以月光摩尼 持海輪寶衆寶
之王 而莊嚴之 周帀條間 垂寶瓔珞 百千萬色種種異變 無量光燄照耀無極[50]

이라 하여 영락이 그 보주세계를 장엄하고 있는 실태를 보여 주었고,
또한 같은 불경에

無量壽國其諸天人 衣服飲食 華香瓔珞繪蓋幢幡 微妙音聲 所居舍宅 宮殿樓
閣稱其形色[51]

이라 하여, 영락이 보살·천인 등의 신변 주위를 장엄하고 있는 면모가

---

49 『신수대장경』제24권 「율부 (삼) 1485호」, 『보살영락본업경』, 1010쪽.
50 『신수대장경』제12권 「보적부 (하)」·「열반부 (전) 360호」, 『무량수경』, 271쪽.
51 『무량수경』, 272쪽.

지 나타내 주었던 것이다. 말하자면 그것은 극락세계가 전면 영락으로
장엄된 이상세계임을 확인하고 있는 터라 하겠다.

이상과 같이 전제한다면 무령왕과 왕비의 주변에서 영락계 각종 장
식이 그만큼 쏟아져 나온 것은 실로 주목할 만한 일이다. 그 모든 영락
계의 장식을 종합·복원해 볼 때에, 영락으로 장엄된 이상세계가 바로
극락세계라는 일면을 집약·표출한 것이라 믿어지기 때문이다. 이로
써 기술한 바 금제연화형대형장식, 금제연화형소형장식, 금제연엽형
소형장식, 왕관식, 금제이식 등에 부착된 각양각색의 영락들까지도 각
기 불교적 성향을 강하게 띠면서 그대로 극락세계의 장엄 장식으로 사
용하고 있었다는 것이 더욱 분명해진다. 위와 같은 영락의 장엄세계는
『관무량수경』에서 설한 바 극락세계의 영락장엄을 거의 그대로 조형
화한 것이라 판단되는 터다. 위 경전의 제4관과 제10관에서

一一樹上有七重網 一一網間有五百億妙華宮殿 如梵王宮 諸天童子自然在
中 一一童子有 五百億釋迦毘楞伽摩尼寶 以爲瓔珞 其摩尼光照百由旬 猶如和
合百億日月(p.342)

臂如紅蓮華色 有八十億微妙光明 以爲瓔珞 其瓔珞中 普現一切諸莊嚴事(p.343)

라고 하여, 극락세계와 그곳에 있는 보살성상菩薩聖像이 온통 중보주영
락류衆寶珠瓔珞類로 장엄되어 있음을 밝히고 있기 때문이다. 실로 위 영
락계 장식들은 왕과 왕비의 신변 장엄에 역점을 두어, 그 영락 장엄세
계를 보다 적극적으로 조성함으로써, 이 왕릉이 극락정토·연화장세
계와 조화롭게 상응하고 있는 터라 하겠다.

11) 염주형 목장식

이러한 경식頸飾은 넓은 의미에서는 다 영락에 들 것이지만, 왕 쪽에서 나온 소위 금제구옥金製球玉, 밀감형금옥蜜柑形金玉 등과 왕비 쪽에서 나온 금제소주金製小珠, 유리제 구옥 등은 구조와 양태가 특수하기 때문에 별도로 취급할 수밖에 없다. 『발굴보고서』에서 전모를 개괄·소개한 이래, 이들 경식에 대한 구체적인 논고가 보이지 않았고, 더구나 그것들의 불교적 성향에 대해서는 언급된 바가 없었던 것이다. 그런데 상게한 경식들은 그 자체의 구조·양태로나 출토 문물 전체의 불교적 맥락으로 보아, 그대로가 염주라는 것을 직감하게 된다. 그렇다면 염주야말로 염불보주로서 성물자체이니, 그것의 불교적 성향에 대하여는 재론할 필요가 없겠다.

자고로 온갖 진보珍寶의 염주를 목 또는 팔에 걸거나 손에 쥐고 염불하면 서원성취하고 극락왕생한다는 신앙이 불교계에 보편화되어 있었던 것이다. 이러한 염주신앙은 염불공덕과 함께 정토신앙에 기반을 두고 있는 것이 분명하다. 『금강정유가염주경金剛頂瑜伽念珠經』(이하『염주경』)에

珠表菩薩之勝果 於中間絶爲斷漏 繩線貫串表觀音 毋珠以表無量壽 愼莫蹶
過越法罪 皆由念珠積功德[52]

이라 하여, 무량수불과 관음보살의 조화로써 염주공덕을 설파하고 있거니와, 그것이 바로 정토신앙의 핵심을 이루는 것이기 때문이다. 그

---

52 『신수대장경』 제17권 「경집부 (사) 389호」, 『금강정유가염주경』, 727쪽.

리고『염주경』에서는

硨磲念珠一倍福 木槵念珠兩倍福 以鐵爲珠三倍福 熟銅作珠四倍福 水精眞
珠及諸寶 此等念珠百倍福 千倍功德帝釋子 金剛子珠俱胝福 蓮子念珠千俱胝
菩提子珠無數福 佛部念誦菩提子 金剛部法金剛子 寶部念誦以諸寶 蓮華部珠
用蓮子 羯磨部中爲念珠 衆珠間雜應貫串[53]

이라 하여 염주의 종류에 따라 복덕의 단계가 있음을 알려주며, 그 운용
법식까지를 일러 주고 있다. 여기서 매우 중요한 사실을 발견하게 되니,
왕와 왕비의 염주류가 바로 위의 염주보念珠譜에 들어 있기 때문이다.

　먼저 금제구옥은 경 1.1cm의 중공옥中空玉으로 총 265개가 왕의 가슴
에서 허리밑 부분에 걸쳐 흩여져 나왔다. 그리하여『발굴보고서』에서
그것을 '경식'이라고 믿은 것만은 당연한 일이다. 그런데 그 주옥들을
모두 승사繩絲로 꿰어 원형을 복원해 본다면 그것이 바로 보리자념주菩
提子念珠의 조형이라는 것을 직감하게 된다. 그것은 불교권에서 고금으
로 통용되고 있는 보리자염주와 동일한 구조·양태를 가지고 있기 때
문이다. 불타가 보리수 아래에서 성도했다 하여 보리자념주를 몸에 지
니고 염불하면 그 공덕이 무량하다는 신앙은 그 연원이 매우 깊은 것이
었다. 그 점은 위『염주경』에서 "菩提子珠無數福"·"佛部念誦菩提子"
라고 한 데에서도 실증이 된다. 이로써 왕의 금제 구옥이 보리자념주
로 규정된다면, 그것은 '제보諸寶' 중의 금제이기 때문에 더욱 큰 공덕을
나타낸다고 신념되었으리라 보아진다.

53　위의 책, 727쪽.

다음 밀감형금옥이라는 것은 고高 0.7cm, 경 0.6cm의 중공옥으로 72 개가 왕의 요대腰帶 부근에서 나왔다. 『발굴보고서』에서는 "팔릉八稜의 껍질 벗긴 반절밀감형半截蜜柑形을 상하 두 개 맞붙인 중공옥"이라 하여, 그 모양을 묘사하는 데에 힘을 기울였을 뿐, 다른 언급은 하지 않았다. 그런데 이것 역시 승사繩絲로 꿰어 원형을 복원해 보면, 그것이 바로 전 단목념주栴檀木念珠의 조형이라는 것을 실감하게 된다. 그것은 인도로부 터 숭상되어 한·중·일에서 유통되고 있는 전단향목각염주栴檀香木刻念 珠와 동일한 구조·형태를 지니고 있기 때문이다. 고래로 전단향목이 신성시되어 불보살의 설상이나 불기·성물을 만드는 중요한 자료로 사용되었거니와, 그 향목을 '밀감형'으로 조각하여 염주로 제작·활용 했다는 것은 너무도 당연한 일이었다. 이로써 왕의 밀감형금옥을 전단 향목각염주라고 본다면, 위 『염주경』에 "木槵念珠兩倍福"이라 한 것과 결부되는 것이라 하겠다. 이처럼 목각 염주의 복덕이 비교적 작다고 하겠지만, 그것이 실제로는 순금으로 제작되었기 때문에 '제보諸寶'계 염주의 '백배복百倍福'을 가져온다고 신앙되었으리라 보아진다.

그리고 금제소주라는 것은 경 0.6cm의 중공주中空珠로 모두 171개가 왕비의 두부 일대와 가슴 부근에서 나왔다. 그리하여 『발굴보고서』에 서 '경식'이라고 생각한 것이며, 그 소주小珠의 형상을 제대로 판단하지 못한 끝에 '원형이 확실치 않다'고 결론하였던 터다. 그런데 이 소주의 형 상을 제대로 살피고 그것을 승사로 꿰어 본다면, 그대로가 금강자염주金 剛子念珠의 조형이라는 것을 확인하게 된다. 그것이 인도를 기점으로 불 교권에 통용되고 있는 금강자염주와 동일한 구조·양태를 보이고 있기 때문이다. 그 열매의 진귀한 모양과 강경한 물성으로 하여 '금강자金剛子'

라 이름한 것이 불법의 금강과 상통함으로써, 그것은 어느새 불법을 대변하는 상징물로 등장하게 되었다. 그리하여 금강자염주를 지니고 염불 정진하면 소원성취·극락왕생한다는 신앙이 일찍부터 보편화되었던 것이다. 그 점은 상게『염주경』에서 "金剛子珠俱胝福"·"剛部法金剛子"라고 한 것으로 보아 더욱 분명해진다. 더구나 왕비의 금제소주라는 것이 금강자염주이면서도 실제로는 순금제이기 때문에, 그것은 보다 큰 공덕·권능을 발휘한다고 신앙되었으리라 본다.

한편 유리제구옥이라는 것은 경 0.3cm의 소형으로부터 경 2.5cm의 대형에 이르기까지 다양한 크기로 무수히 나타났다.『발굴보고서』에서는 그것이 "왕비의 가슴 부분에서 나온 것으로 금색 유리이며 유리 표면에 금박을 씌운 것"이라는 설명과 함께 그 대소 구옥이 뒤섞여 있는 한 무더기의 흑백사진 1장을 보여주고 있을 뿐이다. 이들 구옥들이 원래부터 그처럼 뒤섞여 있었던 것인지, 본래는 그 크기와 색채에 따라 유별되어 있었던 것이 발굴 과정에서 그렇게 뒤섞여 버린 것인지 도대체 종잡을 수가 없다.『발굴보고서』의 일부에서

細小한 玉類 따위의 原狀을 파악하기란 거의 불가능하였고 따라서 눈에 띄는 유물 일체를 들어내고 바닥에 남은 塵土를 빗자루로 쓸어내서 그것을 쌀가마니 2개에 넣어 후에 다시 정밀하게 玉類 기타 유물 殘滓의 유무를 검사키로 했다.[54]

고 한 놀라운 실토를 그대로 믿는다면, 그 속에서 나온 '조그만 구슬'·

---

[54] 김원룡 외,「매장원상 및 정리작업」, 앞의 책, 16쪽.

“세소한 옥류 따위”가 위 옥류 무더기에 포함되었을 가능성이 크다. 그
렇다면 위 옥류 무더기가 모두 왕비의 가슴 부분에서 나왔다고 장담할
수도 없으므로, 그에 대한 실태파악이 수습하기 어려운 혼잡에 빠져 버
린다.

그런데도 위『발굴보고서』설명과 사진을 통하여 중요한 사실을 발견
하게 된다. 그 옥류들이 주로 왕비의 가슴 부분에서 나왔다는 것, 그리고
그것들이 세분하여 6개 유형, 대분하여 3개 유형 정도로 나누어질 수 있
다는 것 등이 바로 그것이다. 이러한 사실을 토대로 하여 그 옥류를 유형
별로 꿰어 본다면, 3개 내지 6개의 옥류 꾸러미가 이룩되니, 그것 그대로
가 옥류 염주라는 점이다. 이『염주경』에서 “水晶眞珠及諸寶 此等念珠
百億福”이라고 하여 그 점을 뒷받침하고 있기 때문이다. 이렇게 볼 때에
왕비의 목과 가슴에 여러 종류의 염주가 조화롭게 장엄되어 있었다는
이야기가 된다. 그것이 바로『염주경』에서 말하는 “衆珠間雜應貫串”의
실상을 보여 주는 것이 아닌가 한다. 왕비의 이러한 염주장엄은 보살계
성상 특히 관음성상의 그것에서 흔히 보이는 사례라고 믿어진다.

이상과 같은 염주신앙과 의습儀襲이 언제부터 어떤 과정을 겪어 백제
사회에 정착되었는지 장담할 수는 없으나, 적어도 무령왕대 이전에 그
것이 정착·실행되었다는 것은 틀림없는 사실이다. 그렇다면 신행이
돈독한 왕과 왕비로서는 생전에 염주신앙에 젖어, 위 염주들을 실용했
을 가능성은 얼마든지 있다. 그리고 그 예장禮葬의 마당에서 생전의 신
행과 사후의 극락왕생을 회고·염원하려고 금제·옥류의 염주를 만들
어 성상으로 장엄해 주었다는 것은 필연적인 일이었다 보아진다. 더구
나 그 염주신앙이 정토신앙을 핵심으로 하고 있다는 사실을 상기할 때

에, 왕과 왕비가 각기 중보염주衆寶念珠로 장엄됨으로써, 극락정토·연화장세계의 성상으로 더욱 적절하게 어울렸으리라고 추상된다.

12) 유리제 동자상

유리제 동자상은 왕비의 썩어 있는 비단 허리띠에 달려 한 쌍이 발견되었다. 이에 대하여 『발굴보고서』에서는 그 사진 1장만 싣고 이렇다 할 해설도 붙이지 않았으며, 김원룡 교수는 그의 저서 『무령왕릉』에서, 그것을 "기복, 벽사 혹은 왕자 생산을 위한 주술도구"라고 간단히 처리해 버렸던 것이다.[55] 그런데 최근에 성주탁 교수가 「무령왕릉출토 동자상에 대하여」에서 그 동자의 종교·사상적 성격을 폭넓게 구명하여 놓았다. 그동안 학계의 무관심 속에 굴러오던 소형 동자상을 종교·사상적 측면에서 검토한 점은 실로 주목되거니와, 그 논문에서 이 동자상의 불교적 성격을 밝혀낸 것은 매우 합당한 바라고 보아진다.[56] 그런데 위 논문에서는 그 동자상을 출토 문물 전체와의 관련하에서보다는 그 자체로서 독립시켜 고찰하였으므로, 그 동자상이 유교 또는 도교적 성격까지 구유하고 있다는 결론에 이르게 되었다. 그 동자상의 성격을 종합적으로 파악하려 한 점은 마땅하다 하겠으나, 그 논지의 핵심이 삼파로 분산되면서 그것의 불교적 성격을 오히려 희미하게 만든 점은 아쉬운 바라 하겠다. 그러므로 여기서는 그 동자상을 전체 문물과의 유

---

55 성주탁, 앞의 글, 109쪽.
56 위의 글, 113~114쪽.

기적 관련하에서 분석·고구함으로써, 불교적 성향을 보다 분명히 부각시키고자 할 따름이다.

전술해 온 바대로, 무령왕릉침을 극락세계로 관념하고 왕비를 관음적 성상으로 장엄·승화시키려는 문물의 의도를 시인한다면, 그 동자상의 불교적 성향은 자명해진다고 하겠다. 『관무량수경』에 의하면 극락세계에는 제천동자가 영락으로 장엄되어 있음을 알 수가 있다. 그 경전 제4관에서 보수세계를 묘사하는 가운데

一一樹上有七重網 一一網間有五百億妙華宮殿 如梵王宮 諸天童子自然在
中 一一童子有五百億釋迦毘楞伽摩尼寶以爲瓔珞(p.342)

이라고 한 것이 바로 그것이다. 이러한 제천동자들이라면, 미타삼존, 그 중에서도 여성 즉 모성을 띠고 있는 관세음보살과 깊은 관계를 지니고 있었을 것은 물론이다.

여기서 위 유리제 동자상은 저 극락세계 보수상묘화궁寶樹上妙華宮의 제천동자들을 집약·표출하고 있는 것이 아닌가 추상된다. 이왕에 왕릉현실을 극락세계로 상념하는 마당이고 보면, 그 가운데에 제천동자가 존재해야 될 것은 필연적인 일이기 때문이다. 게다가 그 유리제 동자는 왕릉의 극락세계에서 관세음보살로 전환·승화되어 있는 왕비 쪽에 소속되어 있었다는 것이 중시된다. 그것은 저 극락세계에서 제천동자들이 관세음보살과 깊은 관계를 지니고 있었다는 사실을 입증해 주는 터라 보아진다.

한편 이 유리제 동자가 마침 한 쌍이라는 데에 역점을 둔다면, 그것이

관세음보살과 유관한 선재동자·남순동자를 표징하고 있으리라는 추측을 해 볼 수도 있다. 『화엄경』「입법계품入法界品」에 나오는 바로는 선재동자가 친견·문법한 선지식 중에 관세음보살이 수승하기로, 그 보살과 동자는 항상 모자처럼 관념되어 왔던 것이다. 그리고 관세음보살이 서방정토를 벗어나와 남염부주南閻浮州 사바중생娑婆衆生을 일일이 제도하며 순행할 때에, 항상 동자 하나가 따라 다니는 것으로 신앙되어 왔으니, 그것이 다름 아닌 관세음보살과 남순동자라는 점이다. 이처럼 관음신앙의 오랜 전통으로 미루어 본다면, 그 동자들이 바로 선재동자·남순동자를 표징한 것이라고 쉽사리 판단하는 것도 무리는 아니다. 그런데 이것은 어디까지나 기술한 바 현세 대중을 구제하는 관음신앙의 입장이지, 사거 대중을 극락왕생시키는 정토신앙의 관점은 아니다. 따라서 관음신앙에 입각한 선재·남순동자설은 일단 유보될 수 밖에 없겠다.

다시 정토신앙의 극락세계로 돌아가면, 한 쌍의 유리동자가 결국 무수한 제천동자를 표징하고 있는 것이라 추상될 수밖에 없다. 그래서 왕비가 허리 부분에 각종 장식과 함께 한 쌍의 동자를 영락처럼 장엄함으로써, 왕비는 왕비대로 관세음적 성상으로 승화되었을 것이고, 나아가 그 왕릉의 극락세계와 조응되어 그 세계를 더욱 빛냈으리라 보아진다.

13) 금은제 나뭇잎과 꽃잎형 장식

왕과 왕비의 신변에서 수엽樹葉·화판형 장식이 많이 나왔다. 『발굴보고서』에서는 왕 쪽에서 은제오각형장식銀製五角形裝飾과 왕비 쪽에서

금제사엽형장식金製四葉形裝飾, 금제릉형金製菱形 및 엽형장식葉形裝飾, 은제
초화문오각형장식銀製草花文五角形裝飾 그리고 소속 미상의 금제오각형장
식金製五角形裝飾, 금제삼엽형장식부철지金製三葉形裝飾付鐵枝 등이 나왔음을
알려 주고 있다. 그리고 그것들이 왕과 왕비의 장식이었다는 점과 기
껏해야 장례용 특별 장엄구라는 점을 설명하고 있을 뿐, 별다른 언급이
없다. 기실 이 장식들을 출토 문물의 전체 맥락에서 살피지 않고 독립
문물로 본다면, 위와 같은 견해 이상으로 논의될 여지는 없다. 그러므
로 이 장식들을 문물 전체와 결부시켜 유기적인 맥락 속에서 파악해야
될 것은 물론이다.

먼저 이 장식들은 크게 수엽형과 화판형으로 유별된다. 왕비의 금제
사엽형장식을 비롯하여 금제릉형 및 엽형장식, 금제삼엽형장식부철지
등이 수엽형에 속함은 물론이고, 왕의 은제오각형장식을 비롯하여 여타
오각형계 장식들이 모두 화판형에 속하리라는 것이다. 수엽형은 쉽사
리 판단되거니와, 화판형은 그것이 단판화엽單瓣華葉을 장식용으로 도형
화한 것임을 전제할 때에, 비로소 그럴듯하게 이해될 터이다.

그렇다면 이들 수엽형과 화판형들은 금은제라는 점에서 그대로가 보
수엽과 보화판寶華瓣이 될 것이 분명하다. 이렇게 될 때에 이 장식들은 비
로소 왕릉의 극락세계에서 제내로의 위치를 찾게 되는 것이다. 저 극락
세계에는 반드시 그 세계를 장엄하는 보수엽과 보화판 등이 늘어서 있
기 때문이다. 『관무량수경』 제4관에서

此諸寶樹行行相當 葉葉相次 於衆葉間生諸妙華 華上自然有七寶果(p.342)

라고 극락정토를 장엄하고 있는 보수세계가 바로 그것이다. 나아가 『무량수경』에서는 그 보수세계를 묘사하는데 있어서

其國土七寶諸樹周滿世界 金樹銀樹 (…中略…) 乃至七寶轉共合成 或有金樹 銀葉華果 或有銀樹金葉華果[57]

라 하여, 실제로 금은수金銀樹를 전게로 한 금은엽화과金銀葉華果의 상잡 조화상相雜調和相을 내세우고 있는 실정이다.

이로써 왕과 왕비의 금은제수엽·화판형장식은 그대로 극락세계의 보수세계·금은엽화상金銀葉華相을 나타내고 있음이 확실해졌다. 왕과 왕비가 이와 같은 금은제엽화장식金銀製葉華裝飾으로 조화롭게 장엄됨으로써, 그 보살계 성상으로 한층 더 승화되었음은 물론, 왕릉의 극락세계를 더욱 찬란하게 만들었던 것이라 하겠다.

14) 광배형 동경

동경銅鏡은 왕의 두부와 왕비의 두부에서 각각 1개씩 나왔다. 『발굴보고서』에서는 그것들을 의자손수대경宜子孫獸帶鏡과 수대경獸帶鏡으로 명명하고 전문적인 형태 분석과 비교·검토를 해놓았다. 이 발굴에 재빨리 반응을 보인 통구융강樋口隆康 교수는 「무령왕릉출토경과 칠자경」에서 양식사적인 비교 연구를 본격적으로 진행하였다.[58] 그런데 위 업

적들이 그 동경들의 불교적 성격에 대해서는 별다른 논급을 하지 않았던 것이다. 물론 이들 동경을 별도의 문물로 독립시켜 본다면, 거기에서 불교적 성격을 논의하기 어려운 것은 사실이다. 그렇지만 이 동경들이 출토 문물의 일환임에 틀림없다는 전제하에서, 그 동경 자체의 구조·양태와 그 존재의 위치·양상 등을 엄밀히 점검할 때에 매우 중요한 사실을 발견할 수가 있다.

먼저 의자손수대경은 직경 23.2cm, 연고緣高 0.7cm의 크기로 왕의 두부, 소위 금제뒤꽂이 아래서 배문부背文部를 위로 하고 놓여 있었다. 그 전체 구조가 정원형正圓形임은 물론이고 그 중심에 있는 원좌뉴圓座鈕에는 관통공貫通孔이 하나 있어 그 구멍에는 직물 조각의 끝이 꿰어져 있었다. 그 원좌뉴 주위에는 9개의 원좌유圓座乳를 배치하였으며, 그 사이 사이에는 불투명한 상서문양祥瑞文樣과 의자손의 명문銘文이 있다. 그 주위를 즐치문櫛齒文과 이중의 소문대素文帶 그리고 다시 즐치문대櫛齒文帶로 둘러쌌으나 그중 이중의 소문대 사이에는 유절선조有節線條의 가는 권대圈帶를 만들었다. 내구內區에는 7개의 사화엽좌유四華葉座乳를 배치하고 그 사이에 7개의 도형을 나타냄으로써 주요 문양대를 이루고 있다. 그것이 상서문양이라는 것만 짐작할 수 있을 뿐, 그 주위에 윤곽선을 둘러 특징으로 삼고 있다. 이러한 내구內區의 배도配圖를 둘러서 그 밖에는 폭이 좁은 명문대銘文帶가 있으며, 평선平線인 외구外區에는 거치문대鋸齒文帶와 외주外周에 또 하나의 폭넓은 문양대가 있다.[59]

이와 같이 동경은 대형원반에 원좌뉴를 중심으로 9개의 원좌유와 7

---

58 樋口隆康, 앞의 글 참조.
59 김원룡 외, 「부장품」, 앞의 책, 36쪽.

개의 사화엽좌유四華葉座乳가 빙둘러 배치되고, 또한 원형 윤곽선이 중
첩으로 들러리 하였는데, 사이사이에 빛살모양의 각양 치형문齒形文과
불교계의 상서문양이 조화로이 자리하였다. 이렇게 볼 때에 이 동경은
원좌유를 중심으로 마치 불타의 법륜 같은 모습을 보이며, 전체적으로
는 보살・성상의 광배처럼 보인다. 실제로 불투명한 상서문양은 제처
놓더라도 빛살을 표상하는 각양 치형문과 불법을 표징하는 원상圓相 일
색의 윤곽선은 원좌뉴 중심의 원좌유와 함께 불교적 성향으로 집중되
는 강렬한 인상을 주고 있기 때문이다. 더구나 동경이 회광반조回光返照
의 권능으로 하여 '명경明鏡'・'업경業鏡' 등의 관념 하에서 불교적 신앙
과 깊이 관련되어 있다는 것을 고려한다면, 그것의 불교적 성향은 더욱
분명해지는 터라 하겠다.

　실로 동경이 법륜 겸 그 광배의 구조・양태를 지녔다면, 그것이 발견
된 위치・양상이 주목된다. 그것이 왕의 두부, 소위 금제뒤꽂이 아래서
배문부를 위로 하고 있었다는 사실과 그 중심부 원좌뉴의 관공貫孔에
직물의 끈이 꿰어 있었다는 현상을 상기할 필요가 있다. 그것은 왕의
두부 장식을 완료한 다음에, 마지막으로 왕의 두부 뒷면에 그 동경을
매달았음을 실증해주기 때문이다. 이렇게 본다면 그 동경은 마치 보
살・성중의 광배처럼 왕의 뒷머리에 붙어 있었던 것이 확실하다. 고래
로 불보살・성중의 입체상에서, 그 광배가 동경처럼 만들어져 별도로
부착되어 있는 사례는 얼마든지 있거니와, 특히 전게한 법륭사의 백제
계 관음보살상과 천왕상의 광배에서 이와 유사한 점이 보여 흥미롭다.

　이처럼 왕이 동경을 광배로써 달았을 때, 그것은 보살・성상의 모습
그대로였으리라고 연상할 수가 있겠다. 나아가 그 현상은 전술한 바

왕릉의 극락세계에서 왕을 보살·성상, 대세지보살로 장엄·승화시키려는 경향과 부합되는 바라고 하겠다. 실제로 왕을 대세지보살로 전환·승화시키려 했다면, 여타의 모든 장엄·장식에도 불구하고 광배만은 불가결의 필수조건이 되었으리라고 믿어진다. 광배야말로 모든 불보살·성상의 필수적인 특징이거니와, 특히 대세지보살의 두부 원광(광배)은 그만큼 위엄·찬란한 것이었기 때문이다.『관무량수경』제11관에

次觀大勢至菩薩　此菩薩身量大小亦如觀世音　圓光各面二百二十五由旬　照二百五十由旬　擧身光明照十方國　作紫金色　有緣衆生皆悉得見　但見此菩薩一毛孔光　卽見十方無量諸佛淨妙光明　是故號此菩薩名無邊光(p.344)

이라고 한 것을 보면, 그 광배의 정도가 실증되는 터라 하겠다.

다음 묵대경黙帶鏡은 직경 18.1cm, 연고 0.6cm의 크기로 왕비의 두부 관식 밑에 걸쳐서 역시 배문부를 위로 하고 나타났다. 전체 구조가 정원형임은 물론이고, 그 중심에 있는 원좌뉴에는 관통공이 하나 있어 왕의 그것처럼 끈을 꿰었던 것이라 보아진다. 그 원좌뉴의 주위에 9개의 원좌유가 있고 그 사이사이에 간단한 초화문이 배치되었다. 이들에 연속하여 즐치문대·소문대·즐치문대의 순서로 3대가 마련되었다. 내구에는 내행팔호문內行八弧文이 있는 원곽圓廓을 수반한 7개의 원좌유를 두고 그 사이에 사신四神과 삼서수三瑞獸의 도형을 새겼다. 외구는 평선인데 여기에는 안쪽에 거치문대를 그리고 그밖에는 선회되는 당초문을 배치하였다.[60]

이 동경도 왕의 그것과 같이, 대형 원반에 원좌뉴를 중심으로 9개의 원좌유와 7개의 이중 원좌유가 빙둘러 배치되고 또한 원형윤곽선이 중첩으로 둘러리하였는데, 사이사이에 빛살모양의 각종 치형문과 불교계의 당초문양이 적절하게 위치하였다. 그렇다면 이 동경도 왕의 그것처럼 불타의 법륜 겸 보살·성중의 광배로 취급되어 무방할 터이다.

이렇게 볼 때에, 동경이 왕비의 두부, 관식 밑에서 관공 원좌뉴의 배문부를 위로 하고 나타났다는 사실이 중시된다. 말하자면 이 동경도 왕의 경우처럼 왕비의 두부 장식이 완료된 다음, 그 뒷머리에 광배처럼 부착되어 있었음이 확실하기 때문이다.

이렇게 왕비가 동경을 달았을 때에, 그 모습은 왕의 그것과 같이 보살·성상의 형상을 그대로 보이는 것이라고 추상할 수밖에 없다. 그리하여 그 모습이 기술한 바 왕릉의 극락세계에서 왕비를 관세음보살로 장엄·승화시키려는 의도와 일치되는 것은 자연스러운 현상이라 하겠다. 실제로 왕비를 관세음보살로 전환·승화시키려 했다면, 왕의 대세지보살처럼 그 광배가 필수 장엄이 되었을 것은 확실하다. 그 광배가 보살·성상의 필수조건임은 물론이거니와, 관세음보살도 대세지보살과 같이 그 두부의 원광이 휘황찬란한 것이었기 때문이다. 『관무량수경』 제10관에

次亦應觀觀世音菩薩　此菩薩身長八十億那由陀恒河沙由旬　身紫金色　項有
肉髻　項有圓光面各百千由旬　其圓光中有五百化佛(p.343)

60　위의 글, 35쪽.

이라고 한 것을 보면, 광배의 수준이 입증되는 바라 하겠다.

이상 검토한 바와 같이, 왕과 왕비의 동경이 각기 뒷머리에 부착됨으로써, 그것들은 보살·성중의 광배처럼 왕과 왕비를 보살계 성상으로 전환·승화시키는데 결정적 역할을 했으리라고 보아진다. 이러한 광배를 달아서 성화된 왕과 왕비가 왕릉의 극락세계에서 대세지보살과 관세음보살로 군림하게 되었다면, 그 광배에서는 무량광명이 쏟아져 나와 극락세계는 물론 사바세계까지도 비추어 주리라고 관념·신앙되었으리라 추단된다.

15) 목제 조형과 악기류

출토 문물 중에서 목제 조형鳥形과 악기류 잔형殘形은 비교적 특이한 것이면서도, 『발굴보고서』 이래, 학계의 무관심 속에 묻혀 있었던 것이다. 실제로 그것들은 그 자체만을 가지고서는 조형과 악기라는 사실 밖에 이렇다 할 내질과 계통, 불교적 성격 등을 잡아 보기가 어려웠을 것이다. 그런데도 조형과 악기류는 전체 문물의 맥락 속에서 비교적 선명한 성격을 들이낸다는 점이 수복된다.

먼저 목제 조형은 왕비 두침 앞에 떨어져 있던 것인데, 원래 목침의 상면에 전면을 보고 엎혀 있었던 것이라 추정되었다. 『발굴보고서』 이래 그것이 목제 봉황두라고 통칭되고 있지만, 얼핏 보아도 전체 양태가 봉황 같지 않다. 더구나 실물을 엄밀히 살피고 보고서에서

나무에 엷게 黑漆을 하고 부리 내부와 周緣, 귀밑의 아랫면두, 목 뒤 그
리고 頭頂中央에서 뒤로 뻗은 것에는 각각 朱칠을 하고 따로 금박을 頭頂
깃, 부리 基部를 옆으로 스쳐 뒤로, 頸部 전면 양측에 각각 帶狀으로 돌려
전체에 액센트를 주고 있다. (…중략…) 그리고 후두부에서 목 상부에 걸
쳐서 흰 칠을 하고 그 위에 사이가 있는 평행흑선을 세로 그려 羽毛를 표
현하고 있다.[61]

라고 설명한 것을 자세히 본다면, 그것은 점점 봉황과는 거리가 멀어지
는 터라 하겠다. 위와 같이 드러난 구조·양태와 세부 표현까지를 종
합 검토할 때에, 그것은 봉황이라기보다는 오히려 원앙이라고 판단해
야만 마땅할 터이다. 우리가 보물이나 그림에서 흔히 볼 수 있는 원앙
의 전체 윤곽이나 세부 형태 그리고 깃털의 색상·선형까지를, 그 목제
조형은 근사하게 집약·표출하고 있기 때문이다.

　이와 같이 그 목조를 원앙으로 파악할 때에, 그것은 왕과 왕비의 상
관성을 입증해 주는 의례적 의미로도 적합하거니와, 나아가 정토신앙
적 의미로도 부합되는 바가 있다. 더구나 그것이 원앙일진대, 입을 벌
리고 있는 모습과 눈이 불룩하면서도 깃처럼 꼬리지고 뒷머리 긴 것이
뿔처럼 뻗고 있는 모양은 마치 극락세계의 원앙을 연상케 하는 바가 있
다. 적어도 한 쌍의 원앙이 이런 모습으로 상응하여 있다 하면, 그것은
서로가 환희하며 노래하거나 이야기하는 모습일시 분명하기 때문이
다. 『관무량수경』 제8관에

——樹下亦有三蓮華 諸蓮華上各有一佛二菩薩像 遍滿彼國此想成時 行者

當聞水流 光明及諸寶樹鳧雁鴛鴦皆說妙法(p.343)

이라고 한 것을 보면, 극락세계에 자리하고 있는 원앙의 모습을 확인할 수 있겠다. 마침 돈황동굴 제329굴에 서방정토·극락세계를 벽화로 그려놓았는데 칠보루각七寶樓閣 위에는 이대보살二大菩薩이 흘립屹立하여 많은 장엄과 신상들에 둘러 싸여 있고, 그 아래 청정지수淸淨池水 위에는 원앙으로 보이는 한 쌍의 조류가 상화하여 노닐고 있음을 보여 준다. 이 조류가 원앙임에 틀림없다면, 극락세계에서 차지하는 원앙의 위치가 더욱 분명해진다고 하겠다. 게다가 정토삼부경에 계하여 미타삼존의 본생담을 소설로 엮어 놓은 「안락국태자경」에서 관세음보살의 전신이 원앙부인으로 되어 있다는 사실도,[62] 따지고 보면 극락세계에서 차지하는 원앙의 좌표를 방증해 주는 것이라 보아진다.

그리하여 원앙이 극락세계의 필수물이라고 한다면, 왕릉의 극락세계에서도 원앙을 필수적으로 갖추어야만 했을 것은 물론이다. 따라서 위 목제 조형이 원앙으로서 왕릉의 극락세계를 제대로 장엄했던 것이라고 추상할 수가 있겠다.

다음 악기류는 원형 전모로서가 아니고 그 잔형으로 발견되었다. 그런데 『발굴보고서』에서 그 잔형을 날카롭게 복원하여 결국 현실玄室의 남북에 각각 1개씩의 현금이 놓였고 이도羨道에도 1개의 악기가 있었던 것으로 추정하였다.[63] 그것이 정말 현금이었는지는 장담할 수 없으나,

---

62　사재동, 「「안락국태자전」 연구」, 『어문연구』 5, 어문연구학회, 1967, 107~109쪽.
63　김원룡 외, 앞의 글, 41~42쪽.

그들 3개 내지 3종의 악기가 그 자리에 있었던 것만은 확실하다 하겠다.

이들 악기류는 그 자체만을 떼어 놓고 볼 때에는 대체로 왕과 왕비가 생전에 사용하던 것이거나 즐겨 듣던 것이 부장된 것이라고 판단하기가 쉽다. 그런데 이 악기류를 문물 전체의 맥락에서 살필 때에, 그것은 매우 중요한 의미를 지닌다. 왕릉의 극락세계를 인정하는 마당에서, 위 악기류는 그 세계의 중요한 장엄구로 위치하고 있는 것이 분명하기 때문이다.『관무량수경』제6관에

重寶國土 ——界上有五百億寶樓 其樓閣中有無量諸天 作天伎樂 又有樂器 懸處虛空 如天寶幢不鼓自鳴 此衆音中 皆說念佛念法念比丘僧(p.342)

이라고 하여 무량제천無量諸天의 기악과 악기가 극락세계의 필수적인 장엄물임을 실증해 주고 있다. 그렇다면 위 왕릉의 극락세계에서 악기류가 필수적인 존재로 자리잡고 있는 것은 당연한 일이다. 전술한 바 돈황동굴에 속하는 극락세계의 벽화에 〈제천주악도諸天奏樂圖〉가 그려져 있는 것은 극락세계와 제천기악 및 악기와의 밀접한 상관성을 구체적으로 실증해 주는 것이라 본다. 그리하여 고구려의 삼실총이나 무용총 같은 고분 현실에 〈천인주악도天人奏樂圖〉가 연화·당초문 등과 어울려 그려진 것은 아무래도 현실 내부를 극락세계로 장엄하려는 징표로 간주하여 무방할 터이다.

그래서 이들 악기류는 왕릉의 극락세계에서 필수적인 장엄물로 위치함으로써, 전게한 백보색조百寶色鳥, 극락조極樂鳥의 '화명애아和鳴哀雅' 그리고 원앙의 '연설묘법演說妙法' 등과 어울려 그 세계를 보다 극락처럼

조성하는 데에 이바지했던 것이라 하겠다.

16) 여타 문물

여타의 문물도 왕릉의 내부에 들어 있던 것이므로, 왕릉을 극락세계로 인정하는 마당에서는 일괄하여 불교적 성향을 지녔다고 단정해 버릴 수도 있겠다. 그런데 그것들은 일부 불교적 성격을 띠면서도 백제 고유의 토착성과 역사성을 더 많이 띠고 있다는 점에서 주목된다. 그리하여 그 문물들을 대강 장신구류・진묘호법용구류鎭墓護法用具類・공양제기류供養祭器類・생전사용구류生前使用具類 등으로 대별하여 개관해 볼 필요가 있겠다.

먼저 장신구류에는 왕비의 금제칠절경식金製七節頸飾과 금제구절경식金製九節頸飾 그리고 금제천金製釧과 은제천銀製釧 등이 있다. 이들 장신구들은 은제천이 용문龍文을 부각시킨 것 이외는 그 자체가 불교적 색채를 들어내고 있는 바는 없다. 다만 왕릉의 극락세계를 전제하고 왕비를 관세음보살로 성화시키려 한 문물의 의도를 파악한 이상, 위 경식이 불교적 특징을 지닌 다른 장식물들과 함께 관음적 장엄으로 사용되었음을 추지할 수가 있겠다. 그리고 금은제천류도 한・일 간의 전래 관음상들이 대부분 천형식釧形式의 장식물을 끼고 있었다는 점을 고려한다면, 왕비를 관음성상으로 장엄하려는 장식의 하나로 활용되었던 것이라 볼 수도 있겠다.

다음 진묘호법용구류에는 왕의 단룡환두도單龍鐶頭刀와 금은장도자金

銀粧刀子 그리고 왕비의 금은장도자, 왕과 왕비의 금은동제식리金銀銅諸飾履, 부모鈇銲, 석수石獸 방위석方位石, 오수전五銖錢 등이 꼽힌다. 단룡환두도는 단룡투각장식單龍透刻裝飾이 불교와 유관한 듯하고 그밖에는 불교적 특색을 나타냄이 없다. 도검류刀劍類가 무력을 상징함은 보편적인 사실이거니와, 일단 그것이 무령왕의 위세를 표상하고 있는 터라 보아도 무방할 것이다. 그런데 명왕明王을 비롯한 파사현정破邪顯正·호법신중護法神衆들이 창검을 들어 그 위세를 보이고 있다는 점을 고려한다면, 그 왕도王刀가 벽사·호법의 불교적 성향과 무관하다고 할 수가 없다. 더구나 왕을 대세지보살로 성화시키려는 문물의 의도를 알고 보면, 그 보살의 무량한 위세를 표상하기 위하여 왕에게 그런 도검을 채워 준 것은 결코 무리한 일이 아니었을 터이다. 그러한 왕의 모습에서 무령왕적 대세지보살의 위엄을 족히 발견할 수가 있겠기 때문이다.

금은장도자는 백제 전통의 도자민속刀子民俗을 비교적 강하게 반영하고 있다. 그런데 천수관음을 중심으로 많은 성중들이 보살의 위신력과 벽사·호법의 상징으로 소도小刀를 수지하고 있음을 보게 된다는 사실이다. 따라서 왕과 왕비가 장엄·성화되는 마당에 금은장도자로 장식되어 있다는 것은 결코 어긋나는 일은 아닐 터이다.

금은동장식리金銀銅裝飾履는 생전의 평상용이 아니고 위 관식 등과 같이 장례용 부장품으로 특별히 제조되었을 것이다. 그런데 그것이 전체적으로 인동당초문양과 소형원형 영락으로 장식되어 있음을 보아, 불교적 성향을 강하게 느낄 수가 있다. 법륭사의 백제계 천왕들이 사귀邪鬼를 짓밟고 있는 형상을 보이는데, 특수식리特殊飾履에서 그와 유사한 이형履形을 찾아 볼 수도 있겠다. 더구나 위 식리들은 다 같이 그 바닥에 날카로운 못을 내세워 보다 강인한 인상을 주고 있다. 왕과 왕비가 보살·성상으로서 그런 식리를 신었다고 한다면, 그것은 극락세계의 부정을 몰아내고 사기邪氣를 진압하며 청정법계를 수호하는 역할을 제대로 감당해냈으리라고 믿어진다.

철모鐵鉾라는 것은 그 보물을 여러 모로 비교·검토해 본 결과, 철모이기보다는 오히려 불국토의 호법신중들이 소지하고 있는 금강저金剛杵의 형태라고 판단함이 옳을 것이다. 그렇게 본다면 어떤 존재가 그것을 운용했느냐가 문제되지만, 그러한 금강저는 그 자체만으로도 파사·호법의 기능을 발휘하는 성물로서 신앙되어 왔던 것이다. 그것이 왕비관대전면王妃棺臺前面에서 발견됨으로써 판단을 더욱 어렵게 하거니와, 아무래도 백제의 전통적 민속과 관련시켜 검토되어야 할 터이다.

석수는 형태가 특이하여 그 유례를 찾기 어렵거니와, 일찍이 윤무병 교수에 의하여 진묘수鎭墓獸라고 규정된 바가 있다.[64] 그만큼 그것은 백제의 장례의식을 강하게 반영하고 있는데, 또한 그것은 벽사·호법의 불교적 성향이 없지도 않다. 그 왕릉의 극락세계를 전제할 때에, 이승과 저승의 분기점, 극락세계의 문턱에서 괴상한 모습으로 버티고 서 있는 석수는 외침하는 사기를 물리치고 극락의 청정법계를 수호하는 천왕적 실존이라 볼 수가 있겠다. 석수는 오랜 전통의 처용적 성격을 지니면서도 파사·호법의 신중들이 패용하는 괴수·귀면 등이나 동양권 고찰에 보이는 괴수·귀면의 조형과 회화물들처럼 벽사·호법의 기능을 족히 발휘했으리라 보아지기 때문이다.

방위석은 방위표라 하여 장방형의 석판에 십이지 방위를 새겨 석수 바

---

64 윤무병, 「무령왕릉 석수의 연구」, 앞의 책, 34~35쪽.

로 앞에 나란히 깔아 놓았던 것이다. 그런데 석판 4변 중에 3변에만 방위를 표시하고 석수를 향한 면, 즉 현실과 맞대 있는 서쪽 부위 1변에는 그 표시를 않고 공백으로 남겨 두었다. 『발굴보고서』에서는 대만의 어떤 학자가 '서방을 비운 것은 서쪽이 중국에 해당되므로 중국을 높이는 의미에서 비웠다'고 주장했다는 것을 터무니없는 망설이라고 비판하면서

이것은 이 석재 자체가 정방형이 아니었기 때문이다. 24방위를 기입함에 있어서 정방형이 아니고서는 방위의 위치를 제대로 설정할 수 없기 때문이다. 곧 正西에 해당하는 부분은 적어 넣을 수 있다 할지라도 西北隅와 西南隅의 명칭을 기입할 자리가 없게 된다. 그러므로 서방 일면을 비워 두지 않을 수 없게 된 것이다.[65]

라고 그 결각의 이유를 설명한 바가 있다. 이런 식의 설명은 아무리 풍부한 자료를 동원했다 하더라도 대만학자의 그것처럼 설득력이 없다. 왕의 장례에 꼭 필요한 방위기록이었다면, 어떤 방편을 쓰든지 다 기입했을 일이지, 석재石材가 정방형이 아니라는 이유 하나만으로 서방 전체를 비워 두었으리라는 것은 상상조차 할 수 없겠기 때문이다. 더구나 『발굴보고서』에서는 방위표가 처음부터 계산에 넣은 것이 아니고, 왕비의 석판 양면에 글자를 새기면서 왕의 석판 1면이 비어 있음을 이상히 여긴 나머지 추가로 새겨 넣은 것이라고 추정하였다. 그렇다면 석판의 빈자리를 메꾸려고 우연히 새기기 시작한 것이 방위표요, 그러다가 새길 자리가 마땅치 않아 서방 쪽은 새기지 않은 것이 지금 보는

---

65 김원룡 외, 앞의 글, 53쪽.

결과를 내었다는 이야기가 된다. 이것은 정말 무책임하고 안이한 추론이거니와, 그 방위표는 당시 백제의 신앙·의례에 준하여 필요 불가결의 장물이었던 것은 물론이고, 더구나 서방을 비우는 데에는 꼭 그럴만한 이유가 있었던 것이 분명하다.

이 왕릉은 궁성이 자리했을 공주 중심지를 주축으로 하여 대체로 서방 구릉에 위치하고 있다는 점과 그 능의 방위가 전면을 동, 후면을 서로 하고 있다는 사실을 주목하면서, 왕릉의 현실을 서방정토·극락세계로 시인해 온 것을 상기할 필요가 있다. 그러고 보면 그 방위표가 맞대고 있는 서방이 바로 왕릉의 현실, 서방정토의 현장이 된다는 것이다. 그러니까 서방정토의 현장에 입각하여 타변 방위를 기입·표시하자니 자연 서방현장을 표시할 필요가 없었던 것이며, 따라서 방위표의 서방이 결각으로 되어 있음은 너무도 당연한 일이다. 그렇다면 그 서방의 결각 현상은 오히려 그 능의 현실이 서방정토의 현장이라는 것을 입증해 주는 터라고 하겠다. 이런 점에서, 대곡광남大谷光男이 이 방위표의 서방 결각을 두고 아미타신앙의 영향이라고 본 것은[66] 날카로운 바가 있다고 하겠다. 그러므로 이 방위표는 왕릉의 현실을 서방정토로 좌정시키고 확고부동하게 진정시키는 절대적인 역할을 담당했던 것이라 보아진다.

오수전이라는 것두 그 놓인 지리로 보아 백세 상례의식의 중요한 일면을 암시해 주고 있다. 그것은 왕릉토지를 매입하는 금액으로 간주되기 때문이다. 이점 인류학·민속학 쪽에서 보다 자세한 검토가 있기를 기대하거니와, 우선 이 전류錢類의 정토신앙적 측면을 살펴 볼 필요가 있겠다. 정토신앙의 오래된 전통으로 사자死者를 극락세계로 왕생시키

---

[66] 大谷光男, 앞의 글, 54쪽.

는 재의가 있어 왔다. 그 의식에서는 반드시 지전이나 동전을 놓고 극락왕생을 기원하되, 그 전류를 사자가 지참하여 극락길을 가면서 보시공덕을 쌓고 극락문전에서 수문장에게 모든 것은 희사함으로써 부정없는 마음으로 극락세계에 들어갈 수 있다고 믿었던 것이다.[67] 이렇게 본다면 오수전은 백제의 전통신앙이 두루 얽혀 있을 것이라는 전제하에서, 왕과 왕비가 극락세계로 들어가 성화되기 위해서 수문자에게 보시·희사했던 것이 아닌가 추단되기도 한다. 이와 결부되어 매지권·지석이 설치됨으로써, 그 무령왕과 왕비의 능침임을 확증하고 있는 것이 사실이다. 그래서 위와 같은 진묘호법용구류鎭墓護法用具類들이 불국토를 수호하는 호법신중들의 기능을 발휘함으로써, 왕릉의 극락세계는 보다 완벽하게 정좌하였다고 보아진다.

그리고 공양제기류에는 청동발靑銅鉢와 청동개靑銅蓋, 청동제靑銅製접시형용기形容器, 청동시靑銅匙, 청자사이병靑磁四耳瓶, 청자잔靑磁盞 등이 있다. 이것들은 그 자체로서 불교적 특색을 가지고 있지 못하므로, 백제의 전통의식에 의한 배치라고 일단 주목해야만 되겠다. 그러나 그것이 서방정토로 설정·확립된 왕릉의 현실 내에 있었다는 점에서, 그것들은 정토신앙에 입각한 공양제의의 용기였으리라는 사실을 부인할 수가 없겠다.

끝으로 생전사용구류에는 왕의 방격규구신수경方格規矩神獸鏡과 왕비의 청동제 다리미, 금은제 소형천小形釧 등이 있다. 왕의 신수경神獸鏡은 별도의 상자에 넣어 왕의 족좌부에 위치하였으므로, 생전의 사용구가 아니었던가 짐작된다. 그 신수경은 방격규구方格規矩와 인수상화人獸相和·

---

67 고금 사찰에서 망자의 극락왕생을 비는 재의가 이런 식으로 진행되어 왔고, 고금의 무속에서도 그런 경향을 보인다. 『삼국유사』 권5 「월명사 도솔가」조 참조.

의 양태로 보아 천하국토·인간만물을 태평광명으로 다스리는 왕권을 표징하고 있는 듯이 보인다. 그러니까 왕이 생전·평소에 이 신수경을 거울삼아 왕위를 누리다가 생전 왕권과 사용구의 대표물로 사후까지 지니고 왔던 것이라 판단할 수가 있겠다.

그리고 청동다리미와 금은천류는 그것의 성격과 형태로 보나 왕비의 족좌부에 위치했던 점으로 미루어, 생전의 사용구였으리라고 믿어진다. 이 다리미가 규중가사의 중요 용구임은 물론, 그 천류가 또한 여자 장식의 전형적인 물품임으로 하여, 그것들은 여성 상징의 기물로서 왕비를 대변하고 있었던 것이라 생각된다.

이런 종류의 생전 사용구를 사후세계까지 휴대하여 저승 극락의 생활에 활용하게끔 배려한 장의신앙은 그 전통이 구원하다고 보아진다. 이러한 문물의 토착성과 역사성은 위에 든 문물의 백제적 극락세계의 그것을 본떴다 하더라도, 거기에 송두리째 말려들지 않았다는 점에서 토착성과 역사성으로 정립되는 백제의 창조적 기저를 벗어날 수가 없다는 것을 밝혀주고 있다.

이상 고찰해 온 바와 같이 무령왕릉의 출토 문물은 거의 모두가 불교적 성향을 띠고 있을 뿐만 아니라, 『관무량수경』에서 소설한 극락정토·연화장세계의 문물과 친연성을 가지고 있다. 연화문 일색의 전실塼室과 연화계의 각종 문물, 영락계의 중보장엄衆寶莊嚴과 금은제수엽·화판형 각양 장식 그리고 그 안에서 대세지보살·관세음보살의 성상으로 승화되어 군림하고 있는 왕과 왕비의 위용, 게다가 다시 각종 조류와 악기까지 배치한 왕릉의 제반 문물은 그것만으로도 극락세계를 족히 조성하고 있는 것이다. 거기에다 황금색이 편만하고 중보주영락이 영롱한데 마니보주의 무량광채와 보살광배의 무변광명이 융합하였으니, 완벽한 극락세계를 이룩하고 있음이 분명하다. 이로써 이 왕릉의 문물은『관무량수경』의 극락세계를 집약하여 조형화한 것임을 확인할 수가 있다.

그런데 이 왕릉의 문물은『관무량수경』의 세계를 그대로 직역해 놓은 것이 아니다. 이 문물이 저 경전의 세계를 전범으로 하였으되, 그것은 백제의 토착성과 역사성으로 조화된 고차원적 정신문화를 융화시킴으로써 백제 예술로 창조되어 있기 때문이다. 따라서 이 문물들은 다 같이 극락세계를 조형화 하였으되, 중국계의 동굴·능묘나 고구려·신라계의 고분·석굴들과는 유형을 달리하며,『관무량수경』의 그것을 뛰어 넘어 극락의 진여세계를 백제 위에 구현하고 있는 터라 하겠다.

그러므로『관무량수경』을 주축으로 하고, 백제의 풍토와 역사를 기반으로 하여, 이 왕릉 문물의 원형을 족히 복원할 수가 있겠다. 그리하여 이 문물의 원형에서 백제의 불교재의와 그에 따른 문화현상을 탐색해 낼 단계에 이르렀다고 보아진다.

4. 무령왕릉 문물의 원형과 제의적 성격

1) 무령왕릉 문물의 원형

위에서 살펴 본 대로 무령왕릉은 극락정토·연화장세계로 조성되고, 거기에 안치된 모든 문물이 이를 실증하고 있는 터다. 결국 이 무령왕릉의 전체와 그 문물은 『관무량수경』을 원전으로 하여 이상적인 극락세계를 조형화함으로써, 무령왕과 왕비가 그 세계의 주인으로 영생·복락을 누리도록 조영하였다는 것이다. 그러기에 이 능묘의 내부는 온통 무령왕과 왕비의 극락정토·연화장세계라는 점이 확인되었다. 그것은 무령왕과 왕비의 서거 이래, 상주인 성왕대에 당시의 능묘 신앙과 풍속을 승화시켜 최고 지선의 이상향으로 성취된 것이었다. 따라서 그 왕릉의 세계는 시공을 초월하여 왕과 왕비의 영생 극락을 길이 보장하게 되었다. 위에서 고증된 그 왕릉의 문물이 이를 유기적으로 완벽하게 실현하고 있기 때문이다.

왕릉의 극락정토·연화장세계에는 서방교주 아미타불이 불가사의한 위신력을 니투고 있다. 원래 아미타불은 무량수·무량광으로 현현하여 일정한 형색을 보이지 않고 자유자재한 것이다. 그래서 아미타불은 무량수의 면모도 중요하지만, 무량광의 면목이 더욱 뚜렷하다. 그러기에 서방정토의 주재자는 광대·무변의 광명으로 충만되어 무량수의 무한생명과 조화된다. 따라서 이 왕릉의 그 세계에서는 아미타불이 구체적인 형상을 보이지 않고, 그 속의 금은 칠보의 조화로운 광채를 바탕으로, 3개 벽의 감실에서 방출되는 마니보주의 찬연한 광명을 통하여 상징적으로 자리한다.

그리하여 이 세계에서 실제적으로 위력·권능을 발휘하는 것이 바로 관세음보살과 대세지보살이다. 이 두 보살은 아미타불의 좌우 보처로서 그 찬란한 위풍을 장엄하고, 이른바 권보살의 권능을 발휘하는 터다. 그래서 여기서는 예상된 대로 무령왕이 대세지보살로, 그 왕비가 관세음보살로 승화·작용하게 된 것이라 하겠다. 실제로 위 왕릉의 문물을 통하여 재구되는 왕과 왕비의 위용·장엄은 그대로 대세지보살과 관세음보살의 실상을 보여 주기 때문이다.

먼저 무령왕의 위용을 보면, 대세지보살의 면모가 여실히 드러난다. 원래 군왕과 왕비의 장송 절차에서 장엄·장식의 일체 문물은 새롭게 제작되는 게 원칙이다. 그래서 무령왕의 시신은 염습·장엄 과정에서 보살의 그것을 이상적으로 본뜨게 되었던 터다. 그 왕의 용모는 본래 '미목여화眉目如畵'로 잘생긴 터에, 갖가지 제례적 분장을 하고 그 보살적 관식을 갖추었으니, 보살의 광배와 같은 동경을 곁들여 어느새 보살의 위풍을 갖추기 시작한다. 여기에 각양각색의 금은 연화문 및 연엽문 장식을 붙인 의상을 입고, 귀걸이·목걸이·팔찌 등으로 장식됨으로써 원만·완연한 보살상이 되는 터다. 게다가 항마의 금동 신발을 신고 여러 가지 보검을 지참함으로써, 심상치 않은 영웅적 위엄을 갖추게 된다. 이것은 무령왕의 무위를 나타내기도 하지만 이를 보살상에 견준다면, 바로 '파사현정'의 대세지보살을 떠올리는 것이다. 그렇다면 이 무령왕은 그 연화장세계에서 대세지보살로 상정되어, 그렇게 꾸며지고, 그 보살적 권능을 발휘하며 그 세계를 다스릴 뿐만 아니라, 백제의 조정과 백성들까지 음조하기를 염원했던 터라 하겠다. 이것은 바로 당시 성왕이나 왕족, 신민들이 그들의 장례신앙과 그 풍습에 따라 취하여진 최선의 방편이었던 것이다.

이어 그 왕비의 용모를 살피면 관세음보살의 면목이 뚜렷이 보인다. 원래 이 왕비의 미모는 '미염무쌍美艶無雙'하여 가장 아름다웠으리라 추정된다. 여기에다 당시의 장속에 의하여 갖가지 화장을 하고 화려·찬란한 관식과 함께 머리를 특별히 수식하면서 다시 광배와 같은 동경을 곁들이니, 이것만으로도 보살의 자비상이 돋보인다. 나아가 거기에 각종 금은 연화문 및 연엽문으로 장식된 의상을 입고 다양한 귀걸이·목걸이·팔찌 등을 착용함으로써, 보살의 면모가 더욱 강화된다. 더구나 그 왕비가 파사형 금동 신발을 신고 은장도를 지참한 것은 보살의 일면을 추가하는 터라 하겠다. 따라서 왕비의 장식·장엄은 미모·자비의 특징을 보임으로써, 보살로 치자면 관세음보살의 외모·권능을 들어낸다고 하겠다. 이점은 무령왕의 경우와 같이, 당대 왕실·백관·민중의 장례 신앙과 관습에 따라 필연적으로 승화된 것이라 보아진다.

이와 같이 연화장세계에서 무령왕과 왕비가 아미타불의 무량수·무량광의 광명 아래, 대세지보살과 관세음보살로 상념·승화되어, 그 모양·권능을 그대로 갖추고 입관·장엄됨으로써, 더욱 신비화되고, 신앙의 대상으로 확신되었다. 그리하여 그 세계에서 극락조와 원앙조의 가창·설법과 악기의 음성공양이 이루어지고, 각종 재의의 금은 용기와 여러 도자기들이 배설되었던 터다. 따라서 무령왕과 그 왕비는 그 극락정토·연화장세계에서 대세지보살과 관세음보살로 화생하여 구품연대로써 화생 대중을 접인하며 영생하는 것으로 신앙·재례되었으리라 추정된다. 이것이 바로 그 왕릉의 문물을 통하여 재구해 본 극락정토·연화장세계의 원형이라고 보아진다. 그러기에 무령왕릉 문물은 『관무량수경』의 세계를 저본으로 하여 성왕 대의 인물들이 능침신앙과 관례에 따라 창조적으로 완성한 극락정토·연화장세계로서, 한국 능침문화의 정화·전형이라고 하겠다.

2) 무령왕릉 문물의 제의적 성격

무령왕릉 문물은 『관무량수경』을 원전·저본으로 삼은 이상, 그것이 정토삼부경과 직결된 바 정토사상과 신앙의 성격을 띠는 것은 당연한 일이다. 전술한 대로 백제의 불교는 무령왕·성왕 대에 이르러 융성을 보아 미타사상 내지 미륵사상을 주축으로, 그 신앙이 왕실이나 민중에 널리 유통되고 있었던 것이 사실이다. 말하자면 망자의 천도나 사후의 세계를 위하여는 주로 미타정토를 숭신·갈망하였고, 생자의 복락이나 미래의 세계를 위해서는 주로 미륵정토를 동경·희망하였다는 것이다. 따라서 위 두 사상·신앙은 서로 대립하지 않고 정토를 공통기반으로 융화·상생의 길을 걸어 왔던 터다.[68] 그러기에 무령왕릉 문물이 미타사상과 신앙에 입각하여 조성된 것은 필연적인 일이고, 나아가 그것이 미륵사상·신앙과 공존하여 미륵사와 결부되었을 가능성이 크다.

---

68 이렇게 정토사상을 기반으로 미타사상과 미륵사상이 공존하고 있는 현상은 백제·신라가 공통점을 가지고 있었다. 『삼국유사』 권3 「남백월이성」에서는 '노힐부득'과 '달달박박'이 친구로서 출가·정진하여 부득은 미륵불로, 박박은 미타불로 성불한 사례를 보인다.

이러한 왕릉 문물은 전술한 대로, 극락정토·연화장세계 자체 내에서도 제례가 행하여지도록 설시되어 있었다. 실제로 금은 제기나 공양 도자기 등이 배치되어 제례를 올리는 상징적 표현을 하고 있기 때문이다. 그런데 이것은 어디까지나 왕릉 내부의 실상·정황일 뿐 외부·형상은 다만 산봉우리 같은 왕릉일 따름이다. 따라서 무령왕릉에 대한 의례에서는 왕실 중심의 불교적 재의를 겸하여 조정 위주의 전통적 제례를 행하였으리라 추정된다. 어떤 면에서는 불교적 국행제를 연상케 되는데, 여기서는 미타사상·신앙에 의한 불교식 재례보다는 국가적 법도·의례에 준한 전통적 제의가 주축을 이루었으리라 본다. 그 왕릉의 외형은 가시적 대상으로 거창하지만, 그 내부 문물은 매장된 가상으로 애매하였기 때문이다.

여기서 무령왕릉의 불교적 재의는 한계에 부딪치고, 동시에 당시의 명찰, 국찰이나 원찰에 붙여 여법하고 본격적인 추천 재의를 거대하게 거행하였으리라 본다. 원래 국상을 만나면 대소 사찰에서 그 추모 재의를 치르는 것이 당연한 일인데, 당시 국도 공주 주변의 대찰이 이에 순응하였을 것은 물론이다. 그중에서도 무령왕이 창건한 국찰·원찰로 익산 미륵사에서 그 왕의 추천재의를 여법하게 본격적으로 거행했을 것은 당연한 일이다. 무령왕의 생전에도 탄신일이나 애경사를 당하면 미륵사에서 빠짐없이 큰 재의를 시냈으리라 짐작되거니와, 그러한 왕의 병중이나 상사에서 치병재의와 국상재의를 지내는 것이 국찰의 사명이었기 때문이다. 그리하여 무령왕의 국장 이래, 추모제의는 그 국가적 능행제와 미륵사 중심의 천도재의로 가닥을 잡아 정례화될 수밖에 없었다.

그러는 가운데 성왕이 16년 부여로 천도할 것을 예정하면서, 국가적 보장 능침, 무령왕릉을 수호·제례할 방도를 적극적으로 모색할 수밖에 없었다. 공주 국도의 경내나 근접 지역에 있는 무령왕릉은 금은보배로 가득찬 내막이 알려질 때에, 신도 부여에서는 안보·관리가 거의 불가능하였기 때문이다. 하기야 많은 파수병을 동원할 수는 있겠지만, 그것은 국내 도굴꾼을 방어할 수 있을 뿐, 삼국의 각축 시대에 외적의 침범·약탈을 막을 수 없는 게 엄연한 사실이었다. 여기서 계획된 묘안이 바로 그 본능을 폐쇄하고 이어 가능을 경영하는 일이었다. 말하자면 원릉의 일체 문물을 그대로 두고 완전 폐쇄한 채로, 그 문물을 모두 이전하는 양으로 가장하여 가능을 조작하는 희대의 작업이 벌어졌던 것이다.[69] 그리하여 이 원능은 황폐된 산봉우리로 초목이 무성하여 세인의 이목과 관심에서 완전히 벗어나고, 그 대신 그 가능이 주목·각광을 받게 되었다. 지금 익산 금마에 미륵사와 조응하고 있는 이른바 무강왕과 왕비의 쌍릉이 바로 그것이라 본다. 그러한 가릉이 이 지역에 조성된 것은 그만한 명분이 있었을 터다. 무령왕이 창건한 국찰·원찰 미륵사에서 그 추모재의를 정례적으로 거행하는 마당에, 부여 천도를 계기로 이 능을 그 사원 근처로 옮겨, 이 대찰로 하여금 수호·관리와 제례를 주관하여 능사의 역할을 하게 만드는 것이 합리적이었기 때문이다. 그러기에 무령왕의 추모제의에 왕이 행행하면, 능묘 제례와 사찰재의에 시차를 두고 겸행할 수 있는 편의가 보장되었던 것이다.

이러한 능묘 제례와 사찰재의는 백제가 멸망하기 전까지는 매년 정례적으로 시행되었을 게 분명하다. 그리고 이러한 제의는 백제 유민들에 의하여 상당 기간 명맥을 유지하였으리라 보아진다. 기실 백제 유

---

69 사재동, 「서동설화의 시대적 배경과 역사적 주인공」, 『애산학보』 28, 애산학회, 2003, 35~37쪽.

민들은 외세 저항적 성향과 부흥운동을 통하여 중흥주 무령왕을 추숭하고 왕의 사후 위신력과 음조를 갈망하는 의미에서 제의를 계속했을 것이기 때문이다. 마침내 냉엄한 시대적 변천에 따라 제의는 다 사라졌지만, 그 원능만은 천년의 신비를 간직한 채 완연한 산봉우리로 남았던 것이다.[70] 실로 성왕 당시의 역사적 혜안에 감탄할 수밖에 없다.

5. 무령왕의 추모제의와 신화·전설

1) 무령왕의 추모제의

잘 알려진 대로, 모든 제의는 구비상관물로서 신화 내지 전설을 형성시킨다.[71] 그러기에 무령왕의 위 추모제의는 서거·예장 이후 장구한 세월에 걸쳐 시행되면서, 많은 곡절과 무상한 변모에 따라, 신화나 전설을 형성시켰으리라 본다. 그래서 추모제의가 진행된 내용과 과정에 대히여 살펴 볼 필요가 있다. 전술한 대로 익산 금마를 공동 지역으로 하는 가능, 무령왕과 왕비의 쌍릉에서 실시된 추모제의와 창건 원찰, 미륵사에서 거행된 추모재의가 바로 그것이다.

첫째, 쌍릉에서의 추모제의에 대해서다. 쌍릉은 원래 가릉이지만, 이

---

70 김원룡 외, 「무령왕릉의 위치와 발견 경위」, 앞의 책, 1~5쪽.
71 김열규, 「전승제의」, 『한국민속과 문학연구』, 일조각, 1971, 132~133쪽.

전 당시 극비리에 진행된 내막을 아는 주요 인물이나 그 전문자 이외에는 모두가 진릉으로 믿을 수밖에 없었다. 실제로 원릉이 폐쇄되거나 실전되어 가릉을 조영하였을 경우, 일정한 제의 절차를 밟은 이후부터, 그것은 진릉으로 공인·숭신되는 게 당연한 일이었다. 따라서 왕릉에 매장된 금은보배와 각종 문물이 화려·찬란하다는 소문까지도 전설처럼 맴돌았을 것이다. 이러한 현상은 원릉의 안보와 가릉의 권능을 강조하는 데에 중요한 역할을 했으리라 본다. 그리하여 쌍릉에서 국가·왕실 차원의 정례 제의와 특별 제례가 거행되었을 것이다. 고금을 통하여 이러한 능행제는 그 규모가 크고 화려·장엄하였던 게 사실이다. 이것은 국행제에 준하여 무령왕의 재생·강림을 실감하고 국가의 존엄성을 각인시켜 백성·민중이 감동·복속하도록 하려는 치민의 방편이기도 했기 때문이다. 이런 점에서 이 능행제는 역대 종묘 제례와[72] 동일한 차원이었으리라 보아진다.

따라서 왕릉에는 당대의 왕이 친임하기에 알맞는 처소와 제의 무대가 별궁·행궁처럼 설치·조성되어야 했다. 제례 현장이 제단과 함께 주변이 지상극락처럼 화려·진중하게 장엄·설치됨은 물론, 제물이 온갖 장식과 더불어 법도에 맞추어 준비되었을 터다.

이때에 공주나 부여의 왕도에서 왕이 능행제의 행렬을 이끌고 무령왕릉으로 행차할 때, 그것은 일대 장관이요 장편연극이었을 것이다.[73]

---

72 이재숙 외, 「종묘의식과 음악」, 『조선조 궁중의례와 음악』, 서울대 출판부, 1998, 30~32쪽.

73 역대 군왕의 행차에는 엄중한 절차와 연극적 연행이 필수되었는데, 그 의례 절차가 기록되는 게 원칙이다. 그것이 문헌으로 현존하는 것은 조선조의 행차 의궤뿐으로 음악문헌의 일환으로 취급되고 있다. 사재동, 「한국 음악문헌의 희곡론적 고찰」, 『열상고전연구』 16, 열상고전연구회, 2002, 368~372쪽에서 그 의궤들의 연극적 연행과 그 대본의

역대 군왕의 정식 행차는 마땅히 이러한 위엄과 연행을 보여 주어야 했기 때문이다. 이러한 행차의 절차와 과정에서는 적절한 장면을 설정하여 왕과 왕족이 친림하는 가운데 갖가지 의미 있고 정중한 의례·연행을 폈던 것이다.[74] 이러한 행차는 왕과 왕족, 만조백관과 백성·대중이 함께 하는 뜻 깊은 구경거리였다. 마침내 행차가 쌍릉 현장에 도착했을 때, 이를 영접하고 좌정시키는 장면도 가히 법도 있는 연행으로 치러졌던 것이다.

드디어 본격적인 제례가 시작될 때, 왕은 제주로서 헌작하고 배례하며, 왕의 이름으로 축문을 읽어 올리는 게 핵심적 절차였다. 이 제문은 실로 신성한 것이어서, 그 속에 무령왕과 왕비의 영가가 재생·강림하기를 간청하고, 생전의 행적, 엄중한 무위와 탁월한 경륜으로 국가의 중흥을 이룩한 불후의 공업에 찬탄을 바치고, 백제국의 부단한 융창을 위하여 부디 흠향·음조하시라는 비원이 서려 있었다. 이것은 전통적인 의식일 뿐만 아니라, 무령왕이야말로 이러한 찬탄을 받기에 오히려 넘치는 성군·영주였던 것이다. 이 극적인 절차에 맞추어 이런 분위기를 고조시키는 관현을 연주하니, 바로 종묘제례악의 강림악이었다. 그리고 이 음악에 알맞은 무용이 장중하게 펼쳐지니, 그것이 곧 종묘제례무의 강림무였다. 이러한 제례가무는 그 영가늘의 강림을 간청·찬탄하는 감동적인 가무극의 형태로 공연·승화되는 터였다.[75]

희곡성을 지적하였다.

74 오수창, 「원행을묘정리의궤 해제」, 『원행을묘정리의궤』 상, 서울대 규장각, 1994, 3~4쪽.

75 역대 종묘제례가무는 국행제에 두루 활용되었으니, 무령왕의 능행제에서도 준용되었을 것이다. 그 종묘 가무의 실상이나 연행에 따른 의궤 기록은 조선조의 『종묘의궤』 상 정도가 남아 있다. 이 책의 「종묘시용등가도설」·「시용헌가도설」·「종묘시용보태평지무도설」·「시용정대업지무도설」·「종묘등가도설」·「종묘헌가도

이어 왕과 왕비의 영가가 만반 성찬을 식음하면서 생전·사후의 영화 속에 안평·복락을 누리라고 더욱 아름답고 감명어린 가무를 실연하였다. 이 연행은 완벽한 가무가 되어, 천지신명과 그 영가 그리고 왕과 왕족, 백관과 백성들을 하나로 융화시키는 예술 그 자체였다. 바로 이 가무의 내용은 역시 무령왕과 왕비의 생애 중에서 획기적이고 탁이한 행적이었을 것이다. 고금의 보편적인 제의에서 그 제례 대상의 신격을 찬탄·승화시키는 이른바 본풀이는 으레 이러한 경향을 띠어 왔기 때문이다. 그러기에 여기서는 대강 무령왕의 왕계·혈통, 출생·성장, 권능·위용, 결연·국혼, 등극·선치, 창사·외방 등이 본격적으로 서술되어 연행될 수가 있었던 것이다.

끝으로 제례의 마무리 단계에서 동참자 모두가 무령왕과 왕비의 영가를 환송·천도하는 연행이 필수되었던 터다. 다시 극락정토·연화장세계로 돌아가 영생·복락을 누리라고 기원하는 게 상례였기 때문이다. 여기서도 송신에 적합한 음악과 무용이 가무 형태로 연행되어, 그 영가들을 향하여 마지막 정성·기원을 바치는 것이었다. 이것 역시 동참자 모두가 작별의 안타까움을 지긋이 수렴하고 여운을 남기는 후회 없는 한 판의 연극으로 승화되는 터였다. 이러한 분위기를 합리화하고 강조하는 것이 승가의 천도재의였다. 적어도 미륵사 창건주의 능행제에 있어, 그 절의 승려들이 여기에 그만한 기원·재의를 바치는 것은 필연적이고 당연한 일이었기 때문이다. 이러한 천도재의가 비록 축소되어 제례의 일부로 자리했다 치더라도, 그것 역시 음악·가창과 무용을 부득이 수용·활용함으로써, 신성한 가무극의 면목을 보여 주었

<hr>

설」·「종묘문무도설」·「종묘무무도설」(23~28쪽) 등을 참조할 것.

을 터다.

이상 능행제에서 시종 절차와 진행 과정이 온통 무령왕과 왕비의 생애·행적을 추모·찬탄하는 음악과 무용으로 조화·일관되니, 이게 바로 제의극, 가무극으로 형성·전개된 것이었다.[76] 이런 제의극은 그대로 일반 연극의 실상을 보이고 때로 종교극·민간극의 연원·주류가 되어 왔던 터다.[77] 여기서 제례의 대상 신위 무령왕과 왕비의 본풀이에다 제례 현장의 연행을 유기적으로 연결시키면, 그 구비상관물이 바로 신화·전설로 성립·정착될 수 있었던 것이다.[78]

이러한 능행제는 여세를 몰아 당대 왕의 자비·선정을 강조하기 위하여, 인근 주민 내지 전국 백성들과 함께 즐기는 여흥·연희를 베푸는 게 관례였던 것이다. 역대 군왕들이 출궁하여 능행제나 대외 행사에 행차하였을 때는 으레 경로의 연희를 베풀고, 오륜에 탁이한 백성들을 가려 포상·격려하여 왔기 때문이다.[79] 여기서도 비록 장소는 다를지언정, 이미 준비된 악사·기녀·광대들을 동원하여 흥미로운 민간의 음악·무용으로 가무극을 연출하고 대중적 공연을 내세워 군민이 함께 즐겼던 것이다. 이로 하여 무령왕의 음조와 당대 왕의 은택이 백성에 두루 미치고 태평성대를 구가하는 것이었다. 이런 가운데서 무령왕의 신화·전설이 형성·전개되는 기반과 분위기가 조성되고, 이에 유

---

76 田仲一成, 「祭祀戲劇」, 『中國的宗族與戲劇』, 上海古籍出版社, 1992, pp.46~47.

77 李敬惠, 「韓國假面劇的起源 祭禮」, 『儺俗與民間戲劇』, 中國戲劇出版社, 1999, pp.625~626.

78 현용준, 「한국신화와 제의」, 『무속신화와 문헌신화』, 집문당, 1992에서 '본풀이와 제의'(285~286쪽), '고대신화와 제의'(300~302쪽)를 논의하였다.

79 오수창, 앞의 글, 3쪽에서 "(그 행행 과정에서) 14일에는 신풍루에서 사방의 백성들에게 쌀을 나누어 주고 낙남헌에서 조정과 민간의 노인들에게 연희를 베풀었다"라고 하였다.

관한 미풍·양속이 자생·유통될 수가 있었던 것이다. 이런 현상은 백제가 멸망하고 유민들이 추모제를 축소·변모시켜 민간 차원에서 시행하는 과정에서, 구비전승의 흐름을 탈 수밖에 없었던 것이라 하겠다. 이러한 환경 속에서 역대 왕들의 행궁·별궁의 관념이 생기고, 실제로 그것이 실현될 수도 있었던 터다. 이런 사실과 상상·희망 등이 얽히고, 후백제의 정도와 혼돈되어, 이 지역에 백제의 천도설까지 확대·전개되었던 것이라 하겠다.

둘째, 미륵사에서의 추모재의에 대해서다. 전술한 대로 이 미륵사는 무령왕이 창건한 백제의 국찰이요 원찰 내지 능사였다. 따라서 왕과 왕족의 경사나 애사에 대하여 그 재의를 민감하고 정중하게 거행하는 게 사명이요, 당연한 업무이기도 하였다. 그 중에서 무령왕과 왕비에 관해서는 재의가 더욱 엄중하고 철저할 수밖에 없었다. 그러기에 무령왕과 왕비의 생전에도 탄신 축의나 건강 발원은 물론, 상사 시에 빈전·출상·장례·매장 등에 따르는 재의와 49재류의 천도재가 시행되었다. 그 후로 매년 돌아오는 정례재의가 3가지 있으니, 탄신재의와 기신재의, 창사재의가 바로 그것이다.

먼저 탄신재의는 무령왕의 탄신일에 지내는 추모재의를 말한다. 그것은 불탄일을 기념하는 것처럼 서거 후에 오히려 강화되었을 가능성이 크다. 탄신일은 생전의 국가적 경사이기에, 서거 후에도 국가적 제례로서 거국적인 재의로 전개되었으리라 보아진다. 이런 경사적 추모재의는 국왕이나 왕족이 주체가 되고, 미륵사에서 주관·시행하는 체재로 계획·실행되었을 터다.

적어도 무령왕과 왕비가 서거한 후에는 미륵사에 이 두 영가를 영정과 함께 모시는 특별 전각이 보살전이나 조사전처럼 설치되었을 것이다. 자고로 사찰 창건과 직결된 저명 인물들에 대해서는 특별히 영각을 마련하여 추모재례를 베풀어 왔었기 때문이다. 지금도 영주 부석사의 선묘각,[80] 곡성 관음사의 홍장각(유적),[81] 화성 홍법사 홍랑각[82] 등이 그 흔적을 보여 주는 마당에, 국찰·원찰을 창건한 무령왕 양위의 영각이 미륵사에 건설·재례되는 것은 당연한 일이었을 것이다.

그렇다면 무령왕의 탄신 기념 추모재의에서 미륵사의 준비 상황은 원칙적으로 짐작되는 바가 있다. 전술한 바 재의 장소를 영각에다 잡았을 것인가, 아니면 사찰 금당이나 중심 광장에 설치했을 것인가, 아무래도 영각이 다른 전각과 균형을 유지하면서 건설되고, 따라서 그 안에서 소규모 재의나 조석공양을 올리는 데에 효율적으로 활용되었다면, 이 탄신 기념 추모재의 같은 국가적 행사에는 적합하지 않았을 터다. 그러기에 재의 행사에서는 미륵사 금당이나 중심 광장에 무대를 특설할 수밖에 없었을 것이다. 말하자면 궁중이나 대찰에서 야외공연을 위하여 행사에 적합한 무대를 화려한 채붕 형태로 조성하는 관례에 따라, 무대의 규모와 형식이 결정되었을 터다. 먼저 재의 대상인 무령왕 양위의 영좌를 설정·장엄하여 영정과 위패를 모시고, 그 앞에 법도에 맞는

---

80 경상북도 영주시 부석면 북지리 봉황산 중턱에 자리한 부석사의 무량수전 옆에 의상 대사를 적극 도와서 이 절을 창건하였다는 전설적 인물 선묘의 '선묘각'을 세우고 그 화상을 모시고 재례하고 있다. 한국불교연구원, 『부석사』, 일지사, 1976.1.19.

81 전라남도 곡성군 오산면 선세리 성덕산에 자리한 관음사의 원통전 주변이나 경내에 이 절의 창건에 공덕을 세운 원홍장황후의 '홍장각'을 지어 그 화상과 위패를 모시고 재례하였을 것이라 추정하였다. 사재동, 「『원홍장전』의 실상과 「심청전」의 관계」, 『예산군의 효행과 우애』, 예산군청, 2002, 137~138쪽.

82 경기도 화성군 서신면 홍법리 청명산에 자리한 홍법사 입구 좌편에 이 절의 창건계기를 직접 제공한 홍랑 후궁의 '홍랑각'을 세우고 그 화상을 모시고 재례하고 있다. 위의 글, 113~114쪽.

제물을 최고의 제기와 장식물로 차린다. 그 주변에 최상의 회화·조각·공예물을 불교식으로 배열·성화시키고, 각양각색의 등촉을 밝혀 놓는다. 이어서 재례를 지낼 만한 넓은 공간을 마련하고 고아하게 장식한다. 재주인 왕과 왕족이 진퇴하고 머무는 처소와 함께, 재의를 주재하는 승려들이 자유롭게 용신하며 그 집사자·보조자들이 걸림 없이 드나들 여지가 있어야 되었기 때문이다. 이렇게 재단이 마련되면, 이어서 여러 관현악사와 출연자들이 좌정하는 자리가 지정되고, 나아가 각 계각층 승·속 간 인물들이 동참·관람하는 이른바 객석이 아주 넓게 시설되어야 한다.

이에 맞추어 왕과 왕족의 행차는 여법하게 궁성을 떠나 장엄·화려한 연행 절차를 밟으며 미륵사에 접근하고, 승·속 만인의 환대·경배를 받으며 입사한다. 어가에서 내린 왕과 왕족은 이미 마련된 처소에 들어가 다담의 융숭한 대접을 받으며 재의에 대비하고 있다. 마침내 재의가 시작되면, 승려들의 집전 순차에 따라 왕이 친임하여 영신 절차를 진행한다. 그래서 무령왕과 왕비의 영가가 왕림·좌정하면, 왕이 헌작하고 제문을 읽어 감응·흠향하기를 빌며, 무령왕의 행적을 찬탄하며 국태민안을 발원한다. 여기서 영가에게 음악·무용 등 작법공연을 바치어,[83] 위로 불보살과 왕 및 왕족, 신민이 다 즐기고 감동하는 데까지 나아갔을 터다.

실로 영가와 재주, 동참자들이 하나로 즐기고 융합하는 단계가 흡족하게 끝나면, 영가를 봉송하는 과정이 필수된다. 여기서도 여한이 없는

---

83 박세민, 「불교의례의 유형과 구조」, 『한국불교의례자료총서』 1, 보경문화사, 1993, 25~
26쪽.

원만한 절차가 진행된다. 바로 재주는 집전 승려가 안내·인도하는 대로 극락왕생을 비는 의례를 다하고 나머지 봉송 연행을 곁들여 그 마무리를 장식한다. 그리고는 〈식당작법〉이 이어지고, 왕과 왕족이 친림한 가운데 뒤풀이의 이름으로 동참·관람한 모두에게 만발공양을 베풀며, 승·속 간에 법열을 누리는 연예 공연을 펼치는 것이었다. 여기서 무령왕의 음덕과 당대 왕의 은택이 미륵사의 불보살을 통하여 만백성에게 내려졌던 터다.

다음 미륵사에서 무령왕의 기신재의를 시행하는 경우를 유추할 수 있다. 기신재의는 위 탄생재의와 크게 다를 바가 없다. 어차피 추모재의라는 점에서 동질적이기 때문이다. 이것은 불탄재와 열반재가 서로 다르면서 결국 동일하다는 점과 대비되는 터다. 실제로 재주나 재의를 주관·동참하는 입장에서는 탄생과 열반의 차이를 느끼겠지만, 그 재의 자체는 유형이 같을 수밖에 없다. 원래 재의는 '생사일여'라는 관점에서, 영가를 앙청·좌정시키고 온갖 공양과 절실한 찬탄, 간곡한 서원을 감동적 공연으로 봉헌한 다음, 이를 극락세계로 봉송하는 데서 마무리되고, 〈식당작법〉에다 뒤풀이 연행까지 하는 데서 끝나기 때문이다.[84]

그러기에 미륵사에서는 기신재의 준비를 위 탄생재의의 그것과 거의 동일하게 진행한다. 다만 여기서는 천도재의라는 특성이 강조될 따름이었다. 역시 명분·표제가 기신재의이었기 때문이다. 우선 그 준비 과정의 분위기부터 보다 근엄·장중할 수밖에 없다. 국상 당시의 비장은 점차 불교적 차원으로 승화되었던 것이다. 그리하여 영가의 자리, 영정과 위패를 모시고 그 주위를 장엄하는 것도 그 취지와 분위기만 그

---

84 위의 글, 26~27쪽.

렇게 맞추면 된다. 그러기에 여타 재단의 차림은 모두 영단의 그것에 준하여 마련되는 게 당연하다. 나아가 단하의 악사나 출연자의 자리, 각개 각층의 객석조차도 분위기만 추모의 방향으로 잡히면 되는 것이었다.

이에 무령왕과 왕비의 영가를 왕림·좌정케 청배하는 의식도 그 명분·표제에 맞게 분위기를 조정하면 된다. 앙청문·기도문의 내용과 낭송어조, 연주곡의 정조가 기신의 정성을 끌어내게 마련이었다. 그 두 영가의 좌정 후 여기에 바치는 온갖 공양과 재례, 그 재문 내지 발원문의 내용과 봉독의 어조, 그리고 주악의 곡조가 자연 근엄·장중하게 강조되었을 터다. 따라서 영산재처럼 작법 가무가 더욱 심각하고 다양하게 연행되었을 가능성이 있다.[85] 나아가 이러한 분위기 속에서 무령왕과 왕비의 행적은 재문 및 발원문과 직결되어 보다 찬연하게 칭송·서사될 수 있었을 터다. 그래서 위 능행제나 탄신재의 경우 이상으로 생애와 탁이한 행적이 좀더 장중하게 극화·연행되었으리라 본다.

끝으로 양위 영가를 봉송할 때도 재의에서처럼 극락왕생을 보다 흡족히 기원했을 것이다. 이러한 재의와 연행은 최후로 바치는 최상의 정성이요 희원이었기 때문이다. 그래서 양위 영가는 우선 미륵사 내의 영각에 다시 안치되고, 나아가 가까운 거리의 쌍릉 내에 상정된 서방정토·연화장세계로 환위·안정되었으리라 본다. 원릉의 문물과 그 신앙·관념이 모두 쌍릉으로 옮겨 왔기 때문이다. 이어 뒤풀이의 공연이나 왕과 왕비의 대민 친화의 절차·진행도 기신재의 나름의 심중한 분위기를 유지하는 것은 당연한 일이었다고 하겠다.

85　김응기, 『영산재 연구』, 운주사, 1999, 19~22쪽.

위와 같이 탄신재의와 기신재의는 추모재의라는 점에서 공통성과 동질성을 유지하면서도, 각기 특성을 갖추고 연행·공연되었던 게 사실이다. 그런데 두 재의에서 분명히 공통되는 것은 무령왕과 왕비의 행적을 가능한 한 미화·찬양하고 이를 가장 효율적으로 극화·연행하였다는 점이다. 원래 이러한 천도재의에서는 재의 대상의 일생·행적을 화려·장엄하게 풀이하고, 그에 어울리는 재의·기원의 온갖 절차를 여법하게 진행하는 게 원칙이었다. 그래서 무령왕과 왕비의 추모재의에서도 그러한 행적 본풀이와 각종 의례 절차가 연극적으로 진행된 것은 당연한 일이었다.

여기서 이러한 행적 본풀이와 제례 절차들이 일관되게 극화·연행될 때, 그것은 일단 제의극의 면모를 보이게 된다. 그 가운데 가장 중요한 것은 제의 전체가 구비상관물로서 연설되면 그대로가 신화·전설이 된다는 점이다. 원래 신화는 모든 제의 과정의 구비상관물이라는 제의학파적 이론이 보편화되어 있기 때문이다. 따라서 무령왕과 왕비의 추모재의가 전통적 관례에 따라 그 신화·전설로 형성·구연될 수 있는 모든 환경·조건을 갖추고 있었다는 이야기가 된다. 이러한 환경·조건은 백제가 멸망한 이후 미륵사가 유지될 때까지 사찰 당국과 유민들에 의하여 계승되었을 것이라 본다. 이상의 추모재의는 백제의 왕이나 왕족의 참여 없이도 사찰을 중심으로 변모를 거듭하면서 유민들과 함께 계속 진행되었을 것이기 때문이다.

셋째, 창사재의는 미륵사에서 그 창건을 기념하고 창건주를 추념하는 경찬재의를 가리킨다. 원래 고금의 모든 사찰에서는 창건을 기념하고 창건주의 공덕을 기리는 창사재의가 보편화되어 왔다. 따라서 미륵사가 국찰 · 원찰 내지 능사로서 위상을 강화하고 사세를 선양하기 위하여 매년 창사재의를 거행하고, 창건주 무령왕의 공덕을 찬탄 · 선양하여 온 것은 너무도 당연한 일이었다.

창사재의는 명실공히 사찰 주지 · 법주가 주최 · 주관하는 터이므로 왕과 왕족 내지 조정 관원들의 동참이 필수적인 것은 아니었다. 따라서 창사재의는 미륵사 당국의 전통과 관례대로 그 특성을 따라 준비 · 진행될 수밖에 없었을 터다. 재단을 설비함에 있어서도 불보살의 상단과 신중들의 중단을 화려하게 장엄함은 물론, 무령왕과 왕비의 영가를 영정과 위패로써 보살 지위에 좌정토록 특별한 치장을 하고, 온갖 재물을 차려 여법한 육법공양을 올리게 마련이었다.

그리하여 법주와 부전의 집전으로 불보살의 감응 · 좌정을 권청하고, 무령왕 양위 영가의 강림 · 안좌를 앙청하는 의식이 진행된다. 이렇게 좌정 · 안좌 이후에 본격적으로 경찬재의가 벌어진다. 먼저 법주의 주관으로 불보살께 공양을 드리며 보은 · 찬탄의 축원을 올린다. 미륵사의 창건과 사세의 번영에 가호와 위신력을 베풀어 주신 불보살께 보은의 정성과 무한한 찬양을 서사 · 연설하고 앞으로 본사의 무궁한 발전을 발원한다. 따라서 이러한 기도 · 발원문 가운데에는 창사의 내력과 발전 과정이 서사적으로 설화되는 게 순리적인 일이었다.

이어 법주와 그 주변에서는 무령왕과 왕비의 영가에 정성껏 공양하고, 사찰의 창건 공덕과 찬연 · 탁이한 행적을 미화 · 서사하여 감명 깊게 설화하는 게 필수되었을 터다. 그리하여 위 불보살 · 신중과 무령왕 양위 영가들이 감동 · 보우하도록 사찰의 작법무와 미려한 가무를 연행함으로써, 동참자들 모두가 하나같이 법열에 드는 게 사실이었다.

여기서는 창사재의가 경찬재의로 진행 · 되풀이되는 과정과 특징이 전통적인 계맥을 이어가고 있었을 터다.

그 후에 불보살 · 신중들을 원좌로 되모시고 왕과 왕비의 영가를 서방정토 · 연화장세계로 봉송하는 절차를 여법하게 밟고 흡족하게 연행함으로써, 원만한 마무리가 이룩되었으리라 본다. 여기서 주목되는 것은 사찰이 주체적으로 뒤풀이 연행을 풍성하게 해 왔으리라는 점이다. 창사재의는 국행제의라는 틀을 벗어나 경찬 연행의 의미를 강조할 수밖에 없었기 때문이다. 그리하여 이 미륵사의 사부대중을 중심으로 화합이 되고, 포교적 성과를 극대화할 수가 있었던 터다.

이러한 재의극적 연행 과정에서 특히 무령왕과 왕비의 탁이한 행적이 극화 · 연행되었다는 사실은 이른바 본풀이와 재의 절차가 구비상관물로 나타나, 신화 · 전설로 전개되었으리라는 점을 실증해 준다. 기실 이 창사재의는 창건주 무령왕의 행적이 신화 · 전설화될 환경 · 요건을 보다 충실하게 갖추고 있었기 때문이다. 이러한 환경 · 요건은 백제가 멸망한 후 미륵사가 유지될 때까지, 승려와 신도, 유민들에 의하여 계승 · 유지되었던 것이다. 그리하여 일단 무령왕과 왕비의 신화 · 전설이 형성 · 전개되었다면, 그것은 쌍릉과 미륵사지가 유지되는 대로, 지역민에 의하여 명맥을 지켜 왔으리라 보아진다. 오늘날의 이른바 미륵사창건연기설화가 이러한 과정과 내막을 증언하고 있기 때문이다.

2) 무령왕의 신화 · 전설

위와 같이 무령왕릉 문물은 그 행적과 함께 원릉의 원형과 제의적 성격이 밝혀지고, 익산 지역의 가릉인 쌍릉과 국찰 · 원찰 · 능사인 미륵사에서 추모재의를 벌리게까지 되었다. 이에 상응하는 두 공간과 시대적 배경이 제의적 환경을 이루고, 현장에서 벌어진 재의의 온갖 요건이 여기에 동참한 역대 인물들에 의하여 무령왕의 저명한 행적을 신화 · 전설화하는 데에 필연적으로 작용하였던 터다. 따라서 무령왕의 역사적 생애 · 행적이 왕릉 문물의 불교 신앙적 원형으로부터 신화화의 계기를 마련했고, 오랜 세월 쌍릉과 미륵사에서 거행된 추모재의를 통하여 신화화되어 오다가, 백제의 멸망과 함께 사세가 쇠퇴되면서 그 신화적 권능이 소멸되고, 쌍릉과 미륵사를 증거물로 하는 전설의 모습을 띠게 되었다고 보아진다. 무령왕의 신화 · 전설이 바로 전개한 미륵사창건연기전설, 이른바 서동설화로 정착되었기 때문이다.

일찍이 「서동설화의 연구」에서 "이 서동설화의 역사적 주인공은 무령왕이다"[86]라고 한 것을 상기할 필요가 있다. 거기서 이미 '서동설화는 바로 무령왕의 신화 · 전설이다'라는 결론이 나와 있었던 것이다. 다만 무령왕의 역사적 행적이 오랜 세월 어떠한 과정을 거쳐 신화 · 전설화되었느냐는 그간의 제의적 내막과 전승이 구체적으로 밝혀지지 않았을 뿐이었다. 이제 그 왕릉 문물을 주축으로 하여 제의적 절차가 밝혀진 것을 전제로, 무령왕의 신화 · 전설이 형성 · 전개된 과정을 추정해 보겠다.

86　앞의 주 6 참조.

첫째, 무령왕은 역사적 생애와 행적이 특출 탁이하여 신화·전설로 설화될 소지가 충분한 터다. 잘 알려진 대로 무령왕은 "身長八尺 眉目如畫 仁慈寬厚 民心歸附 牟大在位二十三年薨 卽位"[87]라고 하여 벌써 범상치 않은 면모를 보인다. 그리고 그 부계가 분명치 않아, 『삼국사기』에서는 동성왕 '모대牟大'의 '제이자第二子'라 하고, 『일본서기』에서는 '곤지昆支'의 자로 '말다왕末多王'(모대)의 '이모형異母兄'이라 하여 혼돈을 일으키면서 설화적 분위기를 드러내는 터다. 실제로 군왕의 부계가 불투명할 때, 그것은 집단적 호기심과 상상에 의하여 신화·전설의 소용돌이에 휘말리는 법이기 때문이다.

더구나 무령왕은 휘를 '사마斯麻'라 하고 별칭을 '도왕嶋王'이라 하였는데, 이에 대하여는 "昆支向倭時 至筑紫嶋 生斯王 自嶋還送 不至於京 産於嶋 故因名嶋 今各羅海中 有主嶋 王所産嶋 故百濟人號爲主嶋"[88]라 하였다는 설화가 일본 측 사서에 전한다. 이것은 '사마斯麻'가 일본의 '도嶋', '시마'나 우리의 '섬·서므'와 혼효·동일시되는 가운데에 생긴 인명전설과 지명전설의 면모를 나타내고 있다. 따라서 백제나 일본에서는 무령왕의 행적이 일부나마 신화·전설화되는 과정에 있었음을 추증할 수가 있겠다.

그리고 무령왕은 즉위 사실이 극석이고 전설적이다. 전게한 '민심귀부民心歸附'와 관련하여 일본 측 사서에서는 "是歲 百濟末多王無道 暴虐百姓 國人遂除而立嶋王 是爲武寧王"이라 하고, 또한 이를 뒷받침하여 "末多王無道 暴虐百姓 國人共除 武寧立 諱斯麻"[89]라 하였으니, 이는 당

---

87 『삼국사기』「백제본기」 권4 「무녕왕 즉위」 조.
88 이병도, 「서동설화에 대한 신 고찰」, 앞의 책, 52~53·67쪽에서 인용함.

시 정상적 즉위 절차에 따르면, 역사적 사실로 공인하기 어려운 점이 있었다. 이러한 비상적 즉위 사실은 역대 군왕의 그것과 같이, 그 당시나 후대에 바로 상하 민중 사이에서 신화·전설로 설화되는 게 필연적이었던 것이다.

한편 무령왕은 8척의 헌헌 장부로서 '미목여화眉目如畫'하고 '인자관후仁慈寬厚'하여 민심이 모두 쏠리는 천하 왕자인 터에, 어떤 여인을 어떻게 배필로 맞았는가, 이것이 궁성 내외 만인의 관심사가 아닐 수 없었다. 그 사실은 뚜렷이 공개된 적도 없고, 어떤 문헌에 기록된 바도 없었다. 따라서 상하 민중은 이 점에 대하여 집단적 호기심과 상상력을 발휘하여 추리에 추리를 거듭했을 것이다. 기실 이러한 상상적 추리가 그 배우자를 이상적으로 상정·창출할 수가 있으니, 그 무령왕·사마의 천정 배필은 적어도 진·선·미를 두루 갖춘 '미염무쌍美艶無雙'한 '선화공주'로 설정되었을 것이다. 실제로 무령왕 사마가 혼기를 넘겼을 때, 동성왕이 그 15년 춘 3월에 사신을 신라에 보내어 청혼하니, 신라왕은 '이손비지녀伊飡比知女'를 시집보낸 사실이 있었다. 그러기에 모든 민중들은 이 국혼을 동성왕보다는 사마와의 결연으로 설화하였을 가능성이 크다.

나아가 무령왕은 즉위 초기에 국찰·원찰로 미륵사를 창건·완공하였다.[90] 실로 그만한 영주가 그만큼 장엄·신비한 대찰을 완성·봉헌한 사실은 그 자체가 신화적이고 전설적인 일이 아닐 수 없었다. 더구나 미륵사가 미륵신앙을 중심으로 불가사의한 위신력을 신앙하는 호국 원찰

---

89 위의 글, 56쪽.
90 위의 글, 67쪽.

이었다면, 역대 군왕의 천도와 보우를 기원하는 데서, 무령왕의 원력과 공덕은 신격화되기에 족한 것이었다고 본다. 게다가 무령왕이 왕비와 함께 미륵사에 행차·유숙하고 기도·발원을 다했다면, 그리고 왕의 양위가 서거 후에 영각을 세워 천도재의나 창사재의를 정례적으로 거행했다면, 행적이 '미륵사창건연기전설'로 형성·전개될 수가 있었을 터다.

또한 무령왕은 영명 무쌍하고 무위 출중하여 즉위 초부터 호국 기강을 바로잡고 외침을 단호히 격퇴하며, 명분에 따라 솔군 출정하면 연전연승하여 국태민안을 이룩하였다. 그리하여 천하 민심이 무령왕을 영주로 받드는 데에 정성을 다하였다. 그러기에 무령왕이 서거함에 나라에서는 시호를 '무령武寧'이라고 올려 바친 것은 당연한 일이다. 따라서 이 무령왕의 영웅적 위신력을 신격화하는 것은 필연적인 일이었다고 하겠다. 이 왕에 대한 상하 민중의 신앙적 추숭은 그의 행적을 신화·전설로 설화하는 기틀을 이루고 있었던 터다.

끝으로 무령왕과 왕비가 서거한 이래, 거국적 애도는 물론 장엄한 장례와 함께, 그 화려·장중한 왕릉의 조성·경영은 참으로 경이·신비 그 자체였던 것이다. 위와 같이 전무후무한 무령왕릉의 문물이 공개된 비밀로 상하 민중에 구전·유포되었다면, 그 자체가 이미 무령왕의 신화·전설로 선회되는 단시라 하겠나. 전술한 대로 무령왕과 왕비가 상상을 초월하는 금은보배로 의장되어 연화장세계에서 대세지·관음보살로 승화·안정되었다는 사실이 비밀리에 유전됨으로써, 벌써 그 신화·전설의 역할·기능을 상당히 발휘하고 있었기 때문이다. 더구나 이 무령왕릉을 영구 보전하려고 익산의 미륵사 근방으로 이전하여, 가릉을 쌍릉으로 조성·경영하고, 미륵사를 능사로 삼으면서, 그 행적의 신화·전설화는 더욱 심화·촉진되었을 것이다. 그 원릉의 일체 문물이 온전하게 쌍릉으로 옮겨졌느냐, 아니면 문물은 그대로 둔 채, 위장한 것이냐 하는 집단적 의문이 상호 간에 갈등을 일으키면서, 그에 대한 호기심과 상상력이 증폭되고, 따라서 그 신화·전설화의 매개·촉진제가 되었기 때문이다. 게다가 국가에서는 원릉의 안보와 쌍릉의 신빙·숭앙을 강화하기 위하여 매년 능행제를 더욱 화려·장엄하게 봉행하고, 미륵사와 제휴하여 추모재의를 입체화함으로써, 무령왕의 행적이 신화·전설로 설화되는 데에 박차를 가하게 되었던 것이다.

둘째, 위와 같은 무령왕의 행적이 전개한 서동설화의 역사적 주체로 자리하여, 신화와 전설의 실제적 면모를 보이고 있다. 이 점에 대해서는 이미 상론된 바가 있기로, 여기서는 논지의 대강만을 들어 보겠다. 요컨대 '서동설화의 역사적 주인공'이 바로 무령왕이란 점을 논의한 것이었다.

우선 서동설화는 『삼국유사』 권2 「기이」 「무왕」조에 실려, 그 제목에 주기한 "古本作武康 非也 百濟無武康"이라 한 것을 보면, 원래 그것이 '무강왕전설'이었는데, 편찬자가 이를 인용하는 과정에서 오해하고 '무왕전설'로 바꿔 놓았던 터다. 그래서 '고본古本'의 기록대로, 서동설화를 무강왕의 것이라 보고, 왕의 실체를 파악하게 되었다. 이미 알려진 대로 '무강왕武康王'은 바로 '무령왕武寧王'임에 틀림이 없다는 것이다. 그러기에 서동설화의 역사적 주인공은 곧 무령왕이라는 사실이 거듭 실증되는 터다. 그렇다면 서동설화의 내용과 무령왕의 생애·행적 사이에 어떤 유사점 내지 공통성이 구체적으로 입증되어야 할 것이다.

먼저 주인공의 부계 문제다. 서동은 '지룡池龍'의 아들이요, 무령왕은

‘모대왕’의 아들이다. 이를 표면적 문자만으로 그 의미를 비교해 보면, 연관성이 전혀 없는 것 같다. 그런데 설화적 차원의 민간어원적 관점에서는 어느 정도 결부될 여지가 없지 않다. ‘지룡’의 ‘지’는 못(몯)이요 ‘용’은 왕이다. 따라서 ‘지룡’은 ‘못의 왕’ 내지 ‘몯의왕’이라 풀 수가 있다. 그러니까 ‘모듸왕’이나 ‘모듸왕－모대왕’으로 설화되었을 가능성이 있는 것이다. 그리고 ‘모대왕’은 그대로 ‘모듸왕－모대왕’으로 불리는 것이 당연하다. 그러기에 양자는 민간 어원적 차원에서 유사·공통점을 상정하여 동일시되었으리라 추정된다. 말하자면 모대왕은 행적과 여러 여건 상에서 ‘모대왕－모듸왕－못(몯)의 왕’ 즉 ‘지룡’으로 연상·설화될 수도 있었기 때문이다.

다음 주인공의 이름들이 문제시된다. 말하자면 ‘서동薯童’과 무령왕의 ‘사마’와 어떤 연관성이 있는가 추정해 보자는 것이다. 이 ‘서동’의 ‘서’는 훈이 ‘마’요, 음이 ‘서’이다. ‘서’는 즉 ‘마’요, ‘마’는 즉 ‘서’라, 그것은 ‘마서’나 ‘서마’로 혼용·설화될 여지가 충분하다. 그 ‘동’이야 ‘아이’를 나타내는 보편적 접미사이니, 그 ‘마서－서마’가 중심·주축이 된다. 여기서 민간 언중의 유연하고 경제적인 발음 현상에 따라, ‘마서’보다는 ‘서마’가 ‘스마－사마’로 실세를 보였다고 하겠다. 이 ‘사마’는 음독하여 ‘사마’로 불리게 되니, 그대로 상통한다고 보아진다. 그렇다면 무령왕의 ‘사마’는 설화화 과정에서 아동·총각의 인상과 함께 ‘서동’으로 이야기되고 ‘마둥’을 거쳐 ‘말퉁末通’으로까지 전개될 수 있었을 것이다. 전술한 대로 일본 측 사서에서 이 ‘사마’가 ‘도嶋’, ‘시마’로 인식되고, 우리의 ‘섬’－‘서므’로 유추·설화되고 있었다는 사실이 이를 뒷받침하고 있기 때문이다.

이어 주인공의 성격이 상통하고 있다는 점이다. 서동은 설화 일반의 영웅적 주인공이 그러하듯이 결출·미남형이다. 이 설화에서는 서동을 완전 무결한 소년상으로 부각시키고 있다. 그래서 서동은 미려·장대할 뿐만 아니라, 기발·장쾌하고 인자 관후한 면모를 드러내게 되었다. 이에 무령왕은 전술한 대로, "身長八尺 眉目如畵 仁慈寬厚"하였으니 결출한 대장부임에 틀림이 없다. 그래서 무령왕은 군왕으로서 완벽한 영웅상을 갖추고 있는 터다. 미목이 수려·탁월하고, 영명한 무위는 지략과 경륜을 겸한 데다 인자와 관후를 방편으로 삼았던 터다. 그러기에 서동과 무령왕은 그 유형을 같이하고 있는 게 분명한 터다. 말하자면 무령왕의 역사적 영웅상이 서동의 설화적 영웅상으로 변용·전개될 수 있다는 것이다.

한편 주인공의 혼인 사실이 주목된다. 서동은 백제 소년으로 신라 경사에 들어가 교묘한 수단으로 선화공주를 손쉽게 취하여 백제로 돌아왔으니, 실제로 국혼 관계가 성립된 터다. 이에 무령왕은 당년 32세의 왕자로서 동성왕 15년 3월에 신라와의 국혼을 맞이하게 되었다. 전술한 바 신라에서 맞아온 '이찬비지녀伊飡比知女'가 동성왕의 후궁으로 되었는지, 그 왕자 사마의 배우로 되었는지는 알 길이 없지만, 이 사실을 전문한 상하 민중은 희망적 차원에서 그 '미염무쌍'한 선화공주가 저 '무도·포악'한 동성왕보다는 '미목여화 인자관후'한 무령왕의 배필이기를 염원·상정했을 것이다. 따라서 서동의 국혼 관계와 무령왕의 국혼 사실은 나·제간을 기반으로 공통점을 가지고 있는 터다. 특히 서동은 신라에 제한 없이 들어가 자유로이 활동하고 공주를 데리고 마음대로 귀국·활동함으로써, 양국에서는 적대 관계를 벗어나 우호적으로 교류하였음을 알려 주고 있다. 이에 무령왕은 동성왕대로부터 본격화된 나·제의 통호 관계를 계속 유지·발전시켰던 게 사실이다. 그리하여 국혼 관계가 성립되고 양국이 고구려의 침공에 대비 상부상조하는 데까지 나아감으로써, 양자의 공통점을 뒷받침하고 있는 터다. 이로써 전술한 바 무령왕의 국혼 사실이 신화·전설의 차원에서 서동의 국혼 관계로 부연·설화되었을 가능성이 더욱 높아진다고 하겠다.

그리고 주인공이 황금·보배를 소유·수용하였다는 점에 대해서다. 서동은 결혼생활 중에 선화공주의 덕분으로 황금을 모아 '적여구릉積如丘陵'의 만금장자가 된다. 이에 무령왕은 생전 왕좌에서 황금·보배를 마음껏 누린 것은 물론, 사후 왕릉의 문물이 온통 금은보배로 그처럼 찬란하니, 신화에나 나올법한 부장품에서 순금만 모아도 '적여구릉'의 수준이었다. 물론 황금의 소유·수용 방법이 다르기는 하지만 많은 황금의 주인이라는 점에서 양자는 공통점을 가지고 있는 게 분명하다. 그리하여 무령왕이 생사 간에 황금을 누렸다는 사실이 이를 전문한 민중에 의하여 서동의 황금으로 변이·설화될 수가 있었으리라 본다.

또한 주인공의 즉위 상황이 주목된다. 서동은 '득인심得人心 즉왕위即王位'하게 된다. 서동이 지명법사의 신통력으로 그 황금을 신라왕에게 보내고, 그 왕의 존경과 성원으로 민심을 읽고 호응을 받아 왕위에 오른 것은 당시 세습제도 아래서는 불가능한 혁명적인 일이었다. 이에 무령왕은 '민심귀부民心歸附'하여 동성왕이 서거하면서 즉위하였다. 여기서도 왕위 계승이 세습에 의한 정상적 절차를 버리고 민중의 혁명적 추대로 이룩되었음을 감지할 수가 있다. 전술한 대로 일본 측 사서에서 즉위 상황과 내막을 구체적으로 밝히고 있기 때문이다. 말하자면 동성왕이 무도하고 백성에게 포학하여 백성들이 함께 왕을 제거하고 사마를 신왕으로 추대·옹립했다는 게 바로 그것이다. 이런 점에서 양자의 즉위 상황과 내막이 공통되는 게 확실하다. 그러기에 무령왕의 혁명적 즉위 사실이 서동의 그것으로 족히 설화될 수 있었다고 본다.

끝으로 주인공이 불사 즉 미륵사를 창건했다는 사실에 관해서다. 서동은 왕위에 오르면서 대작 불사를 일으켜 미륵사를 완성하여 창건주의 위치를 확보하고 있다. 이에 무령왕은 백제불교의 전성시대를 이루면서 호국불교·안민불교에 전심하고 당시의 국력을 이용하여 다목적 국찰·원찰로 미륵사를 창건함으로써, 창건주의 위상을 지키고 있는 터다. 그러기에 서동과 무령왕은 동일한 사찰을 창건·완성한 창건주로서 동일한 인물임을 확인하게 된다. 그것은 무령왕의 창사 사실이 서동의 창사 기사로 반영·설화되었기 때문이다.[91]

이상 7가지 측면에서 서동설화의 내용과 무령왕의 행적·사실을 검토함으로써, 양자 간의 유사성과 공통점을 추출하게 되었다. 그리하여 이 무령왕이 바로 서동설화의 역사적 주인공이라는 점을 확인하고, 나아가 이 서동설화가 무령왕의 신화·전설 중 현전 유일의 이본임을 검증할 수 있겠다.

셋째, 위 무령왕의 행적과 그 왕릉의 문물을 기반으로 후대에 거행된 각종 제의를 통하여 그 왕의 신화·전설이 형성·전개된 과정을 추정할 수가 있겠다. 잘 알려진 대로 모든 제의에서 그 주인공의 본풀이와 제례의 실제가 총합되어 구비상관물로 정리·고정된 것이 바로 신

---

91 이상 서동과 무령왕의 유사성 내지 근접성에 대한 논의는 사재동, 「서동설화 연구」, 앞의 책, 908~917쪽을 요약한 것이다.

화·전설이라는 이론·방법론이 여기서도 적용될 수밖에 없다. 그리고 위에서 무령왕릉과 미륵사의 현장에서 벌린 제의 관계를 거론하는 가운데, 그 행적의 추모적 찬탄 풀이와 제례·연행 등이 총합되어 구비 상관물로서 그 왕의 신화·전설이 형성·전개될 여건과 가능성을 논의·전제한 바가 있다.

무령왕 관계의 제의는 오랜 세월 다양하게 진행되었다. 우선 공간적으로는 그 쌍릉과 미륵사에서 주로 거행되었고, 그 성격·주제로는 대강 정기적인 탄신제의와 기신재의가 추모적 성향을 띠고 봉행되었다. 구체적 제의는 전술한 대로, 능행제로서 추모제와 미륵사에서의 탄신재의, 기신재의 그리고 창사재의로 진행되면서, 그에 따른 신화·전설을 형성·전개시킨 것이 사실이다. 기실 이런 유형의 제의들은 무령왕의 추모재의라는 공통 기반을 가지고 있지만, 각기 시간·공간을 달리하고 주제·내용에서 구체적 특성을 가지는 게 당연하다. 이런 점에 유의하면서 그 제의에서 형성·전개되는 신화·전설의 면모를 어림해 볼 수밖에 없다.

우선 위 쌍릉에서 거행된 추모재의는 궁성 내의 종묘 제례와 조응하여 가장 진중·장엄함 제례였다. 전술한 대로 가장 완벽한 제의일 때, 거기에는 무령왕의 행적 복풀이가 완벽히고, 그에 따른 제례·연행이 완벽해야만 된다는 것이다. 말하자면 이 추모제의에서 가장 완전한 신화·전설이 형성·전개될 수 있었다는 이야기다. 백제 왕국의 중흥주인 무령왕의 생애와 행적은 국가적 추모와 정성을 통하여, 이른바 '영웅의 일생'으로 승화·전개되어야 했기 때문이다. 그래야만 그 무령왕의 권능과 위신력이 해마다 찬연하게 발휘되어 국가와 백성에게 감동과 희망을 줄 수 있었던 것이다.

그러기에 이 제의를 통하여 형성·전개된 '영웅의 일생'은 실제로 가장 완벽한 서사문학으로 완결되었을 터다. 전술한 대로 무령왕의 왕계·혈통, 출생·성장, 권능·위용, 결연·국혼, 등극·선치, 창사·외방 등이 장쾌한 서사구조를 갖추고 찬탄·미화됨으로써, 위풍이 넘치는 신화로 형성되었던 것이다. 기실 무령왕은 생전에도 백제의 신민 간에는 신화적 존재로 군림할 수 있었다. 원래 국왕이 모두 그렇다지만, 무령왕은 그 실제적 치적에 있어 신격화될 수밖에 없었기 때문이다. 그것은 살아 있는 신화였던 것이다.

그러한 무령왕이 서거하여 장례 과정에서부터 벌써 신화화되기 시작하였다. 무령왕릉의 문물이 서방정토·연화장세계로 조성되면서, 그것은 이미 신화의 세계를 구축하고 있었기 때문이다. 추모제의가 쌍릉을 중심으로 장엄·성대하게 거듭되면서 무령왕이 더욱 신격화되고, 그 찬연·탁이한 행적은 본격적인 신화의 단계로 들어서게 되었다. 그 기신재의 때마다 제문·발원문과 직결되어 그 신화적인 일대기가 당대의 최고 문사들에 의하여 가장 완벽한 서사문학, 신화로 정립·전승되었기 때문이다. 이러한 신화의 내용은 서동설화를 통하여 대강 윤곽을 잡아 볼 수는 있으나, 그와는 다른 특성을 지닐 수밖에 없었던 터다. 이것은 국가적 차원의 제의와 직결되어 군왕·영주의 면모와 경륜·영단의 권능, 선치·외방의 무위 등 정치적 공적이 강화·강조되는 게 당연한 일이었다. 그러기에 이 신화가 군왕신화 내지 정치신화로서 위국·존왕의 성향을 띠는 게 순리적인 현상이었다.

이러한 무령왕의 신화는 서거 후 기신재의를 시작하여 3년 이상을 지나면서 형성되었으리라 보아진다. 역대 군왕이나 명인의 경우 3년 상을 마치면서 그 신화적 일대기가 정립되는 게 상례이기 때문이다. 이러한 신화의 형성·전개는 엘리아데의 견해와는 달리[92] 특수한 조성 경향을 보였던 터다. 이 무령왕의 신화는 능행제 추모제의가 계속되는 한, 구비 상관물로서 제의 연행의 대본이 되어 신화의 역할을 다하였으리라 본다. 적어도 이 신화는 제의가 시작되어 종료될 때까지, 백제와 운명을 같이하면서 권능을 발휘하였기 때문이다. 실제로 이 신화는 백제가 멸망하고 능행제 추모제의가 단절되면서 신화적 권능을 상실하게 마련이었다. 이미 '무령왕의 신화'는 마침내 권능을 잃고 '무령왕의 전설'로 전락·변화할 수밖에 없었다. 원래 모든 신화는 신화적 권능을 상실하면서 전설로 변모되는 법이기 때문이다.

이른바 '무령왕의 전설'은 쌍릉을 근거·중심으로 잠시 신화적 역할을 하였겠지만, 머지않아 '무강왕의 전설'로 변용의 과정을 겪게 되었다. 신라의 통치 하에서도 백제의 유민들이 추모제의를 계속하였으리라는 전제 아래, 그 전설은 신화적 기능을 어느 정도 유지하였을 테지만, 그것이 제한·폐지되었을 때에는 벌써 '무강왕의 전설'로 행세·유전되었기 때문이다. 이미 망국의 군왕인 무령왕릉의 추모제의가 용인될 수 없고, 그 신화·전설마저도 '무령왕'을 떳떳하게 내세우기 어려웠을 것은 물론이다. 이에 어떤 형태로든지 '무령왕'을 기휘할 수밖에 없었다면, 그 '령寧'을 '강康'으로 바꾸는 것이 가장 무난한 중론이었을

92　Mircea Eliade, *The Myth of the Eturn or, Codmos and History*, Princeton University press, 1971, p.43에서 "한 인물의 역사적 행적은 적어도 2·3세기 정도를 지나서야 전설화(유형화)된다"고 주장하였다.

것이다.

그리하여 ‘무강왕전설’이 민중에 의하여 쌍릉을 기반으로 유전될 때
는, 이미 무령왕의 신화적 권능은 사라졌던 것이고, 따라서 그 왕의 행적
중에서 영웅적인 면모나 선치·외방의 업적 등은 점차 퇴색·변용될 수
밖에 없었다. 신라나 고려 통치기에는 그래도 쌍릉을 근거로 유민들의
음성적 추념에서, 그 전설이 막연하게 유지·전승되면서 여러 이본(異
話)을 형성시켰던 것이다. 그리하여 고려 말 『삼국유사』의 편간 이후에
이르면, ‘무강왕전설’이 얽힌 쌍릉이 ‘후조선무강왕릉後朝鮮武康王陵’으로
착오·인식되고,[93] 따라서 전설의 주인공이 ‘후조선왕’으로 환치되었던
것이다. 그 무렵부터 쌍릉과 전설의 주인공은 ‘일운백제무왕一云百濟武王
소명서동小名薯童’이러거나 ‘말통대왕末通大王’으로까지[94] 변모를 거듭하
게 되었다. 이와 같은 전설의 전파 경향은 금마에 정도한 견훤왕의 ‘무광
왕전설武廣王傳說’의 형성에도[95] 영향을 미치고, 부여의 ‘궁남지전설’에
서[96] 잔영을 드러내면서, 일본에 파급되어 전술한 바 무령왕의 출생 지
명전설 내지 즉위전설까지 형성시켰던 것이다. 이러한 ‘무강왕전설’이
‘고본古本’에 기록되어 있다가 그나마 ‘무왕전설’로 개찬되었기에, 그 원
형·원본은 찾을 길이 없다. 따라서 ‘무강왕전설’이 그대로 서동설화라
고 속단할 수는 없다. 다만 서동설화를 통하여 ‘무강왕전설’의 원형을 재

---

93 『고려사』「지리지」,「금마군」조에 “又有後朝鮮武康王及妃陵 一云百濟武王 小名薯童”
　　이라고 하였다.
94 『세종실록』「지리지」,「익산군」조에서 “後朝鮮武康王及妃雙陵 在郡西北五里許俗呼
　　武康王爲末通大王”이라고 하였다.
95 사재동,「무강왕전설의 연구」,『불교계 서사문학의 연구』, 중앙문화사, 1996에서, 무
　　강왕전설의 형성과 견훤전설의 복합 작용’(476쪽)과‘무광전설의 형성과 무강왕전설
　　의 간섭’(488쪽)을 논의하였다.
96 김석기,「궁남지와 서동」,『부여의 전설집』, 화산출판사, 1989, 11〜13쪽.

구·복원할 수 있을 따름이다. 이런 점에서 '무강왕전설'은 그 자체로서 무령왕의 신화·전설을 계승·변형시킨 바 원형적 서사구조를 갖추고 있었으리라 추측된다.

다음 위 미륵사에서 거행된 탄신재의는 전술한 대로 매우 경탄스럽고 장엄한 재례로서, 경축·추모가 겸유된 완벽한 연행이었다. 이것은 국찰·원찰 내지 능사라는 미륵사의 성스러운 환경 속에서, 왕이 재주가 되는 국행재의이었기 때문이다. 그러기에 이 재의는 쌍릉에서의 능행제 추모제의와 조응되어 조금도 손색이 없는 것이었다. 그런데도 그 장소화 환경, 분위기가 양자 사이에 다르고, 이에 따라 두 재례의 구체적 상황이 각기 특성을 지니게 되는 것은 이미 알려진 사실이다.

이 탄신재의에서 핵심·주축을 이루었던 것은 역시 무령왕의 행적을 찬탄·서사하며 갖은 재례를 올리는 일이었다. 그것이 바로 그 재의의 구비상관물로 나타나 무령왕의 신화로 형성·전개되었기 때문이다. 이렇게 정립된 무령왕의 신화는 쌍릉의 제의에서 성립된 그 신화와 기본적으로 다른 점은 없었을 것이다. 그러나 이 탄신재의 신화는 그 내용의 특수한 대목에서나 그 구체적 표현상의 디테일이 독특한 면모를 보였을 터이다. 전체의 배경과 무대 분위기가 사찰이라는 점에서 불교적 성향을 강화하는 것은 당연하고, 등상인물의 중요한 역할이 승려 쪽으로 기울 수밖에 없었다. 따라서 서사적 기술 과정에서 불교적인 것이 강조된 것은 물론, 재의의 성격에 따라, 무령왕의 탄생 과정이 신비화되고, 경축의 분위기가 우세하였을 것이라고 본다.

이러한 탄신재의의 신화는 쌍릉의 추모제의 신화와 조응·보완되어, 거의 동일한 운명과 궤도를 밟으면서 행세하고, 그 기능을 발휘했을 터이다. 따라서 백제가 멸망하면서 이 신화는 신화적 권능을 상실하고, 그대로 전설화의 새로운 국면을 만나게 되었던 것이다. 다만 이 탄신재의의 신화는 무령왕이 창건주라는 명분 아래, 사찰에서 그 재의를 계속할 때까지 신화적 면모를 겨우 유지했을 가능성이 있다. 그러나 종국에 가서는 이 신화가 전설로 전락·변용되고, 쌍릉의 그것과 대응되어 적지 않은 이본(이화)를 내면서 그 망각의 여운을 창사재의의 신화·전설 쪽으로 흘려보낸 게 아닌가 한다.

그리고 미륵사에서 봉행된 기신재의는 전술한 대로 매우 엄숙하고 장중한 재례로서, 추모·천도의 충정이 절정을 이루는 완벽한 연행을 거듭하게 되었다. 이것은 국찰·원찰이며 무령왕릉의 능사에서 국행제의 명분으로 진행되어 최선을 다하였기 때문이다. 따라서 이 기신재의는 주제와 내용 면에서 쌍릉의 추모제의와 쌍벽을 이루어 경쟁적으로 분위기를 고조시키게 되었을 터다. 그러기에 기신재의는 쌍릉의 그것에 비하여 불교적 방편이 가중되어, 내용과 흐름을 신비·영험으로 더욱 뜻깊게 하였으리라 보아진다. 이런 점에서 역시 미륵사에서 진행된 위 탄신재의와는 자매 관계의 호응도를 높이고 있었으리라 본다. 바로 이 점이 미륵사 기신재의에서 연원·전개된 무령왕의 신화를 보다 특색 있게 만들었던 것이다.

이 신화는 그 제의의 쌍벽을 이루는 상관성으로 하여, 쌍릉에서의 신화하고는 변증법적 상관성을 유지하고, 위 탄신재의 신화하고는 친화적 상보성을 가지고 있었을 터다. 이 기신재의의 신화는 이처럼 미묘한 관계 속에서 성세를 타고 활용·유전되었지만, 백제가 멸망하고 나서는 모두 같은 운명으로 빠져들게 되었다. 이 기신재의 신화는 같은 탄신재의와 함께 국행제를 중단하면서, 결국 전설화의 과정으로 들어섰지만, 미륵사에서 창건주의 극락왕생을 기원하는 재의를 계속하는 한, 신화의 면모를 완전히 잃지는 않았을 것이다. 결국 그것은 전설로 변모·유전될 수밖에 없었고, 상당한 이본(이화)를 남기면서 마지막 여운을 민간에 흘리는 한편, 그 창사재의의 신화·전설에 흡수되었으리라 보아진다.

끝으로 이 미륵사의 창사재의는 국행제의가 아니고, 사찰 자체의 최고 명절재의요 경찬재의로서 어느 제의보다 화려·장엄하고 감명 깊게 진행되는 게 당연하다.[97] 이에 미륵사의 역사와 사세를 걸고 불보살의 위신력을 찬탄하면서, 창건주의 무변한 공덕을 위없이 기리는 창사재의는 결국 무령왕의 행적을 창사 사실 중심으로 찬연한 신화로 형성시키는 데로 집중·연행되었던 터다. 이것은 이른바 '무령왕의 창사신화'로서 '영웅의 일생'으로서도 완벽할 수밖에 없었다.

이 창사신화는 저 쌍릉의 추모재의 신화에서 서사적 구조를 본받고, 거기서 군왕의 무위·경륜, 선치·공덕 등 정치적 영웅성을 배제·조정하면서, 위 탄신재의·기신재의의 신화에서 불교 성향을 수용하여, 창사신화로서의 모든 요소를 입체화함으로써, 가장 풍성하고 아름다운 서사문학으로 완결·승화된 것이었다. 따라서 이 창사신화는 매년 되풀이되는 창사재의의 훌륭한 대본이 되었고, 그 재의의 연행을 통하

---

97 역대 왕국에서는 국찰·원찰을 낙성했을 때, 그 경찬재의가 성대하게 벌어졌으니, 세종 32년 궁중에 열성조의 자복사찰로 내불당을 창건하고 그 경찬법회를 베푼 것이 그 전형적인 사례다. 종범스님이 『중앙승가대학 논문집』 3, 중앙승가대학, 1994, 2~3쪽에서 김수온의 「사리영응기」를 해제하고, 박범훈이 「세종대왕이 창제한 불교음악 연구」, 『한국음악사학보』 23, 한국음악사학회, 1999, 29쪽에서 그 음악예술적 실상을 분석·고찰하였다.

여 점차 보완·개선되면서 그 기능을 십분 발휘하였던 터다. 이에 가장 주목되는 사실은 백제가 멸망한 뒤에도 위 신화들이 모두 전설화되는 가운데, 이 창사신화만은 신화적 면모와 기능을, 미륵사가 경영되어 창사재의를 계속할 때까지 유지해 왔다는 점이다. 기실 창사의 공덕과 불보살의 위신력이 지속되는 한, 미륵사의 창사재의가 신이와 영험을 확보하여 계속되었기에, 그 창사신화는 그 형태와 역량을 그대로 보존하였던 터다.

이 창사신화의 원형·원본은 거의 완전하게 '고본'에 기록·정착되었을 것이다. 그래서 고본을 인용·개찬한 「무왕」조 기사, '미륵사창건연기전설' 서동설화를 원전으로써 추적해 가면, 창사신화의 원형적 면모와 신화적 성격을 족히 재구·복원할 수가 있을 터다. 이로써 무령왕의 창사신화를 추적·추인하게 되었다. 이러한 창사신화는 고려 말기 일연에 의하여 '창사연기전설'로 개찬되어 서동설화로 공인되었지만, 거기에는 신화적 요소로 신이·영통한 사건들이 내재하여 있는 게 사실이다. 이로써 그 창사신화에서 빚어 나온 전설적 이본이 확인된 것이다. 이처럼 이 창사신화가 전설의 면모를 가지게 될 때, 그만한 이본(이화)들이 형성·유전되었으니 기실 그것이 '무왕창사연기전설'로 개찬됨으로써, '무강왕전설'의 이본으로 행세한 사실은 물론이고, 그것이 '마한무강왕창사연기설화馬韓武康王創寺緣起說話'로 이본화된 점이[98] 주목된다. 나아가 익산 지역 오금사의 창건전설과[99] 부여 지역 왕흥사의

---

[98] 『동국여지승람』 권33에 "彌勒寺在龍華山 世傳武康王 旣得人心立國馬韓 一日 王與善花夫人 欲行獅子寺 至山下大池辺 三彌勒出現池中 夫人謂王曰 願建伽藍於此地 王許之 詣知命注師 問塡池術 師以神力 一夜頹山塡池 乃創佛殿 又作三彌勒像 新羅眞平王遣百工助之"라고 하였다.

창건전설[100] 등의 이본으로 유전된 것을 보게 되었다. 결과적으로 무령왕의 신화·전설은 신화와 전설의 양면성을 겸유한 서동설화가 현존 유일의 원전으로서 대표하고 있는 터다.

6. 무령왕 제의의 문화적 실상과 위상

무령왕릉 문물과 그 제의의 문화적 실상을 개관할 필요가 있다. 무령왕의 생애·행적과 그 왕릉 문물, 그에 따른 일체의 제의 그리고 그로부터 형성·전개된 신화·전설 등에 걸친 일련의 문화 영역이 그만큼 중요한 내용과 높은 가치를 갖추고 있기 때문이다. 그리하여 문화의 실상을 문화학적 분야별로 검토하고, 문화사적 위상까지 어림해 보려는 것이다.

우선 무령왕릉의 조영에 있어 외형상의 제도적 관례나 장례의 습속 등이 주목된다. 무령왕릉은 모든 점에서 백제 왕릉의 전형을 보이고 있다. 무령왕릉은 도성 궁궐을 기준으로 서방 송산리에 위치하여 자연스러운 산형을 보인다. 그것은 왕릉 내부의 값진 문물을 보존하기 위한 위장법으로 관례화된 것이라 하겠다. 기실 이 왕과 왕비가 서거한

---

99 『동국여지승람』 권33 「익산·불우」조에 "世傳 薯童事母至孝 掘薯豫之地 忽得五金 後爲王創寺 其地因名焉"이라고 하였다.
100 『삼국유사』 권3 「법왕금살」조에서 법왕과 무왕대의 왕홍사를 창건했다 하고 그 절을 미륵사로 혼동하면서 그 창건연기설화를 약기하여 놓았다.

뒤, 그 거상·장례의 규모와 절차도 예상되거니와,[101] 그것 역시 그 당시 치상·장법을 그대로 보이는 터다. 비록 일국의 왕과 왕비라 할지라도, 장지를 토지신에게 매수해야 되고, 따라서 실제로 매매 계약과 함께 현금을 지불하는 절차를 밟아야 한다는 관습을 나타내고 있다. 실제로 이 왕릉에서는 모든 능침·분묘가 저승천하·이상세계·생활 공간으로 상념·신앙되는 관습·풍조를 시사하고, 서거 후 가장하여 상당 기간을 지낸 다음, 백골을 정식으로 염습해서 영구 장지에 완장하는 매장법을 보여 준다. 그리고 왕릉을 증거하고 고인을 기리기 위하여 지석을 능의 입구에 묻은 사실은 모든 능침·분묘에 원칙적으로 지석을 배치하라는 전례를 입증하는 터다. 이러한 사항들은 백제사를 바탕으로 장례·관습법, 묘제·매장법에 직결되어 고대사학·고고학·금석학·민속학 등의 분야에서 관심을 가질 수밖에 없다.

이어 무령왕릉의 내부 구조와 소장 문물 전체가 크게 주목된다. 이미 알려진 대로 그 이도를 거쳐 넓은 현실에 이르러 왕과 왕비의 관을 중심으로 배치·장식된 각종 보배로운 문물은 문자 그대로 백제 문화의 보고이기 때문이다. 그 이도에 이어 현실 전체가 연화문 전석으로 축조됨으로써, 현실 묘제의 전형을 보이고 있다. 나아가 그 전석의 연화문이 형성하는 이상적인 연화천지를 현실적으로 조성하여, 이 공간·성역이 서방정토·연화장세계를 표상하고 있다는 게 밝혀진 터다. 따라서 이들 문물이 정토신앙, 정토경의 사상에 의거하여 찬란한 극락세계를 이룩하고 있다는 것이다. 아미타불, 무량광·무량수의 주재 아래, 왕과

---

101 오수창, 「정조건릉산릉도감의궤 해제」, 『정조건릉산릉도감의궤』, 서울대 규장각, 1995 참조.

왕비가 대세지보살과 관세음보살로 장식·승화되어 그 세계에서 영생 극락을 누린다는 사실이다. 그리하여 이 왕릉의 문물은 백제 문화를 세계적으로 과시하는 매장문화재의 절정으로서 우뚝한 자리를 차지하는 것이라 하겠다. 그러기에 이 왕릉 문화를 통하여, 국내외 문화학의 각 분야에서 비상한 관심을 갖고 활로를 모색하게 되었다. 백제의 능묘 건축, 불교건축·연화문과 각종 문양의 부조·회화, 각양각색의 금은옥 세공, 목공예·도자기 등 미술·불교미술, 그 악기를 통한 기악과 극락 조의 성악이 부각·복원되고, 그 문물의 불교적 성격을 통하여 당시 백제의 불교사상, 미타정토 내지 미륵정토신앙이 엿보인다.[102] 그 목관의 제작·장식, 무령왕과 왕비의 관식·분장, 의상과 장신구, 신발과 소도 구 등이 유기적으로 재구되고, 나아가 그처럼 정교하고 빛나는 문물의 제작기술과 국제 교류관계, 그 문물을 담당한 경제력과 왕권의 위력 등 까지 탐색해 낼 수가 있는 것이다. 그러기에 백제문화사학·민속학· 고고미술학·고대음악학·의상학·장식학·경제학·제왕학·국제 교류학 등에 걸쳐 모든 분야가 긴장·주목하지 않을 수 없었다.

다음 무령왕과 왕비에 대한 제의로서, 왕궁의 종묘에서는 물론, 주로 쌍릉과 미륵사에서 벌린 온갖 제의와 추모제의가 탄신재의·기신재의 내지 창사재의 등에 걸쳐 장엄하고 어법히게 거행되었다. 그 제의 도량 의 정화와 환경 조성, 제단의 전체적 장엄과 장식, 능행제에 있어 무령왕 과 왕비의 영단, 제주인 왕과 왕비의 제석·처소 등을 꾸미고, 사찰재의 에 있어 불보살의 상단과 신중들의 중단, 무령왕과 왕비의 영단, 재주인

---

102 김영태, 『백제불교사상 연구』, 동국대 출판부, 1985에서 '미륵사상'(97쪽)과 '관음사 상'(123쪽)을 논의하였다.

왕과 왕비의 제석·처소 등을 마련하는 것이 중요하고, 모든 제기·공양구, 향촉과 공양 음식, 이에 따르는 소도구 등을 제작·배치하는 게 필요한 터다. 나아가 제주와 집사자 내지 동참자들의 관식·분장·의상·신발·소도구 등이 법도에 맞게 차려지고, 제례 절차가 여법하게 진행되어야 하며, 이에 조응하여 집사자의 홀기 낭독, 기악과 성악 내지 의식무·작법무 등이 조화롭게 연행되는 게 중요하다. 여기서 제문으로 일괄되는 기도문·발원문·청원문, 특히 무령왕의 행적 찬탄문 등이 최고의 문사·문승들에 의하여 원만히 제작되고 유창·아려하게 낭송되는 게 필수적이다. 이러한 일련의 제의는 그 총체적인 면모 자체가 매우 중요한 문화재라 하겠다. 따라서 제의학·의례학 등에서는 이를 보배로운 원전으로 여기고 연구·고찰할 수밖에 없다. 게다가 이 다양·거창한 제의계 문화재는 단순히 제의학·의례학의 대상에 머물지 않고, 그 총합적 실체가 여러 분야의 예술 장르로 분화·발전해 간 사실이 더욱 중시되는 터다.[103] 이른바 제의예술의 전개가 바로 그것이다.

위 제의 과정에서 먼저 제의미술을 설정·추출할 수가 있다. 위 제의들에 설치·활용된 시각적 요소들은 건축물로부터 회화·조각·공예품·서예·의상 등에 해당되는 것은 모두가 제의미술이라고 하겠다. 그 중에서 쌍릉의 추모제의에 활용된 미술을 궁중미술 내지 일반미술이라 한다면, 미륵사의 재의에서 이용된 미술은 대체로 불교미술로서 장엄된 터였다.

---

103 陳榮富, 『宗教禮儀與古代藝術』, 江西高校出版社, 1994에서 '宗教禮儀與繪畵和工藝美術'(p.44), '宗教禮儀與彫塑'(p.102), '宗教禮儀與建築'(p.143), '宗教禮儀與樂舞'(p.181), '宗教禮儀與文學'(p.216) 등에 대하여 논의하였다.

그리고 위 제의 과정에서 제의음악을 추정·유추할 수가 있다. 위 제의들의 진행 과정에서 적절하게 연주된 각종 기악과 제의무용의 반주, 그리고 그에 필수되는 가창·성악, 홀기의 낭독성, 제문에서 기도문·발원문·청원문의 낭송, 무령왕 행적의 찬탄성 등이 결국 제의 음악을 이루어 그 분위기를 조화시켰던 터다. 이런 재의음악에서도 쌍릉의 궁중음악과 미륵사의 불교음악이 자연스럽게 구분되는 터였다.

나아가 위 제의 과정에서 제의 무용을 찾아 낼 수가 있다. 쌍릉의 추모제에서 제례무나 의식무가 필수되었고, 미륵사의 재의에서 작법무 내지 승무가 연행된 것은 당연한 일이었다. 이 제의무용은 반드시 악무·가무의 형태를 띠고, 역시 궁중무용과 불교무용으로 유별될 수가 있었다.

드디어 위 제의 과정에서 제의 연극을 종합해 낼 수가 있다. 원래 모든 제의는 연극이라 하거니와, 위 제의들은 거의 다 극화·연행된 형태였던 터다. 이러한 제의극은 궁중연극과 불교연극으로 대별되는데, 그것이 가창극·가무극·강창극·대화극·잡합극 등의 장르를[104] 따라 전개되었을 터다.

한편 위 제의 과정에서 연행된 대본으로서 제의문학이 그 실체를 들어 낼 수가 있었다. 그 제의들의 기창·가무의 운문, 제문 중 기도문·발원문·청원문의 운문 또는 산문, 무령왕 행적의 찬탄문 같은 '영웅의 일생' 서사문학, 각개 제의 전체의 총체적 대본문학 등이 그 위치를 드러냈던 것이다. 이러한 제의문학은[105] 대강 궁중문학과 불교문학으로

---

104 사재동, 「한국 희곡사 연구서설」, 사재동 편, 『한국희곡문학사의 연구』 I, 중앙인문사, 2000, 16쪽에서 한국의 연극을 이러한 5대 장르로 구분·논의하였다.

유별되는데, 그것은 시가 · 수필 · 소설 · 희곡 등의 장르로 분화 · 전개 되었을 터다. 그러기에 이 제례 예술의 각 분야에 대하여 예술학을 바 탕으로 미술학 · 음악학 · 무용학 · 연극학 내지 문예학 등 각 분야에서 적극적으로 접근하는 것은 당연한 일이다.

끝으로 위 제의 과정에서 구비상관물로 형성 · 전개된 무령왕의 신 화 · 전설 가운데 현전하는 대표적 작품 서동설화를 중심으로 왕릉 문물 과 그 제의 전체를 통관하는 문예적 계맥과 체계를 세워 볼 수가 있겠다. 이 문학세계는 전술한 대로, 그 장르를 유지하면서 다시 융합하여 큰 흐 름을 형성하는 역정을 거친 것이었다. 기실 서동설화는 이미 문학적으로 검토되어 「서동전」이란 소설 형태로 평가되었지만, 여기서는 그렇게 단 순한 작품이 아니다. 전게한 바 이것은 무령왕 관계의 모든 문화 영역을 전체적으로 수용 · 응축시키고 유일하게 생존한 문학적 복합체이기 때 문이다. 이 작품에는 잘 알려진 〈서동요〉가 들어 있어 시가적 형태를 유 지하고 문예적 기능을 다하고 있다. 이 시가 역시 그 오랜 전통 속에서 유 일하게 현존하는 대표성을 갖추고 있다. 따라서 이 작품을 근거로 전술 한 제의계의 시가들이 하나의 장르를 이루고, 그 계맥을 이룩하였다고 하겠다. 그리고 서동설화를 수필식으로 응축시키거나 그 속에 응축 · 음 성화된 수필적 작품을 재구해 낸다면, 그것은 전게한 제의계 수필들과 함께 하나의 장르 아래서, 그 계통을 유지하였을 터이다. 나아가 서동설 화는 상술한 대로 이미 서사문학 소설 형태로서 서동전으로 규정된 게 당 연하다.[106] 이 작품은 그 원형 · 원본을 재구 · 복원했을 때, 무령왕의 '영

---

105 中鉢雅量, 『中國の祭祀と文學』, 創文社, 1986에서 '古代の祭祀と神話'(p.5), '祭祀か ら文學へ'(p.211) 등을 논의하였다.

웅의 일생', 일대 서사문학 소설로 평가되어 마땅했을 것이다. 이 작품을 전거로 하여 무령왕의 신화·전설 그 후대적 이본(이화)들이 하나의 서사적 전통을 이룩하고, 그 장르의 영역을 실질적으로 유지하였을 터이다. 마지막으로 서동설화는 실제로 위 제의극의 대본이었기에, 그 자체가 이미 극본·희곡의 자질과 성격·기능을 보존하고 있다. 그러기에 이 작품은 극화·연행을 전제할 때, 극본·희곡으로 재구·생동하게 되어 있었다. 이 서동설화의 많은 이본들이 널리 오래 부침하면서 극화·연행됨으로써, 극본·희곡으로 작용·기능하고, 이 작품을 중심으로 합세·유전의 장르적 명맥을 겨우 유지해 왔던 것이다. 이러한 희곡 장르는 연행·전승의 현장에서 실질적으로 가창극본·가무극본·강창극본·대화극본·잡합극본으로 존립·행세하였던 터이다.

7. 결론

이상 무령왕릉 문물의 불교적 실상과 그 제의에 따르는 문화 현상을 제의학적 관점에서 고찰하였다. 지금까지 논의해 온 것을 요약하면 다음과 같다.

① 무령왕릉 문물은 그 왕대를 중심으로 하는 백제의 불교와 그 문화를 배경으로 하였다. 공주로 국도를 옮기면서 궁성 내외에 국찰·원찰

---

106 사재동, 「서동설화의 연구」, 장암 지헌영선생 화갑기념논총간행회 편, 앞의 책, 432쪽.

을 세우고 호국·안민의 불교가 발달하기 시작하여, 무령왕 대에 이르면 황금시대를 이루고 성왕대로 이어져 그성세를 유지하면서 국내의 불교문화는 물론, 일본에까지 영향을 미쳤다. 더구나 무령왕은 '인자관후'하고 신심이 깊어, 당대의 국력과 원력을 통하여 국찰·원찰로 미륵사를 크게 창건·경영하였다. 그때의 불교계는 성왕을 주축으로 미륵신앙·사상과 함께 미타신앙·사상이 숭신·제고되어 아미타불과 관음보살·대세지보살의 극락정토·연화장세계를 희원·신행하는 게 대세였던 것이다. 이런 신앙·사상은 정토삼부경 가운데『관무량수경』에 기반을 두고 발전·전개되었으니, 그 16관법에 의거한 극락정토 9품연대에서 아미타불의 무량광 무량수 아래, 관음보살과 대세지보살이 화생 대중을 접인한다는 사후세계로 전개되었다. 그리하여 무령왕과 왕비가 서거하였을 때, 그 아들 성왕의 신심·효성과 신민의 추모·정성에 따라 서방에 극락정토·연화장세계를 찬연하게 조성·장엄하고, 왕과 왕비가 그 세계에서 대세지보살과 관음보살로 승화·안주하며 영생 복락을 누리도록 갈망·실현해 놓은 것이 바로 무령왕릉 문물이었다.

　② 무령왕릉 문물은 실제로 『관무량수경』을 전거로 하여 극락정토·연화장세계를 집약·조형화하였다. 그 이도·현실이 온통 연화문전으로 축조되어 완벽한 연화장세계를 이룩하고, 그 안에 설시된 금은보재의 온갖 조형물들이 모두 그 경전의 표현대로 조성·배치됨으로써, 완벽한 극락정토를 구성하고 있었다. 그 가운데 무령왕과 왕비는 그 관식 분장·의상·장신구·신발 내지 소도구에 이르기까지 대세지보살과 관음보살의 위용으로 장식·승화되고, 그 문물은 유기적 관계

를 유지·활용하여 그 생동성을 보이고 있었다.

③ 무령왕릉 문물은 그 대본 경전의 원전대로 극락정토·연화장세계를 조영함으로써, 정토신앙·사상의 본향·원형을 성취한 것이었다. 거기서 무령왕과 왕비는 대세지보살과 관세음보살로 승화·화생하여 무량수·무량광의 영원광명을 타고, 그 위신·권능을 극락정토·9품 연대에 뻗쳐, 공덕 수행한 중생들의 연화 화생을 환영·접인하는 것으로 예배·공양되고 신앙·제례되었던 터이다. 여기서 무령왕릉 문물은 내외적으로 제의의 성격을 드러내게 되었으니, 이 왕릉의 국가적 제의와 함께 불교적 재의가 필수되었던 것이다. 이 무령왕은 중흥주의 행적을 보이고 국태민안의 공적을 쌓아, 왕과 왕족 내지 만인의 추모·찬양의 제의가 이 왕릉으로 집중될 수밖에 없었다. 이 왕릉이 익산으로 이전되어 쌍릉으로 조영되면서, 제의는 더욱 강화·성세를 보였고, 그 주변의 미륵사가 능사의 역할을 하는 가운데, 그 제의는 범위를 넓혀 사찰 내의 재의로 확대되었던 것이다.

④ 무령왕과 왕비에 대한 제의는 쌍릉에서의 능행제 추모재의와 미륵사에서의 추모재의로 확대·전개되었다. 이 능행제는 국가 차원의 추모제의이기에, 궁중의 종묘제례와 상응하여 대단한 규모에 화려·장엄한 제단·영단·제석을 차리고, 여법한 제례 설차와 연행이 엄숙하게 진행되었다. 여기서는 제문으로 발원문·청원문 등과 함께 무령왕의 걸출·탁이한 행적을 기리는 찬탄문이 주축을 이루었던 것이다. 그리고 미륵사에서의 추모재의는 그 강탄을 기리는 탄신재의와 서거를 추념하는 기신재의로 나누어 진행되었고, 그 왕이 미륵사의 창건주요, 이 절이 능사의 직분을 가진 터라, 창건일을 기하여 창사재의를 여

법하게 거행하였으니, 그 행적이 찬연하게 연설되었던 터다. 이러한 사찰에서의 추모재의는 모두 불교 성향을 띠고 특성 있게 연행되었고, 따라서 그 제문으로 기도문·발원문·청원문이 불교식으로 윤색됨에 따라, 무령왕의 행적이 찬탄·서술되는 서사문맥도 '영웅의 일생'으로 서 더욱 미화·확충되었던 터다. 특히 창사재의 가운데 서술·연행된 왕의 탁이한 행적은 창사 공덕을 중심으로 보다 장쾌하고 감명 깊게 미화·연설되었던 것이다.

⑤ 이러한 무령왕에 대한 제의는 완벽하게 진행되어, 구비상관물로 서 각기 그 성격에 따라 '무령왕의 신화'를 형성·전개시켰다. 여기서 쌍릉의 능행제에서 이룩된 그 신화는 왕계·혈통, 출생·성장, 권능· 위용, 결연·국혼, 등극·선치, 창사·외방 등에 걸쳐 일관된 영웅서 사시, 일대 서사문학으로 성립되었으니, 왕의 특출한 행적과 신화화의 성숙된 여건이 뒷받침되었던 것이다. 그 웅장한 신화는 백제가 유지될 때까지 신화의 권능과 기능을 발휘하다가 그 멸망 후부터 '무강왕전설' 로 전환·위축되었고, 그 후대적 축소·개변에 따라 여러 이본(이화)으 로 분화·전승되었던 것이다. 그리고 미륵사에서의 탄신재의·기신 재의에서도 능행제의 그것과 같은 서사구조를 가지고 좀더 특색 있는 '무령왕신화'가 형성·전개되어 백제와 함께 성세를 보였고, 그 망국 후에는 능행제의 그것과 동일한 운명을 맞게 되었다. 다만 미륵사의 창사재의에서 생겨난 '무령왕의 창사신화'는 보다 극적인 서사문학으 로 완결·행세하였고, 백제 멸망 후에도 신화의 면모와 기능을 잃지 않 았던 것이나 사찰이 폐허로 그 창사재의가 끊기면서, 그것은 전설화의 길을 걸어 '미륵사창건연기전설'로 정착되었다. 이 전설의 원전이 변

화·정착되어 '무왕전설'도 개찬되고, 따라서 서동설화로 현존·유통되었으며, 그간에 여러 이본(이화)을 형성·유전시키고도, 그 작품 자체는 신화성과 전설성을 조화롭게 겸유하고 있는 것이었다.

⑥ 무령왕릉 문물과 그 제의의 문화적 실상은 그 왕의 생애·행적과 함께 그 능 내외의 조형물, 그에 따르는 일체 제의의 제단 구성, 진행 절차와 연행 실태, 그리고 그로부터 형성·전개된 신화·전설 등에 걸쳐 광범한 문화 영역으로서 중요한 내용과 높은 가치를 지니는 것이었다. 우선 그 무령왕과 왕비가 서거한 이후 장례 풍습과 신앙, 왕릉 조영의 관념과 방법 등으로부터 그 능의 내부 구조가 극락정토·연화장세계를 이루고 있다는 점, 그 내장 문물이『관무량수경』의 주제·내용을 집약·조형화한 사실까지 유기적으로 연결시켰다. 그 가운데에서 장례문화와 왕릉조영을 비롯하여 능묘의 건축과 함께 그 회화와 조각·공예 등 미술 세계가 확인되고, 기악·성악 등 음악 세계가 파악되며, 그 조형물의 원전에서 훌륭한 정토문학을 유추할 수가 있었다. 이어 그 무령왕과 왕비에 대한 다양한 제의가 독자적 의례문화로서 그다지 중요한 것은 물론, 그로부터 제의예술이 형성되어 제의미술·제의음악·제의무용·제의연극, 그 연행의 대본문학으로 전개되었던 터다. 이어 제의에서 형성·현존하는 서동설화를 중심으로, 이 왕릉 문물과 제의의 문화 영역을 통관하는 문학세계가 신화문학, 서사문학의 실상을 갖추고 시가·수필·소설·희곡 등의 장르로 분화·전파되었던 것이다.

이처럼 무령왕릉 관계의 문화 영역은 백제 문화의 정화로서 그 중심에 자리하고, 따라서 삼국문화사 내지 한국문화사상에서 매우 소중하고 확고한 위상을 차지하여 왔던 것이다. 따라서 인문학·문화학의 각 개 분야에서 이를 새롭게 인식하고 적극적이고 본격적으로 연구할 단계에 이르렀다고 믿는다.

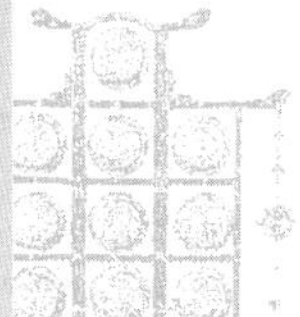

제2장

사찰재의의 연행과 희곡 양상

1. 서론

잘 알려진 대로 전국 각 지역의 사찰에서는 그 재의가 불교활동의 중심을 이루어 왔다. 실제로 사찰들은 공통적으로 활동과 역할의 전부가 재의로 시작하여 재의로 끝나기 때문이다. 따라서 사찰들이 주체가 되어 불교를 이끌고 발전시켜 온 핵심적 목표와 방편은 바로 재의라는 이야기가 된다. 여기서 재의가 불교사에서 차지하는 위상이 확고해지는 것이다.

흔히 불교문화가 한국문화의 핵심·주류를 이루어 왔다고 하거니와, 그렇다면 그 재의가 불교문화 내지 한국문화를 형성·전개시키는 데에 주동이 되었다고 볼 수가 있겠다. 실제로 이 재의에는 불교계의 미술과 음악, 무용과 연극, 언어와 문학 등이 어울려 그대로가 종합문화·종합예술의 실체로서 유지·전개되어 왔기 때문이다. 이로써 이 재의가 차지하는 바 불교문학사 내지 한국문화사상의 위상이 획기적인 것임을 확인할 수 있다.

이제 이 재의를 종합문화 특히 종합예술의 관점에서 검토할 때, 그 자체의 가치와 중요성이 새삼스럽게 돋보이는 바다. 그 재의가 명실공히 종합예술로서 부분적으로는 미술과 음악, 무용과 연극, 언어와 문학을 분화시켜 갈래지을 수가 있는 터에, 전체적으로는 수준 높은 불교연극의 몇 가지 장르를 추출하여 불교극본 희곡의 몇 가지 장르까지 재구해 낼 수가 있기 때문이다. 그래서 이 사찰재의를 본격적으로 연구·검토할 필요성이 절감되는 것이다. 지금 불교미술과 불교음악, 불교무용과 불교문학 등이 새로이 각광을 받고 있는 터에, 이 재의를 통한 불교연극 내지 불교희곡의 연구는 실로 긴요한 당면 과제이기 때문이다.

그동안 연극학계에서는 한국연극사를 기술하는 데에서 불교연극을 제대로 취급하지 않았다.[1] 더구나 사찰재의를 불교연극의 관점에서 고찰한 업적은 아직 보이지 않는다. 따라서 전국의 사찰재의를 주목하여 불교연극으로 거론한 업적이 이제껏 나타나지 않는 것이 현실이다. 더구나 이런 재의를 연극의 장르로 검토하고, 나아가 그 장르의 극본·희곡을 탐색·정리하는 작업은 전무한 상태라 하겠다. 한국의 고전희곡을 올바로 공인하지 않으려는 학계에서[2] 불교계의 연극 극본, 고전희곡을 논의하기는 아직 이르기 때문일 것이다.

1　장한기, 『한국연극사』, 동국대 출판부, 1986 등 이 방면의 저술에서 대부분 불교연극을 제대로 취급하지 않았다.

2　사재동, 「한국 희곡사 연구서설」, 『어문연구』 18·19, 어문연구학회, 1988·1989에서 고전희곡의 계통적 존재 양상을 개관한 바 있다.

이에 본고에서는 한국의 사찰재의를 종합예술, 연극적 측면에서 분석·검토하고, 나아가 희곡적 측면에서 연구·논의해 보려고 한다. 첫째, 이 사찰재의의 연행 실태를 파악하여 보겠다. 적어도 전국의 대표적 전통사찰들에서 행하여 온 재의, 그 중에서도 영산재·수륙재·예수재 등의 실연 상태를 검토하여, 가창·가무·강창·대화 등의 연극적 요건을 탐색하여 보겠다. 이러한 재의는 전국적으로 공통성을 유지하면서 독자적으로 실연되었기에, 전체적으로 전형화된 재의를 대상으로 고찰할 수밖에 없겠다.

둘째, 사찰재의의 연극적 실상을 검출하여 보겠다. 이미 위에서 검토된 가창과 가무·강창과 대화 등을 확대·유추하고 연극 장르론을 적용하여, 그 재의의 실연으로부터 가창극과 가무극·강창극과 대화극 등을 추출·규정하겠다는 것이다.

셋째, 사찰재의의 대본 즉 궤범의 희곡적 전개 양상을 고찰하여 보겠다. 이미 분류된 재의의 연극 장르에서, 각기 극본을 탐색·재구하겠다는 것이다. 어떤 형태의 연극이든지 그에 상응하는 극본을 지니게 되는 것은 당연한 이치다. 따라서 이 재의의 연극 장르가 그에 상응하는 극본을 필수적으로 갖출 수밖에 없다. 여기서 각 장르의 극본을 희곡으로 논의·규정하자는 것이다.

이렇게 전국의 사찰재의가 불교연극의 각 장르로 검토되고 그 극본들이 모두 희곡 장르로 규정된다면 그 유구한 역사성과 막대한 영향력은 마땅히 연극사 내지 희곡사상에서 재평가되고, 나아가 문예학사상의 위상도 올바로 조명될 것이다. 이제 본고에서는 사찰재의 연행 실태와 그 대본 궤범의 희곡적 전개를 검토하는 원전으로 현지 조사 자료와[3] 무형문화재 제50호『영산재』,[4] 그리고『석문의범』[5]과『한국불교의례자료총서』(전4)[6] 등을 모두 활용하겠다.

2. 사찰재의의 연행 실태

고금을 통하여 사찰 내에서는 그 의례를 시행하는 것이 주된 업무였다. 어떤 사찰에서든지 그 일과는 재의로 시작하여 재의로 끝났기 때문이다. 고려시대부터 불교재의가 발달했다고 하지만[7] 그 역사는 신라·삼국시대까지 소급될 것이며, 배불이 극심했던 조선시대까지도 면면하게 유지되어 모든 사찰에서 시행되었던 것이다. 그 전통은 현재까지 계승되어 전국 어느 사찰에서나 대소의 정도에 따라 재의가 행하여지고 있는 게 사실이다.

이러한 재의는 오랜 전통에 따른 보편성을 지니고 있기에 시대적인

---

3 필자가 현지 답사한 영산재와 수륙재, 예수재는 다음과 같다. 법주사 영산재, 충북 보은군 내속리면 사내리, 1990.4.11 채록; 대원사 영산재(천도), 대전시 동구 자양동 89번지, 1994.9.20 채록; 자광사 영산재·예수재, 대전시 유성구 학하동 82번지, 1995.5.8 채록; 승련사 영산재, 전북 남원군 식련리, 1991.8.27 이리시 혜봉원 초지스님 채록, 제공; 혜봉사 영산재, 전북 김제군 금구면, 1991.9.8 채록; 성불선원 수륙재, 경기도 팔당댐 상류 강변 고수부지, 1984.5.19 채록; 중생사 예수재, 경주시 남산, 1979.8.27 채록

4 홍윤식, 『영산재』(조사 연구), 문화공보부 문화재관리국, 1987; 장상철, 「勸供·各拜·靈山」『注解旌譜要集』, 실상사, 1988.

5 안진호 편, 『석문의범』, 법륜사, 1982.

6 박세민 편, 『한국불교의례자료총서』전4, 보경문화사, 1993. 이하 집수와 쪽수만 표기.

7 안계현, 「고려시대의 불교의식」, 『한국불교사상사연구』, 동국대 출판부, 1983, 199쪽.

변화는 있었지만, 지역에 따라 별다른 특이성을 띠지 못했던 것이다. 그러므로 한 지역의 사찰재의가 다른 지역의 그것과 공통점을 가지고 있는 것은 당연한 이치다. 그래서 이 재의의 배경 사찰, 주재 승려, 재주 발원자 등이 다른 것은 물론, 법주승이나 재의승이 다를 수도 있고, 그 규모도 대소의 차이가 날 수는 있지만, 재의의 종류나 진행 절차 등은 일치할 수밖에 없다는 것이다. 더구나 유명한 재의 법주승이 재의승을 데리고 전국 사찰의 대규모 재의를 주재하는 경우가 많으므로, 그 지역적 변별성이나 독자성은 강조될 수가 없는 터다.

고금을 통하여 전국의 사찰에서 정기·부정기적으로 행해진 각종 재의는 매거할 수 없을 만큼 다양하고 풍성하였다. 여기서 시행된 재의는 대강 우선 세시풍속 의례로서 불탄재·성도재·열반재 그리고 우란분재 등과 월령풍속에 따른 축원재들이 정기적으로 행하여졌다. 그리고 일상 신앙 의례로서 조석예불과 각종 정진의례, 여러 법회 등이 자주 시행되어 헤아릴 수가 없다. 한편 소재영복 의례로서 치병재·기우재·삼재팔란재 등이 수시로 행하여졌다. 또한 사자장송 의례로서 빈소독경·시다림·염습의·발인재·행상법식 등이 진행되었다. 다음 영혼천도 의례로서 영산재·수륙재·예수재 등이 비교적 많이 시행되었다. 끝으로 낙성경축 의례로서 겅찬재·점안재·경축재·방생재 등이 수없이 베풀어졌던 것이다.[8] 이처럼 다양하고 풍성한 재의를 다 취급할 수는 없으므로, 부득이 그중에서 이른바 종합예술성이 강한 괘불재의를 중심으로 검토·고찰하기로 하겠다. 그 괘불재의 중에서도 영혼천도 의례로서 대표적인 영산재를 중심으로 수륙재와 예수재

8 　박세민, 「불교재의의 유형과 구조」, 『한국불교의례자료총서』 1, 25〜29쪽.

를 비교하여 논의키로 한다. 이 재의를 확대 논의하는 과정에서, 필요한 대로 다른 재의를 인용할 것이다.

사찰재의 영산재는 원칙적으로 부처님이 영축산에서 행하신 최후무상의 설법을 핵심적으로 재연하여 영가를 천도하고 동참자들을 승화시키는 재의다. 그러므로 위에 든 모든 재의에서, 석가불을 주불로 성위·상단을 차려서 권공을 하고 설법을 듣는 절차를 중시·확대한다면, 그것은 크게 영산재의 범주에 든다고 하겠다. 그러기에 모든 사찰재의가 영산설법을 중심으로 확대·승화되면, 일단 영산재라고 규정될 수가 있는 게 사실이다. 그중에서도 영혼천도 의례나 낙성경축 의례 등에서, 괘불재의로 야단법석을 차리고 재의가 영산설법 위주로 확대·전개되면 영산재라 하여 마땅할 것이다. 여기서는 영산재를 전술한 바 영혼천도 의례 중 괘불재의의 전형적 형태로 취급하려고 한다.

이러한 영산재는 영혼천도를 위한 영산법회라는 점에서 수륙재·예수재와 함께 그 기원은 고려 이전 신라시대까지 소급될 수 있을 것이다. 하지만 현전하는 재의의 원형은 적어도 의식불교의 전성기라는 고려대에 형성되고, 그것이 조선시대 배불의 와중에서 변모·활용되어 오늘에 이른 것이라 하겠다. 따라서 현행재의는 그 원형에서 상당한 변화를 거친 것으로 간주하고, 조사 자료를 바탕으로, 고려·조선을 거쳐 편집·정착된 궤범집을 통하여 그 형태를 보완해 볼 수밖에 없겠다.

이 재의는 안차비에 기초를 둔 바깥차비라 하겠다. 안차비는 법당안에서 행하는 불교적 재의이고, 바깥차비는 법당 밖에서 행하는 종합예술적 재의이기 때문이다. 그래서 이 재의는 우선 법당과 연결된 야외 법단을 차려야 한다. 그러기에 야외 법단을 영산회상처럼 꾸미기 위하여 반드시 괘불을 세워야 된다. 그 괘불은 석가불의 영산회상도를 그린 대형불화로서 길고 굵은 장대를 이용하여 높이 걸게 되어 있다. 그리고 그 괘불 앞에 불단(상단)을 만들고 각종 공양구를 배열하게 된다. 나아가 그 불단 좌우에 신중단(중단)과 영단(하단)을 마련하고 공양·시식의 차비를 하는 것이다. 이러한 괘불 작단의 형태는 수륙재나 예수재와 상통하지만, 수륙재가 사찰경내를 벗어나 강변·해변의 야단을 택하는 경우와, 예수재 등이 사찰 경내에서 위 3단 이외에 오로단·사자단·고사단·마구단 등을 증설하는 경우가 다를 뿐이다.

이렇게 괘불을 주축으로 대규모의 재의무대를 조성하고 나면, 그 의식의 진행 과정도 야외 법단에 알맞는 시청각적 효과를 고려할 수밖에 없겠다. 그리하여 각양각색의 깃발이 그 명분에 따라 세워지고, 각종 생화·조화가 찬란하게 장엄되는 것이다. 그리고 삼현육각과 여러 타악기 등이 동원되고, 범패·게송·진언 등의 성악이 필수되며, 법고춤·바라춤·나비춤 등의 의식무용까지 동원됨으로써, 모두가 조화되어 종합예술적 분위기를 조성하게 되는 것이다. 이런 점은 수륙재와 예수재의 그것이 동일하다 하겠다.[9]

이제 이 재의의 전체 과정을 살펴볼 필요가 있겠다. 이 재의는 원래 파란만장한 생애를 마치고 아직 극락에 왕생하지 못한 선망부모·조상이나 방황하는 고혼들을 괘불도량에 초치하여 심신을 청결히 하고, 성소에 참석하여 법문을 듣게 하며, 만반의 제반법석을 베풀음으로써 극락왕생토록 하는 데에 목적이 있다. 이러한 목적을 효율적으로 달성하기 위하여 재의 관계자들이 총동원된다. 먼저 이 재의를 요청한 재주·신도들, 재

---

9 홍윤식, 「불교의식과 영산재」, 앞의 책 참조.

의를 증명하는 증명법사, 설법을 맡는 회주승, 재의를 총괄 지휘하는 법주승과 재의승, 어산·범패 및 의식무용을 맡는 연희승, 삼현육각 등의 악사와 사물 담당의 의식승 등이 주체가 되어, 이 재의 절차를 추진하고 있는 것이다. 여기서 신도대중과 인근 청중의 위치도 중시되는 터다. 이렇게 진행되는 재의는 10단계 전후로 하여 이어지니 〈괘불작단〉으로 시작되어 시련·대령·관욕·신중·권공·화청·시식·회향·식당 등의 작법이 바로 그것이다. 이러한 재의 과정은 수륙재나 예수재와 기본적으로 동궤를 유지하고 있는 실정이다. 다음에 그 작법의 순서대로 재의 절차를 상론하면서 수륙재나 예수재의 그것과 비교해 보기로 하겠다.[10]

1) 〈괘불작단〉

이 단계는 본격적인 재의 절차라기보다는 준비 과정이라고 하겠다. 말하자면 야단재의를 진행하는 무대를 설비하는 작업이라 보아진다. 이 재의를 연극으로 전제한다면, 그것은 바로 무대장치에 해당된다. 이러한 제의를 실연하는 무대를 전체적으로 조망할 필요가 있겠다.

우선 명산대찰의 경우, 그 대웅전 전정에 무대가 설치된다. 그러기에 대웅전이 정면 배경으로 되고 다른 전각들이 들러리하여 효과적인 환경을 이룩한다. 그 무대는 법당과 연관되어 상단과 중단, 그리고 하단으로 구성된다. 상단은 불보살의 자리로 무대의 중심을 이루고, 중단은 호법신중들의 자리로 좌측에 한층 낮게 차려지며, 하단은 선망 영가

들의 자리로 우측에 한층 낮추어 마련된다. 이것은 수륙재에서 사자단이 추가되고, 예수재에서 사자단과 고사단·마구단 등이 분화·설치되는 것보다는 단순하게 전형화된 터라 하겠다. 이러한 상단에는 불보살의 명호와 성덕을 찬양하는 번기가 각양각색으로 걸리고 각종 장엄·장막이 들러리한 가운데, 불보살께 바치는 화려한 생화·조화가 정연히 놓이고, 다양한 공양구가 배설된다. 그리고 중단에는 여러 신중의 명호와 권능을 표시하는 번기와 기치가 내걸려 각종 장엄과 어울리고, 역시 화려한 생화·조화가 놓이며 갖가지 공양구가 갖추어진다. 나아가 하단에는 영가의 위패 자리가 나붙고 그 주변에 화려한 장식을 더하여 전체의 장엄과 어울리게 하며, 또한 각종 생화·조화를 세우고 시식기구를 늘어 놓는다. 이와 같이 삼단이 차려진 위에 상단 중앙 후면에 영산회상의 큰 괘불을 적법 절차에 따라 세워 모심으로써 법단의 기본 구조가 완결되는 것이다.

법단의 외곽을 장엄하기 위하여 공중에 여러 줄을 부챗살처럼 늘이고 각양각색의 장엄을 만국기 같이 매달아 각종 기치와 어울리게 한다. 법단 앞 광장에 실연·설법의 공간이 마련되고, 그 공간을 사이하여 상단의 맞은 편에 재의승들이 목탁·태징 등 소도구를 가지고 경상을 앞에 놓고 앉아 있다. 한편에는 삼현육각의 악사들이 징복에 악기를 들고 자리하고, 또 한편에는 나비춤·바라춤 등을 담당할 작법승이 무복을 차려 입고 앉아 기다린다. 그리고는 법단을 중심으로 넓은 둘레에 수많은 신중·관중들이 둘러리하여 인산인해를 이루고 법석대는 것이다.

이로써 〈괘불작단〉이 일단 마무리된 것이다. 이것은 영산재라는 종합예술을 실연하는 무대로서 완결되었기 때문이다. 그리하여 이 무대는 불교연극에서 뿐만 아니라, 일반 연극의 그것으로도 손색이 없는 터라 하겠다. 이러한 무대를 전술한 바 전통연극의 장르와 결부시켜 보아도 손색이 없다고 본다. 이른바 가창극·가무극·강창극·대화극 차원에서도 이 무대는 그 공연에 충족될 것이기 때문이다.

2) 〈시련작법〉

이 과정은 원래 불보살과 신중 그리고 영가들을 함께 모셔 들이는 절차였다. 그런데 지금은 영가를 영접하는 데에 역점을 두고 불보살과 신중들을 청배하는 것은 상징적으로 표시되고 있는 게 사실이다. 그래서 사찰 경내를 벗어나 야외법단을 차리는 수륙재같이 직접 불보살이나 신중을 본격적으로 모시는 경우와는 다르다고 하겠다.

먼저 종두대사가 종을 다섯 번 울리면서 시련 과정이 시작된다. 종소리를 들은 사부 대중이 각기 그 역할에 따라 소도구를 들고 법당 앞마당으로 모두 모인다. 그리하여 불보살과 신중 그리고 영가를 맞이하려 사찰 입구까지 순차대로 열을 지어 나간다. 맨 앞에 인도승이 목탁을 치고 또 한 승려가 태징을 세 번 울리며 서고, 대중이 각종 영기와 번을 든 뒤에, 삼현육각의 악사들에 이어 '나무인로왕보살'의 번이 앞선다. 다음에 두 사미승이 연을 메고 자리하며, 재주나 친족들이 위패와 다기·향로 등을 들고 서며, 그 뒤를 따라 일반 신도 내객들이 일렬로 서서 사찰 입구 경내 시련 장소로 나아가서 재의의 대형을 잡는다. 그 자리에 병풍을 치고 연을 가로로 바쳐 모신 다음에, 인로왕보살의 번을 연 옆에 세워 두고 바로 그 앞에 위패상을 차린다. 그 위패상 양쪽에 촛대를 세워 불을 켜고 다기에 정화수를 따른 다음, 향로에 향을 피우고 재주와 신도·내빈은 그 앞에서 절을 드린다.

그 연과 위패상 앞에 넓은 자리를 마련하고 재의승들이 그쪽을 향해 정렬한다. 인도하는 승려와 목탁을 치는 승려, 태징을 든 승려, 바라를 든 두 승려, 북을 든 승려 등 재의승들이 악사들을 거느리고 신도 내객들에 둘러 싸여 서 있다. 먼저 태징을 든 승려가 태징을 3번 친 다음에 일반 대중과 함께 「옹호게擁護偈」를 합창한다. 이렇게 진행되는 가운데 대중 승려들이 가사를 그냥 읽어 내려가고 인도 승려가 태징을 몰아친다.

다음에 태징이 평조로서 '괭괭괭' 수없이 울리면, 박자에 맞춰서 호적 소리와 삼현육각 소리가 울리고, 목탁과 북을 동시에 쳐서 장엄한 화음을 낸다. 이때에 바라를 든 두 승려가 대중 앞 가운데에 동과 서로 서서 발을 '丁' 자로 둘러 디디면서 요잡을 하여 춤을 이룬다. 그 풍악에 바라춤이 유장하게 어울리면서 극적인 분위기를 조성한다. 이런 풍악과 춤이 그치는 동시에 인도하는 한 승려가 요령을 흔들면서 「헌좌진언」 소리를 하고 그치면, 인도하는 한 승려가 선창으로 「참회게」 소리를 "아금경설보엄좌我今經說寶嚴座"까지 내면, 태징을 2번 울리고, 대중과 함께 합창으로 "봉헌일체성현전奉獻一切聖賢前"까지 히면 태징을 2번 진다.

「헌좌진언」이 끝나면 인도승 가운데 한 승려가 태징을 3번 친 뒤에, 호적과 삼현육각, 대중 승려들, 재주와 동참 대중이 연이어 왼쪽으로 둥글게 정진을 돌며 〈다게작법茶偈作法〉을 합창하는 가운데 갖은 풍악이 조화롭게 울린다. 이렇게 도는 원형의 중앙에서 〈작법인도作法引導〉라 하여 두 승려가 마주하여 나비춤을 춘다. 두 작법승이 동서로 서서 온신 반신 좌로 돌고, 우로 돌아 '丁' 자 모양으로 발을 떼며, '山' 자 모양으로 팔을 벌렸다 수그렸다 하고 요신을 한다. 그러는 가운데 인도승이 〈다게작법〉의 가사를 유창하게 독송하여 가창·가무의 역동적 실연을 보인다. 그래서 이 가사 소리가 끝나면 원형으로 도는 것도 그친다. 그런 다음, 재주와 동참 대중이 연 앞을 향하여 "원수애납수願垂哀納受"를 하며 절하고 태징을 몰아 떼면 호적과 갖은 풍악이 동시에 울린다. 동시에 두 쌍의 작법승이 중앙으로 들어가 나비춤과 바라춤을 유장하게 추어댄다. 이 춤들이 끝나면서 인도승이 태징을 3번 치고 「행보게行步偈」를 가창하는데, 모든 대중·동참자들이 합창하여 장엄한 음성공양을 이룬다. 그 다음에 「산화락散花落」 소리로 모든 대중·동참자가 합창하여 끝을 맺는다.

이어서 "남무인로왕보살南無引路王菩薩"을 삼설하고 난 뒤 모든 대중이 함께 짓소리를 낼 때, 다시 연을 메고 일행이 줄을 지어 법당 앞으로 들어간다. 이 행렬의 앞에서는 온갖 취타와 풍악을 울리며, 그 뒤에 각종 영기와 인로왕보살의 깃대를 세우고 연이 따른다. 그 연 뒤에는 인도승이 서고, 이어 영가의 위패와 향로·다기상을 든 사람들이 따라 가면, 일반 신도와 내객들이 줄을 지어 따른다. 이것은 인로왕보살이 영가를 접인하여 법당으로 들어옴을 의미한다.

그 일행이 풍악소리에 맞추어 법당 앞에서 원형으로 돌며 '정진'을 짜고 우요 삼잡으로 이끌어 나간다. 그러다가 인도승들이 인로왕보살의 짓소리를 끝내고 태징을 3번 치면 모든 동참자들이 법당을 향해 서고, 다시 태징을 3번 치고 「영축게靈鷲偈」를 머리 숙여 합창한다. 그러는 동안에 연과 모든 기치는 다 제자리에 세워 정좌시키고, 작법승이 그 중앙에 들어가 태징의 박자에 맞추어 나비춤을 한껏 추고 나온다. 그 다음에, 두 승려가 들어가 풍악에 맞추어 바라춤을 한바탕 추어낸다. 이 춤과 풍악이 끝나면, 재주와 모든 대중이 법당의 부처님을 향하여 절을 올리되 반배로 한다. 그때에 인도승이 요령을 흔들고 「보례삼보普禮三寶」를 선창한다. 모든 대중이 태징에 맞추어 합창한다. 이때에 법당 마당 가운데에 차린 영단에 영가의 위패를 모시고 나면 시련 절차가 모두 끝난다. 이 시련 절차는 수륙재나 예수재와 대강이 같으나 그 대상의 범위와 질량에서 조금 다르다. 수륙재에서는 영가·영혼의 범위가 방대하여 수륙에 편재한 유주·무주고혼들이 다 해당되고, 또한 예수재에서는 영가·영혼이 예정되어 있는 데다, 막연한 유주·무주·고혼들이 다 해당되기 때문이다.

이로써 영가를 주로 모시는 〈시련작법〉이 완결되었다. 이 영가는 이 재의의 대상이지만, 바로 그 주인공이라는 사실이 확인된 것이다. 실제로 영가는 시련 절차를 통하여, 흔적 없이 방황하는 무주고혼에서부터 위패로 가시화된 영위로서 마침내 영단에 안치되었기 때문이다. 이것은 영가의 새로운 등장을 의미한다. 따라서 재주나 승려 및 동참 대중들은 그 영가와 다시 만나는 정감을 그 관계와 처지에 따라 다양하게 체험한다. 여기서 시련의 장면들은 그때마다 연극적 정시를 자아내게 마련이다. 이러한 정서와 분위기를 집약하여 상징적으로 연예화한 것이 〈시련작법〉으로 현상화된 터라 하겠다. 그러므로 〈시련작법〉의 전체나 부분들이 모두 연극적 실태를 보이고 있는 것은 당연한 일이다. 그래서 〈시련작법〉은 영가를 주인공으로 등장시키는 가창극이나 가무극으로 실연되었다고 보아진다. 실로 시련 절차의 모든 게송·진언·기원문 등은 모두가 독창·합창으로 불리었고, 중요한 대목마다 나비춤이나 바라춤 등을 가창과 더불어 공연하고 있기 때문이다.

3) 〈대령작법〉

대령 절차는 이미 영단에 모셔진 영가를 대접하여 불보살 앞에 나갈 차비를 갖추도록 진행되는 의식이다. 의식을 시작하기 전에 법당 마당 영단 앞에 대령상을 마련하여 다과 음식을 진설하고, 조주 청다와 잔을 준비해 놓는다.

그리고 의식을 시작하는데 먼저 인도승이 태징 3번을 치고 「거불성擧佛聲」을 낸다. 그리하여 아미타불과 관세음보살·대세지보살·인로왕보살을 모신 다음, 영가 앞에서 법주승이 「소疏」를 독송한다. 이는 대령 절차에 따른 축원문으로서 생사에 얽힌 무명의 길을 부처님께 의지하여 밝혀야 한다는 무상의 진리를 설파하는 것이다. 이어서 영가의 축원문을 독창으로 읽는다. 이 글은 창호지 2장에다 깨알처럼 필서되었는데, 그 피봉을 왼쪽 어깨에 메고 그 위에 포목 3자를 곁들여 양쪽에서 두 사람이 붙들고 있게 하고 읽는 것이다.

「소」를 다 읽은 다음 동참자가 모두 일어서 합장한다. 재의승이 태징을 3번 울리고, 영가 앞에서 동참 대중의 합창으로 「지옥게地獄偈」를 가창한다. 다음 법주승이 요령을 흔들고 재의승들이 태징·목탁·북 등을 울리며 음성공양을 한다. 그때 법주승은 요령을 3번 흔들고 영가 천도의 「축문祝文」을 3번 독창한 다음, 또한 「착어著語」를 독송하여 영가에게 법문을 일러 준다. 이때에 재주와 친척들은 영가 앞에 준비해 두었던 조주 청다를 잔에 부어 순서대로 올리며 절을 한다. 그러는 동안에 법주승이 「착어」를 계속 독송하고 재의승들은 동음동창으로 보조한다.

이렇게 법주승이 「착어성着語聲」을 끝내고 나서 다시 요령을 흔들면서 「진령게振鈴偈」를 독창으로 선창하면, 재의승이 태징과 바라를 울리면서 후창으로 참회게성을 낸다. 이때 재의승들이 북과 목탁으로 박자를 맞추어 합주 화음을 이룬다. 그리하여 영가는 각성하여 법회 도량에 나갈 수 있다는 것이다.

이어서 법주승이 요령을 흔들면서 「고혼청孤魂請」을 3번 독창하여 영가를 법회 도량으로 청하면, 재의승은 태징을 엎어 놓고 치면서 「향연청香煙請」을 독창하고 나서 「망령축원문亡靈祝願文」을 독성으로 읽어 영가가 부처님의 법문을 듣도록 권청한다. 이어 재의승은 찬불의 의미를 지닌 「가영歌詠」을 독창하여 법회의 분위기를 고조시킨다. 이런 과정에서 악사들이 뒤에서 연주하여 배경음악을 이룬다.

「가영」이 끝나면 법주승이 요령을 흔들면서 영가에게 다과와 진수를 많이 드시라는 뜻을 전하고 「전물편」을 착어성으로 한다. 그것은 영가가 이 향단에 내려 와서 머리를 조아려 향을 사르고 본래 면복을 깨닫기 위하여 법음을 들으려고 예를 올린다는 뜻이다. 이어서 법주승은 요령을 흔들고 영가의 목욕을 상징하는 「인예향욕편引詣香浴篇」을 편계성으로 독창한다. 그것은 삼보의 위신력을 소청하니, 모든 인간과 무주고혼 유정중생들이 함께 이 도량에 모여서 목욕재계를 하라는 뜻이다.

　이어 법주승은 요령을 흔들고 재의승들은 태징과 목탁·북 등을 맞추어 치면서 「신묘장구대다라니神妙章句大多羅尼」를 합창하고, 「정로진언淨路眞言」을 3편 합송한다. 이것은 곧 영가가 입실하는 길을 깨끗이 하는 과정이다. 이어 법주승을 따라서 인도승·재의승들 그리고 동참 대중이 모두 일어나 태징·목탁·북을 함께 울리면서 목욕단을 향하여 「입실게入室偈」를 합창으로 가송한다.

　이로써 영가를 모시고 충분히 접대하여 불보살 전에 나아가도록 차비를 갖추게 하는 대령의식은 목욕단으로 인도하는 데서 완결된다. 이 대령 절차에서 영가는 주인공으로서 재주·자손들과 승려들의 접대·기원·게송 등으로 하여 안정·승화되었다. 이 영가는 영단에 자리하여 보다 뚜렷한 실체로 부각·인식되고 극적인 활동을 벌리는 인물로 활성화되는 것이다. 그래서 법주의 「소」로부터 각종 게송 그리고 「착어」와 「고혼청」 등을 다 알아 듣고 거기에 감응하는 것으로 실감되는 터다. 그러기에 재주·자손들은 그 영가의 부활을 실감하면서 예경·공양을 아끼지 않는 극적 상황이 전개되는 것이다. 따라서 여기에는 춤이 나오지 않았지만, 그만한 연극적 분위기 속에서 각종 가창이 소문이나 발원문의 음악적 낭송과 어울려 가창극 내지 강창극의 분위기를 이루어낼 수 있다. 그리고 승려들이 중재하여 승려와 영가, 영가와 불보살 사이에 벌이는 여러 형태의 대화로서 대화극까지도 이룩될 수 있다고 보아진다.

4) 〈관욕작법〉

관욕은 대령에서 모셔진 영가가 불단으로 나아가 법문을 듣기 위하여 더럽혀진 몸을 깨끗이 목욕하는 의미를 지니는 의식 절차다. 이런 〈관욕작법〉은 영가가 세세생생世世生生 여러 겁을 통하여 오늘에 이르기까지 생사업해에 찌든 심신의 때를 청정법수로 목욕한 뒤, 법의로 갈아입고 삼증사의 법력·은혜를 입어, 불보살 앞에서 법문을 끝까지 듣고 깨달음을 얻어서 극락정토에 이르게 되는 소중한 과정이다. 이러한 절차를 밟는 49재에서도 〈관욕작법〉이 필수되는 터다.

관욕을 치르기 전에 관욕단을 차려야 한다. 먼저 병풍을 법당 옆이나 누각에 치고 남신구, 여신구를 백지에다 먹으로 그려서 병풍 안에 붙인다. 그 앞바닥에 기왓장 2장을 포개 놓고 1자 정도의 버드나무 줄기를 엮어 기와 위에 얹는다. 물을 대야 두 개에 떠 놓고 그 위에 발을 걸친다. 그 발 위에 옷을 놓고 영가의 위패를 바닥에 놓은 다음 양쪽에 촛불을 밝혀 관욕 속에 비치도록 한다. 향로와 다기를 갖추어 놓고 병풍 밖에는 '관욕방'이라 써 붙인다.

여기에 등장하는 승려는 법주승과 재의승 1인씩, 삼증사와 기사승 2인, 바라 2인, 목탁·북·호적·취타 등 1인씩으로 조직되어 있다. 그래서 병풍 안에 기사승 2인이 들어가 앉아 있고, 병풍 밖 앞쪽에는 삼증사가 결수문을 놓고 앉아서 결인하며 관한다. 이렇게 준비하고 「입실게入室偈」가 끝나면 인도승이 관욕단을 향하여 앉는다.

이때 법주승이 요령을 흔들고 「가지관욕편加持灌浴篇」으로 들어가 관욕 편계성으로 독창한다. 이어 재의승이 태징을 3번 치고 대중과 함께

일어나서 「목욕게沐浴偈」를 가창한다. 다음에 태징·목탁·북·호적·
취타 등이 박자를 맞추어서 관욕게 태징을 6채까지 치고, 다시 자진 가
락으로 12채까지 올려 치면서 바라 2인이 춤을 춘다. 그리고 관욕게 태
징을 12채까지 쳐서 마지막으로 몰아떼어 마치면, 모든 악기가 다 쉬고
고요해진다. 그때에 모든 대중이 「관욕진언灌浴眞言」을 합창한다.

진언이 끝나면 모든 악기와 관계 승려들이 쉬는 동안 삼증사는 계속
결인하여 관하고 법주승은 요령을 흔들면서 「작양지진언嚼楊枝眞言」과
「수구진언漱口眞言」·「세수면진언洗手面眞言」 등 세 진언을 진언성으로 3
번씩 독창한다. 이 세 진언은 버들가지에 청결의 의미를 부여하여 물에
적시고, 양치질하며 세수·세면하는 등 청결함을 상징·표현하는 것
이다.

이렇게 목욕 과정이 끝나면 법주승은 영가가 법의를 새로 가라입게
해달라고 기원하는 「가지화의편加持化衣篇」을 독창한다. 그리고 법주승
은 요령을 흔들면서 「화의재진언化衣財眞言」을 독창하여, 그 의복이 많
은 법의로 변화함을 나타낸다. 이어 두 승려가 바라춤을 추기 시작한
다. 이때 모든 악기가 박자를 맞추어 연주하고, 동참 대중은 그 「화의
재진언化衣財眞言」을 합창한다. 그동안에 병풍 안에서는 기사승 2인이
버드나무발 위에 있는 지의·지함, 남신구·여신구 등을 촛불로 살라
서, 타고 남은 재를 목욕물에 넣어 두고 앉아 있다.

그 다음 법주승이 요령을 흔들고 다시 「편문篇文」을 편계성으로 독창함
으로써, 모든 불자의 축원에 따라 옷을 갈아입고 옛몸으로 환신하여 법석
에 나가도록 법의가 마련되어 있음을 알리는 것이다. 이어 법주승이 요령
을 계속 흔들면서, 「수의진언受衣眞言」과 「착의진언着衣眞言」·「정의진언整

衣眞言」등을 독창하여 준비된 법의를 받아 입고 옷매무새를 바로 하라고 지시한다.

진언이 끝나면, 법주승은 요령을 흔들어 놓고 「출욕참성편出浴參聖篇」을 편계성으로 독창함으로써, 영가와 불자가 몸을 청결히 법의로 갈아 입고 단상에 모여서 삼보 법문을 청하는 것이다. 이어서 법주는 요령을 흔들면서 「지단진언指壇眞言」을 독창하여 영가에게 법단을 가리킨다. 이때에 재주는 병풍 안에 모셨던 그 위패를 받들고 나오며 법주승과 삼중사, 그리고 동참 대중은 모두 일어서 부처님을 향한다. 그 진언의 독송과 함께 재의승은 태징을 3번 울리고, 재주는 위패상을 들어 대중과 함께 부처님을 반 배로써 예배한다. 이어 모두가 「의식게儀式偈」를 합창하여 찬불하며 인로왕보살께 귀의한다는 것이다.

다음으로 법주승이 요령을 흔들고 「중정게中庭偈」와 「개문게開門偈」를 독창한 다음 「가지례성편加持禮聖篇」을 독창한다. 이것은 불보살의 가피력을 입어 법도량에 들어 올 수 있었다고 예를 올리는 내용이다. 다시 법주승이 요령을 흔들면서 모두가 부처님을 향하여 「보례삼보普禮三寶」를 합창하는데, 거기에는 시방에 널리 계시는 불보살님께 예경한다는 뜻이 충만하다.

이 의식을 끝내고 동참 대중이 일렬로 서서 왼쪽으로 원을 그리며 정진하는데 「법성게法性偈」를 합창하니, 이것은 화엄사상을 집약한 심원한 게송이다. 그 정진 행렬의 순서는 맨 앞에 인도승이 목탁을 치며 앞장서고 법주승이 요령을 흔들며 재의승이 태징을 울린다. 그 뒤에 대중 승려가 서고, 그에 이어 재주가 위패상을 들고 따르며, 그 뒤에 신도와 내빈이 선다. 이렇게 정진하다가 재주가 영단에 그 위패를 모시고 세 번 절하는 동안, 모든 동참 대중들이 영단을 향해 예를 표한다.

이때에 법주가 요령을 흔들며 「수위안좌편受位安座篇」을 독창하여, 모든 영가와 불자들이 불법을 성수해서 죄악을 벗었으니, 편안한 마음으로 좌정하고 대중의 소망을 따르라고 한다. 그리고 법주승은 다시 요령을 흔들고 재의승은 태징을 2번 치면서 「안좌게安座偈」를 참회게성으로 독창한다. 이어 동참 대중이 「안좌게」를 합창한 다음, 재의승이 「고혼다게孤魂茶偈」를 독창하고 나면 관욕 절차는 모두 끝난다. 이 관욕 절차는 수륙재나 예수재와 구조적으로 다른 데가 없다. 다만 그 대상의 범위와 질량 면에서 차이를 보이는 점에서, 재의 내용이 조금 달라질 수 있을 뿐이라 하겠다.

이로써 영가가 누겁으로 때 묻은 몸을 청정법수로 깨끗이 씻고 법의를 갈아입은 다음, 법단에 동참하여 불보살께 예경하고 안좌하기에 이르렀다. 이렇게 영가를 승화·재현시키는 절차에서, 모든 승려와 재주, 동참 대중들이 영가와 불보살께 바친 정성과 비원은 실로 극적이라 보아진다. 다양하고 간절한 기원문과 게송, 갖은 음악에 맞추어 이를 독송·합창하며 무용까지 곁들이는 절차는 그대로가 감동적인 연극이라 하겠다. 거기에는 게송을 독창·합창으로 불러 극적 분위기를 조성하는 가창극이 내재하고, 가창과 음악에 맞추어 춤을 추는 가무극이 실존하며, 게송을 가창하고 기원문을 독송·강설하는 데서 극적 효과를 조성하는 강창극이 실재한다. 그리고 법주승과 재의승이 중재하여 불보살과 영가들의 대화를 여러 형태로 연결·조직함으로써, 입체적 효능을 발휘하는 대화극이 예비되었다고 하겠다.

5) 〈신중작법〉

〈신중작법〉은 불법을 수호하는 모든 신중을 의식도량에 청하여 공양을 올리고 불보살의 법문을 제대로 듣도록 그 도량을 청정히 수호해 달라고 기원하는 의식 절차다. 원래 사천왕이나 금강신 등 모든 신중은 불보살의 도량을 수호하고 있는데도, 이런 특설 재의에 임하여 각별히 잡신·악귀 등을 물리치고 침범치 못하도록 하며, 특별히 청정하게 도량을 호지하고 불보살을 옹위하도록 기원하는 터다. 그것은 결국 재의 영가와 그 권속이 관욕·승화되어 영단에 안좌하고 청법과 가피의 모든 절차를 원만히 치르도록 가호해 달라는 기원으로 귀결되는 것이다.

그러기에 먼저 모든 신중을 옹호하는 「옹호게擁護偈」를 합창하여 그 분위기를 고조시킨다. 신중 「옹호게」가 끝나면 재의승들이 태징과 북, 호적과 삼현육각 등을 서로 박자에 맞추어 울리고, 여기에 맞추어 요잡춤을 춘다. 그리고 인도승이 「봉청奉請」을 독창으로 하는데, 그 대상은 104위 신중이거나 39위 신중, 또는 소창불이 된다. 이러한 숫자는 그 신중이 많다는 것을 말하므로 일일이 호명하지 않는다. 그냥 104위 또는 39위 신중이라 부르지만, 이를 약하고 소창불로 할 때도 시간에 따라 증감이 나타난다.

이러한 소창불은 해당 승려가 독창하는 게 상례다. 그 봉청 대상은 청제재금강靑除災金剛·대신력금강大神力金剛·금강춘보살金剛春菩薩·금강어보살金剛語菩薩 등과 십대명왕十大明王·제석천왕帝釋天王·일월이궁양대천자日月二宮兩大天子 등등 각위 호법선신들로서, 이 도량을 옹호하여 오늘의 불사가 원만히 이루어지도록 해 달라고 간절히 기원한다. 이런 창불이 끝나면, 인도승이 태징을 3번 치고, 동참 대중은 그 신중에게 위와 같은 기원을 합창으로 해낸다.

합창이 끝나면, 인도승이 독창으로 「가영」을 한다. 이것은 가영성歌詠聲으로서 신중의 옹호와 보우가 가득하고 밝은 빛이 찬연하니, 부처님의 말씀을 들어 새기도록 경전의 유통을 길이 봉행한다는 의미다. 이것은 이미 각위 신중이 도량을 옹호해 주는 분위기가 무르익었음을 나타내기도 한다.

가영성이 끝나면, 인도승과 여러 승려가 태징을 한 번 울리면서 「고아게故我偈」를 합창한다. 그것은 이 도량에 동참한 모든 대중이 각자 정성을 다하여 지극한 예를 올린다는 뜻이다. 이어 인도승 한 사람이 「신중다게神衆茶偈」를 독창으로 하여 신중님께 다례 공양하는 뜻을 드러낸다. 그러면 동참 대중들이 함께 "원수애납수"를 삼창한다.

바로 재의승·악사들이 태징·북을 치고 호적·삼현육각을 울리는 가운데, 두 승려가 바라춤을 추고 이어 나비춤 등 요잡을 하여, 신중과 대중이 함께 흔쾌한 분위기를 조성케 한다. 이러한 가무가 끝나면, 재의승이 태징을 3번 치면서, 동참 대중들은 허공·신중단에 가득한 신중·성중을 옹호·찬탄하는 「탄백歎白」을 합창한다. 그것은 제석천왕을 비롯한 신중들이 밝은 지혜로 우주에 가득한 모든 일을 아시고 모든 중생을 적자처럼 여기시니 이에 극진히 예경한다는 뜻이다. 여기서 〈신중작법〉의 모든 절차가 끝난다. 이 〈신중작법〉은 수륙재나 예수재에서 기본적으로 동일한 것이지만, 그 신중의 범위와 질량 면에서 다른 점이 보인다. 수륙재의 신중은 사자라 하여 오방신중으로 그 범위가 넓어지고 질량에서도 혼잡한 면이 있다. 그리고 예수재의 사자는 그 범위가 넓어지되 시왕국의 사자들을 중심으로 조성되어 있는 터다.

이로써 영가는 영단에 정좌하여 신중들의 용납과 옹호를 받게 되었다. 그 호법 신중들이 사방에서 운집하여 온갖 공양과 기원에 응감하고 영가의 천도 법회를 원만히 치르도록 옹호하고 있기 때문이다. 그래서 이 신중들은 실제로 불보살을 받들고 도량을 청정히 수호함으로써, 그 영가를 외호·보우하게 되는 터다. 이렇게 되는 과정에서, 재주와 법주승 등이 거기에 바친 정성과 절차가 참으로 극적이었다고 본다. 「옹호게」를 비롯한 다양한 게송과 기원 내지 탄백 등이 너무도 정제되어 감동을 자아내고, 그에 따른 음악과 춤이 감격적으로 진행되었다. 그리고 그에 바치는 각종 설비와 온갖 공양이 너무도 절실하여 극적인 분위기를 자아내었다. 그렇다면 이 〈신중작법〉은 전체적으로 일관된 연극성을 보이고 있는 데다, 각기 독자적인 연극성향을 드러내고 있는 게 사실이다. 게송의 다양한 가창이 반주음악을 바탕으로 연극적 상황을 조성한다면, 그것은 가창극의 면모를 갖추었다고 할 수 있겠다. 그리고 그 음악을 배경으로 가창을 포괄한 바 유장한 춤사위는 연극적 정황을 결부시킬 때, 실로 가무극의 일면을 보여 준다고 하겠다. 한편 저변의 서사적 흐름을 기반으로 한 여러 게송의 가창과 기원·탄백 등의 독송·강설은 서로 교직되어 연극적 효과를 증대시키니, 그것이 강창극의 면모를 드러내고 있는 게 분명하다. 나아가 여기에 관계된 여러 승려들이 중재역이 되어 신중들과 나눈 신비한 대화는 영가를 앞에 두고 불보살의 감응을 전제로 할 때, 그것이 대화극의 실태를 보이는 게 확실하다.

6) 〈권공작법〉

〈권공작법〉은 영산재에서 가장 의미 깊고 핵심적인 의식 절차다. 그 동안에 진행된 절차는 모두가 예비적 단계라 하겠으니, 그렇게 준비된 청정도량에 부처님을 모셔 영산설법을 들음으로써, 영가들이 감화·각성하여 극락왕생하는 데에 중점·본령을 두고 있기 때문이다. 그래서 영산재를 연극적 과정에서 볼 때, 〈권공작법〉은 그 절정을 이루는 부분이라 하겠다. 대체적인 절차는 불보살을 청정도량에 앙청·정좌케 하여 각종 공양을 올리고 예경한 다음 소망·응험을 발원하면, 부처님이 감응하여 회주승의 대설로 영가들에게 법문을 열어 해탈·왕생케 하는 과정이다.

원래 천도재의 형식은 여러 가지가 있지만, 대강은 공통되고 그 상단권공에서 차이가 난다. 말하자면 그 상단권공, 〈권공작법〉을 어떤 형식으로 진행하느냐에 따라 그 유형을 달리하기 때문이다. 그래서 이 영산재는 상단권공을 영산작법에 의거하여 진행하게 된 것이다. 이 영산작법은 저 영축산의 설법 도량을 상징적으로 재연한다는 데에 큰 의미가 있다. 그러므로 이 〈권공작법〉은 바로 영산작법을 주축으로 이룩되는 것이다. 그리하여 재의도량 상단에 괘불을 내어 걸고 그 앞에서 각종 절차를 경건히 이행해야 된다. 원칙적으로 괘불이운의 과정이 필요하지만 이미 〈괘불작단〉이 완결된 바에는, 그 괘불에 대한 이운 재의만 새로 행하면 되는 것이었다.

먼저 괘불 앞 양쪽에 촛불을 켜고 법주승과 재의승, 재주와 신도 대중이 괘불을 향하여 합장하고, 삼현육각과 함께 선다. 먼저 「옹호게」를 가창하여 호법신중을 앙청하고 부처님이 하강하실 도량을 옹호케 한다.
이때 삼현육각 음악이 울리고 바라춤을 춘다. 이어 「찬불게讚佛偈」를 가
창하여 부처님의 위덕을 찬양하고, 「출산게出山偈」를 가창하여 부처님이
산중을 나와 청정도량으로 옮기심을 기원한다. 그리고 「염화게拈花偈」를
가창하여 찬불·헌화의 정성을 바치고 「산화락散花落」을 3번 창설한다.

그때에 괘불을 모시고 법주승과 재의승, 재주와 신도 대중들이 줄을
지어 법당 마당에서 우요 삼잡을 한다. 그후 승려와 재주 동참자들은 어
산상과 그 좌우 후면에 서고, 괘불 앞에서 음악에 맞추어 바라춤과 나비
춤이 벌어진다. 이어 「등상게」를 가창하여 부처님이 법상에 오르도록
권청하고, 「사무량게四無量偈」를 가창하여 무량한 불덕을 찬양한다. 그
리고 「영산지심」을 3번 합창하여 영산회상에서 염화시중拈花示衆한 법문
을 재연케 하고, 「헌좌게」를 전·후로 구분 가창하여 부처님을 안좌시
킨다. 그 다음에 「헌다게」를 가창하여 차 한 잔을 정성껏 바치고, 「보공
양진언」을 범패로 하여 부처님이 그 기원에 감응토록 한다.

이어서 부처님께 「건회소建會疏」를 올리어 영산재를 베풀게 된 연유
를 아뢴다. 이 「소문疏文」을 정성껏 지어 접어서 봉투에 넣고, 피봉 전
면에 '삼보자존전三寶慈尊前'이라 쓰며 뒷면에는 '모사사문모호봉某寺沙門
某護封'이라 적는다. 먼저 봉투에 쓴 문구를 독승하고 이어 소문 내용을
봉독하는데, 그 성음이 유창하여 음악적으로 흐른다. 이어 법주승이
「갈향게喝香偈」를 독창하고, 「연향게燃香偈」를 대중이 합창하여 향을 사
루어 바친다. 그리고 「갈등게喝燈偈」를 독창하고 「연등게燃燈偈」를 합창
하여 법등을 켜 올린다. 한편 「갈화게喝花偈」를 합창하여 헌화·찬양한
다. 이어 「서찬게舒讚偈」를 동음 합창하고 「불찬게佛讚偈」를 독창한다.

한편 법주승과 인도승 등이 삼직찬三直讚을 이끈다. 이 삼직찬은 삼귀의례와 같은 것인데, 불佛·법法·승僧 삼보의 뜻을 풀이하여 불보를 「대직찬大直讚」으로 독창하고 나면 재의승이 태징을 3번 치고, 대중이 둘러선 가운데 의식 도량 한 가운데서 나비춤 삼귀의작법을 펼친다. 한편 인도승이 꽃가지를 들고 앞장서면, 동참 대중은 뒤따라 호적 소리에 맞추어 우측 원형으로 도량을 돌며 부처님께 귀의하고 찬탄하는 뜻을 보이고, 한쪽에서는 바라춤을 춘다. 이어 「중직찬中直讚」과 「소직찬小直讚」도 거의 같은 절차를 되풀이하여 경건하고, 극적인 분위기를 조성한다. 나아가 법주승이 「개계소開啓疏」를 독송하여 재의를 열게 된 연유와 의의에 대하여 아뢴다. 이어 인도승이 「합장게合掌偈」를 독창하면, 다른 승려가 요령을 흔들면서 대중과 함께 「고향게告香偈」를 합창하는데, 아래 구절은 태징을 울리면서 소리로 받는다.

마침내 법주승이 「영산대개계편靈山大開啓篇」을 독창으로 낭독하여 다시 영산대법회를 여는 연유와 의의를 아뢴다. 이 문장을 유창하게 낭독하여 부처님과 대중을 감동시키면 상보시를 받는다. 이어 인도승이 태징을 3번치고 대중과 함께 「관음찬」을 합창하면, 어산승 3인이 「관음청」을 번갈아 한 번씩 진언성으로 독창한다. 이때마다 대중은 태징에 맞추어 「향화청」을 후렴처럼 합창하니, 그 성음이 장엄하고 입체적이어서 「영산향화게靈山香花偈」라 한다. 이어 「산화락」을 삼창한 뒤에 태징을 자진가락으로 치면, 호적·북소리와 함께 삼현육각이 울리고 다시 태징을 긴 가락으로 칠 때 바라춤을 춘다.

바라춤이 끝나서 모든 기악을 다 그치고 태징만을 길게 치면, 동음동창으로 「향화청」을 삼창한 다음 법주승이 「가영」을 독창한다. 이 독창이 끝나면, 동참 대중은 「고아게故我偈」를 합창하고 이어 「내걸수게內乞水偈」와 「외쇄수게外灑水偈」를 가창한다. 이것이 끝나면 천수바라춤을 추고 법주승이 「복청게伏請偈」를 독창한다. 이어 태징·북·호적 소리와 삼현육각이 함께 울리면, 이 박자에 맞추어 바라춤을 춘다. 다음에 「신묘장구대다라니」를 동음동창하고, 인도승이 「사방찬四方讚」을 독창한 다음, 태징과 목탁을 치며 대중은 정진을 돌고 작법승은 나비춤을 춘다. 이어 인도승을 따라 대중이 「엄정게嚴淨偈」를 동음으로 화창하면 바라춤을 춘다.

드디어 각 사찰에서 뽑힌 어산승이 「영산대회소」를 독창으로 낭독한다. 이 「소문」은 가장 중요한 재의문으로 무명 필목 1필을 특상으로 걸게 된다. 그만큼 성음이 좋고 법도에 맞도록 낭독해서 불보살과 동참 대중을 감동시켜야 했던 것이다. 이 「소문」은 이로부터 본격적인 영산재가 실연됨을 고하고 부처님의 위덕을 찬양하여 그 의의를 천명하고 있다.

대회소가 끝나면 인도승이 태징을 치고 거불을 하게 된다. 보통 재의에서는 삼거불이지만, 영산재에서는 육거불을 한다. 이는 영산육거불靈山六擧佛로서 다보여래불多寶如來佛·석가모니불釋迦牟尼佛·아미타불阿彌陀佛, 문수文殊·보현보살普賢菩薩, 관음觀音·세지보살勢至菩薩, 영산회상불보살靈山會相佛菩薩 등을 봉청·안좌시키고 그에 대한 권공을 하는 데에, 영산재의 상단권공의 본뜻이 있다. 법주승이 태징을 치며 육거불을 범패성으로 하면 바라춤이 따르게 된다. 이어 각 사찰에서 선발·지정된 법주승이 「삼보소三寶疏」를 독창으로 낭독하여 삼보를 찬탄한다. 그 다음 인도승이 「대청불大請佛」을 독창으로 읽고, 각 사찰의 당번승 3명이 「삼례청」을 차례로 독창한다. 말하자면 1번승은 「불타야중佛陀耶衆」, 2번승은 「달마야중達磨耶衆」, 3번승은「승가야중僧伽耶衆」교정을 읽고, 동참 대중은 마지막「유원자비광임법회惟願慈悲光臨法會」만을 합창한다. 이어 법주승이「사부청」을 독창하고 대중은 마지막 구절을 화창한다. 바로 혼자서「단청불」을 가창하고 이어「헌좌게」를 먼저 독창하면, 대중은 뒷소리로 화창한다. 그리고 인도승이「헌다게」를 독창하면 대중은 마지막 "원수자비애납수願垂慈悲哀納受"를 3번 합창한다. 모두가「보공양진언」과「회향진언」에「퇴공진언」까지 합창하고 '일체공경'까지 가창·낭독한다.

이어「향화게香花偈」의 가창과 나비춤으로 들어간다. 법주승의 선도로 대중이 동음 합창하면 나비춤은 16명의 작법승이 입체적 군무 형태로 진행한다. 각각 꽃가지를 들고 삼현육각의 반주에 맞추어 돌아가면서 사방요신을 하며 다양·장엄한 분위기를 조성한다. 그리고「차공양진언」과「퇴공양진언」을 가창하면 이 단계가 마무리된다.

마침내 그 회주승의 설법이 시작되는 단계가 온다. 종두대사가 소반에 향로와 다기를 받쳐서 회주승의 설법상을 차리고, 인도승이 참회게 소리를 내어 선소리를 주고 후소리를 받으며「십념十念」으로 창화하여 마친다. 그러면 다른 인도승이 요령을 흔들면서 '거양창혼擧揚唱魂'을 하면 모든 영가나 대중의 청법 차비가 완결된다. 이때에 회주승이 설법상에 올라가 법을 설하게 된다. 이 설법은 부처님의 설법을 대신하는 것이므로 법사를 모시는 절차가 경건하고 극진할 수밖에 없다. 먼저「정대게頂戴偈」를 합창하여 부처님을 예경·찬탄하고,「개경게開經偈」를 합창하여 설법이 열림을 알린다. 그리고「설법게」를 가창하면 회주승의 설법이 진행된다.

이 설법은 원래 부처님이 그 영가를 천도하기 위해서 영가와 동참 대중을 향하여 수행하는 것이다. 그런데 회주승이 부처님을 대신하여 영가의 천도와 극락왕생을 보장하고, 법주승과 재주의 소구 소원을 다 응답하는 내용을 설파한다. 이 천도 법문이 성공적일 때, 그 영산재는 원만히 성취되고 제대로 회향하는 것이다. 그러기에 이 법문은 부처님의 뜻대로 경전에 의지하고, 영가와 주변의 특수상황을 고려하여 감동적인 서사문맥·영험설화 등을 망라하고 가끔 뜻 깊은 게송을 삽입·장식하게 된다. 그래서 이런 설법은 강창 형식으로 진행되어 모든 승려와 재주·신도 대중을 감동케 하고, 동시에 영가의 극락왕생을 확신케 한다. 그리하여 이 영산재는 영가 천도의 목적을 족히 달성했다고 간주되는 터다.

설법이 끝나면 「보궐진언補闕眞言」을 가창한 뒤에, 「수경게收經偈」와 「사무량게四無量偈」·「귀명게歸命偈」를 범패성으로 연창함으로써, 설법을 잘 듣고 큰 가피력을 입었다고 감사·예경한다. 이에 설법 공덕에 신비적 의미를 부여하기 위하여, 다시 「창혼唱魂」으로써 영가를 일깨우고 「정법계진언淨法界眞言」과 「변식진언變食眞言」·「시감로수진언施甘露水眞言」·「일자수륜관진언一字水輪觀眞言」·「유해진언乳海眞言」 등을 범패성으로 가창한다. 이때에 구원겁중작법久遠劫中作法이 시작되어 태징을 치면서 소리를 하고 동참 대중이 들러리하며 이어서 사다라니 바라춤이 전개된다.

한편 부처님께 육법공양六法供養을 하여 불전에 향香·등燈·다茶·과果·화花·미米 등을 바치고, 이에 따른 「공양문供養文」을 범패성으로 독창한다. 먼저 법주승이 「육법공양게六法供養偈」를 범패성으로 독창하고, 나아가 '배헌해탈향拜獻解脫香', '배헌반야등拜獻般若燈', '배헌만행화拜獻萬行

花', '배헌보리과拜獻菩提果', '배헌감로다拜獻甘露茶', '배헌선열미拜獻禪悅米' 등
을 선창하면, 대중이 각편의 마지막 구절 "유원제불애민수차공양唯願諸佛
哀愍受此供養"을 화창한다.

그리고 법주승이 「각집게各執偈」 또는 「가지게加持偈」를 선창하고 대
중이 후창을 받는다. 마지막으로 「보공양진언」과 「보회향진언」을 독
창하고 「탄백嘆白」을 합창하여, 영산재의 공덕이 원만하고 다른 중생들
에게도 두루 미칠 것을 부처님께 발원한다. 그리하여 상단권공, 영산
작법은 일단 마무리되는 것이다. 이러한 영산작법은 수륙재나 예수재
의 그것과 동일한 것이라 보아진다. 이 재의들이 각기 동일한 영산작
법을 공용하고 있기 때문이다.

이로써 재의도량을 청정히 하고 부처님과 보살들을 봉청하여 영산
회상에 해당하는 설법을 들었다. 여기서는 부처님이 설법의 주체가 된
것은 물론이지만, 영산작법의 실제적 주인공은 천도의 대상인 영가들
이다. 회주 · 법주승과 재의승 그리고 재주가 매개 · 주선하여 그 영가
들에게 부처님의 설법을 들려주기 위하여 이런 법석을 개설 · 완성하
였기 때문이다. 요컨대 영가들이 부처님의 설법을 듣고 개오 · 승화되
어 극락왕생하는 주인공이라는 점이다. 이처럼 주인공이 새롭게 등장
하여 이 영산작법의 핵심적 위치를 확인받을 때, 그 재의 절차는 파란
만장하고 입체적인 연극적 성향을 드러낼 수밖에 없다. 그 비극적 주
인공을 구제 · 승화시키겠다고 부처님이 그 도량에 강림하여 온갖 공
양과 지극한 정성을 받고 회주승을 통하여 법문을 설하며 나아가 회향
하기까지 전개된 심중 · 장엄한 서사문맥, 극적인 구조는 그대로 연극
의 구조 · 장면이 되기에 족하다. 그래서 부처님께 올린 수많은 게송의

가창은 극적 분위기와 결부되어 시종 가창극의 면모를 보이고 있다. 그리고 각종 악기의 연주와 가창 등에 맞추어 다양한 작법 무용, 바라 춤·나비춤이 입체적으로 전개되니, 그것은 가무극의 일면을 드러내고 있는 게 분명하다. 나아가 그 많은 게송을 다양하게 가창하고 각종 기원문을 낭송하며 또한 서사문맥을 강설하니, 그것은 강창극의 실체를 보이는 게 사실이다. 더구나 부처님을 향한 게송·기원문 등을 통하여 무수히 대화하고 신비스런 문답을 입체적으로 드러내니, 그것은 극적인 내용과 관련하여 대화극의 실상을 보여주는 터라 하겠다.

7) 〈화청작법〉

화청은 원래 불보살을 청정도량에 봉청하여 영가를 천도하고 극락왕생하도록 발원한다는 데에 본뜻이 있다. 그러기에 불보살께 극락왕생을 발원하는 음악과 가요·가사 등은 다 화청에 포함되는 것이다. 일찍부터 화청은 정토계의 불교신앙을 대중화하는 예술적 방편으로 활용되어 왔던 게 사실이다. 그런데 어느 때인지, 화청이 천도재의에 주로 사용되어 대중 포교에 실질적으로 이바지 했던 것으로 알려졌다. 따라서 근대에 와서는 이 화청이 천도재의에만 사용되는 것으로 인식되어, 이런 영산재에서 주축을 이루고 있는 실정이다.

그리하여 화청은 영산작법이 끝나고 봉송·회향으로 넘어가는 중간 과정에서, 매우 소중한 부분을 차지하고 있다. 화청은 영산설법으로 영가를 승화시켜 극락왕생토록하는 말미에서 이를 강조·완결하는 중대한 역할을 하고 있기 때문이다. 더구나 이 음악과 가사 내용은 불보살님과 영가 그리고 관계승려와 재주·신도 대중들을 모두 하나로 이해·감동케 하는 보편성과 대중성을 지니고 있다. 그래서 그 화청 속에는 불교음악과 불교가요가 조화되어 종교예술적 감흥을 모든 동참자에게 안겨주는 것이다.

화청의 음곡은 비교적 단조로운 편이며, 악기로는 북·광쇠·목탁 등 장단 위주의 타악기가 사용된다. 이 음곡의 장단에는 여러 가지 종류와 그 나름의 특징을 지니고 있다. 보통 화청장단은 좀 빠른 박자로 된 전체 13마디의 부정형을 보인다. 엄숙하면서도 화평한 것이 특징이다. 축원 화청장단은 이른바 세마치장단으로 3박을 계속 되풀이한다. 이 3박의 세마치가락을 다양하게 변화시키고 장식하는 것이 특징이다. 관음정진장단은 타령형의 약동적인 가락으로 전체 35소절의 리듬이다. 그 가락은 내적으로 역동적이면서 흥취 있는 것이 특징이다. 아미타염불장단은 조금 빠른 6박의 단조로운 가락으로 전체 41장단의 리듬이다. 그 가락에서는 약간 경쾌한 것이 특징이다. 염불장단은 염불북으로도 불리는데, 북과 광쇠가 어우러진 특이한 가락으로 전체 59박의 부정형 장단이다. 광쇠가 바다를 연상케 하는 음색으로 음향을 살짝 막느라고 반 박자 접어서 치는 데서 매력적인 리듬의 조화를 이루는 것이 특징이다. 장엄염불장단은 염불북과 같이 북과 광쇠의 혼합으로 이루어진 가락으로 전체 94박의 방대한 가락이다. 장중한 분위기를 조성하는 것이 특징이다. 이러한 음곡은 그 법석·재의의 성격과 분위기 그리고 그 가사의 내용에 따라 자유로이 선택되며, 변화 있게 교환·결합되어 한층 높은 효과를 낼 수가 있다.

한편 이 음곡으로써 불리는 화청의 가사가 중시된다. 이 가사들은 그 자체로서 독자성을 지닌 가요문학에 속하기 때문이다. 그 내용은 불교 계통으로 매우 다양하고 형식은 일반 가사와 같이 3·4조와 4·4조가 단조롭게 반복된다. 그 내용 자체가 서사적으로 전개되기에 자연 그 규모가 크고 길 수밖에 없다. 불교계에서 전통적으로 알려진 화청 가사로 대표적인 작품만도 매우 다양하다.

축원화청(祝願和請)·육갑화청(六甲和請)·팔상화청(八相和請)·사중경화청(思重經和請)·고사선염불(告祀先念佛)·평염불(平念佛)·원불(願佛)·지옥도송(地獄道頌)·아귀도송(餓鬼道頌)·인도송(人道頌)·천도송(天道頌)·방생도송(放生道頌)·참선곡(參禪曲)·회심곡(回心曲)·별회심곡(別回心曲)·어설인과곡(魚說因果曲)·권선곡(勸善曲)·선중권곡(禪衆勸曲)·각리권곡(各利勸曲)·재가권곡(在家勸曲)·빈인권곡(貧人勸曲)·수선권곡(修善勸曲)·별창권악곡(別唱勸樂曲)·자책가(自責歌)·서왕가(西往歌)·원적가(圓寂歌)·신년가(新年歌)·백발가(白髮歌)·왕생가(往生歌)·신불가(信佛歌)·성도가(成道歌)·오도가(悟道歌)·열반가(涅槃歌)·십악업(十惡業)·가가가음(可歌可吟)·조부유(曹浮乳)

등이 현전하고 있다. 이 밖에도 많은 작품들이 필요에 따라 창작·가창되었으리라 보아진다. 이와 같은 작품들 중에서 영산재에 소용되는 작품을 엄선하여 그 처지와 분위기에 맞도록 가창하는 것이 원칙이다.[11]

이러한 음곡으로 가사를 가창할 때에는, 별다른 춤사위와 특별한 동

11　홍윤식, 「영산재의 화청」, 위의 책, 86~93쪽.

작은 나타나지 않는다. 그러나 가창하는 승려 일인이 장단 악기 중에 광쇠 같은 것을 치면서 소리할 때에, 거기에 어울리는 독특한 음색과 표정 그리고 몸짓이 돋보이는 터다. 그래서 멋들어진 화청이 진행될 때, 여타 작법과 다름없는 극적 감명·흥취를 자아내게 된다. 이 화청 자체가 재의 전체의 구조상에서 중요한 위치를 차지하고 있을 뿐만 아니라, 그 유창한 음곡의 마력과 그 독특한 가사의 서사적 내용이 가창 승의 예능에 따라 그만한 감화력을 자아내기 때문이다. 더구나 여러 가창승이 번갈아 나와서 다른 내용의 화청을 하는 데서 감동적 정황에 입체성과 생동감을 더하고 있으므로 극적인 효과가 배가되는 터다.

이로써 영가는 불보살의 가호와 신중의 옹위를 받으며 재주 자손과 신도 대중의 기원 속에서 법주승과 관계 승려의 중개·가창으로 극적 인 분위기에 파묻히게 된다. 그것은 화청의 예술적 기능에 의한 총체 적 융화로서 종교적 승화라 하겠다. 여기서 벌어진 연극적 상황은 얼 핏 단순한 것 같지만, 실제로 다양한 면모를 보인다. 기실 화청은 가창 을 주축으로 연극적 분위기를 조성하므로 가창극의 실상을 드러내고 있다. 여기에는 전문적인 무용이 개입되지 않는 것이 원칙이므로, 가 무극의 성향이 약한 게 사실이다. 그런데 그 내용의 서사적 문맥을 중 심으로 강설과 해설이 결부되는 터이므로, 강창극의 성격이 뚜렷하게 나타난다. 학계 일각에서 화청을 강창문학으로 취급하고 있는 것은 결 코 우연이 아니라고 본다.[12] 그리고 강창극의 면모를 중심으로 불보살 과 신중 그리고 영가와의 내밀한 대화, 나아가 가창에 대한 청중의 대

---

12 경일남, 「고려조 강창문학 연구」, 충남대 박사논문, 1989; 장주근, 「화청의 문학적 연구」, 『논문집』 22, 경기대, 1988 등 참조.

화성 반응 등을 고려한다면, 화청 과정에서 대화극의 일면을 탐색해 볼
수가 있겠다.

8) 〈시식작법〉

〈시식작법〉은 〈대령작법〉과 관련하여 영가들에게 마지막으로 갖은
공양을 베풀어 주는 절차이다. 그것은 재주와 대중들이 승려들을 매개
로 바치는 최후의 만찬이라 하겠다. 그러기에 시식은 그 공양도 풍성
하려니와 의식도 다양하고 정성스러운 것이다. 그것은 한편으로 위
〈대령작법〉과 상통하는 바가 있다.

먼저 법주승과 인도승이 태징과 목탁소리에 맞추어 아미타불·관음
보살·세지보살·인로왕보살을 염하여 거불성을 합창한다. 이어 태징
을 3번 치고 모두 앉으면 법주승이 요령을 흔들면서 「축원문」을 앞에
놓고 착어성으로 독창을 한다. 이어 법주승이 「진령게振鈴偈」를 선창하
고 재의승이 받으면서 모든 영가를 일깨운다. 그리고 법주승이 「착어着
語」를 독창하여 시식재의를 고유하고, 이어서 「파지옥진언破地獄眞言」과
「해원결진언解寃結眞言」·「보소청진언普召請眞言」과 「귀의삼보歸依三寶」를
합창하여 영가들을 삼보전에 초청했음을 아뢴다. 그런 다음 법주승이
「증명청」을 독창하여 인로왕보살의 강림도량·증명공덕을 찬양하고
재의승의 인도로 「향화청」을 합창한다. 이어 재의승이 「가영」을 독창
하고 "고아일심귀명정례故我一心歸命頂禮"를 합창한 다음, 「다게茶偈」를 독
창하여 감로다를 바친다.

　드디어 법주승이 「고혼청孤魂請」을 독창하여 영가들을 간청하고 「향연청」을 합창하여 헌향한 다음, 재의승이 「가영」을 독창하여 영가들의 부임을 확인한다. 이어 법주승이 제불자와 열위영가에게 「착어」를 독창하고 재의승이 받아서 가창한다. 그리고 법주승이 「안위안좌진언安位安座眞言」을 독창하고 재의승이 계창하여 영가들을 좌정시킨 다음, 법주승이 제불자와 영가들을 해탈케 하려고 신전의 윤택과 업화의 청량으로 각기 해탈을 구하라고 염원한다.

　다음 법주승과 재의승, 동참 대중이 「변식진언變食眞言」과 「시감로수진언施甘露水眞言」, 「일자수륜관진언一字水輪觀眞言」과 「유해진언乳海眞言」에 이어 「칭양성호稱揚聖號」를 합창·찬양한다. 그리고 위와 같이 「시귀식진언施鬼食眞言」과 「보공양진언普供養眞言」·「보회향진언普廻向眞言」에 이어 「아미타불십념阿彌陀佛十念」과 「극락세계십종장엄極樂世界十種莊嚴」을 합창하여 극락왕생을 기원한다. 시식 과정은 수륙재나 예수재 등이 기본구조는 같지만, 그 규모면에서 조금 다르다. 수륙재는 시식 대상이 수륙에 산재·편만한 영혼·잡귀까지 포괄하여 범위가 넓고, 예수재도 수륙까지 겸하되 그 범위가 비교적 좁기 때문이다.

　이로써 영가들이 승화·해탈의 모든 과정을 밟고 마지막으로 만족한 공양을 받은 바가 되었다. 이제는 극락왕생의 차비가 완전하여 그 회향의 순간을 고대하고 있는 상태다. 이 절차에서 영가들에게 바친 모든 언설은 최후의 정성으로 가득차 있다. 그러기에 관계 승려나 재주·대중들이 행한 모든 언행은 일체가 극적 상황으로 일관되었다. 법주승과 재의승들이 타악기에 맞추어 부른 많은 게송과 진언 등은 그 극적 분위기와 어울려 가창극의 면모를 드러내고 있다. 그리고 이 가창에는 춤사위가 자제되어 가무극적 분위기는 미약하다. 그런데 이와 같은 가창에 여러 「착어」나 「발원문」 그리고 강설·해설 등이 결부되어 극적 문맥으로 전개되었기에, 그것은 강창극의 실상을 보이는 터라 하겠다. 실제로 위 모든 가창과 강설 등은 영가들과의 신비한 대화이므로, 그것이 극적 사무문맥을 통하여 대화극으로 표출된 터라 하겠다.

9) 〈회향작법〉

회향 절차는 영산재의 마무리 의식이다. 법주승과 재의승의 독창이나 동참 대중의 합창으로 "즉득왕생안락찰卽得往生安樂刹"을 염하고 끝나면, 인도승에 이어 재주가 위패상을 모셔 들고 그 뒤에 동참대중이 도량장엄 일체를 철거하여 나누어 가지고 소대로 향한다. 모두가 열을 지어 법당 마당으로 나려가 원형으로 돌면서 법주승이 요령을 흔들며 「공덕게功德偈」를 선창하면, 동참 대중은 태징과 호적에 맞추어 합창한다. 그리고 모두 부처님을 향하여 서고 법주승이 요령을 흔들면서 「보례삼보普禮三寶」를 독창하고 「축원문」을 읽은 다음 「보례삼보」를 하면, 재의승이 태징을 3번 치고 「산화락」까지 빈아서 합창한다. 이렇게 삼면을 돌다가 「법성게」를 치고 합송하면서 줄을 지어 소대로 나간다.

이때에 법주승이 「봉송편奉送篇」을 독송하고 「행보게行步偈」를 가창하고 「산화락」과 "남무인로왕보살南無引路王菩薩"을 삼창한다. 드디어 소대에 이르러 그 앞에서 법주승이 영가축원靈駕祝願을 「내외창편內外唱篇」으로 독창하고 「왕생게」를 가창한다. 소대를 상단과 하단으로 나누어 불보살에 관계된 것은 상단에서, 영가들에 관련된 것은 하단에서 태우면서 법주승의 선창으로 「소전진언燒錢眞言」과 「봉송진언」, 「상품하생진언上品下生眞言」과 「보회향진언」을 합창하고 「파산계破散偈」를 가창한다. 이어 법주승이 마지막으로 봉송·회향의 의미를 되새기는 간단한 법문을 하고, 재주와 동참 대중이 정화의 눈물을 삼키면서 합장·반배하여 모든 절차를 끝마친다. 이 회향 절차는 수륙재나 예수재의 그것이 상통하고 있다.

이로써 영가들이 승화되어 극락왕생이 성취된 것이다. 그러면서 재주와 동참 대중들에게는 다시금 이별하는 정화된 비장감이 감돌게 된다. 그리고 동참자 모두가 안락찰에서 재회하리라는 염원도 함께 감도는 것이다. 그리하여 이러한 종말에서 극적인 여운이 생기는 것은 당연하다. 실제로 이러한 게송과 진언의 가창이 그 극적 분위기와 어울려 가창극의 일면을 보이고, 여기에는 춤사위가 개입되지 않아서 가무극의 면모가 드러나지 않는 게 사실이다. 한편 다양한 가창과 축원문의 독송, 법문·해설 등 강설이 극적으로 어울려서 강창극의 실상을 보이고, 나아가 법주승·재의승이 개입한 영가와 생자의 신묘한 대화 그리고 모의적 행동 등이 조화되어 대화극의 면목을 드러내고 있는 터라 하겠다.

10) 〈식당작법〉

〈식당작법〉은 영산재를 마치고 모든 승려들이 재주·신도 측에서 바치는 공양을 드는 의식 절차다. 이것은 영산재와 관련되어 있는 독립적 의식으로서 이 재의의 뒤풀이라고 하겠다. 따라서 〈식당작법〉은 그 자체로 독자적 연극성이 강조되어 있는 것이다. 〈식당작법〉은 불교의 생명관에 입각한 대중 공양을 통하여, 그 광대무변한 공덕을 사바중생들에 회향한다는 종합예술적 실연이기 때문이다.

〈식당작법〉은 우선 여러 가지 요소가 구비되어야 한다. 당좌 1인은 의식진행의 최고 수령 격으로 당상에 서서 시종 집전을 맡고, 중수 1인은 당좌의 의식 집전을 보좌하며 대중을 통리한다. 오관은 5인의 재의승으로서 「오관게五觀偈」 등을 범패성으로 가창하여 대중의 심성을 정화시킨다. 당상 1인이 북을 치고, 목어 1인과 운판 1인은 각기 해당 타악기를 친다. 판수 2인은 좌판·우판으로 나누어 대중을 정리·안정시키고, 정수 2인은 당좌의 지시에 따라 정수기를 들고 정수의식을 해낸다. 타주 2인은 중앙에 위치한 팔정도八正道 좌우에 앉아 있다가 타주춤이나 기타 의식무용을 실시하고, 정건 2인은 당좌의 지시대로 정건의식을 맡는다. 당종 1인이 종을 치고, 하발 1인이 태징을 치게 되며, 악사들이 호적과 악기를 반주하여 바라춤을 돕는다. 그리고 기타 대중이 동참하여 의식을 장엄하고 중수의 지휘에 따라 게송 합창이나 염불 등으로 의식에 동참하게 된다.

이러한 요건이 모두 갖추어지면, 〈식당작법〉의 절차가 진행된다. 먼저 당종이 종을 5번 쳐서 그 의식의 시작을 알리고, 운판이 "운판삼하호雲板三下呼"라고 아뢴 다음, 운판을 3번 쳐서 허공계의 모든 중생에게 공양함을 나타내고, 당종이 종 18번을 쳐서 지옥의 중생에게 공양함을 표시한다. 이어 목어와 당상이 "목어당상초삼통알木魚堂象初三通謁"이라고 음

율로 크게 아뢴 다음, 목어와 북을 쳐서 어류·축생계의 중생에게 공양함을 동시에 알린다. 다시 목어와 당상이 나와 "목어당상후삼통알"이라고 크게 아뢴 다음, 당상은 홍구북을 치고 목어도 같은 가락으로 친다.

이와 동시에, 오관은 「오관게」를 범패성으로 태징·북·목어 등에 맞추어 가창한다. 그후 하발이 태징을 15번 치면, 타주는 나와서 바라춤을 추고 당상은 법고춤을 추어 법무의 절정을 이룬다. 이어 좌판·우판이 대중석에서 금판을 두 손 위에 받쳐 들고 중수 앞에 선다. 이때 중수의 지시로 대중이 일어서면, 판수는 서로 반대 방향으로 금판을 돌리면서 대중석 앞을 한 바퀴 돌아, 원래의 자리로 바꾸어 서서 금판을 받쳐 든 채로, "일제一齊"라고 범패로 소리한다. 판수가 대중석으로 들어가면, 정수기를 미리 갖다 놓는다. "정수·정건"이 나가 그 정수기를 들고 중수 앞에 선다. 이때 당좌가 광쇠를 3번 치고 '정수·정건'을 범패로 독창하여 아룀과 동시에, 정수와 정건은 정수기를 들고 제자리에서 서로 자리를 바꾸어 돈다. 그리고 그 소리가 끝나면, 정수와 정건은 정수기를 놓고 다시 제자리로 돌아간다. 이때 당좌가 광쇠를 3번 쳐서, 정수·정건이 끝났음을 알린다. 이것은 바리공양시 정수를 맨처음 돌리는 의식에 해당된다.

한편 중수가 먼저 광쇠를 1번 쳐서 시작을 알리고 "약부상좌若敷床座"를 독창하면, 대중은 다같이 "당원중생當顯衆生 부선법좌敷善法座 견진실상見眞實相"을 합창한다. 그런 다음 중수가 "정신단좌正身端座"를 독창하면, 대중은 "당원중생當顯衆生 좌불도수坐佛道樹 심무소외心無所畏"를 합창한다. 이때 타주가 팔정도 타주를 돌면서 춤을 춘다. 이어 당좌가 광쇠를 3번 치고 나서, "반야파라밀다심경般若波羅蜜多心經"이라 소리하고 다시 광쇠를 3

번 친다. 이를 받아 중수가 광쇠를 1번 더 쳐서 시작을 알리고, 대중과 함께 "여래응량기如來應量器 아금득부전我今得敷展 원공일체중願共一切衆 등삼수공적等三輪空寂"을 합창한다. 그리고 대중이 다시 "옴 발다나야사바하"라고 진언을 합창하면, 타주는 팔정도를 순회하면서 타주춤을 춘다. 이때 중수가 광쇠로 시작을 알리면, 동참 대중은 일제히「반야심경般若心經」을 합창하고 타주는 정좌하고 있다. 동참 대중이 "즉설주왈卽說呪曰"까지 합창하면, 당좌가 광쇠를 치고받아서 "아제아제 바라아제 바라승아제 모지사바하"를 독창한다.

다시 당좌가 광쇠를 3번 치고「처무상도념處無上道念」을 독창하면, 타주는 동시에 팔정도를 돌면서 타주춤을 춘다. 이어 중수가 광쇠로 시작을 아뢰고 대중과 함께「십념十念」을 합창하며, 그동안 타주는 10번이나 팔정도를 돌면서 타주춤을 춘다. 이어 중수가 광쇠로 시작을 알리면, 대중은「오관게」를 합창한다. 이때 오관은「막제게莫啼偈」를 범패성으로 가창한다. 다시 중수가 "약견만발운운若見滿鉢云云"을 독창하고, 광쇠를 7번 치고 대중과 함께「정수게淨水偈」를 합창한다. 이어 당좌가 광쇠를 3번 치고 "옴 살바나유타" 진언을 3번 독창한 다음, 다시 광쇠를 3번 친다. 다음 중수가 광쇠로 시작을 알리면, 대중은 일제히「삼시게三匙偈」를 합창하고, 타주는 타주를 1번 치고 자리를 바꾸어 앉는다.

이때 당좌는 광쇠를 3번 치고「다경권반茶敬勸飯」을 독창하여 공양을 권한다. 동시에 타주는 팔정도를 돌면서 타주춤을 1번 춘 다음, 1인이 양쪽을 향하여 2번씩 '공양 수하십시오'라고 외친다. 이 말이 끝나면, 동참 대중은 일제히 공양을 시작한다. 이때 대중 공양은 바리공양이며, 일체 묵언으로 진행된다.

그 대중이 공양을 거의 마치고 숭늉을 돌릴 때, 당좌는 광쇠를 6번 치고 「당좌창堂佐唱」을 홀로 하고, 타주는 팔정도 춤을 1번 춘다. 모두 공양을 마치고 바릿대를 씻을 때, 당좌는 광쇠를 3번 치고 「절수게絶水偈」를 독창하며, 타주는 팔정도를 돌면서 춤을 춘다. 다음 중수가 광쇠를 1번 치고 대중과 함께 "옴 마휴라제 사바하" 진언을 3번 합창하며 동시에 타주도 역시 춤을 춘다. 이때 중수가 광쇠를 치면, 대중은 "반식이흘운운飯食已訖云云"을 합창하고, 타주는 역시 팔정도를 돌면서 춤을 춘다.

이어 당좌가 「축원문」을 혼자서 낭독하고, 다른 대중은 모두 정숙하게 앉아 있다. 「축원문」이 끝나면서, 타주가 다시 춤을 춘다. 동시에 오관이 일어서서 "원왕생願往生 원왕생"을 범패성으로 소리한다. 이어 당좌가 광쇠를 3번 치고, 독소리로 "역원상서운운亦願上逝云云"하며 기원한다. 이때 오관이 태징을 치며 서서 "정찰정찰淨刹淨刹 생정찰生淨刹"을 범패성으로 하고, 동시에 타주는 춤을 춘다. 당좌가 오관소리를 받아 광쇠를 3번 치고, 다시 독소리로 "원아금일예경운운願我今日禮敬云云"하며 기구한다. 이를 받아 오관이 태징을 치며 "명장명장命長命長 수명장壽命長"을 범패성으로 소리하고, 이때 타주의 춤이 나온다. 이어 중수가 광쇠를 치면, 대중이 "금일공양재자운운今日供養齋者云云"하며 합창하고, 타주는 또 춤을 춘다. 동시에 중수가 광쇠를 치면, '사가부좌운운'하며 대중이 합창한다.

다음 당좌는 광쇠를 3번 치고 "퇴좌출당退坐出堂 당원중생當願衆生"을 독창하고, 이어 오관은 태징을 치면서 「자귀불自歸佛」을 선창하면, 타주가 나비춤을 춘다. 이때 모든 대중은 도량을 돌면서 「자귀불」을 합창·염송한다. 이 나비춤이 끝나면, 태징과 동시에 호적을 불며 타주가 바라춤을 춘다. 끝으로 중수가 태징을 치면, 대중 모두가「회향게」를 합창하여 이 작법의 완료를 나타낸다. 이 게송을 마치면, 대중은 일제히 합창하여 "성불하십시오"라고 하며 헤어진다. 〈식당작법〉은 수륙재나 예수재가 공통되는 터라 하겠다. 기실 이 작법은 각종 재의의 본격적 절차와 독립되어 진행되면서도, 해당 재의에는 원칙적으로 동일하게 적용되기 때문이다.

이로써 영산재에 동참한 대중이 이끄는 〈식당작법〉은 당좌를 비롯한 관계승려들의 적극적 출연으로 장엄한 연극적 절차를 밟아 완결되었다. 불교의 심원한 생명관에 입각하여 삼보·승가에 공양함으로써, 영가들의 천도와 재주·신도들의 공덕을 되새기는 의식이 바로 연극형태로 진행되었던 것이다. 그래서 먼저 다양한 게송과 진언 등을 반주에 맞추어 독창·합창함으로써, 그것이 연극적 분위기와 어울려 가창극의 면모를 드러내고 있다. 그리고 이러한 가창과 다양한 음악을, 유장한 타주춤이 포괄·조화시킴으로써, 그것은 연극적 상황을 조성하여 가무극의 참된 면목을 그대로 보여 주고 있다. 한편 그 다양한 가창과 유창한 발원문 내지 강설 등이 결합·조화되어, 강창극의 일면을 갖추고 있다. 나아가 이 작법의 연극적 분위기 속에서 주고받은 홀기성이나 권청성은 물론, 게송이나 진언을 대화식으로 화창한 것은 대화극의 일면을 나타내는 터라 하겠다. 기실 〈식당작법〉은 뒤풀이의 성격과 관련하여 불교적 대중연희를 동반하게 됨으로써,[13] 연극적 분위기를 강조하는 경우가 있는 것이다.

---

13 강우방 외,『감로탱』, 예경, 1995에서는 불교재의 천도재 이후에 불교적 대중연희가 시행되었음을 표현하고 있다.

　이상 사찰재의, 영산재의 연행 실태를 모두 10개 과정으로 개관하였다. 그런데 이것을 기반으로 수륙재와 예수재의 그것을 비교하고, 그 원형적 궤범을 기준으로 검토한다면, 영산재의 원형을 재구할 수가 있겠다. 적어도 상술한 바 〈권공작법〉을 상단권공과 영산작법으로 나누고 회향 절차의 앞에 〈봉송작법〉을 삽입한다면, 12개 과정으로 조직된 영산대재의 본래 면목을 복원할 수가 있겠다. 적어도 조선시대의 사찰재의궤범 중에는 영산재의 원형을 재구할 만한 직증 자료와 방증 자료가 현전하여, 그 가능성이 크다고 하겠다. 기실 『영산대회작법절차靈山大會作法節次』[14]나 『법계성범수륙승회수재의궤法界聖凡水陸勝會修齋儀軌』[15] 등을 통하여, 복원 작업이 진행될 수 있겠기 때문이다.

　이러한 차원에서, 수륙재와 예수재의 원형도 재구·복원될 수가 있겠다. 기실 수륙재와 예수재는 현행되는 진행 절차에서 상당한 변화와 축약을 보이고 있는 게 사실이다. 그런데 다행하게도 그 수륙재와 예수재의 궤범이 현전하여, 그 고형을 증언하고 있는 것이다. 실제로 수륙재의 『천지명양수륙재의찬요天地冥陽水陸齋儀纂要』[16]나 예수재의 『예수십왕생칠재의찬요預修十王生七齋儀纂要』[17] 등을 통하여 그들 원형이 드러나 있는 터다.

14　『한국불교의례자료총서』 2, 127~129쪽.
15　『한국불교의례자료총서』 1, 573~619쪽.
16　『한국불교의례자료총서』 2, 215~250쪽.
17　위의 책, 65~87쪽.

3. 사찰재의의 연극적 형태

1) 전체적 연극구조

사찰재의, 영산재는 〈괘불작단〉에 이어 영가를 모셔다 영단에 안좌시킨 다음, 목욕재계를 시키고, 신중들의 옹호를 받게 하며, 불보살의 가호 아래 부처님의 설법을 듣게 하고, 화청으로 만발공양을 들게 하며, 회향하여 극락왕생케 하고, 나아가 대중 공양으로 마무리되는 일련의 과정을 극화하고 있는 것이다. 재주의 발원으로 재의무대를 꾸미고 회주승·법주승과 재의승들이 주재하여 영가들을 주인공으로 등장시키고, 불보살과 신중들을 청배하여 부처님의 설법·권능으로 주인공을 극락왕생시키는 데에 악사·대중이 들러리하여 동참하는 재의 절차는 분명히 재의극이기 때문이다. 보편적으로 재의는 연극이라 하거니와,[18] 영산재에는 특설무대에 성속·성령계의 인물들이 등장하여 그 성격대로 언행하고 동참 대중들에게 감동을 자아내니, 그것은 그대로 연극이라 보아진다. 거기에는 연극의 요건이 되는 무대와 등장인물의 극적 언행, 그리고 이를 주시·감응하는 관중이 있다는 것이나. 실제로 영산재는 전체적으로 연극구조를 갖추고 있는 터라 하겠다.[19]

이러한 연극구조는 이미 거론된 바 대강 10개 장면으로 연결되고 있

---

18 칼 망쓰이우스, 「宗敎劇」, 『世界演劇史』 2, 平凡社, 1931; 田仲一成, 『中國祭祀演劇硏究』, 東京大 東洋文化硏究所, 1981 등 참조.

19 사재동, 「불교연극 연구서설」, 『불교사상논총』, 하산출판사, 1991, 255~258쪽.

다. 우선 〈괘불작단〉의 절차는 무대장치 과정으로 규정되겠다. 이 절차
는 '도장작법'이라 할 만큼 다양하고 풍성하게 진행되는 것으로 그대로
가 연극적이다. 실제로 그것은 연극 전체의 무대가 됨으로써, 그 연극을
성립시키는 필수적 기반이 되고 있다. 이 무대는 그 화려·장엄한 설비
로 하여, 벌써 그 연극의 규모와 내용을 예시하고 나아가 그 연극 진행을
보조하는 서두극이라 하겠다.

다음 〈시련작법〉은 무형·무정한 영가를 주인공으로 설정·등장시
키는 시발 단계라 하겠다. 주인공은 이미 파란만장한 인생의 고해를
겪고 죽음을 통하여 비극적 존재로 공인되어 있다. 더구나 주인공은
유주·무주고혼으로 허공 영계를 방황하면서, 비극적 처지가 강조되
어 왔던 것이다. 그러다가 자손들이 재주가 되어 그 영가를 위한 재의
를 발원한 것 자체가 극적이라 하겠다. 그래서 재의 무대를 꾸미고 각
종 장엄과 설비를 갖추어서, 도량 밖으로 나가 영가를 맞아 드리는 것
은 그 연극의 시작이다. 이미 알려진 그 절차대로, 성령을 모시는 연에
다 영가를 불러 모시고 주인공으로 가시화시키는 것이다. 법주승과 재
의승들의 여법한 게송·진언과 기원을 통하여, 그 영가는 점차 가시화
되기 시작한다. 영가는 자손 재주가 모시는 위패에 실림으로써 가시화
되고, 위패를 향하여 기도하고 제례를 행함으로써 확인되었던 것이다.
그리하여 영가는 주인공으로 등장하고 영단에 안좌할 단계에 이르는
터다. 여기까지가 연극의 발단 단계, 예건의 설명에 해당되는 과정이
라 하겠다.

이어 〈대령작법〉은 주인공을 영단에 안치하여 승·속 대중의 공인
을 받고 위치를 확보하는 과정이다. 그래서 법주승과 재의승들이 장엄

한 게송과 진언을 정성껏 가창하고 기원문 등을 경건히 독송하여, 주인공은 현실적으로 공인을 받고 그 위치를 확정하게 된다. 그리하여 영가는 주인공으로 당당히 등장하고, 자손 재주와 승·속 대중에게 엄연한 존재로 실감되는 터다. 따라서 주인공은 일단 안좌하여 한숨을 돌리고 일차적인 공양을 받음으로써, 서서히 생동하기 시작하는 것이다. 이것은 영가가 주인공으로 부활하는 실제적 상황을 극화한 것이라 보아진다. 그래서 이 단계는 주인공이 등장하여 활동하기 시작하려는 과정이라 하겠다. 여기까지는 연극의 유발적 사건에 속하는 단계라 보아진다.

그래서 〈관욕작법〉은 주인공이 누적된 업보와 심신의 때를 닦고 벗어나 불보살과 신중 앞에 버젓이 나갈 수 있게 하는 과정이다. 그래서 부활한 주인공은 재의승들에 의한 현실적 목욕 절차를 밟는다. 그것은 남·여 영가가 알몸으로 목욕을 하고 새 옷으로 갈아입는 상징적 연극으로 진행된다. 그 목욕과 환의의 은밀한 과정은 대외적으로 차단된 밀실에서, 재의승들에 의하여 미묘한 분위기를 조성한다. 그것이 바로 연극의 효과를 고조시키고 있는 터다. 이 과정은 주인공의 정화를 확신케 한다. 그것은 주인공의 일차적 승화를 증명하고 고차원의 변신을 현시하는 바다. 그래서 그 주인공은 신중들의 가호를 받을 만한 수순으로 상승한 것이라 본다. 여기까지는 연극의 상승적 동작에 해당되는 제일단계라고 하겠다.

그리고 〈신중작법〉은 호법신중을 앙청·공양하고, 재의도량과 주인공을 옹호케 하는 과정이다. 이때 주인공은 목욕재계하고 청정한 심신으로 신중들의 옹호를 받아, 보다 밝고 떳떳한 위치를 차지하게 된다. 허공·영계의 일개 고혼이 일차 승화에 이어 이차로 승격된 셈이 되는 것이다. 그러기 위하여 법주승과 재의승들은 여러 게송과 진언 그리고 기원문을 통하여 온갖 정성을 드림으로써, 신중의 감응과 주인공의 감동을 극적으로 자아낸다. 이러한 상황은 주인공이 한 차원 승격되는 방향으로 모든 연기를 집중시키는 터라 하겠다. 그리하여 주인공은 이제 영산도량에서 부처님을 친견할 수가 있는 것이다. 여기까지가 연극의 상승적 동작을 마무리하는 단계라고 보아진다.

그래서 〈권공작법〉은 핵심이 되는 영산작법을 본격적으로 진행시킴으로써, 주인공이 부처님의 설법을 듣고 최고로 승화되는 과정이다. 주인공은 영산도량에서 부처님을 친견하는 것만으로도 무량한 광영인 터에, 그 금구옥설의 무상설법을 청문하니, 그 예경의 절정에서 극적인 극락을 누리는 것이다. 법주승과 재의승은 최상의 게송과 진언·기도문을 통하여 불보살을 앙청하는 극적인 정성을 바친다. 그래서 장엄한 광명을 띤 부처님이 무수한 보살을 거느리고 영산도량에 강림한 것이 확인되는 과정은 그대로가 감동적인 연극이다. 마침내 부처님이 금구를 열어 그 옥설을 펴시니, 찬연한 광명이 일고 신묘한 천악이 울리며 천지가 진동하는 듯, 인천을 감동시키고 영가 주인공을 감화·승격시키는 과정이야말로 극적인 정점이다. 영산설법을 감히 회주가 대신하니, 그것은 감당할 수 없는 영광으로 부처님의 대역이 펼치는 연극 자체라 하겠다. 그리하여 주인공은 극락으로 왕생할 수 있도록 심신이 승화되고 원숙해지니, 영산재의 최후 목적이 원만 성취되는 극적 순간이 온 것이다. 여기까지가 연극의 절정을 이루는 단계라 하겠다.

이어 〈화청작법〉은 영산설법의 장엄한 감격을 계승·조절하면서,

법주와 재의승이 불덕을 예경·찬양하고 주인공과 동참 대중을 다시금 감동시키는 절정의 연속 과정이다. 이때 주인공은 부처님의 설법을 되새기면서, 승·속 대중의 인연공덕을 찬양·청산하고 마침내 극락으로 왕생하려는 순간을 맞는다. 그러기에 법주승이나 재의승이 일심으로 벌이는 장단과 음곡, 염창의 내용은 바로 삼보와 승·속이 하나로 조화·감동케 되는 종교·예술적 권능을 발휘한다. 따라서 그것은 삼보를 향한 관계승려와 재주 그리고 신도 대중의 염원을 대신하는 연극적 풀이라고 보아진다. 여기까지는 연극의 절정을 이어 하강적 동작으로 맺어 주는 과도기적 단계라 하겠다.

그리고 〈시식작법〉은 영가 주인공에게 마지막으로 만발공양을 베푸는 극적 과정이다. 주인공은 다른 영가들과 함께 극락세계로 왕생하기 직전에 환송의 잔치를 받는 것이다. 그가 가는 곳이 비록 그토록 소망하던 극락이라고는 하지만, 일단은 이별을 전제로 하는 공양이기에 흡족한 즐거움보다는 안타까운 슬픔이 더 짙은 게 사실이다. 그래서 왕생하는 주인공이 아무런 미련을 갖지 않도록 정성을 다하고 있는 터다. 거기에서 관계 승려와 재주·대중 등이 갖은 공양을 다하고 온갖 게송과 진언·기도문을 정성껏 가창·염송하여, 극적 분위기를 조성하는 것이다. 여기까지는 연극의 하강적 동작이 본격화되는 단계라 하겠다.

끝으로 〈회향작법〉은 영가, 주인공과 그 동반자들을 극락세계로 천도하고 불보살과 신중들의 은덕에 감사하며 관계 승려와 재주·동참 대중의 공덕을 되새기는 마지막 과정이다. 먼저 불보살께 하직을 고하여 봉송하고, 다음에 주인공 등을 왕생시키는 상징으로 도량의 모든 장엄과 위패·지전 등을 다 태우며 각종 게송과 진언·기원문을 가창·

독송한다. 그래서 주인공 등은 해탈·승화되어 극락세계로 왕생하고, 나머지 모든 동참자들은 원만한 보시·공덕으로 만족하는 연극적 종 국을 맞는다. 그러기에 종말의 행운으로 빛나는 가운데 영원한 별리에 따르는 비애가 여운을 남기고, 더욱 극적인 분위기로 마무리되는 터이 다. 여기가 바로 연극의 대단원이 되는 것이다.

한편 〈식당작법〉은 영산재를 마치고, 그 공덕과 효능을 되새기면서 만발공양을 베푸는 연극적 과정이다. 이것은 재주가 마련한 보은의 자리 요, 재의에 올렸던 각종 공양을 음복하는 장엄한 마당이다. 거기에는 당 좌를 비롯한 많은 재의승과 작법승·악사 등이 등장하여 게송·진언을 가창하고 타주를 중심으로 각종 무용을 실연하니, 그대로가 독립된 연극 의 한마당이라 하겠다. 따라서 이런 연극적 장면은 그 자체로서 발단 예 건의 설명·유발적 사건·상승적 동작·절정·하강적 동작·대단원의 기본구조를 갖추고 있는 것이다. 이것은 이 재의의 뒤풀이와 같은 성향 을 지님으로써, 재의극의 종결극이라 볼 수도 있겠다. 그래서 이 연극은 〈괘불작단〉에서 보여 준 서두극과 조응되는 터라 보아진다. 기실 이 〈식 당작법〉은 연극 형태가 진행된 말미에, 용신타기와 땅설법 같은 불교연 희를 실연하거나 오락성 짙은 대중연예를 공연하기도 하였던 터다. 그래 서 〈식당작법〉의 규식적 연극과 불교연희 및 일반 연예의 대중적 연극이 조화되어 명실공히 그 영산재의 대단원을 장식하였던 것이다.

이상 영산재의 전체적 진행 과정은 서두극(괘불작단)에 이어, 발단 예 건의 설명(시련작법)·유발적 사건(대령작법)·상승적 동작(관욕작법·신 중작법)·절정(권공작법)·하강적 동작(화청작법·시식작법)·대단원(회향 작법)으로 이어지는 일대 연극구조를 형성하고, 종결극(식당작법)을 통하여 완결되는 것이라 하겠다. 그리고 영산재가 원형으로 복원된다면, 연극구조도 원형으로 재구되리라고 보아진다. 우선 이 전체적 연극구조가 적어도 12개 마당으로 재구될 수 있다는 것이다. 그리고 각개 작법들이 모두 풍성한 연극성을 지닌 마당으로 복원될 수 있을 터이다.

그래서 이른바 서두극과 종결극을 제외한 8개 작법은 모두 독립성을 띤 단위 연극으로 행세하여 왔던 것이라 하겠다. 전술한 바 현행되는 각개 작법이 그 자체로서 독립되어 있는 것이 사실이다. 그 작법들이 모두 '발단 예건의 설명―유발적 사건―상승적 동작―절정―하강적 동작―대단원'의 기본구조를 유지하고 있기 때문이다. 가령 그 전형적인 사례가 바로 〈권공작법〉이다. 그렇다면 각개 작법들은 정도의 차이는 있겠지만, 모두가 〈권공작법〉에 준하는 독립적 구조로서 단위 연극의 조건을 구비했던 것이라 하겠다.

그러므로 영산재는 적어도 10개 단위의 독립된 연극으로 연결·집성된 종합연극이라 규정될 수가 있겠다. 나아가 이 영산재가 12개 마당으로 재구된다면, 그것은 12개 단위의 독립된 연극으로 확대·복원되리라 추정된다. 여기서 영산재의 연극구조는 수륙재와 예수재의 그것과 공통되는 것이다. 그래서 수륙재와 예수재의 진행 절차는 각개 단위마다 독립된 연극 형태로서 ㄱ 전체기 일대 연극구조를 조성하고 있는 터라 하겠다. 대강 영산재의 전체적 연극구조는 수륙재나 예수재의 그것과 상통하는 것이며, 무극의 12거리와 관련된 바가 있으리라고 보아진다.[20]

---

20 다니엘A. 키스터, 「한국 샤만 의식의 연극적 특성」, 『한국민속학보』 5, 한국민속학회, 1995, 255~265쪽.

2) 장르적 연극 형태

　사찰재의, 영산재의의 전체적 연극구조가 장엄·장원하게 실연될 때, 그것은 구체적인 연극 형태로 나타날 수밖에 없었다. 연극 형태는 각 개 작법마다 구상적으로 실제화되어 전체 연극을 이루었던 것이다. 여 기서 영산재의 연극 형태가 연극 장르로 전개되어, 불교연극 내지 한국 연극에 보편화되었다고 하겠다. 일찍이 한국연극의 장르가 가창극·가 무극·강창극·대화극으로 체계화되었고,[21] 그것은 이미 불교연극의 장르에도 적용되었던 터다.[22] 이런 불교연극의 장르는 위에서 전제된 바 가 있고, 영산재의 각개 작법을 논의하는 데서 벌써 총괄적으로 언급된 적이 있다. 이제 영산재의 각개 연극 단위나 전체 연극 형태에 나타난 장 르적 성향을 검토할 단계에 이르렀다. 그리하여 먼저 영산재 연극의 장 르적 면모를 고찰하고, 나아가 불교연극 전반의 장르적 성격과 결부시 켜 논의키로 하겠다.

(1) 가창극 형태

　전술한 대로, 영산재의 연극 형태는 전체적으로 가창극의 면모를 강 하게 보이고 있다. 우선 찬란·장엄한 무대가 설치되고, 태징·북·목 탁이나 호적·삼현육각 등 각종 기악과 다양한 성악으로 이룩되는 음 악이 풍성하고 조화롭게 일관되고 있다. 이러한 배경과 분위기 속에서, 법주승·재의승과 재주·대중이 등장·동참하여 각종 게송과 진언 등

21　사재동, 「한국 희곡사 연구서설」, 앞의 책, 100쪽.
22　사재동, 「불교연극 연구서설」, 앞의 책, 261~262쪽.

을 독창·합창함으로써, 가창극의 핵심을 부각·전개시킨다. 이러한 핵심적 주체가 되는 가창이 각개 과정으로 연속되는 그 전체의 연극적 맥락을 타고 완전한 가창극을 형성하고 있다. 전게한 바 10개 내지 12 개 과정이 각기 독립 단위의 가창극을 이룩하고, 그것들이 유기적으로 연속·실연되어 전체적인 가창극을 구성하였다고 간주되기 때문이다.

여기서 영산재 전체나 각개 과정과 동일한 수준의 불교재의에서 가창으로 실연된 모든 것은 가창극으로 규정될 수가 있겠다. 이로써 여태껏 거론된 수륙재나 예수재를 비롯하여 전게한 바 모든 불교재의의 가창 실연은 가창극으로 공인되어 마땅할 것이다. 따라서 영산재의 가창극 형태는 전후·좌우의 상관성 속에서, 불교의 가창극과 한 부류를 이루는 것이 당연한 일이다.

불교계는 여러 갈래의 가요가 많이 가창·유통되어 왔다. 각 사원이나 민간에서 벌이는 여러 재의·법회·행사 등에는 그에 상응하는 많은 시가가 따르기 때문이다. 실로 이런 시가는 매우 다양하게 형성·전개되었으니, 그 전체를 제대로 헤아리기가 어려울 정도다. 그러나 이 엄청난 시가들은 유통 과정에서, 어떠한 형태로든지 가창한다는 점이 공통된다. 이런 불교시가들은 그에 적합한 음악에 의해서 가창될 때, 비로소 그 생동하는 모습을 드리내고 기능을 세대로 발휘하기 때문이다.

여기서 그 가창은 그만큼 다양해지고, 따라서 가창극의 면모를 보여주게 된다. 실제로 이들 가창은 결코 단순하게 진행될 수가 없다. 거기에는 반드시 가창자의 개성적인 성음·곡조와 언어·행동이 따르고, 연극적인 무대·분위기와 서사적 맥락이 전체적으로 보장되어 있다. 더구나 거기에는 이 가창을 포함한 모든 실연을 경청·주시하는 관중이 도사리고 있는 게 사실이다. 그러므로 이들 불교시가의 현장적 가창은 바로 가창극의 형태를 보여 주고 있는 것이 확실하다.[23]

우선 승려들이 각종 재의·법회·행사 등에서 기원가송이나 찬불게송 내지 오도송悟道頌들을 가창하는 현장적 상황은 가창극의 형태를 보여 주고 있다. 그 가창들은 모두 그 유래와 바탕을 알리는 서사적 문맥을 가지고 있으며, 그 특징을 드러내는 찬란한 무대를 갖추었다. 그리고 무대를 꽉 메운 청중을 상대로 가사·장삼을 입은 승려가 등장하여 가창을 하되, 유창하고 청아한 성음과 악곡, 원만하고 자유자재한 언어와 행동 등이 조화를 이룰 때, 그것은 가창극이 아닐 수가 없다.

다음 유명한 향가를 보아도 그것이 가창극의 형태로 실연되었음을 알겠다. 이 향가는 대부분 불교적 주제·내용을 갖추고 있거니와, 그것이 각종 재의나 법석에서 신도 대중에게 가창되었을 때, 자연 가창극의 형태를 취할 수밖에 없었을 것이다. 하나의 실례로서 월명이 지어 불렀다는 〈제망매가〉만 보더라도, 그것이 일단 가창극으로 실연되었음을 알수가 있다. 그는 꽃다운 나이로 죽어 간 누이를 천도하기 위하여, 이 노래를 지어 부른다. 신라의 장엄·찬란한 사원, 천도재의 도량에서 많은 혈친·신중들이 애도하며 지켜보는 가운데, 예능승 월명이 누이의 명복을 빌어 미타찰에 왕생시키고자 가슴에 사무치는 사별의 한을 종교적으로 승화시켜 이 노래로 읊어 낸다. 이때 그 가창이야말로 모든 분위기나 전체 맥락으로 보아 가창극의 형태를 드러내고 있는 것이 분명하다. 월명은 화랑이면서 음악·문학에 능통한 예능승으로 취소吹簫와 가창에

---

23 여증동은 「〈쌍화점〉 노래 연구」, 『고려시대의 가요문학』, 새문사, 1986에서 고려가요의 일부를 가극의 대본으로 해석하였다.

뛰어났던 것이다. 그는 〈도솔가〉와 〈산화가〉 등 향가를 능히 지어 불렀으므로, 실로 가창승·예능승이라 하여 마땅할 터이다.[24] 이로써 불교계 향가가 그 당시나 후대의 유통 과정에서 노래 중심의 가창극으로 실연되었음을 족히 추정할 수가 있겠다.

그리고 잘 알려진 『월인천강지곡』을 보면, 그것이 가창극으로 실연된 일면을 찾아낼 수가 있다. 일찍이 세조는 경사스러운 날에 대신과 종친을 모아 술을 내리면서 기생 8인을 시켜 『월인천강지곡』을 가창케 한 바가 있다.[25] 이러한 무대와 분위기 속에서, 기생들이 집단적으로 그런 찬불가를 가창하였다는 것은 그것이 가창극의 형태로 실연되었음을 증언하는 터라 하겠다. 『월인천강지곡』은 장편 불교서사시이지만, 그 속에는 「원앙서왕가」와 「목련구모가」 같은 독립 단편이 들어 있어, 이런 가요들이 가창될 때 그대로가 가창극이 되기 때문이다. 이미 밝혀진 대로, 「원앙서왕가」는 「안락국태자전」을 시가화한 것이고,[26] 「목련구모가」는 「목련전」을 집약한 것이므로,[27] 그 배경 서사문맥이 벌써 비극적 성향을 띠어 뒷받침하고 있는 실정이다. 더구나 「원앙서왕가」는 정토신앙의 추천재의에서, 「목련구모가」는 우란분재에서 가창되어 왔으므로, 가창자나 청중이 조성하는 연극적 분위기가 가창극 형태를 보증하는 것이라 보아진다.

또한 승려나 신불문사들이 제작·가창한 불교가사는 거의 모두 가

---

24 『삼국유사』 권5 「감통」, 「월명사 도솔가」조.

25 『세조실록』 「14년 5월 12일」조에 "上御思政殿 與宗宰緖將談論 令各進酒 又命永順君 薄 授八妓諺文歌詞令唱之 卽世宗所製月印千江之曲"이라 하였다.

26 사재동, 「「원앙서왕가」의 연구」, 『한국언어문학』 4, 한국언어문학회, 1966.

27 사재동, 「한·중 목련고사의 유변관계」, 『인문과학논문집』 14-2, 충남대 인문과학연구소, 1987, 28쪽.

창극으로 실연되었던 것이다. 나옹懶翁이 지었다는 「서왕가」는 정토신앙·추천재의와 직결되어, 언제·어디서 불러도 그것이 가창극적 형태로 전개됨을 알 수가 있겠다. 더구나 불교계에 보편화된 「회심곡」·「고사염불」 같은 것은 승려와 함께 거사배·신불문사나 무당·광대들이 불러도, 그 배경·분위기로 하여 가창극의 실태를 보여 주는 게 사실이다. 이른바 가창승·거사배 내지 무당·광대들이 타악기에 맞추어 연극적 언동을 곁들이며 이 가사를 가창하면, 그것은 참으로 훌륭한 가창극이 되기 때문이다.[28]

이렇게 볼 때, 영산재의 가창극 형태는 불교계의 가창극으로 규정된 것이 보다 확실해진다. 따라서 이 가창극이 불교계의 가창극에 합류하여 조금도 손색이 없을 것이다. 그리하여 영산재의 가창극 형태는 유구한 불교사 속에서 형성·전개됨으로써, 불교 연예사상의 위치가 정립될 수 있겠다. 적어도 영산재의 가창극 형태가 불교계 가창극의 계맥을 주도하여 오늘에 이르렀기 때문이다.

(2) 가무극 형태

전술한 대로, 영산재의 연극 형태는 전체적으로 가무극이 그 주축을 이루고 있다. 위 가창극 형태가 이룩한 무대와 음악을 배경으로, 그 풍성한 가창과 다양한 무용이 어울려 가무극을 형성하고 있기 때문이다. 영산회상을 재현한 무대에서 법주승과 재의승·작법승들이 각별한 차림과 소도구를 가지고, 각종 게송·진언 등의 가창과 나비춤·바라

---

²⁸ 이상 불교계 가창극에 대한 논의는 사재동, 「불교연극 연구서설」, 앞의 책, 262~264쪽 참조.

춤·타주춤 등의 무용을 조화시키고 동참 대중에게 실연하여 극적 분위기를 창출해 나감으로써, 그것은 전체적으로 가무극의 현장을 보여주고 있는 것이다. 이 가무극 형태는 전게한 가창극의 경우와 같이, 10개 내지 12개 과정을 통하여 각기 독립된 가무극을 이룩하고, 그것들이 유기적으로 연속·실연되어 전체적인 가무극을 조성하였다고 볼 수가 있다.

여기서 영산재 전체나 각개 과정과 동일한 차원의 불교재의에서, 가무로 실연된 모든 것은 가무극으로 규정될 수가 있겠다. 그리하여 이제껏 거론된 수륙재나 예수재를 중심으로 전게한 바 모든 불교재의의 가무 실연은 가무극으로 공인될 수밖에 없겠다. 따라서 영산재의 가무극 형태는 주변과의 유기적 관계 아래서, 불교계 가무극과 한 부류로 정립되는 것이 자연스러울 터다.

불교계 가무극은 우선 위 가창극을 바탕으로 성립될 수가 있었다. 이 가창극에 무용이 자연스럽게 결부되면, 일단 가무극이 되겠기 때문이다. 원래 연극적 분위기에서 가창이 절실해지면, 그에 따라 춤이 저절로 나오게 마련이다. 이런 전제 아래, 가창극은 무리없이 가무극으로 전개될 수가 있다고 하겠다. 그렇다면 이 가무극은 그 가창극을 바탕으로 무용을 결부시켜 소박하게 형성·전개되어 온 계보가 성립뇌는 터다. 한편 불교계는 전문적 수준의 무용이 형성·전개되어 왔다는 것을 주목해야 된다. 본래 무용은 시원적 연극 형태이거니와, 그것이 음악 내지 가창과 결합하면, 그대로 무용극이나 가무극이 되는 터라 하겠다. 여기서 이 가무극이 형성·전개되는 자연스러운 한 계보를 확인할 수가 있다.

결국 불교계 가무극은 가창과 무용이 결합·조화되어 연극적 형태를 이룩할 때, 본격적으로 형성·전개되었던 것이다. 말하자면 가무극은 가창극에다 무용을 첨가한 정도에서 머무는 것이 아니라, 그보다는 역동적이고 입체적이어서 독자적 연극 형태를 유지하고 있다는 것이다. 여기서는 가창과 무용이 대등한 처지이기보다는, 무용이 주동으로서 가창을 매개로 하여 연극을 이끌어 가는 게 특색이라 하겠다.

실제로 그 유명한 〈무애가무〉는 참으로 훌륭한 가무극이라 보아진다. 기실 원효는 불법을 체달한 '무애도인'으로서 심오하고 장엄한 화엄의 세계를 시가화하여 〈무애가〉를 지어 불렀다. 그는 이 노래에 알맞는 〈무애무〉를 창안하여 그 가무를 조화롭게 실연함으로써, 서민 대중들 앞에 감명 깊은 가무극을 연출하였던 것이다. 그 가무에는 그만한 서사 문맥이 결부되었고 연극적 무대와 분위기가 마련되었기에, 그 주인공이 연기를 발휘하기에 적절하였던 터다. 이때의 원효는 가무승·연희승임을 자처하였고, 따라서 무애가무는 그 자체로서 본격적인 가무극의 형태를 현시하고 있었다.[29] 이 가무극은 원효 이후에도 연극 형태로 유지·전승되어, 신라통일·고려 내지 조선조까지 그 명맥을 유지하여 왔다. 이 가무극은 시대에 상응하여 무용 형태가 개변되고 그 가요 내용이 변용·삭제되기도 하였지만, 가무극의 기본적 구조 형태는 끈질기게 계승되었다. 실로 이것은 불교계의 가무극을 대표하여, 그 역사적 맥락을 전담하여 온 셈이라 하겠다.[30]

29　장한기, 「무애가무」, 『한국연극사』, 동국대 출판부, 1896, 37~44쪽; 사재동, 「「원효불기」의 문학적 연구」, 『배달말』 15, 경상대 배달말학회, 1990, 205쪽.
30　『악학궤범』 권3, 「고려사악지」 「속악정재」 「무애」조 참조.

이런 차원에서, 잘 알려진 〈처용가무〉도 훌륭한 가무극이라고 볼 수가 있다. 그동안 〈처용가〉나 〈처용무〉 등 처용전승 전반이 세속적이라 논의되어 왔지만,[31] 그것은 본질적으로 불교적 성향을 띠고 있음을 간과할 수 없다. 원래 인도나 불교권에서는 호법護法이나 벽사진경辟邪進慶의 가무극으로 〈처용가무〉와 상통하는 가무극이 일찍부터 형성·유통되어 왔다. 우리의 〈처용가무〉도 실은 사원에서 호법과 벽사진경의 연극 형태로 출발하였던 것이라 보아진다. 그러던 것이 궁중의 나례의식에 차용되고 민간화되는 과정에서, 세속과 습합하여 상당한 변모를 가져왔던 것이라 하겠다. 최근에 이 처용가와 처용전승을 불교적 측면에서 검토한 업적이 나왔거니와,[32] 이 가무극은 불교계의 그것으로 간주되어야 마땅할 터이다. 처용전승이 신라대 망해사의 창건연기설화로 행세한 것만을 보아도, 그 점이 실증되기 때문이다.

그렇다면 〈처용가무〉는 각 사원의 창건이나 여러 불사의 낙성을 경축하고 불법의 창성을 기원하는 재의·행사의 일환으로 실연되었다는 것이 분명해진다. 따라서 그것은 용신신앙과 그 제의에 따르는 가무극의 형태를 수용하면서, 궁중에 이입·공연되었으리라는 추정이 가능해진다. 그리하여 〈처용가무〉는 그때의 풍속과 결부되어 복합적인 기능을 발휘함으로써, 현전하는 모습으로 정착된 것이라 볼 수가 있겠다. 그래서 〈처용가무〉는 오히려 삼국시대로부터 통일기와 고려를 거쳐 조선조에 이르기까지 변용·유통되면서, 가무극의 전통을 지켜왔던 게 사실이다.[33]

---

31 김열규, 「처용전승시고」, 『한국민속과 문학연구』, 일조각, 1989 참조.
32 황패강, 「〈처용가〉 연구」, 『한국고전문학연구』 2, 한국고전문학연구회, 1980.

적어도 고려대까지 완성·유통되었던 불교계의 가무극들이 조선조에 와서 통·폐합되고 그 잔영을 『악학궤범』 등에 남기게 되었다. 그 중에서도 〈학연화대처용무합설〉이라는 것이 대표적인 사례다.[34] 이 극본에 의하여 그 가운데서 불교계 가무극을 재구한다면, 〈처용가무〉는 물론 적어도 〈연화가무〉 등이 드러난다. 그 합설의 가요로 〈본사찬〉·〈미타찬〉·〈관음찬〉 등이 남아 있는 것으로 보아, 그 불보살과 직결된 가무극이 〈무애가무〉의 수준으로 실존·유통되었으리라 추정된다. 고려 이전의 정상적 차원에서 석가모니불과 아미타불 내지 관세음보살에 관한 문학·예술이 성행하는 가운데, 불보살들을 종합적으로 찬양하는 입체적 장편가무극이 실연되었을 가능성을 우선 점쳐 볼 수 있겠다. 말하자면 '연화가무'라는 큰 주제 아래, 〈본사찬〉·〈미타찬〉·〈관음찬〉 등의 가무를 순차적으로 진행시킴으로써, 웅대한 가무극을 계획·연출했으리라는 것이다. 한편 불보살들의 독자적인 행적과 이들 찬가의 독립적 형태로 보아, 각기 〈본사찬가무〉·〈미타찬가무〉·〈관음찬가무〉 등으로 분리·실연되었을 가능성도 배제할 수가 없다. 기실 이들 가무들은 독자적으로 실연·행세할 때에, 그 진가를 제대로 들어 낼 수가 있었기 때문이다.

실은 『월인천강지곡』도 위 찬불가와 같이, 부분적으로 독립되어 가무극으로 실연되었을 가능성이 높다. 『월인천강지곡』은 그에 상응하는 악곡이 필수되었고, 그 가창에 어울리는 무용이 결부될 여지가 많은 게 사실이다. 다만 그런 악무가 유실되고 가사만 남았을 따름이다. 그

---

33 조동일, 「처용가무의 연극사적 이해」, 『탈춤의 역사와 원리』, 홍성사, 1987.
34 『악학궤범』 5권 「시용향악정재도의」 「학연화태처용무합설」조 참조.

런데 이 가사와 상대적 공질성을 가진 『용비어천가』와 대비시켜 보면, 가무극적 면모를 재구할 수가 있겠다. 주지하는 바 『용비어천가』의 몇 부분이 저 유명한 궁정가무극, 〈봉래의〉로 공연되어 왔음을 기준으로 한다면,[35] 『월인천강지곡』도 필요에 따라 해당 부분이 가무극으로 실연되었으리라고 추정할 수가 있기 때문이다.[36]

이렇게 본다면 영산재의 가무극 형태는 불교계의 가무극으로 규정된 것이 더욱 타당해진다. 따라서 이 가무극이 불교계의 가무극에 합세하여 커다란 흐름을 형성해 왔으리라 보아진다. 그리하여 영산재의 가무극 형태는 장구한 포교사 안에서 형성·유통됨으로써, 그 불교연극사상의 위치가 뚜렷이 부각될 수 있겠다. 적어도 불교계 가무극의 전통을 이어 오늘까지 명맥을 유지해 온 하나의 계통이 바로 영산재의 가무극 형태이기 때문이다.

(3) 강창극 형태

기술한 대로, 영산재의 연극 형태는 전체적으로 강창극의 실상을 나타내고 있다. 위 가무극의 무대와 음악을 배경으로 온갖 게송과 진언 등을 가창하고 가끔 착어·소문·기구문·발원문·법어·해설 등을 강설하여 조화시킴으로써, 자연 강창극 형태를 조성하게 되었기 때문이다. 이러한 강창 형태가 전체적인 서사문맥이나 각개 과정의 서사 단위와 결부되어 극적 구조를 강화하고 있으므로, 그것은 그대로 강창

---

35 『세종실록』 권140~145 「봉래의악보」; 장사훈, 「봉래의」, 『한국 전통무용 연구』, 일지사, 1986 등 참조.

36 불교계 가무극에 관한 논의는 사재동, 「불교연극 연구서설」, 앞의 책, 264~267쪽 참조.

극이라 규정되어 마땅할 터이다. 회주승·법주승 또는 재의승이 번갈아 등장해서 악기 장단에 호응하여 혼자서 가창하고 강설하며, 원숙한 표정과 몸짓으로 연극적 분위기를 잡아 가니, 그것이 바로 강창극의 진면목이라 하겠다. 이에 이 재의의 강창극 형태는 각개 과정마다 독립적 강창극을 이룰 뿐만 아니라, 전체적인 맥락으로서도 커다란 강창극이라 인정할 수밖에 없겠다.

여기서 영산재의 강창극 형태와 동일하거나 유사한 여타 불교재의의 모든 강창 형태는 일단 강창극으로 간주되어도 무방할 것이다. 따라서 이제껏 거론된 수륙재나 예수재를 주축으로 하는 제반 불교재의의 강창 실연은 모두 강창극으로 취급할 수밖에 없겠다. 그리하여 영산재의 강창극 형태는 주변의 제반 상관성으로 하여 불교계 강창극으로 합류되는 것이 마땅하리라고 본다.

잘 알려진 대로, 불가에서는 아주 일찍부터 이 강창극에 의존하여 불교 연극·포교연예를 널리 펼쳐 왔던 것이다. 중국에서는 당대로부터 승려들 중에 불경을 강설·가창하는 창도승이 있어, 가장 효율적인 포교방편으로 가장 보편적이고 경제적인 연극 형태로 강창극을 개척·활용하였던 것이다. 이러한 강창극을 법석에 기준하여 속강이라 이름하고 그 담당 승려를 속강승이라 불렀던 것은 그만한 근거가 있었다.[37] 이러한 속강의 화본을 통칭하여 강경변문이라 하니,[38] 그것은 바로 강창극의 대본으로서 극화·실연되고 있었던 터다.

이미 밝혀진 대로, 한국에서도 신라 이래 당과의 상관성에서 포교의

37　向達, 「唐代俗講 考」, 『敦煌變文論文錄』 上冊, 明文書局, 1985.
38　羅宗濤, 『敦煌講經變文研究』, 文史哲出版社, 1972.

주체자로서 유능한 창도승·속강승들이 속출하여 대중적 강경법석으로 속강을 벌임으로써, 강창극을 계발·활용하여 왔던 것이다.[39] 그리하여 이러한 불교계 강창극은 고려 때 완벽하게 발전·성행하고, 조선조에 이르러서도 그 명맥을 유지했던 것이다. 결국 이 강창극은 이른바 가장 보편적이고 경제적인 연극 형태로 공인·실연되면서, 드디어 불교계 판소리로 집성·정립되었던 터이다.[40]

이 불교계 강창극은 무대부터가 다양하고 자유롭다. 무대는 원칙적으로 사원 경내를 벗어나지 않는다. 그것은 우선 대중의 큰 방이나 법당 내지 강당을 자리로 하고, 나아가 사원의 마당이나 초원을 활용할 수도 있다. 부득이 그것이 사원 밖에서 실연될 때는, 궁성 안이나 대가의 마당, 심지어는 민간의 광장까지 이용할 경우가 있었다. 이처럼 자유로운 무대는 대체로 경내법석과 경외법석으로 나뉘고, 또한 실내법석과 야단법석으로 갈리게 된다. 이때의 무대장치는 실로 단순하고 선명하였던 것이다. 절 안에서 실연될 때는, 그 해당 전각이나 성물 그리고 벽화·탱화 등이 그대로 무대장치가 되는 셈이다. 기껏 이 강창극의 대본에서 핵심적 서사장면을 그린 이른바 변상도를 내거는 것이 그 장치의 특징이었다.[41] 나아가 사원 밖에서 이 강창극이 벌어질 때는, 궁중 전각이나 대가사랑 등의 무대가 불교저 특색을 갖추지 못하브로, 그 변상도를 더욱 강화·부각시켜 불교연극의 분위기를 살렸던 것이다.[42] 말하자면 이 강창극에서 특별히 배려되는 무대장치는 변상도밖

---

39 사재동, 「불교계 서사문학의 연구」, 『어문연구』 12, 어문연구학회, 1983, 179~182쪽.
40 전신재의 「판소리의 연극성에 관한 연구」, 성균관대 박사논문, 1989 등에 의하여 판소리의 연극성이 공인된다면, 그것은 성격·계열로 보아 강창극이라 해야 마땅하겠다.
41 권희경, 「고려 후기 사경변상화의 도상학」, 『고려사경의 연구』, 미진사, 1986, 290쪽.

에 없었다는 이야기다.

여기에 등장하는 연기자들은 우선 창도승·속강승임에 틀림이 없다. 이러한 승려층에서는 물론 비구들이 주류를 이루었지만, 비구니도 결코 배제되지 않았던 터다. 그 강창극이 포교의 일환이고 그 내용 역시 불교적 서사물이었기에, 사명감과 함께 강창 능력만 있다면 비구니라도 여성층을 상대로 그 연기자 역할을 족히 해낼 수가 있었기 때문이다. 나아가 이 강창극의 대중화에 따라, 출연자도 승려로부터 거사배나 신불 광대 등까지 확대되었던 것이다. 이에 출연자는 강창사나 연희승으로 불리며 광대와 접근하는 차원에서, 점차 정격 승려들과는 스스로 구별되기 마련이었다. 그때의 출연자는 승·속 간에 별다른 분장이 필요치 않다. 원래 일인 전역의 출연자가 혼자서 배역 전체를 일일이 분담·분장할 수도 없거니와, 관례에 따라 자신의 전형적 복장을 제대로 갖추면 그만이었기 때문이다.

이때의 관중은 물론 사부대중이다. 거기서는 많은 승려나 신불 대중이 주축을 이루지만, 비신자도 상당수 모여들게 마련이었다. 그 강창극이 포교를 목적으로 하되, 연극으로서는 역시 통속적 구경거리가 되기에 족하였기 때문이다. 기실 이 강창극은 기존의 승려·신중을 상대로 하지만, 한편으로 비신자를 신자화하는 게 보다 소중하므로, 그 쪽을 환영했던 것도 사실이다. 이럴 경우에 관중들은 종교적 경건성에서 해방되어 연극적 쾌락성에 경도되었지만, 결국 불교적으로 감동·승화되는 것이 상례라 하겠다. 모든 관중들은 능숙한 강창극에 감동되어 흡족히 울고 웃는 가운데, 어느새 불교화되는 곳에 그 묘미가 있는 것이다.

42　羅宗濤, 「變歌·變相與變文」, 『中華學苑』 第7期, 政治大 中文研究所, 1971, pp.82~88.

이처럼 강창극은 자유롭고 자연스러운 무대에서, 한 사람의 출연자가 그 대본을 강설·가창하는 것으로 완성된다. 극중의 무대를 해설하고 등장인물들의 모습·언행 등을 그대로 모방·실연하며, 그 사건 진행을 극적으로 이끌어 나가는 데에서, 특성이 드러나고 출연자의 능력이 판가름된다. 말하자면 출연자 혼자서 이 연극의 모든 것을 책임지고 해내는 터이므로, 그 성패 여부가 그 한 사람의 손에 달려 있는 게 사실이다. 물론 이 강창극에 보조자도 열심히 동참하고 관중도 적극 호응해야만, 연극이 살아나고 성공하는 것은 너무도 당연한 일이다.

이러한 강창극의 구체적인 내용은 그 대본을 통하여 잘 드러나고 있다. 먼저 강경 설법을 목적으로 불경 속의 감명 깊은 설화를 뽑아내어 강창하게 되었다. 그렇다면 서사적 불경은 그 필요에 따라 모두 강창극 형태로 실연될 수 있다는 이야기다. 신라·고려대에 걸쳐 성행하던 수많은 강창극 중에서, 〈선우태자구주연〉(『보은경』)이나 〈추녀금강개안연〉(『현우경』) 등이 더욱 유명하다. 두 작품은 원전 자체가 강창하기에 적합할 뿐만 아니라, 중국에서는 〈쌍은기〉와 〈추녀연기〉 등이 강창극으로 연행·유통되었다.[43] 잘 알려진 대로, 이들 대본은 운·산문으로 교직되어 그대로가 강창극으로 실연되었음을 확인할 수 있다. 그래서 이 두 작품은 한국에서도 강창극으로 실연·유통되었던 근거를 충분히 남기고 있다. 이것들이 유통·정착 과정에서 상당한 변화를 입어 강창극의 원형을 제대로 유지하지 못한 것은 사실이지만, 그 대본의 기본구조가 서사문학·소설 형태로 현전하는 것을 증거로 하여, 그것이 강창극으로 실연되어 왔음을 추정할 수가 있기 때문이다.

43　李殷權, 『敦煌變文 「雙恩記」 殘卷及其故事研究』, 臺灣師範大 國文研究所, 1989 참조.

그리고 신라·고려대에 이룩된 창작적 위경으로 「안락국태자경」·「목련경」·「금우태자경」 등이 그에 상응하는 재의·행사에서 강창극으로 실연되었던 것이다.[44] 이런 작품들은 장엄한 서사문맥에 시가를 삽입하여 그대로 실연하면, 자연 강창극의 형태를 취하게 될 것이 확실하다. 이 작품들이 기록되어 현전하는 상태로는 서사문학·소설 형태를 보이고 있는 것이 사실이지만, 그것들이 생동·활용되는 마당에서는 강창극으로 실연될 수밖에 없었을 터이다.

또한 운묵이 지은 『석가여래행적송』은 강창구조를 지닌 전형적 작품으로서 강창극으로 실연하기에 매우 적절하였을 것이다.[45] 기실 이 작품은 불타의 일생을 운문으로 읊되, 운문의 단락에 따라 그에 상응하는 서사적 산문을 해설로 붙임으로써, 운·산문 교직의 강창 형태를 이루고 있다. 그러기에 이 작품이 어떤 계기에 따라 전체적으로나 부분적으로 실연될 때, 그것은 자연 강창극의 형태를 빌리게 되었을 터이다. 가령 하나의 강창사가 나와 그 운문을 유창하게 노래하고 그 산문을 재미있게 이야기하였다면, 멋진 행동과 표정 등이 어울려 훌륭한 강창극이 마련될 것은 자명한 일이기 때문이다.

이러한 전통 아래 『월인석보』 역시 강창문학으로서 강창극으로서 실연되었던 것이다. 잘 알려진 대로 『월인석보』는 불타의 전 생애를 읊은 『월인천강지곡』과 그 생애를 이야기한 『석보상절』이 교합되어 크게 강창적 구조 형태를 취하고 있는 게 사실이다. 그것은 위 두 장편의 단순한

---

44 사재동, 「〈안락국태자경〉의 연구」, 『인문과학논문집』 13-2, 충남대 인문과학연구소, 1986, 49~54쪽; 사재동, 『불교계 서사문학의 연구』, 중앙문화사, 1996, 186~189쪽 참조.
45 이종찬, 「서사시 『석가여래행적송』 고찰」, 『한국의 선시』, 이우출판사, 1985, 261~269쪽.

합편이 아니라, 월인부의 단락에 따라 그에 해당되는 상절부를 결부시 킴으로써, 유기적 강창 단위를 만들어 나갔던 터이다. 이러한 강창 단위 는 원래 방대하고 다양하므로, 온갖 계기에 즉응하여 단독으로든 연합 으로든 실연될 때는 반드시 강창극을 통할 수밖에 없었다. 전게한 바 「원앙서왕가」와 「안락국태자전」, 「선우구주가」와 「선우태자전」, 「목 련구모가」와 「목련전」 등의 결합과 그 강창극적 실연이 이를 뒷받침하 고 있기 때문이다.[46]

그리고 신라·고려대에 형성된 사찰창건연기나 성물조성연기 등도 강 창극으로 실연되었을 가능성이 농후하다. 이러한 연기전설은 사찰의 창 건이나 불상·탑파들의 낙성 등에 따르는 각종 재의·법회·행사에서 최소한 강창극으로 실연되기에 가장 적절한 형태를 지니고 있는 게 사실이 다. 그 중에서 삽입가요를 갖춘 것만도 〈미륵사창건연기〉(서동설화), 〈망 해사창건연기〉(처용설화), 〈장육삼존조성연기〉(양지사석설화), 〈미륵·미 타상조성연기〉(남백월이성성도설화)[47] 등 상당수가 『삼국유사』에 현전하 고 있다. 이러한 작품들은 극적인 서사문맥을 이야기하고 그 가요를 노래 하며 출연자의 행동·표정을 덧붙인다면, 그대로가 좋은 강창극이 될 수 밖에 없었을 터다.

한편 역대 고승·대덕의 별전이 강창극으로 연칭되었으리라 보아진 다. 전술한 대로, 불교계에서는 그러한 선사들의 청덕·이적 등을 추 모·선양하고 이를 수행·교화의 전범으로 삼고자, 그들의 탁이한 행

---

46 사재동, 「『월인석보』의 강창문학적 연구」, 『애산학보』 9, 애산학회, 1990, 12~13쪽.
47 사재동, 「「남백월이성」의 문학적 고찰」, 동간행위원회, 『신동일 박사 정년기념논총』, 1995 참조.

적을 극화·실연하는 관례가 있어 왔다. 기실 『삼국유사』에 실려 있는
이른 바 고승별전은 모두 최소한 강창극으로 실연되었을 가능성이 높
다. 그 중에서도 「원효불기」를 비롯하여[48] 「광덕 엄장」·「월명사 도솔
가」·「융천사 혜성가」·「영재우적」 등은 그처럼 감동적인 서사문맥
에다 가요를 삽입함으로써, 그것이 실연될 때는 일단 강창극의 형태를
취하게 되었던 것이다.

그리고 판소리를 강창극의 전형적인 형태라고 할 때, 불교계 소설을
판소리화한 것들은 모두 강창극으로 간주하여 무방할 터이다. 잘 알려
진 판소리 〈심청가〉와 〈옹고집타령〉 등은 불교계 강창극임에 틀림이 없
겠다. 나아가 유명한 판소리 〈흥부가〉·〈수궁가〉 등도 작품의 근원설
화와 주제·내용이 불교적 성향을 띠고 있는 것으로 보아, 그것의 원형
은 불교계 강창극이었음을 추정할 수가 있겠다. 실제로 이러한 작품들
은 민중에게 불교적 신앙과 오락적 만족을 안겨 주고 보시를 받기 위하
여 강창극으로 실연되었던 것이다.

이밖에도 시가를 삽입하고 있는 불교계 서사문학·소설 형태는 모
두가 어떤 계기에 따라, 강창극으로 전용·실연될 수가 있었을 것이다.
가령 「구운몽」이나[49] 「만복사저포기」와 같은 불교계 소설들은 그 파란
만장한 서사문맥 속에 주옥같은 시가를 삽입·조화시킴으로써, 그것
이 실제로 실연될 때는 자연 강창극의 면모를 갖추게 되었을 터다.
승·속 간의 유능한 강담사·강창사 내지 거사배·광대들이 이런 작

---

48 사재동, 「「원효불기」의 문학적 연구」, 앞의 책, 205~206쪽.
49 서인석, 「「구운몽」 후기 이본의 문체 변이와 그 의미」, 『인문연구』 14-1, 영남대, 1992
참조.

품을 재미있게 이야기하고 감미롭게 노래하여 나갔다면, 그것이야말
로 훌륭한 강창극으로 전개될 수가 있었기 때문이다. 이런 점에서, 삽
입가요가 없이 현전하는 불교계 서사물, 각종 설화들도 구연하는 현장
에서 즉흥적으로 가요를 삽입·가창하면, 그대로가 강창극으로 변
용·전개될 수가 있었으리라 보아진다.

이상과 같이, 불교계 강창극은 그만큼 광범하고 풍성하게 형성·전개
되었다. 그것들은 단순한 서사문학처럼 화석화되어 있는 실정이지만, 그
것을 유통의 본령에 따라 음악화·행동화시켜 연극적으로 재구하면, 모
두가 일단 강창극의 형태를 취하게 될 터이다. 이런 현상은 강창극의 특
성과 서사문학·소설 형태와의 유통 관계로 결정되는 것이라 하겠다.[50]

이렇게 볼 때, 영산재의 강창극 형태는 불교계의 강창극으로 규정된
것이 더욱 당연해진다. 이런 강창극이 불교계의 강창극과 합류하여 분
명한 계맥을 형성할 것이기 때문이다. 그리하여 영산재의 강창극 형태
는 장원한 불교홍통사 내에서 형성·성행함으로써, 불교연극사상의
획기적인 위치가 확보되리라 보아진다. 적어도 불교계 강창극의 보편
적인 계통을 계승·발전시켜 오늘에 이르게 한 것이 실은 영산재의 강
창극 형태이기 때문이다.

(4) 대화극 형태

전술한 대로, 영산재의 연극 형태는 전체적으로 대화극의 면모를 보
이고 있다. 그만한 무대와 음악 그리고 관중으로서의 동참 대중을 전

50　이상 불교계 강창극에 대한 논의는 사재동, 「불교연극 연구서설」, 앞의 책, 267~272
　　쪽 참조.

제하고, 많은 등장인물들이 그 무대에서 다양한 대화와 행동을 통하여 극적인 사건을 엮어 나가고 있기 때문이다. 그 인물들은 회주승과 법주승·재의승 등이 가시적 연기자로 등장하고, 불보살과 신중 그리고 영가 등이 불가시적 상대자로 좌정하여, 각종 게송·진언 등을 가창하며 착어와 소문·발원문·법문 등을 연설함으로써, 다양한 대화를 입체적으로 전개시킨다. 여기에 가시적 연기자는 적극적 행동을 취하여 불가시적 상대자를 감응케 하려고, 극적 사건을 신비롭고 장중하게 실연하는 것이다. 그리하여 이것은 바로 대화와 행동으로 영가 주인공의 파란만장한 생애와 극락세계로 승화·왕생하는 과정을 극화함으로써, 대화극의 실태를 드러내는 것이라 하겠다. 이러한 대화극 형태는 각개 작법 단위로 독립될 뿐만 아니라, 그것들이 유기적으로 연속되어 보다 장원·장중한 종합적 대화극을 형성하였던 터다.

여기서 영산재의 그것과 동일하거나 유사한 여타 재의의 대화 형태는 대강 대화극으로 규정될 수가 있겠다. 그래서 전술한 수륙재나 예수재를 중심으로 하는 제반 불교재의의 대화 실연은 모두 대화극으로 간주될 수밖에 없겠다. 따라서 영산재의 대화극 형태는 그 위상으로 보아 불교계 대화극으로 통합되는 것이 타당하리라고 본다.

불교계에서는 강창극이 실연되는 바탕 위에서, 대화극은 언제나 실존하여 왔던 것이다. 기실 이 대화극은 강창극의 발전적 입체화 내지 전문화로 이룩되기 때문이다. 말하자면 그 실연의 동기와 요청의 차원이 높아지고 그 규모와 재정이 확대되면서, 강창극으로서는 이를 감당할 수 없으므로 대화극이 등장하였다는 사실이다. 실제로 이 대화극은 독자적인 연극 장르지만, 일단 강창극과 연결시켜 보는 것이 자연스럽다고 하겠다.

우선 이 대화극은 강창극의 한계와 약점을 극복하는 차원에서 대두된 것이라고 볼 수가 있겠다. 역대 대찰이나 궁중 또는 대가에서 불교계 재의·법석·행사 등에 관련하여 대규모의 전문적 연극을 요청하였을 때, 그에 부응하여 강창극 이상의 대화극이 실연될 수밖에 없었던 것이다. 무대의 기반과 환경은 원칙적으로 강창극의 그것과 다를 바가 없다. 다만 일정한 공간에 특설무대를 마련하고, 연극 진행에 상응하는 온갖 장치를 구체적으로 가시화시켜야 한다. 그것은 현대무대처럼 사실적으로 조성될 수는 없지만, 사원 전각이나 성물 기타 조형물들을 활용하되, 상당히 중요한 장치를 의도적으로 만들어 놓아야 된다.

그리고 출연자들은 승·속 간에 배역을 맡아 전문적 연기를 보인다. 그때 그들은 역할에 알맞은 분장에다 의상을 걸치고는 소도구까지 지참하고 오직 대사와 행동만으로 연극을 추진한다. 말하자면 강창극에서 독연하던 것을 이 대화극에서는 각종 배역이 본격적으로 분담·출연한 것이라고 하겠다.

또한 이 대화극의 관중들은 강창극의 그것과 다를 바가 없다. 다만 그 연극의 요청자·주관자로서 국왕대신이나 장자들이 참관하는 마당에, 신불 대중과 일반 서민들을 수용하느냐 배제하느냐에 따라, 관중의 범위와 수준이 달라질 따름이다. 따라서 관중의 분위기와 감동·교화의 수준에도 차이가 날 것은 당연한 일이다.

실로 이 대화극의 실연은 각양각색의 인물들이 배역대로 분장하고 무대에 등장하여 대화와 행동만으로 사건을 진행시키니, 그에 따르는 보조예술과 어울려 입체적 전문극의 장관을 이루는 터다. 말하자면 본격적인 연극의 종합예술적 진면목을 드러내는 셈이다. 여기서 불교연극의 실체가 최고 수준으로 전개된 양상을 보인다고 하겠다.

이런 점에서, 대화극의 구조·내용은 기본적으로 강창극의 범위를 크게 벗어나지 않는다. 다만 강창극으로부터 입체화·전문화된 다양한 확충이 있을 따름이다. 이에 전술한 바 모든 계통의 강창극은 실제로 대화극으로 실연되었으리라 추정된다. 이 대화극은 강창극만큼 실연되고 성행하였을 것이나, 강창극처럼 보편적이고 경제적인 연극 형태는 아니다. 이 대화극에 따르는 많은 출연진과 막대한 재정 그리고 연극 전체를 이끌어 가는 연출 기술 등이 결코 특수성을 벗어나지 못하였기 때문이다. 그리하여 이 대화극은 그 자체로서 규모를 조정할 수 있고, 나아가 곧장 강창극으로 전환될 수 있는 융통성을 지녔다고 하겠다.

한편 대화극이 강창극과 연결되지 않고 독자적으로 형성·전개된 경우를 찾아 볼 수가 있다. 우선 불교계 가면극이 대화극의 형태로 실연되었던 것이다. 일찍이 백제 때부터 '기악伎樂'이라는 가면극이 등장하여 유통되었다고 한다. 백제인 미마지味摩之가 오나라에서 가져왔다는 그것이 백제의 불교계 가면극이었던 것만은 확실하다. 이 가면극은 일본에 전수되어, 여러 대찰에서 불교교훈극, 교훈초敎訓抄로 발전·계승되고 있는 게 사실이다.[51] 그러면서 백제의 그것이 한국에 그대로 변형·전승되어 가면극·탈춤으로 정립되어 있는 실정이다. 한·일의 기악, 가면극을 비교하고 한국의 탈춤에 남아 있는 바 불교에 대한 풍자·비판과 격려·권선의 주제·내용을 고려할 때, 그것이 원래 불교

---

51 藝能史硏究會,「日本藝能史 1卷」,『原始·古代, 三國樂과 伎樂』, 法政大 出版局, 1988, pp.229~238.

교훈극이었음을 알 수가 있다.[52] 따라서 이 가면극은 불교계 대화극으로 행세·유통되었다고 보아진다.

그리고 불교계 인형극이 대화극의 형태로 실연되었을 것이다. 이미 알려진 대로, 만석승놀이는 불교계 수인형극獸人形劇임에 틀림이 없다. 불탄일을 기념하여 연등회를 벌이면서 그 뒤풀이 격으로 많은 수형·인형을 조작·대화하게 함으로써,[53] 이것을 대화극의 형태로 실연하였던 터이다. 이와 관련하여, 전통적인 인형극도 대화극의 형태로서 불교적 성향을 띠고 있는 게 사실이다. 현전 인형극의 원형을 추구해 갈 때, 그것은 '건사장면建寺場面'을 중심으로 하는 불교계 대화극이었으리라고 추정된다.[54]

끝으로 이른바 선극이 대화극으로 행세하였던 것이다. 자고로 선문답의 극적 상황과 분위기를 선극이라 인식하였거니와, 그것이야말로 차원높은 대화극이라 하여 마땅할 터이다. 역대 선사들의 선어록이나 혜심·각운의 『선문념송설화회본』 등에 보이는 선시와 대화의 교용은 극적인 서사구조 위에서, 당당한 대화극으로 전개되었기 때문이다.[55] 실제로 위 회본의 개별적 구조 형태만을 보아도, 그것이 대화극의 대본임을 확인할 수가 있겠다. 먼저 불타와 제자 내지 역대 조사들의 행적 중에서 극적인 사건을 요약하여 '고칙古則'으로 내세우고, 그에 대하여 후래 선사들이 연시격으로 가송하며, 나아가 대화식으로 담설하여 놓

---

52 이혜구, 「산대극과 기악」, 『한국음악연구』, 국민음악연구회, 1957, 234~235쪽.
53 장한기, 앞의 책, 93~95쪽.
54 최상수, 『한국 인형극의 연구』, 성문각, 1988, 39~41쪽에서 '건사장면'을 '망령을 위해서 부처에게의 기원'이라 전제하고, 인형극의 불교적 성향을 강조하였다.
55 혜심·각운, 「선문념송설화회본」, 한국불교전서편찬위원회, 『한국불교전서』5, 동국대 출판부, 1983.

은 데다 해설까지 덧붙이고 있다. 이러한 대본이 실연된다면, 극적인 서사문맥을 주축으로 유명한 선사들이 등장하며 각자의 송을 윤창 내지 대창하고, 심각·기발한 대화를 나누며 행동·표정까지 덧붙여 나아감으로써, 연극 형태로 전개될 수밖에 없겠다. 이로써 그 선극이 바로 불교계 대화극으로 연행될 수 있음을 확인한 셈이다.

이처럼 불교계 대화극은 방대하고 다양하게 형성·전개되었다. 기실 불교연극의 각 장르가 형편과 상황에 따라 상호 전환될 수 있는 유기적 융통성을 갖추고 있으므로, 가창극·가무극 내지 강창극이 대화극으로 전환·실연될 수 있는 것은 물론이다. 그 중에서도 강창극이나 그 극본으로부터 대화극이 쉽사리 연출될 수 있다는 것은 이미 밝혀진 사실이다. 말하자면 강창극본은 자연스럽게 대화극으로 실연될 수가 있다는 이야기이다. 나아가 여기서는 삽입가요와 관계없이 불교계 서사문학·소설 형태라면, 모두 대화극으로 연출될 수 있다는 점이 중요하다. 이러한 대화극은 그 시대에 상응하여 절실한 동기와 계기에 따라 연극적 서사물을 선택하여 각색·극화하는 과정을 밟을 수 있었던 것이다. 원래의 불교계 대화극은 민중적으로 전승·변모되는 과정에서 불교성이 퇴색되어, 현전하는 상태로서는 통속 대중극으로 취급될 정도에 이르고 있는 게 사실이다. 또한 이 대화극은 시대적 형세에 따라 위축·변용되던 것이 한문으로 요약·기록되는 바람에, 그 극본으로 간주할 수 없는 현상을 보이고 있는 실정이다. 이런 점에서, 불교계 대화극은 그 형성·전개의 계통을 추적·소급하여, 그 생동하는 원형을 재구해 보아야 된다는 것이다.

이렇게 본다면, 영산재의 대화극 형태가 불교계의 대화극으로 규정되는 것이 보다 타당하다고 하겠다. 이러한 대화극이 불교계의 대화극과 통합하여 뚜렷한 유형으로 위치하기 때문이다. 따라서 영산재의 대화극 형태는 구원한 불교유통사 안에서 형성·전개됨으로써, 불교연극사상 중요한 위상을 유지하여 왔다고 보아진다. 실제로 이 대화극 형태는 불교계 대화극의 일반적 전통을 계승·발전시켜 오늘에 이르고 있는 것이 확실하기 때문이다.

4. 사찰재의궤범의 희곡적 전개

1) 전체적 희곡구조

사찰재의, 영산재가 전체적으로 연극구조를 갖추고 있으니, 그 재의의 궤범이 극본구조로서 희곡 형태를 지니고 있는 것은 당연한 일이다. 어떤 형태의 연극이든, 그것은 반드시 극본·희곡에 의하여 연출되기 때문이다. 그렇다면 이 재의의 궤범, 대본이 바로 그 연극의 희곡이라고 보아지는 터다.

그러므로 전술한 바 홍윤식 채록본 영산재의 대본이 전체적으로 영산재 연극의 극본이 되어 희곡구조를 지녔다고 하겠다. 우선 이 극본은 재의의 영가를 주인공으로 하여 그의 파란만장한 생애와 사후의 비극, 영계의 방황을 전제로 영산재에 영입하고 불보살과 신중의 가호,

승려·재주 등의 기원을 힘입어 극락왕생하는 극적인 서사구조를 갖추고 있는 것이다. 그리하여 이 극본은 전체적으로 서두극본에 이어, 먼저 시련작법대본에서 발단 단계를 이루고, 대령작법대본에서 유발 단계를 보인다. 그리고 관욕작법대본과 신중작법대본에 걸쳐서 상승 단계를 드러내고, 권공작법대본에서 절정 단계로 오른다. 이어 화청작법대본과 시식작법대본을 통하여 하강 단계를 나타내고, 회향작법대본에 이르러 대단원으로 마무리된다. 끝으로 식당작법대본에서 종결 극본의 여운을 드러내고 있는 것이다. 따라서 이 영산재의 대본 즉 극본은 희곡의 보편적 전개 과정을 그대로 밟고 있는 터라 하겠다.

그리하여 이 극본은 전체적으로 각개 작법대본을 통하여 연극 진행 절차를 지시·설명하고 있다. 먼저 그 연극 전체의 무대장치와 배경음악을 설명한다. 그리고 거기에서는 등장하는 불보살과 승려·재주·대중·등의 의상·소도구와 기능·행동을 제시·해설한다. 그래서 이 극본들은 등장인물들의 구체적 모습과 생동하는 연기를 지시·묘사하고 있는 것이다. 따라서 극본에서는 등장인물들의 다양한 게송·진언, 기원·강설, 대화 등을 제시·정리하여 놓았다. 그리하여 이 극본은 일반 희곡과 다름없는 형태를 갖추고 있는 터라 하겠다. 이로써 영산재 연극의 극본 전체가 수미완결된 장편희곡이라고 규정되어 마땅할 것이다.

한편 이 연극의 극본은 각개 작법대본 단위로 독립된 희곡 형태로 존재·행세할 수가 있겠다. 그 작법대본은 실제로 10개 내지 12개로 분화되면서 그 자체 속에 이미 발단·유발·상승·절정·하강·대단원의 희곡구조를 갖추고 있다. 그리고 그것은 무대장치와 배경음악을 설명하고, 모든 등장인물의 의상·소도구와 기능·행동을 지시한다. 나아가 여기에는 등장인물들의 연기에 필수되는 게송·진언·기원·강설·대화 등을 구체적으로 들어 놓았다. 그리하여 이들 각개 작법대본은 독립된 극본으로서 모두 중·단편희곡으로 완결되어 있다고 간주하여 무방할 것이다.

그렇다면 영산재 연극의 극본은 각개 작법 단위의 중·단편희곡들이 10편 내지 12편 이상 집성되어 조성한 장편희곡이라 평가될 것이다. 이러한 영산재의 희곡은 전체의 서사적 구조가 극적인 데다, 거기에 필수되는 언어·표현들이 모두 정결하여 문학적 가치가 높다고 보아진다. 각개 작법대본의 효율적 구성과 거기에 삽입·조화된 각종 시가 및 산문·대화 등이 매우 정제되어 고도의 문학성을 지니고 있기 때문이다.

이러한 영산재 연극의 극본·희곡은 홍윤식 채록본 이전의 원본으로 재구될 수가 있겠다. 먼저『석문의범』에 수록된 이본을 통하여 그 원형의 일면을 어림해 보겠다. 그 재공편「상주권공」에 이어 영산대재의 대본이 펼쳐진다. 그런데 이 대본에는「건회소」와 영산작법과〈영산각배〉만 포함되어 소략한 상태를 보인다. 그래서 그 이운 편에서〈괘불작단〉, 예경 편에서〈권공작법〉·〈신중작법〉, 시식 편에서〈시련작법〉·〈대령작법〉·〈시식작법〉, 배송편에서〈회향작법〉등을 인용·보원해야 될 것이다.

그리고『한국불교의례자료총서』에 수록된 이본을 통하여 좀더 소급된 원형을 추적할 수가 있겠다. 먼저『영산대회작법절차』에는 영산재의〈권공작법〉중 영산작법 자체의 원형을 그대로 나타내고 있다. 그리고『오종범음집五種梵音集』권상에 영산작법과〈중례작법시련위의규식中

禮作法侍輦威儀規式)이 실렸는데,[56] 이것은 범패 창음唱音을 중심으로 하는 영산작법의 원형적 일면을 보여 주고 있다.

실제로 영산재 극본의 원형은 『판집判集』(상·하)을 통하여 대강 재구해 볼 수 있겠다. 이것은 『작법절차』라는 이본을 가지고 있어 그 내용을 알려 주는데, 찬자·연대·간행처가 미상하여 원형적 상황을 추정하기 어렵다. 여기에 나타난 진행 절차를 들어 보면 다음과 같다.

> 보청의(普請儀)·청회주입좌의(請會主入座儀)·대령의(對靈儀)·인예향욕편(引詣香浴篇)·삼단변공의(三壇變供儀)·하단헌공의(下壇獻供儀)·안불규식(安佛規式)·영산회(靈山會)·상위근청의(上位近請儀)·중위근청의(中位近請儀)·하위근청의(下位近請儀)·상단권공의(上壇勸供儀)·중단권공의(中壇勸供儀)·하단권공의(下壇勸供儀)·봉송의(奉送儀)[57]

이러한 절차 대본이 영산재 극본의 원형에 그대로 반영되지 못하고 있는 것은 사실이다. 그러나 시대가 올라가는 고서의 기록이라는 점에서, 이 영산재 극본의 존재 양상이나 전승 과정에 대한 중요한 근거가 되리라 본다. 이렇게 영산재 극본이 원형 그대로 전하지 않는 것은 그 자체가 일실되었을 가능성과 함께, 조선조의 억불시책에 의하여 축소·분산된 결과가 아닌가 싶다. 이와 같은 고금의 문헌과 현실적 채록본을 가지고 영산재 극본의 원형을 복원하여 희곡적 구조 형태와 문학적 가치를 고구하여 볼 수가 있겠다.

---

56 智禪, 「五種梵音集」, 박세민 편, 『한국불교의례자료총서』 2, 179~201쪽.
57 「判集(上·下)」, 박세민 편, 『한국불교의례자료총서』 4, 123~151쪽.

이와 같이, 영산재의 대본이 극본으로서 희곡적 구조 형태로 규정됨으로써, 그와 동일 수준에 있는 불교재의 대본들은 모두 그렇게 평가·공인될 수 있는 지평이 열렸다고 본다. 그 중에서도 수륙재와 예수재의 현전 채록본이나 『석문의범』·『한국불교의례자료총서』 수록본 등은 모두 그 재의의 극본으로서 희곡으로 평가·규정되어 마땅할 터이다.

우선 수륙재의 대본은 현전 채록본이나 『석문의범』의 그것을 벗어나, 『한국불교의례자료총서』 수록본에서 그 원형을 확인할 수가 있다. 『법계성범수륙승회수재의궤法界聖凡水陸勝會修齋儀軌』와 『천지명양수륙재의찬요天地冥陽水陸齋儀纂要』 내지 『수륙무차평등재의촬요水陸無遮平等齋儀撮要』 등이[58] 바로 그것이다. 이 삼서는 각기 특성이 있는 이본으로 상략에도 차이가 있어 선후를 가리기가 어렵다. 따라서 편의상 현전하는 바 원형적 대본의 하나로 『법계성범수륙승회수재의궤』를 거론하겠다. 이 고본은 사명동호사문四明東湖沙門 지반志磐이 근찬한 것으로, 원래 김수온의 발문을 붙여 세종·세조 연간에 초간한 바인데, 선조 만력 원년(1573)에 속리산 공림사에서 복간한 것이라, 그 사정이 분명한 터다. 이에 그 내용을 진행 절차별로 열거하면 다음과 같다.

행신조개계법사(行晨朝開啓法事)·소청사직편(召請四直篇)·안위공양편(安位供養篇)·봉송사자편(奉送使者篇)·안위공양편(安位供養篇)·봉청상위편(奉請上位篇)·봉영부욕편(奉迎赴浴篇)·찬탄관욕편(讚歎灌浴篇)·인성귀의편(引聖歸依篇)·헌좌안위편(獻座安位篇)·찬례삼보편(讚禮三寶篇)·소청중위편(召請中位篇)·봉영부욕편(奉迎赴浴篇)·가지조욕

---

58 「水陸無遮平等齋儀撮要」, 박세민 편, 『한국불교의례자료총서』 1, 621~642쪽.

편(加持藻浴篇)·출욕참성편(出浴參聖篇)·천선례성편(天仙禮聖篇)·헌
좌안위편(獻座安位篇)·소청하위편(召請下位篇)·인예향욕편(引詣香浴
篇)·가지조욕편(加持藻浴篇)·가지화의편(加持化衣篇)·수의복식편(授
衣服飾篇)·출욕참성편(出浴參聖篇)·고혼예성편(孤魂禮聖篇)·수위안좌
편(受位安座篇)·선밀가지편(宣密加持篇)·가지멸죄편(加持滅罪篇)·주
식현공편(呪食現功篇)·고혼수향편(孤魂受饗篇)·설시인연편(說示因緣
篇)·원성수은편(願聖垂恩篇)·청성수계편(請聖受戒篇)·참제업장편(懺
除業障篇)·발홍서원편(發弘誓願篇)·사사귀정편(捨邪歸正篇)·석상호지
편(釋相護持篇)·득계소요편(得戒逍遙篇)·수성십도편(修成十度篇)·의
십획과편(依十獲果篇)·관행게찬편(觀行偈讚篇)·회향게찬편(廻向偈讚
篇)·화재수용편(化財受用篇)·경신봉송편(敬伸奉送篇)·보신회향편(普
伸廻向篇)[59]

이처럼 이 수륙재의 극본은 원래 정연한 장편희곡을 이루고 있는 것
이다. 이 극본은 전체적으로 서사문학적 구조를 지녔을 뿐만 아니라,
거기에 수록된 시가와 산문 등이 문학적으로 세련되어 그 가치를 발휘
하고 있는 터라 하겠다.

다음 예수재의 대본도 수륙재의 경우와 같이, 『한국불교의례자료총
서』 수록본에서 그 원형을 찾아 볼 수 있다. 『예수십왕생칠재의찬요』가
바로 그것이다. 이것은 대우大愚가 집술하고 육화六和가 서序한 것으로 인
조 숭정 5년(1632)에 경기도 수청산 용복사에서 간행하여 그 원형적 면모
를 짐작할 수가 있겠다. 따라서 예수재의 원본적 대본 중에서 현존 최고

59　志磐, 「法界聖凡水陸勝會修齋儀軌」, 위의 책, 573~619쪽.

의 이본이라고 보아진다. 이에 그 내용을 진행 절차별로 들어보면 다음
과 같다.

> 통서인유편(通敍因由篇)·엄정팔방편(嚴淨八方篇)·주향통서편(呪香通
> 敍篇)·주향공양편(呪香供養篇)·소청사자편(召請使者篇)·안위공양편
> (安位供養篇)·봉송사자편(奉送使者篇)·소청성위편(召請聖位篇)·봉영
> 부욕편(奉迎赴浴篇)·찬탄관욕편(讚歎灌浴篇)·인성귀위편(引聖歸位
> 篇)·헌좌안위편(獻座安位篇)·소청명부편(召請冥府篇)·청부향욕편(請
> 赴香浴篇)·가지조욕편(加持藻浴篇)·출욕참성편(出浴參聖篇)·참례성중
> 편(參禮聖衆篇)·헌좌안위편(獻座安位篇)·기성가지편(祈聖加持篇)·보
> 신배헌편(普伸拜獻篇)·공성회향편(供聖廻向篇)·소청고사판관편(召請庫
> 司判官篇)·안위공양편(安位供養篇)·경신봉송편(敬伸奉送篇)·보신회향
> 편(普伸廻向篇)[60]

이와 같이 예수재의 극본은 실로 정연한 장편희곡으로 존재하고 있
는 터라 하겠다. 이 극본 역시 전체구조의 서사문학성과 그 속에 교직
된 시가와 산문 등의 세련된 문학성 등으로 하여, 문학적 가치가 매우
높다고 보아진다.

이제 영산재의 극본과 수륙재·예수재의 그것이 대등한 장편희곡으
로 행세하겠거니와, 그 원형적 실태와 규모에 있어서는 영산재의 그것
이 보완될 여지를 적잖이 가지고 있는 터라 하겠다. 그렇다면 수륙재
와 예수재의 극본·희곡을 통하여 본래 장원했을 영산재의 그것을 재

---

60 大愚,「預水十王生七齋儀纂要」, 박세민 편,『한국불교의례자료총서』2, 65~87쪽.

구할 수도 있을 것이다. 한편 위와 같은 관점에서 여타 불교재의의 대본도 역시 극본·희곡으로 취급하여 무리가 없을 터이다. 현전하는 각종 재의의 채록본을 시발로『석문의범』을 거쳐『한국불교의례자료총서』에 실린『정본자비도장참법』·『자비도장관음참법』·『예념아미타참법』등[61] 모든 재의의 대본은 한결같이 재의극적 실연을 전제로 한 극본·희곡이라 하여도 무방할 것이다.

2) 장르적 희곡 형태

사찰재의, 영산재 극본의 전체적 희곡구조가 그 실상을 드러낼 때, 그것은 구체적인 희곡 장르의 면모를 보일 수밖에 없다. 이러한 장편희곡의 장르적 면모가 일관되게 유형화되어 몇 가지 희곡 장르로 전개되었기 때문이다. 영산재의 희곡 장르는 수륙재·예수재를 중심으로 하는 불교재의의 희곡 장르와 합세하여 불교희곡 내지 한국희곡 장르와 합류하는 것이 당연하다. 이미 한국희곡 장르가 불교희곡에 적용되어 적어도 가창극본·가무극본·강창극본·대화극본 등으로 분류되고 있는 실정이다.[62] 앞에서 영산재의의 전체적 연극구조가 수륙재와 예수재의 그것과 직결되어 가창극·가무극·강창극·대화극 등으로 분류·논의된 것은 그 극본·희곡을 검토하는 전제·기반이 되어 있는 터다. 따라서 이 영산재 극본의 장르적 희곡 형태를 고찰하여 여타 재의 극본의

---

61 박세민 편,『한국불교의례자료총서』1.
62 사재동,「한국 희곡사 연구서설」, 앞의 책, 100쪽.

희곡 장르와 연결시키고, 나아가 불교희곡 전반의 장르적 성향을 연결·고찰키로 하겠다.

(1) 가창극본 양식

이미 영산재의 연극에서 가창극의 면모가 논의·규정되었다. 바로 이 가창극의 대본이 그 극본으로서 희곡적 성향을 드러내는 것이다. 실제로 이 가창극본은 우선 무대와 배경음악을 지시·설명하고 등장인물을 구체적으로 소개·기술하고 있다. 그리고 그것은 인물들이 역할에 따라 가창하는 게송·진언의 원문을 적시 적소에 제시하고 있다. 그 원문을 가창하는 방법과 행동·몸짓에 대해서도 지시·설명한다. 나아가 이 가창극본은 전체의 문장 기술을 통하여 극적 분위기까지 암시하고 있는 실정이다. 이러한 가창극본은 영산재의 각개 과정마다 마련되어 있고, 그것이 전체적 규모로 조성되는 터다.

이러한 가창극본은 수륙재와 예수재의 그것과 합세하여 가창극본의 흐름을 이룩하고, 여타 모든 재의극본의 가창극본을 하나로 유형화한다. 따라서 이 가창극본은 불교계 가창극본과 합류·논의될 수밖에 없다. 그래서 그 가창극본으로서의 보편성이 검증되어야 하기 때문이다.

전술한 대로 불교게에는 여러 갈래의 시가가 낳이 정착되어 왔다. 각 사원이나 민간에서 벌이는 여러 재의·법회·행사 등에는 그에 상응하는 많은 시가가 따르기 때문이다. 실로 이런 시가는 매우 다양하게 형성·전개되었으니, 그 전체를 제대로 헤아리기가 어려울 정도다. 그러나 이 엄청난 시가들은 그 유통 과정에서 어떠한 형태로든지 가창된다는 점이 공통된다. 이런 불교시가들은 그에 적합한 음악에 의해서 가창될 때, 비로소 그 생동하는 가창극본으로 그 기능을 제대로 발휘하기 때문이다.

여기서 그 시가의 가창이 그만큼 다양해지고 따라서 그것은 가창극본의 면모를 보여 주게 된다. 실제로 이들 가창은 결코 단순하게 진행될 수가 없다. 그래서 그 극본에는 반드시 가창자의 개성적인 성음·곡조와 언어·행동이 따르고 연극적인 무대 분위기와 서사적 맥락이 전체적으로 기술되어 있다. 더구나 이런 극본에는 가창을 포함한 모든 실연을 경청·주시하는 관중까지 표시되어 있는 게 사실이다. 그러므로 이들 불교시가는 현장적 가창을 통하여 바로 가창극본의 진면목을 보여주고 있는 것이 확실하다.

우선 승려들이 각종 재의·법회·행사 등에서 가창한 기원게송이나 찬불게송 내지 오도송 등의 현장적 상황은 가창극본의 형태를 보여 주고 있다. 그 가창극본은 모두 그 유래와 바탕을 알리는 서사적 맥락을 암시하고 있으며, 그 특징을 드러내는 찬란한 무대를 지시하고 있다. 그리고 무대를 꽉 메운 청중을 상대로 가사·장삼을 입은 승려가 등장하여 유창하고 청아한 성음과 악곡으로 가창하고, 원만하고 자유자재한 언어와 행동 등이 조화를 이루도록 기록했을 때, 그것은 그대로 실연할 수 있는 가창극본이라 하겠다.

다음 유명한 향가를 보아도 그것이 가창극의 극본으로서 실연되었음을 알겠다. 이 향가는 대부분 불교적 주제·내용을 갖추고 있거니와, 그것이 각종 재의나 법석에서 신도 대중에게 가창되었을 때, 자연 가창극본의 형태를 취할 수밖에 없었을 것이다. 하나의 실례로서 월명이 지어 불렀다는 〈제망매가〉만 보더라도, 그것이 가창극본으로 실연되었음을 알 수 있다. 그는 꽃다운 나이로 죽어 간 누이를 천도하기 위하여 이 노래를 지어 부른다. 신라의 장엄·찬란한 사원, 천도재의 도량에서 많은 혈친·신중들이 애도하며 지켜보는 가운데 예능승 월명이 누이의 명복을 빌어 미타찰에 왕생시키고자 가슴에 사무치는 사별의 한을 종교적으로 승화시켜 이 노래를 읊어 낼 때, 그것이야말로 모든 분위기나 전체 맥락으로 보아 가창극본의 형태를 드러내고 있는 것이 분명하다. 이로써 불교계 향가가 그 당시나 후대적 유통 과정에서 노래 중심의 가창극본이 되어 실연되었음을 족히 추정할 수가 있겠다.

그리고 잘 알려진 『월인천강지곡』을 보면, 가창극본으로서 실연되었음을 알 수가 있다. 전술한 대로, 세조는 경사스러운 날에 대신과 종친을 모아 술을 내리면서 기생 8인을 시켜 『월인천강지곡』을 가창케 한 바가 있다. 이러한 무대와 분위기 속에서 기생들이 집단적으로 그런 찬불가를 가창하였다는 것은 그것이 가창극본의 형태로서 실연되었음을 증언하는 터라 하겠다. 『월인천강지곡』은 장편 불교서사시이지만, 그 속에는 「원앙서왕가」와 「목련구모가」 같은 독립 단편이 들어 있어, 이런 가요들이 가창될 때, 그대로가 가창극본으로 작용하였기 때문이다. 이미 밝혀진 대로, 「원앙서왕가」는 「안락국태자전」을 시가화한 것이고, 「목련구모가」는 「목련전」을 집약한 것이므로, 그 배경적 서사문맥이 벌써 비극적 상향을 뒷받침하고 있는 실정이다. 더구나 「원앙서왕가」는 정토신앙의 추천재의에서 「목련구모가」는 우란분재에서 가창되어 왔으므로, 가창자나 청중이 조성하는 연극적 분위기가 그 가창극본의 기능을 보증하는 것이라 보아진다.

또한 승려나 신불문사들이 제작·가창한 불교가사는 거의 모두 가창극본으로 행세하며 실연되었던 것이다. 나옹이 지었다는 「서왕가」
는 정토신앙·추천재의와 직결되어 언제 어디서 불러도 그것이 가창
극본의 형태로서 전개됨을 알 수가 있겠다. 더구나 불교계에 보편화된
「회심곡」·「고사염불」 같은 것은 승려는 물론 거사배·신불문사나 무
당·광대들이 불러도 그 배경·분위기로 하여 가창극본의 실태를 보
여 주는 것이 사실이다. 이른바 가창승·거사배 내지 무당·광대들이
타악기에 맞추어 연극적 언동을 곁들이며 이 가사를 가창하면, 그 극본
은 훌륭한 가창극본으로 전개되었기 때문이다.

여기서 가창극본의 윤곽이 대강 잡히게 된다. 전술한 대로, 불교계
의 시가는 일단 가창극본이 된다는 것이다. 그동안 이런 불교가요들을
단순한 시가의 일부로만 취급하였지만, 이 가요들은 희곡적 관점에서
전형적인 가창극본임을 확인할 수 있다. 거기에서는 가창자가 주체로
되는 것은 물론, 그만한 악곡과 반주자가 필수되었지만 그런 곡보曲譜
는 아직까지 발견되지 않은 실정이다.

그리고 이 가창극본에는 극적 서사문맥이 제시되어 있다. 불교시가
자체가 그만한 서정성과 서사성을 드러내고 있을 뿐만 아니라, 대부분
이 그에 상응하는 서사문맥과 결부되어 있기 때문이다. 그 시가들은
이른바 가요전설이나 가요해설 등의 서사문학과 직결됨으로써, 그 극
정劇情을 뚜렷이 드러내고 있는 것이다. 더구나 그 시가가 가창되는 동
기·계기 내지 현장의 정황이 그 극적 사건 진행을 보완·주도하게 되
었던 터다.

한편 이 가창극본은 구조와 구성에 있어 다양한 면모를 갖추었던 것
이다. 일인의 가창자가 독창하는 것으로 기본을 삼는 것은 물론이다.

그러기에 현전하는 시가의 상당수가 독창구조로 되어 있는 것을 보게 된다. 그 향가의 대부분이 독창·단창의 형태를 드러내고 있는 것도 다 그런 사례에 속하는 바다.

그런데 이러한 시가를 여러 가창자들이 합창하는 구성도 제시된다. 그 가창극의 규모와 성격에 따라 그러한 합창은 장엄한 종교적 효과를 위해서 충분히 배려되었던 것이다. 전게한 바 세조가 여덟 기생을 통하여 『월인천강지곡』의 일부를 가창케 한 것은 우선 그게 합창일 가능성을 시사하고 있는 터다. 이러한 합창은 일인의 선창과 모두의 합창으로 구성될 수도 있으니, 「회심곡」이 민속화된 행두소리가 그런 양식을 보여 준다. 또한 가창극본은 2인 이상의 대창對唱·윤창輪唱·연창連唱 등 입체적 가창으로도 구성되었을 가능성이 짙다. 전게한 「월명사 도솔가」의 경우 〈도솔가〉·〈제망매가〉·〈산화가〉 등과 말미의 찬시가 어울려 입체적으로 가창될 수도 있겠고, 『월인천강지곡』도 그 여러 곡의 가사가 많은 가창자에 의해 위와 같은 입체창立體唱으로 실연될 가능성은 얼마든지 제시되어 있기 때문이다.

나아가 이 가창극본은 전체 진행에서 발단·유발·상승·절정·하강·대단원의 희곡적 순차를 밟도록 제시되었던 것이다. 그렇게 완벽한 극본이 현전하지 않는 마당에, 구성의 편린이 시가와 주변 상황에서 발견되고 있다. 이런 근거를 중심으로 동양의 보편적 가창극본을 기준하여 이 가창극본의 구성과 진행 과정을 재구하여 볼 수가 있겠다.[63]

이렇게 본다면 영산재의 가창극본이 불교계 가창극본·희곡으로 규

63　이상 불교계 가창극본에 대한 논의는 사재동, 「불교희곡 연구서설」, 『석림논총』 28, 동국대 석림회, 1994, 114~118쪽 참조.

정된 것은 당연한 일이다. 그리고 이 가창극본은 수륙재나 예수재, 여타 재의의 가창극본이 불교계 희곡으로 평가될 수 있는 지평을 연 것도 사실이다. 따라서 이 가창극본은 불교계 가창극본과 합류되어 독자적 희곡 장르로 전개되어 온 것이 확인되었다. 그리하여 이 영산재의 가창극본은 그와 동류의 극본과 함께 유원한 불교희곡사 안에서 형성·전개됨으로써, 불교문학사상의 위치를 지켜 왔던 것이다. 이 영산재의 가창극본이 불교계 가창극본의 계통을 이어받아 오늘까지 유통되고 있기 때문이다.

(2) 가무극본 양식

이미 영산재의 연극 중에서 가무극의 실체가 거론·공인되었다. 이 가무극의 대본이 바로 가무극본으로 희곡적 성향을 지니고 있는 터다. 먼저 이 가무극본은 가창극본과 동일한 무대와 음악을 전제한다. 그리고 그것은 가창극본에서 주류가 되는 가창 부분을 조화롭게 수용하면서, 불교계 무용을 주축으로 극본을 전개시킨다. 따라서 이 가무극본은 가창자와 가창 내용을 제시·소개하고 작법승과 무용 양식, 춤사위를 구체적으로 지시한다. 이 가무극본은 실제적으로 서사구조를 타고 극적 분위기를 나타내며, 나아가 청중의 반응까지도 암시하고 있는 것이다. 이러한 가무극본은 영산재의 각개 과정마다 성립되고, 그것이 종합되어 전체적 가무극본을 형성하게 되는 터다.

그리하여 영산재의 가무극본은 수륙재나 예수재의 가무극본과 합세하여 하나의 흐름을 형성하고, 여타 재의의 그것들을 같은 차원으로 유형화한다고 보아진다. 그래서 이 가무극본은 불교계 가무극본과 결부시켜 논의·검토하는 것이 당연하다. 이러한 재의의 특수한 가무극본은 불교계의 그것과 조응됨으로써, 보편적 의미·범위와 좌표가 설정되기 때문이다.

불교계 가무극본은 우선 위의 가창극본을 바탕으로 성립될 수가 있었다. 이 가창극본에 무용이 자연스럽게 결부되면, 일단 가무극본이 되겠기 때문이다. 원래 연극적 분위기에서 가창이 절실해지면, 그에 따라 춤이 저절로 나오기 마련이다. 이런 전제 아래, 가창극본은 무리 없이 가무극본으로 전개될 수가 있다고 하겠다. 그래서 이 가무극본은 그 가창극본을 바탕으로 무용을 결부시켜 소박하게 형성·전개되어 온 계보가 성립되는 터다.

한편 불교계에는 전문적 수준의 무용이 형성·전개되어 왔다는 것을 주목해야 된다. 무용은 음악 내지 가창과 결합하면, 그대로 가무극본이 되는 터라 하겠다. 여기서 이 가무극본이 형성·전개되는 자연스러운 한 계보를 확인할 수가 있다.

결국 불교계 가무극본은 가창과 무용이 결합·조화되어 극본적 형태를 이룩할 때, 본격적으로 형성·전개되었던 것이다. 그렇지만 가무극본은 가창극본에다 무용을 첨가한 정도에서 머무는 것이 아니라, 그보다는 역동적이고 입체적이어서 독자적 연구 형태를 주도하고 있나는 것이다. 이 가무극본은 무용을 주축으로 하고 가창을 매개로 하여, 연극을 이끌어 가도록 배려한 것이 특색이라 하겠다.

실제로「원효불기」에 기록된 〈무애가무〉는 참으로 훌륭한 가무극본이라 보아진다. 기실 원효는 불법을 체달한 무애도인으로서 심오하고 장엄한 화엄의 세계를 시가화하여 〈무애가〉를 지어 불렀다. 그는 이 노래에 알맞는 〈무애무〉를 창안하여 무애가무를 조화롭게 실연함으로써, 서민 대중들 앞에 감명 깊은 가무극본을 제시했던 것이다. 여기서는 그 가무극의 서사구조와 진행 절차를 나타내고 그 가창의 내용과 춤사위, 소도구의 사용까지를 지시하고 있는 터다. 이 가무극본은 원효 이후에 도 극본 형태로 유지·전승되어 통일신라·고려 내지 조선조까지 그 명 맥을 유지하여 왔다. 이 가무극본은 그 시대에 상응하여 무용 형태가 개 변되고 그 가요 내용이 변용·삭제되기도 하였지만, 기본적 구조 형태 는 끈질기게 계승되었다. 실로 이것은 불교계의 가무극본을 대표하여 그 역사적 맥락을 전담하여 온 셈이라 하겠다.

이런 차원에서, 「처용랑 망해사」에 기술된 「처용가무」도 훌륭한 가무 극본이라고 볼 수가 있다. 이 가무극본은 불교계의 그것으로 간주되어 야 마땅할 터이다. 처용전승이 신라대 망해사의 창건연기설화로 행세 한 것만을 보아도 그 점이 실증되기 때문이다. 이 가무극본에서는서사 구조와 단위 절차를 명시하고, 그 가창의 가사와 춤사위 그리고 소도구 의 사용과 분위기까지 묘사하여, 극본·희곡의 모습을 제대로 보여 준 다고 하겠다. 그래서 〈처용가무〉는 오히려 삼국시대로부터 통일기와 고려를 거쳐 조선조에 이르기까지 변용·유통되면서 가무극본의 전통 을 지켜왔던 것이 사실이다.

적어도 고려대까지 완성·유통되던 불교계의 가무극본들이 조선조 에 와서 통폐합되고 그 잔영을 『악학궤범』 등에 남기게 되었다. 그 중 에서도 「학연화태처용무합설」 극본이 대표적인 사례다. 전술한 대로, 이 극본에 의하여 그 가운데서 불교계 가무극본을 재구한다면 「처용가 무」 극본은 물론, 적어도 「연화가무」 등의 극본들이 드러난다. 그 합설

僧設의 가요로 「본사찬」·「미타찬」·「관음찬」 등이 남아 있는 것으로 보아, 불보살과 직결된 가무극본이 「무애가무」 극본의 수준으로 실존·유통되었으리라 추정된다. 고려 이전의 정상적 차원에서, 석가모니불과 아미타불 내지 관세음보살에 관한 문학·예술이 성행하는 가운데, 이 불보살들을 종합적으로 찬양하는 입체적 장편가무극본이 형성·실연되었을 가능성이 있기 때문이다. 말하자면 「연화가무」 극본이라는 큰 주제 아래 「본사찬」·「미타찬」·「관음찬」 등의 가무극본을 종합하여 방대한 가무극본을 제작·연출했으리라는 것이다. 한편 이 불보살들의 독자적 행적과 이들 찬가의 독립적 형태로 보아, 각기 「본사찬가무」·「미타찬가무」·「관음찬가무」 등 가무극본으로 분리·실연되었을 가능성도 배제할 수가 없다.

실은 『월인천강지곡』도 위 찬불가와 같이 부분적으로 독립된 가무극본으로 제작·실연되었을 가능성이 높다. 『월인천강지곡』은 그에 상응하는 악곡이 필수되었고, 가창에 어울리는 무용이 결부될 여지가 많은 것이 사실이다. 다만 그런 악무보樂舞譜가 유실되고 가사만 남았을 따름이다. 그런데 이 가사와 상대적 동질성을 가진 『용비어천가』와 대비시켜 보면, 그 가무극본의 면모를 재구할 수가 있겠다. 주지하는 바 『용비어천가』의 몇 부분이 저 유명한 궁중가무극본 「봉래의」로 성립되어 왔음을 기준으로 한다면, 『월인천강지곡』도 그 필요에 따라 해당 부분이 「영산회상」 차원의 가무극본으로 조성되어 실연되었으리라 추정되기 때문이다.

이로써 이 가무극본의 전형이 비교적 뚜렷하게 부각되는 터다. 전술한 대로 불교계의 무용은 일단 가무극본의 기본 형태가 된다는 것이다.

원래 그 무용 자체가 연극의 기본 골격을 이루는 것이기 때문이다. 이 무용은 이미 단편적인 몸짓이 아니라, 극정이 넘쳐흐르는 서사문맥을 몸의 율동으로 옮겨 놓은 무언극본이라 하겠다. 기실 이런 무용 절차에는 그만한 서사물이 결부되어 극정을 풀이하고 있는 것이 원칙이다. 그 무용 절차는 율동을 전체적으로 고무·주도하는 악곡이 따르고 그에 상응하는 가창이 결부됨으로써, 가무극본의 요건을 완비하였던 것이다. 이처럼 완벽한 가무극본이 조선조에 이르러 훼손·변모되어 그 원형을 잃은 것은 사실이다. 그러나 현존하는 자료 등을 기반으로 검토한다면, 그 가무극본의 원형을 족히 재구할 수가 있겠다.

한편 이 가무극본은 구조와 구성에서 입체적이고 다양한 면모를 나타내었던 것이다. 일인의 독무로 완결되는 단순구조는 특별한 경우 이외에는 찾아보기 어려운 게 사실이다. 대개는 2인 이상의 무용자가 나와서 극정에 따라 군무를 하거나 때로 대무對舞·윤무輪舞 등을 행하여 그 입체적 역동성을 자아내게 꾸며졌다. 이 무용에 상응하여 또한 악곡이 그 정도로 다양해지고, 그 가창도 역시 독창으로부터 합창·대창 내지 윤창까지 결부시킴으로써, 그 극본은 입체적 역동성에 박차를 가하도록 구성되었던 것이다.

이 가무극본에 이르러 그 전체 진행에서 본격적인 정식 절차를 갖추게 되었다. 그것은 발단 단계로부터 유발적 사건을 거쳐 상승적 동작으로 이어지고, 드디어 절정에 이르러 그 기능을 최대한으로 발휘하다가, 하강적 동작으로 연결되고 마침내 대단원을 맞게 되는 게 당연한 순차이기 때문이다. 전게한 각각의 가무극본이 모두 이와 같은 극정과 단계적 순차를 그대로 보여주고 있는 것이다. 여기서 이 가무극본은 보편적

인 희곡의 진행 과정과 기본적으로 일치하고 있는 점이 실증된다.[64]

이렇게 볼 때, 영산재의 가무극본이 독립 장르로서 희곡으로 규정·공인되는 것은 타당한 일이다. 그리고 이 가무극본이 수륙재나 예수재의 가무극본을 희곡 양식으로 검토·확인하는 기준이 될 수도 있을 것이다. 따라서 이 가무극본은 여타 재의의 그것과 함께, 불교계 가무극본과 합세하여 독특한 희곡 장르를 지향하여 온 것이 확실해졌다. 그리하여 이 재의의 가무극본은 유구한 불교문학사 속에서 형성·전개되어, 불교문예사상의 위상을 확연하게 부각시킨 터라 하겠다. 적어도 이 재의의 가무극본이 불교계 가무극본의 맥락을 주도하여 오늘에 이르고 있기 때문이다.

(3) 강창극본 양식

영산재의 연극에서 강창극의 유형이 이미 거론·규정되었다. 그 강창극의 대본이 극본으로써 희곡적 성향을 나타내고 있는 것이다. 이 강창극본은 화려한 무대와 정교한 음악을 배려하지 않고 언제 어디서나 타악기 수준의 장단만을 요구하고 있다. 그리고 여기에서는 등장인물 중에서 한 승려가 주동적으로 강설·가창하도록 지시한다. 그리고 이 극본은 주동 승려가 주변 인물들의 장단과 호응에 따라 자신의 몸짓·표정을 자연스럽고 신나게 펴 나가도록 알려 준다. 그래서 이 강창극본은 각종 게송·진언 등의 창사와 소문·착어·기원문·설법 등 강설을 교직시켜 조화로운 강창문체를 마련하고 있다. 이러한 극본에서는 그 강창자가 장단에 의한 강창과 몸짓·표정을 입체적으로 조화

시키면서 그 전체의 서사문맥을 타고 나가게 배려함으로서, 극정을 강조하고 있는 것이다. 그래서 이 강창극본은 그 희곡적 실상을 완연히 보여 주게 된다. 그리하여 이 강창극본은 이 재의의 과정마다 이루어지고, 나아가 이 극본 단위가 전체적인 극본으로 체계화되는 것이다.

따라서 영산재의 강창극본은 가장 보편적인 희곡 형태로서 수륙재나 예수재의 그것과 합세하여 커다란 희곡 유형을 조성하기에 이른다. 이런 극본의 흐름이 광범하게 인지되면서, 그것은 불교계 강창극본과 합류하지 않을 수가 없었다. 이러한 강창극이 판소리로 정리·발전하면서, 그 극본은 판소리창본으로 행세할 수가 있었다. 이에 이 재의의 강창극본은 불교계 강창극본과 결부시켜 좀 폭넓게 논의되어야 하겠다.

불교계에서 이 강창극본에 의하여 연극이 널리 유통되었던 것은 잘 알려진 사실이다. 저 당대로부터 승려들 중에 불경을 강설·가창하는 창도승이 있어 가장 효율적인 포교 방편으로 가장 보편적이고 경제적인 극본 형태, 강창극본을 개척·활용하였던 것이다. 이러한 강창극을 법석에 기준하여 속강이라 이름하고, 그 담당 승려를 속강승이라 불렀던 데는 그만한 근거가 있다. 이러한 속강의 화본話本을 통칭하여 강경변문이라 하니, 그것은 바로 강창극의 극본으로서 희곡적 성향을 띠고 있었던 터다.

이미 밝혀진 대로, 한국에서도 신라 이래 당과의 상관성에 따라 포교의 주체자로서 유능한 창도승·속강승들이 속출하여 대중적 강경법석으로 속강을 벌임으로서, 강창극본을 계발·활용하여 왔던 것이다. 그리하여 이러한 불교계 강창극본은 고려 때 완벽하게 발전·성행하고, 조선조에 이르러서도 그 명맥을 유지했던 것이다. 결국 이 강창극본은 이른바 가장 보편적이고 경제적인 희곡 형태로 형성·실연되면서, 드디어 불교계 판소리창본으로 집성·전개되었던 터이다.

이러한 강창극본의 구체적인 내용은 원전을 통하여 잘 드러나고 있다. 먼저 강경 설법을 목적으로 불경 속의 감명 깊은 설화를 뽑아내어 강창극본을 만들게 되었다. 그렇다면 서사적 불경은 모두 강창극본이 되어, 필요에 따라 실연될 수 있다는 것이다. 기실 신라·고려대에 걸쳐 성행하던 수많은 강창극본 중에서 「선우태자구주연」(보은경)이나 「추녀금강개안연」(현우경) 등이 더욱 유명하다. 두 작품은 원전 자체가 강창하기에 적합할 뿐만 아니라, 중국에서는 「쌍은기」와 「추녀연기」라 하여 강경변문으로 정립·유통되었다. 잘 알려진 대로, 이들 변문은 운·산문으로 교직되어 그대로가 강창극본이었음을 확인할 수 있다. 그래서 이 강창극본들은 한국에서도 형성·유통되었던 근거를 충분히 남기고 있다. 이것들이 유통·정착 과정에서 상당한 변화를 입어 강창극본의 원형을 제대로 유지하지 못한 것은 사실이지만, 이 극본의 기본구조가 서사문학·소설 형태로 현전하는 것을 증거로 하여, 그것이 강창극본으로서 실연되어 왔음을 추정할 수가 있기 때문이다.

그리고 신라·고려대에 이룩된 창작적 위경으로 「안락국태자경」·「목련경」·「금우태자경」 등이 그에 상응하는 제의·행사에서 강창극본으로서 성립·실연되었던 것이다. 이런 극본들은 장엄한 서사문맥에 시가를 삽입하여 강창문체로 조정된 것이 확실하다. 이 작품들이 기록되어 현전하는 상태로는 서사문학·소설 형태를 보이고 있는 것은 사실이지만, 그것들이 생동·활용되는 마당에서는, 강창극본으로서 실연될 수밖에 없었던 터이다 또한 운묵이 지은 『석가여래행적송』은 전형적 강창극본으로 제작되어 실연하기에 매우 적절하였던 것이다. 기실 이 작품은 불타의 일생을 운문으로 읊되, 그 운문의 단락에 따라 그에 상응하는 서사적 산문을 해설로 붙임으로써, 운·산문 교직의 강창극본을 이루고 있기 때문이다. 그러기에 이 극본은 어떤 계기에 따라 전체적이든 부분적이든 자연 강창극본의 형태로 실연되었을 터이다.

이러한 전통 아래 『월인석보』가 역시 강창극본으로 집성·실연되었던 것이다. 잘 알려진 대로 『월인석보』는 불타의 전 생애를 읊은 『월인천강지곡』과 그 생애를 이야기한 『석보상절』이 교합되어 방대한 강창극본의 형태를 취하고 있는 것이 사실이다. 그것은 위 두 장편의 단순한 합편이 아니라, 월인부의 단락에 따라 그에 해당하는 상절부를 결부시킴으로써, 유기적 강창 단위를 만들어 나갔던 터다. 이러한 강창 단위는 원래 요긴하고 다양한 극본이 되어, 온갖 계기에 적응해서 단독으로든 연합으로든 강창극으로 실연될 수밖에 없었다. 전게한 바 「원앙서왕가」와 「안락국태자전」, 「선우구주가」와 「선우태자전」, 「목련구모가」와 「목련전」 등의 결합이 강창극본으로 조직·실연된 것이 이를 족히 뒷받침하고 있기 때문이다.

그리고 신라·고려대에 형성된 사찰창건연기나 성물조성연기 등도 강창극본으로서 정립되었을 가능성이 농후하다. 이러한 연기전설은 사찰의 창건이나 불상·탑파들의 낙성 등에 따르는 각종 재의·법회·행사에서 최소한 강창극본으로서 실연되기에 가장 적절한 형태를 지니고 있는 것이 사실이다. 그 중에서 삽입가요를 갖춘 것만도 「미륵사창건연기」(서동설화)·「망해사창건연기」(처용설화)·「장육삼존조성연기」(양지

사석설화)·「미륵·미타상조성연기」(남백월이성성도설화) 등 상당수가 강창극본으로『삼국유사』에 현전하고 있다. 이러한 작품들은 극적인 서사문맥을 이야기하고 가요를 노래하며 출연자의 행동·표정을 제시함으로써, 그대로가 좋은 강창극본이 될 수 있었던 것이다.

한편 역대 고승·대덕의 별전이 강창극본으로서 정립되었으리라 보아진다. 전술한 대로, 불교계에서는 그러한 선사들의 청덕·이적 등을 추모·선양하고 이를 수행·교화의 전범으로 삼고자 그들의 탁이한 행적을 극본화하여 실연하는 관례가 있어 왔다. 『삼국유사』에 실려 있는 이른바 '고승별전'은 모두 최소한 강창극본으로 형성·실연되었을 가능성이 높다. 그 중에서도 「원효불기」를 비롯하여 「광덕 엄장」·「월명사 도솔가」·「융천사 혜성가」·「영재우적」 등은 그처럼 감동적인 서사문맥에다 가요를 삽입함으로써, 그것이 강창극본의 형태를 취하게 되었던 것이다.

그리고 판소리를 강창극의 전형적인 형태라고 할 때, 불교계 소설을 판소리화한 것들은 모두 강창극본으로 간주하여도 무방할 터이다. 잘 알려진 판소리창본 「심청가」와 「옹고집타령」 등은 불교계 강창극본임에 틀림이 없겠다. 나아가 유명한 판소리 〈흥부가〉와 〈수궁가〉 등도 작품의 근원설화와 주제·내용이 불교적 성향을 띠고 있는 깃으로 보아, 그것의 원형은 불교계 강창극본이었음을 추정할 수가 있겠다. 실제로 이러한 작품들은 민중에게 불교적 신앙과 오락적 만족을 안겨 주고 보시를 받기 위하여 강창극본으로서 유통되었던 것이다.

이밖에도 가요를 삽입하고 있는 불교계 서사문학·소설 형태는 모두가 어떤 계기에 따라 강창극본으로 전용·실연될 수가 있었던 것이다. 가령 「구운몽」이나 「만복사저포기」와 같은 불교계 소설들은 그 파란만장한 서사문맥 속에 주옥같은 시가를 삽입·조화시킴으로써, 그것이 실연될 때는 자연 강창극본의 형태로 전환되었을 터다. 승·속 간의 유능한 강담사·강창사 내지 거사배·광대들이 이런 작품을 재미있게 이야기하고 감미롭게 노래하도록 조정하여 나갔다면, 그것이야말로 훌륭한 강창극본으로 전개될 수가 있었기 때문이다. 이런 점에서, 삽입가요가 없이 현전하는 불교계 서사물, 각종 설화들도 실연하는 현장에서 즉흥적으로 가요를 삽입·가창하도록 각색된다면, 그대로가 강창극본으로 변용·전개될 수가 있었으리라 보아진다.

이상과 같이 불교계 강창극본은 그만큼 광범하고 풍성하게 형성·전개되었다. 따라서 이 극본이 다양하게 정착·기록되어 현전하고 있는 게 사실이다. 기실 그 작품들은 단순한 서사문학처럼 화석화되어 있는 실정이지만, 그것을 유통의 본령에 따라 음악화·행동화시켜 연극적으로 재구하면, 모두가 일단 강창극본의 형태를 취하게 될 터이다. 이런 현상은 강창극본의 특성과 서사문학·소설 형태와의 유통 관계로 결정되는 것이라 하겠다. 그리하여 이 강창극본의 실체가 확연히 파악되는 것이다.

전술한 대로, 강창극본은 극적인 서사구조만 갖추면, 기본적이고 보편적인 요건이 일단 충족되는 터다. 거기에 실연의 현장에서 가창이 삽입되면, 그 극본은 그대로 완성되기 때문이다. 이로써 이른바 산문과 운문이 교직된 강창문학은 그 강창극본의 전형으로 완결되는 터라 하겠다. 그렇다면 다양하고 풍성한 불교계 서사문학은 모두 강창극본으로 실연될 가능성을 확보하고 있는 셈이며, 그 중에서 가요를 삽입한 서사문학은 그 자체로서 완벽한 강창극본으로 정립된 것이라 하겠다.

이러한 극본은 그 전체적 서사구조의 규모와 단계에 따라, 단편과 중편 그리고 장편으로 구분되는 게 원칙이다. 또한 그 각 편들은 극적 사건과 전개 과정의 수준에 따라, 그 질적 성향이 결정되어 있는 게 사실이다. 나아가 이 극본의 강설 부분은 지시문처럼 해설을 맡거나 서사문맥을 이어가는 이야기와 대화·독백 등의 대사로 조직되어 있는 것이 보통이다. 그리고 그 가창 부분은 일단 산문 속의 삽입가요로 자리하고 있으나, 실제로는 산문과 대등하게 교직되어 강창문체를 이루고 있는 실정이다. 그리하여 가창 부분은 단창으로부터 연창에 이르기까지 극정과 사건 진행에 상응하여 역동적 기능을 다양하게 발휘하고 있는 것이다.

이러한 강창극본의 전체적 진행은 시종일관하여 흐르지만, 판소리의 그것과 같이 사건 단위의 여러 장면으로 나누어짐을 볼 수가 있다. 말하자면 그것은 대화극본을 지향하여, 여러 장면들을 순차적으로 연결시키고 있다는 것이다. 그러므로 그것은 서사문학·소설 형태가 대화극으로 전개되는 과도기적 양상을 보여, 마치 회화에서 조각으로 넘어가는 부조와 같은 위치라 하겠다. 그리하여 이 극본의 희곡 구성은 그 서사문맥의 흐름에 따라 본격적으로 전개되고 있다. 그것은 발단 단계로부터 유발적 사건을 거쳐 상승적 동작으로 발전하고, 드디어 절정에 올라 극적 갈등을 고조시키며 나아가 하강적 동작으로 넘어가고, 마침내 대단원에서 마무리되기 때문이다. 이처럼 전형적인 희곡 구성은 위에 든 모든 극본에서 완전하게 보여 주고 있는 실정이다.[65]

---

65 이상 불교계 대화극본에 대한 논의는 위의 글, 122~128쪽 참조.

이렇게 볼 때, 영산재의 강창극본이 불교계 희곡으로 거론·정립된 것은 당연한 이치다. 그래서 영산재의 강창극본이 수륙재나 예수재의 그것들을 희곡 양식으로 규정할 수 있는 하나의 기준이 될 수 있다는 것이다. 이처럼 재의극의 강창극본이 불교계 강창극본과 합류하여 그 희곡 장르의 거대한 유형을 형성하게 되었다. 이러한 강창극본 희곡 유형이 장구한 불교문학사 안에서 형성·전개되어 불교문예사상의 위치를 제대로 유지해 왔다고 보아진다. 이러한 강창극본은 불교계 강창극본의 전통을 계승하여 지금까지도 생동하고 있기 때문이다.

(4) 대화극본 양식

이미 영산재의 연극에서 대화극의 유형이 성립되었다고 밝혀졌다. 따라서 대화극의 대본이 바로 그 극본으로서 희곡적 성향을 갖추고 있는 터라 하겠다. 이 대화극본은 우선 각개 장면에 적절한 무대를 다양하게 배치하고 그 음악도 전문적으로 연주하기를 요구한다. 대화극본은 배역들에게 역할에 따른 의상·분장을 독특하게 지시하고, 그 대화와 행동을 중심으로 몸짓과 표정, 그리고 소도구의 지참·활용까지 약속해 준다. 그 중에서도 대화는 게송·진언 등의 운문과 소문·착어·발원문·설법 등의 산문으로 진행된다. 이런 대화는 인간 간의 현실적 실현도 있고, 불보살·신중, 영가 등과의 신비적 교감도 있어 감격을 유발시킨다. 그리고 행동은 모두 유장하고 법도가 있어 비장미와 장엄미를 나타내게 지시되었다. 그래서 이런 대화극본은 기술방법이 완성되지 않아 강창극본의 차원을 넘어서지 못하지만, 그것이 실연되는 현장에서 그 희곡으로서의 진면목을 발휘하게 되어 있다.

이렇게 영산재의 대화극본이 규정·공인되면서, 그것은 수륙재와 예수재의 대화극본과 합세하여 본격적인 유파를 형성하게 된다. 그러면서 대화극본의 뚜렷한 흐름은 불교계 대화극본과 합류하여 거대한 세력으로 유통·전개되었던 것이다. 따라서 대화극본은 거시적 차원에서 불교계 대화극본과 연계시켜 검토해야만 될 것이다.

위와 같은 강창극본이 실연되는 그 바탕 위에서, 대화극본은 언제나 존재하여 왔던 것이다. 기실 대화극본은 강창극본의 발전적 입체화 내지 전문화로 이룩되기 때문이다. 말하자면 그 실연의 동기와 요청의 차원이 높아지고 규모와 재정이 확대되면서, 강창극본으로써는 이를 감당할 수 없으므로 대화극본이 등장하였다는 사실이다. 실제로 대화극본은 독자적인 희곡 장르지만, 일단 강창극본과 연결시켜 보는 것이 자연스럽다고 하겠다.

우선 대화극본은 강창극본의 한계와 약점을 극복하는 차원에서 대두된 희곡이라고 볼 수가 있겠다. 역대 대찰이나 궁중 또는 대가에서 불교계 재의·법석·행사 등에 관련하여 대규모의 전문적 연극을 요청하였을 때, 그에 부응하여 강창극본 이상의 대화극본이 꾸며질 수밖에 없었던 것이다.

그 무대의 기반과 환경은 원칙적으로 강창극의 그것과 다를 바가 없이 제시된다. 다만 일정한 공간에 특설무대를 마련하고, 연극 진행에 상응하는 온갖 장치를 구체적으로 가시화시켜야 한다. 그것은 현대무대처럼 사실적으로 조성될 수는 없지만, 사원 전각이나 성물 기타 조형물들을 활용하면서, 상당히 중요한 장치를 의도적으로 지시해 놓아야 된다. 그리고 출연자들의 배역과 전문적 연기를 지시해야 된다. 그때 그들이 역할에 알맞은 분장에다 의상을 걸치고는 소도구까지 지참하고 오직 대화와 행동만으로 연극을 추진하도록 마련해 놓는 것이다. 실로 대화극본은 각양각색의 인물들이 배역대로 분장하고 무대에 등장하여 대화와 행동만으로 사건을 진행토록 지시하고, 그에 따르는 보조예술과 어울려 입체적 전문극의 장관을 이루게 배려된다. 말하자면 극본은 본격적인 연극의 종합예술적 진면목을 드러내도록 편성된다는 것이다. 여기서 불교희곡의 실체가 최고 수준으로 전개된 양상을 보여 준다고 하겠다.

그런데도 대화극본의 내용과 실상은 본격적이고 전문적인 형태로 현존하지 않는 게 사실이다. 그것은 당시 극본·희곡에 대한 전문적 인식이 부족한 데다, 희곡을 희곡답게 기술·기록하는 방법이 현대식으로 분화·발전되지 않았기 때문이다. 더구나 그 극본을 정착시키는 과정에서 대화와 행동을 표현하는 문장이 한문이었기에, 사실적으로 기록치 못하고 축약·간접화시켰던 것이라 보아진다. 그러므로 그 극본은 당시나 후대의 한문 기록상으로 보면, 현존하는 강창극본의 수준을 넘어서지 못하였던 게 사실이다.

실제로 대화극본은 강창극본과 같은 차원에서 기록·정착되었다고 볼 수밖에 없겠다. 그렇다면 현전하는 강창극본을 통하여 대화극본을 복원·재현할 수가 있다는 것이다. 말하자면 현존하는 그 극본은 적어도 강창극으로 연출되고 대화극으로도 재구·실연됨으로써 복합적 실상을 지니고 있다는 이야기다. 이런 점에서 대화극본의 구조·내용은 기본적으로 강창극본의 범위를 크게 벗어나지 않는다. 다만 강창극본으로부터 입체화·전문화된 다양한 확충·상승이 있었을 따름이라 하겠다. 전술한 바 모든 계통의 강창극본은 실제로 대화극본으로서 개편·성립되었으리라 추정된다.

따라서 대화극본은 강창극본만큼 실연되고 성행하였을 것이다. 그러나 이것은 강창극본처럼 보편적이고 경제적인 희곡 형태를 지향하는 것이 아니다. 대화극에 따르는 많은 인원과 막대한 재정, 그리고 연극 전체를 이끌어 가는 연출 기술 등이 결코 특수성을 벗어나지 못하였기 때문이다. 그리하여 대화극본은 그 자체로서 규모를 조정할 수 있고, 나아가 곧장 강창극본으로 전환될 수 있는 융통성을 지녔다고 하겠다.

한편 강창극본과 연결되지 않고 독자적으로 형성·전개된 대화극본을 찾아 볼 수가 있다. 우선 불교계 가면극본이 대화극본의 형태로 전개되었던 것이다. 전술한 대로 가면극본은 백제의 기악을 원형으로 일본의 교훈초, 불교 교훈극본과 비교·검토할 때, 불교계 희곡의 성향과 구조 형태를 드러내게 된다. 이 불교계 가면극본은 12거리를 중심으로 우선 발단·상승·절정·하강·대단원의 기본 구조를 갖추고 있다. 그리고 그 거리마다 독립된 극본의 면모를 보이는 게 분명하다. 이 극본은 전체적으로나 각개 거리로 볼 때, 무대와 배경음악이 제시되고 등장인물들이 그 분장·의상과 함께 소도구를 지참하도록 지시하고 있다. 그리고 등장인물들이 때로 가창하고 춤추며 대회히도록 그 서사적 내용을 밝혀 놓았다. 그래서 이 극본은 등장인물이 가면을 벗는다면, 그대로가 일반적 대화극본의 수준을 유지하고 있는 터다. 따라서 이 가면극본은 불교계 대화극본으로서 성립·유통되었다고 보아진다.

그리고 불교계 인형극본이 대화극본으로 행세하였던 것이다. 이미 밝혀진 대로, 일반 인형극본이 건사장면을 중심으로 불교계 대화극본으로 전개된 것은 자연스러운 일이다. 이 인형극본은 역시 배경과 음악을 내세우고, 인형들이 등장하여 가창하고 춤추며, 대화하도록 지시되어 있다. 이 극본은 전체적으로나 각개 거리마다 희곡적 요건을 갖추고 있는 터다. 이 극본의 전체 구조가 발단·상승·절정·하강·대단원의 과정을 밟아서 희곡의 단계를 제대로 유지하고 있기 때문이다. 그리하여 이 인형극본은 그 인형들을 배우로 대치하면, 그대로가 대화극본으로서 희곡 양식을 취하였다고 하겠다. 여기서 만석승놀이의 대본도 불교계 수인형극본으로서 무대·음악, 등장인물들의 가창·무용·대화 등으로 연결·진행되도록 지시하고 있다. 그리하여 이 극본도 일반 인형극본의 경우와 같이, 불교계 대화극본으로 행세하였으리라 추정된다.

끝으로 이른바 선극본이 대화극본으로 행세하였던 것이다. 자고로 선문답의 극적 상황과 분위기를 선극이라 인식하거니와, 그 대본이야말로 차원 높은 대화극본이라 하여 마땅할 터이다. 역대 조사들의 선어록이나 혜심·각운의『선문념송설화회본』등에 보이는 선시와 대화의 교용은 극적인 서사구조 위에서 당당한 대화극본으로 전개되었기 때문이다. 실제로 위 회본의 개별적 구조 형태만을 보아도, 그것이 대화극본임을 확인할 수가 있겠다. 먼저 불타와 제자 내지 역대 조사들의 행적 중에서 극적인 사건을 요약하여 '고칙古則'으로 내세우고, 그에 대하여 후대 선사들이 연시격으로 가송하며, 나아가 대화식으로 담설하여 놓은 데다 해설까지 덧붙이고 있다. 이러한 극본은 희곡적 서사문맥을 주축으로 유명한 선사들이 등장하여 각자의 송을 윤창 내지 대창하고 심각·기발한 대화를 나누며, 행동·표정까지 덧붙여 나가도록 기술하여 놓았다. 이로써 그 선극본이 바로 불교계 대화극본으로 희곡적 요건을 두루 갖추고 있음을 확인한 셈이다.

이처럼 불교계 대화극본은 방대하고 다양하게 형성·전개되었다. 기실 불교연극의 각 장르가 형편과 상황에 따라 상호 전환될 수 있는 유기적 융통성을 갖추고 있으므로, 가창극본·가무극본 내지 강창극본이 대화극본으로 전환·유통될 수 있는 것은 물론이다. 그중에서도 강창극본으로부터 대화극본이 쉽사리 전환되어 나올 수 있다는 것은 이미 밝혀진 사실이다. 말하자면 강창극본은 자연스럽게 대화극본으로 전개될 수가 있다는 이야기다. 나아가 삽입가요와 관계없는 불교계 서사문학·소설 형태도 모두 대화극본으로 각색될 수 있다는 점이 중요하다.

이러한 대화극본은 그 시대에 상응하여 절실한 동기와 계기에 따라 희곡적 서사물을 선택하여 각색·극화하는 과정이 필수되었던 것이다. 원래의 불교계 대화극본은 민중적으로 전승·변모되는 과정에서 불교성이 퇴색되어 현전하는 상태로서는 통속 대중극본으로 취급될 정도에 이르고 있는 게 사실이다. 또한 이 대화극본은 시대적 형세에 따라 위축·변용되던 것이 한문으로 요약·기록되는 바람에, 그 극본으로 간주되기 어려운 현상을 보이고 있는 실정이다. 이런 점에서 불교계 대화극본은 그 형성·전개의 계통을 추적·소급하여 그 생동하는 원형을 재구해 낼 필요가 있겠다.

여기서 이 대화극본은 그 전형적 실상을 들어내게 된다. 우선 이 극본은 희곡적 서사구조를 갖추고 있다. 그것은 서사구조의 규모와 성격에 따라 단편·중편 내지 장편으로 구분되는 게 분명하다. 이러한 구조 형태는 그 자체로서 몇 개의 희곡 단위로 전개되는 게 보통이다. 단막극 형태의 단일 장면으로부터 다막극 형태의 여러 장면에 이르기까지 다양하게 조성되어 있기 때문이다. 단일 장면이라도 그것이 독자적인 사건을 지시문과 대화로 밀고 나감으로써, 하나의 극본으로 완결되어 있다. 더구나 여러 장면의 그것은 각 장면이 한 단락의 사건을 지시문과 대화로 전개시켜 순차적으로 연결됨으로써, 유기적인 전체 구성을 완성하고 있는 터다.

이 극본의 기본 요건이 되는 지시문은 내용적으로 다양하고 그 기능이 다채롭다. 먼저 장면의 극정에 맞는 행동 지시가 주축을 이룬다. 어떤 등장인물이 나와서 어떻게 행동하라는 명령이므로, 그것은 극정과 함께 사건 진행을 주도하게 된다. 그 극정을 돋우고 사건 진행에 역동성을 주기 위한 감정 표시로서, 춤사위 · 표정까지 지시하는 경우도 있다. 그리고 그것은 무대의 윤곽을 지시하고 분위기와 음악 · 연주까지 암시한다. 나아가 그 지시문은 등장인물들의 의상과 소도구도 알려줌으로써, 그들의 착용도구와 사용도구를 구체화하고 있다.

이런 현상은 특히 전술한 가면극본이나 인형극본에서 실증되는 터다. 그 속의 대화는 2인 이상이 상대하는 것이 원칙이나, 가끔 독백도 섞여 나오는 게 사실이다. 이런 대화는 극적인 회화로 연결되는 게 보통이지만, 그 내용을 가요로 응축시켜 상통할 수도 있다. 그 대화가 행동 · 표정과 어울려 감정을 제대로 드러내도록 어감을 강조하는 사례까지 있는 터다. 그리하여 대화극본에는 강창극본적 요건이 밑에 깔리고, 자연 가창극 · 가무극적 요소가 조화롭게 끼어들었던 것이다. 말하자면 이 대화극본은 입체적이고 총체적인 전문 희곡으로 완성된 터라 하겠다.

이 대화극본에 이르러, 비로소 본격적인 희곡 구성을 보이고 있다. 발단 단계에서 극의 실마리가 잡히고, 등장인물이 나와서 사건을 꾸미기 시작한다. 거기에 비운으로 일관되는 유발적 사건이 일어나고 역경이 끼어들어 착종錯綜과 갈등으로 상승적 동작이 전개된다. 그것이 파탄 직전의 갈등과 긴장으로 비극의 절정을 이룩한다. 그러던 것이 그 갈등과 긴장을 극적으로 해결하여 비극을 희극으로 전환시킨다. 바로 그것이 하강적 동작으로 이루어져서 운세를 회복하고 모든 문제를 순조롭게 풀어나간다. 드디어 희곡 구성은 대단원에 이르러 여운을 남기며 마무리 되는 것이다.[66]

이렇게 본다면 영산재의 대화극본이 불교계 희곡으로 규정된 것은 타당한 일이다. 이로써 대화극본은 수륙재나 예수재의 그것이 희곡 장르로 평가·공인될 수 있는 규준이 될 터이다. 나아가 이들 재의 대화극본이 독자적 희곡 유형을 이루어 불교계 대화극본에 합류함으로써, 희곡사의 조류를 타게 되었다. 이러한 대화극본 희곡 장르는 장원한 불교문학사 속에서 형성·유전되어 불교문예사상의 중요한 위치를 확보하여 왔던 것이다. 이 대화극본 희곡 유형이 불교계 대화극본의 계통을 이어받아서 오늘까지 생동하고 있기 때문이다.

이상과 같이, 영산재의 극본이 수륙재와 예수재를 비롯한 불교재의의 그것과 함께 전체적으로는 장편희곡으로 규정되고, 각개 과정으로는 단편희곡으로 평가되었다. 이렇게 볼 때, 이들 장편이나 단편임을 막론하고 그 희곡 양식은 종합문학적 성격을 띠게 되었다. 그 희곡작

66　이상 불교계 대화극본에 대한 논의는 위의 글, 128~132쪽 참조.

품 안에는 각종 운문과 산문이 다양하게 존재하기 때문이다. 실제로 장르론에 입각하여 그에 내장된 문학작품을 유별하면, 여러 갈래로 나누어짐을 보게 된다.

먼저 운문 시가만 하더라도, 수많은 한시 근체시가 있고, 국문 단가·가사·잡가 등이 삽입되어 있는 터다. 그리고 산문을 보면 수필로서 전장·애제·논설 등이 산재하며, 강담·설화로서 서사문학이 위치하고 있는 것이다. 그렇다면 불교재의의 극본이 희곡 장르로 분화 규정되는 마당에 그것은 시가·수필·서사문학을 망라하는 종합문학의 실상을 보여 주는 바라 하겠다. 더구나 이들 문학작품들이 종교적 사상과 정서로 심화된 가치를 지니고 있는 터이므로, 이들 극본들은 값진 불교문학·종교문학의 보고라 하여 마땅할 것이다.

5. 결론

이상 영산재를 중심으로 수륙재나 예수재 등 불교재의의 연행 실태를 파악하여 그 연극적 형태를 검토하고, 그 대본의 희곡적 양식을 고찰하여 보았다. 지금까지 논의된 바를 요약하면 다음과 같다.

① 영산재는 〈괘불작단〉에 이어 시련·대령·관욕·신중·권공·시식·회향 등 8개 작법으로 연속·종결되고, 〈식당작법〉으로 마지막을 장식한다. 이러한 작법은 원래 12개 이상의 과정으로 진행되었으리

라 추정되니, 수륙재나 예수재 등의 원형적 과정이 증거가 된다. 여기에는 화려하고 다양한 무대가 설치되고 각종 음악이 연주되면서, 회주승·법주승·재의승 등 승려가 재주·신도대중 등 동참자들과 회동하여 가창하고 기원하며, 법문하고 강설하며, 무용하고 대화함으로써, 감격적 극정을 이룩하여 나간다.

②그리하여 영산재 등 불교재의 연행 실태가 전체적으로는 연극구조를 유지하여 장편연극으로 존재하고 각개 과정으로는 독자적 단편연극으로 간주되는 것이다. 이러한 연극 형태를 장르론에 입각하여 가창극·가무극·강창극·대화극 등으로 분류하였다.

이 재의의 가창극 형태는 연극의 전체나 각개 과정을 통하여 각종 게송·진언 등을 가창하는 것으로써 극정을 이끌어 가므로 가창극으로 규정되고 불교계 가창극과 결부된다. 불교계 가창극은 실제로 각종 재의·법회·행사 등에서 필수되는 다양한 시가가 주체들에 의하여 연극적으로 가창되는 데에서 실태를 드러낸다. 역대 불교계에서 형성·유통되던 기원가송이나 찬불게송 내지 오도송들을 비롯하여 불교계 향가들,『월인천강지곡』같은 찬불서사시, 그리고「서왕가」같은 불교가사 등이 연극적 제반 조건 위에서 능숙하게 가창됨으로써 가창극의 형태를 제대로 갖추게 되었다.

이 재의의 가무극 형태는 그 무용이 가창을 수용·조화시킴으로써, 연극으로 정립·공인되었다. 그리하여 이 가무극이 보편화되고 불교계 가무극과 결부될 수밖에 없었다. 불교계 가무극은 역대 가창극이 무용을 곁들이는 경우로부터 불교무용에 가창을 수용·조화시키는 연극적 차원에 이르러 실제적 형태로 전개되었다. 영산재 같은 축제적

대재에서 벌이는 장엄한 의식가무, 무애가무 같이 자유자재한 포교가무, 처용가무처럼 벽사진경하는 호법가무, 그리고 〈본사찬〉·〈미타찬〉·〈관음찬〉 등을 불러 찬불·숭앙하는 〈연화가무〉 등이 연극적 무대와 분위기에 어울려 가무극의 형태를 완비하고 있었다.

이 재의의 강창극 형태는 회주승·법주승 등이 가창과 강설을 번갈아 하면서 몸짓·표정 등을 조화시키고 그 서사적 극정을 밀고 나감으로써, 어엿한 연극으로 규정·취급되었다. 이런 강창극은 불교계 강창극과 결부·논의됨으로써, 장르적 보편성을 얻을 수 있었다. 불교계 강창극은 단 일인의 포교사·강창사가 불교적 서사문맥을 신불 대중·일반 민중에게 이야기와 노래를 되풀이하면서 동작과 표정 등으로 연극적 분위기를 주도해 나가는 데서 그 실체를 보여 준다. 이 강창극은 사원 내외 어느 곳에서든지 관중만 있으면, 변상도 정도를 걸고 1인의 연기자가 실연하여 연극적 현장을 조성하는 게 특징이다. 그리하여 불경에 바탕을 둔 강경변문, 창작적 위경, 『석가여래행적송』·『월인석보』와 같은 운·산문 불전, 고금 사원·성물들의 연기설화, 역대 고승·대덕의 별전, 불교계 소설 내지 설화들이 모두 강설가창의 연극적 과정을 거쳐 어엿한 강창극으로 행세하게 되었다.

이 재의의 대화극 형태는 배경과 음악이 전제되고, 등장인물들이 분장·의상에 소도구를 지참하고 대화와 행동으로 극정을 입체적으로 조성해 나가는 데서 연극 장르로 성립된 것이다. 이런 대화극은 불교계 대화극과 결부·검토됨으로써, 보편적 장르로 정립·행세하게 되는 것이다. 불교계 대화극은 사원 내외에 특정한 무대를 설정하고 극정·진행에 상응하는 장치를 갖춘 다음, 등장인물들이 배역대로 분장하고 소도구까지 지참하여 대화와 행동으로 극적 사건을 관중 앞에 실연하는 데서 그 실상을 드러내고 있다. 우선 이 대화극은 강창극을 바탕으로 이를 입체화·전문화시킴으로써 연극적 현상을 본격적으로 나타내고 그만큼 광범한 영역을 확보하게 되었다. 그리고 이 대화극은 독자적 차원에서 불교계 가면극·인형극 내지 선극 등을 포괄함으로써, 다양하고 풍성한 연극 형태로 발전·유통되었다.

③ 영산재 등 불교재의의 궤범 대본은 전체적으로 장편희곡이 되고, 각개 과정상에서 단편희곡으로 전개되었다. 이 전체적 극본은 장르별로 가창극본·가무극본·강창극본·대화극본 등으로 나누어졌다.

이 재의의 가창극 대본은 바로 가창극본으로서 희곡적 성향을 띠었다. 이 극본은 불교계 가창극본과 결부됨으로써, 일반적 장르 규정이 보다 분명해졌다. 불교계 가창극본은 실제로 각종 재의·법회·행사 등에서 필수되는 다양한 시가가 그 주체들에 의하여 연극적으로 가창되도록 지시하는 데에서 그 실태를 드러낸다. 역대 불교계에서 형성·유통되던 기원가송이나 찬불게송 내지 오도송 등을 비롯하여 불교계 향가, 『월인천강지곡』 같은 찬불서사시, 그리고 「서왕가」 같은 불교가사 등이 연극적 제반조건 위에서 능숙하게 가창되도록 배려함으로써, 가창극본의 형태를 제대로 갖추게 되었다.

이 재의의 가무극 대본은 바로 가무극본으로서 희곡적 성격을 뚜렷이 드러낸다. 따라서 이 극본은 불교계 가무극본과 연결·논의됨으로써, 그 희곡적 성격이 보편성을 나타내게 되었다. 불교계 가무극본은 역대 가창극이 자연 무용을 곁들이는 경우로부터 불교무용에 가창을 수용·조화시키는 연극적 과정에서 희곡 형태로 전개되었다. 영산재

같은 재의에서 벌이는 장엄·유장한 의식가무, 무애가무와 같이 자유자재한 포교가무, 처용가무처럼 벽사진경하는 호법가무, 그리고 〈본사찬〉·〈미타찬〉·〈관음찬〉 등을 가창하여 찬불·숭앙하는 연화가무 등이 연극적 무대와 분위기를 포괄·제시함으로써, 가무극본의 형태를 완비하고 있었다.

이 재의의 강창극 대본은 바로 강창극본으로서 희곡적 성격을 지니고 있다. 그 극본은 불교계 강창극본과 결부됨으로써, 그 장르적 성향을 분명히 드러내게 되었다. 불교계 강창극본은 일인의 창도승·강창사·연예승이 불교계 서사물을 신불 대중·일반 민중에 이야기와 노래로 풀이하면서 동작과 표정 등으로 극적 분위기를 주도해 나가도록 지시하는 데서 그 실체를 보여 준다. 이 강창극본은 사원 내외 언제 어디서든지 관중만 있으면 변상도 정도를 걸고 일인의 연기자가 강설·가창하여 연극적 현장을 조성하도록 배려하는 게 특징이었다. 그리하여 불경에 바탕을 둔 강경변문, 「목련경」·「안락국태자경」 등의 위경, 『석가여래행적송』·『월인석보』 같은 운·산문불전, 사원이나 성물들의 연기설화, 역대 고승·대덕들의 탁이한 별전, 불교계 설화 내지 소설들이 극화 과정을 겪어 어엿한 강창극본으로 정립되었던 것이다.

이 재의의 대화극 대본은 바로 대화극본으로서 입체적 희곡성이 가장 강하게 드러났다. 이 극본은 불교계 대화극본과 결부·대조될 때, 그 장르적 성향이 분명해지는 것이다. 불교계 대화극본은 사원 내외에 특별한 무대를 설치하고 극정 진행에 상응하는 장치를 갖춘 다음, 등장인물들이 배역대로 분장하고 소도구를 지참하여 대화와 행동으로 극적 사건을 관중 앞에 연행하도록 지시하는 데서 그 실상을 드러내고 있

다. 우선 이 대화극본은 강창극본을 바탕으로 이를 입체화·전문화시
킴으로써 기능을 본격적으로 발휘하게 되었고, 그만큼 광범한 영역을
확보하게 되었다. 다음 이 대화극본은 독자적 차원에서 불교계 가면극
본·인형극본 내지 선극본 등을 포괄함으로써, 풍성하고 다양한 희곡
형태로 발전·유통되었다.

　　이상과 같은 재의의 극본이 장편 내지 단편희곡으로 규정되고 나면,
그 종합적 형태 속에는 시가와 수필, 서사문학 등의 작품들이 실재하고
있다. 그러므로 불교재의의 문학 장르는 희곡을 비롯하여 시가·수
필·소설 등이 공존·전개됨으로써, 문예사상의 위상을 주도적으로
유지하고 있는 터라 하겠다. 영산재 등 불교재의의 대본은 유구한 역사
를 통하여 형성·전개되면서, 재의사·연극사, 불교계 희곡사·시가
사·수필사·소설사를 계승·발전시켜 온 모체요 주체였다고 믿는다.

제3장

영산재의궤법의 문학 장르적 전개

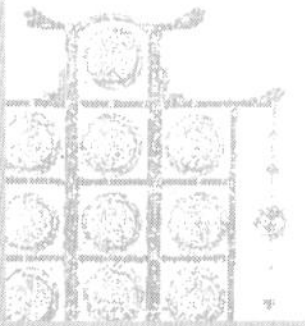

1. 서론

　영산재는 불교재의 사찰재의 가운데 핵심적 주체로서, 불교적 종합
예술의 완벽한 실상과 함께 소중한 위상을 유지하고 있다. 이 재의가
연행되는 현장적 실상을 보면, 거기에는 불교미술과 음악, 불교무용과
연극, 불교언어와 문학, 불교사상과 윤리 등이 체계적으로 총합되어 생
동하고 있는 게 분명하다. 이 재의는 불교문화로써 존재하고 표현되며
작용하는 가운데, 그 입체적인 가치와 역동적인 기능을 발휘하고 있기
때문이다. 기실 이 재의는 그 자체로서 독자적인 실상과 위상을 확보하
고 있을 뿐만 아니라, 다른 대규모의 재의에 영입되어 그 핵심적 주동
역할을 다하고 있는 데에 특장이 있다. 이런 점에서 영산재는 확고한
종합예술로서 불교문화적 가치와 중요성을 충분히 갖추고 있는 터라

하겠다. 따라서 이 재의는 바야흐로 각광을 받고 있는 불교문화학이나 공연문화학의 측면에서 적극적으로 연구·검토할 필요성이 절실하다. 실제로 이 재의는 불교문화나 불교공연물로서뿐만 아니라, 전체 문화나 일반 공연물로서 본격적으로 조명하는 일이 시급하기 때문이다. 이로써 이 재의는 불교라는 고유적 특성을 올바로 확산시키면서, 그 일반적이고 보편적인 영역으로 확대되는 계기를 마련해야 될 것이다.

그동안 영산재는 불교재의의 하나로서, 여러 논의와 언급이 있었던 게 사실이다.[1] 그러나 이 재의가 불교문화학이나 불교공연학의 일환으로 고찰·조명된 바는 거의 없는 실정이었다. 그러던 차에 필자가 「불교재의의 희곡적 전개」에서,[2] 영산재를 불교문화 내지 불교예술로 간주하여 대강 논의한 적이 있었다. 거기서는 영산재를 중심으로 하여, 그것이 사찰재의로 연행되는 실태와 그것의 연극적 형태를 검토하고, 그 재의궤범의 희곡적 전개 양상을 고찰하였던 터다. 그리고 이번에 한국공연문화학회에서 이 영산재를 공연학적으로 고찰하되, 그 실상과 위상을 입체적으로 조명하게 되었다. 이 재의에 대한 학술적 조명은 영산재 자체로나 공연문화학의 차원에서, 실로 획기적인 쾌사라 하겠다. 기실 필자도 여기에 호응하여 이 영산재의 대본·궤범을 문학적으로 검토하게 된 것이다.

이에 본고에서는 불교문화학을 바탕으로 불교공연학 내지 일반 공연학의 관점에서, 영산재의궤범의 희곡적 성격을 공연대본적 성향과

1　홍윤식, 『영산재』(조사 연구), 문화재관리국, 1987; 김법현, 『영산재 연구』, 운주사, 2001; 심상현, 『영산재』, 국립문화재연구소, 2003 등 참조.
2　사재동, 「불교재의의 희곡적 전개」, 『한국문학유통사의 연구』 II, 중앙인문사, 1999, 455~457쪽.

공연문학적 구조 형태에 입각하여 고구하겠으며, 둘째 영산재의궤범의 문학적 전개 양상을 장르적 성향에 준거하여 파악하여 보겠다. 그리하여 영산재의 불교문학사·예술사 내지 공연문화사상의 위상을 정립하는 데에 작으나마 도움이 되었으면 한다. 여기서는 현전 영산재의 집성이라 할 『영산재연구』 중의 주석본을[3] 원전으로 하고, 그 조사보고서 『영산재』[4]와 전래의 『한국불교의례자료총서』,[5] 그리고 『석문의범』[6] 등을 참고자료로 삼으려 한다. 한편 본고의 연구방법론은 위와 같은 불교문화학 내지 불교공연학과 함께 일반 공연학을 거시적으로 원용하면서, 가까이는 희곡론, 문학 장르론을 활용하게 될 것이다.

2. 영산재의궤범의 희곡 양식

영산재의궤범의 공연 양식은 앞에서 살핀 「사찰재의의 연행과 희곡 양상」에서 구체적으로 확인한 바 있다. 그 공연 방식에 상응하여, 영산재의궤범의 공연 양상과 희곡 유형도 파악할 수 있었다. 이 영산재의궤범의 전체구조가 희곡적 실상을 드러낼 때, 그것은 구체적인 희곡 장르로 세분화될 수밖에 없다.[7] 이러한 장편희곡의 장르적 면모가 일관

---

3   김법현, 앞의 책.
4   홍윤식 앞의 책; 심상현 앞의 책.
5   박세민 편, 『한국불교의례자료총서』 전4, 보경문화사, 1993.
6   안진호, 『석문의범』, 법륜사, 1982.

되게 유형화되어 몇 가지 희곡 장르로 전개되었기 때문이다. 이 영산재의궤범의 희곡 장르는 수륙재·예수재를 중심으로 하는 불교재의의 희곡 장르와 합세하여 불교희곡 내지 한국희곡 장르와 합류하는 것이 당연하다. 이미 한국희곡 장르가 불교희곡에 적용되어 적어도 가창극본·가무극본·강창극본·대화극본 등으로 분류되고 있는 실정이다.[8] 앞에서 영산재의 전체적 연극구조가 수륙재와 예수재의 그것과 직결되어 가창극·가무극·강창극·대화극으로 분류·논의된 것은 그 극본·희곡을 검토하는 전제·기반이 되어 있는 터다. 따라서 이 영산재 극본의 장르적 전개 양상을 고찰하여, 여타 재의 극본의 희곡 장르와 연결시키고, 나아가 불교희곡 전반의 장르적 성향을 연결·고찰키로 하겠다.

첫째, 가창극본 양식에 대해서다. 이미 영산재의 연극에서 가창극의 면모가 논의·규정되었다. 바로 이 가창극의 대본이 그 극본으로서 희곡적 성향을 드러내는 것이다. 실제로 이 가창극본은 우선 무대와 배경음악을 지시·설명하고 등장인물을 구체적으로 소개·기술하고 있다. 그리고 그것은 인물들이 역할에 따라 가창하는 게송·진언의 원문을 적시 적소에 제시하고 있다. 원문을 가창하는 방법과 행동·몸짓에 대해서도 지시·설명한다. 나아가 이 가창극본은 전체의 문장기술을 통하여 극적 분위기까지 암시하고 있는 실정이다. 이러한 가창극본은 영산재의 각개 과정마다 마련되어 있고, 그것이 전체적 규모로 조성되

---

7   「영산제의궤범」의 희곡 구조를 파악하기에 앞서 영산재의 공연문화 양상을 종합적으로 파악할 필요가 있다. 하지만 이에 대해서 사재동, 앞의 글에서 구체적으로 다루었기에 여기에서는 그것으로 갈음하고, 희곡 장르에 대해서만 살핀다.

8   사재동, 「한국 희곡사 연구서설」, 『어문연구』 18, 어문연구학회, 1988, 100쪽.

는 터다.

이러한 가창극본은 수륙재와 예수재의 그것과 합세하여 가창극본의 흐름을 이룩하고, 여타 모든 재의극본의 가창극본을 하나로 유형화한다. 그래서 이 가창극본은 불교계 가창극본과 합류·논의될 수밖에 없다. 그래서 그 가창극본으로서의 보편성이 검증되어야 하기 때문이다.

이렇게 본다면 영산재의 가창극본이 불교계 가창극본 희곡으로 규정된 것은 당연한 일이다. 그리고 이 가창극본은 수륙재나 예수재, 여타 재의의 가창극본이 불교계 희곡으로 평가될 수 있는 지평을 연 것도 사실이다. 따라서 이 가창극본은 불교계 가창극본과 합류되어 독자적 희곡 장르로 전개되어 온 것이 확인되었다. 그리하여 영산재의 가창극본은 그와 동류의 극본과 함께 유원한 불교희곡사 안에서 형성·전개됨으로써, 그 불교문학사상의 위치를 지켜 왔던 것이다. 이 영산재의 가창극본이 불교계 가창극본의 계통을 이어받아 오늘까지 유통되고 있기 때문이다.

둘째, 가무극본 양식에 대해서다. 이미 영산재의 연극 중에서 가무극의 실체가 거론·공인되었다. 이 가무극의 대본이 바로 가무극본으로 희곡적 성향을 지니고 있는 터다. 먼저 가무극본은 가창극본과 동일한 무대와 음악을 전제한다. 그리고 그것은 가창극본에서 주류가 되는 가창 부분을 조화롭게 수용하면서, 불교계 무용을 주축으로 극본을 전개시킨다. 따라서 가무극본은 가창자와 가창 내용을 제시·소개하고 작법승과 무용 양식, 춤사위를 구체적으로 지시한다. 이 가무극본은 실제적으로 서사구조를 타고 극적 분위기를 나타내며, 나아가 청중의 반응까지도 암시하고 있는 것이다. 이러한 가무극본은 영산재의 각

개 과정마다 성립되고, 그것이 종합되어 전체적 가무극본을 형성하게
되는 터다.

그리하여 영산재의 가무극본은 수륙재나 예수재의 가무극본과 합세
하여 하나의 흐름을 형성하고, 여타 재의 그것들을 같은 차원으로 유
형화한다. 그래서 이 가무극본은 불교계 가무극본과 결부시켜 논의·검
토하는 것이 당연하다. 이러한 재의의 특수한 가무극본은 불교계의 그것
과 조응됨으로써, 그 보편적 의미·범위와 좌표가 설정되기 때문이다.

이렇게 볼 때 영산재의 가무극본이 독립된 희곡 장르로 규정·공인
되는 것은 타당한 일이다.[9] 그리고 이 가무극본이 수륙재나 예수재의
가무극본을 희곡 양식으로 검토·확인하는 기준이 될 수도 있을 것이
다. 따라서 이 가무극본은 여타 재의의 그것과 함께, 불교계 가무극본
과 합세하여 독특한 희곡 장르를 지향하여 온 것이 확실해졌다. 그리
하여 이 재의의 가무극본은 유구한 불교문학사 속에서 형성·전개되
어, 불교문예사상의 위상을 확연하게 부각시킨 터라 하겠다. 적어도
이 재의의 가무극본이 불교계 가무극본의 맥락을 주도하여 오늘에 이
르고 있기 때문이다.

셋째, 강창극본 양식에 대해서다. 위 영산재의 연극에서 강창극의
유형이 이미 거론·규정되었다. 이 강창극의 대본이 그 극본으로시 희
곡적 성향을 나타내고 있는 것이다. 강창극본은 화려한 무대와 정교한
음악을 배려하지 않고, 언제 어디서나 타악기 수준의 장단만을 요구하
고 있다. 그리고 여기에서는 등장인물 중에서 한 승려가 주동적으로
강설·가창하도록 지시한다. 그리고 이 극본은 주동 승려가 주변 인물

9　이상 불교계 가무극본에 대한 논의는 위의 글, 231~236쪽 참조.

들의 장단과 호응에 따라 자신의 몸짓·표정을 자연스럽고 신나게 펴 나가도록 알려 준다. 그래서 이 강창극본은 각종 게송·진언 등의 창사와 소문·착어·기원문·설법 등 강설을 교직시켜 조화로운 강창문체를 마련하고 있다. 이러한 극본에서는 그 강창자가 장단에 의한 강창과 몸짓·표정을 입체적으로 조화시키면서 그 전체의 서사문맥을 타고 나가게 배려함으로써, 극정을 고조시키고 있는 것이다. 그래서 강창극본은 희곡적 실상을 완연히 보여 주게 된다. 그리하여 강창극본은 이 재의의 과정마다 이루어지고, 나아가 극본 단위가 전체적인 극본으로 체계화되는 것이다.

따라서 영산재의 강창극본은 가장 보편적인 희곡 형태로서 수륙재나 예수재의 그것과 합세하여 커다란 희곡 유형을 조성하기에 이른다. 이런 극본의 흐름이 광범하게 인지되면서, 그것은 불교계 강창극본과 합류하지 않을 수가 없었다. 이러한 강창극이 판소리로 정리·발전하면서, 그 극본은 판소리창본으로 행세할 수가 있었다. 이에 이 재의의 강창극본은 불교계 강창극본과 결부시켜 좀 폭넓게 논의되어야 하겠다.

이렇게 볼 때, 영산재의 강창극본이 불교계 희곡으로 거론·정립된 것은 당연한 이치다.[10] 그래서 영산재의 강창극본이 수륙재나 예수재의 그것들을 희곡 양식으로 규정할 수 있는 하나의 기준이 될 수 있다는 것이다. 이처럼 재의극의 강창극본이 불교계 강창극본과 합류하여 그 희곡 장르의 거대한 유형을 형성하게 되었다. 이러한 강창극본 희곡 유형이 장구한 불교문학사 안에서 형성·전개되어 불교문예사상의 위치를 제대로 유지해 왔다고 보아진다. 이러한 강창극본은 불교계 강

---

10 이상 불교계 강창극본에 대한 논의는 위의 글, 236~242쪽 참조.

창극본의 전통을 계승하여 지금까지도 생동하고 있기 때문이다.

넷째, 대화극본 양식에 대해서다. 이미 영산재의 연극에서 대화극의 유형이 성립되었다고 밝혀졌다. 따라서 이 대화극의 대본이 바로 그 극본으로서 희곡적 성향을 갖추고 있는 터라 하겠다. 이 대화극본은 우선 각개 장면에 적절한 무대를 다양하게 배치하고, 그 음악도 전문적으로 연주하기를 요구한다. 대화극본은 배역들에게 역할에 따른 의상·분장을 독특하게 지시하고, 그 대화와 행동을 중심으로 몸짓과 표정, 그리고 소도구의 지참·활용까지 약속해 준다. 그 중에서도 대화는 게송·진언 등의 운문과 소문·착어·발원문·설법 등의 산문으로 진행된다. 이런 대화는 인간 간의 현실적 실현도 있고, 불보살·신중, 영가 등과의 신비적 교감도 있어 감격을 유발시킨다. 그리고 행동은 모두 유장하고 법도가 있어 비장미와 장엄미를 나타내게 지시되었다. 그래서 이런 대화극본은 기술방법이 완성되지 않아 강창극본의 차원을 넘어서지 못하지만, 그것이 실연되는 현장에서 희곡으로서의 진면목을 발휘하게 되어 있다.

이렇게 영산재의 대화극본이 규정·공인되면서, 그것은 수륙재와 예수재의 대화극본과 합세하여 본격적인 유파를 형성하게 된다. 그러면서 이 대화극본의 뚜렷한 흐름은 불교계 대화극본과 합류하여 서대한 세력으로 유통·전개되었던 것이다. 따라서 이 대화극본은 거시적 차원에서 불교계 대화극본과 연계시켜 검토해야만 될 것이다.

이렇게 본다면 영산재의 대화극본이 불교계 희곡으로 규정된 것은 타당한 일이다.[11] 이로써 대화극본은 수륙재나 예수재의 그것이 희곡

11　이상 불교계 대화극본에 대한 논의는 위의 글, 243~251쪽 참조.

장르로 평가·공인될 수 있는 규준이 될 터이다. 나아가 이들 재의의 대화극본이 독자적 희곡 유형을 이루어 불교계 대화극본에 합류함으로써, 희곡사의 조류를 타게 되었다. 이러한 대화극본은 장원한 불교문학사 속에서 형성·유전되어 불교문예사상의 중요한 위치를 확보하여 왔던 것이다. 이 재의의 대화극본이 불교계 대화극본의 계통을 이어받아서 오늘까지 생동하고 있기 때문이다.

이상과 같이 영산재의 극본이 수륙재와 예수재를 비롯한 불교재의의 그것과 함께 전체적으로는 장편희곡으로 규정되고, 각개 과정으로는 단편희곡으로 평가되었다. 이렇게 볼 때, 이들 장편이나 단편임을 막론하고, 희곡 양식은 종합문학적 성격을 띠게 되었다. 그 희곡작품 안에는 각종 운문과 산문이 다양하게 존재하기 때문이다. 실제로 장르론에 입각하여 그에 내장된 문학작품을 유별하면, 여러 갈래로 나누어짐을 보게 된다.

먼저 운문 시가만 하더라도, 수많은 한시 근체시가 있고, 국문가사 등이 삽입되어 있는 터다. 그리고 산문을 보면 수필로서 주의·서발·전장·애제·논설·담화·잡기 등이 산재하며, 강담·설화로서 서사문학이 위치하고 있는 것이다. 그렇다면 이 불교재의의 극본이 희곡 장르로 분화 규정되는 마당에, 그것은 시가·수필·서사문학을 망라하는 종합문학의 실상을 보여 주는 바라 하겠다. 더구나 이들 문학작품들이 종교적 사상과 정서로 심화된 가치를 지니고 있는 터이므로, 이들 극본들은 값진 불교문학·종교문학의 보고라 하여 마땅할 것이다.

그러기에 이 극본들의 불교문학적 보고에서 실제적으로 각개 문학 장르, 시가·수필·서사적 형태를 분화·추출하고 장르론에 의하여 검토할 필요가 있다. 그것은 이들 극본·희곡의 입체적 실상을 적극적으로 분석하는 길이고, 나아가 그 종합적 기능과 문학예술사상의 위치를 파악하는 방편이기 때문이다. 따라서 이 극본·희곡은 하나의 종합문학이면서 여러 문학 장르이고, 여럿이면서 하나인 그 진면목을 드러내게 될 것이다.

3. 영산재의궤범의 장르적 분화

1) 시가계 작품의 독립

첫째, 이 궤범에 수록된 시가계 자품의 현황에 대해서다. 전게한 10개 작법별로 거기에 거재된 작품을 순차대로 제목만 열거해 보겠다. 여기서는 거의 모두가 '～게偈'로 표기되어 있는데, 이것은 바로 불교계의 한시를 말한다. 나머지 일부가 국문가사로 되어 있는 실정이다.

제1 〈괘불작단〉에서

「옹호게」(7언절구) (1회 출현, 원전, 64쪽)

「찬불게」(7언절구) (1회 출현, 위, 64쪽)

「출산게」(7언절구) (1회 출현, 위, 65쪽)

「염화게」(7언절구) (1회 출현, 위, 65쪽)

「등상게」(7언절구) (1회 출현, 위, 66쪽)

「사무량게」(7언절구) (1회 출현, 위, 66쪽)

「헌좌게」(7언절구) (1회 출현, 위, 67쪽)

「다게」(7언절구) (1회 출현, 위, 68쪽)

제2 〈시련작법〉에서

「옹호게」(7언절구) (2회 출현, 원전, 35쪽)

「헌좌게」(7언절구) (2회 출현, 위, 36쪽)

「다게」(5언절구) (2회 출현, 위, 36쪽)

「행보게」(7언절구) (1회 출현, 위, 37쪽)

「영축게」(7언절구) (1회 출현, 위, 37쪽)

제3 〈대령작법〉에서

「지옥게」(7언절구) (1회 출현, 원전, 41쪽)

「진령게」(7언절구) (1회 출현, 위, 42쪽)

「가영」(7언절구) (1회 출현, 위, 43쪽)

제4 〈관욕작법〉에서

「입실게」(7언절구) (1회 출현, 원전, 47쪽)

「목욕게」(7언절구) (1회 출현, 위, 48쪽)

「가영」(7언절구) (2회 출현, 위, 50쪽)

「정중게」(5언절구) (1회 출현, 위, 50쪽)

「개문게」(5언절구) (1회 출현, 위, 50쪽)

「법성게」(7언 고시) (1회 출현, 위, 53쪽)

「괘전게」(5언절구) (1회 출현, 위, 54쪽)

「안좌게」(7언절구) (1회 출현, 위, 54쪽)

「다게」(7언절구) (3회 출현, 위, 54쪽)

「옹호게」(7언절구) (3회 출현, 위, 56쪽)

「이운게」(7언절구) (1회 출현, 위, 56쪽)

「헌전게」(7언 율시) (1회 출현, 위, 56쪽)

제5 〈신중작법〉에서

「옹호게」(7언절구) (4회 출현, 원전, 59쪽)

「가영」(7언절구) (3회 출현, 원전, 61쪽)

「다게」(5언절구) (4회 출현, 위, 62쪽)

「탄백」(7언절구) (1회 출현, 위, 62쪽)

제6 〈권공작법〉(영산작법)에서

「갈향」(7언절구) (1회 출현, 원전, 70쪽)

「연향게」(7언절구) (1회 출현, 위, 70쪽)

「갈등」(7언절구) (1회 출현, 위, 71쪽)

「연등게」(7언절구) (1회 출현, 위, 71쪽)

「갈화」(7언절구) (1회 출현, 위, 72쪽)

「서찬게」(7언절구) (1회 출현, 위, 72쪽)

「불찬」(7언절구) (1회 출현, 위, 72쪽)

「합장게」(5언절구) (1회 출현, 위, 80쪽)

「고향게」(7언절구) (1회 출현, 위, 81쪽)

「관음찬」(7언절구) (1회 출현, 위, 81쪽)

「가영」(7언절구) (4회 출현, 위, 83쪽)

「걸수게」(7언절구) (1회 출현, 위, 83쪽)

「쇄수게」(7언절구) (1회 출현, 위, 83쪽)

「사방찬」(7언절구) (1회 출현, 위, 84쪽)

「단청불」(7언절구) (1회 출현, 위, 88쪽)

「헌좌게」(7언절구) (3회 출현, 위, 89쪽)

「다게」(7언절구) (5회 출현, 위, 89쪽)

「향화게」(7언고시) (1회 출현, 위, 90쪽)

「정대게」(7언절구) (1회 출현, 위, 91쪽)

「개경게」(7언절구) (1회 출현, 위, 91쪽)

「청법게」(5언절구) (1회 출현, 위, 92쪽)

「설법게」(7언절구) (1회 출현, 위, 92쪽)

「수경게」(7언절구) (1회 출현, 위, 93쪽)

「사무량게」(7언절구) (2회 출현, 위, 93쪽)

「귀명게」(5언절구) (1회 출현, 위, 93쪽)

「육법공양」(7언절구) (1회 출현, 위, 96쪽)

「가지게」(7언 6구) (1회 출현, 위, 98쪽)

「탄백」(7언절구) (2회 출현, 위, 99쪽)

「회심곡」(가사) (1회 출현, 위, 99쪽)

「축원화청」(가사) (1회 출현, 위, 99쪽)

제7 〈중단작법〉(각배작법)에서

「갈향」(7언절구) (2회 출현, 위, 109쪽)

「등게」(7언절구) (2회 출현, 위, 109쪽)

「합장게」(5언절구) (2회 출현, 위, 109쪽)

「고향게」(7언절구) (2회 출현, 위, 109쪽)

「가영」(7언절구) (5회 출현, 위, 110쪽)

「사방찬」(7언절구) (1회 출현, 위, 110쪽)

「도량게」(7언절구) (1회 출현, 위, 110쪽)

「참회게」(7언절구) (1회 출현, 위, 110쪽)

「정대게」(7언절구) (2회 출현, 위, 111쪽)

「개경게」(7언절구) (2회 출현, 위, 111쪽)

「청법게」(5언절구) (2회 출현, 위, 111쪽)

「설법게」(7언절구) (2회 출현, 위, 111쪽)

「수경게」(7언절구) (2회 출현, 위, 111쪽)

「사무량게」(7언절구) (3회 출현, 위, 112쪽)

「귀명게」(5언절구) (2회 출현, 위, 112쪽)

「진령게」(7언절구) (2회 출현, 위, 113쪽)

「가영」(7언절구) (6회 출현, 위, 114쪽)

「헌좌게」(7언절구) (3회 출현, 위, 114쪽)

「다게」(7언절구) (6회 출현, 위, 114쪽)

「진령게」(7언절구) (3회 출현, 위, 115쪽)

「가영」(7언절구) (7회 출현, 위, 116쪽)

「가영」(7언절구) (8회 출현, 위, 116쪽)

「헌좌게」(7언절구) (4회 출현, 위, 116쪽)

「다게」(5언절구) (7회 출현, 위, 116쪽)

「가영」(7언절구) (9회 출현, 위, 117쪽)

「가영」(7언절구) (10회 출현, 위, 117쪽)

「가영」(7언절구) (11회 출현, 위, 117쪽)

「가영」(7언절구) (12회 출현, 위, 117쪽)

「가영」(7언절구) (13회 출현, 위, 118쪽)

「가영」(7언절구) (14회 출현, 위, 118쪽)

「가영」(7언절구) (15회 출현, 위, 118쪽)

「가영」(7언절구) (16회 출현, 위, 118쪽)

「가영」(7언절구) (17회 출현, 위, 119쪽)

「가영」(7언절구) (18회 출현, 위, 119쪽)

「가영」(7언절구) (19회 출현, 위, 119쪽)

「가영」(7언절구) (20회 출현, 위, 120쪽)

「가영」(7언절구) (21회 출현, 위, 120쪽)

「가영」(7언절구) (22회 출현, 위, 120쪽)

「가영」(7언절구) (23회 출현, 위, 120쪽)

「가영」(7언절구) (24회 출현, 위, 120쪽)

「법성게」(7언 고시) (2회 출현, 위, 121~122쪽)

「괘전게」(5언절구) (2회 출현, 위, 122쪽)

「헌좌게」(7언절구) (5회 출현, 위, 122쪽)

「다게」(5언절구) (8회 출현, 위, 122쪽)

「다게」(5언절구) (9회 출현, 위, 123쪽)

「가지게」(7언 6구) (2회 출현, 위, 124쪽)

「상단축원 화청」(가사) (2회 출현, 위, 124쪽)

「운심게」(7언절구) (1회 출현, 위, 125쪽)

「탄백」(7언절구) (3회 출현, 위, 125쪽)

「중단축원 화청」(가사) (1회 출현, 위, 126쪽)

「다게」(7언절구) (10회 출현, 위, 126쪽)

「탄백」(7언절구) (4회 출현, 위, 127쪽)

제8 〈화청작법〉에서

축원화청 · 육갑화청 · 팔상화청 · 사중경화청, 고사선염불 · 평염불 · 원불 · 지옥도송 · 아귀도송 · 인도송 · 천도송 · 방생도송 · 참선곡 · 회심곡 · 별회심곡 · 어설인과곡 · 권선곡 · 선중권곡 · 명이권곡 · 재가권곡 · 빈인권곡 · 수선권곡 · 별창권악곡 · 자책가 · 서왕가 · 원적가 · 신년가 · 백발가 · 왕생가 · 신불가 · 성도가 · 오도가 · 열반가 · 십악업 · 가가가음 · 조부유[12]

제9 〈시식작법〉(관음시식)에서

「진령게」(7언절구) (4회 출현, 원전, 129쪽)

「제1게」(5언절구) (1회 출현, 위, 130쪽)

「가영」(7언절구) (25회 출현, 위, 131쪽)

「다게」(5언절구) (11회 출현, 위, 131쪽)

「가영」(7언절구) (26회 출현, 위, 132쪽)

「헌좌게」(7언절구) (6회 출현, 위, 132쪽)

---

12 홍윤식, 앞의 책, 145~147쪽.

「다게」(7언절구) (12회 출현, 위, 133쪽)

「보공양게」(5언율시) (1회 출현, 위, 117쪽)

「미타인행48원」(5언고시) (1회 출현, 위, 137쪽)

「제불보살10종대은」(5언고시) (1회 출현, 위, 137쪽)

「보현보살10종대원」(5언고시) (1회 출현, 위, 138쪽)

「석가여래팔상성도」(5언율시) (1회 출현, 위, 138쪽)

「다생부모10종대은」(5언고시) (1회 출현, 위, 138쪽)

「미타찬」(7언율시) (1회 출현, 위, 143쪽)

제10 〈회향작법〉에서

「봉송게」(7언절구) (1회 출현, 원전, 144쪽)

「행보게」(7언절구) (2회 출현, 위, 144쪽)

「법성게」(5언고시) (3회 출현, 위, 144쪽)

「보회향게」(7언절구) (1회 출현, 위, 146쪽)

제11 〈식당작법〉에서

「정식게」(5언절구) (1회 출현, 위, 104쪽)

「삼시게」(5언절구) (1회 출현, 위, 105쪽)

「회향게」(7언절구) (1회 출현, 위, 107쪽)

　　위와 같이 11개 작법을 통하여, 한시 133수와 가사 37편이 삽입·활용되어 왔다. 이 한시에는 제목으로 보아 중복되는 것이 보인다. 가령 「가영」 27회, 「다게」 12회, 「헌좌게」 6회, 「탄백」 4회, 「진령게」 4회,

「법성게」 3회 등이 그것이다. 이렇게 중복된 작품들은 일부 동일한 것의 되풀이도 있지만, 대부분 그 작법의 진행 과정에 따라 내용이 다를 수밖에 없다. 그리고 국문가사는 〈화청작법〉에 한하여 불교가사로서 적절히 선택·활용되었던 것이다. 기실 이 〈화청작법〉은 그 자체만으로 독자 연행되는 경우보다는, 편의상 전게 작법 과정에 편입되어 거기에 알맞은 가사를 선정·인용하는 사례가 많았던 것이다.

이들 시가는 모두 작자를 밝히지 않았다. 오랜 역사와 전통을 가진 영산재와 함께 전승·연행되면서, 원래의 작자를 잃었거나 처음부터 작자를 기록치 않았기 때문일 것이다. 그러나 분명한 것은 이 시가들이 영산재의 창도 이래, 역대의 학승·문승들에 의하여 최고도로 제작·연마된 작품이라는 사실이다. 이 모두가 장엄·정중한 재의에 바쳐지는 정성·감동의 작품이어야 했기 때문이다.

둘째, 시가 작품의 주제·사상에 대해서다. 이 시가들이 불교 전반을 주제·사상으로 함유하고 있는 것은 당연하다. 영산재가 불교를 주제·사상으로 하여 불교적 이상을 실현하려는 재의이기 때문이다. 이 영산재는 유주 무주 영가들이나 지옥중생을 승화·구제하여 극락왕생케 하는 데에 이념·목적을 두고 있는 게 분명하다. 따라서 유족·자손들이 보은·효행의 차원에서 재의를 열어, 모든 영가를 천도하는 것은 자비·구제의 보살정신이요, 보은사상의 효행적 실천이라 보아진다. 여기에는 지옥중생을 모두 구제·성불케 하겠다는 지장사상이 기반을 이루고, 인과응보의 사상과 함께 극락왕생의 정토사상 및 신앙이 깃들어 있는 것이다. 이러한 전체적인 주제·사상은 위 각개 작법의 성격에 따라 구체화되는 게 원칙이다. 이러한 주제·사상은 그 작품들의 정신이요 핵심이기 때문이다.

셋째, 시가 작품의 형식에 대해서다. 위에서 시가에는 대부분의 한시와 일부의 국문가사가 들어 있다는 사실이 밝혀졌다. 우선 이 한시들은 모두가 전형적인 근체시형을 갖추고 있다. 5언 절구와 5언 율시, 5언 고시, 그리고 7언 절구와 7언 율시, 7언 고시 등이 바로 그것이다. 먼저 5언 절구는 20수로서 모두 5언 4구로 정형을 이루고 있으니, 임의로 1수를 들어 보면, 〈권공작법〉에 있는 「귀명」이다.

十方盡歸命　시방삼세 삼보님께 귀명하오니

滅罪生淨信　죄업은 멸하고 맑은 신심 생겨나서

願生蓮華藏　원컨대 연화장세계

極樂淨土中　극락정토에 왕생하리라.

이만 하면 영산회상의 '삼보귀명三寶歸命'을 내용으로, 5언 절구의 전범을 보여 주고 있다. 이처럼 5언 절구가 상당한 세력을 갖추고 있는 것은 7언 절구에 이어, 기도·기원에서 구송하기가 좋은 편이어서 그랬으리라 본다. 그리고 5언 율시는 단 2수인데, 그 세력은 약하지만, 그형식은 완전하다. 실례를 들면, 〈시식작법〉에 나오는 「보공양게」이다.

受我此法食　제가 드린 이 공양을 받으니

何異阿難饌　아난의 밥과 무엇이 다르랴

飢腸咸飽滿　주린 창자 모두 배부르고

業火頓淸凉　죄업의 불길 다 꺼져서 시원해지며

頓捨貪嗔痴　탐진치 모진 삼독을 몰록 버리고
常歸佛法僧　항상 불법승 삼보에 귀의하니
念念菩提心　생각마다 지혜의 마음이면
處處安樂國　곳곳마다 모두가 안락국이네

이만 하면 내용도 심오하고 그 형식도 정연한 5언 8구로 떳떳한 율시라 하겠다. 오히려 5언 고시는 5수나 되어 상당한 수준을 유지하고 있는데, 그 형식이 또한 완연한 터다. 여기에는 〈시식작법〉에 속하는 「미타인행사십팔원彌陀因行四十八願」(48구)과 「제불보살십종대은諸佛菩薩十種大恩」(10구)·「보현보살십종대원普賢菩薩十種大願」(10구)·「다생부모십종대은多生父母十種大恩」(10구) 등이 있으나, 장황하여 실례를 생략하겠다.

다음 7언 절구는 100수나 되니 7언 4구로서 정형을 이루며 가장 큰 세력을 유지하고 있다. 이 한시 형이 기도·염불하는 데에 제일 적합한 게 사실로 나타난다. 그 중에서 임의로 한 작품을 들어 보면, 〈시련작법〉에 있는 「행보게行步偈」이다.

移行千里滿虛空　허공 끝까지 먼 길을 떠나나니
歸道情忘到淨邦　가다가 정을 잊으면 서기가 정토라오
三業投誠三寶禮　삼업을 기울여 삼보께 귀의하나니
聖凡同會法王宮　성현·범부 모두 함께 법왕궁에 모여드네

이만 하면 불교의 심오한 행보를 7언 절구의 전형으로 잘 표현하고 있는 터다. 이것을 확대한 7언 율시는 3수로 미약한 형편을 보인다. 그런데로 1수를 들어 보면, 〈관욕작법〉에 들어 있는 「헌전게獻錢偈」이다.

化紙成錢兼備數　종이가 변하여 많은 돈이 되니
堆堆正似百銀山　쌓이고 쌓여 온통 은산과 같네
金錢奉獻冥官前　금전을 명관 앞에 바치니
勿棄芒芒曠野間　망망한 광야에 버리지 마오
妙經功德說難盡　묘한 경전의 공덕은 이루 다 말하기 어렵고
佛語臨中最後談　부처님의 말씀은 이 가운데서 마지막 법담이네
山毫海墨虛空紙　산을 붓으로 바다를 먹물로 허공을 종이로 쓰되
一字法門不書函　한 마디 법문을 써서 담지 못하네

이만 하면 내용도 충분하거니와, 7언 8구의 율시 형식이 완전한 터다. 여기에 7언 고시가 2번이나 나오는데, 그게 바로 그 유명한 「법성게法性偈」(30구·의상)이다. 이 게송은 불교의 진수·법성을 가장 원숙하고 장원한 고시체로 표현하였기로 실례를 들어 볼 필요가 없겠다.

한편 위 국문가사는 이미 지적된 대로 지금까지 수집된 것만도 37편이나 되는데, 아직도 발굴될 여지가 있는 터다. 이들 국문가사는 노래로 부르는 '가사歌詞'이며, 모두가 이른바 '가사歌辭'이다. 그것은 거의 다 장편이며, 노래조의 이야기, 이야기체의 노래로서 정형을 이루고 있다. 그것은 전통적인 형식으로 3·4조, 4·4조의 연속체를 이루는 산문적 시가라고 널리 알려진 터다. 이것은 잘 알려진 양반가사·평민가사·내방가사와 같이 '불교가사'로서 연창·행세하여 왔다. 이 작품군의 형식을 알기 위하여 그 중의 한 작품을 들면, 바로 「반회심곡」(이경

협스님 화청가사)이다. 그 초두를 보면

세상천지 만물중에 사람밖에 또있는가(4·4조, 4·4조)

여보시오 염불동무 이내말씀 드러보소(4·4조, 4·4조)

이세상에 나온사람 뉘덕으로 나왔는가(4·4조, 4·4조)

부처님의 은덕으로 제석님전 복을빌어(4·4조, 4·4조)

칠성님전 명을빌어 아버님전 뼈를빌어(4·4조, 4·4조)

어머님전 살을빌어 십삭이 지나실제(4·4조, 3·4조)

괴로움은 어찌했나 잠인들 편히자며(4·4조, 3·4조)

행동인들 어찌했오 유혈이 낭자하니(4·4조, 3·4조)
죽엄의 길이로다(3·4조)[13]

이처럼 일반 가사의 율조·형식을 따르고 있다. 이제 이 작품의 중
간을 보면

깊은설산 홀로가서 육년동안 염불참선(4·4조, 4·4조)

주야없이 닦으시어 임오납월 초파일조에(4·4조, 4.5조)

동편새벽 멍성보고 활언내오 노깨쳐서(4·4조, 4·4조)

삼계에는 대도대사 사생에는 자부시어(4·4조, 4·4조)

광장설상 법문으로 무량중생 제도하네(4·4조, 4·4조)

부처님의 묘한법은 고금에 없건마는(4·4조, 3·4조)

불상한 우리중생 화택중에 윤회하니(3·4조, 4·4조)

---

13 위의 책, 151쪽.

끝코를 못찾아서 사해순환 분명하니(3 · 4조, 4 · 4조)

대원세워 공부해서 금일금시 성불하세(4 · 4조, 4 · 4조)[14]

이런 율조 형식으로 장편을 이어 가다가, 마침내 말미 부분에 가서는

애지중시 하던마음 몇날며칠 보존하리(4 · 4조, 4 · 4조)

눈한번 깜짝하면 만당처자 쓸데없다(3 · 4조, 4 · 4조)

만첩청산 들어가니 흐르나니 녹수로다(4 · 4조, 4 · 4조)

이욕염왕 인욕쇠요 정행타불 접연대라(4 · 4조, 4 · 4조)

유타염불 제일이다 지성으로 염불하세(4 · 4조, 4 · 4조)

피안사심 없건마는 무연중생 어찌하리(4 · 4조, 4 · 4조)

어화우리 동무들아 노는입에 염불하세(4 · 4조, 4 · 4조)[15]

이렇게 마무리된다. 이것은 전형적인 가사 형식을 완비하고 있다. 이로써 위 가사들이 모두 정형적 가사작품임을 확인할 수가 있다. 따라서 이 일군의 불교가사는 아무래도 영산재의 〈화청작법〉을 통하여, 오랜 세월 형성·연마·연행을 거쳐서 그 역사적 위상을 정립하고 있는 터라 하겠다. 「화청작법」이 불교가사의 요람이요 무대라고 보아지기 때문이다.

넷째, 이 시가의 표현에 대해서다. 이 작품들은 모두 불보살이나 신중, 유주 무주 영가와 신도 대중을 동시에 감동·승화시키는 데에 제일

---

14 위의 책, 173쪽.
15 위의 책, 177쪽.

의 목적이 있으므로, 그 표현법이 문학적으로 세련되어 있다. 우선 오묘한 불법의 세계를 함축적으로 미묘하게 표현하는 점이 놀랍다. 그한 실례를 들면, 〈권공작법〉에 나오는 「설법게說法偈」이다.

一光東照八千土　한 광명이 동쪽에서 팔천토를 두루 비추니
大地山河如杲日　대지와 산하가 밝은 해와 같이 빛나도다
卽是如來微妙法　이게 바로 여래의 미묘한 법문이니
不順向外謾尋覓　모름지기 밖을 향하여 부질없이 찾지 말라.

이와 같이 수사가 은근하고 빼어난다. 광명이 동방의 천하를 비추어, 산하 대지가 온통 해처럼 밝아지니, 그것이 바로 여래의 미묘한 법문이라 표현하였기 때문이다. 「헌전게」에서 '묘경공덕妙經功德', 부처님의 최후 법담을 두고, "山毫海墨虛空紙 一字法門不書函"이라고 한 것도참으로 장중하고 미묘한 표현이라 하겠다. 이것은 바로 선시의 '쌍관雙關'에 해당되는[16] 멋진 표현이다.

그리고 이 한시들에는 비유법이 빛나고 있다. 위 〈괘불작단〉에 있는「찬불게」에서

塵墨劫前早成佛　한량없는 전세에 일찍이 성불하고
爲度衆生現世間　중생을 제도하려 세간에 나오셨네
巍巍德相月輪滿　높고 높은 그 덕상은 둥근 달로 가득하니
於三界中作導師　이 삼계의 도사가 되셨네

16　이종찬, 「禪詩의 修辭」, 『한국의 선시』, 이우출판사, 1985, 71~72쪽.

이처럼 부처를 찬탄함에 그 덕상을 둥근 달에 비유함은 결코 낯설지 않고 절실한 바가 있다. 위 〈권공작법〉에 나타나는 「연등게」를 보면

大願爲炷大悲油　대원으로 심지하고 대비로 기름삼아

大捨爲火三法聚　크게 버려 불을 켜고 삼법을 응축하니

菩提心燈照法界　보리심이 등불 되어 법계를 다 비추고

照諸衆生願成佛　빛 받은 여러 중생 부처 되기 서원하네

이렇게 비유법을 너무도 적절하게 활용하고 있다. 원래 시작의 비유법은 불가에서 성행·승화되었거니와, 이런 작품에서 더욱 빛나고 있다. 위에 든 한시 중에서는 이 불가의 '대사大捨 초연超然'의 정일한 선미가 향훈처럼 피어나니, 이 또한 시작·표현의 말 못하는 묘미로 손꼽히는 대목이다. 위 〈관욕작법〉 속의 「다게」를 보면

百草林中一味新　백초의 수풀 속에 한 맛이 새로우니

趙州常勸幾千人　조주스님이 항상 권한 것이 몇 천인인가

烹將石鼎江心水　돌솥에 강심의 물로 다려 바치니

願使亡靈歇苦輪　영가여 잘 마시고 고통의 수레바퀴 부디 면하오

이처럼 한 잔의 차를 바치며 뛰어난 비유법을 쓰고 있다. 그 차를 두고 '백초일미신百草一味新'이라 한 것은 언제 보아도 참신한 비유가 아닐 수 없다. 그 차를 다림에 '석정石鼎'에 '강심수江心水'로 하다니, 거기에는 돌솥 같은 무거운 정성과 강심수 같은 깊고 맑은 마음이 자리하고 있는

것이다. 위 한시만을 자세히 살펴도 거기에 한시의 수사, 불교시 선시의 묘법이 거의 다 함장되어 있는 터다.

위 시가들은 물론 영산재의 게송이요 불교시임에 틀림이 없다. 그러나 그동안의 통념대로, 그저 재의에 활용되는 의례적 운문으로 보아 넘긴 게 사실이다. 이제 이 시가들은 불교시·선시이면서 오히려 정일·찬연한 고차원의 문학 그 시가라는 것을 확인할 수 있다. 위 모든 시가들은 잘 알려진 일반 시가와 대등하여 조금도 손색이 없기 때문이다. 오히려 위 시가들은 일반 시가와는 달리 언제나 범패나 음악에 맞추어, 경건하고 거룩하게 작용·생동하고, 종교·예술의 높은 경지로 승화되어 온 것이 주목되는 터다.

2) 수필계 작품의 자립

첫째 이 궤범에 실려 있는 수필계 작품의 현황에 대해서다. 전게한 11개 작법별로 거기에 수록된 수필 수준의 작품을 제목(가제)만 열거해 보겠다. 여기에는 불보살이나 신중 내지 영가들에 대한 상주·발원·청원, 축원·위안 등의 산문이 주류를 이루는데, 그것이 불교계 수필의 중요한 작품들이리 본다. 이 작품들은 궤본에서는 모두 한문이지만, 승려·신도들이 실제로 운용할 때에는 구어로 번역·연설할 수도 있었다.

제1 〈궤불작단〉에서

영산지심(청원) (1회 출현, 원전, 66~67쪽)

수설대회소(상주) (1회 출현, 위, 68쪽)

중직찬(상주) (1회 출현, 원전, 76~78쪽)

소직찬(상주) (1회 출현, 위, 78~79쪽)

수설대회소(상주) (2회 출현, 혜봉사본, 147~148쪽)

영산개계(상주) (1회 출현, 위, 81쪽)

대회소(상주·청원) (1회 출현, 위, 84~85쪽)

삼보소(청원) (1회 출현, 위, 86~87쪽)

대불청(청원) (1회 출현, 위, 87쪽)

사부청(청원) (1회 출현, 위, 88쪽)

단불청(청원) (1회 출현, 위, 88쪽)

일체공경(공양) (1회 출현, 위, 90쪽)

상래가지(공양) (1회 출현, 위, 96쪽)

육법공양(공양) (1회 출현, 위, 96~98쪽)

제7 〈중단작법〉(각배작법)에서

상단소(상주) (1회 출현, 원전, 112~113쪽)

유치(청원) (1회 출현, 위, 113쪽)

청사(청원) (1회 출현, 위, 113쪽)

시왕수(청원) (1회 출현, 위, 114~115쪽)

유치(청원) (2회 출현, 위, 115쪽)

청사(청원) (2회 출현, 위, 115~116쪽)

청사(청원) (3회 출현, 위, 116쪽)

청사(청원) (4회 출현, 위, 116쪽)

청사(청원) (5회 출현, 위, 117쪽)

제8 〈화청작법〉에서

(산문없음)

제9 〈시식작법〉(관음시식)에서

증명청(청원) (1회 출현, 위, 131쪽)

고혼청(청원) (2회 출현, 위, 132쪽)

착어(청원) (3회 출현, 위, 132쪽)

칭양성호(발원) (1회 출현, 위, 134쪽)

여래십호(찬양) (1회 출현, 위, 134쪽)

염불십종공덕(발원) (1회 출현, 위, 139쪽)

축원(발원) (1회 출현, 위, 140~141쪽)

칭양성호(발원) (2회 출현, 위, 141~142쪽)

축원(발원) (2회 출현, 위, 142~143쪽)

제10 〈회향작법〉에서

봉송(발원) (1회 출현, 위, 145쪽)

제11 〈식당작법〉에서

반야심경(독경) (1회 출현, 원전, 102~103쪽)

축원(발원) (3회 출현, 위, 106쪽)

축원(발원) (4회 출현, 위, 106쪽)

이상과 같이 많은 산문들이 독자적 체제로써 그 작법 내에서 역할을 다하고 있다. 이 산문 작품들은 실제로 68편에 달하는데, 이 모두가 독특한 주제·내용을 효율적으로 표현함으로써, 독자적 성격을 갖추고 그 기능을 발휘하고 있는 터다. 여기서 분명한 것은 이 산문작품들이 이 영산재에서 필수되는 산문문학이라는 사실이다. 기실 불교·재의에 따르는 일체의 내용을 필요에 따라 가장 효율적으로 표현하고 있기 때문이다. 따라서 이미 전제된 대로, 이 산문작품들을 문학 장르론에 의하여 일단 수필이라고 규정하려는 것이다.

이 작품들은 위 시가처럼 모두 작자를 밝히지 않고 있다. 이렇게 된 연유는 위 시가의 경우와 같다고 보아진다. 이러한 산문들이 영산재의 창도·전승과 운명을 같이 하면서, 오랜 역사와 전통을 유지하는 가운데, 역대 학승·문승들에 의하여 제작·조정되어 오늘에 이어지고 있기 때문이다. 따라서 이 작품들은 상당한 고정성을 가지고 그 원형을 보존하면서도 그 시대와 재의의 정황에 따라 세련·원숙되어, 그 나름의 전형을 유지하고 있는 실정이다. 그러기에 이 작품들의 문학적 실상과 함께, 그 제의사 내지 문예사적 위상을 중시할 수밖에 없는 터다.

둘째, 이 작품들의 주제·사상에 대해서다. 이 점에 있어서는 위 시가와 공통되는 게 당연하다. 기본적으로 불교와 재의의 범위 안에서 재의의 목적을 달성하는 것이 이 작품들의 공동 주제임은 물론, 그러기 위해서는 불교와 불보살의 사상이 전체적으로 부각될 수밖에 없기 때문이다. 그러기에 이 산문들은 불교사상의 전체를 기반으로 하여, 중생제도의 차원에서 부처님의 위신력과 무상권능, 보살들의 자비·원력, 그래서 관음사상이나 지장사상 등을 능동적으로 표현한다. 나아가 인과응보와 지옥신앙, 그로부터 해탈하기 위하여 참회·발원사상을 강조하고, 염불공덕과 왕생극락·정토사상을 입체적으로 선양하게 되었던 것이다.

셋째, 이 산문 작품들의 유형과 장르에 대해서다. 원래 수필의 장르는 다양하고 복합적이지만, 자유롭고 풍성한 것이 특장이다. 한국문학

의 수필 장르는 대강 교령·주의·논설·서발·전장·비지·애제·
서간·일기·기행·담화·잡기 등으로 갈라져 있는 실정이다.[17] 이러
한 장르 기준에 의하면, 이 영산재의 산문들은 상당한 특성을 가지고
장르적 위상이 매우 선명해지는 터다. 전술한 대로 이 산문들은 전체
적으로 제의문으로서 거시적으로는 '애제哀祭'에 속하는 게 당연하기
때문이다. 그러면서도 내면적 특성과 기능에 따라 검토해 보면, 부처
님께 상고·상주하는 '주의'계와 그 제의·작법의 취지와 내용을 객관
적으로 알리는 '논설'계 내지 '서발'계, 불보살·신중·영가의 내력·행
적을 서술하는 '전장'계 그리고 거기에 삽입되는 법화로서 '담화'계, 단
형 기도문과 게송이 어우어진 '잡기'계 등의 장르 성향이 자리하고 있
는 터다. 그렇다면 이런 전체적인 제의문 속에서, 주의·논설·서발·
전장·담화·잡기 그리고 좁은 의미의 애제를 더하여, 수필의 7개 장
르가 실질적으로 형성·작용하여 왔다고 보아진다.

넷째, 이 산문들의 표현·문체에 대해서다. 이미 알려진 대로 이 산
문들은 하나 같이 한문산문으로 고정되어 있다. 그런데 한문체가 시대
와 사찰, 그리고 구연하는 승려의 성향에 따라 구어체, 국어문체로 활
용·고정되었을 가능성도 없지 않다. 지금 상당수의 궤범들이 국문으
로 번역·활용되고[18] 있기 때문이다. 이러한 한문·국문의 양면성을
전제로 이 산문들의 표현·문체를 보면, 그 수사의 절실함과 오묘함이
위 시가와 다름이 없다. 전술한 대로 표현·문체에서 불보살·신중·
영가 등을 동시에 감동·감응케 해야 되었기 때문이다. 우선 주의계의

---

17 최승범, 「한국 수필문학의 사적 고찰」, 『한국 수필문학 연구』, 정음사, 1980, 45~46쪽.
18 김법현, 앞의 책; 장상철, 「권공·각배·영산」, 『주해정보요집』, 실상사, 1988 등 참조.

작품 하나를 들어 보겠다. 〈권공작법〉을 고유하는 「삼보소」이다.

聞薄伽至尊 甚深法藏 爲衆生之怙恃作 人天之福田 歸投者 皆蒙利益 懇禱
者 齊亨吉祥 宿願不違 悲憐六趣 由是江水淨而秋月來臨 信心生而諸佛悉降
今有此日云云 特爲追薦 前項靈魂 以憑佛力 度脫施行 嚴備香花 然塗茶果 供
養之儀 召請十方法界 過現未來 常住三寶 金剛密跡 十大明王 諸大聖衆 帝釋
梵王 天龍八部 一切護法 神祇等衆 謹具慈尊 開列如後 右伏以 慈悲普光 喜捨
無窮 應物現形 印千江之秋月 隨心滿願 秀萬卉之春風 愍此群情 願垂加護 今
夜今時 降臨道場 某 冒觸慈容 無任懇禱 激切之至 欽惟覺皇 表宣謹疏

이만 하면 독립된 산문 작품으로서 그 표현·문체가 원숙·절묘하
다. 먼저 지존·심심한 법장 삼보의 위신력을 찬탄하고, 여기에 귀
의·예경하면 이익·길상이 무궁함을 전제하여, 청정·신심을 일깨우
면서, 모든 영가를 해탈·왕생케 하려고 온갖 정성과 공양을 갖추어 상
단에 권공한다는 취지·목적을 간절하게 아뢰고 있다. 이 문체에는 수
미 일관되는 정연한 논리가 뚜렷하고, 인과적 필연성이 유기적 의미망
을 정결하게 이어 준다. 〈권공작법〉의 취지와 정성을 통하여, 이미 그
신묘한 영험과 성과가 투명하게 보이는 터다. 그 표현은 수사에서도
빼어나니, "由是江水淨而秋月來臨"과 "信心生而諸佛悉降"을 대조시킨
것은 위 시가에서 보인 대로, 조촐한 '쌍관'·'비유'라고 하겠다. 더구나
"慈悲普光 喜捨無窮 應物現形 印千江之秋月"에 이르러서는 점층적 강
조법을 통하여 궁극의 경지에 도달하는 절묘한 수사가 빛나고 있다.
여기서는 비유법은 물론, '희사무궁喜捨無窮'에 말미암은 이른바 '절려絶

慮'의 수법까지[19] 활용되고 있는 터다.

이보다 더 간요·간절한 작품을 들면, 〈대령작법〉에 들어 있는 애제계의 「고혼청孤魂請」이다.

실로 외로운 영혼(영가)을 재의도량으로 간청하는 간곡한 글이다. 아무리 무지한 영혼이라도 이런 글에는 감동·감응하지 않을 수가 없을진되, 현명하고 고독한 영가야 알마나 반갑고 흔연하겠는가. 그 '일심봉청一心奉請'이 고조된 음곡으로 심금을 울리기 시작한다. 아직도 죽음에 한을 품은 영가들에게 우선 위안·승화의 법문을 베푼다. "生也一片浮雲起 死也一片浮雲滅 浮雲自體本無實 生死去來亦如然"이 바로 그것이다. 잘 알려진 법구이면서도 언제나 실감이 오는 이 표현에 그 영가가 위안을 받고 승화되는 것은 당연하다. 다시 '일심봉청一心奉請'으로 영가와 재자를 일깨우고, 무저의 경계를 알고자 하거는 "當淨其意如虛空"하고, 모든 망상과 악취를 멀리 떠나 마음이 향하는 바에 장애를 없애라고 설파한다. 이 법어는 촌철살인격으로 영가와 재자를 동시에 구제하는 것이다. 그리하여 영가는 재의도량에 와서 불보살·신중과 승려·재자(자손)와 하나의 마음이 되는 터다. 이쯤 되면 이 고혼청문은

---

19 이종찬, 앞의 글, 76~77쪽.

쌍관·은유·절려 등의 수법을 써서 그 절묘한 표현을 이룩한, 아주 짧은 명문이라 하겠다.

마지막으로 잡기계의 한 작품을 들지 않을 수 없으니, 위 〈회향작법〉에 사용된 최후의 「봉송奉送」이다.

今此門外奉送齋者(云云)至某靈 上來 施食諷經 念佛功德 離妄緣耶 不離妄緣耶 離妄緣則 天堂佛刹 任性逍遙 不離妄緣則 且聽山僧 末後一偈 四大各離 與夢中 六塵心識本來空 欲識佛祖回光處 日落西山月出東 念十方三世 一切諸佛 諸尊菩薩 摩訶薩 摩訶般若婆羅密 願往生 願往生 願在彌陀會中坐 手執香花常供養 願往生 願往生 願生極樂見彌陀 獲蒙摩頂授記莂 願往生 願往生 願生華藏蓮花界 自他一時成佛道

이렇게 마지막으로 송별·봉송하는 절차가 전개된다. 재자(자손)들의 재의로 흡족히 시식공경하고 염불공덕을 닦았지만, 다시 헤어지자니, 또 망념이 일어나게 마련이다. 이에 법사는 그 사실을 먼저 알고, "離妄緣耶 不離妄緣耶"냐고 다그쳐 묻는다. 그러니 가는 영가나 남는 재자가 일단은 묵묵부답이다. 또 법사는 그 내심을 알고 하나의 게송으로 마지막 반연을 끊어 버린다. "四大各離與夢中 六塵心識本來空 欲識佛祖回光處 日落西山月出東"이라 하니 쉽고도 어려운 이 법문을 그 영가나 그 재자가 깨닫지 못할 리가 없다. 모두가 몰록 그 경지를 깨달으니, 마음은 가볍고 환희로 가득하다. 그래서 이 재의는 원만 성취되고 빛나는 회향을 맞는다. 그래도 최후로 「왕생게」를 염송하며 "自他一時成佛道"를 다시금 서원하는 것이다. 여기 이 산문에 2수의 게송이 끼어 비록 잡기라

고는 하지만, 이보다 종교·예술의 조화를 더 잘 이룬 작품은 참으로 드
물 것이다. 이 작품은 실로 불교산문·불교수필의 절묘한 표현 수법을
망라·융화시킨 단편 수작이기 때문이다.

3) 서사계 작품의 성립

첫째, 이 궤범에 수반된 서사계 작품의 현황에 대해서다. 기실 이 궤
범에는 그 서사계 작품이 명시·기록된 바가 없다. 그렇다면 이 재의
와 궤범에는 그 서사계 작품이 전혀 없다는 이야기가 된다. 그러나 그
런 것은 결코 아니다. 실제로 이 재의와 그 궤본에 바탕을 둔 서사계 작
품은 너무도 많고 그 역할도 활발한 것인데, 다만 기록에만 남아 있지
않을 따름이다. 그러기에 기록에 없다고 포기하고 말 것인가. 결코 그
래서는 안 된다. 이제 그동안의 방치·무관심과는 달리, 활발한 전거
를 가지고, 그 서사계 작품을 재구·수합할 수가 있기 때문이다.

잘 알려진 대로 모든 재의에서는 구비상관물로서 반드시 많은 신화들
이 형성·전개되었다. 원론적으로 신화들이 문화·문학의 원형으로서
실제도 낳은 분화와 분학을 생산·발전시킨 것은 자명한 일이다. 그러
기에 가장 발전되고 풍성한 불교재의가 영산재를 중심으로 오랜 전통과
성스러운 공간·도량에서 실시·공연되어 온 마당에, 그 기반·환경 속
에서 많은 불교신화가 형성·전개되고 나아가 그만한 불교문화와 불교
문학을 산출·발달시켜 온 것은 필연적인 결과라 하겠다. 그래서 이 재
의계 신화는 시대적 변화와 공간 내지 대중적 추세에 의하여 그 계통의

전설로 변모되기도 하고, 때로는 그 계열의 민담으로 대중화될 수도 있었던 것이다.

실제로 영산재의 11개 작법을 전체적으로 통관해 보면, 하나의 커다란 서사문맥이 조성되어 있음을 유추할 수가 있다. 그러기에 11개 작법 하나하나에도 단편적인 서사맥락이 실재함을 확인할 수가 있는 것이다. 그리되면 각개 작법 속에 있는 모든 시가와 산문, 염불·주력·독경·화청 내지 법문 등을 통하여 수많은 서사 형태가 성립될 수가 있었던 터다. 한편 각개 작법에 등장하는 불보살과 신중 그리고 영가들·담당 승려 내지 신심깊은 재자들 가운데서도 신이하고 감동적인 신화나 서사물이 생길 여지가 얼마든지 있는 것이다. 그러기에 고금을 통한 불교계의 신화나 전설·민담 기타 서사물들은 거의 다 이 불교재의와 영산재를 통하여 형성·전개된 것이라 보아도 무방할 터다. 이에 영산재와 궤범을 전거로 하여 오래 널리 그 많은 서사문학이 형성·전개되었으니, 사찰·도량의 모든 재의·영산재야말로 불교계 서사문학 일체의 생산적 요람이요 연행적 현장이며 보존적 보고라고 보아 마땅할 터이다. 다음에 유형 장르를 따라 구체적 사례를 점검할 수가 있겠다. 다만 이런 서사문학들이 재의적 근거를 가지고도 구비적 방편을 타고 형성·유통되어 왔기에 정착된 바가 거의 없을 뿐만 아니라, 작자와 연대가 미상인 것은 불가피한 일이다. 다만 이런 서사문학의 역사는 아주 일찍부터 불교제의 영산재와 그 흐름을 같이 할 수밖에 없었던 것이다.

둘째, 불교계 서사문학의 주제·사상에 대해서다. 이런 것이 위 시가나 산문 수필의 그것과 동궤의 것임에는 틀림이 없다. 다만 그 서사문학의 유통성과 대중성에 따라서, 주제·사상이 희석되기도 하면서 보다 민중적으로 확산·침투하였으리라 추정되는 터다. 그 주제는 기도의 목적과 취지에 맞추어, 이를 원만 성취한 이야기, 신효담·영험담으로 확산된 것이 사실이다. 그러면서 사상은 불보살과 신중의 가호·가피와 영가·재자의 신심·기원에 부합되어 대승불교 사상이 더욱 광범하게 전개되었던 것이다. 그래서 민중불교·민간불교 내지 기복불교까지 가세하여 실제로 석가불의 핵심 사상보다도 아미타불·약사불·미륵불의 사상·신앙이 성행하고, 관음보살이나 지장보살의 사상·신앙이 더욱 성세를 보이게 되었던 터다. 이러한 주제·사상을 지닌 모든 서사문학들은 대부분 위 불교재의·영산재를 통해서 형성·전개되었다고 본다. 이 불교재의·영산재가 환경·터전이 되어 불교신화를 생산·육성했을 뿐만 아니라, 그 신화로서 검증·공인을 해 주어야만 되었기 때문이다.

셋째, 서사문학의 유형·장르에 대해서다. 먼저 그에 관한 신화가 대두된다. 기실 불보살과 신중·영가 그리고 재자·신도, 한편 사찰·도량 각종 성물·문화재, 나아가 온갖 불경·불서 등에 관한 영험담은 모두 재의계 신화라고 본다. 실제적으로 신위에 관한 이야기, 신이한 이야기는 모두 신화이기 때문이나. 그러기에 이러한 일체의 영험담은 불교신화요 재의 신화라고 보아야 마땅하다. 다만 이 불교재의·영산재의 엄청난 실상과 그 기능을 묵살하고 소홀히 하여, 이러한 내막이 낯설고 허황하게 느껴질 따름이다.

이러한 불교신화가 신성성·신이성을 점차 잃어 가면서, 역사적·사실적 근거를 가진 유래담 형태로 변모·전개된 것이 불교전설 내지 재의전설이라 하겠다. 전국 각지 사찰의 창건전설, 절터의 유래담, 각종 건물·전각, 불상이나 보살상·신중상 등 일체 성물의 조성담, 고승·대덕의 전설·전기, 신도·거사 등의 신앙적 전기 등 그 신화의 영역을 거의 포괄하여 불교전설, 재의전설이 형성·유통되었던 것이다. 그러기에 현전하는 불교전설을 다시 재의를 통하여 재구하면, 그 불교신화의 면모를 재현할 수도 있는 터다.

이러한 불교신화나 불교전설이 신비성이나 역사성을 잃고 근거 없이 민중화되어 재미있는 이야기로 떠도는 것이 바로 불교민담이라 하겠다. 이런 민담은 불교의 근본사상이나 그재의와는 점차 멀어져 왔지만, 불교사상의 대중적 확산과 불교적 사건·소재로 하여 불교적 범위를 벗어날 수가 없다. 원래 불교적 면모를 갖추었다가 완전히 상실한 것도 그만한 흔적을 남기게 마련이고, 또한 일반 민담이 후대적으로 불교주제·사상이나 불교적 소재를 흡수하여 그 면모를 보이는 것도 유전되고 있는 실정이다. 이런 불교민담들이 비록 그 원형으로부터 많이 멀어졌지만, 이를 굳이 배제시킬 필요는 없다. 기실 이러한 민담을 가지고 불교재의를 통하여 재충전할 수도 있는 데다, 원래 불교신화 내지 전설이라는 게 일반 전설 및 민담을 수용하여 불교화한 게 사실이기 때문이다.

따지고 보면 이 불재의·영산재의 서사적 형태 즉 서사문학이 이렇게까지 확대·파악되고, 실제적으로 유통·행세하고 있다는 사실이 새롭게 검토되어야 한다. 그러기에 영산재의 서사문학적 전개를 그 실상과 위상에 의하여 파악하고, 일반적으로 떠도는 불교계 서사문학의 소종래 내지 재의적 성격, 그 연원적 탐색에 치중하여 그 혈연적 상호 관계를 규명해야만 될 것이다. 그것이 양자의 구체적 실상과 가치, 그 역사적 위상의 중요성을 제대로 평가하는 첩경이기 때문이다.

4) 희곡계 작품의 유통

위에서 영산재의 궤범이 그 진행의 대본으로서, 그것이 연극적으로 공연되는 때에, 전체적 차원에서 일대 극본・희곡이 된다고 논의되었다. 그리고 그것이 부분적으로 연행・공연되는 것을 전제로, 그 연극 장르를 가창극・가무극・강창극・대화극 등으로 잡고, 그 극본・희곡으로서 가창극본・가무극본・강창극본・대화극본 등을 설정하였던 것이다. 이제 위 극본・희곡에서 시가와 수필・서사 형태를 분화・전개시켜 보는 마당에서, 이 극본・희곡이 실제적으로 유통・전개된 양상을 살펴보는 것이 필요하다고 본다.

영산재가 고금을 통하여 시대와 형편에 따라서, 연행・공연에 상당한 변화와 증감이 있었다. 따라서 대본, 극본・희곡의 규모는 전체적으로나 부분적으로 변화・증감이 있었던 게 사실이다. 그래서 이 재의의 극본・희곡은 자연 능소능대한 융통성을 가지게 되었던 것이다. 일찍부터 이 영산재가 전국적으로 분포・전파되면서, 원형적 대본을 기본으로 하는 이본이 많이 형성・유전되었던 터다. 그리하여 이 재의에 대한 원본과 이본의 관계가 설정되고, 이본 가운데서도 뚜렷한 2가지 경향이 나타났던 게 분명하다. 그 하나는 발전적인 명분을 내세워, 전통을 고수・계승하기보다는 공연・흥행 위주로 비약적인 창작으로 치닫는 경우이고, 또 하나는 원형 보존의 의무를 자각하고, 보수적인 경향으로 일관하여 스스로 위축되는 것을 자초하는 경향이 바로 그것이다. 이러한 경향은 연행·공연의 여러 여건에 편승하여 점차 극단화되고, 일로 악화되고 있음을 주시·경계해야 된다.

그리하여 진정한 전문가는 공연학적 차원에서 현재의 난제를 극복하고 전통적 원형·원본을 중도적으로 확립·확정하여 일단 정본을 완성·정착시켜야만 한다. 그리하여 위 양극화되는 극본·희곡의 전개 경향을 조화롭게 조정하여, 바람직한 발전 방향을 선도해야 될 것이다. 이런 환경과 조류에 따라, 극본·희곡의 이본적 특성과 원형적 보편성을 균형 있게 검증해 나갈 필요성이 있다. 그러기에 전통적 원형을 모본으로 하는 현대적 극본·희곡을 다양하게 시도·발전시키자는 것이다.

여기서 요사이 흔히 말하는 이 재의의 문화콘텐츠적인 발전을 기할 수도 있다고 본다. 그러니까 여기서 지엽적인 공연, 호응·인기에 영합하는 연기·연출에 좌우되지 않는 정도적인 극본·희곡이 전문적으로 제작·정립될 필요성이 절실해진다. 그리해야만 국보적인 영산재가 전문가나 한국 동호인의 전유물이 아니고 우리 전국민 아니 세계적 문화인들의 공유물이라는 데에 동감하고, 극본·희곡이 올바른 핵심·주축으로서 행세하게 될 것이다.

4. 결론

위에서 영산재의 연극적 공연과 그 극본의 희곡적 전개를 기반으로, 불교문학 장르가 분화·유통된 양상을 고찰하였다. 지금까지 논의해 온 것을 요약하면 다음과 같다.

① 이 재의의 전체적 연극 형태가 개별적 연극 장르로 분화되면서, 그 궤범은 재의의 대본으로서 극본·희곡의 구조 형태를 갖추게 되었으니, 전체적으로는 장편희곡이요, 부분적으로 단편희곡의 장르적 성향을 보였다. 그래서 이러한 극본·희곡의 양식에 따라, 장르가 가창극본·가무극본·강창극본·대화극본 등으로 분화·행세하게 되었다. 나아가 이런 일련의 희곡 형태는 종합문학의 입체적 실상을 갖추어, 그 안에 독자성을 지닌 문학 장르들이 분립·전개될 가능성과 당위성을 보이고 있었다.

② 극본·희곡 중에는 많은 시가가 삽입되어 적재적소에서 소중한 역할을 하였는데, 11개 작법에 걸쳐 적어도 132수의 한시와 37편의 국문시가가 자리하여, 불교와 재의에 맞는 주제·사상을 포괄하고, 5언과 7언의 절구·율시·고시, 그리고 국문가사 등이 정연한 형식을 완비하였으며, 그 표현·문체가 미묘·간절하여 불보살과 신중, 모든 영가·재자들을 동시에 감동·감응케 하였던 것이다.

③ 그 가운데에는 상당수의 산문이 개입되어 수필적인 기능을 발휘였는데, 전체 작법에 걸쳐 무려 68편의 한문산문이 자리하였고, 역시 불교와 재의에 적합한 주제·사상을 갖추어 모두 수필 형태로 정립되

었다. 이 작품들은 수필론에 따라 주의·논설·서발·전장·애제·담화·잡기 등 7개 장르로 분화·전개되면서, 그 표현·문체가 원숙·고결한 데다 그 수법이 빼어나서, 이 재의의 상하 동참자 모두를 감동·감읍케 하기에 족하였던 것이다.

④이 재의에서는 서사 형태가 수많이 형성·유전되었는데, 그 궤범·극본에는 기록되지 않고 구비적 유통을 거듭하였던 것이다. 그것들은 역시 불교·재의의 목적을 위하여, 불교를 주제·사상으로 담고, 서사문학으로서 감동적인 이야기를 포괄하여, 직간접으로 대중적 기능을 다하고 있었다. 이 서사문학은 우선 이 재의의 구비상관물로서 불교신화를 창출하고, 신화는 불교문화와 불교문예를 생산·발전시켰으며, 신성성과 신앙성이 퇴색되면서, 불교전설 내지 불교민담으로 변모·전승되었다. 고금을 통한 신화·전설·민담 등 서사문학을 이 영산재의 신화적 역량과 기능에 접합시켜, 이 재의 주변의 불교계 서사문학으로 복원·재구할 수가 있었던 것이다.

⑤이 재의의 대본이 이미 극본·희곡으로 규정되고 장르까지 설정된 마당에, 바로 희곡이 후대적으로 공연·유전되면서 그 중심적 역할을 해 온 것이 실증되었다. 그리고 이 재의가 고금을 통하여 널리 유통·전파되면서 이 극본이 주체적 역량을 발휘하였다는 전제로, 그 원본적 정본을 정립·확정해야 될 당위성이 입증되었다. 그 원형적 정본을 전범으로, 전통을 계승·발전시키는 중도적 방편으로 그 극본·희곡을 제작하여, 중구난방의 혼란한 공연·행세에 정도를 제시·선양해야만 된다는 것이고, 그래서 이 극본·희곡의 재생산에 있어, 편협한 고집이나 창작적 과욕을 버리고 국내외적으로 이 재의 공연에 따른 확

실한 극본·희곡을 전문적으로 완결하자는 것이었다.

이로써 영산재 궤범의 희곡·문학적 실상과 전개 과정이 어느 정도 밝혀졌다. 따라서 이 재의와 궤범의 불교문학사·예술사·문화사상의 위상이 그만큼 확고하고 방대하다는 것을 어림할 수가 있었다. 이 불교사·홍법사상에서 그 제의 영산재가 그만큼 중대한 역량과 기능을 가지고, 적어도 천년 이상 불교계에 군림하여 왔기 때문이다. 그리하여 불교재의의 발전과 불교예술·불교문학의 융성, 내지 불교문화의 선양에 지대한 영향을 끼쳤으니, 영산재와 전승, 극본·희곡이야말로 불교문학·예술사 내지 불교문화사상의 보고요 한국문예·문화사상의 보전이라 하여 마땅할 것이다.

제의 유형과 희곡문학

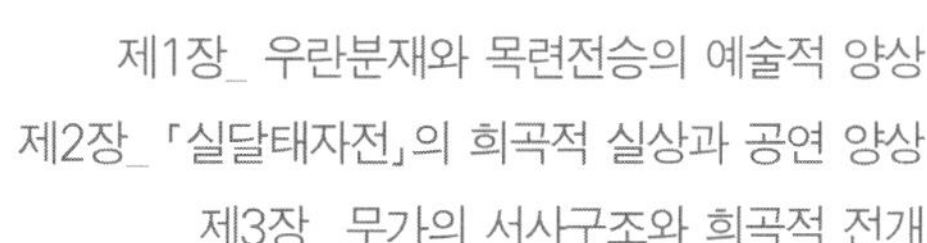

제1장

우란분재와 목련전승의 예술적 양상

1. 서론

　우란분재와 목련전승은 둘이 아니다. 이 둘이 조화되어 하나로 생동하여 왔기 때문이다. 다만 그 전체적 실체를 재의적 측면에서 우란분재라 하고 서사적 측면에서 목련전승이라 간주할 따름이다. 여기서는 그 실체의 서사적 실상을 중심으로 논의하게 되므로, 때로 '목련전승'을 대표적인 명칭으로 사용해노 무방할 것이나. 이 목린전승은 인도에서 발원하여 중국·한국·일본 등지에서 형성·전개된 바 불교문학·불교예술·불교문화의 핵심과 정화로서 보배로운 실상과 찬연한 위상을 보여 주고 있다. 이제 그 중요성과 가치성을 새삼스럽게 재론할 단계가 아니다. 지금부터 소중한 것은 그 가치성과 중요성을 실증적으로 연구·선양하는 일이다. 바야흐로 불교문학·불교예술·불교문화가 새로이 각광을 받으며 불교의 한계를 초탈하여 문학·제의·예술·문화 일반을 연구하는 데에 불가결의 원전·분야로 검토되고 있는 실정이다. 그러기에 목련전승을 보다 본격적·전문적으로 연구할 필요성이 절감되는 것은 당연한 추세다.

그동안 목련전승에 대한 연구는 중국이나 일본을 중심으로 불교계와 학계가 합력하여 질량 면에서 상당한 업적을 내고 있는 실정이다.[1] 이제 목련전승은 불교의 전유물로부터 벗어나 한·중·일 문학·예술·문화의 일환으로 연구되어 국내·국제 간 학술회의나 대소 세미나가 열리는 것은 물론, 그 결과로 유정劉禎의 『중국민간목련문화中國民間目連文化』나[2] 주항부朱恒夫의 『목련희연구目連戲研究』[3] 같은 개인 저서와 『희곡연구戲曲研究』[4] 정도의 논문 전집까지 나오게 되었다. 이러한 현황 아래서 한·중·일 학자들의 이 방면 연구사가 성립되었고, 묘경여茆耕茹의 『목련자료편목개략目連資料篇目槪略』[5]까지 출간되었다.

그러나 이 업적들은 대부분 기초적인 단계에 머물러 있는 데다 균형 있는 유기적 연구라는 점에서, 적지 않은 문제점을 안고 있는 것이 사실이다. 가령 중국의 경우 불교적 바탕과 연원을 등한시하면서, 그 연희·연극적 전개를 편파적으로 중시·검토하고 있는 실정이다. 특히 중·일 학자들은 공히 양국의 교량·중개역을 맡아 온 한국의 그것을 묵살·무시하고 중·일 관계만을 고찰한 결과를 내었다. 게다가 한국

---

1   우선 일본 측의 대표적인 논저는 岩本裕, 『目連傳說と盂蘭盆』, 法藏館, 1968이라고 본다.
2   劉禎, 『中國民間目連文化』, 巴蜀書社, 1997.
3   朱恒夫, 『目連戲研究』, 南京大 出版社, 1993.
4   中國藝術研究院 戲曲研究所, 『戲曲研究』 37, 文化藝術出版社, 1991.
5   茆耕茹, 『目連資料篇目槪略』, 文弘社, 1993.

학자들은 한·중·일의 목련전승 관계를 제대로 주목하지 않을 뿐만 아니라, 빗나간 중·일 학자들의 연구성과를 그대로 묵인하는 셈이 되었다. 그리하여 한국의 목련전승 자체나 중·일과의 관계 등을 올바로 파악하지도 않은 것이 사실이다. 실제로 목련전승의 중·일 관계를 인정한다면, 오랜 문화·역사 위에서 양국 간의 교량·매개의 역할을 담당하였던 한국의 그것을 인정하는 게 당연한 이치다. 그러기에 한·중 간 문학·예술·문화의 동질성·공통성에 바탕을 둔 목련전승이 양국에 대등하게 형성·유통되었을 것은 물론이다. 실제로 그러한 실증적 근거는 양국 간에 산재하여 있고 또한 얼마간 논의된 바도 있다.[6]

이에 본고에서는 목련전승의 균형 있는 연구와 한·중 간의 동질성·공통성에 기반한 그 전승이 독자적 대등성을 유지하여 왔다는 전제 아래, 몇 개 분야를 논의하여 보겠다.

첫째, 우란분재와 목련전승의 원전을 유통적 측면에서 점검하겠고 둘째, 우란분재와 목련전승의 불교문학적 실상을 장르적 측면에서 고찰하겠다. 셋째, 우란분재와 목련전승의 예술적 양상을 연행적 측면에서 검토하겠다. 넷째, 우란분재와 목련전승의 문화적 면모를 사회적 측면에서 고구하겠다. 그리하여 우란분재와 목련전승이 한·중 문학사·예술사·문화사상에서 차지하는 위상을 이림히는 데에 일조기 되겠다.

---

6 민영규, 「『월인석보』 제23잔권」, 『동방학지』 6, 연세대 동방학연구소, 1963; 민영규, 「「목련경」과 돈황의 변문」, 『사학회지』 1, 연세대 대학원 사학연구회, 1963; 사재동, 「한·중 목련고사의 유변관계」, 『인문과학논문집』 14-1, 충남대 인문과학연구소, 1987; 劉禎, 「中·韓 目連救母故事 比較研究」, 사재동 편, 『한국희곡문학사의 연구』 Ⅲ, 중앙인문사, 2000 등 참조.

그러기에 각개 분야에 걸쳐, 비교적 완벽한 중국의 경우를 먼저 논의하고, 이어 한국의 그것을 복원·고구하는 방법을 취할 수밖에 없다. 실제로 중국의 그것과 대등하게 유지되던 한국의 그것이 유실되거나 매몰된 채 최소한의 근거를 남기고 있기 때문이다. 더구나 한국의 우란분재와 목련전승이 중국에서 일방적으로 수입·전개된 것이 아니라 상호 교류되면서 유통·전래되었다는 점에서, 이러한 방법론은 객관적 타당성을 가진다고 보아진다. 이 논의가 서설인 점을 감안하여 각 분야의 요체를 개술하는 수준에 머물 것임을 미리 밝혀 둔다.

2. 우란분재와 목련전승의 원전

1) 불교재의 및 불경적 원전

(1) 재의적 원형

목련전승의 원전은 실로 광범하고 다양하게 전개되어 왔다. 불교재의 내지 경전의 원형으로부터 불교문학·불교예술·불교문화의 장르적 전개 양상 등이 바로 그것이다. 이러한 원전들을 각개 유형에 따라 점검해 보겠다. 여기서 유의할 것은 이들 원전들이 각기 분단·이탈되어 있는 게 아니고 상호 유기적 관계를 유지하고 있다는 점이다.

목련전승은 원래 사원의 우란분재로 원형을 삼는다. 이러한 목련전승은 우란분재를 통하여 그 속에서 형성·유통·성장·변형되어 왔기 때문이다. 이러한 우란분재는 불교의 4대 명절 중의 하나로 연중 가장 큰 재의·행사 중의 전형으로 정립되었다. 그것은 종합적 원형을 가지고 장구한 세월에 걸쳐 실연되었던 것이다. 그것은 하안거에 들어간 수도승이 해제되어 신도들로부터 만발공양을 받고, 안거를 통한 득도·성과를 문답하거나 대승법회·행사를 거행하는 것이 중심이었다. 거기다가 신중들의 선망 부모·선조 등의 명운을 빌고 지옥고를 면하여 극락에 왕생하라는 천도재의를 겸비하게 되었다. 이러한 종합적 재의는 그 복합적인 성격만큼 다양하게 연출되어 성황리에 발전을 거듭하게 되었다. 이런 데서 우란분재는 종합적인 제의극의 면모로 발전하게 되었고, 따라서 그 재의 형태는 연극적인 연출로 전개되었다. 극적인 서사문맥으로써 목련구모고사가 등장·행세하여 목련전승의 세계를 조성하였고, 이것이 사부대중의 관심과 호응을 얻게 되면서, 우란분재는 그대로 목련전승의 천하가 되었던 것이다.

중국에서는 이러한 재의와 목련전승이 적어도 당대로부터 성행하였고, 그 전승사는 장구·면면하게 유지되었을 것이다. 나아가 그러한 목련전승이 우란분재의 테두리를 벗어나, 광범하게 극화·실연되고 상당한 변모를 거듭하여, 송대에 이르러서는 어엿한 목련구노극 내지 목련희로 발전·전개되면서 사원내의 재의로서는 실세를 잃게 되었다. 그래서 이 연극 형태가 원대를 지나 명·청 대를 거치면서, 우란분재는 쇠잔의 길을 걷게 되었던 터다. 그러기에 근·현대의 사원에서는 이 우란분재가 원형을 잃고, 그저 해제 승려나 선망혈친을 위한 보시·공양을 위주로 시행되고 있는 실정이다.[7]

그런데 한국에서는 우란분재가 통일신라 이래 고려대에 극성하고 배불의 조선시대에도 명맥을 유지하며 원형을 보존하여 왔다. 실제로 고려시대에는 우란분재 때에 「목련경」을 강설한 사례가 허다하고, 심지어 원말에 이르러서는 고려의 승려가 중국 사원에 초청되어 「목련경」을 강설한 경우도 있었던 것이다.[8] 그러던 것이 조선시대에 이르러 우란분재의 원형적 연출 속에서, 「목련경」이 강설된 경우가 있었을 터나 기록에는 나타나지 않는다. 다만 고려대의 「목련경」이 한문·한글로 조선 전기와 후기를 통하여 필서·판본으로 자주 간행된 것만은 사실이다.[9] 이것이 우란분재와 목련전승의 관계를 증언하는 것이라 하겠다. 이러한 전통이 근·현대로 이어져 지금도 전국의 사원에서는 원형적인 우란분재가 여법하게 치러지고 있다. 현재의 사원에서 목련전승을 활용하거나 이를 중시하는 경향은 약화되었지만, 그 재의를 원형적으로 보존하는 데는 차질이 없다고 본다. 이제 이것을 조사하고 기록·녹화하여 그 연구 원전으로 사용하는 것이 급선무라 하겠다.

(2) 원형적 불경

우란분재와 목련전승이 근거한 불경이나 그와 유사한 불경은 광범하고 다양하다. 우선 유관한 불경은 그 사상 덕목이 보은·효행으로 일관한 것으로서, 『업보차별경』·『불설삼세인과경』·『지장보살본원경』·『부모은난보경』·『효자보은경』·『불설부모은중경』·『불설보은봉분경』

7　劉禎, 「目連戲歷史概述」, 『中國民間目連文化』, 巴蜀書社, 1997, pp.32~64.
8　민영규, 「『월인석보』 제23 잔권」, 앞의 책; 민영규, 「「목련경」과 돈황의 변문」, 앞의 책 참조.
9　사재동, 「「목련경」의 유전관계」, 『한국언어문학』 22, 한국언어문학회, 1983.

등이 있다. 이 경들은 목련전승의 보은사상이나 효행덕목에서 상통하는 바가 있다. 그리고 목련전승과 명목이 동일하고 행적이 상통하는 불경으로는 『폐마시목련경』·『사리불목련유제국경』·『목련소문경』 등이 있다. 그런데 이 경들은 '목련'이란 성명이 동일하고 신통력의 일면만 상통할 뿐, 목련전승의 서사문맥과는 무관하다. 그러나 이것들이 목련전승과 간접적으로라도 결부되었을 가능성을 배제할 수는 없겠다.

여기서 목련전승이 근거로 삼았거나 결부되었던 경을 찾아보면 『불설우란분경』·『경율이상』(권제14)·『미륵회견기』 등이 나타난다.[10] 이 경들의 기본구조가 목련전승의 그것과 상통하므로 이것에 근거하여 목련전승이 형성되었을 가능성이 크다고 하겠다. 그러나 여기에는 목련의 그런 행적이 나타날 뿐 목련전승의 핵심을 이루는 '나복羅卜'의 서사적 행적이 들어 있지 않은 것이다. 그래서 목련전승의 직계 연원으로 추적된 경이 바로 『정토우란분경』이다. 이 경은 인도에서 전래·번역된 경으로 원본이 미상하여 종밀宗密의 『우란분경소』를 통하여 내용을 재구할 정도였다. 그런데 최근에 원경의 전모가 여러 각도에서 검토됨으로써, 나복의 서사적 행적은 여기에 근원하고 있다는 것이 밝혀졌다.[11]

이와 같이 직간접으로 근거하거나 관련된 불경들은 인도의 것을 중국에서 한역한 것이거나 위경으로 찬성한 것들이라 하겠다. 이러한 경전들이 일찍부터 한·중 간에 유통된 것만은 사실이다. 이것들이 양국

10　孫崇濤, 「西域 戲劇文獻的 發現及研究」, 『실크로드문화와 한국문화』, 충남대 인문과학연구소, 1997, 358~359쪽; 茆耕茹, 앞의 책, pp.48~56 등 참조.

11　小川貫一, 「目連救母變文の源流」, 『佛敎文化史硏究』, 永田文昌堂, 1973; 孫春錫, 「目連戲中羅卜故事的印度原型」, 『韓·中文化硏究』 第2輯, 中文出版社, 1999 등 참조.

목련전승의 모태·기반이 되고 그 형성·발전의 촉진제가 되었을 것은 물론이다. 그러기에 여타 유관 경전들이 서역·중국·한국·일본 등지에서 발굴될 가능성은 배제될 수가 없겠다.

2) 문학적 원전

(1) 목련변문과 유관 강경문

목련변문은 너무도 유명하여 중국에서 널리 유통되고 많은 이본을 남겼으니, 그 중에 현전하는 것만도 「목련연기」·「대목건련명간구모변문병도일권·병서」·「목련변문」 등이 있다. 이와 밀접한 「지옥변문」과 「당태종입명기」가 있고, 유관한 강경문으로는 『무상경강경문』·『부모은중경강경문』(2종)이 전한다.[12] 이 작품들은 대개 강창문학의 성격을 지니고 있어, 유통 과정에서 다양한 양상을 보이고 많은 이본을 형성하였던 것이다. 이러한 변문·강창 형태는 한국에서도 유통되었을 것이지만, 현전하는 작품이 발견되지 않는다. 다만 『석가여래십지수행기』의 각 편과 같은 변문계·강창계 작품이 전하고 있는 실정이다.[13] 따라서 한국에서 저명한 목련변문·강창문학이 유통되었을 가능성은 충분하다고 본다. 고려시대부터 형성·유통되던 「목련경」이 『월인석보』에 삽입되면서 국문 운문·산문의 강창 형태를 이루고 있는 것이[14] 이를 실증하고 있기 때문이다.

---

12 潘重規, 『敦煌變文集新書』上, 中國文化大 中文研究所, 1983.

13 『석가여래십지수행기』(강전섭 소장), 덕주사판, 1660; 박병동, 「『석가여래십지수행기』 연구」, 충남대 박사논문, 1998 등 참조.

14 민영규, 「『월인석보』 제23잔권」, 앞의 책; 「목련경」(영인본); 사재동, 「『월인석보』의

(2) 목련소설과 보권

목련전승이 소설 형태로 기록된 것은 남송 때이지만, 그 작품이 현전하는 것은 한국과 일본에서다. 그래서 중국의 「목련구모경」이 한국과 일본에 전파된 것으로 속단되고 있지만,[15] 그것이 한국(고려)에서 형성·유통되었을 가능성도 배제할 수 없다. 그래서 그것이 고려시대로부터 대두·유통되어 우란분재와 더불어 널리 성행하고, 당시나 후대에 상당한 영향을 끼치면서, 그 원형을 제대로 지켜 왔던 것이다. 이 작품의 많은 이본이 한국에서 발견됨으로써, 기록에만 남았던 중국의 「목련구모경」이 그 작품을 찾게 되었다. 한국의 「목련경」 이본으로 지금까지 발굴된 것은 다음과 같다.

『소요산연기사간본(逍遙山烟起寺刊本)』(고려대 도서관 소장, 중종 병신, 1536.12)

『안변석왕사간본(安邊釋王寺刊本)』(국립도서관 소장, 명종 병오, 1546.5)

『금제승가산흥복사간본(金堤僧伽山興福寺刊本)』(국립도서관 소장, 선조 갑신, 1584.3)

『청도구룡산수암사간본(淸道九龍山水岩寺刊本)』(남애 소장, 효종 갑오, 1654.6)

『묘향산보현사간본(妙香山普賢寺刊本)』(국립도서관 소장, 영조 을묘, 1735.4)

『금강산건봉사간본(金剛山乾鳳寺刊本)』(국립도서관 소장, 철종 임술, 1862.3)

『삼각산지장암간본(三角山地藏菴刊本)』(서여재 소장, 임술, 1922 추)

『순천조계산송광사사본(順天曹溪山松廣寺寫本』)(당사도서관 소장, 필사 연

강창문학적 성격」, 『한국문학유통사의 연구』 II, 중앙인문사, 1999; 김진영, 「불교계 강창문학 연구」, 충남대 석사논문, 1992 등 참조.

15 劉禎, 「中·韓 目連救母故事 比較研究」, 앞의 책, 443~449쪽; 吉川良和, 「關于在日本發現的元刊『佛說目連救母經』」, 『中國戲曲』 37, 文化藝術出版社, 1991, pp.177~178.

대 미상)

　이러한 8종의 이본은 적어도 고려시대로부터 조선조에 걸쳐 「목련경」이 광범하게 유통되어 왔음을 빙산의 일각으로 실증해 준다. 이 모든 이본이 사원에서 인행되었다는 것은 당연하다 하겠지만, 그것은 시대에 상응하여 당대의 모든 사원에서는 이 경의 간행 · 유통에 직간접으로 관련되고, 또한 각개 사원의 사부대중이 그것의 간행 · 유통망을 이루어 왔음을 증언하는 터다. 이 경이 한문으로 표기되어 서민 대중이나 아녀자들에게 널리 보급되는 데는 한계가 있었다. 여기서 이 경의 서사단락에 맞추어 그 장면의 그림을 그려 넣었던 것이다. 그래서 내용을 이해하는 데에 도움을 주었을 뿐만 아니라, 이 방면에 능통한 승려들이 이 경을 구연하여 신도대중을 감동시켰던 것이다. 여기서 이 경의 구연 내지 연행이 출발하였던 터다. 그러한 전문 승려들이 이 경을 강독하였다는 사실이 주목된다. 먼저 이 경을 낭랑하게 읽고, 쉽고도 재미있게 해설 · 부연하였던 것이다. 그리고 이 승려들은 이 경을 옛날이야기로 풀어 나가되, 입담 좋게 부연하고 몸짓 · 표정까지 섞어서 연행하게 되었다. 게다가 이 승려들은 능숙한 구변에다 유창한 가창력을 구비하여 강창 양식으로 구연함으로써, 유통의 절정을 이루고 많은 이본 · 이화를 남기게 되었다.

　이 경은 한문소설로서 기능을 다하며 조선 초에 이르러 『석보상절』 · 『월인석보』(권제23)에 국역 삽입됨으로써, 국문소설의 면모와 기능을 갖추게 되었다. 그리하여 이 경은 한문 표기의 벽을 헐고 그만큼 신불 대중과 아녀자들에 가까이 다가서게 되었다. 이제 이 국문본 「목련경」이 실린『월인석보』의 이본을 보면 다음과 같다.

『석보상절』(초간본) 제23권(궁중간경소, 복원, 세종 정묘, 1447.7)

『석보상절』(복간본) 제23권(국내 각 사찰, 복원, 연대 미상)

『월인석보』(초간본) 제23권(간경도감, 복원, 세조 기묘, 1459)

『월인석보』(복간본) 제23권(순창지 귀악산 무량사, 명종 기미, 1559.4)

이처럼 시대에 따라 단계적인 이본을 보이는 것은 유통상에서 매우 주목된다. 『석보상절』(초간본)은 금속고활자본으로서 그 부수가 제한을 받았으나, 그 이후의 목판본은 인출이 언제 어디서나 용이하므로, 그 인행에 제한이 없었다. 더구나『월인석보』는 초간본을 거쳐 후대 목판복간본에 이르러 그 인행의 부수가 수요에 따라 자유자재로 조정되었던 것이다. 그리하여「목련경」이 널리 오래 유통됨으로써, 목판본 내지 필사본 등 많은 이본이 형성·유통되었던 것이다.

그중에서도 필사본「목련경」이 보다 자유롭게 성행하였던 게 사실이다. 그것을 목판본에 올리기보다 사경공덕으로 삼아 필서하는 것이 용이하였기 때문이다. 그것은 단행본으로 필사·유전되는 사례도 있지만, 대체로『팔상명행록』같은 장편불전에 삽입되어 유통되는 경우가 많았던 터다.[16] 현전하는 그 이본을 점검해 보면 다음과 같다.

『팔상녹』4책(八相錄四冊, 서울대 도서관 소장, 함풍 원년, 1851)

---

16 사재동,「『팔상명힝녹』의 연구」,『인문과학논문집』8-2, 충남대 인문과학연구소, 1981; 박광수,「『『팔상명힝녹』의 계통과 문학적 실상」, 충남대 박사논문, 1997.

『팔상녹』 14책(八相錄十四冊, 국립도서관 소장, 보월 찬집, 연대 미상)

『팔상녹』 6책(八相錄六冊, 국립도서관 소장, 보월 찬집, 연대 미상)

『팔상녹』 6책(八相錄六冊, 고려대 도서관 소장, 함풍 십년, 1860)

『팔상녹』 3책(八相錄三冊, 고려대 도서관 소장, 계미, 1883)

『팔상녹』 4책(八相錄四冊, 장 씨 극락화 소장, 광서 십구년 1893)

『팔상녹』 3책 잔권(八相錄三冊殘卷, 조종업 소장, 함풍 십년, 1860)

『팔상녹』 3책 잔권(八相錄三冊殘卷, 박순호 소장, 대청 원년)

『팔상명행록』 7책(八相明行錄七冊, 사재동 소장, 신해, 1911)

『팔상명행록전』(八相錄全, 박순호 소장, 병자, 1936)

『팔상경』 4책 잔권(八相經四冊殘卷, 사재동 소장, 연대 미상)

이처럼 현전·발굴된 이본들로 미루어 문헌적 유통, 필서 유전이 얼마나 성행하였는가, 그 유통망을 족히 헤아릴 수 있겠다. 이러한 국문「목련경」도 실제적인 유통 과정에서는 전문적 승려들이 강설·강담·강창 등을 통하여 그 유통망을 확대해 나갔고, 이를 전수받은 거사·신중 내지 광대들의 새로운 등장·활동으로 의미망을 확충해 나갔던 것이다.

한편 이른바 보권寶卷은 소설 형태의「목련경」이 변모·부연되고 시가를 많이 삽입하여, 변문과 같은 강창 형태를 이루었던 것이다. 그러기에 이 보권은「목련경」보다 발전적이고 적극적인 서사문학성을 보여주는 터다. 우선 중국에 유통되고 현존하는 것을 들어보면 다음과 같다.

『보은인과보권(報恩因果寶卷)』, 上海古籍出版, 1886

『지장보살집장유명보권(地藏菩薩執掌幽冥寶卷)』, 明刊本, 1834 재간

『명증지옥보권(明證地獄寶卷)』, 明刊本, 1900 재간

『○○○목련보권(目連寶卷)』, 淸仿明刊本, 李世瑜 藏

『목련보권(目連寶卷)』, 杭州瑪瑙寺經房刊本, 1877

『목련보권전집(目連寶卷全集)』, 同上

『목련삼세보권(目連三世寶卷)』, 鎭江寶善堂書局, 1876

『목련구모보권(目連救母寶卷)』, 淸刊本, 安徽省圖書館藏

『목련구모출리지옥승천보권(目連救母出離地獄昇天寶卷)』, 明抄本 鄭振澤藏本

『목련구모삼세득도전본(目連救母三世得道全本)』, 上海劉德記書局本, 民國初

『목련구모승천기(目連救母昇天記)』, 淸抄本, 李世瑜 藏

『목련구모유명보권(目連救母幽冥寶卷)』, 中國戲曲硏究所藏, 1881

『목건연존자구모탈리지옥승천보권(目犍連尊者救母脫離地獄昇天寶卷)』,
明抄本 傅惜華 藏

이와 같이 여러 보권이 유통되며 많은 이본을 남기고, 그 현전하는
바는 빙산의 일각으로 그 성황을 증언한다.[17] 이 보권은 서사성의 강화
와 가창의 삽입 등으로 하여 소설적 면모와 함께 희곡적 성향까지 겸하
게 되었나. 따라서 이들 보권은 선문 승려나 서사·광대들에 의하여
강독·강설·강담·강창을 통하여 신불 대중이나 일반 민중에 널리
오래 전파되었던 것이다.

그렇다면 한국에서도 마땅히 보권 형태가 형성·유통되었으리라 보

---

¹⁷ 茆耕茹, 앞의 책, 113~123쪽; 澤田瑞穗, 『寶卷の研究』, 國書刊行會, 1965, pp.123~
124 등 참조.

아진다. 「목련구모경」의 변모·부연을 거쳐 보권이 형성·전개되었다면, 한국의 「목련경」이 보권으로 형성·전개되는 것은 당연하기 때문이다. 그러므로 「목련경」을 통하여 유추·재구하거나 저 보권을 전거로 비교·검토하여 한국의 보권을 추적·발굴하자는 것이다.

3) 예술적 원전

(1) 목련미술

우란분재와 목련전승은 그 강렬한 연극성과 서사성으로 하여 한·중 간에 많은 미술작품을 남기고 있다. 먼저 건축을 보면 지장전·명부전 그리고 극락전 등이 그것이다. 『지장보살본원경』에 입각하여 지장왕보살을 주축으로 명부전 즉 시왕전으로 꾸며진 것이 특색이다. 거기에 상응하는 각종 인물, 지장왕·시왕·금강역사·차사 등이 조각으로 입체화되어 있다. 이러한 건축은 중국에서도 그 모습을 보이지만, 한국에서 더욱 특색 있고 장엄하게 꾸며졌다.

여기서 가장 돋보이는 것은 회화 분야다. 위 건축·전각 내에 지장왕·시왕 기타 명무 사자들을 그리면서, 별도로 지옥도를 강하게 그려 펼치는 경우가 주목된다. 이러한 지옥도는 한·중 간에 공통되나 최근에는 한국 사찰에서 그 전통을 살려 그 기능을 강화하고 있는 실정이다.

그리고 목련변문이나 목련강창 등을 위하여 그 변상도를 그려 활용한 사례가 여러 모로 실증되었다. 한·중 사찰에서 우란분재와 목련전승을 연행하기 위하여 그 무대로서의 전각·누각에 알맞은 대·중형 변상도 내지 벽화가 많았을 것이나, 오랜 전승 아래 소실된 게 많다. 일찍이 중국에서 대·중형 목련변상이 제대로 발굴·소개된 바는 아직 없지만, 발굴의 여지는 얼마든지 있다. 그런데 한국에서도 조선 후기까지 감로탱이나 우란분재와 직결된 대·중형 우란분경 변상도를 많이 그려 활용하였으며, 현전하는 작품도 적지 않다.[18] 근래에 한국의 『감로탱甘露幀』이 집성·간행되는 가운데, 목련의 〈지옥방문도〉가[19] 발견된 것은 참으로 흥미로운 일이다. 이것은 한국의 목련고사 변상도가 그만큼 형성·유통되었음을 증언하는 터라 하겠다. 물론 이런 회화들은 그 전각과 함께 우란분재·목련전승의 연행에서 그 배경화·무대장치의 역할을 했던 것이라 본다.

이러한 변상도의 반영·축소판으로 목련전승의 판화가 있다. 이것은 전술한 바 목련고사·소설 형태를 제대로 알리기 위한 삽화적 작품이라 하겠다.[20] 이것은 목련고사의 책자 속에서 제한성을 보이지만, 이것을 확대·추적한다면 족히 대·중형 변상도를 재구할 수도 있을 것이다.

한편 서예 형태로 나타난 목련연극의 독특한 표현 양식이 있어 주목된다. 이른바 '희연戲聯'이 바로 그것이다.[21] 이것은 목련연극·목련희의 선전문구나 내용과 요지 등을 시적으로 응축·표현하여 주련 형식을 따라 종이나 헝겊에 잘 써서 적설한 곳에 내리 걸거나 붙이는 장식

---

18 김영주, 『조선시대 불화 연구』, 지식산업사, 1986에 의하면 우란분경변상은 지리산 하동 쌍계사 대웅전, 해남 대흥사 대웅보전, 가평 운악산 현등사 극락전, 경기도 봉은사 등에 게시되어 있다.
19 강우방 외, 『감로탱』, 예경, 1995, 180쪽.
20 중국의 변문은 「大目乾連冥間救母變文幷圖一卷·並序」와 같이 모두 변상도(판화)가 있었고, 한국의 「목련경」 고판본에는 예외 없이 삽화식 판화가 병렬되어 있다.
21 茆耕茹, 앞의 책, pp.127~145.

이다. 그 종이나 헝겊에 물을 드리거나 문양을 넣으면 그 자체가 미술
이요, 거기에 달필로 문장을 써 놓으면 그 자체가 서예라 하겠다. 그래
서 이 희련은 무대 전면의 좌우에 자리하면 효과적인 선전미술이요, 무
대 내의 배경·좌우변에 위치하면 훌륭한 무대미술의 하나가 되는 것
이다. 나아가 문장의 내용은 모두가 시적이거나 한시 그 자체이기도
하다. 중국에서는 지방별로 목련희를 연행할 때, 이 희련이 특색 있게
펼쳐지니, 완남·복건·호남·사천 등의 그것이 저명하게 남아 있다.
그 내용은 목련희의 요지나 관극 감상 등으로 다양하며, 그 모두가 한
시 형태를 취하여 흥미롭다. 한국에서는 이러한 희련의 사례가 있었을
것이지만, 아직 구체적 사례가 드러나지 않는다. 그것이 발견·발굴될
가능성은 얼마든지 있다고 본다.

(2) 목련음악과 무용

우란분재와 목련전승의 연행에서 음악이 따랐던 것은 당연하다. 물
론 거기에는 불교재의의 보편적이고 공통된 음악이 기반을 이루고 있
었지만, 그래도 우란분재와 목련전승의 연행이 독특한 만큼, 그 음악
도 그 나름의 독자성을 유지하고 있었으리라 본다. 그중에서도 우란분
재의 각종 기도·염불·의례에 따르는 독특한 음악이 울려 나오는 것
은 당연한 일이다. 게다가 목련전승의 연극적 실연에 이르면, 그에 상
응하는 독자적 음악이 연주되는 것은 상식적이다. 나아가 각 지역마다
특색 있는 목련희를 실연할 때, 고금을 통하여 그에 해당되는 전문음악
이 필수되었던 것이다. 이러한 현상은 중국에서 지금까지 유지·수습
되어 실증되고 있다.[22] 그래서 한국에서도 우란분재와 목련전승의 연

행에서 독자적 음악을 활용했을 것은 물론이다. 그런데 한국의 우란분재에서는 독자적 음악을 구별하기가 어려울 만큼 변모·혼효되었는바, 다만 그 기도·염불의 가사가 다른 만큼 어느 정도 특성을 인정할 수는 있을 것이다. 그러나 한국의 목련전승이 극화·연행 과정에 활용되는 음악을 탐색·확인할 근거는 박약하다. 먼저 그 극화·연행의 실상을 재구한 다음에, 중국의 그 음악을 전거로 비교·검토하여 그 존재·실상의 단서를 잡아야 할 것이다.

한편 우란분재와 목련전승의 연행에서 무용이 활용되었을 것은 물론이다. 실제로 우란분재를 대재로 올려 영산재 정도를 도입하면, 거기에는 무용이 중요한 부분을 이루는 터다. 여기서 행해지는 작법으로 나비춤·바라춤 등 다양한 승무가 연행되는 사례는 고금을 통하여 뚜렷하다. 이러한 현상은 예로부터 한·중 사찰에서 거의 공통성을 띠었을 것이다. 그러나 후대로 내려오면서 이와 같은 작법 무용은 한국에서 전통과 원형을 보존하고 있는 게 아닌가 한다. 그리고 우란분재의 일환으로 목련전승이 연행되었다면, 위의 작법 무용이 여기서도 활용되었으리라 추정된다. 그러나 목련전승 자체의 연행에 무용이 활용되었다는 근거·자료는 아직 확실치 않다. 그런데도 분명한 것은 목련전승이 극화·연행되었을 때에 반드시 무용을 수용했으리라는 점이다. 그 목련전승의 연극 형태가 가무극의 범위를 벗어날 수 없었다면, 그것은 무용을 떠나서 성립될 수가 없다. 이러한 목련전승의 극화·실연이 한·중 양국에서 함께 진행되었다면, 중국의 그 무용이 한국에 수용·유통되었을 것이라 본다. 다만 한국의 목련전승에 얽힌 무용은 양국의

22　朱恒夫, 「目連戲多元的音樂組合」, 앞의 책, p.208.

동질성과 공통성을 바탕으로 한국적 독자성을 개발하였을 것이 확실시된다.

(3) 목련연극

우란분재는 하나의 저명한 재의로서 이미 제의극·종교극의 면모를 드러내어 왔다. 제의학파의 견해가 있거니와, 제의의 구비상관물이 신화라고 할 때, 거기에는 그 제의가 연극이요 신화는 새로운 연극을 위한 대본·희곡이라는 전제가 있다. 그래서 전술한 바 우란분재의 연행 현장이 바로 제의극이라는 게 실증되는 터다. 한·중 양국에는 이 우란분재를 연극적으로 실연하고 거기에다 극적 효과를 증대시키는 제반 요소를 수용·흡수하는 데까지 나갔던 것이다. 이러한 불교계의 재의가 복합적인 연극의 여러 면모를 함장하고 있다는 점은 이미 밝혀진 터다. 이러한 우란분재의 의궤나 그 재의극의 설계·연출 과정을 명시한 문서가 있다면 다시 없는 그 원전이 될 것이다.

여기서 가장 중시되는 것은 목련전승 자체의 극화·실연의 문제다. 이미 알려진 대로 중국에서는 최소한 북송 때부터 목련잡극이 형성되어 당대나 그 이후의 사원에서 연출·성행하였고, 나아가 사원 외의 궁성 누각이나 시중 광장 내지 극장 등에서 융성·흥행하였던 것이다. 그리고 목련연극은 잡극이나 전기 등으로 본격적인 전개를 보이다가 청 말로 접어들면서 쇠잔의 길을 걷게 되었다. 여기서 다행한 것은 목련전승이 본격적인 대형 공연을 포기하는 대신 각 지방별로 분화·발전하였다는 점이다. 그래서 각 지방마다 이른바 '목련희'가 연출되어 독자적인 면모를 갖추게 되었던 것이다. 그래서 현재까지 지방적 목련희가 체재를 강화하고 현대화하여 민족·민중예술의 중심에 자리하고 있는 실정이다.[23] 그러기에 중국에서는 목련전승이 그대로 목련희로 공인되고 있는 터다. 이런 점에서 한국의 목련전승이 극화·연행된 것은 당연하고, 그만한 흔적도 있다. 그러나 그것이 중국의 그것과 동질성 내지 공통성을 기반으로 갖추면서도 독자적인 형태를 취했으리라는 것은 있음직한 일이다. 이런 전제 아래, 한국의 목련연극, 지방별 목련희의 근거·자료를 발굴·탐색할 필요가 절실하다.

4) 문화적 원전

(1) 역사·풍속지의 목련기록

우란분재와 목련전승은 시대에 상응하여 행세·실연되고 지대한 영향을 주었으므로, 사서나 풍속지 등에 현상과 내용이 다각도로 기록되어 있다. 이점은 한·중 양국에 공통되는 현상이다. 중국에서는 정사보다는 야사·패사 등에 나타나고 특히 풍속지 내지 지방지에 그 기록이 많이 나타난다. 양현지楊衒之의 『낙양가람기洛陽伽藍記』, 종표宗懍의 『형초세시기荊楚歲時記』, 고승高承의 『사물기원事物記原』, 맹원로孟元老의 『동경몽화록東京夢華錄』, 진원정陳元靚의 『세시광기歲時廣記』, 호박안胡樸安의 『중화전국풍속지中華全國風俗志』 등 세시류와 『안휘통지安徽通志』·『기문현지祁

---

23 茆耕茹, 앞의 책, pp.260~371. 중국에는 현재까지 湖南省藝術研究所의 『目連戲研究論文集』과 重慶市川劇研究所의 『四川目連戲論文集』 등 각 성별·지구별로 목련희의 자료집(작품집)과 논문집을 편간하고 있다.

『**門縣志**』・『무호현지蕪湖縣志』・『남릉현지南陵縣志』・『당도현지當塗縣志』 등
지방지류에는 우란분재와 목련전승이 유통되는 다양한 면모를 그려내
고 있다. 한국에서도 『고려사』나 『조선왕조실록』 등 정사와 야사・패
설류, 그리고 홍석모의 『동국세시기』 김매순의 『열양세시기』 등 세시류
에 역시 우란분재와 목련전승에 대한 기록이 들어 있다. 이러한 기록들
은 단순한 내용의 기사도 있지만, 목련전승의 유통・연행이나 목련희
등에 대한 문화적 증언・평가까지 전해 주어 주목된다.

(2) 필기 · 잡록의 목련기사

우란분재와 목련전승의 기사는 개인적 필기나 잡록에는 많이 수록되
어 있다. 중국의 경우, 육유陸游의 『노학암필기老學庵筆記』, 이방李昉의 『태
평광기太平廣記』, 심덕부沈德符의 『고곡잡언顧曲雜言』, 기표가祁彪佳의 『원산
당곡품遠山堂曲品』 내지 『원산당극품遠山堂劇品』, 장대張岱의 『도암몽억陶庵
夢憶』, 서주생西周生의 『복건희사록福建戲史錄』 등 수많은 기사가 산재한 것
이 확실하다. 따라서 한국에서도 선비・문사・문신들이 우란분재와 목
련전승을 보고 느낀 바가 많았을 것이지만, 조선조의 억불사조에 따라
감히 제대로 기록하지 않았고, 설령 당시 자신이 이런 기사를 남겼다 하
더라도 후손이나 후세 학자들이 그 문집・잡저를 편집・간행하는 과정
에서 제외・삭제하였을 가능성이 농후하다. 그리하여 역대 패관잡기
중에서 으레 이런 기사가 나옴직한데도 그렇지 못하고, 오히려 고려가
요 〈동동〉 같은 데서 이를 증언하고 있다. 다행히도 이 방면의 기사 중에
는 성현의 『용재총화』와 같은 저서가 있어 몇 번이나 이 사실을 증언하
고 있는 실정이다. 한・중 자료의 비교를 통하여 이러한 기사를 주목・

탐색해야 될 것이다.

3. 우란분재와 목련전승의 문학적 실상

1) 시가 형태의 실상

우란분재와 목련전승이 문학적으로 유통·연행되는 과정에서, 그 자체가 변모·발전을 거듭할 뿐만 아니라, 각개 장르별로 분화·전개되는 것은 자연적인 현상이다. 여기서 시가 형태가 그 전체적인 바탕 위에서 분화·독립되는 경향을 보이는 것은 당연하다. 이러한 사례는 한·중 양국에서 뚜렷이 나타났다. 우선 우란분재의 경우, 거기에 봉헌되는 각종 염불문이나 다양한 기도문이 거의 다 한시 형태를 취하고 있다는 사실이다. 그것은 대체로 5·7언의 근체시 내지 백화시 양식을 따르고 있는 실정이다. 이 작품들이 그 재의 전체의 입체적 위치를 확보하고 있는 것은 사실이나, 꽃나무의 꽃송이처럼 독자적으로 분화·독립하여 시가 그 자체로서 행세하며 기능을 다해 왔던 것이다. 또한 전술한 희련戲聯에서는 실제로 다양한 한시가 근체시 형태로 창작·활용되었던 것이다.

그리고 목련전승의 경우, 한·중 양국의 형편이 원칙적으로는 동궤이나 실제적으로는 독자적 면모를 보인다. 중국 측에서는 유통과 실연

과정에서 시가를 중심으로 운용하는가 하면, 한국 측에서는 시가가 약세를 보이면서 산문을 중심으로 활용해 온 것이다. 중국 측의 목련전승은 그 변문·강경문이나 보권의 경우에 그 속의 삽입시가 큰 비중을 차지하며 그 기능도 상당히 강화되고 있는 게 사실이다. 기실 원래 목련고사 전체가 모두 시가로써 서사시 형태를 조성하였을 것이고, 이어 강창 형태를 통하여 시가의 존재·기능을 상대적으로 강조해 나왔기 때문이다. 여기서 전술한 바 목련전승의 음악을 확인하게 된다.

한국 측의 목련전승도 처음에는 중국 측과 같이, 전체가 서사시 형태로 형성되고 어느 단계까지는 시가가 주축을 이루는 경향을 보였으리라 추측된다. 그러다가 그 시가를 대중적으로 연행하는 과정에서 그 내용 전달의 애매함과 그 음악 가창의 어려움 등으로 인하여 점차 산문 중심으로 이동해 왔던 것이 아닌가 한다. 실제로 한문「목련경」과 후대적 전승에서 산문 중심의 경향을 발견하기 때문이다. 그런데 국문가요의 경우에서 오히려 시가 중심의 원형성을 보여 주는 것은 매우 흥미 있는 일이다. 잘 알려진『월인석보』(권제23)에서「목련경」의 전체를 완전히 가사화하고 있다는 것이다. 이른바「목련구모가」(가칭)가[24] 바로 그것이다. 최근에 발견된「부모은중가」는[25]『부모은중경』을 전체적으로 가사화함으로써, 한국에서도 목련전승과 동류의 서사문학들이 서사시로 변용·표현되는 경향을 방증하고 있는 터다.[26] 이렇게 보면, 한·중 양국에서 이러한 시가 중심의 경향이 같은 흐름을 잡아 오다가, 각국의 대중

24　『월인석보』제23잔권, 1~17쪽「월인곡」, 其500~519.
25　권성산,『부모은중가』, 법성사, 1958, 22쪽.
26　사재동,「「원앙서왕가」의 연구」,『한국언어문학』4, 한국언어문학회, 1966.

적 연행의 취향·호응에 따라 독자적인 노선을 밟아 왔던 것이라 하겠다. 그래서 한·중 양국에 걸쳐 우란분재와 목련전승에서 이 시가 형태가 분화·독립되어 행세·연행된 것은 확실한 터다.

2) 수필 형태의 실상

우란분재와 목련전승에 관하여 언급·논의한 제반 문장 가운데에는 수필 형태에 속하는 작품이 많다. 한·중 양국에서 우란분재와 목련전승이 유통·연행되는 과정에서, 학자·문인이나 사부신중 내지 서민 대중들은 그에 대한 경험이나 생각과 느낌을 서로 이야기하였으니, 그것이 구비적 수필로 일단 성립된 터였다. 그러한 수필적 내용을 학자·문인들이 문장으로 기록하여 오늘에 이르고 있다. 그 작품들이 목련전승에 관한 수필 즉 목련수필이라 하겠다. 전술한 바 우란분재·목련전승에 관한 기록·기사들이 이에 해당된다.

원래 한·중 수필의 장르는 상호 공통되면서 다양한 하위 장르를 거느리고 있다. 대체로 교령·주의·논설·서발·전장·비지·애제·서간·일기·기행·담화·잡기 등이[27] 그것이다. 이에 위 한·중 우란분재·목련전승의 기록·기사 등을 이 장르에 대입하면 그것들이 흥미롭게 분류·배속됨을 볼 수가 있다. 원래는 이러한 구비 내지 문헌적 기록·기사들이 그 모든 장르를 충족시켰을 것이나, 현전하는 자료·작품만으로는 부족한 것이 많다.

27　姚姬傳, 『古文辭類纂』, 華正書局, 1978, p.3 참조.

실제로 우란분재와 목련전승에 관하여 역대 제왕의 교령이 내려진 바가 있고, 신하나 백성들이 이 문제에 관하여 주의를 올릴 수 있었던 것이다. 또 학자나 문인들이 이 문제에 대하여 논의·논설을 내 놓을 수가 있고, 우란분재나 목련전승의 재의 내지 책자에 대하여 서발을 붙이기도 하였던 터다. 나아가 문제의 목련이나 부모의 행적을 전장으로 기술할 수도 있었고, 역사화의 과정에서 그들의 비문도 제작되었던 것이다. 이미 알려진 중국 측의 현존 '청제정정묘靑提頂頂廟'의 '당성승목련고리唐聖僧目連故里'의 옛날 석비가 그 가능성을 입증하고 있다.[28] 이어 그 재의와 고사에 등장하는 인물들의 죽음을 슬퍼하고 제사하는 애제는 얼마든지 형성될 수 있었고, 그 재의·연행 등의 행사를 알리고 연락하는 서간, 재의·연행의 기간 그에 관한 일기, 광경을 보고 느낀 기행, 그리고 그에 대한 담화 내지 잡기가 많이 제작될 수 있었던 것이다.

이러한 목련수필류는 중국 측의 자료가 비교적 많이 남았지만, 그래도 원전의 발굴과 복원이 요망된다. 한국 측의 원전은 발굴된 현전 자료가 너무도 부족하므로, 중국 측의 그것과 비교·고찰하면서 자국의 문헌 중에서 계속 탐색·복원을 계속해야 될 것이다. 그동안 등한시·소외되었던 목련수필은 실로 우란분재와 목련전승의 실상을 밝히고 그 가치를 평가하는 데에 실질적으로 기여하는 바가 크기 때문이다.

---

28 劉禎,『中國民間目連文化』, 巴蜀書社, 1997, p.2.(畵報)

3) 소설 형태의 실상

목련전승이 중국의 변문으로부터 「목련구모경」 내지 목련보권, 한국
의 「목련경」 내지 국문화된 「목련전」에 이르기까지 모두 소설 형태로 전
개되었던 것은 일찍부터 논의되었다. 그동안 중국 측에서는 '변문소설'
이란 용어가 잠시 있었을 뿐, 「목련구모경」이나 목련보권이 소설 형태라
는 논의조차도 없었던 터다. 그러나 한국에서는 일찍부터 그 「목련경」이
한문소설이라 고찰하고, 「목련전」을 국문소설이라 분석·규정하였던
것이다.[29] 이 점은 그 많은 국·한문 이본들이 그 유통·성행을 통하여
실증해 주고 있는 터다.

기실 이 목련전승은 그만큼 극적인 서사구조를 갖추어 산문 중심으로
소설 형태를 유지하고 유통·행세하였던 것이다. 그것이 구비적으로
설화되고, 산문적으로 강독되며, 강창식으로 구연되는 것은 당연한 일
이었다. 그만큼 이 목련소설은 감동적인 구조를 바탕으로 빼어난 구성
을 완비하였다. 변화무쌍하고 경이로운 무대, 목련을 비롯한 초인간적
인 인물과 개성이 돋보이는 특수한 인물들이 기괴 절묘하고 파란만장한
사건을 엮어 나간다. 거기다가 표현·문체가 섬세하고 생동하여 소설
이상의 분위기를 연출한다. 그러기에 한·중 간에 걸쳐 이 작품은 소설
중의 소설이라 하겠다.

목련전승의 소설 형태는 중국보다 한국에서 더욱 성행한 것으로 파
악된다. 중국에서도 목련소설은 당대 이래의 불교소설로서 독특한 가
치를 지니고 있으며, 소설사에서도 중요한 위치를 점유하고 있는 것이

29 　사재동, 「「목련전」의 연구」, 『한국언어문학』 3, 한국언어문학회, 1965.

사실이다. 그런데 한국에서는 불교소설 「목련경」이 고려 대로부터 유통·성행하여 불모지의 소설계를 주도하였다. 그래서 고려 이전부터 고전소설이 형성·전개되었음을 실증해 주었다. 나아가 조선 초기의 「목련전」이 국문소설로 규정되어 국문소설의 공백기 15·16세기를 보완하는 중대한 역할을 다하였던 것이다. 적어도 「목련경」과 「목련전」의 계통적 연계는 한국소설사의 시대적 핵심을 꿰뚫는 전형적 지표가 되었던 터다.

그리하여 목련전승의 소설적 전개는 너무도 확연하고 당연하여 여기서는 그 이상의 상론을 유보할 수밖에 없다. 다만 이 소설작품이 서사문학적 독자성과 우수성으로 하여 특별한 환경과 수용층에 그만큼 성행하였던 내막을 좀더 구체적으로 구명할 필요가 있겠다. 그리고 이 작품이 성황리에 유통·연행되는 과정에서, 그 자체 변용·발전을 기하면서 다른 장르로 변용·전환되는 실상을 주목·고찰하는 것이 급선무라 하겠다. 목련전승의 유통·연행과 장르적 전개는 이 소설 형태를 중심·주축으로 이루어졌기 때문이다.

4) 희곡 형태의 실상

이 우란분재가 제의극이라면, 그 재의의 의궤가 바로 극본·희곡이 될 것이다. 한·중 간에서 이 재의가 여법하게 진행되고 거기에 영산재 등의 연극적 요소가 그 음악·무용과 합세·조화되면, 실로 종합예술로서 어엿한 연극이 되는 것은 물론, 그것이 떳떳한 극본·희곡을 가지게 되는 것은 당연한 일이다.[30] 이런 재의극이 일반 연극의 형성과 전개 과정에서 중요한 역할을 했다는 것이 점차 밝혀지고 있는 실정에서, 이 극본·희곡이 일반 희곡의 형성·전개 과정에서 소중한 기능을 발휘했다는 점이 밝혀져야 할 것이다. 동시에 이 종합적인 재의극이 하위 장르로 분화되는 실태를 파악할 필요가 있다. 우선 일반 연극의 하위 장르를 가창극·가무극·강창극·대화극 등으로 나눈다면, 그에 따라 극본·희곡의 하위 장르도 가창극본·가무극본·강창극본·대화극본 등으로 분화·전개될 수가 있겠다.[31] 중국의 경우 이점을 무리하게 속단할 수는 없지만, 한국의 경우 불교재의·우란분재류는 이러한 하위 장르로 극본·희곡을 분류·파악함이 옳다고 본다.

여기서 중시되는 것은 목련전승의 연극 장르와 그 희곡 장르의 문제다. 잘 알려진 대로 중국의 목련연극·목련희는 너무도 유명하고, 그 장르의 분화·발전이 분명한 터다. 그래도 중국학자들은 목련잡극(단편)과 목련전기(장편)로 나누는 데서 머물고 있는데[32] 이것은 엄밀한 장르체계가 아니다. 이런 중국의 목련연극·목련희도 합리적인 장르론에 입각하여, 가창극·가무극·강창극·대화극 등으로 분류·검토하는 것이 옳겠다. 그렇다면 목련희곡도 마땅히 가창극본·가무극본·강창극본·대화극본 등으로 나누어 보는 것이 타당하리라 본다.

그래서 목련희곡은 그 자체로서 완벽하다. 그 극적인 서사구조를 바탕으로 구성이 풍성하면서도 짜임새 있게 조직되었다. 무대장치의 설

30　사재동, 「불교재의의 희곡적 전개」, 『한국문학유통사의 연구』Ⅱ, 중앙인문사, 1999, 371쪽.
31　사재동, 「한국 희곡사 연구서설」, 앞의 책, 225쪽.
32　朱恒夫, 「目連救母故事的源流」, 『目連戲研究』, 南京大 出版社, 1993, pp.30~72.

정, 등장인물의 배치와 분장·연기, 그리고 기괴미묘하고 파란만장한 사건의 긴박한 진행, 그 대화·가창 중심의 표현 기교 등이 조화되어 원숙한 극본·희곡으로 정립되었다. 그러기에 목련극·목련희와 그 극본·희곡은 형성 이래 오늘에 이르기까지 예술적 매력을 유지해 오는 터라 하겠다.

그렇다면 이러한 목련희곡의 매력은 어디서 나오는 것인가. 잘 알려진 몇 가지 요건이 있다. 우선 풍성한 내용이 잘 조합되었다는 점이다. 그 내용은 본래적인 것을 바탕으로 다른 서사물에서 차용해 오되, 목련희의 주제와 일치되거나 그 정서와 무난히 상통·합류될 수 있는 것을 취택하였다. 그 차용·삽입된 서사물이란 이미 상하 민중에 호응을 받아 유명해진 것이라, 그것들의 효율적인 구성·조합이 극적인 기능을 극대화하는 것은 당연한 일이다. 그러므로 수용층 모두 그 총합적인 내용에 언제 어디서나 매료될 수밖에 없었던 것이다.

그리고 그 음악이 다원적인 조합을 이루어 '다양의 통일'로써 매력을 갖추었다는 점이다. 목련희의 음악은 자체로서도 매력적 특성을 가진 것은 사실이지만, 그것이 다른 음악을 다양하게 수용·조화시킴으로써, 보다 새롭고 차원 높은 음악세계를 창출하였다.[33] 그 음악세계는 일견 복잡하지만, 그 속에는 크게 민간음악과 종교음악으로 대별되는 터다. 여기서 민간음악에는 설창음악과 민간곡조가 포함되고, 종교음악에는 도교음악과 불교음악이 포괄되므로, 이런 보편적인 유명음악이 다양하게 총화됨으로써, 관중들 누구나가 호응·공감하여 매료되지 않을 수 없었던 것이다.

---

[33] 위의 책, pp.208~216.

다음으로 그 연기 전체가 당시의 다양한 연기·기예들을 수용·조직함으로써, 끊임없는 매력을 발휘한다는 점이다. 이 연기는 이미 독립·공인된 여러 연기·기예들을 총망라하여 총합적인 연기·기예로 집대성하였다고 본다. 실제로는 그 각개의 연기 자체만으로도 족히 관중들이 인기 있게 감상할 가치가 있는 것인데, 그것들이 유기적으로 연결·연속됨으로써, 그 총체적인 목련희의 연기·기예야말로 관중들 모두를 지속적인 흥분으로 매료시킬 수가 있었던 것이다.

한편 목련희는 관중과 서민 대중의 열정이 투입되어, 그 연행에 동참하는 데서 매력을 배가하고 있다는 점이다. 목련희에서는 연기자와 관중이 확연히 구분되지 않고, 관중이 연극 중에 동참하여 연기자로 활동하는 것이다. 그 연극의 장면에 주연급 인물 이외에 많은 인물들이 등장할 필요가 있다면, 한정된 배우 말고도 관중들이 다수 그 연기 장면에 동참하여 푸짐한 현장을 연출하게 된다. 그러므로 사실상 관중들이 출연하여 연극을 완성하는 결과를 내고, 관중들 스스로가 연극을 연출·제작한 자부심과 만족감을 가지게 되는 터다. 따라서 연극·희곡을 관중들의 애정과 성원 속에서 영원한 매력을 증대시켜 왔던 것이다.

이어 목련희의 희곡은 향민·관중이 그 취향과 소망대로 제작되는 데서 끊임없는 매력을 확보하게 되었다는 점이다. 위와 같이 목련희기 관중과 더불어 하나가 되었다면, 그 극본·희곡은 자연 관중의 취향과 소망, 관심과 흥미, 이상과 목적 등을 통찰·고려하여 그 방향을 잡아가는 것이 당연하다. 이와 같이 그 극본·희곡이 변모·발전하고 개작·전개됨으로써, 그것은 관중·향민이 제작한 결과를 내었던 것이다. 따라서 관중들은 희곡이 연행될 때, 자작의 긍지와 흥취를 가지게 마련이고 그래서 그에 대하여 언제 어디서나 흡족히 매료될 수밖에 없었던 것이다.

그리하여 목련희의 극본·희곡은 완벽한 문학으로서 높은 가치와 예술성을 갖추어 왔다. 마침내 그것은 그 계통의 현대적 연극·희곡에 하나의 전범이 되어 크나큰 영향을 끼치게 되었던 터다. 그것은 곧 목련희의 극본·희곡이 그만큼 현대적 의미를 보유하고 있다는 것을 실증하여 준다. 나아가 이것이 중국의 연극사·희곡사에서 차지하는 위상이 그만큼 중대하다는 것도 증언하는 터다.[34]

이러한 전제하에서, 중국 측 학자들은 이 목련희곡을 여러 각도에서 연구해 온 것은 사실이다. 그러나 방법과 방향이 선명하지 않고 합리적인 체계를 확보하지 못한 것 같다. 우선 연극과 희곡의 개념과 범위를 확정하여 각기 전문화하지 않고 있는 점이다. 그래서 연극론에 상대·조응하여 희곡론을 문학적으로 전공하지 않았다는 것이다. 그리고 전술한 대로 희곡의 하위 장르가 규정되지 않았다는 점이다. 희곡론을 체계화함에 그 장르적 검토·규정은 우선적 필수 과정이다. 이것이 세계적 추세, 동방권의 보편성 등에 근거하여 확정되지 않은 한, 희곡연구의 획기적 발전은 크게 기대할 수 없다. 그러므로 문학론에 입각한 희곡의 원전론·구조론·구성론·무대론·인물론·사건론·문체론·역사론 등이 미비된 체계 속에서 불투명하게 진행될 수밖에 없겠다.

이에 한국의 목련연극 극본·희곡을 보면, 중국의 그것처럼 현전 자료와 계통이 확실하지 못한 것은 사실이다. 그러나 이제껏 검토해 온

34　이상 朱恒夫, 「超邁千古的藝術魅力」, 위의 책 참조.

것처럼 이 목련전승의 극화 실연과 그 극본·희곡의 본래적 실상은 중국의 그것과 대등하고 유사하였으리라 본다. 한·중 문화·예술·문학의 동질성과 공통성을 기반으로 볼 때, 목련전승의 형성·전개는 양자가 대등·유사하다는 것은 당연한 이치이기 때문이다. 다만 망실·분산·은익을 거듭해 온 현전 자료와 근거를 중심으로 중국의 그것을 전거 삼아 비교·검토함으로써, 원래의 진상을 규명·재구할 필요가 절실할 뿐이다.

5) 평론 형태의 실상

우란분재와 목련전승에는 역대 학자·문인과 상하 관중의 논의·평가가 항상 이어졌다. 그중에서 현전하는 기록·기사가 위와 같은 사실을 증언하고 있다. 상술한 문화적 원전 중에는 수필계의 작품도 적지 않았지만, 특히 목련전승에 대한 평가·논의가 더욱 많았다. 위 수필 형태의 전개에서 거론된 모든 장르는 적극적이거나 소극적인 차이, 본격적이거나 부수적인 구별은 있겠지만, 평론의 관점에서는 모두가 직간접으로 목련전승의 평본이라 볼 수가 있다. 나아기 그런 기록·기사 중에는 연극·희곡을 전문적으로 기술한 저서가 있어, 목련전승의 여러 면모를 본격적으로 취급하고 있는 실정이다. 그래서 이러한 평가·논의를 종합·분석하면, 그 속에 연극론·희곡론의 미학적 분야가 발견되는 터다.[35]

---

[35] 曹其敏, 『戲劇美學』, 人民出版社, 1991.

우선 목련희의 개작·창작자 그리고 연출자에 대한 평가·논의가 있다. 이것은 소박한 작가론이라 하겠다. 여기에 부수되어 제작동기나 공연목적이 논의되지만, 아직 연극동기론 내지 연출목적론이라 할 만한 수준은 아니다. 이어 연출가의 전기적 논의가 있지만, 역시 연출론의 단계는 아니라고 본다.

또한 평가와 논의에는 무대와 장치 내지 소도구에 관한 것이 있어, 무대론·장치론 등을 짐작케 한다. 기실 소도구는 배우들이 지참·활용하는 다양한 기구로부터 무대에 등장·활용되는 대규모의 기구나 동물들에까지 확대된다. 그러기에 소박한 소도구론까지 요량해 볼 수가 있다.

그래서 이 연극에 출연하는 배우들의 연기에 대한 평가·논의가 주축을 이루고 있다. 여기서 그 연기론·배우론이 나올 수도 있겠다. 이와 직결되어 배우들의 대사와 가창이 평가·논의의 대상이 되어 온 것은 물론이다. 여기서 대사론·가창론이 제기되었다고 보아진다. 여기 필수적으로 나타난 것이 배우들의 분장과 의상에 대한 평가·논의다. 여기서 바로 소박한 분장론과 의상론이 실질적으로 창출되었다고 할 수도 있겠다.

여기서 중시되는 것이 관중과 그 반응에 대한 평가·논의다. 이 관중은 연극을 성립시키는 필수요건임을 직시하고 다양한 논의를 펼쳐 온 것이다. 이런 기록·기사들에서 본격적인 관중론을 모색하는 것은 무리이겠지만, 이를 확대 해석하면 연극·희곡수용론이나 그 사회·문화론까지도 어림해 볼 수가 있겠다.

이제 가장 중시되는 것은 극본과 희곡에 대한 평가·논의다. 이것이 작품론의 단초를 연 것은 사실이지만, 아직 원전론·구조론 내지 구성론, 그래서 무대론·인물론·사건론, 그리고 표현론·문체론·장르론으로까지 전문화되지 못한 게 사실이다. 여기서 이 연극·희곡의 역사성을 논의한 사례가 주목된다. 이 목련전승의 역사적 전개 과정을 체계화하지는 못하였지만, 중국희곡사의 전반적 추세에 비추어 검토한다면, 그 목련연극·희곡의 사론이 이미 발단되었다고 하겠다.

이와 같이 다양한 목련전승의 평론은 그 당시에 전문화되지는 않았지만, 그 원형적 원전을 바탕으로 평론사적 체계화가 가능하다고 보아 마땅하다.[36] 이런 점에서 중국의 목련전승에 대한 평론은 비교적 계통적이고 체계적인 실상을 갖출 수 있다고 본다. 다만 학자들이 이를 체계적으로 연구할 당면 과제를 떠안게 되었을 뿐이다.

이에 비하여 한국의 목련전승에 대한 평가·논의는 아직까지 평론으로서의 계통과 체계를 마련하지 못한 것은 사실이다. 그러나 이 목련전승이 우란분재를 통하여 중국의 그것과 대등·유사하게 형성·전개되었다는 전제 아래서, 그 평론의 계통과 체계가 원형적으로 구비되어 있었다고 보는 게 당연하다. 상게한 사서·잡록의 기록·기사를 세밀히 분석하고 중국의 그것을 전거로 비교·고찰해 보면, 그 안에 실질적인 평론의 계통과 체계가 함장되어 있음을 발견하기 때문이다.

36　傅曉航, 『戱曲理論史述要』, 文化藝術出版社, 1994.

4. 우란분재와 목련전승의 예술적 전개

1) 불교미술의 전개

우란분재와 목련전승의 미술은 불교미술 중에서 특이한 가치를 지닌다. 먼저 중국의 지장전이나 한국의 명부전은 그 방면의 건축이라는 동질성과 공통성을 갖추고 있지만, 각기 특색을 지니는 게 당연하다. 이 건축물은 다른 전과는 다른 별세계를 이루고 있다. 그것은 지옥이나 염라국을 사실적으로 재현하고 있기 때문이다. 건축물의 구조나 전각내외의 조각·단청·벽화·탱화 등이 그 지옥·염라국의 실상을 그대로 묘사·보완하고 있다.[37] 거기에 지장보살을 중심으로 십왕十王의 소상이 개성 있게 조성·나열되어 있는 데서, 조각의 묘미와 함께 그 분위기와 전각의 기능을 극대화하는 것이다.[38]

여기서 기대되는 것은 우선 그것의 종교적 기능이다. 절의 사부대중이나 그 전각을 보고 드나드는 참배·순례객들이 외경심과 참회심을 가지도록 위압적인 작용을 보여야 하기 때문이다. 중국의 지장전도 그러하지만, 한국의 웬만한 사찰이면 으레 자리하고 있는 명부전은 종교 건축으로서 미술적 기능을 거의 완벽하게 수행하고 있다.

전각의 안팎을 가득 메우고 있는 회화는 특히 사실적 묘사와 함께 그

---

37 이기선·안장현, 『지옥도』, 대원사, 1993; 澤田瑞穗, 『地獄變』, 法藏館, 1976 등 참조.
38 松廣寺板, 『佛說豫修十王生七經』(萬曆 46年)의 〈십왕도〉와 전국 각 사찰의 명부전 (冥府殿)의 소상이 이를 실증하고 있다.

종교적 기능을 십분 발휘하고 있다. 염라국의 묘사는 실제로 시왕이 조성·나열되어 있기에 크게 돋보이지 않는다. 그러나 불교회화로서는 일단 성공적이라 하겠다. 여기서 특기할 것은 지옥 참상의 그림이다. 지옥의 규모와 수, 참상의 실제는 절마다 각기 다른 특색을 지니는 게 사실이다. 그 중에서도 사실성이 특출한 지옥도는 규모도 크고 다양하며 그 수도 많은 데다 지옥중생의 수고하는 참상이 머리끝까지 닥아 온다. 이쯤 되면 누구든지 외경하여 참회·경배하지 않을 수 없다. 그런 공포·경외의 분위기가 광풍처럼 서릿발 같이 조성되거니와, 그 미술적 사실성은 실로 무섭게 행동화되어 엄습하는 터다. 이것이 이 종교화의 실질적인 모습이다.

전각을 떠난 〈목련변상도〉나 염라·지옥변상도 내지 판화도 종교적인 기능을 소홀히 하지 않는다. 사실적 묘사의 근본 목적이 사부대중과 순례 민중에게 공포와 참회를 일으키는 데에 있기 때문이다. 그리고 이런 회화들은 목련전승의 극화·실연을 돕는 효율적 미술로서 기능하는 것도 사실이다.

이제 이들 전각이나 조각·회화 등을 불교미술 내지 일반 미술로 보자는 것이다. 그것은 불교미술 중에서도 특수한 제재와 목적에 의하여 특수한 세계를 이루어 왔다. 극락세계와[39] 상대된 염라국 내지 지옥의 참상을 사실적으로 그린 수법은 대체로 특출하다. 그러한 구조적인 특징과 함께 각개 인물의 성격과 언행묘사, 그 인물의 의상, 소도구 얼굴과 몸매 그것은 그 인물의 내외면을 진솔하게 나타내는 데에 손색이 없다.[40] 기실 그것은 당대 인물화의 백미라 하여 무방할 것이다. 더구나 그

---

39 홍윤식, 『극락도』, 동국대 역경원, 1986.

인물들의 적극적이고 역동적인 언동이 빚어내는 사건 전개의 서사화로 서도 특출하게 성공을 거두고 있는 터다.[41] 그것은 변상의 명목으로 후 대의 인물화 내지 서사화의 전범이 되어,[42] 불교미술사[43] 및 한·중 미술 사에서 중요한 위치를 차지한다고 보아진다.[44] 그런데도 이 방면의 본격 적인 연구·검토가 한·중 간에서는 아직 크게 드러나지 않고 있는 실 정이다. 이것이 우리의 당면 과제로 부각되어 본격적인 연구가 진행되 기를 기대할 따름이다.

2) 불교음악·무용의 전개

우란분재의 음악은 보편적인 불교음악의 바탕 위에서, 제불보살과 신중·신위를 봉청·공양·봉송하는 장엄·유장성을 갖추고, 선망 영 가와 제반 신위·귀중들을 위무·인도·관욕·참회로써 승화·구제 시키는 비장·청아성을 연속적으로 겸유하게 되었다. 그러기에 이 음 악은 매우 심오하면서도 입체적인 구조와 다양한 표현을 고려할 수밖 에 없다.[45] 이러한 기본 요건은 한·중 간에 공통되지만, 그 구체적인

---

40 김영주, 「盂蘭盆經變相」·「釋迦八相變」·「地藏十王幀畫」, 『조선시대 불화 연구』, 지
    식산업사, 1986 참조.
41 디트리히 젝켈, 백승길 역, 「설화적인 작품들」, 『불교미술』, 열화당, 1985.
42 陳淸香, 『佛經變相美術創作之硏究』, 中華叢書編審委員會, 1977.
43 홍윤식, 『한국불화의 연구』, 원광대 출판국, 1980.
44 金維諾, 「敦煌壁畫內容」, 『中國美術史論叢』, 明文書局, 1984; 김원룡 외, 『한국미술사』,
    서울대 출판부, 1993 등 참조.
45 한만영, 『불교음악 연구』, 서울대 출판부, 1981; 岸邊成雄, 송방송 역, 『고대 실크로
    드의 음악』, 삼호출판사, 1992 참조.

정서나 성음은 한국적 특성을 지닐 수밖에 없다. 이 우란분재의 음악
은 그대로 한국 불교음악에 바탕을 두면서 독특한 재의음악으로 성
립·기능한 것이라 본다. 그러기에 이 음악은 독자적 묘사와 입체적
화음을 통하여 다시 불교음악 전반에 합세되고 한국 고전음악의 원형
내지 전형으로서 종교와 예술의 양면적 가치와 기능을 발휘해 왔던 것
이다.

이제 목련전승 자체의 음악에 대하여 그 실상을 살필 필요가 있다.
전술한 바와 같이 중국의 목련희를 중심으로 그 음악의 실체는 매우 다
양하고 입체적이라 하겠다. 기실 목련희는 이런 음악의 마력·매력에
의하여 영속된다 하겠거니와, 그것은 실로 다양의 통일을 성취하고 있
는 점이 확인되는 터다. 이 음악은 민간음악과 종교음악이 조화되어
이룩되었다는 게 밝혀진 마당에, 그 종교음악이 불교음악과 도교음악
을 결합시켰다는 것까지 고찰되었다.[46] 이 음악은 목련희를 중심으로
하여 승·속을 결합시킨 장쾌·희비의 새로운 세계를 창출한 것이라
하겠다.

그러기에 이 음악은 중국의 희곡음악으로 정립되어[47] 상하 민간에 보
급되고 나아가 중국의 고전음악으로서 그 위치를 확보하게 되었다. 이
음악이 한국·일본 등지로 유통되었다면, 그것은 동방희곡음악 내지 동
양고전음악의 전범으로 기능하였으리라 본다.[48] 그리하여 이 음악은 목
련희를 거점으로 면면히 유통·전개되면서 중국의 희곡음악사 내지 고

---

46 朱恒夫, 「多元的音樂組合」, 앞의 책, pp.109~116; 呂鍾寬, 『臺灣的道教儀式與音樂』,
學藝出版社, 1994 등 참조.
47 陳萬鼐, 『中國古劇樂曲之研究』, 重山學術文化基金會, 1978.
48 한만영·전인평, 『동양음악』, 삼호출판사, 1983.

전음악사상에서[49] 소중한 위상을 유지하고, 동방희곡음악사·동양고
전음악사상에서도 중요한 의의를 지니는 터라 하겠다.[50]

그리고 우란분재에 따르는 무용은 불교재의의 작법 무용을 특수하
게 활용한 것이다.[51] 이런 무용은 중국보다는 한국에서 독특한 양식과
기능을 가지고 유통·연행되었다. 이 무용은 영산재의 중심을 이루는
작법 무용과도 상통하는 것인데, 그것은 종교와 예술의 양면성을 갖추
게 되었다. 따라서 그 실상과 기능은 우란분재의 차원을 벗어나 불교
전반의 작법 무용으로 합일되고, 나아가 한국 고전무용의 원형·전형
으로 기여한 면모와 위상이 뚜렷해질 것이다.

이어 목련전승의 무용을 목련희 중심으로 검토하면, 아직 뚜렷한 점
이 드러나지 않는 게 사실이다. 그러나 한·중 간에 공히 이 목련연극
에서 희비가 엇갈리는 마당에, 무용이 따르는 것은 당연하고, 또한 가
창이 발달되었기에 그에 상응하는 무용이 따르는 것은 필수적이다. 매
양 가창에는 무용이 결부되고 무용에는 가창이 결합되어 가무 형태를
이루는 것이 필연적이기 때문이다.[52] 그 무용의 종교·예술적 양면성
과 양국의 불교무용이나[53] 고전무용 내지 일반 무용사에서의[54] 그 기여
도는 연구 과제로 남길 수밖에 없다.

---

49 蕭興華,『中國音樂史』, 文津出版社, 1995; 송방송,『한국음악통사』, 일조각, 1985 등 참조.
50 施議對,『詞與音樂關係研究』, 中國社會科學出版社, 1989.
51 홍윤식,『영산재』, 대원사, 1991.
52 장사훈,『한국 전통무용 연구』, 일지사, 1986.
53 王克芬 外編,「古代佛敎舞蹈與舞形遺存, 各民族佛敎舞蹈」,『佛敎藝術』, 天津人民出版
    社, 1995.
54 王克芬,『中國舞蹈發達史』, 上海人民出版社, 1989; 송수남,『한국무도사』, 금광출판
    사, 1989 등 참조.

3) 불교연극의 전개

우란분재와 목련전승의 연극적 전개에 대해서는 위에서 그 원전을
거론하거나 그 희곡과 평론을 논의할 때에, 대강 언급된 바가 있다. 이
러한 연극적 전개가 목련전승의 핵심·주류를 이루는 것이기에, 그것
이 불교연극이라는 전제 아래[55] 한·중 간에 전개된 연극적 실상을 파
악하면서, 그 방법론을 제시해 보려고 한다.

우선 목련연극·목련희의 작가·개작자 내지 연출자 등이 허다히
널려 있으므로, 이른바 작가론을 해내야 한다.[56] 작가의 단순한 생애나
전기보다도 그와 관련된 작품론의 차원에서 본격적인 논의를 진행해
야 된다.[57] 이에 따라 작품의 제작동기나 그 연극의 연출목적이 분명해
지므로, 그 제작동기론·연출목적론 내지 연출론이 특색 있게 검토되
어야 한다.

목련연극·목련희에서는 극장·무대가 매우 중시된다. 그 무대의 모
든 것이 이 연극의 성패를 좌우하는 기반이기 때문이다. 그리하여 이 극
장론이나[58] 무대론이[59] 적극적으로 개척·정립되어야 한다. 무대의 위
치, 무대의 구조와 구성, 무대내의 장엄과 장치, 소도구의 배치, 악사나
보조인물들의 위치, 심지어 조명장치까지 서론되어야 옳다. 여기서 중

55　陳宗樞,『佛敎與戲劇藝術』, 天津人民出版社, 1992; 사재동,「불교연극 연구서설」,『불교
　　사상논총』, 하산출판사, 1991 참조.
56　八木澤元,『明代劇作家論』, 中新書局, 1977.
57　張庚 外編,『名家論名劇』, 首都師範大 出版社, 1999.
58　王安祈,『明代傳奇之劇場及其藝術』, 學生書局, 1986; 周貽白,『中國劇場史』, 長安出
　　版社, 1976 등 참조.
59　高王寄華,『中國戲臺』, 浙江人民出版社, 1996.

시되는 것은 소도구이다. 이것은 무대내의 배치물 이외에도 배우들이 지참하는 각종의 대소 도구와 무대에 등장하는 대규모의 기구, 대소형 동물들에까지 확충됨으로써 실제로 소도구론이 체계적으로 확대·고찰될 수밖에 없다.

목련연극·목련희에서 매우 소중한 것은 배우들이다. 그들의 연기 활동이 그 연극의 성패를 결정짓는 핵심적 요건이기 때문이다.[60] 그래서 이 연극에서 배우론 내지 연기론이 필수되는 터다. 그 당시 활약하였던 배우들의 생애·전기도 중요하지만, 그 인격·생활·연기 등에 역점을 두어 그 품격을 결정하고 최고·최상급의 배우를 설정하여 배우의 이상적 전범을 제시할 필요가 있다.[61] 나아가 그 시대에 상응하는 연기의 유형과 보편적 연기, 특수한 연기 등을 논의하여 동급을 매기고 이상적 연기상을 정립·제시해야만 되겠다. 이른바 연기론이 바로 그것이다.[62] 여기에는 자연 배우들의 연기와 직결되는 대사와 가창이 중시되어야 한다. 따라서 이 대사론이나 가창론이 포괄적으로 논의될 수밖에 없다.

여기서 배우들의 분장과 의상은 실로 배우 못지 않게 중요하다. 이것은 배우의 생사를 좌우하고 성패를 가름하는 외형적 요건이기 때문이다. 기실 이런 목련연극에서 분장과 의상은 특별한 의미를 갖는다. 그것이 연출의 능소능대함과 융통성을 보장하기 때문이다. 실제로 이 분장과 의상으로 하여 배우는 제대로 배우가 된다. 그러기에 분장과

---

60 孫崇濤 外,『戲曲優伶史』, 文化藝術出版社, 1995; 譚帆,『優伶史』, 上海文藝出版社, 1995 등 참조.
61 閔定慶,『優伶人格』, 長江文藝出版社, 1996.
62 黃克保,『戲曲表演硏究』, 中國戲劇出版社, 1992.

의상이 바로 배우요 배역이 된다. 그리하여 분장론과 의상론이 중시·분화되는 것은 당연하다. 위와 같은 모든 것을 총체적으로 집성하여 이른바 연출론을 정립해야 되겠다.[63]

이 연극에서 관중은 이를 성립시키는 가장 큰 요소 중의 하나다. 이러한 일반론은 목련연극에서 가장 확실히 증명되는 터다. 전술한 대로 그 관중들은 단순한 관객이 아니라, 그 연극에 활력을 주고 나아가 그 연극에 동참하여 배우와 같이 연기하며, 마침내 그 극본에 강력한 정보와 자료를 주어 참신한 작품을 제작하는 역할까지 수행한다. 따라서 그 시대에 상응하는 실제적인 관객의 부류와 수준, 그들의 취향과 사조, 문화적 배경과 사회적 여건까지 통찰하여 관중론 또는 관객론을 체계화해야 된다. 이런 바탕 위에서 연극과 생활, 연극과 사회, 연극과 문화 등이 폭넓게 검토되어야 된다.[64] 여기서 연극수용론이나 연극사회론 나아가 연극실용론이나 연극문화론이 성립·강화되어야 마땅하다.[65]

드디어 가장 중시되는 것이 그 극본·희곡이다. 이 극본이 목련연극을 성립·추진하여 왔기 때문이다. 그동안 연극을 중점적으로 고찰하는 과정에서 이 극본·희곡에 논의가 부수되거나 소홀히 되어온 것이 사실이다. 그래서 이 연극 연구의 중심은 역시 희곡이어야 한다. 그것은 결국 희곡 작품론이라 하겠다. 여기에는 원전에 대한 검토가 수반되어, 원전론이 나오게 되고 나아가 소재의 자생과 재원에 대한 비교 검토가 소재론으로 전개되는 것이다. 더구나 목련연극의 희곡처럼, 이

---

63 周育德, 「戲曲演出論」, 『中國戲曲文化』, 中國友誼出版公司, 1996, pp.357~417.
64 路應昆, 『中國戲曲與社會諸色』, 吉林教育出版社, 1992; 陳抱成, 『中國的戲曲文化』, 中國戲劇出版社, 1995 등 참조.
65 鄭傳演, 『中國戲曲文化概論』, 志一出版社, 1995; 周育德, 앞의 책 참조.

미 알려진 저명한 소재를 마구 흡수·소화시킨 경우에는 이 소재론이 중요한 의미를 갖는다.[66] 그 다음에 희곡의 구조와 구성에 대한 고찰이 진행되어야 한다. 무대의 설정, 등장인물의 언행, 사건의 긴박한 전개 등에서, 그 관중의 흥분과 감동을 자아내는 구성이 성공적이라 평가되는 것은 불가피하다. 이것이 구조론·구성론으로 승격·출현되고, 다시 작품 속의 무대론·성격론·사건론으로 전문화되어야 한다.[67] 마지막으로 이 작품의 문체·표현에 대한 고찰·논의다. 이것은 대사와 지시문으로 나누어 논의될 수도 있는 포괄적인 문체론 내지 표현론으로 체계화되는 게 당연한 일이다.

이와 직결되어 필수되는 것이 바로 연극의 음악이다. 위에서 이미 가창론을 운위하였거니와, 여기서는 연극 자체 내의 음악 분야를 논의하는 것이다. 음악은 연극이 성립되고 관중의 열열한 호응과 깊은 감동을 자아내는 최상의 요건 가운데 하나다. 그래서 음악론은 연극음악으로서 작곡론·가창론·연창론으로까지 전문적으로 체계화되어야 한다.

여기서 가치론과 함께 장르론이 개척되어야 한다. 모든 작품에는 문학적 가치나 미학적 수준이 타나나게 마련이다. 가치평가는 이른바 평론 분야에서 전담할 것이 아니라, 이 작품론에서 취급하는 게 당연하다.[68] 그 가치평가는 주어진 작품, 현존하는 작품들을 분석·연구하여 상대적으로 이룩되는 게 현실이나, 이제는 고전작품이면 무조건 수작

---

66 朱恒夫, 「兼收幷蓄的內容組合」, 앞의 책, pp.197~207.
67 劉禎, 「目連戱藝術形態及其表現方式」, 『中國民間目連文化』, 巴蜀書社, 1997, pp.127~158.
68 위의 책, pp.335~343.

이고 명작이라는 주관적 평가에서 세계적 가치 기준을 준거하여 엄밀하게 재평가를 내려야 한다.

그리고 목련연극을 단순히 잡극이다 전기다 하는 식으로 양분할 것이[69] 아니라, 세계적인 보편성, 동방예술의 공통성, 작품 자체의 구조·구성·표현 등 형태에 입각하여 합리적으로 재고되어야 된다. 그래서 위에서 시도된 바, 연극의 하위 장르를 가창극과 가무극, 그리고 강창극과 대화극, 잡합극으로 분류하기를 제안한다. 기실 한·중 양국의 역대 연극 형태를 비교·검토하고 타당한 장르론을 적용할 때, 위에 든 5개 장르는 비교적 합리적이라 보아진다. 원래 장르론이란 절대적이지 못하고 상대성을 띠고 있기에, 관점과 방법론에 따라 독특한 분류가 있을 수 있다. 그러나 어느 것이 가장 합리적이고 타당하냐는 구심점을 향하여 최대공약수를 찾아 낼 당면 과제가 가로 놓였다고 본다.

마지막으로 목련전승의 제작자·관련자의 생졸연대나 그 작품들의 제작·연행 시기, 그리고 그들의 선후·사승 관계를 고증하고 그 작품들의 계통과 선후 관계를 논의하는 게 필요하다. 그리고 목련전승의 당시나 후대에 대한 영향 관계도 검토하는 것이 당연하다. 그리하여 이 전승의 현대적 계승과 개작 내지 재창작의 문제까지도 방향과 방법을 잡아 주어야 된다.[70] 이것은 분명히 이 목련전승에 대한 일관된 역사론이라 하겠다.[71]

69　周育德,「中國劇種編」, 앞의 책, pp.79~139.

70　김흥우,「현행 불교의례의 문제점과 그 연극연희화의 방법 – 우란분재·목련희」,『불교전통의례와 그 연극·연희화의 방안 연구』, 엠애드, 1999; 周育德,「近代戲曲文學的改良」, 앞의 책, 343~356쪽.

71　胡忌 編,『戲史辨』, 中國戲劇出版社, 1999.

목련전승의 역사는 그것이 생동하고 기능하는 유통·연행의 역사다. 여기 우란분재와 목련전승의 유통사 내지 연행사를 계통적으로 체계화할 수 있다. 기실 이런 전승사를 고정체계로 제한하는 것과 유통체계로 개방하는 것은 천지차이라 하겠다. 이런 역사적 파악에는 그 방법론의 중심에 유통론·연행론이 자리해야 된다. 이 유통론·연행론만이 생동하는 연극사를 기술하는 타당한 길이기 때문이다.[72]

5. 우란분재와 목련전승의 문화적 전파

1) 언어·문헌의 전파

우란분재와 목련전승이 한·중 양국에 천년을 두고 유통·연행되면서, 사회·종교적으로 가장 민감한 언어에 전파되고 투사·반영된 것이 참으로 많았다고 본다. 우란분재에 따른 모든 언어와 목련전승에 담기고 얽힌 수많은 언어들이 사부대중을 거쳐 상·중류층 학자·문인들이나 민간 대중에 이르기까지 파급·침투되었기 때문이다. 한·중 양국의 문화 자체이고 문화 수용·전파의 첨병이요 방편인 이 언어가 목련전승의 그것을 원활히 수용한 것은 당연하다. 한·중의 경우

---

72 田仲一成, 『中國演劇史』, 東京大 出版會, 1998; 장한기, 『한국연극사』, 동국대 출판부, 1986 등 참조.

언어의 7할 이상이 불교에서 연유하였다 하거니와, 목련전승의 언어가 양국의 언어에 보급 수용된 것은 분명한 일이다. 이 재의나 목련전승 자체가 상하 민중과 세간에 유통·연행되어 왔다는 것부터가 이를 실증하고 있기 때문이다. 구체적인 사례를 들 필요도 없고 그럴 여지도 없다.

이런 목련전승이 구비로부터 기록·문헌화되어 한·중 간에 수없이 유통되었던 게 사실이다. 그때 한·중의 문헌은 필사본과 판본으로 대별되어 다양한 유통을 보여 온 것이다. 필사본의 다양한 형태, 판본의 여러 종류들이 가히 문헌의 문화를 형성하여 온 것이었다.[73] 이러한 문헌문화의 유통·전파는 다른 불교문헌이나 일반문헌에 상당한 영향을 끼치고 활발한 교류를 이어 왔던 것이다. 그래서 목련전승 자체의 문헌사가 형성되었고, 그것이 한·중 문헌사·인쇄사에 기여한 바가 크다고 하겠다.[74]

그렇다면 목련전승의 언어·문헌은 그 자체로서도 값진 것은 물론, `1 불교문화사나 일반문화사에서도 상당한 위치를 차지하고 있는 게 분명하다. 그런데도 한·중 공히 이 방면의 연구·검토는 아직도 개척되지 않은 게 사실이다. 그 방면의 논문을 쓰는 데서 부수적으로나 단편적인 언급은 있어도, 본격적인 논급은 아직 나타나시 않았다. 따라시 이 방면의 연구가 목련전승의 문화에 기여할 날이 오기를 기대할 따름이다.

73　유탁일, 『한국문헌학연구』, 아세아문화사, 1990; 장순휘, 『중국문헌학』, 목탁출판사, 1983 등 참조.

74　김두종, 『한국 고인쇄 기술사』, 탐구당, 1974; 史梅岑, 『中國印刷發展史』, 商務印書館, 1977 등 참조.

2) 윤리·사상의 보급

우란분재와 목련전승이 오랜 세월 유통·전파되면서, 사부대중과 관중·민간에 소중한 윤리 덕목의 전파와 함께 윤리의식을 고조시켜 온 것은 주목할 만한 일이다. 우란분재가 불보살을 향한 존숭의 덕목을 선양하고 선망부모와 7대 조상의 영가를 천도·효행하는 데에 정성을 다하는 것은 당연한 것이다. 여기서는 보은에 바탕을 둔 존사·효행의 전범이 실천적으로 실연되어, 그것이 대대로 여기에 동참하는 많은 사람들을 통하여 민간·대중에 널리 전파·보급되었던 것은 필연적인 일이었다. 이러한 재의가 정기적으로 되풀이 거행·실연됨으로써, 다양한 윤리 덕목을 실천하게 하고 원만한 윤리의식을 드높여 온 것은 불교적 의식을 벗어나 민간·대중의 윤리적 교화에 앞장서 왔다는 점에서, 한·중의 윤리문화에 크게 기여하여 왔다고 평가되어 마땅하다.

그리고 목련전승이 여러 가지 방편으로 유통·연행되면서 종합적인 윤리기능을 다해 온 것은 매우 소중한 일이다. 이것은 불교를 중심으로 하는 유교·도교의 윤리 덕목과 윤리의식을 상하 민간·대중에 적극적으로 교화·보급하여 왔기 때문이다. 목련전승이 본래 불교의 윤리를 주축으로 삼아 온 것은 사실이나, 그 자체가 유교·도교 등의 그것을 수용·통합하여 종합적 윤리체계를 확립함으로써, 방대하고 입체적인 권능을 발휘하게 되었다. 더구나 그것은 평범하고 보편적인 교육을 통해서가 아니라, 연극·연희의 방편을 통하여 민간·대중의 자발적인 호응과 감응에 불을 붙인 격이라, 그 보급·전파의 효과는 언제 어디서나 극대화되었다. 주로 목련연극은 윤리 덕목이나 윤리의식 그 문화의 백화점과 같이, 불교·유교·도교 등의 모든 윤리를 다 갖추고 민간·대중을 영접·교화하여 냈던 것이다. 그래서 이 목련전승은 종합적 윤리의 의미망·유통망·보급망을 마련하여 언제 어디서나 그 전파의 공적을 쌓았던 것이다. 그리하여 이 윤리적 기능과 역량, 그 공적은 동방 역대 어느 윤리교과서보다도 크다고 보아진다. 따라서 이 우란분재와 목련전승이 한·중 윤리문화에 끼친 영향은 지대한 터라 하겠다.

한편 우란분재와 목련전승은 모두 한·중 사상에 지대한 영향을 주었다. 실제로 그것은 재의·연행을 통하여 사부대중과 관중, 상하 민중·민간 대중에 복합적인 사상체계를 전파·보급시켰기 때문이다. 그것은 불교사상의 다양한 실상을 비롯하여, 유교사상·도교사상의 여러 가지 실체를 융화시켜 사상적 총화로 집대성된 데에 큰 의의가 있다고 본다.

일찍이 중국학자들이 이 목련전승의 사상성을 여러 측면에서 검토하여 온 것은 사실이다. 그러나 현전하는 연극이나 극본을 편의대로 입수·정리하여 그것을 평면적으로 분류·논의하는 경향은 피상적일 수밖에 없다. 적어도 그것이 불교사상을 주축으로 역학적인 화합을 보아, 원만한 역량과 권능을 발휘한다는 점에서, 입체적 고찰이 요망된다. 그리고 원래 불교사상의 원형이 어떤 과정을 통하여 다른 사상과 결합되었나를 역사적으로 검증할 필요가 있는 것이다. 그래야만 이 불교사상이 총합사상으로 전개되는 역사적 의미와 기능이 파악될 것이기 때문이다. 그리고 목련전승의 사상성은 그 자체의 실상과 가치를 규명하는 데에 그쳐서는 안 된다는 것이다. 적어도 그것이 문학사상을 바탕으로 널리 깊게 유통·전개되면서[75] 상하 민중·민간 대중의 사상에 끼친 영향 관계를 검토하는 것이 그 문화사적 의의를 밝히는 일이기 때문이다.

3) 신앙·민속의 전파

우란분재와 목련전승이 오랜 세월 전승되고 민간·대중 속에 침투되면서 그것은 계통적 이론체계의 종교·사상으로서보다는 차라리 민간신앙의 면모를 지니게 되었다. 고금을 통하여 한·중 간에서 우란분재를 목련전승과 관련시켜 '중원절'이니 '백종날'이니 통칭하는 경향도 이와 무관하지 않다고 본다. 신불 여부 간에 누구든지 이날의 재의행사를 선망부모·7대 조상의 영가를 천도하고 불공·보시하는 것으로 믿어 오는 게 현실이다. 그래서 여기에 따르는 법식이나 소의 불경이 어떤 것인가를 따지기도 전에, 그저 신앙으로 절하고 기도할 뿐이었다. 이것은 우란분재와 목련전승의 민간화·민중화로서 그 의미가 독특한 것이다. 따라서 민간신앙을 연구하는 측면에서는 매우 소중한 현상이 벌어져 왔던 것이다. 한·중 학자들이 이 방면에 주목하고는 있지만 획기적인 업적은 아직 보이지 않는다. 여기서는 이러한 제의나 저명한 전승이 민간화·민중화됨으로써, 그 민간신앙으로서의 실제적인 의미와 가치를 밝히는 것이 타당할 것이다.[76]

---

75 이재만,『한국 고전문학의 사상적 연구』, 등용출판사, 1976; 蔡正華,『中國文藝思潮』, 清流出版社, 1976 등 참조.

이런 기반 위에서, 이 우란분재와 목련전승은 민속적으로 변모·전파되기에 이른다. 이른바 불교민속이나 재의민속이 바로 그것이다.[77] 이런 불교민속이 중국에서도 성행하였을 것이나 크게 주목받지 못하고 있는 실정이다. 아직도 이렇다 할 조사·연구의 결과가 나타나지 않기 때문이다. 한국에서는 어느 정도 이런 불교민속에 대하여 주목을 하고 조사·연구에 착수한 게 사실이다. 한국의 세시기나 월령의 실제에서 이날을 백중날·배종날이라 하여 민속 명절로 알고 지낸다. 이 백중날에 절에 가는 것을 습속으로 알고, 믿음과 관계없이도 구경하고 놀다 오는 경우가 허다하다. 이날 백중놀이를 벌이고, 주로 농민·머슴꾼의 생일이라 하여 돈을 태워 주며 마음대로 놀고 먹게 한다.[78] 이날 스님께 공양하는 우란분재의 습속이 농민·머슴꾼들에게 베푸는 것으로 전이·민속화한 것이다. 이것은 불교의 민속화를 연구하는 분야, 불교민속학에서 예의 주시하는 게 당연하다. 이것이 우란분재나 목련전승이 한국의 기층문화에 지대한 영향을 끼치고 서로 유통·교류하였음을 실증하고 있기 때문이다.

---

76 김열규 외,『한국사상의 원천』, 양영각, 1973; 董芳苑,『臺灣民間宗敎信仰』, 長靑文化公司, 1978 등 참조.
77 홍윤식 외,『불교민속학의 세계』, 집문당, 1996; 鄭傳寅,『傳統文化與古典戲曲』, 湖北敎育出版社, 1990 등 참조.
78 배도식,「밀양백중놀이」,『한국민속의 현장』, 집문당, 1993.

6. 결론

위와 같이 우란분재와 목련전승에 대하여 그 원전과 그 문학적 실상, 예술적 전개 그리고 문화적 전파 등을 개괄적으로 고찰하였다. 지금까지 논의해 온 것을 요약하면 다음과 같다.

① 우란분재와 목련전승의 원전이 한·중 간에 걸쳐 현전·유통되는 현황을 점검하였다. 여기서는 원형적 원전으로 현장적 재의와 전형적 불경을 비롯하여, 문학적 원전으로 목련변문과 강경문, 그리고 목련소설과 보권을 들었다. 그리고 예술적 원전으로 목련미술과 목련음악·무용 및 목련연극, 그리고 문화적 원전으로 역사·풍속지의 목련기록, 필기·잡록의 목련기사 등을 점검하였다.

② 우란분재와 목련전승이 한·중 불교문학으로 전개된 장르적 실상을 고찰하였다. 여기서는 시가 형태의 실상과 수필 형태의 실상을 검토하였다. 그리고 그것이 소설 형태의 실상과 희곡 형태의 실상 내지 평론 형태의 실상을 드러내는 내막을 밝혔다.

③ 우란분재와 목련전승의 한·중 불교예술로의 전개 양상을 고찰하였다. 우선 그 불교미술로의 전개, 불교음악 및 불교무용으로의 전개, 나아가 불교연극으로의 전개 양상을 개관하였다.

④ 우란분재와 목련전승의 문화적 보급 실태를 고찰하였다. 우선 그것이 언어와 문헌에로 전파되고, 윤리와 사상에로 보급되며, 나아가 신앙과 민속에로 파급되어 있음을 검증하였다. 이와 같은 현상과 가치는 위 문학적 가치와 예술적 가치에 이어 문화적 가치를 확증해 주는

터라 하였다.

우란분재와 목련전승은 한·중 문학사상에서 중대한 위상을 유지하고 있다. 우선 이 전승이 유통·연행되는 과정에서, 시가·수필·소설·희곡·평론으로 전개되어, 당대 불교문학의 각개 장르와 유통·교섭하며 상호 간에 영향을 끼쳤다는 점이 주목된다. 다음 이 전승의 장르들이 불교문학의 각개 장르사에서 중요한 위치를 차지한다는 점에서 매우 중시된다. 이 전승의 문학 장르들이 한·중 불교시가사·불교수필사·불교소설사·불교희곡사·불교평론사 위에서 각기 기여하는 바가 크다는 것이다. 그리하여 결과적으로 이 전승의 문학 장르들은 거의 완벽한 한·중 불교문학사를 구성하는 데에 필수적 기능을 발휘하였다고 보아진다. 따라서 이 전승은 한·중의 일반 문학사상에서 뚜렷한 위상을 유지하여 왔다는 것이다.

그리고 이 우란분재와 목련전승은 한·중 예술사상에서 소중한 위치를 점유하고 있다. 우선 이 전승이 유통·연행되는 과정에서, 미술·음악·무용·연극 등의 여러 형태로 전개되어 당대 불교예술의 각개 장르와 상호 유통·교섭하며 상당한 영향을 수수하였다는 점이 중시된다. 다음 이 전승의 각개 장르들이 불교예술의 각개 장르사, 불교미술사·불교음악사·불교무용사·불교연극사 등에서 매우 소중한 위치를 차지하여 크게 기여하여 왔다는 점이 주목된다. 그리하여 이 전승의 예술사적 전개는 한·중의 불교예술사 내지 일반 예술사상에서 중요한 역할을 수행하여 왔다는 것이다.

나아가 우란분재와 목련전승은 한·중 문화사상에서 중요한 의의를 가진다. 우선 이 전승이 오랫동안 널리 전파·보급되는 과정에서 그 자체의 언어와 문헌, 윤리와 사상, 신앙과 민속 등의 요건을 갖추고, 불교 전반의 언어·문헌, 윤리·사상, 신앙·민속 등과 교류·결부됨으로써, 실질적으로 불교언어사·불교문헌사, 불교윤리사·불교사상사 내지 불교신앙사·불교민속사 등을 형성·정립하게 되었다. 그리하여 이 전승의 문화사적 전개는 한·중 문화사상에서 큰 의의를 가진다는 것이다.

이와 같이 우란분재와 목련전승의 실상 내지 역사적 위상이 체계적으로 고찰되고 보면, 이에 대한 전망이 불가피한 것이다. 한·중 학계에서는 이에 대한 본격적인 연구와 전문적인 복원·재구 작업을 서둘러야 한다. 특히 한국의 불교계와 학계에서는 이에 대한 새로운 관심과 실제적 인식을 가지고, 그 실상과 역사를 한국 자체의 관점과 중국·일본 등과의 국제적 관계를 통하여 폭넓게 연구·개발해야 된다. 마침내 이 전승은 한국 불교문학·불교예술·불교문화의 종합적 실체로 파악되고 나아가 이것이 한국의 현대문학·현대예술·현대문화의 일환으로 계승·발전돼야 하리라 믿는다. 그리하여 한국에서도 중국처럼 '한국목련학'을 모색·탐구해야 될 것이다.

제2장

「실달태자전」의 희곡적 실상과 공연 양상

1. 서론

「실달태자전」은 이미 알려진 『석가여래십지수행기』에 실려 있는 서사문학 작품이다.[1] 이 작품은 고려 대에 형성·전개되어, 그 전거와 계통이 확실한 터에 그 문학적 가치가 뛰어난다. 적어도 이 작품은 불교권의 일대 서사문학인 '석가대전'에 기반을 두고, 그 실달태자의 출가·성불 과정을 감농적으로 문학화하고 있기 때문이다. 기실 이 작품은 중국의 저명한 불전변문 「태자성도경」이나 「실달태자수도인연」·「태자성도변문」·「팔상변」류와[2] 쌍벽을 이루면서, 그보다 더 높은 문학성을 갖

1 　『석가여래십지수행기』(강전섭 소장) 제10지, 덕주사, 1660, 32장 후면~44장 전면. 앞으로의 인용 원문은 모두 이 원전에 의거한다.
2 　潘重規, 『敦煌變文集新書』上, 中國文化大學 申文硏究所, 1983, pp. 497~584 참조.

추고 있는 게 분명하다. 지금 역대 불교문학·예술이 그대로 당시의 한국문학으로 형성·전개된 그 내막·계통이 점차 밝혀지는 마당에, 이런 작품을 고구·검토하는 것은 당연하고 긴요한 일이다.

그동안 이 작품은 상게한 『석가여래십지수행기』가 거론되는 과정에, 그 마지막 제10지의 원전으로 취급되었을 정도다. 따라서 이 작품을 독립된 문학 원전으로 취급하여 본격적으로 연구한 성과는 뚜렷하지 않다. 기실 이 수행기는 서지적으로 검토되고, 찬성 경위와 문학적 실상 등이 밝혀질 때에도 이 10편의 작품들을 서사문학·소설 형태로 논의하는 데서 머물렀던 것이다.[3] 따라서 이 작품은 여타 9편과 함께 소설 장르로 논고·규정된 터라 하겠다. 그런데 이 작품은 그 동류의 몇 작품과 함께 그 소설 형태에 머물지 않고 희곡 형태를 유지하고 있는 게 사실이다. 따라서 이 작품은 희곡·극본으로서 공연되는 것이 당연하고 그러는 과정에서 종합문학적 형태가 각개 장르로 분화·전개될 수도 있었던 터다.[4] 이 점에 대해서는 여지껏 어떠한 본급도 없었던 것으로 본다.

이에 본고에서는 이 점에 착안하여 이 작품의 희곡적 실상과 연행 양상을 희곡론과 연극론에 의해서 고구해 보겠다. 첫째, 이 작품의 찬성 경위와 원전의 성격을 검토하고 둘째, 이 작품의 희곡적 실상을 고찰하며 셋째, 이 작품이 희곡·극본으로서 불탄재와 관련하여 연극적으로 공연된 양상을 추적하고 넷째, 이 작품이 그 동류와 함께 불교문학·예

---

3 박병동, 「『석가여래십지수행기』 연구」, 충남대 박사논문, 1998, 180~181쪽.
4 사재동, 「「금독태자전」의 희곡적 실상과 공연 양상」, 『어문연구학술발표논문집』, 어문연구학회, 2018, 21~22쪽.

술사 내지 문화사상에서 차지하는 위상을 파악하여 보겠다. 그리하여 이 작품과 함께 역대 동류의 작품들이 문학·희곡으로서 실제로 연행·유통되어 문학·예술사상에서 소중한 역할을 다해 왔다는 사실이 밝혀지는 계기가 되었으면 한다.

2. 「실달태자전」의 찬성 경위와 성격

1) 찬성의 주체와 동기

이 작품은 고려시대 불교계에서 찬성해 낸 것이다. 이 작품의 찬성자는 구체적으로 밝혀지지 않는다. 그러기에 이 작품은 불전문학의 관례·전통에 따라 당시의 학승·문승이나 신불 문사 등이 찬성해 내었다고 볼 수밖에 없다. 그래서 그 찬성의 주체는 고려시대를 배경으로 하여 그 시대에 상당한 저술을 낸 학승·문승 내지 신불 문사들에 한정하여 계층별·부류별로 파악되는 게 당연하나. 실세로 이 작품은 석가불의 행적을 팔상구조로 입전한 보편적인 서사문학의 일환이기에, 그 어떤 특정 작가의 창작이라고 보기가 어렵기 때문이다. 이러한 작품들을 찬성한 주체적 전통·관례는 고려대에 이르러 더욱 성행했던 것이다.

먼저 그 불전의 논소나 강경문들을 낸 균여와 체관·의천 등 당대의 학승들이 그 찬성의 주체로 주목된다. 그들이 그 많은 불전계 경전과 변문류를 연찬·전수하면서, 대중 교화를 위하여 이런 작품을 찬성내 냈을 가능성이 엿보인다. 그리고 고려 대의 변문류를 찬성해 낸 대 덕·문승들이 이런 작품을 찬성했을 가능성이 농후한 터다. 그들이 포 교·교화의 일념으로 전래의 한·중 변문계 불전을 수많이 수용·전 파하는 가운데 이런 작품을 얼마든지 제작해 낼 수가 있었기 때문이다. 실제로『선문염송설화회본』을 찬성한 혜심과 각훈, 여기에 서문을 쓴 무의자나 요부·수연,『해동고승전』을 편술한 각훈, 많은 저술과 함께 『삼국유사』를 찬술한 일연,『석가여래행적송』을 제작한 운묵,『법화 영험전』을 수집·기술한 요원 등은 강경·설법에도 능통하여 대중적 속강의 자리를 만들면서, 그에 상응하는 변문계의 이런 작품을 제작할 수 있었으리라 본다.

게다가 당시의 교화·법문에 수승하여 왕사나 국사로 존숭되던 고 승·대덕으로 충심·찬유·지종·학일·혼수 등은 경전 불서에 조예 가 깊은 데다 포교적 저술에도 뛰어나서, 여러 법회의 속강에 임하여 전래의 변문류를 활용하는 한편 이런 변문계 불전작품을 제작할 수 있 었으리라 본다. 나아가 당대의 전문적인 속강승들이 대두되어, 그 설 법 교화의 효능을 증진시키기 위하여 그런 변문을 연행했을 뿐만 아니 라, 변문계의 이런 작품을 직접 제작했을 것이다.

또한 불교계에 들어와 사원에 왕래하면서 여러 법회나 각종 행사에 동참해 온 신불 문사들이 그 속강·연행의 요청에 따라 그에 적합한 변 문계의 대본으로 이런 작품을 충분히 제작했을 것이다. 잘 알려진 대 로『해동비록』을 찬술해 낸 김연이나『파한집』을 제작한 이인로, 의인 소설을 지어 낸 임춘, 의인소설과 함께 「동명왕편」을 찬성한 이규보,

『보한집』을 저술한 최자, 「균여전」을 제작한 혁련정 등은 본격적인 문학작품과 함께 숭불·교화의 성심으로 이러한 불전작품을 제작·유통시킬 수 있었던 게 사실이다. 게다가 당시 성행하던 각종 법회나 재의·행사 등에 동참하여[5] 봉사하거나 연행한 제의승·연예승, 연화배 광대패가 그 속강과 연계되어 공연하는 가운데 변문계 작품을 활용하면서, 이러한 불전작품을 찬성하는 데에 동참했을 여지도 없지 않았던 터다.[6]

이렇게 그 찬성의 주체가 불교계 인사들로 집중되고 보니, 그 찬성의 동기는 대강 그 윤곽이 잡힌다. 먼저 그 주체들은 석가불에 대하여 신앙심의 발로로서 이 작품을 재작했을 것이다. 원래 그 숭앙심이 순수하고 지극하면, 그 세존의 행적을 찬탄·미화하려는 정성·열정이 더욱 간절하기 마련이다. 그러기에 그들은 그 성스러운 행적을 그림으로 그려내거나 게송으로써 가창·찬양하는 것이 상례가 되어 왔다. 이에 그들은 그와 함께 그 행적을 문학으로 서사화하는 것이 너무도 당연한 일이었다. 이다지 강력한 신앙적 동기로 그 석가불의 행적이 간곡한 문학, 시가·수필·소설·희곡 등 최상의 문예 양식으로 창작될 수밖에 없었다. 나아가 그들의 신심·열성은 그 성적의 문학·희곡 형태를 공연예술로 실연하는 데까지 나아갔던 것이다.

다음 그 주체들은 사부대중·민중들을 교화·선도하기 위하여 이런 작품을 찬성하였을 것이다. 이 불교의 최상 목적이 바로 '하화중생'이기 때문이다. 이런 작품이야말로 그 교화·홍법의 대중적 방편, 그 교

---

5   김형우, 「고려시대 국가적 불교행사에 대한 연구」, 동국대 박사논문, 1992, 164~167쪽.
6   사재동, 앞의 글, 2~3쪽.

본으로서 가장 적합한 것이었다. 이 불교·불법의 모든 것은 석가불의 행적에서 울려 나오고 다시 그리로 귀착되는 게 사실이다. 이러기에 이런 작품은 최고·최선의 교범이 되어 왔던 것이다. 그래서 마침내 석가불의 팔상 행적이 전형적인 경전·교본으로 행세하였던 터다. 그 중에서는 이 작품, 석가불이 실달태자로 탄생하여 출가·수도·성불하는 과정은 실로 가장 감동적이고 극적인 부분이라 하겠다. 그리하여 이를 가장 아름답고 절실한 문학작품으로 찬성하기에 이르렀던 것이다.

그리고 이 주체들은 그 전생담 중심의 석가불 행적담을 완결하기 위하여 이 작품을 찬성하였을 것이다. 이미 알려진『석가여래십지수행기』의 조성에서, 그 전생담 9편이 연결된 마무리 단계를 이 작품이 감당하고 있기 때문이다. 그래서 이 작품은 위 전생담에 이어 그 팔상 행적을 가장 적절하게 요약·응축시키고 그만큼 효율적으로 재작된 것이라 하겠다.[7]

2) 찬성의 연원과 실제

이 작품은 석가불의 전형적 일대기에 그 연원을 두고 있다. 일찍이 불교계에서는 석가세존의 행적을 이른바 팔상 구조로 입전하여 불경처럼 신수·봉행하여 왔다. 잘 알려진 그 팔상적 전기는

1상 도솔천에서 내려와 잉태되고(兜率來儀相)

2상 비람원에서 탄생하고(毘藍降生相)

7　사재동, 앞의 글, 2~3쪽.

3상 사내문을 유관하여 출가를 결심하고(四門遊觀相)

4상 궁궐 고성을 넘어 출가하고(逾城出家相)

5상 설산 토굴에서 수행·정진하고(雪山修道相)

6상 보리수 아래서 항마·성불하고(降魔成道相)

7상 녹야원에서 법륜을 굴리고(鹿苑轉法相)

8상 사라수 사이에서 열반에 들다[8](雙林涅槃相)

이러한 전형을 갖추고 위대·찬연하게 전개된 그 행적은 일찍이『수행본기경』이나『태자서응본기경』,『불본행경』 등 인도의 경전과 중국에서 찬성된『석가보』와『석가씨보』 등에 걸쳐[9] 널리 유통·행세하고 있었던 것이다. 그리하여 고려 당시 불교계에는 이러한 석가불의 전기적 작품이 풍성하게 보편화되어 있었던 게 사실이다. 따라서 이 작품이 그 선행 원전들을 전거로 하여 찬성된 것은 당연한 일이었다.

그리기에 이 작품은 그 방대·풍성한 '석가대전'을 축소·응축시켜 효율적인 서사 형태로 재창출된 것이라 하겠다. 먼저 이 '실달태자'의 제목에 충실하여 그 주제·사상을 강조하고, 기본 구조는 그대로 유지하되, 그 구성에서 획기적인 환골탈태가 이루어졌다. 그래서 무대와 인물들이 대폭 추야되고 필수적인 것만 부각시켰다. 그리고 사건 진행이 응축되었으되, 요긴한 사건만을 선택·강화하여 그 서사성을 고조시켰던 것이다. 여기서 그 표현·문체는 간결·선명한 산문체로서 대

화나 창사를 내세워 입체성과 생동성을 지니고 있는 터다.

실제로 이 작품은 1상에서 호명 보살이 백상을 타고 하강하여 마야부인에게 입태하는 사건이 실감나게 강화되고, 2상에서 실달태자가 탄생·성장하는 과정이 단순하면서도 생동하는 사건으로 조직되었다. 3상에서는 태자가 혼인 이후에 사대문을 돌아보는 사건이 사실적으로 전개되어 서사성을 배가시켰고 4상에서는 태자가 출가하는 과정에 비장하고 안타까운 정경이 생동하는 사건으로 부각되었다. 5상에서는 태자가 부귀영화를 버리고 각고 수행하는 광경이 절실하게 전개되었고, 6상에서는 태자가 드디어 성불하니 인간·천인 등 모두가 찬탄·경하하는 광경이 눈물겹게 조성되었다. 그리고 7상과 8상은 그 전법·시멸의 과정을 간단 명료하게 설명할 뿐이었다. 그리하여 이 작품은 간요하고 생동하는 서사문학 형태로 재창작되었던 것이다.

3) 작품의 성격

이 작품은 석가불의 행적, 그 일대기로서 역사성을 표방하고 있는 게 사실이다. 그런데도 이 작품은 단순한 사실의 나열이 아니라, 그 이상의 실상을 갖추고 있는 터다. 먼저 이 작품은 '석가전'으로서 전기적 유형을 갖추었다. 기실 이 작품은 이전의 다양·풍성한 '석가일대기'를 축소·응축시킨 중·소형의 전기라 하더라도 기본적 구조 형태에서야 공통성을 확보하고 있는 게 사실이다. 실제로 불교계에서는 이 석가의 행적, 팔상적 전기가 원형으로 정립되어, 모든 인물의 전기를 입전하는 데서 전범이 되어 왔던 것이다. 그리하여 모든 부처나 보살의 행적을 전기화할 때는 그 불타전의 전범에 의거하고, 역대 승려나 거사 등의 전기를 찬성할 때도 그 전형을 지향했던 것이다. 그만큼 이 작품은 완벽한 전기적 유형을 확보하고 있는 터다. 따라서 이 작품은 완벽한 서사문학으로 표출되어, 이른바 전기문학의 전향을 드러내고 있다.

다음 이 작품은 변문적 성격을 갖추고 있다. 전게한 실달태자계의 변문과 상통하기 때문이다. 원래 이 변문이란 불경이나 전기 형태가 보다 부연되고 통속화되어 속강을 통해서 문학적으로 정립된 작품 형태다. 실제로 이 작품은 전형적 정격 불타전으로부터 부연·변모되어 대중적 문학 형태를 갖추었던 것이다. 전술한 대로 이 작품은 그 팔상적 전형으로부터 환골탈태하여 서사문학적으로 연진해서 완벽한 변문 형태를 갖추고 있는 터다. 그러기에 이것은 중국의 보배로운 변문, 「태자성도경」이나 「실달태자수도인연」·「태자성도변문」·「팔상변」 등과 상통하는 사실이 분명하다.[10] 그리하여 이 작품은 구조·구성면에서 서사문학성을 강화하고, 그 표현·문체면에서 강창문체를 갖추고 있는 것이다.

그래서 이 작품은 문학적 성격을 유지하고 있다. 전술한 대로 이것이 전기 문학적 요건과 강창문학적 성격을 구비하여 그 종합문학성을 확보하고 있기 때문이다.[11] 원래 이 전기적 변문, 강창문학은 종합문학적 복합 형태로서 그 연행·유전을 통하여 각개 문학 장르로 분화되는 것이 보편적인 현상이었다. 따라서 이 작품도 자연 연행·유통을 거쳐

---

10 황정·장용천 교주, 전홍철 외역, 『돈황변문교주』 3, 소명출판, 2015, 9∼112쪽.
11 김진영, 「불교계 강창문학 연구」, 충남대 박사논문, 1992, 101∼104쪽.

여러 문학 장르로 분리·전개되는 게 당연한 일이라 하겠다. 따라서 이 작품은 크게 강창문학으로서 강창극본·희곡으로 규정되면서, 하위 장르 가창극본·가무극본·대화극본·잡합극본으로 분화·전개될 수가 있다.[12] 나아가 이 가창 시가가 하위 장르로 유형화될 뿐만 아니라, 그 강설 산문이 수필과 소설 형태로[13] 분리·발전한 것은 당연한 추세라 하겠다.

3. 「실달태자전」의 희곡적 실상

1) 주제와 내용

(1) 주제

이 작품의 주제는 찬성의 주체·동기와 관련하여 불교적으로 자리한다. 그것은 교조 석가불에 대한 발심과 출가 그리고 성불로 응축된다. 기실 석가불의 행적, 그 일대기는 그대로 불교의 근원이며 불교의 전체다. 그로부터 불교가 발원하였고, 불교의 불·법·승 삼보로 실존하면서 그 위력을 발휘하였기 때문이다. 그래서 이 작품은 불교의 출

---

12 사재동, 「한·중 불교계 강창문학의 희곡사적 위상」, 『한국공연예술의 희곡적 전개』, 중앙인문사, 2006, 362~365쪽.

13 경일남, 「강창문학의 소설적 전개 양상」, 『어문연구』 19, 어문연구학회, 1989, 156~160쪽.

발점이요 핵심이며 그 실천인 '발심發心'을[14] 응축·내함하고 있는 게 사실이다. 실로 이 발심이 아니면 이 작품은 형성될 수도 없고, 존립할 수도 없으며 무력해질 수밖에 없다. 여기서 불교의 대명제로 '초발심시편정각初發心是遍正覺'을[15] 떠 올리게 된다. 이런 바탕 위에서 이 작품은 '출가出家'를 상위 주제로 포용하고 있다. 이 출가는 불가의 본령이다. 기실 누구든지 발심하여 출가·수행하는 것이 불교의 중심이요 전체이기 때문이다. 그것은 생사를 초월하는 경지요 불교의 진수를 꿰뚫는 위력이라고 하겠다. 따라서 이 출가는 이 작품의 생명체가 되는 것이 당연하다. 마침내 이 작품은 '성불成佛'을 최상의 주제로 떠올리고 있다, 이 성불은 불교의 지고지선한 이상이요 염원이다. 한 인간이 발심·출가하여 각고 수행해서 광대·무변의 우주적 진리를 깨달아 부처가 되는 것이기 때문이다. 그 진리를 윤리로 체계화하여 고해 중생을 교화·구제하고 행복으로 이끄는 위인·영웅이 바로 이 정각을 이룬 부처의 진상이다. 그러기에 이 작품은 이 성불 과정을 입증·천명하기 위하여 총력을 집중하고 있는 터다. 결국 이 주제는 발심·출가·성불이 하나로 된 지고지선의 그 핵심·위력으로서 이 작품의 중심에 자리하고 있다.

(2) 내용

이 작품은 위와 같은 주제를 중심으로 석가불의 일대기를 가장 절실

---

14 원효, 『발심수행장』(영인), 홍문각, 1977, 22장 전면.
15 의상, 「화엄일승법계도」, 한국불교전서편찬위원회, 『한국불교전서』 2, 동국대 출판부, 1979, 1쪽.

한 서사문학 형태로 전개시키고 있다. 그것은 그만큼 보배로운 주제를 명쾌하게 부각시키려 장중하고 감명 깊은 이야기를 내용으로 하였다. 그 내용을 파악하기 위하여 개조식으로 요약·열거하겠다.

① 옛날에 여래가 도솔천에서 호명보살로 수행·정진하여 보살도를 이룬다.

② 이 보살이 천중에게 이르되, 인간에 내려가 대법륜을 굴려 중생을 제도하려 하니 태어날 곳을 찾아 보라 한다.

③ 이 보살이 한 범왕의 제안에 따라 가비라국 정반왕과 마야부인 사이에 태어 나려고 백상을 타고 내려와 잉태된다.

④ 그 부인이 왕에게 태몽을 이야기하고 성자가 태어나리라 기대한다.

⑤ 이 보살이 태중에서 천인·귀중에게 설법하고, 99억 천인·선중이 함께 태어 나려고 인연따라 잉태된다.

⑥ 주나라 소왕 26년 4월 8일에 궁중 무우수 아래서 그 태자가 마야부인의 우협으로 태어나서, 사방으로 7보씩 걷고는 두 손으로 천지를 가리키며 '천산천하 유아독존'이라 선언한다.

⑦ 이에 사천왕이 태자를 받들어 보분에 모시고, 제석·범왕 등이 시립한 가운데, 공중 구룡이 물을 토하여 그 목욕을 시키며, 천룡·팔부가 천악을 울리고 천화를 뿌린다. 이때 그 많은 왕자·기남아가 태어나고 제반 상서로운 현상이 벌어진다.

⑧ 정반왕이 상사를 불러 태자의 이름을 '실달'이라 칭한다. 마야부인이 7일 만에 돌아가니 그 이모를 시켜 양육케 하다.

⑨ 아사타 선인이 궁중에 찾아와 태자의 위연한 상모를 보고 그 장래를 예견하고 감읍한다.

⑩ 정반왕이 태자를 데리고 천신묘·백묘신사에 항향하되, 모든 천신이 태자에게 궁신·배례하니 그 천중 천이요 성중 성임을 확인한다.

⑪ 정반왕이 가장 총명한 바라문을 골라 7세 태자에게 학문을 가르치게 하되, 태자가 64종 서적 등 모든 학예에 통달하여 감복한다.

⑫ 태자 15세에 부왕이 제왕자 및 동자들과 무예를 겨루게 하니, 단연코 빼어나 문무 제장이 경탄하고 부왕의 찬탄을 받는다.

⑬ 태자 17세에 이모가 부왕에게 주청하여 태자비를 간택하되, 태자가 비람국에 가서 구중철교를 화살로 쏘아 뚫는 등 어려운 시험에 통과되어, 그 야수공주와 혼인해서 환국한다.

⑭ 태자가 야수공주와 화려한 신혼생활을 하되, 전생에 연등불께 헌화하며 서원한 대로, 부부 쾌락을 떠나 조석으로 반야와 무생인을 함께 논의한다.

⑮ 태자 19세에 이르러 부왕에게 주청하여 도성 사문을 유관하되, 동문으로 나가 노인을 만나고 남문으로 나가 병인을 만나며, 서문으로 나가 시신을 보고, 북문으로 나가 사문을 만나서 인생의 생·노·병·사에 대하여 비애·충격을 받고 출가를 결심한다.

⑯ 태자가 야수공주에게 출가의 뜻을 밝히고 그 안타까워 함을 설득하고, 부왕에게 출기를 주청하여 불히힘에 그 필연성을 개진한다.

⑰ 부왕이 태자의 출가를 막으려고 온갖 방편을 쓰되, 군신에게 칙령하여 정병으로 4대문을 엄히 지키고, 야수와 비빈·채녀들에게 엄명하여 태자를 오욕락에 빠지도록 둘러 싸라고 하니, 태자는 이미 수행·전심하여 모든 것을 초월한다.

⑱ 2월 8일 자시에 정거천인이 태자에게 출가할 것을 권고하고, 수마천

신은 출가를 막으려는 모든 인원을 잠재운 뒤, 사천왕·주야신·팔부신중 등이 신통력으로 승마한 태자와 차익을 받들고 그 중성을 넘어 설산에 도착한다.

⑲ 태자가 설산의 형세를 보고 암굴에 좌정하여 보관·영락을 벗어 던지고 스스로 머리카락을 베어 버리니, 제석이 거두어 천상에 그 탑을 세우고, 정거천이 화염가사를 태자에게 입힌다.

⑳ 태자가 차익을 불러, 회궁하여 이곳 소식을 부왕·이모·야수에게 전하되, 다음 날에 성불·증과하면 회궁하여 뵙겠다고 아뢰라한다.

㉑ 차익이 회궁하여 그간의 소식과 태자의 당부를 그대로 아뢰니, 부왕이 불쾌하게 여기고, 왕궁의 화려한 복락을 떨치고 입산하여 야수·금조와 벗하여 고생하는 것을 조석으로 비통해 마지 않는다.

㉒ 이에 부왕이 평소에 벗하여 동학하던 교진여 등 5인을 불러 이르되, 설산으로 태자를 찾아가 설득하여 데려오라고 명한다.

㉓ 그 5인이 즉시 설산에 이르러 암자에 단죄·수행하는 태자를 만나, 부왕의 엄명을 전하고 간청하되, 태자는 목석같이 반응이 없다가, 이미 출가하였으니 성불하지 않고야 어찌 회궁하겠느냐고 굳은 의지를 보인다.

㉔ 그 5인은 태자의 뜻을 확인하고 환궁할 것이로되, 그 왕을 뵈올 낯이 없고 또한 벌을 받을까 두려워 그대로 녹야원에 이르러 한가하게 지낸다.

㉕ 태자는 처절한 고행·정진 끝에 마침내 12월 8일 새벽별이 빛날 때 몰록 불과를 이루니, 즉시 경운·서기가 허공에 가득하고 한번 이련하에 목욕하매 장육금신에 32상 80종호의 외외탕탕한 인천의 스승이 된다.

㉖ 이에 목우 이녀는 우유죽을 올리고 사천왕은 발우를 바치며 찬탄하

고, 제천과 팔부 용신 등이 하례하며 향운과 꽃비를 내리면서 찬양하
여 '여래출세'라고 웨친다.

㉗ 이후로 대범천의 권청으로 불타는 영산회상에서 법륜을 굴리어 1200
성문과 무량한 인천·대중을 제도한다.

㉘ 불타는 49년을 연교하고 300여 회나 설법하고는 쌍림에서 시멸한다.

2) 구조와 구성

(1) 구조

이 작품은 석가불의 일대기로서 불전문학의 전형적 구조를 완비하
고 있다. 실제로 이러한 전기문학 형태는 석가불의 위대한 생애, 그 팔
상적 유형을 그대로 계승하여 완벽한 서사적 구조를 갖추고 있는 것이
다. 따라서 이 작품은 그 전기적 유형과[16] '영웅의 일생' 그 전형을[17] 입
체적으로 유지하고 있는 게 사실이다.

이 작품의 전기적 유형은 석가불의 생애담, 그 일대기라는 점에서,
불교계의 서사문학의 구조적 전범을 보이고 있는 터다. 기실 한·중의
서사문학, 그 소설이나 희곡은 필수적으로 그 전기적 유형을 갖추고 있
는 터다, 그러기에 이 작품은 구조적으로 그 소설이나 희곡의 기본 요
건을 갖추었다고 보아진다.

16　김열규, 「민담과 이조소설의 전기적 유형」, 『한국민속과 문학연구』, 일조각, 1971, 81∼
98쪽.

17　조동일, 「영웅의 일생, 그 문학사적인 전개」, 『동아문화연구』 10, 서울대 동아문화연
구소, 1971, 77∼87쪽.

이어 이 작품의 '영웅의 일생' 그 전형은 불교계의 '삼계도사三界導師·
사생자부四生慈父'[18] 그 영웅의 일생이라는 점에서, 가장 적합하게 자리
하였다. 기실 고금의 서사문학은 모두 이 전형을 가장 이상적이고 효
율적인 구조 형태로 유지하고 있는 게 사실이다. 마침 이 작품이 그만
한 구조적 전형을 완비함으로써, 이 서사문학적 기본 요건을 성취한 것
이다. 그리하여 이 작품의 영웅의 일생, 그 전형은 위 전기적 유형과 맞
물려 서사문학, 소설 내지 희곡으로 전개될 수 있는 기반·요건을 완비
하게 되었다.

한편 이 작품은 구조상에서 서사문맥과 사건 진행을 통하여 장면화
의 성향을 보이고 있다. 먼저 이것은 팔상 구조의 1상에서 6상까지로
대분되고 7상·8상이 축약되어 있는 게 사실이다. 그래서 이 작품의
구조가 적어도 7개 장면으로 구분·조정되어 있는 데다, 그 각상은 다
시 몇 개씩의 사건 단위로 분화·연결되어 있는 터다. 기실 이 장면화
는 서사문학 전반에 보편적으로 내재하지만, 특히 소설과 희곡에서 상
대적으로 나타난다. 그것이 소설에서는 자연스럽게 연결되어 내면화
되지만, 희곡에서는 분명하게 부각되기 때문이다. 따라서 이 장면화는
동일한 서사구조상에서 소설과 희곡을 구별하는 기준이요 또한 소설
에서 희곡으로 연진하는 요건이 되는 것이다. 그러기에 이 작품은 그
장면화 현상을 통하여 소설로부터 희곡으로 전개될 수 있는 필연성을
확보한 터라 하겠다.[19]

---

[18] 불교계의 조석예불에서 석가불을 최상으로 예경하는 존칭이다. 지현편,『불자독송
경』, 학촌불교회관, 1995, 59쪽.

[19] 최혜진,『동초제 고향임 춘향가』, 인문과교양, 2016에서 〈춘향가〉 115대목, 〈심청
가〉 104대목, 〈흥부가〉 82대목, 〈수궁가〉 63대목, 〈적벽가〉 75대목이라 하였다.

또한 이 작품은 크게 보아 산문과 운문으로 교직되어 있다. 실제로 그것은 서사적 산문이 상당한 시가를 삽입하여 조화를 이루고 있기 때문이다. 따라서 그 산문이 강설되고 그 시가 가창되는 전제 아래서, 강창 구조를 이룩하고 있는 게 사실이다. 이것은 전술한 변문류 강창문학의 기본 구조로서, 그것이 소설 형태를 유지하면서 연행을 통하여 희곡으로 연진되는 기본적 요건으로 작용해 온 터다. 그러기에 이 작품의 강창 구조는 그 소설 형태로부터 희곡 형태로 전개될 당연성을 입증하는 것이라 본다.

(2) 구성

이 작품은 그 구성을 통하여 문학적 형태로 조직되어 있다. 이 작품의 무대 배치와 인물 설정, 사건 진행 등이 유기적으로 조합됨으로써 서사문학적 형태를 조성하기 때문이다. 이 작품의 구성 요건을 각기 검토하여 보겠다.

첫째, 이 작품의 무대 배치에 대해서다. 일단 이 무대는 광대·무변하고 장엄·찬연하다. 여기에는 저 도솔천 내원궁과 제천 궁성으로부터 그 허공, 인간 16개 대국의 궁성이 펼쳐지고, 중인도 가비라국 궁성과 사대문, 마야부인의 짐전, 태자가 태어난 무우수 동산까지 설치된다. 선인이 사는 칠향산이 나오는가 하면, 비람국의 궁전과 공주의 침소, 그 구중철고의 장소, 공주와 태자를 결연시킨 누각이 전개된다. 그리고 태자가 출가·수행한 설산과 암하 토굴, 교진여 등이 노닐던 녹야원, 그 성불의 성지와 목욕하던 이련하까지 나타난다. 나아가 이러한 배경에서 풍기는 심각한 분위기도 그 무대로 작용하고 있다. 그리하여 이 무대 배경들이 자연적으로 연결되어, 그 주인공과 등장인물들이 이 사건을 밀고 나가는 데에 효율적으로 역할하고 있는 터다.

둘째, 이 작품의 인물 설정에 대해서다. 여기서는 그 주인공을 중심으로 다양한 인물들이 등장하여 각기 개성을 발휘하면서도 조화롭게 활동하여 그 사건을 극적으로 꾸며 나간다. 먼저 그 호명보살이 보살도를 이루고 하강하여 마야부인과 정반왕의 태자로 탄생하되, 문무겸전하고 지혜 총명하여 야수공주와 결혼하고 부귀 영화를 누릴 수 있는데도 출가·수도하여 성불한다. 이 위대한 성인이 광대 무변의 우주적 진리를 깨달아 불법으로 세우고 고해 중생을 교화·제도하니, 절세의 큰 영웅으로서 위업을 이룬다. 그리고 정반왕은 나라를 잘 다스리고 왕통을 이으려 태자에게 희망을 걸고 완벽하게 가르치고 기르는 데에 최선을 다한다. 태자가 출가를 결심하니 노심초사하고 이를 백방으로 노력하고, 이미 설산으로 출가한 태자를 데려오려고 최선을 다하며 안타까워 한다. 이어 마야부인은 자비 보살로 전생의 공덕·서원으로 태자·불타를 낳고 안타깝게 돌아가 불모로서 도솔천에 환생하여 복락을 누리고, 이모 파사파제는 실제적인 자모로서 태자를 기르고 그 혼사까지 주선한다. 또한 차익은 태자의 친구같은 시종으로서 그림자처럼 보좌하고, 아사타 선인은 태자를 찬탄하고 그 장래를 예언한다. 그리고 최고로 총명한 바라문은 태자가 학문에 능통했음을 실증해 주고, 난타·조달 등은 태자와 겨루어 그 용력이 빼어남을 확인해 보인다. 한편 야수는 단정·미모의 제일 공주로서 어려운 관문을 거쳐 태자비가 되고, 전세의 서원에 따라 경건한 사이로 태자의 출가를 안타깝게 지켜본다. 그 부왕은 공주를 지극히 아끼고 어려운 시험을 거쳐 태자를 부마로 맞이한다. 이밖에도 태자를 탄생시키는 데나 출가·수행, 성불하여 법륜을 굴리는 데까지 수많은 천인·신중 그리고 승인 등이 나와 직간접으로 옹호·보좌하고, 그 궁중 생활에서 많은 시종·군졸들이 태자를 뒤따라 옹위하는 데다, 비빈·채녀들이 화려하게 치장하여 태자를 쾌락으로 유혹한다.

셋째, 이 작품의 사건 진행이다. 이 작품의 서사적 구성을 핵심적으로 밀고 나가는 것이 바로 이 사건 진행이다. 이것이 그 무대 위에서 등장인물들의 언동에 의하여, 이 작품의 구성을 완결하기 때문이다. 따라서 이 사건 진행은 이 작품의 서사문학적 역량을 좌우하고 그 장르적 성향을 결정짓는 중심축이라 하겠다. 그러니까 이 작품의 서사적 구조상에서 그 사건 진행은 소설적 형태를 거쳐 희곡 형태를 지향하고 있는 게 사실이다. 그러기에 이 사건 진행을, 잘 알려진 소설 내지 희곡에 적용된 전형적 진행 과정, 그 동선에 준거하여 검증해 보겠다.

우선 발단 과정(①~⑤)이다. 옛날에 석가불이 도솔천에서 호명보살로 수행·정진하여 보살도를 이루고, 여러 천중에게 고하되, 그동안 보살도를 행하여 중생을 제도하려고 사무량심과 육바라밀을 베풀었으니, 이제 인간에 내려가 대법륜을 굴리려면 어느 국토, 어떤 부모를 택해야 여래로 태어나겠느냐 묻는다. 이때 제천이 16개 대국을 골라 의탁하라고 해도 그 보살이 다 불응하되, 한 대범천왕의 제의에 따라 중인도 가비라국 정반왕과 마야부인을 택하여, 백상을 타고 내려가 잉태된다. 그 부인이 태몽을 왕에게 이야기하여 성인이 태어날 것을 예견하며 기뻐한다. 이 보살이 모태 중에서도 천인들과 귀신들에게 주야로 설법하여 중생을 이롭게 한다. 이때 도솔천의 제천인이 의론하되, 이

보살이 하강·성불하여 전법·제도함을 보좌하려면 모두가 하강하여 왕자나 명문 아자로 태어나야 한다고, 99억 제천·선중이 인간 국왕·대신·장자·거사의 아들고 입태한다. 여기까지가 그 팔상 과정의 '도솔내의상'에 해당된다. 이로써 이 사건은 발단의 기반을 잡게 된다.

다음 예건의 설명(⑥~⑭)이다. 마침내 태자가 마야부인의 우협으로 태어나, 사방으로 7보씩을 걷고는 하늘과 땅을 가리키여 천상·천하에 나 홀로 높다고 선언한다. 이에 사천왕과 제석·범왕 등이 받들어 옹위하고 구룡이 물을 토하여 목욕을 시키니, 천악이 울리고 꽃피가 내리어 경축한다. 이때 그 많은 왕자·기남아가 태어나고 상서로운 현상이 무수히 일어난다. 아사타 선인이 찾아와 태자의 출중한 용모를 보고 그 장래를 예견하며 감읍하고, 왕이 태자를 데리고 궁중 신묘를 찾아가 행향하니, 천신들이 오히려 태자에게 예경하여, 천중의 천이요 성중의 성임을 실증한다. 부왕이 으뜸가는 바라문을 뽑아 태자에게 학문을 가리치려다가 이미 모든 학예에 무불통지한 것이 밝혀지고, 나아가 태자의 무예·용력을 제왕자 및 용력 동자들과 겨루어 그 빼어남이 실증된다. 한편 이모와 부왕의 주선으로 태자가 비람국에 가서 9중철고를 뚫는 등 시험을 통하여 야수공주와 결혼한다. 환국하여 화려한 결혼 생활을 하는데도 쾌락을 멀리하고 경건하게 반야와 무생인을 논의한다. 여기까지가 팔상 과정의 '비람강생상'에 해당된다. 이로써 이 사건은 완벽한 예비 단계로 들어선다.

그리고 유발적 사건(⑮~⑯)이다. 이제 태자가 부왕에게 주청하여 궁성의 사대문을 나가 유관한다. 동문에 나가서는 노인을 만나 회의를 느끼고, 남문에 나가서는 병인을 만나서 무상을 절감하며, 서문에 나가서는 시신을 보고 비애를 실감하고, 북문에 나가서는 승인을 만나서 기뻐하며 출가를 결심한다. 이에 태자는 야수공주에게 출가의 뜻을 밝히니, 그 안타까워함이 너무도 간절하여 백방으로 설득한다. 이어 태자는 부왕에게 출가의 결의를 주청하니 부왕이 낙루하며 나라에 태자가 없으면 어찌 되겠느냐고 불허한다. 이에 태자는 사원 즉 불노·불병·불사·불멸을 들어 주면, 출가하지 않겠다고 상주하니, 왕이 그 사원은 누구도 면할 수 없다며 더 이상 말을 못한다. 여기까지가 팔상 과정의 '사문유관상'에 해당된다. 이로써 이 사건은 본격적으로 유발되는 것이다.

이어 상승적 동작(⑰~㉖)이다. 그 부왕이 군신에게 칙명하여 사대문을 엄히 경비하되, 정병을 배치하고 밤에 등불을 밝혀 종고와 영탁을 설치하여 빈틈없이 외호하도록 조치한다. 한편 내궁에 칙령하여 야수와 제조 비빈이 채녀로 하여금 태자를 둘러 싸서 쾌락에 빠지도록 방편을 쓴다. 그러나 태자는 심궁에서 수행에 전념하여 오욕락을 분토처럼 본다. 우연히 연희에서 채녀에게 둘러 싸여도 모두 부정하게 여기고 청련화처럼 물들지 않고 청정하게 선정에 든다. 밤이 깊어 정거천이 내려와 태자에게 수도를 권고하며 출가할 때가 왔음을 알리니, 태자는 그 방위가 삼엄함을 심려한다. 이에 제천이 방편으로 수마신왕을 시켜 야수와 채녀, 내외 시인을 모두 삼들게 하니, 태사가 차익에게 명하여 말을 디고 떠나려 한다. 그때 사천왕과 주야신·정거천인·천선 팔부중 등이 허공에 가득하여 신통력으로 태자를 옹호·보좌하니 태자가 차익과 함께 설산에 도착하여 말에서 내린다. 태자는 설산의 형세를 보고 고불이 출세한 곳이라 믿고, 암굴에 자리하여 보관·영락을 벗어 던지고는 칼을 들어 머리카락을 베어 버린다. 그리고 차익을 불러 환궁해서 이곳 소식을 부왕·이모·야수에게 전하되, 다음날 성불·증과하면 찾아 뵙겠다고 아뢰게 한다. 차익이 돌아가 그 사실을 고하니, 부왕이 태자의 출가를 조석으로 비통해 하며 평소에 벗하던 교진녀 등을 특파하여 어떻게든지 데려오게 한다. 그들이 설산에 들어가 암자에 단좌·수행하는 태자에게 부왕이 어명을 들어 환궁을 설득·권고하니, 요지 부동으로 성불하지 않으면 돌아갈 수 없다고 단언한다. 여기까지가 팔상 과정의 '유성출가상·설산수도상'에 해당된다. 이로써 이 사건은 점입가경으로 절정을 향하여 오르고 또 오른다.

이제 절정(㉕~㉖)에 이른다. 태자는 처참·절실한 고행·정진 끝에 드디어 그 새벽별을 보고 문득 자연의 진리를 깨달아 불과를 이루니, 천상 천하에 우뚝이 솟아 세상의 찬연한 광명이 된다. 이에 경운·서기가 허공에 가득하여, 이련하에 목욕하니 장육금신에 32상 80종호를 갖춘 인천의 스승이요 영웅이 된다. 목우 이녀는 우유죽을 올리고 사천왕은 발우를 바치며, 제천과 팔부 용신 등이 하례하고 향운과 꽃비를 내리며 찬탄하되 '여래출세'라고 외친다. 여기가 바로 팔상 과정의 '항마성도상'에 해당된다. 이것이 바로 사건의 절정 그 자체다.

그래서 하강적 동작(㉗)으로 이어진다. 이제 불타는 대범천의 권청에 따라, 영산회상에 내려가 그 법륜을 굴리어 1200성문과 무량한 인천·대중을 제도한다. 여기가 팔상 과정의 '녹원전법상'이다. 이로써 사건은 급전 직하 내리막 길로 접어든다.

드디어 대단원(㉘)에 이른다. 불타는 49년을 연교하고 300여 회나 설법하고는 쌍림에서 열반한다. 여기가 팔상 과정의 '쌍림열반상'이다. 이로써 사건은 마무리된다.

3) 표현·문체

  이 작품의 표현·문체는 일단 그 전체가 서사적 산문체로 일관되어 있다. 그런데 그 가운데에 시가가 적절하게 끼어 있어 산문체와 운문체의 교직 양상을 보인다. 따라서 그 산문이 강설되고 그 운문이 가창된다는 필연성에 의하여, 그것은 이른바 강창문체의 실상을 보인다. 여기서 그 한 대목을 들어 보면 태자가 북문에서 승인을 만나는 대목이다.

太子復出北門 燃燈佛度其太子 化作僧人 身被火焰架裟 右手執杖 左手托龍盂 太子見僧人 忙下馬 恭身向僧人說偈

圓頂方袍相貌奇

身被法服作威儀

手擎錫杖行方便

出离攀籠世上稀

太子說罷 向前恭手 問僧曰

"生死事大 無常迅速 如何免得"

僧人肩擔錫杖 手托鉢盂 告太子說偈

僧人回語告諸君

生死元來各有因

富貴榮華如幻夢

除非外道免沈淪

太子見說 告僧人曰

"我是帝王子孫 父是淨飯王 母是摩耶 豈無面目人情"

僧人見說 微微笑曰

"豈不聞乎 有一長者 家中大富 預修怕死 用一段素帛 畵閻羅天子 用一切寶
物 供養盡誠 禱告不死 忽一日 長者病故 到閻王前 而告曰

'我在世時 多曾預告聖上 如何不免'

閻王答曰

'報汝三信 一者髮白 二者老相 三者病相 汝何不覺 陽極限滿 焉能免乎'"

僧人向太子道偈曰

光陰易邁景難論

亘古迄今有幾存

若用向情陰府斷

世間都作長壽人

爾時 太子聽說偈已 身毛皆竪 雨淚千行告僧曰

"生死輪回 無常殺鬼 如何免脫 得證菩提 願師指示"

僧人向前說偈

山僧直指報君知

辨道修行莫待遲

棄却皇宮並富貴

雪山六載證菩提

爾是僧人與太子說已 化道金光而去[20]

이와 같이 복합적인 양태를 보인다.

---

20 『석가여래십지수행기』(강전섭 소장), 덕주사, 1660, 39장 전면~40장 후면. 줄바꾸
기·부호 필자.

우선 이 문체는 기본적으로 강창문체를 유지하고 있다. 위와 같은 서사적 산문 속에 그 게송 한시가 4수나 삽입·교직되어 강창문체의 전형을 보여 주기 때문이다. 기실 이 문체는 중국의 변문계 강창문학의 문체와 상통하는 게 사실이다. 그 희곡 장르로 전개되는 과정에서 필수되는 문제가 바로 이 강창문체였던 것이다. 그러기에 이 작품의 강창문체는 소설문체의 기반을 갖추면서도, 그 입체성에 의하여 희곡문체로서 보다 뚜렷한 특성을 보이는 터다. 그러니까 이 강창문체는 이른바 강창소설 나아가 강창희곡의 표현적 요건을 제대로 갖추고 있다는 이야기다.

그리고 이 문체의 서사적 산문부를 중심으로 소설문체 내지 수필문체가 자리하고 있다. 위에서 이것이 강창소설의 문체라고 하였거니와, 이 산문체야말로 전편을 통하여 그 서사 단위를 표현하는 효율적 문체로서 소설문체를 지향하는 것이 사실이다. 이 산문체는 그 시가와 대사를 포용·조화시킴으로써, 입체적인 소설문체이면서 희곡적 성향을 강력하게 보이는 터다. 그러면서 서사적 산문체는 그 축소·응축을 통하여 수필문체로서 그 자질과 요건을 갖추었다고 보아진다. 이 작품의 전체에 편재한 수필적 서사 단위를 감싸고 있는 표현·문체가 바로 이것이기 때문이다.

실제로 이 문체는 대화 중심으로 지문을 곁들이고 있는 터다. 위와 같이 대사가 주류를 이루는 데다 그 게송·시가가 그 대사로 전용·합세하기 때문이다. 이 대화문체는 그 입체성과 역동성으로 하여, 소설문체나 수필문체를 초월하여 희곡문체로 정립되는 게 당연한 일이다. 이미 이 문체가 강창문체로서 희곡문체로 논의되었거니와, 이 대화문체와 결부·조화되면서 그것은 전형적이고 강력한 희곡문체라고 하겠다.

4) 장르적 성향

(1) 희곡적 정형

이 작품은 한국문학 장르체계에 따라 그 상위 장르 중의 희곡으로 규정되는 게 당연하다. 위에서 논의된 대로, 이 작품은 그 주제와 내용을 중심으로 구조·구성과 표현·문체까지 모두가 희곡적 성향·요건을 갖추었던 것이다. 우선 이 주제·사상이 원력·출가·성불의 최상 이념을 추구하는 데다, 그 석가불의 위대한 행적을 내용으로 풍성하고 파란만장하게 전개되고, 그 구조가 전형적인 전기 형태이고, 영웅의 일생 그 유형을 유지하며 장면화되어, 강창적 성향까지 보인다.

그 구성은 무대가 천상으로부터 광활한 허공, 인도 가비락국의 궁성과 화려한 내실, 무우수 동산, 사대문의 정경, 비람국의 궁전과 내실, 고소와 누각 등으로 연결되고, 나아가 설산의 토굴, 녹야원 내지 영산으로까지 연장되어 광활하고 적절하게 배치된다. 이 무대를 바탕으로 실달태자·석가불을 중심으로 정반왕과 마야부인·파사파제·아사타 선인과 스승, 차익과 수많은 종자, 비빈·채녀들, 비람국왕과 야수공주, 무수한 천인 등이 유기적이고 긴밀한 성격·기능으로 그 사건을 극적으로 밀고 나간다.

그러기에 이 사건 진행은 팔상의 사건에 기반을 두고, 호명보살의 하강·입태를 발단으로 출발하여, 태자의 탄생과 전능적 성장 과정으로 예건의 설명을 다하고, 그 태자가 사문을 유관하여 생·노·병·사에 대한 회의와 비탄에 빠져 그 승인과의 만남을 통하여 출가를 서원·결심하는 데서 유발적 사건이 이룩된다. 이어 부왕과 야수공주 등의 삼엄하고 간곡한 만류에도 모든 것을 다 떨치고 성을 넘어 설산으로 출가하여, 처절한 고행과 목숨을 건 정진 과정으로 상승적 동작에 오른다. 마침내 태자가 대각 성불하여 석가불·세존으로 찬탄·숭앙되고 인천 중생의 영웅적 스승으로 출세하는 데서 절정에 이른다. 이어 세존이 제석천의 권청으로 영산회상에서 법륜을 굴리는 데서 하강적 동작에 머물고, 마지막 평생 중생을 교화·구제하다가 사라수 아래서 열반하는 데서 대단원을 이룬다.

게다가 이 작품의 표현·문체는 전체적으로 산문의 강설과 운문의 가창을 통하여 강창체로 전개됨으로써, 희곡문체의 정형을 지향한다. 그 강설부의 산문체가 소설문체 또는 수필문체의 성향을 보이는 것은 사실이지만, 그 대화와 가창이 강화되어 지시문을 곁들임으로써 전형적인 희곡문체를 성취하고 있는 터다. 그래서 이 작품은 희곡 형태의 모든 요건을 완비하고 있는 것이 확실하다.

기실 이 작품은 문체 중심의 장르 기준에 비추어, 강창체 희곡으로 규정되는 게 당연하다. 이 작품이 선형적인 강창문체로서 강창희곡, 강창 극본의 자질·요건을 완벽하게 포용하고 있기 때문이다. 그래서 이 작품은 역대 한·중의 강창체 희곡과 상통하고 있는 게 사실이다. 원래 이 강창 희곡은 불교계에 기반을 두고 형성·전개된 전형적 극본 형태로서, 종합문학적 성향과 함께 복합적 극본 형태를 포괄하고 있는 터다. 따라서 이 작품은 전체적으로 강창극본이면서도, 그에 상응하는 하위 장

르로 가창극본이나 가무극본·대화극본·잡합극본으로 전환·분화될
수 있는 가능성이 충분하다. 나아가 이 작품은 종합문학적 성향으로 미
루어 그 연행·유통 과정을 통하여 희곡 장르는 물론, 시가나 수필·소
설 등으로 분화·전개될 소지가 얼마든지 있다고 본다.

(2) 하위 장르적 성향

이 작품은 그 복합적 극본 형태에 따라 한국희곡의 장르 체계에 의하
여 그 하위 장르로 분화·규정되는 게 당연하다. 이미 알려진 한국희
곡의 하위 장르는 가창체 중심의 가창극본과 가무체 중심의 가무극본,
강창체 중심의 강창극본, 대화체 중심의 대화극본, 잡합체 중심의 잡
합극본 등이다. 이러한 장르적 분화는 전통적 전형과 계맥을 이루면서
중국희곡의 하위 장르와 공통점이 많다.[21]

그래서 이 작품은 전체적으로나 부분적으로 강창극본에 자리하는
것이 원칙이다. 이미 밝혀진 대로 이 작품은 전형적인 강창문학으로서
희곡적 구조·구성에다 바로 강창문체를 갖추고 있기 때문이다. 이로
써 이 작품이 역대 불교계의 전통적 강창극에 상응하는 강창극본과 동
일한 것은 당연한 일이다. 따라서 당시에 성행하던 불교연극, 그 강창
극의 대본으로 활용될 수가 있었던 터다. 그래서 이 작품이 후대의 강
창극, 판소리 대본과도 상통하는 것이라 하겠다.[22] 그런데 이 작품은
단순한 강창극본이 아니다. 전술한 대로 이 강창극본의 복합적 형태

---

21 任牛塘, 『唐戲弄』一, 漢京文化公司, 1985, pp.218~221.
22 사재동, 「판소리의 전통과 실상·위상」, 『제84차 학술발표논문집』, 판소리학회, 2017,
    20쪽.

속에 가창극본이나 가무극본·대화극본·잡합극본 등의 기본 형태가 자리잡고 있기 때문이다. 따라서 하위 장르론에 준거하여 각개 극본을 추술·정립시킬 수가 있다. 여기서는 이 작품이 연행·유통되었다는 사실이 전제되어야 한다. 그리고 이와 동류의 작품으로 이미 논의된 「금독태자전」과 같은 방향으로 거론될 것이다.[23]

먼저 이 작품의 가창극본적 성향에 대해서다. 이 작품에서 그 시가, 창사를 중심으로 서사문맥을 축약·연결하면 그대로가 가창극본으로 성립될 수가 있다. 기실 그 공연이 경제적 효과를 높이기 위하여 그것은 얼마든지 가능한 일이었다. 더구나 창사들이 전후의 서사맥락을 요약·제시하고 있기로, 극정을 강조하는 데에 상당한 효과를 올리기 위하여 꼭 필요한 작업이었던 것이다. 이는 마치 판소리 대본에서 장단에 맞추어 가창하는 눈대목의 사설과 같이[24] 서사극적 효능을 발휘했을 것이기 때문이다. 실제로 이 작품의 창사가 12편에 이르니 이를 중심으로 적절한 서사문맥을 응축·연결시켜 극적 동선을 따라가면 그대로가 가창극본으로 성립되었던 터다.

다음 이 작품의 가무극본적 성향에 대해서다. 이 가무극본은 가창극본에 무용이 가세하여 성립된 것이라 본다. 실제로 그 가창에서는 연창자나 청중의 자발적 춤사위가 필수되고, 나아가 의도직인 무용이 힙세하여 극정을 입체적으로 강화하는 데서 이 가무극이 형성되고 따라서 그 극본이 정립되는 터다. 이 작품의 중요한 가창 부분에는 무용적

23　사재동, 「「금독태자전」의 희곡적 실상과 공연 양상」, 앞의 책, 22쪽.
24　현전 판소리대본의 가창 부분이나 장단에 따른 눈대목 사설만 연결시켜도, 그 가창 극본이 될 수가 있다.

서사문맥이 직결되어 있다. 적어도 태자의 탄생 과정에 천악이 울리고 꽃비가 내릴 때 그 천녀의 춤이나 궁인·채녀들의 춤이 가세하였을 것은 물론, 태자의 무예·용력이 천하 제일로 들어났을 때, 태자가 비람국에 가서 난관을 뚫고 야수와 결혼할 때나 귀국하여 대연을 베풀 때, 가창·무용이 합세하여 가무극의 장면을 이룬다. 태자의 출가를 막으려고 많은 채녀들이 가무로 유혹하거나 태자의 성불을 천인·만민이 감축·찬탄할 때 천악에 춤이 어울려 가무극의 현장을 조성하였다. 이러한 가무극이 바로 그 대본·극본으로 정립된 것은 당연한 일이었다. 그러기에 가창극본과 가무극본의 호환적 상관성이 입증되는 터다.

　나아가 이 작품의 대화극본적 성향에 대해서다. 원래 이 작품은 강창극본의 형태를 유지하고 있지만, 족히 대화극본으로 전환·조정될 수가 있는 게 사실이다. 이 작품은 대화극적 공연을 전제로, 그 대화를 중심으로 무대 설치, 인물 연기, 사건 진행을 강화·지시하면 바로 대화극본으로 정립되기 때문이다. 실제로 이 작품은 등장인물들의 현장적 대화를 주축으로 간접화된 대화를 부각시키면서, 그 창사의 대화적 기능까지 결부시키면, 전형적 대화극본의 요건을 완비하고 있었던 터다. 이 작품의 중요한 극적 장면에서, 정반왕과 마야부인이 태몽을 두고 나눈 대화, 부왕과 아사타선인이 태자의 위용을 보고 주고받은 대화, 태자가 비람국 야수와 결혼하는 과정에 오고간 대화, 태자가 사문을 유관할 때 특히 그 승인과 나눈 대화, 출가를 결심하고 부왕이나 야수와 상대한 대화 등이 지시문으로 연결·조직되어 바로 그 대화극본임을 실증하고 있기 때문이다. 그래서 이 작품은 그 공연을 통하여 강창극본이면서 대화극본으로 활용·행세하였으리라 본다.

그리고 이 작품의 잡합극본적 성향에 대해서다. 본래 이 작품은 복합적 강창극본으로서 가창극본·가무극본·대화극본 등의 요건을 갖추고 있다. 그러기에 이 전체를 그대로 축약하여 재조정하면 그대로가 잡합극본으로 성립되었던 터다. 그리고 이 작품 중의 어떤 형태·장면을 2개 이상 선택·배합하여 다른 요건을 가미·조정해도 그 잡합극본이 정립되었다. 또한 이 작품 중의 한 형태·장면을 중심축으로 하여 다른 형태·장면의 일부를 끌어 들여 잡되게 섞어 엮어도 그 잡합극본이 마련되었던 터다. 실제로 이 작품의 연행적 현실에 맞추어 다양한 잡합극본이 능소능대하게 조성되어 활용되었던 것이다.[25]

(3) 문학 장르적 전개

이 작품은 그 종합문학적 형태를 갖추어, 희곡 형태로서는 하위 장르로 분화·전개되었거니와, 그 연행·공연 과정을 통하여 문학 장르로 분리·연진되었던 게 사실이다. 이런 점에서 이 작품은 중국 강창문학의 장르적 전개와 상통하는 게 주목된다. 바로 이것은 판소리 대본이 종합문학성을 띠고 그 공연을 통하여 각개 문학 장르로 분화·전개되는 것과 일치하는 게 분명하다. 그리하여 이 작품이 공연 과정을 겪어서 시가나 수필·소설 능으로 문리·연진된 실제를 확인하게 된다.

먼저 그 시가적 성향에 대해서다. 실제로 이 작품에는 12편의 게송, 시가가 긴요한 서사문맥으로 연결되어 있다. 그 시가의 분포 실태를 보면

태자가 비람국에서 받은 예서의 게송, 7언율시(36장 후면~37장 전면)

태자가 동문의 노인에게 읊은 게송(38장 전면)

태자가 남문에서 병인을 보고 읊은 게송(38장 후면)

태자가 서문에서 시신을 보고 읊은 게송(39장 전면)

태자가 승인을 만나서 읊은 게송(39장 전면~후면)

승인이 태자에게 읊은 게송, 7언절구(39장 후면)

승인이 태자에게 2번째 읊은 게송, 7언절구(40장 전면)

태자가 부왕에게 출가를 주청하고 읊은 게송, 7언율시(40장 후면~41장 전면)

태자가 출가 직전에 마상에서 읊은 게송, 7언절구(42장 전면)

태자가 교진여 등에게 읊은 게송, 7언절구(43장 전면)

교진여 등이 태자에게 남긴 게송, 7언절구(43장 전면~후면)

사대천왕이 성불을 찬탄하여 읊은 게송, 7언절구(43장 전면)

등이 바로 그것이다. 이 작품에 현존하는 시가는 이 정도이지만, 그 '종신교정從新校正'하기 이전의 원본에는, 더 많은 시가가 삽입되어 있었던 것이다. 이 작품의 원전 그 서문에서, 교정시에 번다한 시사를 많이 삭제했다고 증언했을 뿐만 아니라,[26] 그 전체의 서사문맥, 그 중요 단위의 표현적 균형으로 미루어 그 실태를 파악할 수가 있는 터다. 이 시가들은 번다하리만큼 작품군을 이루어, 적어도 근체시 장르 7언절구와 7언율시로 행세하며, 강창문학의 삽입시가 역할을 다했던 것이다. 실제로 이 시가군은 그 주제·내용이 서사성을 갖추어 서사시적 성향을 보인다. 그러면서 불교계의 시가로서 독자적 성격과 기능을 발휘하게 되었다. 그리

---

26 『석가여래십지수행기』(강전섭 소장)「서」, 덕주사, 1660, 1쪽에 "少室山人夏暇覽之芟削繁詞從新校正"이라 하였다.

하여 이 시가작품들은 각체별로 독자적 장르를 이루어 불교문원의 시가들과 소통·교류하였으리라 본다.

다음 수필적 성향에 대해서다. 원래 수필은 다양한 하위 장르로 전개되니, 교령·주의·논설·전장·비지·애제·서간·일기·기행·담화·잡기 등이 바로 그것이다. 이에 준거하여 이 작품의 수필적 성향을 검토해 보겠다. 역대 불교계의 팔상적 불전문학에서는 연행·유통 과정에서 제반 장르의 수필 형태가 상당히 분화·전개되었다. 그『월인석보』[27]와 후대의 『팔상명행록』[28] 등에서 이런 사례가 확인되는 터다.

따라서 이 작품에는 정반왕이 태자의 탄생을 경축하고, 그 상을 보아 이름을 짓게 하며, 그 학문을 가르치게 하는 어명 등이 그 교령으로 나타날 수 있었다. 그리고 태자비를 간택할 때 부왕의 반포문이나 비람왕이 태자를 부마로 맞을 때의 하례문 등에서 그 교령이 더해지게 마련이었다. 나아가 부왕이 태자의 출가를 막으려고 내린 금족령이나 그 경비를 강화하라는 엄명 등이 교령으로 행세할 수 있었던 터다. 그리고 태자가 출가를 허락해 달라고 부왕에게 주청한 말씀이나 문장, 신하·시종들이 왕에게 올리는 상소나 건의·서신 등이 주의 형태로 나타나게 되었다. 여기에는 논설이 재게될 여지는 있지만 전거가 뚜렷하지 않다. 그런데 그 선상에서는 ㄱ 장르 성향이 비교직 신명하다. 하기야 이 작품 전체가 실달태자의 전기이거니와, 여기에 등장하는 중요한 인물들의 언행 행적이 전장의 형태로 조성될 수 있는 터다. 실제로 정반왕과 마야부인·이

27　사재동, 「『월인석보』의 문학적 실상과 위상」, 『『월인석보』의 불교문화학적 연구』, 중앙인문사, 2006, 102~103쪽.

28　사재동, 「국문불서의 문학적 연구」, 『한국 고전소설의 실상과 전개』, 중앙인문사, 2006, 136~137쪽.

모의 행적, 비람왕이나 야수공주의 언행 시말, 아사타선인 또는 정거천인 등의 초인적 행동 등이 전장 형태로 입전될 여지가 있다. 한편 마야부인의 서거에 따르는 애도문과 제문, 태자의 출가로 인한 비애의 호소, 안녕을 비는 간곡한 기원문 등이 애제 형태로 성립되게 마련이었다. 그리고 호명보살이 천하·인간세계를 조감하고 백상을 타고 내려와 마야부인에게 잉태되는 환상적 광경이 기행 형태를 보이거니와, 태자가 4대문을 유관하고 노인·병인·시신을 보고 생각하고 수작한 정경, 특히 승인을 만나 구도적 충격을 받는 경지 등이 기행 형태로 맺어질 수가 있었다. 또한 여기 서사문맥에 주옥처럼 결부된 진귀하고 감격적인 이야기를 중심으로 담화 형태가 성립될 가능성이 짙다. 이처럼 이 작품에서는 적어도 교령·주의·전장·애제·기행·담화 등의 소중한 장르가 자리하여 불교수필로 분화·행세하게 되었던 것이다. 그리하여 이런 수필 형태들은 당대나 후대의 불교문원·일반 문단의 수필들과 교류·유통되었을 터다.

그리고 이 소설적 성향에 대해서다. 위에서 밝힌 대로 이 작품은 소설·희곡이 공유하는 서사적 구조, 전기적 유형과 영웅의 일생을 갖추고 있다. 여기에는 소설·희곡이 겸유하는 구성 요건으로 무대 배치, 인물 설정, 사건 진행 등이 엄연히 자리하였다. 더구나 이 표현·문체는 그 산문체를 중심으로 소설문체를 지향하고 있는 게 사실이다. 따라서 이 작품이 공연 대본으로 활용되지 않고 읽는 방향으로 나갈 때는 바로 소설 형태로 성립될 수가 있었던 터다. 실제로 그 구조상에서 장면화를 풀어 연결하고, 그 대화 사이의 지시문을 지문으로 부연·서술하면 그대로가 소설로 정립·전개되겠기 때문이다.[29]

일찍부터 불교권 문원에서는 석가불의 일대기가 팔상구조의 장편소설로 형성·전개되어, 여러 중·단편을 포용하고 있었던 것이다.[30] 그 『석보상절』이 '석가대전'으로서 『월인석보』에 이르러 수많은 중·단편을 포괄하여[31] 그 전형을 보인다. 그리고 후대의 『팔상명행록』이 그런 전통을 그대로 이어받았던 것이다.[32] 나아가 이 작품의 소설적 전성과정은 그 판소리 대본이 이른바 판소리계 소설로 변성·전개되는 사실과[33] 상통하는 게 사실이다.

이런 전제 아래 이 작품은 원래 장편소설의 형태로서 상당한 중·단편소설을 연접시킨 형국을 보인다. 실제로 그 호명보살이 도솔천에서 하강하여 잉태되는 과정, 태자가 탄생·성장하는 과정, 태자가 야수와 결혼하는 과정, 태자가 4대문을 유관하는 과정, 그 출가·수도하는 과정, 태자가 성불하여 전범하는 과정 등은 그대로 중·단편소설로 성립·행세할 수가 있었던 터다. 이러한 소설적 작품들은 성장·발전하면서 불교문원이나 일반 문학계에서 유통·행세하였으리라 추정된다.

이와 같이 이 작품의 희곡적 실상과 문학 장르적 전개 양상이 밝혀지니, 『석가여래십지수행기』에 실린 나머지 9편과의 관계가 분명해진다. 그 10편 모두가 동질적인 문학적 실상을 갖추어 커다란 작품군을 이루는 게 사실이다. 그러기에 앞으로 이 작품의 공연 상상이나 문학·예술

---

29 사재동, 「「금독태자전」의 희곡적 실상과 공연 양상」, 앞의 책, 24쪽.
30 대승경전 중 『화엄경』 같은 대장편이 39개품의 중단편을 포괄하고 있다. 탄허현토, 『대방광불화경』, 나가원, 2011 참조.
31 사재동, 「『월인석보』의 문학적 실상과 위상」, 앞의 책, 104~106쪽.
32 사재동, 「국문불서의 문학적 연구」, 앞의 책, 130~131쪽.
33 사재동, 「판소리의 전통과 실상·위상」, 앞의 책, 72쪽; 유영대, 「판소리의 소설적 전개」, 『고소설사의 제문제』, 집문당, 1993 참조.

사상의 위상을 살필 때에는 그 전체적 연관성을 고려하는 게 당연하다.

4. 「실달태자전」의 공연 양상

1) 공연의 여건과 계기

모든 종교는 종합예술이라 하거니와, 불교야말로 종합예술 · 공연예술로 나타나는 게 사실이다. 그 중에서도 불타의 일생, 그 팔상문학은 공연을 통하여 종합예술, 연극적 공연의 핵심 · 주류를 이루어 왔다.[34] 따라서 이 작품이 팔상계 종합문학으로서 불교계나 일반 민중사회에서 공연된 것은 당연한 일이다. 따라서 이 작품은 불교의례 내지 불교연극에 의하여 공연될 수밖에 없었다. 기실 그 자체가 연극적 공연을 위한 극본 · 희곡이기 때문이다. 나아가 이런 작품은 공연을 위하여 형성되고, 공연을 통하여 성장 · 발전해 온 전통적 필연성이 뚜렷한 터다.

게다가 이 작품은 고려 중 · 후기 공연예술, 연극적 발전 · 성황과 함께 맞물리게 되었다. 그 무렵 고려의 연극은 송 · 원대의 연극과 소통 · 교류하여 전성기를 이루고 있었기 때문이다.[35] 따라서 이 연극은 하위

---

34 김진영, 「팔상의 문예적 속성과 공연문학적 자질」, 『어문연구학술발표논문집』, 어문연구학회, 2018, 3~5쪽.

35 장한기, 「고려연극과 그 종류」, 『한국연극사』, 동국대 출판부, 1986, 90~95쪽; 사재동, 「고려조의 연극과 희곡 형태」, 『한국문학 유통사의 연구』 II, 중앙인문사, 2006,

장르로 분화·성행하여 당시의 불교연극과 상응하고 있었다. 실제로 고려 연극의 중심에 불교연극이 자리하게 되었던 터다. 당시 고려는 불교왕국으로서, 궁정 운영은 물론, 포교활동이나 신앙생활이 불교계 공연예술로써 대중화되고, 그것이 전형적인 불교 연극으로 전개되면서 일반 연극과 합세하여 장르별로 성행하였다. 이런 불교연극의 중심에 오랜 전통으로 보편화된 강창극이 자리잡아 나머지 가창극이나 가무극, 대화극·잡학극 등과 호응하고 있었기 때문이다. 그러기에 이 작품은 이러한 연극 장르에 상응하여 다양한 장르로 공연된 것은 필연적인 일이었다.

나아가 이 작품은 불전적 성격으로 인하여 그 공연의 계기가 다양하고 차원이 높았다. 실제로 이 작품은 불타의 일대기, 팔상적 석가전이기에 불교계의 각종 재의나 제반 불사에서 연극으로 공연되는 사례가 허다했기 때문이다. 적어도 불타의 탄생재나 출가재·성도재·열반재에서 공연된 것은 물론이고, 여타 약사재나 미륵재·미타재·관음재 등에서도 연행되었으리라고 본다. 나아가 국가적 불사로 연등재가 팔관재, 대규모 법회 등에서도 그 성격에 따라 적절하게 공연된 것도 사실이다.[36] 게다가 왕궁·대가의 경축행사, 특히 탄생이나 생일, 출세 등 축하의 자리에서 이런 작품이 공연되었을 가능성은 얼마든지 있는 터다.

515~524쪽.

36 김형우, '축제 및 경축의례 행사', 「고려시대 국가적 불교행사에 대한 연구」, 동국대 박사논문, 1992, 115~125쪽.

2) 공연의 실제

　실제로 이런 작품의 정상적 공연은 적어도 무대와 대본, 연기자 그리고 청중 등의 요건이 충족되어야 한다. 그러기에 이 작품이 연극적으로 공연되는 것은 당연한 일이다. 그것이 연극적 공연 요건을 완비하고 있기 때문이다. 이에 그 사실을 확인할 필요가 있다.

　첫째, 이 공연의 무대 배치에 대해서다. 이 작품에 나타난 무대는 광활하고 화려하다. 도솔천을 비롯한 천계와 허공, 인도 가비라국과 비람국 등의 장엄한 궁성과 찬란한 내실, 그리고 설산의 장관과 녹야원의 풍경 등이 그 분위기와 함께 그 무대로 전개된다. 그리하여 이 무대가 실제로 조성되어야 한다. 우선 이 무대를 사실적으로 꾸미는 일이다. 실제로 당시의 궁궐·사찰이나 공관·대가 등을 배경으로 그 사건 진행에 따르는 구체적인 무대를 제작할 수 있었기 때문이다. 이어 이 무대나 설비를 매우 상징적으로 응축시켜 조작할 수가 있었다. 그 배경·무대를 응집·표상하는 소품이나 동작으로 표시하여 실제적 무대의 효과를 나타내었던 것이 사실이다. 여기에는 이런 무대 표시에 대하여 연기자와 청중 사이에 전통적인 소통·공감이 전제되어 있었던 터다. 한편 이 무대는 출연자가 현실적 공연장에 등장하여 설명과 동작으로 묘사해낼 수가 있었다. 그리하여 이 무대는 실제적으로 조성될 수 없는 아름답고 환상적인 효과를 창출하였던 터다.

　둘째, 이 공연의 대본에 대해서다. 이 작품은 희곡, 그 공연의 극본·대본으로서 제반 요건을 완비하고 있었다. 이것은 당시의 전형적 대본으로서 강창극을 비롯하여 가창극이나 가무극, 대화극과 잡합극 등으로 공연될 수 있는 만반의 준비를 갖추었던 터다. 게다가 이 대본은 그 동류의 작품들과 함께 공연의 대세를 몰아가고 있는 실정이었다. 나아가 이 대본은 그만큼 보배로운 주제·사상을 갖추고 위대한 불타의 감동적인 행적을 담고 있기에, 그 자체의 생리로써 공연의 필연성을 발휘하게 되었다. 이에 상응하여 그 대본의 공연에 대한 청중의 갈망이 절정을 이루었던 터다.

셋째, 이 공연의 인물연기에 대해서다. 이 대본에는 다양한 인물들이 등장하여 개성적인 언동·역할을 다하고 있다. 그 주인공 호명보살·실달태자·석가불을 중심으로 신이한 천인·신중 아래 정반왕과 마야부인·이모, 비람왕과 야수공주, 선인·바라문, 차익·교진여 등과 신하·비빈·채녀들까지 수많은 주변 인물들이 유기적으로 언동·연기를 보인다. 이런 인물들의 역할을 연기로써 그 공연을 펼쳐 나가기 때문이다. 그것은 당대의 연기자, 광대들의 연기 능력으로써 실증되는 터다. 연기력은 당대에 보편화된 연기와 함께 몇 가지 유형으로 집약된다.

우선 가창연기를 발휘한다. 연기자가 음악적 전문성을 갖추고, 그 서사문맥·사건 진행에 맞추어 온갖 기교로써 극정을 높여야 한다. 나아가 이 가창연기는 자발석 춤사위와 결부되어 그 효능을 입체적으로 극대할 수가 있다. 다음 강설연기를 내세운다. 기실 강설연기가 가창연기와 적절하게 상응해야만 강창연기가 성립·고조되기 때문이다. 여기에는 설명연기로써 언설이 정확·유창해야 되고, 묘사연기로써 모든 사물과 현장을 잘 그려내야 한다. 또한 속술연기로써 어떤 사실이나 사물을 빨리 열거해야 되고, 음향연기로써 각종 음향·음성을 핍진하게 모방·묘사할 수 있어야 한다. 게다가 감정연기로써 그 사건 내용의 극정을 높여야 되고, 동시에 대화연기로써 가장 역동적이고 생동하는 극정을 족히 창출해 나가야 한다. 한편 행동연기를 내보인다. 이것은 가창연기나 강설연기 등을 조화·강화하는 신체적 연기로써 그 극정을 역동적으로 입체화하고 극적 효과를 극대화한다. 실제로 행동연기는 눈빛과 표정, 머리와 손짓·발짓·걸음걸이 등 최선의 동작을 통하여 극정을 이끌었기 때문이다. 이처럼 등장인물의 배역, 연기자·광대는 다양한 연기로써 전능적 연극을 해냈던 것이다. 이런 광대·전능한 연기자는 보배로운 예능인으로서 상당한 식견과 전문성을 갖추고, 불교 중심적 대세·분위기에서 상당한 실세를 유지하면서 크게 기여했으리라 추정된다.

넷째, 이 공연의 청중에 대해서다. 기실 여기 청중은 이 대본의 연극적 공연 현장의 중요한 한 축을 이루고 있는 게 사실이다. 바로 이 연극은 청중을 위하여 공연되는 것이고, 따라서 청중이 없으면 공연될 수 없는 게 당연한 일이기 때문이다. 실제로 이 연극에서는 그 주제·이념과 무대·공연 내용에 비추어, 이 청중이 매우 광범하게 모였으리라 본다. 위로는 군왕 대신·왕족들과 승려나 신도 등 사찰의 사부대중, 그리고 무대 주변의 민중들이 자유로이 그 연극을 감상할 수 있었기 때문이다.

이러한 청중들은 그 신앙이나 취향에 따라 이런 연극을 이해·선호하는 계층으로서 이른바 상류층에서 중류층을 거쳐 하류층까지 망라하고 있었을 터다. 기실 이 연극의 취지·목적과 그 내용의 정대한 교화성·감화성으로 인하여, 그 현장은 실로 개방적이었고, 적극적인 환영과 함께 청중을 유치하는 데까지 나갔던 것이다. 그래서 청중들은 그 연극을 보면서 감동적 반응을 일으키고, 그 연행을 찬탄·격려하였던 터다. 그리하여 이 연극은 그 무대와 극본, 배우 연기와 아울러 이 청중이 원만히 주도하게 되었던 것이다.[37]

3) 공연의 장르적 성향

전술한 대로 이 공연이 연극적으로 전개되면서, 그 연기적 유형을 통하여 장르적 성향을 보이는 게 사실이다. 기실 이 공연은 강창극을 비롯하여 가창극과 가무극, 대화극과 잡합극 등을 지향하여 분화·전개될 수 있었던 것이다. 실제로 이 작품이 희곡으로서 그 공연 과정을 통하여, 그 강창극본을 중심으로 가창극본과 가무극본, 대화극본과 잡합극본 등으로 분화·전개된 사실과 상응하는 것이다. 실은 그 극본들이 바로 이 연극들로 공연된 것이기 때문이다. 이것은 그 판소리의 공연이 강창극이면서 그로부터 가창극·가무극·대화극·잡합극 등으로 분화·전개된 사례와 일치되는 점이라 하겠다.

첫째, 이 강창극석 성향에 대해서나. 기실 이 대본의 진체적 공연은 강창극이다. 바로 이 대본이 강창극본이니, 강창극으로 공연되는 것은 당연하기 때문이다. 그래서 이 강창극은 복합적 형태를 갖추고 공연 현장에서 그 특수성을 보인다. 우선 이 공연의 무대가 이중적으로 조성된다. 기실 그 공연하는 현장적 무대와 작중·극중의 무대가 바로 그것이

다. 실제로 이 강창극의 연기자는 광대로 단 한 사람이다. 그래서 이 광대가 광대한 연기로써 그 강창극 전체를 연출·출연해 나가는 것이다. 따라서 이 강창극은 일인 전역의 광대한 전능극이니, 바로 그 판소리와 동일한 것이다. 이때의 광대가 장단·반주를 받아 청중에게 공연하는 그 무대가 곧 현장적 무대라 하겠다. 실제로 이 무대는 형편과 필요에 따라, 제한 없이 설정되었던 터다. 위로 왕궁·대가나 사찰의 각개 전각이나 광장, 야단 명소, 민간 어디든지 청중만 있고 공연 여건만 갖추어지면, 거기가 바로 공연 무대이기 때문이다. 그런데 이 작중·극중의 무대는 그다지 장엄·화려한 데도 실제로 조성·설치되지 않고, 이 광대의 언설·그 묘사연기에 의하여 청중 앞에 창출되는 것이다. 그러기에 이러한 무대의 창정·설치 자체가 연극적이라 하겠다. 이는 실재적 무대보다 더욱 장엄·화려하게 상상·감상되기 때문이다. 그리고 이 강창극의 연기자 광대는 단신으로 처지에 맞는 의관을 하고 부체나 염주 같은 소지품 하나만 든 채, 장단과 반주를 받으며 그 대본대로 공연을 전담하는 것이다. 그러면서도 능소능대한 연기력, 가창연기와 강설·대화연기, 행동연기 등으로 청중을 감동·감화시켰던 것이다. 이는 바로 그 판소리 광대가 대본대로 청중 앞에서 장단에 맞추어 연창을 전담하는 사례와 동일한 터라 하겠다.

둘째, 가창극적 성향에 대해서다. 기실 이 가창극은 위 강창극의 가창연기를 중심으로 조정·성립된 것이다. 따라서 이 가창극의 무대로는 우선 강창극처럼 공연현장을 활용할 수가 있었다. 그러면서 이 무대는 극중 무대를 일정한 장소에 실제로 설치·활용할 수도 있다. 그러기에 이 연기자 광대는 단신으로 그 대본의 가창을 전담·연행해도 무방하였다. 그리고 이 광대들이 배역을 맡아 대창·합창 방식으로 가창·연행하는 사례도 가능했던 터다. 이럴 경우 그 광대 중의 누가 가창간에 서사문맥을 약설하고, 장단·반주를 받으며 청중과 호흡하였으리라고 본다.

셋째, 가무극적 성향에 대해서다. 기실 이 가무극은 위 가창극에 그 무용 연기가 결부되어 조정·성립된 것이다. 따라서 이 공연 무대는 작중·극중의 무대를 일정한 장소에 실제로 설치할 수 밖에 없는 터다. 이 가무극이 그만큼 입체적이고 역동적인 데다 연기 영역이 넓기에, 이 무대의 시설 공간이 확대되는 게 당연한 일이었다. 그래서 연기자 광대는 단신으로 이 가무연기를 전담할 수도 있지만, 그 배역에 따라 여러 연기자들이 등장하여 가무를 겸하여 대창·대무하거나 가창과 무용을 분담·연행할 수도 있었던 터다. 여기서 광대 중의 누가 서사문맥을 약설하고 장단 반주를 받아들여, 그 극정을 높이면서 청중과 호흡을 같이 했던 것이다.

넷째, 대화극적 성향에 대해서다. 기실 이 대화극은 위 강창극의 대화연기를 중심으로 조성·정립된 것이다. 따라서 이 무대는 대본의 극중 무대 그대로 일정한 공연장에 설치되는 게 당연한 일이다. 그래서 이 내본상의 무대가 현실적으로 연기자와 청중 앞에 조성되고 연기에 필수되는 장치나 소도구까지 배치하게 된다. 따라서 이 무대와 상대하여 청중석이 분리·설치되는 게 사실이다. 그리고 무대와 객석 사이에 반주자의 자리까지 마련된다. 나아가 이 무대는 사건의 장면에 따라 적절한 전환이 따르고, 그 극정의 분위기도 살리면서 그 조명까지 배려되어야 한다. 그리하여 이 대본의 인물, 그 배역들이 등장하되, 그 역할에 따라 각기 분장·의상을 차리고 소도구까지 지참해야 된다. 여기서는 역할의 특성에 따라, 천인·신중이나 선인 등은 실제로 가면을 착용했을 가능성까지 있는 터다. 이로부터 이 배역들이 대화와 행동으로 그 사건 진행에 따른 연기를 능숙하게 펼쳐 나가는 것이다. 여기서 이 대화극은 감명 깊은 극정을 조성하여 수많은 청중과 호흡을 같이하면서 공감·호응을 이끌어냈던 것이다.

다섯째, 잡합극적 성향에 대해서다. 기실 이 잡합극은 위 강창극에서 벌어지는 연극 형태를 적절히 축약·선택하여 정립시킨 것이다. 따라서 그 무대는 광활한 공연장에 필요한 만큼 간이한 형태로 설치되니, 상당히 자유롭고 개방적일 수 밖에 없다. 그러기에 이 배역들의 분상·의상도 파탈·잡다해질 수가 있는 터다. 따라서 그들의 연기도 보다 자유롭고 즉흥적으로 변모되기도 하고, 의외의 비연극적 요건이 개입되는 게 사실이다. 말하자면 마술·잡기나 동물 연기까지도 용인될 수 있기 때문이다. 그래서 청중은 일정한 객석에만 머물지 않고 공연과 감상을 자유로이 넘나들면서, 그 극정을 대중적으로 고양시키는 게 자연스럽게 보이는 터였다.[38]

이로써 이 작품의 연극적 공연 양상이 추적되고 나니, 전게한 동류의 작품들이 상호간에 그 대본·극본군을 이루어 동일한 연극 형태로 공연되었으리라 추정된다. 여기 이 각편들은 명실공히 독립된 대본으로서 그 공연의 여건과 요건을 공유하였기에, 그대로 극화·공연되는 게 당연한 일이었다. 따라서 당시 이 작품을 중심으로 그 10편 모두가 적절히 공연되어 그 연극상의 대세를 보였던 터라 하겠다.

---

38 위의 글, 27~29쪽.

5. 「실달태자전」의 문학·예술사적 위상

이 작품은 그 형성의 계맥이 그만큼 유구하고 면면한 터다. 그래서 이 작품이 그 동류의 9개 작품과 함께 당대나 후대의 문학·예술과 교류하고 상호 영향을 끼치면서 전개되어 온 과정이 장구하고 뚜렷한 게 사실이다. 따라서 이 작품이 차지하는 문학사·예술사상의 위상을 파악하는 게 당연한 일이다. 이에 이 작품의 희곡사 내지 문학사적 위치 그리고 연극사적 위치 등으로 나누어 살피려 한다.

1) 문학사상의 위치

이 작품은 전형적인 강창문학, 희곡·강창극본으로서 그 복합문학적 형태로부터 제반 문학 장르가 분화·전개되었던 터다. 따라서 이 작품과 동류의 작품군은 적어도 고려시대를 거쳐 조선시대까지 그 문학사상에서 중요한 위치를 차지하고 있는 게 사실이다. 이에 문학 장르별로 고려기와 조선시대에 설치는 전개 과정을 개관해 보겠다.

첫째, 시가사상의 위치에 대해서다. 먼저 이 작품과 동류의 시가군은 고려기 불교시가들과 긴밀한 교류를 통하여 상호 영향을 수수했던 것이다. 이 고려기의 시가들은 대체로 표현상에서 복합적인 양상을 띠고 성행하고 있었다. 이른바 전통적 향가와 국어시가, 그리고 한시 등이 바로 그것이다. 기실 이 시가들은 한시를 중심으로 시대적 신앙과 사조에 따라 불교적 성향을 띠고 있었던 게 사실이다.[39] 당시의 시가계에 이런 작품의 한시가 제작·대두되어 합류·행세하니, 그 위치가 심상치 않았을 것이다. 적어도 불교계의 시단에 석가불 행적담에 관한 한시·서사시의 작품군이 등장·유통되어 상당한 영향을 끼쳤을 것이기 때문이다. 그리고 이러한 한시군은 당시 불교계 향가나 국어시가와도 긴밀한 교류·영향 관계를 유지했으리라 추정된다. 그리하여 이 시가군들은 당시의 시가류와 합세하여 고려시대 시가사의 흐름에 동참한 것이 사실이다. 이 시가류가 구비유통은 물론 판본으로 다량 인행·전파되어, 그 시가사적 궤적을 실증하고 있기 때문이다. 더구나 이 시가군은 이규보의 「동명왕편」 시가부와 운묵의 『석가여래행적송』 시가부 등과 합세하여 족히 그 시가사상의 역할을 다하여 왔다고 본다.

나아가 이 작품과 동류의 시가군은 조선시대로 전승·유전되어 당시의 한시나 국문시가와 긴밀히 교류하고 상당한 영향 관계를 유지해 갔을 것이다. 이 작품과 동류의 한시군은 구비적 유전과 함께 일정 기간에 판본으로 인행·유통되어 당시의 불교계 한시나 유관 한시류와 교류·합세한 게 사실이다. 전게한 작품군이 계승 유전된 것은 물론, 불교·불전계의 한시가 제작·유통되는 가운데, 불경·불전류의 장편 국문시가 『월인천강지곡』과 『월인석보』 월인부의 작품들이 인출·성행할 때, 이 작품들의 한시군이 이에 상응·합류하여 유전된 것은 당연한 일이다. 나아가 이 한시군은 사화계의 『용비어천가』의 한시나 국문가사와도 상대적 상관성을 가지고 직간접으로 교류·상생했으리라 본

---

39 인권환, 「고려불교시의 자료」, 『고려시대 불교시의 연구』, 고려대 민족문화연구소, 1983, 12~14쪽.

다. 그리하여 이 작품의 한시군은 조선시대의 불교계 한시나 국문시가 뿐만 아니라, 일반 시가와도 교류·합세하여 이 시대 시가사의 일환으로 역할하였을 것이다.

둘째, 수필사상의 위치에 대해서다. 우선 이 작품과 동류의 수필군은 고려대의 수필들과 긴밀히 교류하고 상호 영향관계를 유지하여 왔을 것이다. 기실 당시 불교계를 중심으로 문승·문인들의 수필은 교령·주의·논설·전장·애제·서간·기행·담화 등에 걸쳐 성행하였던 게 사실이다. 여기 이 작품과 동류의 수필군이 각개 장르에 걸쳐 등장·유통되고, 그 수필류에 합세·상생하게 된 것은 당연한 일이었다. 그리하여 이 작품의 그 수필군은 고려기 수필사의 일환으로 그 역할을 해왔으리라 추정된다. 적어도 이 작품과 동류의 수필군이 구전되는 한편, 일정 기간에 판본으로 인행·유통되는 과정을 통하여, 그 수필사적 위상을 유추할 수가 있기 때문이다.

이어 이 작품과 동류의 수필군은 조선시대에 이르러서도 당시 수필들과 교류하며 서로 영향을 끼쳤으리라 본다. 이 시대의 수필은 불교의 혁파·실세에도 불구하고 한문수필과 국문수필이 병행하여 각개 장르에 걸쳐 상당히 제작·유통되었던 것이다. 그 중에서도 학승·문승이나 신불 문사들에 의힌 수필작품이 상당한 수준에 이르고, 훈민정음 이후『석보상절』이나『월인석보』, 후대의『팔상명행록』등을 통하여 국문수필이 양산·성행하여 수필사의 흐름을 주도하였던 터다. 그리하여 이 작품과 동류의 수필군이 국문화의 가능성을 보이면서, 불교적 상관성으로 하여 그 수필사의 일환으로 동참·역할했으리라 추정되는 터다.

셋째, 소설사상의 위치에 대해서다. 먼저 이 작품과 동류의 소설 형태는 고려시대의 그 소설 유형과 긴밀히 교류하고 상생·발전하였던 것이다. 당시에는 한문소설이 불교계를 중심으로 상당히 형성·발전하고 있었다.[40] 그 패관소설이나 승전·전기는 물론,『삼국유사』각 편류와 불전·보살전류의 소설 작품들이 대두·행세하고 있었기 때문이다.[41] 여기에서 이 작품과 동류의 소설 형태는 불전계의 한문소설로서 그에 합류하여 고려기 소설사의 주류를 이루어 왔다고 보아진다. 적어도 이 작품과 동류의 소설 형태는 그 10편의 작품군을 이루어 구전은 물론, 적절한 시기에 판본으로 양산·유전된 것이 그 소설사상의 위치를 실증하고 있는 터다.[42]

그리고 이 작품류의 소설군은 조선시대에 이르러 당시의 소설류와 합세·발전하여 그 소설사의 주류를 이루어 왔던 것이다. 기실 이 시기에는 불교계를 중심으로 한문소설이 발전·성행하였고, 훈민정음 이래 국문소설이 형성되어 발전·난숙하였던 것이다. 그리하여 이 소설군은 한문소설로서 그에 합류·행세하였을 뿐만 아니라, 이 자체의 번안을 통하여 국문소설로서도 합세·발전했던 것이다.[43] 기실 국문소설계에 이미『팔상명행록』을 비롯하여「심청전」·「흥부전」·「토끼전」·「구운몽」·「사씨남정기」·「홍길동전」등이 등장·성행할 때에, 이 소설군은 그「금독태자전」이「금송아지전」으로 많은 이본을 남기고,[44]「선우태자

---

40 경일남,「고려 불교소설의 형성·전개」, 사재동 편,『한국서사문학사의 연구』Ⅲ, 중앙문화사, 1995, 946~948쪽.

41 김진영,「본생담의 소설사적 의의」,『불교담론과 고전서사』, 보고사, 2012, 109~111쪽.

42 박병동,「『석가여래십지수행기』의 소설적 전개」, 사재동 편, 앞의 책, 1012~1014쪽.

43 사재동,「『석가여래십지수행기』의 변문적 실상과 국문화 과정」,『훈민정음의 창제와 실용』, 역락, 2014, 575~576쪽.

전」이 「적성성의전」으로, 동류의 「안락국태자전」이 「안락국전」으로, 변모·발전하여 왔던 터다. 그러기에 이 소설군은 이 조선시대 소설사의 일환으로 중심적 역할을 해 온 것이라 하겠다.

넷째, 희곡사상의 위치에 대해서다. 먼저 이 작품과 동류의 희곡 형태는 하위 장르에 걸쳐 고려시대의 그 희곡 작품들과 긴밀히 교류하고 상생·발전하였던 게 사실이다. 기실 고려기에는 불교가 흥성하여 불교연극의 발전과 함께 그 극본·희곡이 제작·성행하였던 터다. 적어도 기본적으로 강창문학 그 희곡으로서 강창극본을 비롯하여 가창극본·가무극본·대화극본·잡합극본 등이 대두·행세하였다는 점이다. 이러한 판세에 이 작품과 동류의 희곡 형태가 각개 하위 장르를 통하여 당시의 그 희곡작품들과 합세·발전하고 고려기 희곡사를 주도하게 되었던 터다. 당시『삼국유사』류의 각편 중 적어도 향가·한시 등을 삽입한 강창문학이 희곡으로 행세하고,[45] 『석가여래행적송』류나 「동명왕편」류가 희곡으로 유통될 때,[46] 이 작품과 동류의 희곡 형태가 당시의 희곡류와 합류하여 구비전승은 물론, 판본으로 적절히 인행·유통됨으로써, 고려기 희곡사의 주류를 이루었기 때문이다.

그리고 이 작품과 동류의 희곡 형태는 조선시대로 전승·전수되어, 낭시의 희곡 작품들과 합류·상생하고 나아가 변모·성행히였던 것이다. 기실 이 조선 전기까지는 불교의 혁파·탄압으로 그 연극이 침체·

---

44 사재동,「「금송아지전」의 연구」,『불교계 국문소설의 연구』, 중앙문화사, 1994, 332~324쪽.

45 사재동,「한국가요전설의 희곡적 전개」,『한국공연예술의 희곡적 전개』, 중앙인문사, 2006, 167~168쪽.

46 사재동,「「동명왕편」 희곡적 성격」, 위의 책, 525~529쪽.

음성화되었는데도, 고려기의 한문희곡을 계승하고 『월인석보』류나 『용비어천가』류의 장편강창극본이 집대성되어 공연에 대비하고 있었다. 따라서 이 작품과 동류의 희곡 형태는 그러한 대작의 대세에 따라 한문희곡으로 행세하여 『석가여래십지수행기』류로 집성・간행되고, 나아가 국문희곡과 합류하여 그 시대 희곡사의 일환으로 작용하여 왔던 것이다. 그런데 이런 희곡사의 흐름은 조선 후기에 이르러 획기적인 변모・혁신의 계기를 맞이하였다. 전술한 대로 조선 전기에 불교연극을 비롯하여 연극 전반이 침체기・잠복기를 거쳐 새로운 활로를 모색・개척한 나머지, 조선 후기 연극 부흥의 대세를 타고 혁신적이고 대중적인 연극 형태를 개발하였으니, 그게 바로 장편강창극, 이른바 판소리였던 것이다. 그 강창극 판소리의 대본이 장편강창극본으로 집대성되었으니, 잘 알려진 「춘향가」・「심청가」・「흥부가」・「퇴별가」 등이라 하겠다. 이 시기에 발전・난숙하던 국문소설과의 상관성에서 이른바 판소리 열두 마당의 대본이 성립・행세할 때, 이 작품과 동류의 희곡 형태는 그 대세에 따라 그 강창극 등의 대본으로 전성・공연되어 조선 후기 희곡사의 일환으로 명맥을 유지해 왔으리라고 추정된다.[47]

2) 연극사상의 위치

이 작품은 그 동류 작품과 함께 강창문학, 강창극본으로서 전체가 강창극으로 공연된 것은 당연한 일이었다. 그리고 이 강창극의 복합적

---

47 사재동, 「판소리의 전통과 실상・위상」, 앞의 책, 35~36쪽.

형태로부터 가창극과 가무극, 대화극과 잡합극 등으로 분화·전개되었던 게 사실이다. 그리하여 이러한 연극적 공연이 그 고려기와 조선시대에 걸쳐 당시의 연극과 긴밀히 교류하고 상호·발전하여, 그 시대 연극사를 주도하는 데에 동참·기여하게 되었던 터다. 따라서 그 시대별로 이 작품들의 연극적 공연이 그 연극사상에서 차지하는 위치를 살펴 보겠다.

첫째, 고려시대 연극사상의 위치에 대해서다. 이 작품과 동류의 희곡 형태는 고려기에 이르러 강창극을 중심으로 그 하위 장르에 걸쳐 상당히 공연되고 성행하였던 것이다. 기실 당시의 연극은 불교연극을 주축으로, 연극 전반이 발전·성행하는 추세였다. 따라서 이 강창극을 비롯하여 가창극과 가무극, 대화극과 잡합극까지 상당한 성세를 보였던 것이다. 그리하여 이 작품류의 연극적 공연이 불교계의 강창극을 필두로 각개 장르로 분화·전개되었던 게 사실이다. 그리하여 이 공연은 당시 일반 연극과 합세·상승하여 고려기 연극사를 주도하여 왔던 것이라 하겠다.

둘째, 조선 전기 연극사상의 위치에 대해서다. 기실 이 작품과 동류의 희곡 형태는 그 연극적 공연에서 큰 타격을 받고 침체될 수 밖에 없있던 터다. 실제로 이 공연은 불교계를 중심으로 강창극이 주축을 이루어 왔거니와, 조선 전기의 숭유배불정책과 함께 억압·위축되었기 때문이다. 그래서 이 시기의 연극 전반이 불교연극의 침체·실세와 함께 대체로 저조·침체의 추세를 보이게 되었다. 그런데도 세종 후기와 세조대의 숭불·중흥의 대세를 타고 그 강창문학, 강창극본이 집대성되면서 그 연극적 공연이 부활의 계기를 맞았던 게 사실이다. 그리하여 이 작품과 동류의 희곡 형태, 그 극본들이 연극적으로 공연되고, 따라서 그 대본집의 형국으로 간행될 수도 있었던 것이다. 마침내 숭유정책이 정착되면서 이러한 연극 공연이 전체적으로 다시금 침체·저조 경향을 보이게 되었다. 그렇지만 이 불교계의 강창극을 중심으로 오랜 전통의 연극 형태가 쉽사리 소멸·단절될 수는 없었다. 그리하여 그 연극 형태는 침체·수난의 위기 속에서 화려한 부활을 모색·갈망하게 되었던 것이다.

셋째, 이 조선 후기 연극사상의 위치에 대해서다. 기실 이 작품과 동류의 희곡 형태는 조선 후기 연극의 변환·성행에 휩쓸리어 강창극의 명맥을 유지했던 것인가 한다. 기실 이 작품류는 그 시기에 구비 연행으로 여러 설화를 형성시키고, 국문소설의 모습으로 상당한 이본을 남기면서, 그 극본의 일면을 보이고 있었기 때문이다. 전술한 대로 이 시기에는 전통적 강창극이 그 침체기에 모색했던 신형을 족히 개발하니, 환골 탈태하고 변환·성행하게 되었다. 먼저 그 대본을 대중적 서사문학으로 장편화하고, 그 연기는 가창연기와 강설연기·행동연기에 걸쳐, 고금·대중적 연극의 그것을 취사하여 재창출하니, 이로써 전능적 강창극이 성립·공연되었다. 이것이 바로 이른바 판소리로 정립되어 후대적으로 성행하였던 것이다. 이러한 성세 속에서 이 작품들 그 대본의 공연은 불투명한 채로 강창극 등의 명맥을 유지하면서 그 대세에 합류했으리라 본다.[48]

---

48 사재동, 「「금독태자전」의 희곡적 실상과 공연 양상」, 앞의 책, 29~32쪽.

6. 결론

이상 「실달태자전」의 희곡적 실상과 연행 양상을 희곡론과 연극론에 의하여 고구하여 보았다. 지금까지 논의해 온 것을 요약하면 다음과 같다.

① 이 작품의 찬성 경위와 그 성격을 검토하였다. 이 작품의 찬성자는 미상이지만, 고려 당시 그 찬성의 주체가 유형적으로 추정되었다. 적어도 그 시대에 그만한 저술을 낸 학승・문승을 비롯하여 신불 문사, 그런 작품을 공연한 재의승・연예승・연화배 등이 불타신앙을 강조하고 대중적 교화・포교를 위하여 석가불의 행적, 팔상적 일대기를 이 작품으로 제작한 것이었다. 따라서 이 작품은 불교계에 선행・유통되던 불타의 팔상적 전기문학을 원전・전범으로 하여 '실달태자'의 주제와 내용에 맞도록 재작되었다. 그래서 이 작품은 외견상 불경으로 간주될 수 있지만, 내질상 서사적 불타전, 변문계의 불전문학, 강창적 서사문학으로서 소설 형태 내지 희곡 형태를 지향하고 있었다.

② 이 작품의 희곡적 실상을 고찰하였다. 이 작품은 발심・출가・성불을 수제로 불타의 영웅석 위신력을 상조하고, 그 구조가 진기직 유형과 영웅의 일생, 그 극적인 서사 형태로 정립된 데다, 그 구성이 무대와 등장인물, 사건 진행으로 적절하게 조직되었다. 그 무대는 천상・허공으로부터 가비라국과 비람국의 궁성・문루, 별궁 내실 그리고 설산 암굴이나 녹야원 등으로 광활하고 찬연하게 전개되었고, 그 등장인물들은 호명보살・실달태자・석가불을 중심으로 정반왕과 마야부인・이

모, 야수공주와 비람국왕 그리고 수많은 천인·신중과 선인·바라문, 비빈·채녀와 궁인·종자 등이 다양한 역할에 따라 유기적으로 활동하였으며, 그 사건 진행은 그 발단에 이어 예건의 설명을 하고, 유발적 사건을 거쳐 상승적 동작에 따라 그 절정에 이르며, 하강적 동작으로 내려가 대단원을 이루니, 그 소설 형태와 희곡 형태를 겸유한 것이었다.

그 문체·표현은 전체적으로 강창체 한문으로서 소설문체·수필문체의 면모를 보이지만, 그 강창과 대화를 중심으로 희곡문체를 보였다. 그래서 이 작품은 전체적으로 희곡 장르, 강창극본으로 규정되었고, 그 공연·유통을 통하여 가창 중심의 가창극본, 가무 중심의 가무극본, 대화 중심의 대화극본, 잡합 형태의 잡합극본으로 분화·전개될 수가 있었다. 나아가 이 작품은 희곡으로서 종합문학적 형태를 유지하여, 공연과 유전을 거치면서 자연 시가나 수필·소설 등으로 분화·성립되는 게 당연한 추세였다.

③ 이 작품의 연극적 공연 양상을 추적하였다. 이 작품은 희곡·강창극본으로서 공연될 필연성을 갖춘 데다, 당시 일반 연극의 성세와 함께 불교계의 홍법 방편에 따라 강창극이 성행하였으니, 이 작품의 연극적 공연은 당연한 것이었다. 당시 이 작품은 불교계의 완전한 극본으로서 그 공연의 무대를 사찰·왕궁·대가·민간·야단 등에 걸쳐 완비하였고, 그 등장인물, 배역을 가창연기와 강설연기, 행동연기까지 완비한 광대로써 확보하였으며, 그 연행의 반주자와 수많은 청중을 불교계 사부대중과 민간 대중에 걸쳐 앞세우고 있었다. 이 작품의 연극적 공연은 그 전체가 강창극으로 정립되었거니와, 그것이 자유로운 공연을 거듭하면서 그 극본의 분화에 맞추어 가창극과 가무극, 대화극과

잡합극으로 독립·전개될 수도 있었다.

④이 작품이 문학사와 연극사상에서 차지하는 위상을 파악하였다. 이 작품은 동류의 9개 작품과 함께 고려기와 조선시대 문학사상에서 중요한 위치를 지켜 왔다. 적어도 이 작품과 동류의 시가류는 고려 불교계의 한시와 교섭·합류하고, 조선시대 불교한시나 국문시가와 소통·합세하여, 그 시가사를 이끌었던 것이다. 그리고 이 작품과 동류의 수필류는 고려기 불교계 한문수필과 교류·합세하고, 조선시대 한문수필이나 국문수필과 소통·합류하여, 그 수필사의 일환으로 역할했던 터다. 또한 이 작품과 동류의 소설류는 고려 불교계의 한문소설과 소통·합세하고, 조선시대 한문소설이나 국문소설과 교류·연합하여, 그 소설사를 주도하여 왔던 것이다. 나아가 이 작품과 동류의 희곡류는 고려기 불교계의 한문희곡과 합류·발전하고, 조선시대 한문희곡이나 국문희곡과 합세·전개되어, 희곡사의 주류를 이루었던 것이다. 한편 이 작품과 동류의 공연은 고려기와 조선 전·후기의 연극사상에서 소중한 위치를 차지하여 왔다. 적어도 이 작품의 공연은 그 강창극을 기반으로 가창극·가무극·대화극·잡합극 등에 걸쳐 고려기에 성세를 보인 불교연극 내지 일반연극과 교류·합세하여, 그 연극사를 주도하여 왔고, 조선 전기 불교연극의 침체와 일반 연극의 실세 속에서 명맥을 유지하며 새로운 활로를 모색하였던 터다. 나아가 이 연극적 공연은 조선 후기 연극의 부흥과 강창극의 판소리적 혁신·전개 과정에 합세하여, 그 연극사의 일환으로 역할을 다했던 것이다.

이 작품에 대한 논의는 부족하지만 그 동류인 9개 작품 내지 동계열의 작품에도 그대로 적용될 수 있다는 점에서 어느만큼 의미가 있다고 본다. 그래서 이 논고는 선행한 「금독태자전」의 희곡적 실상과 공연 양상」과 공통되는 점이 적지 않았다. 특히 이 작품들의 공연 양상과 문학·예술사상의 위치에서는 보편적인 성향이 일치될 수밖에 없었다. 동류의 작품들을 동일한 방법론으로 연구하는 당연한 결과라고 생각한다.

무가의 서사구조와 희곡적 전개

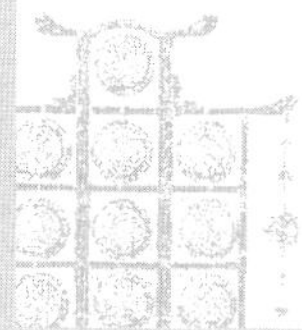

1. 서론

한국의 연극사가 완벽하다면,[1] 그 극본의 역사로서 희곡사도 완전하리라는 것은 당연한 논리다. 연극이 종합예술이듯이 희곡이 종합문학으로서, 한국문학사의 주류를 이루어 왔다는 것도 부인할 수 없는 사실이다. 그런데 한국문학사를 연구·기술하는 데서 유구한 역사 위에 희곡만이 공백이거나 허술하다고 홀시·방치되어 온 것이 확실하다.[2] 그 중에서도 한국 근대희곡사와 현대희곡사가 정리·기술된 데에[3] 반히

---

[1] 김재철,『조선연극사』, 학예사, 1939; 이두현,『한국연극사』, 민중서관, 1973; 장한기,『한국연극사』, 동국대 출판부, 1896 등 참조.

[2] 안확의『조선문학사』, 한일서관, 1922; 조윤제『한국문학사』, 탐구당, 1984, 조동일;『한국문학통사』, 지식산업사, 1982~1988 등 기존의 문학사 기술에서 거의 모두 이런 경향을 보인다.

[3] 서연호,『한국 근대희곡사 연구』, 고려대 민족문화연구소, 1984; 유민영,『한국 현대희곡사』, 기린원, 1988 등 참조.

여, 고전희곡사가 아주 부실하게 취급되었기 때문이다. 이에 필자는 「한국 희곡사 연구서설」을 통하여 고전희곡사의 실존과 그 기술 가능성을 타진하고 대강의 얼거리를 개관하였던 것이다.[4] 한국연극의 개념과 장르를 사론적 관점에서 재조정하여 연극사를 재검토하고, 어떠한 연극이든 반드시 그에 상응하는 극본이 있어 희곡의 기능을 했으리라고 전제하면서, 희곡사를 장르별로 훑어보았던 것이다. 연극사를 음악사·무용사로 보완한 것처럼, 희곡사를 시가사와 서사문학사로 보완하게 되었다. 잘 알려진 대로, 고전시대의 시가와 서사문학은 현장적 유통 과정에서 반드시 가창되고 구연됨으로써, 극화·실연되었던 게 상례였기 때문이다. 연극이라는 공연예술이 실존하는 마당에서, 시가와 서사문학은 독자적으로나 종합적으로 극화되어 극본·희곡으로 전개되었고, 그것이 다시 정착·기술되면 시가와 서사문학으로 행세할 수도 있었다. 이것이 희곡과 시가·서사문학의 유기적 관계요, 문학사 유통·전승의 실상이라 하겠다. 그러므로 연극사가 완전하고 시가사와 서사문학사가 충실하다면, 한국 희곡사는 틀림없이 완전할 것이고, 드디어 완벽하게 재구될 것이 분명하다.

여기서 연극의 개념을 확충하여 그동안 논의된 대로 굿을 연극이라 규정하고 가창극·가무극·강창극·대화극 등의 장르를 전제하면서, 그 무가 즉 무의대본을 희곡으로 거론하였던 것이다.[5] 이러한 바탕 위에서, 박성석은 「한국무가의 희곡적 연구」를 내 놓았다.[6] 그는 재수굿

---

4   사재동, 「한국 희곡사 연구서설」, 『어문연구』 18·19, 어문연구학회, 1988·1989.
5   위의 글, 112쪽.
6   박성석, 「한국무가의 희곡적 연구」, 충남대 박사논문, 1991.

과 오구굿의 12거리를 모두 연극 형태로 고찰하고 그 무가, 특히 서사무가를 중심으로 희곡적 성격을 구명해 내었던 것이다. 그 논문은 비교적 적극적이고 대담한 것이어서 논의될 여지가 없지는 않겠으나, 그 근본 논지나 논리에 있어 진일보한 것만은 사실이다. 그동안 굿을 연극이라고 보는 견해가 대세를 이루고 있지만, 그 무가의 희곡적 전개에 대해서는 별다른 견해가 없었기 때문이다.

이에 본고에서는 굿이 유구한 역사 위에 형성·전개되면서 연극사의 주류를 이루어 왔고, 그 무가가 서사문학과의 상관성 속에서 희곡적으로 전개되어 온 과정을 다시금 주목하고자 한다. 첫째, 전고에서 제시한 견해를 확대하여 무가의 극본성을 장르적으로 재확인하고, 둘째, 이 무가의 서사구조를 거시적으로 보아 일반 서사문학과의 관계를 유기적으로 고찰하겠다. 셋째, 그 극본의 희곡적 전개 양상을 희곡론적 관점에서 검토해 보기로 하겠다. 그리하여 그 무가의 희곡사적 위상을 어림하고 문학사의 전체적 흐름을 합리적으로 체계화하는 데에 보탬이 되었으면 한다.[7] 본고에서는 논의의 편의상, 그 범위를 좁혀 재수굿의 무가를 중심으로 논의하려고 한다. 이 방면 전공학자들의 많은 업적을 바탕으로, 필자의 단견을 개괄할 수밖에 없음을 밝혀 두고자 한다.[8]

7　사재동, 「한국 희곡사 연구서설」, 『어문연구』 19, 어문연구학회, 1989, 134~135쪽.
8　이 논고는 한국고소설연구회 학술발표대회(1993.6.23 관동대학교 미술관)에서 발표한 것을 수정·주기한 것이다.

2. 무가의 극본적 형태

굿이 연극 형태라는 것은 재론할 여지가 없다. 굿은 누가 봐도 연극 그 자체인 것을 전문가들이 논증하고 있기 때문이다. 이미 정론화된 무의연극설은 현용준의 제시에[9] 이어 이두현·서대석·황루시 등이 이를 구체적으로 진전시켰고,[10] 다니엘 A. 키스터는 무속극과 부조리극의 비교 연구를 통하여 굿의 연극적 형태를 객관적으로 부각시켰다.[11] 여기서 문제되는 것은 이른바 무속극의 장르와 그 극본의 형태다.

전술한 대로 필자는 한국의 연극 장르를 가창극·가무극·강창극·대화극 등으로 나누어 보았다.[12] 그리고 무속극과 그 극본도 이러한 장르로 유별·전개되고 있음을 시사한 바가 있다. 이런 점은 박성석의 전게 논문에서 보다 적극적으로 논증되었다. 실제로 재수굿의 전과정을 12거리로 나누어 살펴보겠다.

① 부정거리 ② 가망거리 ③ 말명거리 ④ 상산거리 ⑤ 별상거리 ⑥ 대감거리
⑦ 제석거리 ⑧ 호구거리 ⑨ 성주거리 ⑩ 군웅거리 ⑪ 창부거리 ⑫ 뒷전거리

이 재수굿의 12거리는 서울 지역 무가에 기준을 둔 것이다.[13] 여기에

9　현용준, 「신화의례와 성극의례」, 『제주도 무속 연구』, 집문당, 1986, 279쪽.
10　이두현, 「가농작과 입춘굿, 양주소놀이굿」, 『한국연극사』, 민중서관, 1973, 89~91쪽.
11　다니엘 A. 키스터, 『무속극과 부조리극』, 서강대 출판부, 1986, 9~10쪽.
12　사재동, 앞의 글(1988), 95~97쪽.
13　赤松智城·秋葉隆, 「京城十二祭次」, 『朝鮮巫俗의 研究』, 東文選, 1991, 51쪽; 김태곤, 『한국무가집』1, 원광대 민속학연구소, 1971, 13쪽; 서대석·박경신, 『안성무가』, 집

는 많은 이본이 있어, 이것들을 비교·검토하여 원형적 원전을 재구해 내는 것이 선행되어야 한다. 그런대로 여기서는 박성석이 서울 지역 재수굿 12마당을 바탕으로 각 거리의 독자적 부연이나 전국적 실연상 황을 통하여 재구·보완한 것을 참고로 하였다.[14] 이 12거리의 각 이본 들은 심한 차이가 있어 종잡기가 어렵기 때문이다. 이러한 굿은 전체 로는 하나지만 개별적으로는 12마당으로 독립되어 행세할 수도 있다. 그러므로 이 굿은 전체적으로 1편의 커다란 연극이지만, 개별적으로는 12편의 작은 연극이라 하겠다.

제1장 부정거리는 서막이어서 독자성이 부족한 것은 사실이다. 그 러나 그 진행 과정을 보면 맨 처음 제상을 차려 놓고 주무와 조무·악 사들이 좌정함으로써, 일상의 공간인 집안이 굿의 공간 즉 연극의 공간 으로 바뀐다. 그것은 연극의 시작에서 무대를 설정하고 배우가 나와 해설하여 연극의 배경과 사건을 암시함으로써, 서막을 장식하는 경우 와 같다. 그리하여 부정거리는 장장 12장에 걸쳐 진행될 무속극의 자 리를 잡는 것으로 보인다. 여기서 무당의 연기는 안정되고 의지적이어 서 이 굿 전체를 위하여 부정을 씻어 몰아냈으니 부디 신위를 청배하는 데에 열중한다. 무당은 차분히 기원하는 자세로 정성껏 부정무가를 가 창한다. 평상복의 무당은 단순한 징단에 맞추어 신위에게 굿의 목적을 알리며 잡귀·부정을 몰아내고 강림하시라는 내용의 무가를 연창한 다. 연기가 단순하게 절제되고, 가사 내용이 기원으로 가득하여 서사 적 갈등을 배제하였기에, 이 거리는 연극적 분위기 속에서 가창이 주류

문당, 1989, 29쪽; 최길성, 『한국무속지』 2, 아세아문화사, 1992, 271쪽.
14 박성석, 앞의 글, 41~56쪽.

를 이룬다. 따라서 이 부정거리는 가창극의 면모가 돋보인다. 그리하여 이 무가는 굿의 연극적 진행 과정과 부정무가의 창사를 정착시킨 가창극본 바로 그것이라 하겠다.

제2장 가망거리는 본격적인 실연단계로서 연극적 효과가 한층 증대된다. 무당은 무복과 큰 머리를 하고 부채와 방울을 들어 본격적인 분장·의상으로 연기를 시작한다. 이때부터 무당은 청배 과정으로 들어간다. 이때에 주무가 선창하고 조무가 후창하는 '만수받이'로 돌림노래를 하는 게 원칙이고 각장에 공통된다. 기타 절차를 다 마친 다음, 공수를 하여 신위가 강림한 것을 확인시킨다. 양면 역을 하는 무당은 악사의 반주에 따라 춤을 추기 시작하여 점차 황홀경을 보이고, 공수로써 최고조의 연극적 상태를 연출한다. 무당은 자신과 신위의 말을 조화시켜, 굿을 청한 유족들에게 내림으로써 대화극적 상황을 연출한다. 여기서 전제되는 것이 가망노래 가락이다. 이것은 잡가와 같은 무가이지만, 그러한 연극적 분위기를 이끌어 내는 가창기능이 현저하다. 이로써 가망거리는 가창극의 면모를 뚜렷이 보이고 나아 가무극의 일면도 드러낸다. 또한 일인 중심의 가창·무용과 담화로 이어진다는 점에서 강창극의 형태를 보이고 있는 게 사실이다. 실제로 관점에 따라 이 가망거리는 가창극·가무극·강창극으로 규정될 수 있는 종합적 형태를 갖추고 있다. 따라서 그 무대환경과 연극적 언동을 정착시킨 극본도 가창중심의 가창극본, 무용 중심의 가무극본, 그리고 가창·담화 중심의 강창극본으로 나누어 취급할 수밖에 없다. 문제는 어떤 관점에서 검토하느냐에 따라, 그 장르가 결정될 따름이다.

제3장 말명거리는 조상신을 청배·환영하는 과정으로 극적 분위기

가 한층 고조된다. 무당은 평상 상의와 남색 장군치마를 입고 청배로 조상신을 모신 다음, 만가같은 타령으로 인생의 무상과 사별의 한 등을 노래하여 극적 효과를 높여 간다. 때로 이 가창을 본창과 후렴으로 나누어 대창함으로써, 극적 입체성을 강화하는 경우도 있다. 드디어 조상신이 무당에 내리어 공수로써 유족들과 대화할 때는 한편의 가정비극을 연출하게 된다. 여기서는 가창극과 강창극의 면모가 보다 뚜렷하다. 따라서 그 무가도 극본으로서 가창극본과 강창극본의 실태를 보이고 있다.

제4장 상산거리는 무신을 장엄하게 모시고 공수하는 과정으로 극적 상황이 더욱 강화된다. 무당은 분장·의상부터 장군복·전복·남천익 등으로 차려서 홍갓을 쓰고 삼지창과 장검을 양손에 쥐고는 거창하게 등장한다. 무당이 청배하고 타령을 거쳐 공수를 하게 되면서 장엄하고 역동적인 연기를 펼친다. 무당은 완전한 장군(최영 장군 등)이 되어 그 유족들에게 공수로 문답하는데, 그 위세와 언동이 군담 활극을 방불케 한다. 이 거리는 역시 가창극과 강창극의 형태를 보이는데, 그 공수 장면의 역동성·입체성에서는 대화극의 효과를 내고 있는 게 분명하다. 따라서 그 무가도 가창극본과 강창극본으로 규정할 수밖에 없다.

제5장 별상거리는 손님이라는 미미신을 청배·환영하는 과정으로 처용가무와 같은 극적 효능을 십분 발휘한다. 무당은 상산거리의 장군복에다 벙거지를 쓰고 한 손에 부채를 든 것이 특색이다. 청배·가창하여 공수가 내리면, 대화극적 상황이 벌어진다. '사실 세움'이라 하여 통돼지 등 거창한 제물을 창·칼에 꿰어 제상 앞에 세우면, 그 초인적 능력에 감복하여 굿청 유족이나 참관자들이 감동하고 극적 반응을 일

으켜 연극적 상황을 입체화한다. 여기까지는 가창극·강창극의 범주를 넘어서지 못한다. 그러나 별상거리가 큰 굿으로 발전하면 통칭 마부놀이가 첨가된다. 화랭이 중의 하나가 마부처럼 짚말을 끌고 나와, 악사 중의 하나와 대화하면서 흥미롭게 마마신을 태워 가지고 멀리 떠내 버리는 상징적인 대화극을 연출한다. 따라서 이 거리의 무가에서는 가창극본·강창극본뿐 아니라 대화극본까지도 찾아 볼 수가 있다.

제6장 대감거리는 여러 무신, 별상대감·서낭대감·군웅대감·몸주대감·어사대감 등을 모셔 공수를 받는 과정으로, 실로 장쾌한 연극적 상황을 연출한다. 무당은 장군복에 벙거지를 쓰고 짚신 한 켤레를 꿰어 걸치고 '걸립대감'을 자처하여 대감타령을 가창한다. 마당에 차려진 대감상 앞에서 청배·타령 뒤에 공수를 하는데, 통돼지를 묶어 메고 양손에 우족을 매어 든 채, 대청에서 치마폭을 벌리고 있는 유족들에게 복을 주는 무당의 연기가 실로 극적이다. 이 거리에서는 '무감을 선다'고 유족이나 참관자들이 무복을 빌려 입고 무악에 맞추어 춤을 춤으로써, 조연이 되어 대화극적 상황을 조성한다. 이 거리는 역시 가창극이 두드러지고, 강창극에 이어 가무극과 대화극의 분위기를 한껏 자아낸다. 따라서 이 거리의 무가는 가창극본이 주류가 되어 강창극본의 면모와 함께 가무극본과 대화극본의 일면을 보인다.

제7장 제석거리는 불교재의로서 장중한 연극적 상황을 창출한다. 무당은 흰 장삼과 붉은 가사에 흰 고깔을 쓰고 스님처럼 등장하는데, 분위기가 엄숙·청정하고 제상도 육류 없이 담백하다. 이 거리에서는 청배 과정의 '만수받이'가 돋보인다. 그 다음에 바라타령(바랑타령)이 가창되는데, 무당은 생률이나 계면떡을 유족과 관중에 팔면서 수명장수

를 빌어 준다. 무당이 공수를 내리고 염불한 뒤에, '당금애기'를 구연한
다. 그 서사문맥이 감동적일 뿐만 아니라, 무당의 강창이 그만큼 연극
적이기에, 더욱 효율적인 연극으로 실연된다. 여기까지는 입체적인 가
창극과 역동적인 강창극이 되는 것이다. 따라서 이 거리의 무가는 어
엿한 가창극본과 뚜렷한 강창극본이 되는 터라 하겠다.

그런데 이 거리 말미에는 소놀이굿이 덧붙는 게 보통이다. 이 재수
굿의 12거리와 절대적인 관계는 없지만, '잘되라'는 경사굿으로 전편에
오락적 요소가 강화되어 연극적 상황이 돋보인다. 무당은 제석거리의
분장·의상을 하고 그대로 안마당을 향해 서고, 악사들은 무악연주를
위하여 역시 앞마당을 향해 마루에 앉았는데, 그 놀이의 주인공 원마부
와 곁마부가 마루 앞 봉당에 선다. 앞마당에는 가장한 소가 송아지를
데리고 마부에게 고삐를 잡힌 채 서있다. 놀이가 시작되면 전혀 새로
운 연극판이 벌어져, 무당과 마부의 대화, 마부의 덕담, 흥미로운 동작
과 춤, 소위 재미있는 동작 등이 어울려 훌륭한 대화극이 이룩된다. 이
굿은 제석거리와 다르긴 하나 그 연장선상에서 유기적 관계를 유지하
는 것은 사실이다. 제석거리와 연관지어 볼 때, 그 연극성이 극대화되
는 터다. 따라서 이 무가는 원만한 대화극본이라 해야 마땅할 것이다.

제8장 호구거리는 저녁귀신 같은 사신을 불러 위로·환영하는 위령
굿으로 두렵고도 심각한 연극적 상황을 조성한다. 무당은 붉은색 호구
치마를 입고 부채와 방울을 양손에 들고 등장한다. 이 거리도 청배·
타령·공수 등으로 이어지는데, 그 중에서도 공수가 특이하고 분명하
게 연출된다. 그리하여 호구신이 유별난 짓을 하지 않고 인간에게 복
을 주겠다는 약속으로 공수가 끝나면 이 거리가 마무리된다. 이 거리

는 가창극과 강창극 일색으로 진행된 것이 사실이다. 따라서 이 거리의 무가가 가창극본과 강창극본의 형태를 갖춘 것은 당연하다.

제9장 성주거리는 가신 성주신을 모시는 한편 기원하는 과정으로 연극성이 강한 편이다. 가신이 소중한 만큼 신중하고 정성스러운 실연이 벌어지고, 그게 독자적으로 성조굿으로 전개되기도 하였다. 무당은 홍천익을 입고 홍갓을 쓴 데다가 부채와 방울을 양손에 들고 등장한다. 이 거리에서도 청배·타령이 끝나고 공수가 이어져 연극적 상황을 이룩한다. 여기서 저 유명한 성주풀이가 구연되어 그 연극적 효능을 극대화시킨다. 나아가 '홍두께 세우고 성주상 올리기'라는 시험적 묘기가 연출되어 극적 분위기는 절정에 다다른다. 이로써 그 연극 형태가 가창극과 강창극의 면모를 유지하고 있는 게 분명해진다. 따라서 그 무가는 웬만한 가창극본과 감동적인 강창극본이라 하겠다.

제10장 군웅거리는 여러 장군신을 모셔 환영·기원하는 과정으로 장쾌한 극적 분위기가 조성된다. 무당은 성주거리와 같은 차림으로 등장하여 청배·타령을 하는데, 그 무가는 군웅의 웅장하고 무서운 면모를 강조하는 내용으로 가창된다. 공수를 내리는 과정에서 무당은 불가능이 없음을 보여 주기 위하여, '밥소레 붙임'이나 '작두 타기' 등과 함께 도무를 하여 초인적 묘기를 보임으로써, 극적 상황은 점차 고조된다. 여기서 공수를 통하여 군웅이 제액·발복을 확약하는 엄숙한 순간에 이 연극은 절정에 달한다. 이로써 이 거리는 가창극과 강창극이 주조를 이루고, 따라서 그 무가는 가창극본과 강창극본이라 보아 마땅하겠다.

제11장 창부거리는 광대신을 모시는 과정으로 오락성과 해학성이 가장 강조된 연극 형태를 연출한다. 무당은 창부옷을 입고 오른손에

부채만 든 채 등장하여 음악에 맞추어 창부타령을 열창한다. 굿의 열기가 더해지면 무당은 그간에 굿이 잘 진행된 것을 감사하고 한번 놀아보자고 갖은 재담과 해학을 쏟아 놓아, 유족과 관중이 모두 하나가 되어 난장판을 벌인다. 악사들은 계속 빠르고 격렬한 무악을 연주하고, 흥분하고 즐기는 무당의 능숙한 연기·가창, 유족·관중의 군무·합창 등이 어울려 동양·한국연극의 총체적 진수를 드러내는 것이다. 이 거리에는 가창극·가무극·강창극·대화극이 그대로 어울려 있고, 따라서 그 무가는 가창극본·가무극본·강창극본·대화극본의 면모를 종합적으로 보여 주고 있는 것이다.

제12장 뒷전거리는 이 굿의 마지막 과정으로 연극적 상황을 마무리하고 있다. 뒷전상을 차려 놓고 무당이 평상복으로 혼자 장고를 치며 뒷전거리 무가를 구연하고 공수를 내린 다음, 청배한 신위를 봉송하며 모여든 잡귀까지 음식을 먹여 보내는 장면으로 끝이 난다. 이로써 이 거리는 조용한 가창극이라 하겠고, 따라서 그 무가는 단순한 가창극본이 될 수밖에 없다. 이런 다음에 각종 연희가 벌어진다. 그것은 자유롭고 다양한 연극 형태로 전개되어 자연 그에 상응하는 극본을 보여주는 것이다.

이상과 같이 재수굿은 풍성한 연극이라고 하겠다. 이 재수굿은 전체적으로나 각 거리로나 모두 본격적인 연극적 요소를 갖춤으로써, 고전극 내지 현대극에 손색이 없는 연극으로 연출되었기 때문이다. 그리하여 재수굿은 12거리 전체로도 가창극·가무극·강창극·대화극의 형태를 갖추고 있으며, 각개 거리로도 이와 똑같은 연극의 형태를 유지하고 있다. 따라서 이 재수굿의 무가는 12거리 전체로도 가창극본·가무극본·강창극본·대화극본 등의 양식을 갖추고 있으며, 각개 거리로도 이와 똑같은 극본의 양식을 유지하고 있는 것이다. 이들 극본들은 바로 희곡 양식이다. 그러므로 이 유구한 전통의 재수굿을 통하여 유구한 전통의 희곡문학을 탐색·규명해 낸 터라 하겠다.

한편 오구굿의 12거리에 대해서도 위와 같은 분석 검토를 통하여 그로부터 연극 장르와 희곡 양식을 족히 찾아 낼 수가 있겠다. 기실 굿은 원시시대로부터 지금에까지 민중에 뿌리박아 면면히 전승되면서 한국 연극의 모든 것을 집대성함으로써, 한국 공연예술의 주류를 이루어 왔다. 그렇다면 그 무속극의 극본이 희곡 양식으로 상응·행세하면서 한국희곡을 집대성함으로써, 한국문학의 주류를 이루어 왔다고 하겠다.

3. 무가의 서사적 구조

무가 전체가 서사적 구조를 지니고 있다는 것은 당연한 일이다. 그런데 종래에는 이른바 서사무가 또는 무속신화만이 서사적 구조를 갖추었다고 보아온 게 사실이다. 물론 서사무가가 서사적 구조를 갖춘 것은 너무도 명백하다. 그러나 이 서사무가는 무가 전체에서 그 일부에 삽입되어 있는 서사 단위임에 틀림이 없다. 그것은 커다란 나무에 여기저기 피어 있는 꽃송이처럼, 무가의 전체적인 서사구조 속에 적절히 배치되어 있는 서사물이기 때문이다. 위 재수굿의 무가에 삽입되어 있는 '당금애기'나 '성주풀이' 나아가 오구굿의 무가에 보이는 '바리데기'나 '장자풀이' 등이 다 그러하다.[15]

그런데도 이 서사무가만이 무가의 서사성을 대표하는 것처럼 논의되어 온 것은 재고할 여지가 있다. 여기서는 무가를 문자 그대로, 무당이 가창·구연한 내용만을 기록한 것으로 한정하여 보았기 때문일 것이다. 그러나 원칙적으로 무가란 무의 전체를 그대로 정착시킨 대본臺本이라고 보아야 옳다. 그렇다면 이 무가에는 무의대본巫儀臺本이란 차원에서, 굿의 무대환경, 굿청의 장치·장식, 관중·참여자의 반응·언행, 악사·화랑의 연기·역할, 주무와 조무의 차림과 행동·연기, 그리고 가창과 구연까지 모두 포괄되어야 한다. 이것이 생동하는 굿을 대본화한 무가의 실체이기 때문이다. 그동안 무가의 수집 채록이 문자 그대로 순수하게 국한되었기에, 무당의 가창·구연만을 정착시켰을 뿐, 나머지 소중한 부분을 모두 버린 결과를 내었다. 그리하여 그것은 한정된 무가의 내용을 어문학적으로 분석·고찰하는 데에는 필요하지만, 그 무가가 현장적으로 생동·유통되면서 널리 수용·전개된 실상을 검토·실증하는 데에는 도움이 되지 못한다.

이렇게 완전한 무의대본 즉 무가를 전제할 때, 서사구조가 종래와는 달리 폭넓게 고찰될 수 있겠다. 말하자면 재수굿의 12거리 전체가 유기적인 서사구조를 갖추고, 각 거리마다 독자적인 서사구조를 지니고 있다는 것이다. 우선 각 거리가 그 자체로서 독자적인 체제와 구조를 갖추고 있는 것은 자명하다. 전술한 바와 같이, 각 거리는 무대·배

15　서대석, 『한국 서사무가의 연구』, 서울대 출판부, 1980; 김태곤, 『한국의 무속신화』, 집문당, 1985; 현용준, 『무속신화와 문헌신화』, 집문당, 1992 등 참조.

경·장치·분위기 등이 시종 그 바탕을 이루어 유기적 구조를 유지해 나간다. 그리고 유족이나 관중들이 좌정하여 시종 일관성 있는 언행으로써 서사적 외곽을 조성해 나간다. 그래서 무당은 협조자와 악사들을 거느리고 각 거리에 맞는 차림으로 엄숙하게 등장하여 분위기를 잡고 청배·타령·공수 등의 과정을 통일된 가창·구연과 연기로써 빈틈없이 이끌어 나간다. 따라서 그 해당 신위도 엄숙한 모습과 권능을 그대로 견지하면서 청배에 응하여 강림하고 환대를 받아 즐긴 다음, 무당을 통하여 신통한 언행을 다하고는 봉송에 따라 원래의 자리로 돌아감으로써, 그 서사적 행적을 완결하고 있다. 실제로 무당이 가창한 청배·타령의 가사가 그 위치에 적절한 서사성을 갖추고 유기적 상관성을 일관되게 보여 준다. 드디어 그 거리를 주재하는 신위의 본풀이가 구연되어 그 자체의 서사구조나 거리 전체의 서사적 구조를 완결하고 있는 것이다. 이런 본풀이, 즉 서사무가는 그 신위의 내력과 위력·권능을 실증시키는 차원에서, 각 거리마다 필수되었던 것이라 보아진다. 그 각 거리가 독립된 굿처럼 최선의 실연을 통하여 최대한의 효능을 발휘하기 위해서는 반드시 서사무가를 채용할 수밖에 없었기 때문이다. 현전하는 무가의 각 거리에 서사무가가 빠져 있는 현상은 실연의 형편에 따라 생략되었거나 없어진 것이지, 원래부터 없었던 것은 아니라고 본다. 지금에도 그 거리의 효능을 극대화하기 위하여 무당의 능력에 따라, 그 서사무가는 얼마든지 인용·재구될 수가 있기 때문이다. 그래서 굿의 각 거리가 서사무가를 중심으로 서사적 구조 단위를 이루고 있는 것만은 분명하다. 이것은 무당이 대행·강창하는 신위의 행적으로서 신화적 서사구조를 보이는 터다. 따라서 각 거리는 굿 전체의 일부로 역할하거나, 독자적인 굿으로 족히 행세하게 되었던 것이다.

그렇다면 굿 전체가 자연 서사적 구조를 유지하는 것은 당연한 일이다. 잘 알려진 대로 제1장 부정거리를 서막으로 10개 장의 서사적 구조 단위가 유기적으로 연결되고 제12장 뒷전거리로 마무리되기 때문이다. 이 굿의 전체 구조는 12개 서사 단위의 단순한 연결이 아니라, 그 자체로서 기·승·전·결의 서사적 흐름을 지탱하고 있는 게 사실이다. 적어도 제1장 부정거리를 발단으로 제2장으로부터 점차 서사성을 상승시켜 제7장 제석거리쯤을 절정으로 삼아 다시 하강하여 제11장 창부거리에서 멋지게 놀고, 12장 뒷전거리에서 대단원을 내는 것이라 하겠다.

그런데 이러한 전체 구조는 그 12개 장을 필수적으로 포괄하는 고정 체제는 아니다. 서장으로서의 부정거리와 종장으로서의 뒷전거리는 불가결하지만, 중간의 10개 장은 그 굿의 성격, 형편 등에 따라 어느 장을 증감시킬 수도 있고, 어떤 장을 강약화시킬 수도 있기 때문이다. 그러기에 이 굿은 시대와 지역에 따라 무당의 능력에 의하여, 굿을 벌이는 집안의 형편대로 그 내부 구조를 융통성 있게 조정하여 왔던 것이다. 여기서 굿 전체나 각 거리에서 서사구조상의 다양한 이본이 형성·전개되있딘 터다. 그리하어 굿의 진체 구조는 빙대하고 개방뎐 서사적 구조로써 신축성과 융통성을 발휘할 수 있었다. 그것은 마치 장편판소리의 서사구조와 같아서, 능소능대하게 그 서사적 구조를 유지하여 왔던 것이다.

이제 이 굿의 서사구조와 서사문학과의 상관성을 검토할 단계다. 이미 서사무가와 서사문학의 관계가 많이 논의되었다. 이 서사무가는 각개 무신의 본풀이로서 영웅의 일생을 풀이한 어엿한 신화요 서사문학이라고 정설화되었다. 원론적으로 무가가 선행했다는 전제 아래, 그 서사무가가 서사문학·소설 형태에 영향을 주거나 직접 그쪽으로 전개되었다는 것이다. 이것은 무가선행설을 무조건 주장하는 입장에서는 시인할 만한 여지가 있다. 그러나 고전문학 장르 상호 간에는 일방적으로 영향을 주거나 흘러간 사례는 드물다. 적어도 서사문학이 형성·전개되어 무가와 병존할 단계부터는 무가 쪽에서 서사문학의 그것을 수용해 갔을 가능성이 농후한 것이다. 기실 무가가 전개되는 과정에서 서사적 빈곤을 실감할 때에, 이미 발전·융성하고 있던 서사문학·소설 형태의 그것을 얼마든지 차용할 수도 있겠기 때문이다. 실제로 현존하는 「심청무가」와 「심청전」, 「이공본풀이」와 「안락국전」, 「세민황제」와 「당태종전」, 「장수 유충렬」과 「유충렬전」 등의 관계가 다 이 점을 실증하고 있는 터다.[16] 그래서 역대 무가·서사무가와 서사문학·소설 형태가 그처럼 긴밀히 교류하면서 상호 변화되었다는 사실만은 분명하다.

그리고 이 서사무가를 포함한 무가의 각 거리는 전생담을 이은 현장적 신이행적을 나타낸다는 점에서, 완벽한 신화적 구조 형태를 취하고 있는 게 사실이다. 그렇다면 이들 각 거리는 구조적으로 신화 중심의 서사문학과 맥락을 같이 한다고 보아진다. 여기서 원론적으로는 이러한 무가의 서사구조가 신화에 영향을 끼치고 그리로 전개되었다고 볼 수가 있겠다. 한편 서사문학의 신화구조가 무가의 그것에 영향을 끼치

---

16 김태곤, 『황천무가 연구』, 창우사, 1966; 서대석, 「서사무가 연구」, 서울대 석사논문, 1968 등 참조.

고 그리로 수용된 것이라 볼 수도 있을 것이다. 잘 알려진 건국신화나 불교신화 내지 소설 형태 등은 신격화된 주인공이 전생담을 업고 태어나 권능을 갖춘 뒤에, 청배에 따라 강림하여 신이한 행적을 남기는 '영웅의 일생'을 서사구조로 부각시킨다. 이다지 풍성하고 다양한 서사문학이 무가와 병행하였을 때, 빈곤한 무가 쪽에서 상대의 서사구조를 수용하거나 차용해 갔을 가능성은 얼마든지 있기 때문이다. 그래서 이와 같은 거리 단위로도 무가와 서사문학은 긴밀한 교류 관계를 유지해 오면서 상호 영향, 상호 변환되어 왔던 터라 하겠다.

다음 무가 전체의 서사적 구조가 연립적 장편 구조라는 점에서, 신화적 열전이나 연작형 장편소설과 상통하는 바가 있다고 본다. 그것은 『삼국사기』「열전」, 『삼국유사』「기이」나 「고승별전」 같은 것의 연결 구조, 나아가 장회·연작형 소설들의 서사구조와도 접근하고 있는 것으로 보인다. 이 점에 있어서 역대 무가와 서사문학은 결코 무관하지 않다고 하겠다.

실제로 무가의 각층 서사구조와 서사문학·소설 형태의 각계 서사구조는 동일한 기조를 이루어 둘이 아닌 상태로 흘러 왔다고 보아진다. 다만 그것이 무속극의 형태로 실연되었느냐, 단순히 언어·문자의 정형으로 유동되있느냐의 차이가 있었을 따름이다. 그 치이는 사소한 것 같으면서도 상당한 특성을 나타내어 확실한 독자성을 결정해 주는 것이다. 서사구조를 굿으로 극화하여 실연함으로써, 그 무가는 극본으로 희곡화되기 때문이다. 원만한 무가가 굿으로 극화된 과정을 일체 배제하고 재조정된다면 서사문학으로 전개될 수 있는 것처럼, 모든 서사문학은 굿으로 극화되면 무가로 대본화되어 극본 즉 희곡으로 전개되는 것이다. 여기서 모든 서사문학·소설 형태가 반드시 이러한 극화·실연의 과정을 겪어 극본·희곡으로 정립·행세하는 과정이 중시되는 것이다.

4. 무가의 희곡적 전개

위에서 재수굿의 연극적 현황과 그 무가의 극본적 형태를 검토한 바에 근거를 두고, 모든 서사문학·소설 형태가 굿으로 극화되어 극본·희곡으로 전개되는 과정이 밝혀져야 한다. 이른바 극화는 일반적으로 서사 장르와 희곡 장르를 구분하는 결정적 분수령이요, 서사 형태를 희곡 양식으로 전환시키는 용광로와 같다고 하겠다. 어떤 문학 형태·서사문학이라도, 극화 과정을 거쳐 그대로 정착·정리되면 반드시 희곡문학으로 정립되기 때문이다. 고전시대에 있어 모든 문학작품은 거의 전부 실연되어 연극적 상황으로 유통되었던 게 사실이다. 그러므로 시가나 서사문학 등이 민간에서나 광대들에 의하여 소박하게 또는 전문적으로 극화되었던 것은 보편적인 현상이었다. 그 중에서도 굿, 무속극은 민중적 종교성과 대중적 역동성으로 하여 가장 풍성하고 설득력 있는 종합예술이라는 게 실증되었다. 그 연극 형태는 방대하고 개방적인 데다 왕성한 수용력·소화력을 갖추고 있었던 것이다. 그리하여 다양한 서사문학·소설 형태를 흡수·소화하여 무속극으로 실연함으로써, 수많은 무가로서 극본을 만들어 내게 되었다. 전술한 대로 한국의 연극 현상을 집대성한 무속극은 독특한 양식으로 극본·희곡을 양산해 내었다고 보아지기 때문이다. 그러한 무가는 현전하는 작품이나 그 이전의 원형적 작품임을 막론하고, 모두가 특색 있게 전승된 한국의 극본, 바로 고전적 희곡이라고 하겠다.

이미 고찰한 대로 무가는 고전희곡의 요건을 모두 갖추고 있다. 우선 이 무가는 각 거리나 전체가 서사적 기본구조를 갖추었다. 전술한 바 그 입체적 서사구조는 희곡에 있어 필수적인 구성·구조를 충족시키는 것이다. 이로써 극적 사건의 진행은 이미 그 기반을 마련한 것이다. 특히 무가의 서사구조는 이미 발달된 서사문학의 그것을 필요에 따라 여지없이 인용하여 효율적으로 재창조한 것이었다.

그리고 무가는 무대·배경과 장치·분위기 등을 구체적으로 제시하고 있다. 무대·배경의 상황과 변화, 각종 장치·시설의 변환과 이동, 그에 따라 진전·변개되는 분위기까지도 알려 준다. 또한 동참자·관중의 규모와 호응, 감정의 변화와 반응상태에 대해서도 언급하고 있다.

다음 무가에는 등장인물의 언동뿐만 아니라 분장·의상, 소도구의 활용까지도 명시되어 있다. 주무는 주연으로 모든 연기를 주동하는데, 상신·공수 과정에서는 신격의 역할까지 맡아서 일인 전역으로 연기하는 게 주류이고 원칙이다. 더러는 조무·악사들의 조연이 나와 협연하는 것까지 알려 주고 있다. 나아가 재수굿의 거리에 부수·삽입되는 마부놀이, 소놀이굿, 오구굿 중의 중잡이놀이 내지 동해안 별신굿 중의 도리강관원놀이에 무당 이외의 등장인물이 복수로 나와 독특한 연기를 하도록 제시되어 있다.

한편 무가에서는 거리마다 무당들이 가창한 창사, 가요가 많이 예시되어 있다. 동양·한국의 고전희곡에서 핵심·요건이 되는 게 바로 극중의 창사라 하겠다. 따라서 이 무가 속에 들어 있는 청배·타령 등의 창사가 단가(시조)·사설·가사·잡가·민요 같은 장르로서 삽입되어 있는 것은 그것의 희곡적 성향을 실증하는 셈이다. 이것들은 자생한 무가의 일면이 있지만, 대부분 다른 시가로부터 차용·변환시킨 것들이라 하겠다.

무엇보다도 무가에는 대화가 발달되어 주축이 되어 있음을 보인다. 희곡을 대화의 문학이라 하거니와 무가는 그 대화 위주로 전개되어 그 희곡성을 강화하고 있다. 때로 무당이 독백도 하고 자문자답도 하고, 무당과 신위의 공수 대화, 신위와 유족, 무당과 관중의 대사 등이 실로 이 무가의 희곡적 성격을 결정해 주고 있다.

이와 같은 요건을 모두 갖춘 가운데 등장인물들이 극적 사건을 가창·강설·독백·대사 등과 행동·연기로 밀고 나가도록 지시하고 있다. 물론 그 사건의 진행은 이른바 기·승·전·결로 이어지면서, 발단·상승적 동작으로 밀고 나가 절정에 오르고, 다시 하강적 동작으로 내려오면서 극적 전환을 가져오고, 마침내 대단원을 이루는 것으로 명시되어 왔다. 이로써 무가는 극본으로서, 희곡에 적합한 모든 요건을 갖추었기에 무속계 희곡이라고 규정하여 마땅하겠다. 무가는 막연한 극본·희곡이 아니다. 전술한 대로 그 굿의 연극적 장르에 따라 분류·전개되고 있기 때문이다.

첫째로, 무가는 가창극본으로 전개되었다. 물론 무가 전체는 문자 그대로 창사가 주조를 유지하고 있으므로, 일대 가창극본이라 해도 무방할 것이다. 그리고 각 거리 단위로 본다 하더라도, 청배·타령 등의 창사가 주축을 이루고 있기에, 가창극본이라 해야 마땅할 터다. 물론 각 장에 따라 가창 세력의 강약이 다른 것은 사실이지만, 각 거리 모두 가 가창극본의 형태로 전개되고 있는 것은 분명하다.

둘째로, 가창극본에 무당·조연, 유족·관중들의 춤사위가 융화· 제시되면, 그 거리는 가무극본으로 규정·행세할 수가 있겠다. 위 각 거리는 원칙적으로 춤사위를 갖추게 마련되었지만, 그 전체의 흐름에 따라 춤사위가 강화되는 경우가 있다. 가령 부정거리나 말명거리, 산 상거리, 제석거리, 성주거리, 뒷전거리 등에서 춤사위가 약화 제거된 데에 비하여, 가망거리와 대감거리, 군웅거리, 창부거리 등은 춤사위 가 강화되어 각기 가무극본으로 전개되었던 것이다.

셋째로, 무가는 전체나 각 거리가 모두 강창극본의 형태로 전개된 것이 분명하다. 기실 무가는 무당이 중심이 되어 강설한 서사문맥과 가창한 가사가 조화되고 그 연기 지시가 덧붙어 이룩되었기 때문이다. 각 거리 단위로 볼 때, 먼저 부정거리부터가 강창극본의 성향을 보이 고, 가망거리와 말명거리 등을 거쳐 그 성향이 더 강화되면서, 제석거 리 내지 성주거리에 이르면 그 성향이 최고조에 달한다. 그 무당이 가 장조로 구연한 서사무가, 「당금애기」·「성주풀이」 등이 강창극본의 특성을 확보하고 있기 때문이다. 이쯤되면 강창극본이 판소리 창본과 상당히 접근하여 전개된 것임을 유추할 수가 있겠다.

넷째로, 무가는 각 거리마다 대화극본의 성향을 나타내고 있는 게 사실이다. 대화극본은 문자 그대로 대화가 주축이 된다. 그렇다면 각 거리가 공수 과정에서 무당의 독백이나 신위와의 대화, 무당에 실린 신

위와 유족·관중과의 대화, 무당과 조연·악사·유족·관중과의 대화
로 이어진 것은 분명 대화극본의 성향을 보이는 현상이다. 그러나 이
런 정도의 거리는 대화극본으로 규정될 수가 없다. 적어도 무당이나
다른 주인공을 중심으로 2인 이상이 등장하여 어떤 의도와 행동으로써
대화를 나누어 사건을 진전시켜야 비로소 대화극본이라 할 수 있기 때
문이다. 이런 기준으로 보면, 별상거리나 대감거리, 마부놀이, 소놀이
굿, 오구굿의 중잡이놀이 별신굿의 도리강관원놀이 등의 대본은 대화
가 본격화되어 대화극본으로 행세하였던 것이다.

　이상과 같은 극본들은 모두가 소박한대로 희곡임에 틀림이 없다. 고
전시대에 그것이 비록 '희곡'이라 불리지는 않았지만, 굿이 연극인 바
에는 무가가 희곡이라는 것은 너무도 당연하기 때문이다. 기술한대로
이 굿이 한국연극의 주류를 이루면서 서사문학을 수용·극화함으로써
그 무가는 극본 즉 희곡으로 전개되었다는 사실이다. 여기서 역대 서
사문학이 어떤 형태로든지 극화되었다면, 그 극본은 그대로 희곡으로
행세·전개되었으리라는 추론이 가능해진다.

5. 결론

　여지껏 굿이 연극이라는 전제 아래, 그 무가의 서사적 구조와 희곡
적 전개 양상을 재수굿을 중심으로 고찰하여 보았다. 그 요지는 다음

과 같다.

①굿은 연극이라 공인되어 있다. 그 중 재수굿의 12거리는 전체적으로나 각개 거리의 연극적 상황으로 보아, 가창극·가무극·강창극·대화극 등의 형태를 취하고 있다. 따라서 이 무가는 그 연극 형태에 따라 가창극본·가무극본·강창극본·대화극본 등의 장르로 분류·규정되었다.

②무가의 서사적 구조는 입체적이고 종합적이다. 먼저 그 거리마다 들어 있는 서사무가는 그대로 서사문학이고, 각 거리 자체가 엄연한 서사적 구조를 확보하고 있으며, 따라서 그 무가 전체가 유기적으로 연결된 종합적 서사구조를 유지하고 있는 것이다. 이러한 무가의 서사적 구조는 서사문학·소설 형태로 변환·전개되기도 했지만, 오히려 무가가 저쪽의 그것을 수용·개발한 경향이 더욱 농후한 터라 하겠다.

③무가는 서사문학·소설 형태를 흡수·극화하여 각개 극본으로 형성시켰다. 그 극본은 고전희곡으로서의 모든 요건을 갖춤으로써, 어엿한 희곡으로 행세할 수가 있었다. 그 희곡은 가창극본·가무극본·강창극본·대화극본 등의 형태로 조정·전개되었던 것이다.

이로써 유구한 전통의 굿이 연극적으로 전개되어 한국연극사의 주류를 이루었고, 따라서 그 무가, 극본이 희곡 양식으로 면면히 계승되어 한국 희곡사상의 뚜렷한 흐름을 유지하여 왔던 것이다. 이러한 무속극의 희곡만이라도 계통적으로 파악된다면, 그동안 묵살·방치되었던 한국 희곡사가 그 일부라도 보충·재구되리라고 보아진다. 굿이 서사문학·소설 형태를 수용·극화하여 이를 희곡 양식으로 전환시켜 온 것이 확실하므로, 굿의 연극사와 서사문학사가 공존하는 한, 그 희곡사는 족히 탐구·복원될 수가 있겠다. 전술한 대로, 연극사가 완전하면 희곡사도 완전하다는 전제와 함께 극화·실연 과정이 희곡을 생산하는 용광로라고 본다면, 그 시대에 상응하여 연극이 실존하고 서사문학·소설 형태 내지 시가문학이 상존하는 한 한국 희곡사는 전면적으로 재구될 수가 있다는 것이다. 그리하여 이것은 후대 다른 문학 장르와의 유기적 관계 속에서 한국문학사의 전체적 흐름을 합리적으로 체계화하는 데에 하나의 계통적 지표가 되리라 믿는다.

신앙의례와 희곡문학

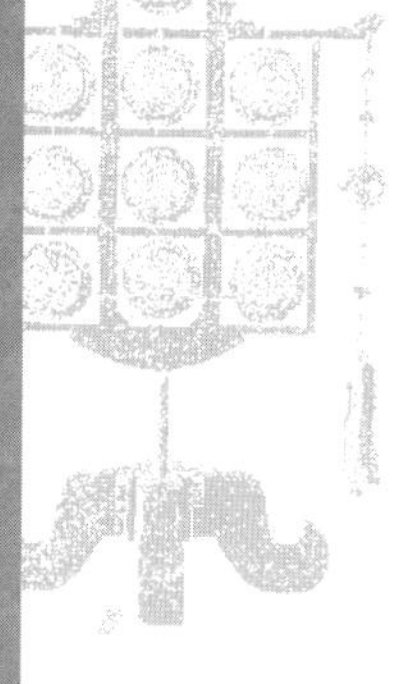

제1장

『법화영험전』의 문학적 양상

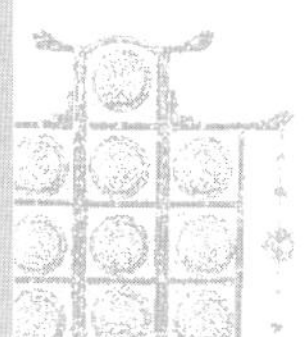

1. 서론

무릇 불교를 신앙·정진하는 문이 전방위로 열려 있지만, 그 중에서도 영험의 문이 가장 절실한 핵심이라 믿는다. 세상 어떤 방편으로든지 그 문에 들어가 불법을 깨닫고 확신하며 실천함으로써, 마침내 성불하여 안락과 행복을 누리게 되는 것은 실로 이 영험을 통해서만 실증될 뿐이기 때문이다. 그러기에 이 불교에서는 신앙과 정진의 중심에 서서 기도와 영험을 만날 수밖에 없다.

기실 기도하여 영험을 체달한다는 것은 종교 일반의 공통점이라지만, 불교에서는 결코 미신이나 광신을 떠나서, 인과의 엄연한 법칙과 주고받음의 엄밀한 원리에 의하여 과학적으로 현현·증명되는 터다. 그것은 인과의 법칙을 바탕에 깔고 작용과 반작용의 관계로 전개되기 때문이다. 누가 뭐래도 세속에서나 신앙에서, 주면 받고 받으면 주는 것은 하나의 철칙이 아닐 수 없다. 비유컨대 세속에서는 백百을 주면 백을 받는 게 원칙이지만, 신앙에서는 온통 바치면 온통 주시는 게 정칙이다. 어느 누구든지 깊은 신앙 속에서 자신의 모든 것을 온통 바치고 심신을 다하여 기도했다면, 그 대상 삼보도 이미 지니신 바 무한한 법력·권능을 온통 내리실 것이 확실하기 때문이다. 이것이 신앙 속에서 온통 주고받는 백 프로의 작용과 반작용이라고 확신한다. 그리하여 신앙·기도한 사람은 자기의 백을 백 프로로 바쳤을 뿐인데, 그 보답·가피가 상상 밖으로 내려지니까, 이를 기적·신이한 영험으로 수용·감격하고 안락·행복을 만끽할 따름이라 본다. 그러니까 진정한 기도는 수량으로 통하는 게 아니라, 온통의 정성으로 성취되는 것이라 하겠다. 그러기에 그 빈녀가 가진 것을 다하여 일등을 올리고, 그 대성이 머슴살이로 얻은 밭을 바쳐 이적·영험을 나타내었던 터다.

이러한 기도와 영험은 삼보 전반에서 이룩되었지만, 특히 법보 경전에서 현저하게 나타났고, 지금껏 계속되어온 게 사실이다. 그래서 경전신앙에서는 이를 일러 '지경영험'이라 이르고, 일찍부터 이른바 『지경영험전』을 찬성해 냈던 것이다. 실제로 강희 25년(1686)에 전라도 금화산 중광사에서 개간한 『지경영험전』에는 『화엄경지험기』와 『금강경지험기』·『법화경지험기』·『관음경지험기』 등이 망라되어 그 영험의 실상을 보여 주고 있는 터다. 이러한 불경영험기가 경전영험전으로 보편화되어, 흔히 경전영험담을 구비나 문헌으로 널리 유통시켰던 것이다. 그리하여 그것은 이런 경전 그 원전 자체보다도 더욱 신앙적 설득력을 가지고 강력한 역량을 발휘했던 것이다. 기실 평상적인 신도나 일반 대중들은 그 경전의 원문은 자세히 몰라도 이 영험담을 통하여 감화·감명을 받아 왔기 때문이다. 그리하여 경전영험은 신앙·기도의 성과로서, 그 꽃으로 피어나고 열매로 맺어졌던 터다. 따라서 이러한 영험의 실상이 오랜 역사를 이루면서 보다 전문화되어, 그 경전을 모셔 가지는 지경공덕, 그 경전을 읽고 외우는 독경공덕, 그 경전을 강설·유포시키는 간경공덕, 그 경전을 필사·선양하는 사경공덕 등으로 융성·전개되었던 것이다.

그 가운데에서도 법화영험이 가장 탁이한 게 사실이다. 원래『법화경』이 '묘법연화경'으로서 경전 중의 연화와 같이 꽃을 피우며 열매를 맺고 있기 때문이다. 그래서『법화경』은『화엄경』과 함께 최고·최상의 경전임에 틀림없다. 그러기에 위 증광사『지경영험전』의 발문에서도 "『법화경』·『화엄경』두 경전은 세존께서 설법하신 최상·제일의 대승이라"(백암사문 성총)고 천명하였던 터다. 따라서『법화경』을 신수·정진하는 진실한 신앙 속에서 온통의 기도를 통하여 발현·성취되는 영험이 최상·제일이라는 점은 당연한 결과라고 확신된다. 실제로『법화경』의 신앙·기도와 영험은 경전의 전래·유통과 역사를 같이 하면서, 승·속, 상하 민중 가운데서 장엄한 연화로서 찬연히 꽃피고 열매시었던 것이다. 그리하여『법화경』의 영험은 인도를 비롯히어 중국·한국·일본 등에 걸쳐 그 확연한 실상을 유지하며, 그 융성한 신앙사·영험사를 이루어 왔던 터다. 이『법화영험전』류는 한국과 중국 사이에서 운명을 같이하면서 교류·상응하여 왔다. 그러기에 중국에서는 혜상(당)의『홍찬법화전』(10권)을 비롯하여 종효(송)의『현응록』(4권),『영서집』·『대송고승전』·『태평광기』·『고승전』·『속고승전』·『법원

주림』등이 법화영험담을 실어 줄을 이었고, 한국에서도 이에 상응하여 진정(고려)의『해동전홍록』(4권)과『민장사기』·『계림고기』, 일연(고려)의『삼국유사』, 각훈(고려)의『해동고승전』등이 법화영험담을 실어 큰 흐름을 이루었던 것이다. 이러한 영험적 실상과 영험사적 위상이 조화·유통되는 가운데서, 핵심적이고 체계적으로 찬성·편간된 것이 바로 요원(고려)의『법화영험전』이라 하겠다. 이것은 너무도 소중하고 값진 원전이기에, 이를 불교문화학적으로 제시·거론하는 일이 긴요하다고 보아진다.

그동안『법화영험전』에 대하여는 별다른 학술적 조명이 없었던 게 사실이다. 다만 황패강 교수가 이 원전을 발굴·검토하여, 그 해제 논문과 함께 영인본을 간행한 것이 대단한 업적이라고 보아진다. 이미 고전의 무덤 속에 묻혀 버린 이런 보전을 탐색·수습하여 학계에 공유의 원전으로 내어 놓은 것 자체만도 매우 값진 일이기 때문이다. 그런데도 이 원전이 간행·유통된 지 30여 년이 되도록 이에 관한 본격적 연구가 진행되지 않았다면, 필자도 그 책임을 면할 수 없기에 늦은 대로 이 작업에 착수하게 되었다.

이에 본고에서는 첫째,『법화영험전』의 찬성 경위와 유통 양상을 검토하겠다. 둘째,『법화영험전』의 구성 양식과 소재 내용을 요약하겠다. 셋째,『법화영험전』의 불교문화적 실상을 역사적·신앙적·문학적 측면에서 고찰하겠다. 넷째,『법화영험전』의 불교문화사적 위상을 계통적으로 파악하고 나아가 그 번역의 방향과 방법을 제시해 보겠다. 그리하여 국학계에서『법화영험전』을 여러 측면에서 조명하는 계기가 되기를 바랄 따름이다.

2. 『법화영험전』의 찬성과 유통

『법화영험전』은 고려대의 고승 요원이 편찬한 저명한 불서다. 그는 충혜왕 원년에 왕사가 되어 당시 불교계에서 상당한 위치를 차지하고 하화중생에 진력한 대덕이었다.(『고려사』 권36 「충혜왕」, 「원년 신미 2월 기미」조) 그의 행적이 기록으로 자세하지는 않지만, 고려 후기 불교계의 상황에서 왕사가 되었고, 그 사실이 고려 정사에 기록되었다는 그 자체만으로도 그 법력과 권능, 그 영향력을 족히 짐작할 수가 있겠다. 그가 『법화영험전』의 편찬 과정에서 참고·인용한 여러 불서를 보면, 당대 교학·선학에 밝은 학승이었으리라 추정된다.

이러한 요원이 당시 불교를 정화하고 법화신앙을 선양하기 위하여, 이런 영험전을 편성해 냈다는 것은 그의 뜻 깊은 업적인 동시에, 그 신앙사나 포교사상에 매우 중요한 의의를 지닌다. 그는 당시에 상당한 사명감을 가지고 이런 불서를 편성한 것이 사실이다. 그러기에 그는 단순한 사건을 창조적으로 기술한 것이 아니라, 지경영험 중 법화경영험을 택하여 광범위하고 정평 있는 영험기를 널리 구득·품평한 다음, 그 중 핵심적이고 요긴한 사례를 뽑아 성리하여 이런 불서로 편찬해 내었던 것이다.

그래서 요원은 이 책의 서록에서 『법화영험전』의 전거로 위 혜상의 『홍찬법화전』과 종효의 『현응록』, 진정의 『해동전홍록』을 들고, "이 삼전을 역람하고 그 중에서 가장 기이하고 특이한 사례를 초록하여 두 권의 책으로 합성하였다"고 기술하였다. 그런데 실제로 이 책의 본문을 다

살피면, 위에 든 전거 불서 말고도 「법화사비」·『이견우지』·『남산삼보감통록』·『석법안전』·『권적본전』·『사부관음전』·『천태별행소』·『수개황연중사』 등 많은 불서가 나타나니, 이 정선된『법화영험전』의 범위·영역이 그만큼 장원하고 광범하다는 것을 족히 확인할 수가 있다. 따라서 이 영험전이 고금의 법화영험류 중에서 단연코 빼어난 정화인 것만은 부인할 수 없는 사실이다. 그러기에 이 영험전은 사계에서 가장 소중하고 값진 명품·보전이라 하여 마땅할 것이다.

이『법화영험전』은 편성되자마자 유통되기 시작하여 점차 성황을 이루어 갔다. 그것은 우선 승가에서 구비나 필사본으로 유전되었던 것이고, 이어 그것이 판각본으로 제작되면서 그 유포·홍통에 박차를 가하게 되었던 게 사실이다. 그러한 목판본으로 판각·간행된 역사는 장구·광범하게도 불교계와 민간 사이에서 큰 흐름을 유지했던 것이지만, 그 문헌적 전거는 지극히 희귀하다. 고려 말, 묘혜 대사의 희사로써 이 영험전이 초간된 것은 적어도 이 방면의 획기적인 사건이었다. 이 목판본은 오래두고 적절한 시기에 얼마든지 인출·유통될 수 있기 때문이다. 이 소중한 판본은 판목과 더불어 경기도 화성군 동탄면 신리, 수원 만의사에 안치되어 있었다. 그것은 이 영험전을 당시나 후대에 제한 없이 인출해 내는 데에 기여하였을 뿐만 아니라, 그 당시나 후대에 걸쳐 유력한 사찰에서 동일한 판본을 판각·간행하는 데에 전범이 되었으리라 추정된다. 그만한 전거가 지금껏 발견되지는 않았지만, 『법화경』이나『금강경』 등 저명한 불경, 그리고『월인석보』와 같은 불전은 거의 동시나 후대에, 그만한 종횡의 유대를 가지고 공동 불사로서 판각·인출되었기 때문이다. 적어도『법화영험전』이 전래된 이래, 그 목판본으로 판각·인출되어 가장 뚜렷한 성세를 보여온 것이 사실이므로, 이에 따라 이 영험전의 판각·인행이 불교계의 시대적 요청에 의하여 성황을 이루었을 가능성은 얼마든지 있는 터다.

기실 이러한 판본의 목각판은 보존만 잘 되면, 두고두고 그 불서를 마음대로 인출할 수 있기에, 그 판목이 부휴·훼손되기까지는 100년 내지 300년 심지어는 1000여 년까지도 족히 활용되었던 것이다. 그것은 해인사의 대장경판이 바로 실증하고 있는 터다. 이『법화영험전』의 판본도 이와 같은 과정을 통하여 면면히 그 판각·인출의 역사를 유지해 왔지만, 그 확실한 전거를 찾기가 어렵다. 그런데 다행히도 가정 13년(중종 29년, 1534)에 전라도 고창 문수사에서 위 고려대의 그 목판본을 판하로 복각본을 판각·인행하였으니, 그 초간으로부터 거의 300년만의 일이었다. 이런 판각본 불사가 그 문수사에서만 추진되었을 리는 없고,『법화경』을 존숭·신앙하는 전국 여러 사찰에서도 동일한 불사가 이루어져서,『법화영험전』의 판본적 유통이 실로 원활했으리가 추측된다. 이 무렵에 저 대청산 중암의 개간본이 판각·인행되었던 것이다. 그에 대한 자세한 내력은 알려지지 않았지만, 그것이 1931년 조선불서간행회에서 간행한 영인본의 저본이 되었다는 것만은 확실하다. 이 문수사의 복각본으로부터 100여 년을 헤아려 순치 9년(효종 3년, 1652)에 전라도 보성군 오봉산 개흥사에서『법화영험전』이 중간되었다. 이것이 바로 1976년 단국대 출판부에서 영인·보급한 그 저본이 되었던 것이다. 이러한 목판이나 영인본이 개판·인행될 때에는 언제나 불교계나 신도대중에게 새로운 충격을 주고, 그 유통에 상상 밖의 활기를 띠었던 터다. 모든 서책이 다 그러하지만, 이런 불서는 실로 그 유통에

의하여 광포·수용되었던 게 주목된다. 그 유통이 바로 그 전파·교화
의 성패를 가름하기 때문이다.

　여기서 원전으로 삼은 것이 바로 개흥사의 판본, 단국대의 영인본이
다. 이 원전은 고금을 통한 『법화경』과 더부어 유통의 바다에서 헤엄
치다가 해면에 솟아 오른 빙산의 일각으로 다가왔다. 이 원전의 실상
과 위상을 고려한다면, 그것이 창해의 유주와 같이 보배로움을 새로이
실감한다. 이 원전은 전형적인 목판본 2권 1책의 한문본이다. 네 주위
가 단면으로 반곽의 크기가 14.5cm×18.8cm이다. 1면 11행 1행 20자,
주기는 쌍행으로 새기고 위 아래 내향 흑어미 판심에 '법화영험'이라
한 것, 표지 표제와 내표지의 주상삼전 축수문 등을 갖추어 조선 후기
목판본의 서지적 요건을 다 갖추었다. 관식사문 석요원의 서록이 나오
고, 이어 상하 57장 114면에 걸쳐 107편의 영험담이 전개된다. 끝으로
조모(혼기의 종중손, 조덕유의 아들)의 발문이 붙고, 위와 같은 간기가 역력
하게 자리하여 있다.

3. 『법화영험전』의 구성과 내용

　원전의 본문 첫면에 '법화영험전 상'이 보이고, 석요원의 서록이 이
어진다. 이어 직접 예화가 시작·전개된다. 전체적으로는 서설적 예화
가 나오고, 다음에 『법화경』의 품목별 예화가 계속된다. 제1단 서품으

로부터 제15단 보현보살권발품까지 4편 이상씩의 예화가 배치되고, 총
결적 예화가 제16단 내지 제17단에 걸쳐 전개되면서, 조모의 발문으로
마무리된다. 위 모든 예화들은 각기 우선 제목이 제시되고 본문이 나
오는데, 말미에는 반드시 인용 원전이 1건 이상 명시되는 게 특징이다.
다음에 그 구성과 내용을 문단 표시와 제목에 맞추어 요약·열거해 보
겠다.

『법화영험전』 권상

서록, 관식사문 석요원이 기록하다.

○ 서설적 예화
① 최초로 『법화경』을 번역·강설한 고승이 열반하여 다비하니, 그 혀
　만은 타지않다.(園茋呈祥)
② 『법화경』에 정통한 법사가 한 절에서 이 경을 강론하니, 하늘이 감동
　하여 꽃비를 내리다.(天花現瑞)
③ 『법화경』을 상송하는 법사가 제자의 죽음에 이 경을 서사하여 재를
　올리니, 그 제자는 이 경의 묘지를 쓰는 순간에 좋은 곳에 나다.(妙字
　始成便生勝處)
④ 참선을 상수하는 승려가 죽은 동학을 위하여 『법화경』을 사성하고 재를
　지내니, 그 동학은 이 경의 제목을 쓰는 순간에 명부에서 벗어나다.(題目
　纔寫已脫冥司)

제1단 서품의 영험예화

① 『법화경』을 독송한 한 거사가 죽어 염라국에서 이 경의 서품을 창송
  하니, 그 공으로 지옥의 중생들이 다 벗어나다. (唱題之頃地獄皆空)

② 명부에 다녀 온 향인의 전언을 들은 남편이 종이를 사다 『법화경』을 필사·
  재의하니, 그 부인은 이 공덕으로 이미 천당에 왕생하다. (買經之時天堂已化)

③ 『법화경』을 상독하여 금색광명인의 감응을 받은 비구에게, 왕이 감동하
  여 그 비구가 가는 길에 머리를 풀어 깔고서 밟고 가게 하다. (國王布髮)

④ 향촌의 한 거사가 출가하여 『법화경』을 독송하고 환속해서도 가업과 함께
  이 경을 항송하니, 천제가 감동하여 황금을 내려 주어 빈한을 면하다. (天帝
  賜金)

제2단 방편품의 영험예화

① 죽어 지옥에서 수고하는 부인을 위하여 『법화경』을 필사하니, 그녀
  가 순식간에 천당에 왕생하다. (亡婦生天)

② 평소에 『법화경』을 독송하던 사람이 군역에 가서도 이 경을 상송하니, 신승
  의 지시로 살아 남고, 염왕국에 가서도 극진한 예우를 받고 소생하다. (神人
  指路)

③ 『법화경』을 학습한 법사가 이 경을 강설하니, 학불자들이 귀의·청
  강하고 한 겨울에 연꽃이 피며 짐승들까지 감복하다. (蓮開臘月)

④ 『법화경』을 상송하고 정성으로 수행하는 거사가 병환 중에 부처님의
  수기를 받고 염마천에 나게 되다. (佛記生宮)

제3단 비유품·신해품·약초유품·수기품의 영험예화

① 평소에 『법화경』을 독송하던 거사가 염왕국에 가서 그 독경력으로 예
  우를 받고 재생하여, 이 경을 금자로 써서 공양하다(經卷重而罪案輕)

② 평소에 『법화경』을 독송하는 승려가 병환 중 꿈에 염라왕 앞에서 그
  비유품을 외우니, 병도 낫고 수한이 길어지다.(時患病而壽卜永)

③ 80여 세의 노인이 『법화경』을 상독하고 전심 청결하니, 30년 동안 매
  야에 이 경을 읽으면 밤이 대낮같이 밝다.(夜明如晝)

④ 박학다식하여 『법화경』을 설법하는 법사가 가뭄을 만나 이 경의 약
  초 비유품을 강설하니, 용의 감동으로 비가 내리다.(時雨普霑)

⑤ 출가·정진하는 승려가 『법화경』을 3천편이나 독송하니, 향로에 불
  도 없는데 향연이 스스로 일어나다.(爐不藝而自熏)

⑥ 양안을 잃은 거사가 모친의 구수로 『법화경』을 일만칠천편이나 독
  송·전념하니, 눈이 없어도 잘 보고 수승하게 신행하면서, 71세에 죽
  어서도 크고 생동하는 혀를 남기다.(瞽叟無目而能覩)

제4단 화성유품의 영험예화

① 날짐승이 승려의 『법화경』 독송성을 듣고 업신을 벗어나 가까운 산
  하 왕씨의 아들로 태어나 고승으로 행세하다.(羽族慣聞而便脫業軀)

② 『법화경』을 상송하는 비구가 나찰귀녀에게 환란을 딩하다가, 『법화
  경』을 독송하는 소리에 깨달아 그 귀난을 면하다.(比丘暗誦而得離鬼難)

③ 승몽을 얻고 태어난 법사가 전생의 제자를 만나, 그 당시에 왕을 위
  하여 『법화경』을 강론한 사실을 회상하다.(成悟前生之師弟)

④ 『법화경』을 즐겨 읽던 승려가 홀연히 죽어 다른 집안에 생장하고, 또
  출가해서 『법화경』을 편애하다가 그 경전으로써 이세 부모를 확인·

통교하다. (通交二世之爺孃)

제5단 오백제자수기품・수학무학인기품의 영험예화

① 한 승려가 절에서 『법화경』을 독송하는데, 들꿩이 그 독경성을 들은
공덕으로써 동자로 태어나 그 승려에게 출가하다. (野雞忽爾轉身)

② 『법화경』을 상송하던 승려가 죽어 염라왕 앞에서 그 경을 독송하니,
그 왕이 찬탄하고 수한을 연장하다. (閻王聳然彈指)

③ 매일 『법화경』을 독송하던 승려가 득병해서도 더러운 약을 먹지 않고
이 경을 천 편이나 읽으니, 몽중에 이승의 제호를 먹고 쾌차하다. (融酥
滿器)

④ 평생 『법화경』을 독송하던 노승이 고성 송경하니, 수천 신병이 차
수・경청하며 그 신변을 옹위하다. (兵衛盈空)

⑤ 『법화경』을 상송・능통한 승려가 불손하여 왕이 미워하고 몰래 죽이
려 하니, 꿈에 신인이 경고하여 배를 타고 도망하다. (神人警寢而進船)

⑥ 신불 귀공녀가 백련사를 짓고 무량수불을 조성하며 금자로 『법화경』을
조성・장엄하니, 천제가 그 경전을 맞아 도리천에 수장하다. (天帝邀經而入藏)

제6단 법사품・견보탑품의 영험예화

① 새로 부임하는 관원이 귀병을 만나 위기에 처했으나, 『법화경』을 상
지하여 위난을 면하다. (鬼不能害)

② 『법화경』을 상독한 거사가 염라왕 앞에 끌려가 중죄의 과보로 혀를
빼서 갈 것이로되, 이 경을 읽은 공덕으로 살아나다. (舌不可耕)

③ 거부가 선행 중에 큰 자라 50수를 5만전에 방생하고 그 돈을 돌려 받

은 뒤에, 『법화경』을 상독하고 많은 인원을 동원하여 사경·유통·
공양하다.(皂客還輸本錢)

④ 『법화경』을 상송하는 법사에게 선옹이 나타나 그 보탑품을 읽어 달
라고 청하다.(仙翁特講一品)

⑤ 『법화경』을 상송하는 승려가 이 경의 견보탑품에 이르니, 공중에서
수십 개의 탄지가 내려오다.(空中彈指)

⑥ 『법화경』을 풍송하는 법사가 이 경을 강론하니, 각종 날짐승이 감복하여
날아들고 좌상에 향기가 나며 홀연히 보탑·성상이 현현하다.(座上生香)

제7단 제바달다품·지품의 영험예화

① 『법화경』을 지송·정진하던 고관이 죽어, 역시 이 경을 독송하는 동
생의 꿈에 나타나 구품연대에 탁생하였음을 알리다.(身托蓮胎)

② 『법화경』을 상송하던 승려가 병없이 죽었다 깨어나서, 극락정토 구품연
대의 연화대마다 왕생할 인명을 표시하였다고 말하다.(名標花座)

③ 신심이 장한 청년이 노승을 만나 그 처소에서 『법화경』을 배워 독송하며
정진하다가 문수보살을 친견하고 이 경에 전념하여 대성하다.(聖僧敎誦)

④ 지자를 만나 법화세계를 대오한 신라 고승이 이 경의 강론에 출중하여,
천제가 그 강설을 요청하고 해신이 용궁에서 그 강설을 듣다.(海神請聞)

⑤ 한 노승이 『법화경』을 독송하면서 정진하는데, 그 독경성을 들은 집
비둘기가 전신하여 어떤 집의 아들로 태어나다.(鴿受人身)

⑥ 『법화경』을 독송하는 승려 앞에 칙간의 귀신이 나타나 그 업신을 벗게
해 달라기로, 이 경의 일부를 조성·설재하여 환생시키다.(鬼脫厠報)

제8단 안락행품의 영험예화

① 중국 대선사에게 법화 사안락행을 전수받은 신라 법사가 용궁에 들어가
『법화경』을 강설하고, 귀국하여 건사하고 이 경을 널리 펴다.(龍天請講)

②『법화경』을 독송하며 정진하는 승려가 법력이 높으니 범이 감동하고
귀신이 흠모하여 이 경을 강설해서 업보를 면케 한다.(鬼虎欽風)

③『법화경』을 항시 강설하는 법사에게 맹수·독충·요정이 접근하나
동요없이 이 경을 강설하니, 그 법력에 선학이 감응하다.(仙鶴來儀)

④ 날마다 『법화경』을 독송하는 승려에게 들꿩이 와서 독경성을 듣고
가더니, 그 공덕으로 어떤 집의 아들로 태어나다.(野鷄轉報)

⑤ 한 승려가 『법화경』을 독송하니, 그 법력으로 정병에 물이 스스로 가
득해지다.(瓶水自滿)

⑥ 한 청신사가 『법화경』을 상송하니, 신이한 향기가 널리 펴지다.(異香普熏)

⑦ 불법을 심신하는 관원이 『법화경』을 상송하니 '경'자에서 광채가 나다.
(經字放光)

⑧『법화경』을 봉독하는 승려가 산신의 감동으로 많은 빈민을 구제하
니, 짐새의 무서운 독도 침범할 수 없다.(鴆毒無驗)

제9단 종지용출품 · 여래수량품 · 분별공덕품의 영험예화

① 한 왕자가 『법화경』을 조성하는데, 그 경전을 필사하다가 잘 못된 어
구를 신인이 보완해 주다.(冥授補厥)

② 문재가 뛰어난 관원이 『법화경』을 상송하니 황제가 친히 그 경전에
능통함을 시험해 보다.(帝親試通)

③ 평생 『법화경』을 독송한 법사를 염라왕이 우대하고 그 연장된 수한

을 그 어깨에 적어 주다.(賜壽題肩)

④『법화경』을 독송하는 부인의 병세에 상응하여 몽중의 고승이 약물을
　주다.(應病授藥)

⑤ 관상 보는 사람이 예견한 고관의 단명을 왕명에 의하여 승려들이『법
　화경』법회로써 연장하다.(相師已定豈期延壽)

⑥ 평생『법화경』을 봉독하던 승려가 천제의 부름을 받고, 바로 서방으
　로 향하다.(天帝相邀却向西方)

법화영험전 권상(종)

법화영험전 권하

제10단 수희공덕품・법사공덕풍의 영험예화

①『법화경』을 통송한 승려가 황제의 몽중에 나타나서, 대찬과 함께 호
　주천하상좌라는 칭호를 받다.(湖州天下上座)

②『법화경』의 독송성을 엿들은 여인이 죽어 묻으니, 그 위에서 연화가
　피어나다.(埋卽生蓮)

③『법화경』을 독송한 속사가 죽어 화장하니, 그 혀만 남아 이 경을 풍
　송하다.(舌常諷典)

④『법화경』을 항송한 승려가 숨어 살던 가마에 기와를 구우니 문득 연
　화의 형상이 생겨 세속을 경책하다.(窯瓦便作蓮花而驚俗)

⑤ 전장에서 실종된 아들을 위하여 서사한『법화경』1권이 해중의 풀다
　발로 변하여 그 생명을 구제하다.(亟經化爲草束拯生)

⑥『법화경』강설을 듣고 발심한 청신사가 바라문승에게 이 경을 받아

독송·능통하여 다시는 잊지 않다.(經一通而更不忘)

⑦『법화경』을 상송하여 신통한 승려들에게 촌가 빈녀가 두발을 세 번이나 깎아 팔아서 공양하는데, 그 머리털이 문득 자라나다.(髮三易而輒自長)

제11단 상불경품·여래신력품·촉루품의 영험예화

① 신불하는 효자가 시묘하면서 『법화경』을 독송하니, 그 묘 옆에 지초가 스스로 솟아나다.(芝生墓側)

②『법화경』을 독송하던 승려가 난리통에 굶어 죽어 폐허에 묻혔는데, 그 설근에서 연화가 피어나다.(蓮出舌根)

③ 한 법사가 『법화경』을 능통·강설하는데 그 펼쳐진 경문 '佛'자 안에서 사리가 나오다.(舍利流出於全文)

④ 황족이 『법화경』을 송념하고 법화의기를 지어 강설한 뒤 꿈 속의 다보불탑에서 광명이 비치다.(光明照耀寶塔)

⑤『법화경』을 정성껏 독송하니 병의 물이 겨울에는 따뜻하고 여름에는 차갑다.(瓶水冬溫夏冷)

⑥『법화경』을 상송하는 승려가 가는 곳마다 천병이 땅과 공중에 늘어서 보위하다.(天兵匝地盈室)

제12단 약왕보살본사품의 영험예화

① 한 벼슬아치가 임지로 부임하다가 한 마을에 이르러, 전생에 남의 처로서 『법화경』의 독송에 전념했던 사실을 스스로 회억해 내다.(自識前身)

② 사미가 『법화경』을 독송·능통하는데 약초유품의 2자를 통하지 못

하니, 그 전생의 연유를 이르다.(二字難通)

③『법화경』을 강설하는 승려가 이 경의 법회를 열고 전단향을 피우니, 원촌의 환자가 그 향기로써 치유되다.(檀香遠達)

④『법화경』을 오래 독송한 여인이 중병으로 위독하여 치유를 서원하니, 꿈에 부처가 어루만져 낫게 하다.(佛手親摩)

⑤어려서 출가하여『법화경』을 일만삼천편이나 독송한 승려가 피로하니, 산신의 배려로 약의 정령이 품속으로 들어가자.(藥精入懷)

⑥『법화경』을 상송하는 승려가 미륵궁전 앞에 연못을 지으니, 그 물을 마시는 대로 병환이 낫다.(池水療病)

⑦한 선사가 문둥병자에게『법화경』을 읽혀 그 병을 고치다.(癩瘡卽愈)

⑧병이 들어 기력을 잃은 승려가『법화경』을 독송하여 큰 힘을 얻다.(氣力鬱增)

⑨병에 거려 위급한 환자가『법화경』을 독송하여 바로 낫게 되다.(急疾乃瘳)

⑩한 승려와 한 여인이 대풍창에 걸리고도『법화경』을 상송하여 그 병이 낫다.(大風亦利)

제13단 묘음보살품의 영험사례

①『법화경』을 필사하여 지옥에 떨어진 모친이 좋은 곳에 태어나다.(亡母脫苦)

②한 승려가『법화경』을 녹송하여 신인이 공중에서 경정하니, 다른 승려가 이 광경에 감복하여 같이 이 경을 봉독하다.(神人住空)

③큰 배를 타고 넓은 강을 건너다 60여인이 몰살을 했는데도,『법화경』을 독송하고 경함을 인 여인 한 사람만 살아나다.(水不能漂)

④한 도사가 발심하여『법화경』을 독송하니, 죽어서도 향내가 나고 혀가 산 사람과 다름이 없다.(屍不生臭)

⑤『법화경』을 독송한 승려가 도적에게 붙잡혀 죽을 고비에서 탈출하고 두 마리 범의 도움으로 살아나다.(虎吼退賊)

⑥『법화경』을 여법하게 수지 독송하는 비구니가 완악한 고관을 금자 경문으로써 감복·귀의시키고 이 경을 널리 펴다.(字化爲金)

제14단 보문품의 영험예화

①한 승려가 출가 전에 홀로 가다가 사방의 큰 불을 만나 관세음보살을 염하여 살아나서 출가하다.(火不能燒)

②『법화경』 보문품을 상송한 사람이 강물에 빠져서도 송경하여 살아나고, 물에 떨어진 사람이 관음보살을 염하여 기적으로 살아나다.(水不能漂)

③외국 백여 인이 배를 타고 가다가 악풍을 만나 귀국에 떨어져서 모두가 관음보살을 칭념하여 귀난을 면하다.(脫羅刹難)

④상선을 타고 가다 실종된 아들을 모친이 보문품의 신앙과 관음기도로써 기적적으로 구제·상봉하다.(黑風吹其船舫)

⑤참형을 받게 된 도적이 일찍이 관음금상을 공양하고 상투에 지닌 공덕으로 칼이 부러져 죽음을 면하다. 또 한 범법자가 사형에 임하여 일심으로 관음을 칭명하니 칼이 부러지고 밧줄이 끊어져 죽지 않고 오층탑을 세우다.(刀段段壞)

⑥높은 사람 둘이 연루되어 법정에 서는데『법화경』 보문품을 천편이나 독송하여 가쇄를 벗다. 또 한 사람은 옥에서 죽음을 기다리는데 3일 삼야 관음을 칭명하여 그 가쇄를 벗어나다.(枷鏁自脫)

⑦산중에서 약초를 캐다 식인 오랑캐에게 잡혀 먹히게 된 승려가 관음

을 일심 칭명하여 살아나다. 또한 고관이 적병에게 붙잡혀 죽게 되니 관음을 지심·전념하여 죽음을 면하다.(賊不能害)

⑧ 한 사람이 50세가 넘도록 자식이 없어 승려의 말대로 관세음경을 지심 독송하니, 그 부인이 아들을 낳다.(求男得男)

⑨ 황제의 어찬에 오른 조개로부터 관음보살상이 현신하니, 황제와 승·속이 예경하고, 고승을 청하여 증명·설법케 하다.(現身說法)

⑩ 관음보살이 동녀로 화신하고, 『법화경』을 암송하는 마랑의 신부가 되자마자 급사하는 방편을 통하여 정법을 확신시키다.(顯童女身)

⑪ 관세음보살이 비구니로 현신하여 가무로써 고승의 병환을 낫게 하다.(顯比丘尼身)

제15단 다리니품·묘장엄왕품·보현권발품의 영험예화

① 『법화경』 지송을 일과로 하는 승려가 권발품에 이르면 보현보살이 현신하는데, 그 주력으로써, 향인·부녀의 병을 퇴치하다.(祟自出竇)

② 『법화경』을 상송하여 다라니품에 이르러 영이함을 보이는데, 그 주력으로써 촌중의 병귀를 쫓아내다.(鬼乃扣頭)

③ 『법화경』을 독송하는 승려가 염라국에 가서 염라왕의 찬탄을 받으며 제사천에 나다.(閻王指送第四天)

④ 『법화경』을 지극 정성으로 독송하는 승려가 정결·분향하고 증험을 구하니, 보현보살이 육아상을 타고 나투시다.(菩薩來乘之牙象)

제16단 총결적 영험예화 제1

① 명가의 소녀가 출가하여 8·9세의 비구니로서 정좌하고 『법화경』 일

권을 다 외우니, 도속이 다 감탄하다.(幼尼誦出眞詮)

② 문자를 모르는 한 시녀가 병사해서, 한 범승을 만나 『법화경』을 배워 독송하고 깨어나, 이 경문을 범어로 암송하다.(侍女冥通梵韶)

③ 환란을 당한 한 승려가 『법화경』을 독송하여 배를 타고 위란을 벗어나서, 80여 명의 대중을 구제·편안케 하다.(舟人護涉)

④ 『법화경』을 상송하는 승려가 5만 편을 읽고 병도 없이 돌아 갈 때, 천악이 울리고 향기가 충만하다.(天樂來迎)

⑤ 조계로 출가한 승려가 『법화경』을 일배 일자 정서하여 장엄·예배·공양하더니, 일본 승려의 간구로 부촉·유통시키다.(深敬辯山人之精書)

⑥ 한 관원이 대승 재회를 대설하여 고혼을 공향·천도하고, 그 후로 『법화경』을 상독하여 고관대작에 오르다.(堪歌崔牧伯之慶會)

⑦ 음양·점복으로 연명하는 승려가 스스로 참회하고 『법화경』을 상독하니, 어둠 가운데 그 입에서 큰 광명이 솟아나다.(光明出於口角)

⑧ 『법화경』을 상독하는 거사가 노소 도속을 모아 이 경을 습송케 권장하니, 그 공덕으로 열반하여 무덤위에 연화가 피다.(菡萏生舌根)

⑨ 치사한 고관과 은퇴한 원로 40여인이 법화회를 결성하여 강설·설문하며 정진하니 모두 정토로 회향함이 자유자재하다.(宝岩徒之或講或疑)

⑩ 거사들이 법화회를 결성하여 이 경전을 강설·토론하니, 모두 정토에 묘승·회향함을 실증하다.(蓮華院之若讀若說)

⑪ 산사를 짓고 신행하는 거사가 아들을 잃고 산인을 시켜 『법화경』을 필서하니, 청조가 감복하고 아들이 천신으로 태어나다.(珍禽顯瑞)

⑫ 한 관원의 셋째 딸이 『법화경』을 상송하다가 죽어서 소원대로 법화법석을 여니, 그 법력으로 승처에 태어나다.(三妹告徵)

제17단 총결적 영험예화 제2

① 한 청신녀가 『법화경』을 상송하다 죽어서 장례한 지 10년 후에 개장하니, 골육은 다했는데 그 혀만 살아 있는 것 같다.(誦舌長存)

② 불법을 독신하는 관원이 『법화경』 등을 필사하고 그 와오를 검증하는 장소에서 불에 탔으나, 그 경문은 완연하여 변함이 없다.(燒經不改)

③ 『법화경』을 상지하는 비구니가 서인을 시켜 정성으로 사경·봉안하는데, 다른 승려가 이 경본을 억지로 가져다 강설하니, 그 경문이 다 없어져 기도하여 복원하다.(經無一字)

④ 청정·절행이 높은 비구니가 『법화경』을 주야로 독송하니, 그 손톱마다 꽃이 피다.(爪生五花)

법화영험전 권하(종)

발문, 조덕유의 아들이 짓다

간기, 순치 9년 임진 2월 일에 전라남도 보성군 오봉산 개흥사에서 중간하다.

4. 『법화영험전』의 불교문화적 실상

위와 같이 『법화영험전』은 다양하고 입체적인 실상과 탁이한 위상을 지니고 있는 게 사실이다. 그래서 이 영험전의 실상을 유형별로 모아서, 대강 역사적 실상과 신앙적 실상, 그리고 문학적 실상으로 나누어 볼 수가 있겠다. 그리고 이러한 실상에 기반을 두고 그 가치와 위상을 탐색·유추해 보는 게 순리라 하겠다. 『법화영험전』을 통관할 때, 거기에는 역사적 신빙성과 신앙적 영험성, 문학적 예술성이 유기적으로 조화되어 그 높은 가치로 승화되어 있기 때문이다.

1) 『법화영험전』의 역사적 실상

이 영험전의 각 편들은 모두 전기적 형태를 취하고 있다. 그러기에 이것들은 각기 시대적 근거와 지리적 배경을 가진 역사적 인물을 주인공으로 삼는 게 원칙이다. 그래서 시대가 불투명한 것도 많지만, 일단 제시된 그 시대적 근거는 다양하게 나타난다. 한·중의 역대 국가명과 그 왕조의 연호나 그 왕의 재위 연간 등을 내세운다. 기실 그 국가명이 그 시대성을 명시하고, 그 연호나 왕의 재위 기간 등이 연대를 구체화하기 때문이다.

이러한 시대적 구체화에는 정도의 차이가 있는 게 사실이다. 가령 막연하게 '옛날(석)'(원전 9쪽, 24쪽, 39쪽, 52쪽, 이하 '쪽' 생략)이라 표현하였고, 국가 명칭, '수시'(6, 43), '동진시'(21), '신라국'(26, 45, 92), 후위(54), '송조'(78), '당'(81), '진시'(95) 등으로 그 시대를 표시하였다. 나아가 '양무제 잠용시'(4), '숙종황제'(61), 오월왕(77), 경덕왕(92)이라고 왕대에 의지하는가 하면, '진 융안 중'(95), '수 개황 중'(4), '당 무덕 중'(7, 70), '당 대화 중'(95), '송 원가 말년'(26), '진문제 원가시'(29), '용삭 연간'(34), '동진 의 회 중'(54), '정관 연말'(46), '정화 연중'(56) 등이라고 개괄적인 연호를 사용하는 사례가 적지 않다. 이에 그 연호를 구체적 연대로 표시하니, '홍시 8년'(2), '원휘 2·3년'(12, 13, 19), '대업 13년'(17), '의봉 3년'(57), '현경 3년'(73), '천보 4년'(93) '정관 13년'(111) 등이 좀더 시대성을 명시하고, 게다가 '대업 2년 5월'(15)이나 '영융 2년 6월'(16), '무덕 5년 12월 6일'(65) 등과 같이 이를 더욱 구체화시켰던 것이다. 이러한 시대성은 사실적 고증의 여지가 있지만, 여기서 분명한 것은 이러한 시대적 표현이 『법화영험전』의 역사적 신빙성을 상당히 강화하고 있다는 점이다.

여기에다 지리적 배경을 결부시켜 그 역사성을 더욱 보완하고 있다. 이 배경은 국가의 명칭으로써 윤곽을 잡고, 그 지역·지방의 지명을 통하여 구체화되는 게 사실이다. 가령 '구자국'(2)으로부터 진나라·동진·수·당·송·신라·고려 등에 걸쳐 국가의 명칭이 나오고, 다음에 그 지역의 주·현명이 나오는 것이다. 실제 '빙익'(7)이니 '낙양'(8), '단양 소추촌'(10), '옹주 만년현 패곡'(12), '단양 연릉 신정'(14), '옹주 만년현 평강방'(15), '천주 양주'(35), '해동 웅천'(49), '회계 산음'(50), '경성 풍곡현'(53), '하북 무성'(57), '명주 봉화'(63), '단양 건원'(65), '여주 양현 북촌'(65), '옹주 남전'(67), '장안 교남'(86), '해동 나주'(106), '해동 상주'(107), '해동 송경'(108, 109) 등이 그 역사 지리적 배경을 실증하고 있는 터다. 나아가 이 영험전과 직결되어 그 지역의 산명·사찰명이 나와서 구체적인 배경·무대를 이룩하게 된다. 실제로 승려와 신자가 주인공이 되어 있으므로, 사찰이 주 무대를 형성하는 것은 당연하기 때문이다. 그 중에서도 뚜렷한 사례가 있으니, '반당 호구사'(28), '강양 영제사'(31), '양주 서령사'(39), '명주 개원사'(42), '병주 석벽사(47)', '가부성 치산사'(52), '강양 선중사'(52), '양주 장락사'(71), '황주 수화사'(74), '고산 함천사'(81), '금릉 치성사'(82), '수춘 영복사'(84), '경사 삼랑사'(98), '양주 백마사'(104) 등이 바로 그것이다.

이와 같은 국명·지명·사찰명 등이 고증의 여지를 가지고도 그 지리적 배경·무대를 이루어 그 시대성과 조화됨으로써, 영험전의 역사성을 강조하고 있는 터다. 이러한 시간성과 공간성의 좌표선상에서 그 주인공들의 구체적인 성명이 명기됨으로써, 역사적 성격을 구심적으로 부각시키고 있는 게 사실이다. 이러한 인명은 한·중의 저명한 사서나 인명록에 기입되었느냐 여부를 떠나서, 그들이 역사상에 부침했던 실제적 인물임을 표시한다는 보편적 인식 아래, 그 역사성을 뒷받침하고 있기 때문이다. 실제로 영험전에 나타나는 승려로서 '구마라집'(2)을 비롯하여 '법운'(4), '혜초'(4), '행견'(6), '법융'(14), '혜치'(17), '혜원'(18), '지담'(19), '법지'(21), '담제'(26), '도생'(28), '혜도'(29), '지장'(30), '승영'(31), '보결'(31), '도예'(39), '만상'(40), '현광'(49), '홍명'(50), '현벽'(51), '승정'(52), '법상'(54), '법랑'(57), '발증'(59), '홍조'(70), '지업'(71), '지엄'(73), '현수'(74), '정견'(79), '승영'(80), '법철'(81), '승환'(82), '현진'(84), '법지'(90), '혜달'(95), '경홍'(98), '보명'(100), '법지'(90), '혜달'(95), '경홍'(98), '보명'(100), '도진'(101), '지총'(104), '지우'(104) 등이 다 고승전류에 입적되었다고 확인할 수는 없지만, 불교사상에 실재했었다는 사실까지 부인할 수는 없을 것이다. 그리고 여기에 보이는 신불 관원 '이산룡'(7), '하현령'(8), '이우'(33), '옥엄'(41), '최언무'(75), '소장수'(85), '장만복'(88), '잠문본'(90), '서희'(95), '최린'(106), '김의조'(107), '호원궤'(111) 등과 청신사로서 '하현령'(8), '음명관'(10), '진법장'(12), '원지통'(20), '김과의'(26), '고문'(34), '고수철'(43), '앙가담'(53), '권적'(56), '양난급'(64), '사지장'(67), '위중규'(70), '조천수'(82), '사숭'(86) 등이나 그저 성씨만으로, 누구의 여·처·모로 표현된 청신녀 등이 한·중의 인명록에 기재되지 않았다손 치더라도, 그 시대에 생몰했던 실제적 인물임을 시인하지 않을 수가 없는 터다.

실제로 이러한 인물들은 영험전상에서 생동적인 언행을 통하여, 그들의 역사성을 구체적으로 펼치고 있는 터다. 게다가 그들의 언행은 합리적 사건을 이끌어 가는 데서, 그 전기적 사실성을 강화하게 된다. 따라서 여기에 등장하는 인물들의 모든 것이 그 역사성을 강화·실증하는 결과를 드러내게 되었다. 그리하여 이 영험전 자체의 역사적 실상은 확실하게 부각되었다고 보아진다.

이와 같이 영험전의 상·하한선을 통관할 때, 거기에 시대적 순차로서 하나의 역사적 맥락이 형성된다. 적어도 중국의 위진시대로부터 송내까지, 한국의 신라시대로부디 고려시대까지의 전기적 영험사, 신이 승전사나 재가신앙사 등이 어렴풋하게나마 파악되기 때문이다. 이러한 현상이 바로 이 영험전의 역사적 실상을 보완하고 있는 게 분명한 터다.

한편 영험전은 각 편 마다에 인용 서목을 1종 이상 명기함으로써, 그 역사적 신빙성을 확보하고 있는 실정이다. 기실 그 전후의 각 편에 의지하거나 그 원본이 불투명할 때에 이를 명시하지 않은 것이 10편 미만

일 정도이고, 단일 원본을 밝힌 것이 79편으로 대부분을 차지한다. 이어 그 각편에 2종의 원본을 '홍찬 제2권 급 현응록 상지'라는 식으로 기재한 것이 16편이나 된다. 나아가 각 편에 3종의 원본을 인용하여 '출영서집·홍찬전·현응록'이라 중첩시키고, 심지어는 각 편에 4종의 원본을 참조하여 '출 남산삼보감통록, 상견 홍찬 제9권·석법안전 급 현응록'이라 나열하고 있는 게 사실이다. 여기서 위에 든 원본 모두가 이미 정평 있는 사계의 불서로 공인되어, 그 자체의 역사성을 확보하고 있는 게 사실이므로, 이로부터 엄선·편집된 이 영험전이 그만한 역사적 신빙성을 갖추게 되었던 것이다. 따라서 이 영험전은 석요원이 임의로 저술·창작한 것이 아니라, '술이부작述而不作'의 역사적 관점에서, 가장 가치 있고 소중한 각 편을 선발·초록한 것이 분명한 터라 하겠다. 실제로 이러한 역사적 실상은 이 영험전의 신이성·신화성을 불신하거나 허탄시하는 사회적 통념에 대하여, 상당한 신뢰와 실감을 설득력 있게 심어 주는 역할·기능을 다했던 것이라 보아진다.

2) 『법화경영험전』의 신앙적 실상

원래 이 영험전이 신앙성을 핵심·주제로 삼고 있는 것은 자명한 일이다. 신앙성이 바로 영험으로 집약·표현되어 있기 때문이다. 이러한 신앙적 실상은 결국 기도와 영험의 관계로 나타나는 필연적 현상이라 하겠다. 그러기에 전술한 바 이 경전에 대한 기도의 방법과 그 정도에 의하여 그 영험의 성과가 다양하게 나타났던 것이다.

먼저 이 영험전은 『법화경』의 각 품에 의거한 영험예화를 들어, 신앙성의 전체적 윤곽이 잡히고 구체적으로 체계화되었다. 전술한 바, '서설적 영험예화'(1~7)를 비롯하여, '서품의 영험예화'(7~11), '방편품의 영험예화'(11~15), '비유품·신해품·약초유품·수기품의 영험예화'(15~20), '화성유품의 영험예화'(20~27), '오백제자수기품·수학무학인기품의 영험예화'(27~33), '법사품·견보탑품의 영험예화'(33~41), '제바달다품·지품의 영험예화'(41~48), '안락행품의 영험예화'(48~55), '종지용출품·여래수량품·분별공덕품의 영험예화'(55~62), '수희공덕품·법사공덕품의 영험예화'(62~70), '상불경품·여래신력품·촉루품의 영험예화'(70~75), '약왕보살본사품의 영험예화'(75~83), '묘음보살품의 영험예화'(83~90), '보문품의 영험예화'(90~99), '다라니품·묘장엄왕품·보현권발품의 영험예화'(99~102), '총결적 영험예화'(102~112) 등이 바로 그것이다. 이와 같은 품별 영험예화의 신앙적 유형화와 체계화는 실제로 편자 석요원에 의하여 독창적으로 이루어진 것 같다. 이러한 작업이 독특한 데다 그러한 전례가 아직도 확인되지 않기 때문이다. 여기서 신앙적 체계화의 중요성과 함께 석요원의 법화세계·영험세계에 대하여 주목할 필요가 있다.

여기서는 편사가 법화세계를 총체적으로 통달하고 동시에 그 품별 요지를 체달하였다는 게 전제되어야 한다. 따라서 이 편자는 이 법화세계로부터 빚어지고 돋아난 영험세계를 체험적으로 총괄·통달했어야 된다. 그리고서 수많은 영험예화 중에서 가장 값지고 소중한 것만을 엄선하되, 그 품지에 적합한 것을 균형 있게 조정하였으리라 본다. 그러기에 편자 스스로가 "그 중에서 가장 기이하고 특별한 사례를 초록했다"고 자부하기에 이르렀다. 따라서 이렇게 유형화·체계화된 그 법화영험 자체만으로도 그것이 지닌 신앙적 세계는 실제로 최고 제일의 실상을 확보하고 있는 터라 하겠다.

이제 좀더 구체적으로 기도의 방법과 영험의 성과를 검토하여 그 신앙적 성격을 조명할 수가 있다. 기실 이 영험전에서 그 기도의 방법은 다양하게 나타나지만, 대강 전술한 대로 지경과 독경·송경·강경·사경 등으로 요약되는 터다. 그 각개 방법을 개관해 보면 그 실제가 미묘하여 주목되는 바가 있다. 이 방법 여하에 따라 그 성취되는 효능이 좌우되기 때문이다.

실제로 이 지경의 방법은 전편에 걸쳐 보편화되어 있는 실정이다. 어떤 경우든지 이 경전을 모셔 지니는 전제와 바탕 위에서, 그 방법이 구체화되는 게 당연한 일이기 때문이다. 그리고 이러한 지경은 모든 기도의 방법으로 전개되는 게 사실이지만, 이미 그 차제 내에 여러 방법을 포괄·응축시키고 있는 터라 하겠다. 그러기에 이 지경은 결코 단순하지 않고 복합적인 요인을 갖춤으로써, 그 효능이 클 수밖에 없다. 따라서 '지경영험'이라는 포괄적인 공덕·효능이 부각되었던 것이다.

이어 독경의 방법이 대세를 이루고 있다. 먼저 청신사·청신녀 차원의 신도들이 『법화경』을 수지·독송하여 영험을 얻는 경우가 많다. 위 이산룡이 평소에 이 경전을 송독하다가 염라왕 앞에서 다시 송경하여 재생한 일(7), 음명관이 이 경전을 상송하여 천제로부터 황금을 하사 받은 일(11), 원지통이 이 경전을 독송하여 전장에 나가서도 안전하고 염라국에 가서도 소생한 일(13~14), 육순이 이 경전을 독송하고 염마천에 나도록 부처의 수기를 받은 일(15), 한 신씨 노인이 평생 이 경전을 독송하니 밤마다 낮과 같이 밝아진 일(18) 왕범행이 눈이 멀어 모친에게 이 경전을 구전 받아 평생 전심 독송하고 죽어서 혀의 이적을 나타낸 일(20), 이우가 벼슬 길에 나가다 환란을 당했으나 이 경전을 상독한 공덕으로 구제된 일(34), 고문이 이 경전을 상독하여 염라국에 가서도 죄업을 면하고 환생한 일(34~35), 옥엄이 이 경전을 지송하다 구품연대 연태에 왕생하여 동생에게 독경을 권장하는 일(41), 고수절이 신승을 만나 법화경을 배워 상송하면서 문수보살의 화신을 만나는 일(43~44), 앙가담이 이 경전을 상송하여 죽음에 향기가 나고 혀만이 선연한 일(53), 육재가 이 경전을 독송하니 말년에는 그 경자에서 방광한 일(54), 권적이 이 경전을 삼일만에 암송하니, 황제가 시험하여 대상을 내리고 수명이 길어진 일(56), 청신녀 장씨가 이 경전을 독송하다 발병하여 몽중에 승려가 주는 약을 먹고 쾌차한 일(58), 조모의 모친 안씨가 이 경전을 상송하는데, 이것을 엿들은 여인이 죽어 묻은 시신 위에 청련화가 피는 일(63), 양난급이 이 경전을 독송·능통하니 죽어서 화장해도 혀는 타지 않고 송경하는 소리를 내는 일(64), 사지장이 한 승려의 독경 소리에 감화되어, 이 경전을 다 독송하되 다시는 잊지 않은 일(67), 위중규가 효행·시묘하여 이 경전을 상송하니, 그 묘에서 지초가 나는 일(70~71), 최언부가 벼슬길에 나가나, 선생에 남의 부인이 되이 이 경전을 상송하던 사실을 깨달아 기억한 일(76), 청신녀 비씨가 이 경전을 지송하니, 큰 병환에 들어서도 부처님이 어루만져 쾌차한 일(78), 소장수와 60여 명이 배를 타고 가다가 몰살하는데, 이 경전을 상송하며 이고 다니는 한 여인만 살아난 일(85), 사승이 도사로서 이 경전을 심송하니, 죽어서도 향내만 나고, 썩어서도 혀와 안색이 산 사람과 같은 일(86), 잠문본이 이 경전을 상송하니, 승선·몰살하는 중에 혼자만 살아나서 부귀를 누리는 일(91), 손도덕이 늦게 자식을 못 두었는데, 이 경전을 칭송하고 아들을 낳은 일(95), 최의기의 시녀가 병사하여 범승을 만나고 이 경전을 범어로 배우니, 깨어나서도 그대로 암송하는 일(103), 김의균이 이 경전을 상독하며 노소·도속에게 권독하니, 죽어 그 묘 위에 연화가 피는 일(108) 등이 다양하게 벌어지고 있다.

나아가 승려들이 『법화경』을 수지 독송하고 강설하여 영험을 보이는 경우가 더욱 많다. 여기서는 승려 자신의 독송 영험과 남을 위한 강설 영험이 복합적으로 전개되어, 그 권능이 그만큼 증폭·확산되는 게 탁이하다. 이러한 강설이 승속·신인이나 축생에게까지 감화·감응을 일으키기 때문이다.

실제로 법사 구마라집이 이 경전을 번역하고 돌아갈 때 서원한 대로, 분신을 해도 혀는 타지 않은 일(2)을 비롯하여, 법운 법사가 이 경전을 강설하니, 하늘이 감동하여 꽃비를 내린 일(3~4), 마아라 비구가 이 경전을 다독하여 국왕과 보현보살을 감동·감응시킨 일(9), 석법융이 이 경전을 상독·강설하여 원근 학인들이 귀의하고 한겨울에 연꽃이 피는 일(14), 석혜치가 이 경전을 상송하고 환몽 중에 염라왕 앞에서 암송하니, 병환이 낫고 장수한 일(17), 석혜원이 이 경전을 강설하여 가뭄에 큰 비를 내리게 하고 여러 가지 영감을 나타낸 일(18), 석지담이 평생 이 경전을 지송·강설하니, 여러 감응·상서가 나타나고, 열기도 없는 향로에서 향연이 일어나는 일(19), 석법지의 이 경전 독송 소리를 듣고 감화된 꿩이 인신으로 전생하여, 담익법사가 되고 역시 이 경전을 지송·강설하여 미인으로 응신한 보현보살을 친견한 일(22, 23), 젊은 비구가 이 경전을 매송하다

가 나찰귀의 환신인 여인에게 현혹되어 환란을 당하다가, 이 경전 독송
하는 소리를 듣고 각성하여 벗어난 일(24), 석담제가 홍각법사의 후신으
로서 전세의 제자를 만나, 당시 왕에게 이 경전을 강설한 사실을 회상하
고, 다시 그 강론을 계속하여 큰 감화를 준 일(25~26), 도생 법사가 이 경
전을 독송·강설하는 것을 들은 꿩이 어느 집의 아들로 전생하여 출가하
고, 죽어서 묻으니 그 혀에서 청련화가 피어난 일(28), 석혜도가 이 경전
을 상송하다가 죽어 염라왕 앞에서 이를 강설하니, 예우를 받고 환생하
여 장수한 일(29), 석지장이 이 경전을 애송하다가 발병하여 몽중 범승의
영약을 먹고 쾌차한 일(29~30), 석승영이 평생 이 경전을 독송·강설하
는데, 신병이 옹위하고 경청하는 일(31), 석보결이 이 경전을 독송·능통
하되 왕의 미움을 사서 자객에게 암살될 지경에, 몽중의 신인이 경고하
여 배를 타고 저 언덕에 이른 일(32), 어떤 법사가 이 경전을 상송하다가,
어느 선옹의 초빙을 받아 이를 강설하고는 선도와 금괴를 받아서 장수하
고 부자가 된 일(39), 도예 법사가 이 경전을 상송하니, 탄지 수십 개가 공
중에서 내려오는 일(40), 석만상이 이 경전을 풍송·강설하니, 백치 등 우
족이 감응하고 몽중에 온갖 성상을 친견한 일(40), 석가구가 이 경전을 상
송하다가 죽어서 극락세계 구품연대를 순방하고 환생한 일(42), 석연광
이 이 경전을 능봉·강설하니, 모두가 감동하고, 전세와 해신이 김복·
앙청하여 직접 강설한 일(45~46), 한 노승이 이 경전을 상독하는데, 이 소
리를 들은 비둘기 새끼 두 마리가 어느 집 쌍둥이로 환생한 일(47), 석현광
이 이 경전에 능통하여 강설하니, 모두 감복하는 가운데 귀국길에 용궁
에 초빙되어 설법한 일(49), 석홍명이 이 경전을 독송하고 정근 예참하니,
제천동자·범·귀신이 감복·예경하여 그 설법을 계속하는 일(50), 석

현벽이 이 경전을 상독하니, 맹수·독충·요정·악정이 침범치 못하고, 선학이 날라와 그 강설을 듣고 감응하여 춤을 추는 일(51), 한 승려가 이 경전을 독송·강설하는데 이것을 들은 꿩이 산하 민가의 아들로 태어나 그 법사에게 출가하고, 그 경을 이어받아 동송·강설한 일(52), 석숭정이 이 경전을 독송하는 소리가 뛰어나니 계율을 어겨도 제천동자가 감동·보호하고 정병에 스스로 물이 가득차는 일(53), 석법상이 밤낮 이 경전만을 독송하니, 산신이 그 소리를 듣고 감동하여 큰 재물을 주고, 계행을 잃어 진북장군이 짐새의 독으로 죽이려 하다가 오히려 참회·공경한 일(54), 석법랑이 노경에까지 이 경전을 독송하니, 죽어 염라국에 가서 예우를 받고, 그 장수 연한이 어깨에 적혀 환생한 일(57), 석발증이 평생 이 경전을 독송하여 80세에 이르러서야 능통하니, 꿈에 천제의 초빙을 받고 칠보탑을 통하여 극락세계에 오르는데, 실제로 정념·왕생한 일(60), 포옥법사가 이 경전을 일념으로 독송하니, 황제의 꿈에 그 입에서 오색광채가 나고 그 소리가 청량하기로, 즉지 발견·증명되어, 큰 예우·공경을 받으며 많은 감화를 준 일(62), 석혜초가 이 경전의 독송에 전념하는 중, 환란을 당하여 기와 굽는 데에 숨어 살면서 그 독송을 계속하니, 그 기와에 연화문양이 나타나 승·속의 감탄을 자아낸 일(64~65), 석홍조가 이 경전을 독송하여 신이한 도움이 있고, 대사로 변신한 신녀의 감응을 받아 그 독경·승재를 지낸 뒤에, 또한 여인의 귀의·정례를 받은 일(68~69), 석지업이 이 경전을 상송하더니 난리를 만나 별원의 작은 방에서 송경을 계속하다가 굶어 죽어 땅에 묻힌 뒤에, 그 설근에서 연화가 나고 이상한 광채가 난 일(71~72), 석지엄이 대승경전에 능통하여 도속의 초빙으로 법화경을 강설하는데, 이 경전의 '佛'자 위에서 사리가 출몰하여 오색이 영롱하여 모두 감복한 일(73), 석현수가 이 경전을 상송하니, 천병·신중들이 감통하여 예경·옹위한 일(75), 관정 법사가 이 경전을 오래 강설하니, 그 법석에서 피운 향기가 원촌의 환자를 낫게 한 일(78), 석정견이 이 경전을 독송하기 1만 3천 번을 계속하여 피곤해지니, 보현보살이 산신을 노인으로 변신시켜 약의 정령들을 품속에 몰아넣어서 건강을 회복한 일(79~80), 석승명이 석문산에 미륵천궁·미륵상을 창건하고 법화경을 상송하니, 천궁 앞의 방석에 연못이 생겨 그 물을 마신 사람들의 병이 낫는 일(80), 법철 선사가 나환자에게 법화경을 가르쳐 독송케 하니 그 질환이 나은 일(80~81), 석승환이 나병에 들어 이 경전을 지성껏 염송하니, 그 병이 나은 일(82), 석현진이 이 경전을 상송하니, 신인이 감응하여 그 소리를 들은 일(85), 석법애가 이 경전을 상송하더니, 도적에게 붙잡혀 죽게 되었어도 도망하여 호랑이의 도움으로 목숨을 구한 일(86~87), 승혜달이 산중에서 감초를 캐다가 오랑캐에게 잡혀 먹히게 되었는데, 이 경전의 보문품을 지송하니, 호랑이가 나타나 포효하여 오랑캐가 도망쳐서 살아난 일(94), 승보명이 이 경전을 날마다 독송하니, 보현보살이 현신하고 귀신들이 도망쳐서 향촌 여인의 병을 낫게 한 일(100), 석도진이 이 경전을 풍송하니 염라왕 앞에서도 예우를 받고 제사천 중에 왕생하게 점시된 일(101), 어린 비구니가 이 경진을 임송하여 모든 도속이 신통하다고 찬탄한 일(103), 승지총이 국난으로 살 길이 없는데도 강가에 숨어서 이 경전을 지송하니, 배고프지 않고 네 마리의 호랑이가 호위하며 노옹이 나타나 강을 건네 준 일(104), 석지우가 이 경전을 5만 편이나 독송하니, 여러 이적이 일어나고 열반 시에 천악이 울려 영접한 일(104~105), 한 승려가 점복을 하여 연명하다가 참회하여 이 경전을 독송하니,

밤에 입에서 광명이 나와 모두가 찬탄한 일(107), 한 비구니가 불철주야 이 경전을 독송하니, 그 손톱에서 꽃이 피는 일(112) 등이 다양하게 전개 되어 법화경 독송·강설의 영험을 신앙적으로 실증하고 있다.

실제로 사경의 방법이 핵심·주축을 이루고 있다. 이 사경은 승·속 간에 매우 소중한 의미를 지니는 게 사실이다. 기실 이 사경은 이 지경 과 독송·강설을 전제로 하고, 이를 직접 필서·체달하는 것이기 때문 이다. 흔히들 무성 독경은 머리를 감동시키고, 유성 송경은 가슴을 감 동시키며, 통성 사경은 몸 전체를 감동시킨다고 하는 것은 당연한 현상 이다. 이러한 사경은 그 재정과 신심, 그 방법·자료 등에 따라 금자사 경·은자사경이나 묵자사경, 그리고 혈서사경 같은 유형으로 나타나 지만, 가장 소중한 것은 거기에 바친 정성과 신심이라고 본다. 오직 그 것만이 거기에 상응하는 영험을 나투기 때문이다. 이런 점에서는 그 신심이 지극한 지경·독경·송경·강경 등은 자연 사경으로 승화·전 개되는 게 당연한 일이라 하겠다.

우선 청신녀·청신사 차원에서 보면, 그 영험사례가 양적으로 많지 는 않다. 가령 지옥고를 받고 있는 여인이 법화경을 사경·재례하면 그 고통을 면한다는 소식을 남편에게 전하여, 그 남편이 종이를 사는 순간에 이미 천당에 난 일(8), 진법장이 돌아간 후처를 만나 지옥고를 받는 모습을 보고 이 경전을 필사·조성하여 고통에서 벗어나게 하려 고 그 종이를 사는 순간에 그녀가 이미 천당에 난 일(12), 유시가 평소에 이 경전을 독송한 공덕으로 염라국에서 환생하여 금자 사경으로 오래 도록 공양한 일(16), 정화택주가 이 경전의 금자사경을 발원·성취하 니, 도리천에서 감응하여 안치한 일(33), 엄공부자가 갑부로 신심을 내

어 법화경을 독송하다가 꿈에 호승의 계시로 크게 발심하고 수많은 경
전을 조성·유통시켜 많은 감응을 본 일(37~48), 유홍인이 수한이 다하
여 위독한데, 이 경전을 사경·유통시켜 병이 낫고 장수한 일(58), 노인
유씨가 이 경전을 서사하여 청정·엄결하게 봉지하니, 출정·패전하
여 노예가 된 아들이 구출된 일(66), 유공신의 처 진씨가 죽어서, 지옥고
를 받는 모친을 만나 그 간청으로 이 경전을 서사·조성하고 재례하니,
그 모친이 벗어나 복락을 누리는 일(84), 장만복이 벼슬길에 나가서 묘
지 비구니가 사성한 법화경을 부정·불경스럽게 다루어, 이 경전의 글
자가 없어져 공중에 금자로 걸려 있으니, 그가 비읍·참회하고 이 경전
을 일천부나 조성하여 시방에 유통·공양한 일(88~89), 청신녀 보개가
상선에 탄 아들이 실종되어 관음기도를 해서 귀향하니, 경덕왕이 찬탄
하고 이웃 신남·신녀들이 금자로 법화경을 사성한 일(92~93), 호원궤
가 불법을 중신하여 법화경 등을 서사하니, 그것이 검교 과정에서 화재
를 만났어도 타지 않은 일(110~111) 등이 벌어져서 그 사경의 영험을 신
앙적으로 실증하는 터다.

그리고 승려들의 차원에서 보면, 사례가 더욱 희귀하지만 의의는 크
다. 가령 승혜초가 법화경을 상송하는데 죽은 제자를 태산부군에 의하
여 만나 산정을 받고, 이 경전을 서사·설재하니, 그 제자가 남아로 환생
하여 다시 제자로 돌아온 일(4~5), 석행견이 태산에 노닐다가 산신을 만
나 죽은 친구의 안부와 당부를 듣고, 이 경전을 서사·설재하니, 친구가
순식간에 해탈하여 인간에 난 일(6), 석혜과가 귀보를 받은 승려의 간청
으로 이 경전을 사성·설재하니, 그 귀보를 해탈·환생한 일(48), 승운부
가 경릉왕과 함께 법화경 천부를 사성하고 왕이 이 경전을 친히 필서하

니, 이적이 나타난 일(55~56), 홍변이 출가하여 일자일배로 법화경을 서사·예배하니, 일본 승려가 감복·간청하여, 그 나라로 유통시킨 일(105), 비구니 법신이 서인을 시켜 법화경을 정서하여 봉안·예경하는데, 승법단이 이 경전을 강청·소지하여 강설하려 하나, 글자가 다 없어져서 도로 가져다가 칠주야를 기도하여 이를 돌이킨 일(111~112) 등이 전개되어 그 신이성과 신빙성을 더하고 있는 터다. 적어도 법력이 있는 성직자들이 이 경전의 독송·강설의 권능과 함께, 그 사경의 공덕을 십분 발휘하고 있기 때문이다.

기실 이 사경의 방법은 그것이 대량으로 확대되면, 바로 이 경전을 간행하여 널리 펴는 방편을 대행하게 마련이다. 이 영험예화 중에 이 경전을 간행·유포시킨 사실이 구체화되지는 않았지만, 그 사경의 정도와 질량에 따라서 그것이 판각·유통의 가능성을 가지고 있기 때문이다. 원래 영험예화들의 시대적 배경이 그 판각·인행을 자유롭게 해내던 시기보다 상회하기에, 실제적으로 그런 작업이 진행되기는 어려웠을 것이다. 그렇지만 이미 사경공덕에 이어 간경공덕이 신앙적 관례가 되어 있었기로, 필사적 대중화는 반드시 판본적 유통을 지향할 수밖에 없었던 터다.

위와 같이 『법화경』이 지경과 독송·강설·사경 등의 방법·방편에 의하여 다양하고 불가사의한 영험을 나타냄으로써, 그 찬연한 광명운대의 연화세계를 이룩한 터다. 그것이 이 영험전의 신앙적 실상으로 권능화되어, 바로 『법화경』의 신행·정진의 극치를 보여 주기 때문이다. 여기서는 이 신앙적 절정을 실증·체달시키는 긴요한 핵심적 요체가 작용한 사실을 발견할 수가 있다. 우선 전술한 대로 거기에 바친 기도가 모두 지극 정성으로 이룩되었다는 사실이다. 실제로 위 예화마다 그 주인공들이 그 심신·신명을 다 바치고 그 모든 것을 온통 몰입시킴으로써, 그 경전과 불보살·신중들의 감응·가피를 받지 않을 수 없었던 터다. 그래서 문외한이나 외도들이 으레 '미쳤다. 환장했다'는 비방과 함께, 그 영험적 성과를 '거짓말'이라고 속단하게 만들었던 것이다.

그리고 이 영험적 성과가 '꿈'이나 '비몽사몽'을 통하여 주인공에게 체달되고 객관화된다는 사실이다. 원래 그 자체가 탁이한 현상이기에, 상식적이고 일반적인 설득력이 약한 것은 당연한 일이다. 그러나 그것은 꿈과 비몽사몽을 방편으로 하여 현현함으로써, 그 주인공의 신비체험과 대중적 감응 사이의 가교적 역할을 다하게 되는 터다. 그런 영험은 꿈에서나 비몽사몽 간에 일어났다는 점에서, 거기에 상응하는 공감대를 형성하기 때문이다. 따라서 그것은 소설적 허구성에 사실성을 보장하는 실감장치와도 통하는 묘책이라고 보아진다.

이어서 불보살이나 신중이 공중에서 계시하여 그 영험을 나타낸다는 사실이다. 흔히 기도·서원에 의한 신비·영이한 성과는 초인간적 존재의 위신력에 따라 좌우된다고 믿어 온 게 신앙적 관례다. 따라서 그러한 위신력의 발로가 허공의 계시로 나타나서 상상밖의 영험을 들어내는 일은 낭연한 결과라 인식되었다. 그리기에 이들 영험예화의 불가사의한 영험을 허탄하거나 허망하다 속단하지 않고, 진실하다고 신념할 수밖에 없는 터다. 그리하여 신앙과 기도의 주인공이 체험한 영험은 점차 대중적 공감대를 마련하고 감동의 길을 열게 되는 것이었다.

한편 이 영험적 성과는 흔히 지하의 신비적 공간, 염라국에서 판단·점지한다는 사실이다. 이 영험예화에서는 그 주인공들이 죽어 일단 염라국에 가서 염라왕의 심문·판결을 받고, 그 생전의 공덕에 따라 환생·보상을 받는다. 이러한 신앙적 관례는 불교계·무속계뿐만 아니라 고유신앙에서도 보편화되어 왔다. 따라서 이러한 영험은 그 염라왕의 권능과 작용에 의하여 이루어진 것이라고 당연시하는 경향이 뚜렷하였다. 그러기에 영험예화의 신이한 성과가 그만큼 사실성을 확보하고 대중적 공감대를 형성하게 되었다. 그리하여 그 영험적 성과가 상당한 설득력을 가지고 신앙적 감명을 불러 일으켰던 터다.

이와 같이 이들 영험예화의 신앙적 실상은 『법화경』을 신앙·정진하여 성취한 효험의 극치·절정이라 하겠다. 따라서 그것은 이 경전의 신앙적 성과를 실증·광포하는 최고·최선의 정화하고 보아진다. 기실 그것은 이 경전을 신앙하여 얻어내는 무량한 법력과 무한한 권능이기 때문이다.

3) 『법화영험전』의 문학적 실상

모든 대승경전이 다 훌륭한 문학이며, 그 중에서도 『법화경』이 실로 위대한 문학이라는 점은 잘 알려진 사실이다. 가장 심오한 불교의 진리를 가장 효율적으로 표현하고 있기 때문이다. 따라서 『법화경』의 간절한 신앙에서 피어난 탁이한 영험전이 전체적으로 빼어난 문학작품이라는 것은 당연한 일이다. 전술한 대로 이 영험예화들은 각기 역사적 신빙성과 신앙적 극락성을 아울러, 가장 아름답고 멋지게 표출하고 있기 때문이다. 따라서 영험예화들은 불교문원에서 영험의 문학이요 신앙의 문학으로 승화된 연화 중의 백련화라 하겠다. 실제로 이 작품들은 모두 예술적 감동과 신앙적 감응을 극대화하고 있기 때문이다. 이런 점에서 이 작품들은 『법화경』의 변문이라고 볼 수도 있겠다. 원래 이 변문은 이런 경전을 문학적으로 변화·발전시킨 작품 형태임으로써다.

우선 이 작품들은 각기 서사문학적 구조를 갖추고 있다. 기실 그것이 이야기문학의 기본적 구조를 갖춘 것은 사실이지만, 단순한 설화문학에 머물지 않는다. 이 작품들은 주인공의 일대기적 성향을 지녔다는 점에서, 전기적 유형을 확보하고 있는 터다. 그러기에 그 전체가 '법화영험전'이라 명명되었던 것이다. 그러면서도 그 작품들은 정도의 차이는 있지만, 주인공의 신앙적 언행이 탁이·특출하여 희비극적 우여 곡절을 갖춤으로써, 이른바 '영웅의 일생'을 그대로 보여 주고 있다. 이 '영웅의 일생'의 유형은 실로 서사문학의 기본적 구조로서, 소설이나 희곡 등의 공동 기반을 이룩하는 게 정칙이다. 그렇다면 이 영험예화들이 모두 이러한 서사문학적 구조 형태를 구비하고 있는 게 분명한 사실이다.

나아가 이 작품들은 그 구성면에서 서사문학적 요건을 갖추고 있다. 먼저 그 배경·무대가 뚜렷하게 배치되어 있다. 전술한 바 시대적 상황과 지리적 환경이 그 배경을 이룩하고 있는 게 사실이다. 위 각개 작품들이 모두 역대 왕조의 시대성을 표시하고, 이어 그 지역·지방성을 명시하고 있기 때문이다. 이러한 배경이 그 역사성을 보증하면서 서사문학의 구성에서 그 무대의 기반을 구축하고 있는 터다.

이만한 기반 위에서 작품들의 무대가 실제적이고 구체적으로 부각된다. 가령 산간 별천지나 기도도량·산신전, 적지·전장 등이 나오고,

해중 용궁의 전각·장엄, 지하 염라국이나 지옥의 참상, 궁궐의 찬연함과 관가·부호가·민가의 현장, 신이한 허공 등이 사실적으로 들어난다. 대소 사찰·암자나 토굴·암하 등이 기도·수행의 현장으로 나타난다. 그리하여 이 배경·무대가 이 작품의 인물 설정이나 사건 진행에 적절한 기반과 분위기를 조성하게 되었다.

그리고 이 작품들에서는 등장인물들의 성격·기능을 제대로 파악·설정하였다. 여기에는 위로 불보살과 신중, 천제와 천인·신인, 산신과 해신 용왕 내지 염라국의 염라왕과 그 권속 등이 초인간적으로 등장한다. 한편 국왕과 왕족, 대신과 관원이 근엄하게 나오고, 고승·대덕류의 비구와 비구니가 성직자로 행세하며, 신남·신녀와 영가, 그리고 코끼리·사자·호랑이 등 맹수와 거북·자라·뱀 등 양서류, 학이나 꿩·비둘기·까마귀 등 우족들이 다양하게 의인화되어 나타나는 것이다. 기실 등장인물들은 주인공과 상대자 그리고 부수인물로 대별된다. 그러면서 인물들은 대체로 유형화되어 개성적인 특징을 발휘하지 못하는 게 사실이다. 이러한 현상은 고전적 서사물에서 동일하게 나타나는 것이라고 간주할 수도 있겠다. 그러나 영험예화들에서는 본래부터 그런 것이 아니었으리라 보아진다. 원래 이런 작품들에서는 등장인물 특히 주인공들의 성격이 예민하게 작용하여, 신앙적 개성을 제대로 갖추는 게 당연하기 때문이다. 다만 그런 작품이 구비적으로 설화되는 가운데 그들의 개성적 면모가 사라져서 유형적 이야기로 정립되었고, 나아가 그것이 기록·유전되고 재편·조정되는 과정에서 그 유형화가 촉진되었던 터라 하겠다. 더구나 이것이 한문으로 축약·기록될 때, 문장의 특성 상 응축을 거듭하여 인물들이 개성을 잃었던 점이 현전 문맥에 남아 있는 실정이다. 이러한 등장인물의 유형은 그 기능면에서 신이형이나 선인형과 악인형 그리고 음조형·음해형으로 나누어 볼 수가 있겠다. 이럴 경우에 선인형이나 음조형보다는 악인형이나 음해형에서 개성적인 면모가 잘 드러나는 터다.

이런 등장인물들이 밀고 나가는 사건의 진행은 원래 파란만장하고 우여곡절을 겪는 게 당연한 일이다. 따라서 이 작품들도 사건 진행이 복합·다단하고 입체적인 성향을 보였을 것이다. 그런데 현존 문맥에서는 그것이 상당히 축소되고 단순화되었음을 직감하게 된다. 기실 이 작품들의 실질적인 목적이 기도의 효과로서 그 영험을 부각시키는 데에 있으므로, 단거리의 직접적인 접근을 위하여 서사적 부연이나 우회적 연장을 생략한 흔적이 역력하기 때문이다. 그리하여 이 사건 진행이 중요한 부분을 중심으로 장면화되고 집중화되어, 목적 달성에는 유효하지만, 서사문학의 유연하고 흥취로운 묘미는 상당히 상실된 감이 없지 않은 터다. 이러한 현상은 그 정착·편찬·정리 과정에서 이 주관자가 문학적인 측면을 고려하지 않은 데서 빚어진 것이라 하겠다. 따라서 지금의 서사문맥을 기반으로 본래의 사건 진행을 복원해 볼 수가 있겠다.

이와 같이 이 작품들의 구성이 조화롭게 조직되었기에, 이를 전체적으로 감싸고 미화하는 그 표현·문체가 중시된다. 기실 이 표현·문체는 그 작품의 예술적 완성 단계이기 때문이다. 실제로 이 작품들의 문체가 간결체임은 당연한 일이다. 그 전체적 서사문맥과 사건 진행이 축약·축소의 절차를 밟아 왔기로써다. 이러한 간결체는 한문의 특성이요 한문체의 장점이라고 본다. 따라서 이 문체는 함축성과 응축미를 발휘하여 한문학의 표현으로서 어떠한 요건도 잃지 않고 있다.

이 문체는 전체적으로 산문체의 특성을 갖추고, 설명적이기보다는 묘사적이라 보아진다. 따라서 화려체의 여유보다는 간결체의 여백을 남기는 박진감이 넘치는 터다. 그러기에 이 작품들의 표현은 교묘한 기교보다는 고졸한 함축의 발로로서, 차라리 시적인 공감대를 형성한다. 특히 이 문체에서는 대화가 생동하여 전체적 생동감을 소설적으로 들어내고, 역동성을 희곡적으로 나타낸다. 여기에다 아주 드물게 시를 대동하여 강창의 입체성을 현실화하는 터다. 이만한 표현·문체라면, 이 서사문학의 그것으로서 조금의 손색도 없다고 본다. 다만 그 함축된 의미와 미학을 빈틈없이 감추고 있으므로, 이를 대중화하기 위해서는 그 자물쇠를 열고 그 비장·응축시킨 내막을 재구·부연할 수밖에 없는 실정이다.

이에 영험예화들은 문학적 측면에서 그 장르적 성향을 드러내고 있다. 이 작품들이 서사문학, 이야기문학이라고 전제하면, 일단 설화문학이라고 설정할 수는 있다. 그러나 이 작품들은 구비전승이기보다는 기록으로 입전·제작된 것이기에, 설화문학 이상의 장르적 의미가 있다. 그래서 이 작품들은 일단 소설문학이라고 규정할 수가 있다. 그 중에서도 각개 작품들은 그 규모와 내질·문체로 보아 단편소설이라고 하겠다. 그렇다면 이 단편소설들이 100여 편이나 유기적으로 조직되어 『법화영험전』이라는 장편소설을 이룩하고 있는 격이라 본다. 여기 한문 단편소설들은 본격적인 장르로 유별 규정될 여지를 가지고 있는 터다. 그래서 이 작품들에 유념하면, 우선 '설화소설'이라고 전제할 수가 있다. 그리고 이 작품들은 전기적 유형을 기반으로 기전소설이라 하겠다. 나아가 이 작품들은 탁이하고 기특한 영험적 내용을 갖추어 본격적인 전기소설이라고 할 수가 있겠다. 이 작품들은 포괄적으로 이와 같은 장르적 면모를 갖추고 있는 게 분명하고, 또한 각개 작품들을 위와 같은 장르로 분류할 수도 있는 게 사실이다.

나아가 이 작품들은 영험을 실증·선양하기 위하여 극화·연행되었던 게 분명한 사실이다. 기실 불교계·신앙사회에서 이런 작품의 유통과 그 연행은 필연적인 일이기 때문이다. 그렇다면 이 작품들은 극화·연행의 대본 즉 극본·희곡이 되는 터다. 실제로 이 작품들은 소설만으로 규정하기에는 희곡성이 너무도 강하다. 전술한 대로, 소재·내용의 희비극성이나 사건 진행의 장면화 등이 우선적으로 희곡의 특질을 이룬다. 그리고 표현·문체는 간결체로 지문과 대화로 짜여 있다는 사실이다. 기실 이 대화체는 희곡문체의 특징이요 희곡의 기본 요건이다. 희곡은 고금을 통하여 '대화의 문학'이기 때문이다. 여기에다 산문적 문장에 한시가 결부되어 이른바 강창문체를 이루니, 그것이 강창문학으로서 바로 강창극본이 되는 터다. 그리하여 이 작품들을 극화·연행의 극본·희곡이라 할 때, 여기에는 하위 장르로 분화될 여지가 보인다. 따라서 이 작품들은 이미 알려진 대로 가창극본·가무극본·강창극본·대화극본·잡합극본으로 분류·규정될 수가 있다는 것이다.

한편 이 작품들이 더욱 응축되어 서사문맥을 약화시키고 수필적인 의욕을 보이면, 그것은 수필 장르로 변용될 수가 있다. 그래서 그 전기적 유형과 행장적 구성이 조화되어 이른바 전장의 수필 장르로 전개·행세할 수가 있다. 실제로 이 작품들 중에서 가장 축약된 단형들은 족히 수필 '전장'으로 규정될 수가 있기 때문이다.

그리고 위에 든 한시는 원래는 각 편마다 결부되어 있었을 것이지만, 현전하는 것은 희귀하다. 실제로 『법화영험전』의 「현동여신」조(98) 말미에는 2수의 찬송이 실려 있다. 산곡도인山谷道人의 「관음찬」 7언 양구와 만수체선사萬壽体禪師의 「관음송」 7언 절구가 바로 그것이다.

그렇다면 이 영험예화는 문학 장르의 전체를 거의 다 포괄하고 있다는 말이 된다. 따라서 『법화영험전』의 문학적 실상은 그만큼 총체성과 전문성으로 빛난다고 하겠다. 그것은 바로 역사적 배경과 기반을 갖춘 신앙적 주제와 내용이 문학적으로 함장·표현됨으로써, 그 가치를 극대화하고 유통의 역량을 족히 발휘하여 왔기 때문이다.

4) 『법화영험전』의 불교문화사적 위상

이제 『법화영험전』의 실상을 통하여 불교문화적 가치와 문화사적 위상이 드러나게 되었다. 이 영험전은 형성·찬성·전개되는 과정에서 그만큼 장구한 역사를 이끌어 왔기에, 문화사적 위상이 그처럼 탁이할 수밖에 없다. 따라서 그 가치와 위상은 입체적 면모를 갖추고 있기로, 다양한 접근이 가능한 것은 사실이다. 그런데도 여기서는 위에서 논의한 그 실상의 가치와 전개에 근거하여 세 가지 측면에서 고찰하여 보겠다. 실제로 불교사적 위상과 신앙사적 위치, 그리고 문학사적 좌표 등이 바로 그것이다.

첫째, 불교사적 위상이 중시된다. 이 영험전은 한·중 역대의 불교사를 직간접으로 반영하고 있다. 중국에 불교가 전래·유전된 사실에 이어 『법화경』을 중심으로 전개된 사상사·신앙사가 하나의 계맥과 더불어, 한국에 그 불교가 전입·수용되어 법화사상·법화세계가 형성·유포된 과정이 대강이나마 파악되기 때문이다. 역대 왕조에 상응하여 국왕 대신이나 고관들이 여기에 간여하고 대중 신남·신여들이 동참한 사실들은 당시 불교계가 외호·주체적 세력을 형성하였다는 증좌가 아닐 수 없다. 여기서 왕조·왕가 중심의 상층 불교사와 신도·재가 위중의 대중 불교사를 유추해 볼 수가 있는 것이다.

나아가 이 영험전에는 고승·대덕류의 비구·비구니가 이 경전을 수지 독송하고 강설·서사·광포한 사실이 주축을 이룬다. 여기서는 승려들의 활동사로서 승단사가 계통을 이루고 승전사가 계맥을 이어왔다. 기실 한·중 역대 승려들이 유기적으로 연결되어 승단을 이루어 수행·교화에 사명과 책무를 지키고, 또한 이 승려들이 그 생애·전기를 갖추어 역사적 사명과 역할을 다하였기 때문이다. 실제적으로 이 승단사와 승전사는 그 시대의 불교사에서 주체적 핵심과 역동적 기능을 십분 발휘했던 것이다. 따라서 이 영험전은 한·중 불교사상에서 소중한 가치와 함께 그 빛나는 위상을 차지하고 있는 터라 하겠다. 한편 이 영험전은 이미 망실·부전하는 원본적 영험전을 추적·탐색하는 데에 소중한 역할을 할 수 있게 되었다. 그 인용 서목을 통하여 승단사와 승전사에서 자취를 감춘 영험전들이 재구되어 그 위상을 정립할 수가 있기 때문이다.

둘째, 신앙사적 위치가 주목된다. 기실 진정한 신앙사는 불교사상사나 불교유통사상에서 핵심·주축을 이루는 게 당연한 일이다. 따라서 이 영험전은『법화경』을 중심으로 하는 신앙사의 정화라 하겠으니, 그 사명과 역할이 그만큼 중요했던 것이다. 실제로 불교사상사나 유통사에서 그 신앙사가 절실하게 실현되지 않으면 모두가 유명 무실한 것이기 때문이다. 따라서 이 영험전의 각편 모두가 그 신앙적 실체와 실상을 확증하고 생동화하는 점이 바로 실질적인 불교사의 핵심·요체가 되는 것이라 본다.

여기서 신앙적 실체·실상을 기반으로『법화경』의 영험사가 성립되는 것은 당연한 일이다. 실제로 이 영험예화들이 시대와 지역 내지 그 주지를 따라서 계통적으로 정립되어 있기 때문이다. 여기서 중국의 그 영험사와 한국의 그 영험사가 체계화될 수 있고, 나아가 각국의 왕조별·시대별로 그 영험사가 구체화되는 터다. 이러한 영험사는 그 신앙사와 표리 관계로 조화되어 유통과 교화상에서 막강한 역량과 기능을 발휘했던 게 사실이다. 기실 이 영험은 신비로운 법력과 불가사의한 기능으로『법화경』을 널리 유통시키고 유연 중생들에게 편안과 즐거움을 주는 원동력이었기 때문이다. 원래『법화경』은 영험의 경전으로서 불가사의한 위신력의 최고·절정을 이룩하고 있는 터다. 따라서 이렇게 신앙·영험의 전통적 전형으로 형성·정립된 영험사는 법화세계·법화사상의 유통·교화사로 전개될 수밖에 없었다.

이와 같은 그 영험사를 핵심으로 하여『법화경』의 유통사가 거시적으로 파악된다. 기실 인도의 그것을 전제로 하여 중국과 한국의 그 유통사가 큰 윤곽을 잡고 있기 때문이다. 전술한 바 이 영험예화들은 그 유통의 현장을 아주 절실하게 실증하고 있는 터다. 따라서 이 영험예화들의 유통적 실상을 집성·체계화할 때, 그 역사적 맥락이 바로『법화경』의 유통사로서 정립되는 것은 당연한 일이다.

이러한 유통사는 하화중생·교화대중의 차원에서 승려·법사를 중심으로 포교사로 정립되는 터다. 물론『법화경』이 그 포교사의 주체·핵심이 되는 것은 사실이지만, 불교계 승단의 능동적 법력과 권능에 의하여 그 유통과 교화가 좌우되기 때문이다. 이러한 유통·포교의 현장·일선에서도 이 영험전이 오히려 선봉이 되고 최선의 방편이 되었던 것이다. 그러기에 이 포교·교화의 실제적 효능과 역할에서, 이 영험전은 실로 역사적 성과를 올렸던 게 분명한 사실이다.

셋째, 문학사적 좌표가 관심거리다. 기실 이 영험전은『법화경』의 변문이요, 문학적 표현이라 하겠다. 전술한 대로 문학적인 이 경전을 다시 문학으로 꽃피웠기 때문이다. 이와 같은 영험전이 형성·전개된 이래, 그 자체의 역량·권능을 가지고 승·속 대중을 감화·감동시키며 오랜 세월을 이끌어 왔으니, 그것은 커다란 불교문학사로 정립될 수밖에 없었다. 이러한 불교문학사는 실제로 복합적인 내막을 지니는 게 당연한 일이었다. 그 문학적 실체와 실상이 그만한 성격과 기능을 깆추고 있었기 때문이다.

우선 이 영험전은 개인적으로나 집단적 차원에서 수행문학으로 활용되었던 게 사실이다. 당시의 승·속에서는『법화경』의 수행에 있어, 이 영험전을 먼저 익히는 경우가 족히 예상된다. 그리고『법화경』을 신행한 다음에 그 성과의 검증을 삼아 이 영험전을 탐문·탐독했을 가능성은 얼마든지 있었던 것이다. 여기서 이 영험전은 법화세계·법화 신앙의 가장 친근하고 절실한 수행 방편이 되었던 터다. 그러기에 그것은 수행문학사의 한 계통을 이루었던 게 사실이다. 따라서 이 영험전은 법화세계·법화신앙에서 상대방을 교화하는 편리한 방편이었다. 그래서 이것이 교화문학·포교문학으로서 널리 활용되었던 것은 물론이다. 기실 『법화경』을 강론·강설할 때, 사전에 영험전을 소개하거나 사후에 그 검증으로 영험전을 해설하는 일은 얼마든지 가능하였기 때문이다. 이로써 이 영험전이 포교문학사의 한 계맥을 유지하고 있었던 게 확인되는 터다.

나아가 이 영험전은 불교문학으로써 그 시대의 일반문학과 교류하면서 상호 간에 상당한 영향을 주고받았을 것이다. 원래 이 영험전이 그 시대의 문학과 문학 장르에서 영향을 받았지만, 그에 상응하여 그 당시의 문학에 영향을 끼쳤던 것은 필연적인 현상이기 때문이다. 따라서 이 영험전이 불교문학사를 성립·견인하면서 일반문학사와 함께 그 영역을 확장시켜 왔다고 보아진다.

한편 이 영험전은 장르적 전개와 유통·연행을 전제할 때, 그것이 다른 예술 장르와 교류·협동했던 것은 불가피한 일이었다고 본다. 가령 이 영험전이 『법화경』의 변문이라 한다면, 변문에 상응하는 변상도가 필수되었을 것이다. 현전하는 전거는 없지만, 잘 알려진 대로 『법화경』의 변상도가 그만큼 발달해 있는 점으로 미루어 그 실재의 가능성은 얼마든지 있는 것이다. 실제로 그 영험전의 각개 예화들에 포교적 효과를 확장·부여하기 위하여, 그 내용을 회화로 그려내는 일은 당연한 방편이기 때문이다. 그리하여 이 영험전의 회화적 표현은 당시 불교회화사의 일환이 되어 일반 회화사와 긴밀한 교류를 해 왔으리라 추측된다.

그리고 이 영험전은 독송·강설 과정에서 당연히 불교음악을 활용하게 되었다. 그것은 『법화경』이 음악으로 독송·강설되는 것과 동일하기 때문이다. 이 영험전의 산문이 유장한 음악으로 연행될 뿐만 아니라, 거기에 결부된 한시·게송을 읊을 때는 전문적인 불교음악이 반드시 동원되었던 것이다. 그리하여 이 영험전의 상당수 예화들은 강창문학으로서 강창음악에 의존·연행되었던 터다. 여기서 이 영험전의 음악적 전개가 불교음악사의 일환이 되어 당시 일반음악사와 결부·교류한 사실이 유추되는 것이다. 이러한 영험전의 음악적 연행의 성격과 규모에 따라 그에 상응하는 불교무용이 결부될 수 있었던 게 사실이다. 이럴 경우에 이 영험전의 가무적 연행은 불교가무사의 한 계맥을 유지하면서 일반가무사와 교류 관계를 이어 왔을 가능성을 배제할 수가 없다.

여기서 전술한 바 이 영험전의 연극적 연행을 상기할 필요가 있다. 그래서 이 작품들이 희곡적 성향을 가지고 가창극본·가무극본·강창극본·대화극본·잡합극본으로 전개되었으리라고 추정되었다. 그렇다면 이제 이 영험전의 각편이 그 주제·내용의 극적 성향에 따라 극화·연행되었다는 사실을 부인할 수가 없다. 따라서 이 영험예화들이 각기 가창극·가무극·강창극·대화극·잡합극 등으로 연행되었다고 보는 게 당연하다. 이와 같이 이 영험전이 극화·연행되어 불교연극사의 일환으로 행세함으로써, 당시 일반 연극사와 교류하며 전개되었으리라고 추단된다.

넷째, 번역·전파사가 전망된다. 기실 『법화영험전』이 찬성·유통되면서 구비나 문자로 번역·전파되었으리라 보아진다. 이 구비적 번역은 한문을 해독하는 승려나 거사·문사들이 이 원전을 읽고 이야기식으로 승·속 대중에게 설화·전달하는 사례가 주축을 이루었을 것이다. 이럴 경우에 그 번역은 의역을 면치 못하고, 축소·부연이 그 번역·화자의 능력·의도에 따라 자유자재하였을 터다. 이런 현상은 고금을 통하여 한문 작품의 번역 구전 과정에서 필수적이었기 때문이다.

그리고 원전의 문자적 번역은 훈민정음의 실용 이전에는 본격화되지 못했으리라 보아진다. 고려 대 이전의 한문 이외에는 이두·향찰이 있었을 뿐인데, 이 문자는 역시 한자 기록으로서 한문해독자에게는 오히려 난해한 것이었고, 한문을 모르는 대중에게는 본래부터 해당되지 않았기 때문이다. 그렇다면 훈민정음 활용이 가능한 조선 초기부터 일반 신도·부녀층을 위하여 국문 번역이 가능했던 게 사실이다. 그러나 현전하는 초기 원전은 발견되지 않고, 다만 조선 중기와 후기의 목판본 『지경영험전』으로 유전되어 왔다. 그리하여 이런 원전이 『법화영험전』의 번역·전파사를 파악하는 데에 전거가 되는 터다. 기실 이러한 전거를 기반으로 하여, 이 원전을 현대적으로 번역해 내는 방향과 방법을 모색·전망할 수가 있겠다.

이제 이 영험전의 예화·작품을 어떤 방향으로 어떻게 풀어 나갈 것인가가 매우 중시된다. 여기서 분명해지는 것은 이 영험전을 이야기로 풀어나가는 게 순리라는 점이다. 이것이 자고로 가장 친근하고 원형적인 이야기의 올바른 방향이기 때문이다. 그래서 몇 가지 원칙을 방법론으로 제시·전제할 수밖에 없다.

우선, 이 영험전의 한문원전을 완역하는 것을 원칙으로 한다. 이 원전의 원형적 실태를 전체적으로 현대화하기 위해서다. 결국 영험예화들을 개별적으로 완전히 번역한다는 것이다.

다음으로 이 각 편의 완역에 있어, 직역을 벗어나 의역을 쫓는 것이 당연하다. 이 각 편의 작품들이 상당히 축소·축약되어 있는 것이 확실하기 때문이다. 전술한 대로 이 작품들은 형성·유전되던 자유로운 구비적 원형들이 정착·찬성되는 과정에서 정리·조정되고 축소·축약되는 게 상례였던 것이다. 게다가 그것이 한문으로 기록되는 과정에서는 더욱 축소·축약될 수밖에 없었다. 원래 그 한문의 특성이 축약·응축을 지향하는 데다, 편찬·유통의 간편성을 고려하여 더욱 축소·요약되는 게 필요했기 때문이다.

실제로 이러한 영험예화들이 전게한 바 원본적 원전에 수록되어 있다가, 『법화영험전』에 인용·재편되는 과정에서 적지 아니 축소·축약되었던 게 사실이다. 위에서 제시한 대로, 이 영험전은 그 구성 체재나 품지 중심의 조직적 편성 등에서 일목요연하고 간요·간편한 면모를 보임으로써, 그 각편들의 의도적으로 축소·축약되었을 가능성이 짙다. 이것은 한·중 법화영험전 중에서 전형적이고 탁이한 작품을 총괄적으로 망라·엄선하여 '편람'의 성격·기능을 발휘하게 되었기 때문이다. 기실 이 영험전은 2권 1책 전 17단 107예화의 간명한 편람을 위하여 가능한 한 축소·축약을 감행했으리라는 점이 자체적으로 실증되고 있는 터다.

더구나 이 영험예화들은 각기 1종 이상 4종까지의 원전에서 인용·총합하고 있는 게 사실이다. 기실 1종의 원전에서 인용했을 때도 이 편찬의도에 따라 그것이 축소·축약되었을 가능성을 배제할 수 없다. 그런데 이것이 2종이나 3종 내지 4종의 원전에서 인용되었다면, 여기서는 그만한 이화를 비교·검토하여 공통적인 내용의 요지를 발췌·조정했다는 점이 스스로 밝혀지는 터다. 그러기에 편찬자가 솔직히 토로

하기를 "이 삼전 등 여러 원전을 역람하고 그 중에서 가장 기특한 사례를 초록하였다"고 하였던 것이다. 기실 이러한 축소 지향적 현상은 결코 그 결격이나 부족한 점이 아니라, 오히려 관례적이고 경제적인 방법일 수도 있었다. 이렇게 문자로써 초록을 해 놓고는 이를 실제로 강설·연행할 때는 그 법사·연행자의 능력과 재량에 의하여 얼마든지 원형적으로 부연·창조해 낼 수가 있었기 때문이다.

따라서 영험예화들은 전체적으로 축소·축약되고 발췌·조정된 요지의 성향을 지닌 것이 분명한 사실이다. 그러기에 이러한 한문원문을 국어·국문으로 완역하는 데서는 원형을 복원·재구하는 방향으로 의역을 시도할 수밖에 없다는 것이다. 이중, 삼중으로 축소·축약·요약된 영험예화들은 이러한 번역 과정을 거쳐야만 그 본래의 면목과 역할을 제대로 해낼 수가 있기 때문이다. 여기서는 원문에 충실하여 결코 임의의 창작을 엄금하되, 원형을 탐색·재생시키는 창조적 차원에서 올바로 번역하는 게 사명이요 임무라 하겠다. 기실 이와 같은 부연·창조적 작업은 전술한 바 당시의 관례와 전통에 의거하여 얼마든지 가능하고 의미 있는 일이기도 한 터다.

한편 영험예화의 신앙적 주지를 강화하는 장치로써 그 영험적 핵심을 선명하게 부각시키는 데에 역점을 둘 것이다. 예화들의 상당수는 그 점에 있어 부족한 바가 없지만, 적지 않은 작품들은 재편 과정에서 영험적 핵심이 약화·은폐된 경향을 보이기 때문이다. 이 작품들의 생명적 주지가 그 영험적 핵심이기에, 이를 강조·부각시키는 번역 상의 작업은 필수적이라 하겠다.

여기 번역의 문체는 쉽고도 아름다운 문학적 간결체를 원칙으로, 한

글 전용의 현대문을 운용할 것이다. 나아가 이 작품들이 서사문학성을 기반으로 소설이나 희곡의 장르 성향을 갖추었기에, 그 지문 또는 지시문을 생동하는 단거리 묘사체로 하며, 그 대화체를 재구·재생시켜 역동성을 강화할 것이다. 그래야만 신앙적 영험예화들이 소설작품이나 희곡작품의 수준을 유지하여, 신앙성과 예술성이 중도적 조화의 꽃을 피울 것이기 때문이다.

5. 결론

이상 『법화영험전』을 불교문화학적 관점에서 찬성과 유통, 구성과 내용, 불교문화학적 실상, 불교문화사적 위상 등을 고찰하였다. 지금까지 논의해 온 것을 요약하면 다음과 같다.

① 『법화영험전』의 찬성 과정과 유통 양상에 대하여 검토하였다. 편자 요원은 충혜왕 원년에 왕사가 되어 고려 후기 불교계에서 중후한 위지에서 교학과 신지로 하화중생에 진력한 대덕이었다. 그는 당시 불교를 정화하고 법화신앙을 선양하기 위하여 한·중 불교계에 유통되던 지경영험 중 법화영험전류를 망라·검증하고, 핵심적이고 요긴한 사례를 엄선·집성함으로써, 이 귀중한 불서를 찬성하였다. 이 불서는 편성되자마자 필사와 판각으로 불교계에 유통되었으니, 그 초판의 간기는 미상이지만 고려 말기로부터 조선시대에 걸쳐 면면히 간행·전

승된 것만은 분명하였다. 이 불서는 고려 말 초간으로부터 300년을 지나서야 가정 13년(1534)에 문수사에서 그 고려본을 판하로 복간되었고, 다시 100여 년을 거쳐서 순치 9년(1652)에 전라도 보성군 오봉산 개흥사에서 중간된 것이 바로 현전하는 원전이었다. 이 원전은 전형적인 목판본 2권 1책의 한문본으로 전체 114쪽에 걸쳐 107편의 영험예화를 수록하여 그 유통의 역사를 이끌어 온 보전이었다.

②『법화영험전』의 구성 양식과 소재·내용을 요약하였다. 이 원전은 편자의 서록에 이어 본문이 나오는데, 전체적으로는 서설적 영험예화가 제시되고, 다음부터『법화경』의 품별 영험예화가 제1단 서품에서 제15단 보현보살권발품까지 계속되며, 그 총결적 영험예화가 제16단 내지 제17단에 걸쳐 각기 4편 이상씩 전개된 다음, 조모의 발문으로 마무리되었다. 이 모든 예화들은 우선 제목이 제시되고 본문이 나오는데, 말미에는 인용 원전을 한 건 이상 명시한 것이 특징이었다. 이 예화들은『법화경』에 대한 지극한 기도와 신행을 통하여 기상천외하고 불가사의한 영험을 체달하니, 그것이 신명을 바친 기도의 감응에 의하여 필연적으로 내려지는 복락으로서 법화신앙의 정화요 금자탑이 되었다.

③『법화영험전』의 불교문화적 실상을 역사적·신앙적·문학적 측면에서 고찰하였다. 첫째, 이 원전의 역사적 실상은 위 각 편들이 모두 역사적·지리적 위치를 확보한 실제인물의 전기적 형태를 취하고 있는 데서 보증되었다. 그 인물들이 신행으로 영험을 얻기까지 구체적인 시대, 연월일까지 명시되고, 자세한 주소·집안이 소개되면서 그들의 언행이 현실적 사실성을 확보한 점에서 그 역사적 실상이 확증되었다. 이러한 인물들의 역사적 언행이 한·중의 역사상에서 차지하는 위상

이 계통을 이룩함으로써, 예화 전체의 역사적 실상이 체계적으로 파악되었다. 나아가 예화들은 역사적으로 공인된 역대 불서를 그 인용서로 충실히 밝힘으로써, 역사적 실상을 시종 보완하게 되었다. 둘째, 원전의 신앙적 실상은 『법화경』의 신앙적 경지와 편자의 법화신앙적 수준에 기반을 두었으니, 기도의 방법으로 보편화된 지경을 비롯해서 독경·송경과 강경 내지 사경 등에 의하여 구체적으로 전개되었다. 승·속 간에 『법화경』을 지녀 독경하고 송경하는 공덕은 그 주인공은 물론 그 소리를 듣는 모든 중생에게도 큰 공덕으로 나타나 영험을 받았고, 그 강설·법어는 승려를 중심으로 가장 큰 공덕이 되어 무한한 영험을 나투게 되었다. 나아가 승·속 간에 이 경을 서사하는 공덕은 핵심·주축을 이루었으니, 그것이 독송·강설의 단계를 넘어서 직접 필서함으로써 온 몸을 감동시키고 무량한 영험을 성취하였다. 셋째, 이 원전의 문학적 실상은 위대한 문학으로 공인된 『법화경』에 기반을 두고 재창조된 문학작품이라는 데서 실증되었다. 따라서 이 영험예화들은 각기 역사적 신빙성과 신앙적 극락성을 아울러 가장 아름답고 멋지게 표출됨으로써, 영험의 문학이요 신앙의 문학으로 승화된 연화 중의 백련화였다. 나아가 이 작품들은 모두 예술적 감동과 신앙적 감응을 극대화함으로써, 『법화경』의 번문으로 행세할 수 있었다. 기실 이 자품들은 서사문학적 구조 형태를 갖추고, 무대배치나 인물설정, 사건 진행 등에서 소설적 구성 양식을 갖추었으며, 이를 전체적으로 감싸고 있는 표현·문체가 간결하면서도 입체적으로 완결되었기에, 문학작품으로서의 자질과 수준을 족히 유지하였다. 따라서 보편적 장르론에 입각하여, 이 예화들은 주로 소설이나 희곡으로 규정되었고, 그 나머지의 단

형 예화들은 일부 수필로 설정되었으며, 그 작품들의 삽입시는 추출·
보완되어 시가로 유추되었던 것이다.

④『법화영험전』의 불교문화사적 위상을 계통적으로 파악하였다.
우선 이 영험전의 불교사적 위상이 확연하여, 한·중 역대 불교사를 직
간접으로 반영하였다. 중국에 이어 한국에 불교가 전래되고,『법화
경』을 중심으로 전개된 사상사와 유통사 내지 승전사·승단사가 입체
적으로 불교유통사로 정립되었다. 나아가 그것의 신앙사적 위상이 부
각되어, 불교사상사나 불교교화사의 핵심·주축을 이룩하였고, 그 신
앙적 실체와 실상을 중심으로『법화경』의 영험사를 형성시켰다. 그리
하여 이 영험사는 신앙사와 표리 관계로써 그 유통과 교화상에서 막강
한 역량·기능을 발휘하였고, 따라서 한·중 영험사로 체계화되었으
며, 마침내 법화세계·법화사상의 유통사·교화사로 전개되었다. 한
편 이 영험전의 문학사적 위상은 그 자체가 문학적 실상을 갖추고『법
화경』의 역량과 권능에 따라 오랜 세월 유통되면서 문학적 기능으로써
역사를 이끌어 온 데서 확인되었다. 그것은 법화세계의 찬연한 문학으
로써 그 심오한 종교·예술사를 지향하면서 법화문학사·포교문학사
내지 불교문학사의 핵심·주축을 이루어 왔다. 그러기에 이 작품들의
연행과 직결되어 연극·연행사를 보좌하고 나아가 불교소설사·불교
희곡사 내지 불교수필사·불교시가사 등에서 소중한 위치를 차지하여
불교문학사상에서 뿐만 아니라 한국문학사상에서도 소중한 역할과 함
께 지대한 영향을 끼쳤던 것이다. 나아가 이 영험전의 번역·전파사는
한문본의 구역·구전보다는 훈민정음 이후의 국문화에 역점을 두었으
니, 그 국역본이 형성·전개된 것은 분명한 일이었다. 다만『지경영험

전』의 모습으로 국역·인행된 사례가 현전할 뿐, 『법화영험전』의 국역
본 자체는 아직 발견되지 않았다. 따라서 이것의 현대 역에 초점을 맞
추어 방향과 방법을 모색하였다. 그리하여 우선 이 영험전을 완역하는
것을 원칙으로 하고, 각 편의 원전이 축소·요약되었다는 전제 아래,
직역을 벗어나 의역을 택하는 게 당연하였다. 그리고 이 영험예화는
신앙적 주지를 강화하는 장치로써 그 영험적 핵심을 선명하게 부각시
키는 데에 역점을 두었다. 나아가 이 번역의 문체는 쉽고도 재미있는
문학적 간결체를 중심으로 한글 전용의 현대문을 운용케 되고, 따라서
현대소설·희곡의 문체를 지향할 수도 있었던 것이다.

이로써 그동안 방치되었던 보배로운 불서·작품이 새롭게 조명되어
그 진가를 들어내게 되었다. 그러나 이 논고가 부실하여 그 소개와 함
께 연구 방향을 제시한 데에 그치고 말았다. 따라서 사계의 전문가들
이 동원되어 본격적인 연구에 착수할 계기를 마련한 것으로 자족할 수
밖에 없다.

제2장

한·중 고승전의 문학적 전개

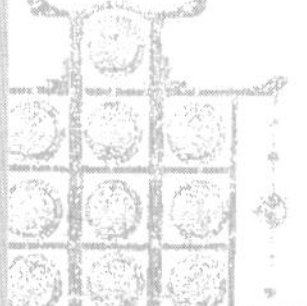

1. 서론

한·중 문학사상에서 고승전만큼 중요한 위치를 차지하면서도, 소홀히 취급되어 온 문학작품도 드물 것이다. 그것은 그 명칭에 집착하여 문화사나 불교사 등에서 중시·논구하는 경향에 편승하여 문학계에서 큰 관심을 갖지 않았기 때문인가 싶다. 실은 문학 쪽에서 볼 때 이 고승전은 정도의 차이는 있지만 모두가 문학작품이다. 그것은 흔히 말하는 전기문학 중에서도 가장 신성하고 기발한 문학이라고 보아진다. 그것이야말로 역사성을 바탕으로 종교성과 문학성을 절묘하게 조화시킨 장중하고도 멋진 문학작품이기 때문이다. 이러한 고승전의 문학적 전개을 검토하는 것은 매우 긴요한 일이다. 한·중 양국에 유전하는 방대한 고승전을 문학적으로 분석하고 문학사적으로 고찰한다면, 양국 문학사는 상당 부분 정리되리라 예상되기 때문이다.

　주지하는 바와 같이, 한・중 고승전에 대하여 한・중・일 학자들이 문화사 내지 불교사, 그리고 문헌・주석학적 측면에서 연구해 온 업적은 실로 상당한 수준에 이르고 있다.[1] 그런데도 이 고승전을 문학적으로 검토한 본격적인 업적은 그리 많은 편이 아니다. 최근에 이른바 서사 형태로 한국 인물전의 문학적 연구가 진행되는 가운데[2] 한국의 고승전에 문학적 관심을 가지기 시작하였다. 그리하여 『해동고승전』이나 『삼국유사』의 고승별전을 필요한 대로 선택・고찰한 업적이 있었고,[3] 나아가 이런 일련의 고승별전에 대하여 '한국 승전문학'을 설정하고 그 서사문학적 양상을 몇 가지 측면에서 고찰한 성과도 나타났다.[4] 또한 최근에는 '한국의 고승전에서 세계의 성자전으로'를 표방하고, 우리 고승전을 문학적으로 고찰하여 동양권 고승전 내지 세계의 성자전과 비교・검토함으로써, 고승전・성자전의 위상을 거시적으로 파악하자는 방법론적 서설이 나왔던 것이다.[5] 이러한 시점에서, 한・중 고승전을 종합적 문학작품으로 간주하고 문학론과 문학사적 관점에서, 그 문학적 실상과 문학사적 위상을 조명하는 것이 당면 과제가 되었다.

1　鄭郁卿, 『高僧傳硏究』, 文津出版社, 1987; 장휘옥, 『해동고승전 연구』, 민족사, 1991; 황패강, 「해동고승전연구」, 『신라 불교설화 연구』, 일지사, 1975; 김형우, 「해동고승전에 대한 재검토」, 『사학논집』, 태학사, 1984 등 참조.
2　김용덕, 『한국 전기문학론』, 민족문화사, 1987; 이동근, 『조선 후기 '전'문학 연구』, 태학사, 1991; 박희병, 『한국 고전인물전 연구』, 한길사, 1992 등 참조.
3　조동일, 「『삼국유사』 불교설화와 숭고하고 비속한 삶」, 『『삼국유사』 연구』 상, 영남대 출판부, 1983; 최홍섭, 「『삼국유사』 고승별전의 연구」, 충남대 석사논문, 1990; 사재동, 『불교계 서사문학의 연구』, 중앙문화사, 1996 등 참조.
4　김승호, 『한국 승전문학의 연구』, 민족사, 1992.
5　조동일, 「한국의 고승전에서 세계의 성자전(聖者傳)으로」, 『관악어문연구』 21, 서울대 국어국문학과, 1996.

이처럼 고승전에 대한 문학적 연구가 본격화되는 마당에서, 장구한 역사 위에 상보 관계를 유지해 온 양국 고승전의 대비적 고찰은 결국 양국에 상보적 성과를 가져 올 것이기 때문이다.

이에 본고에서는 첫째, 한·중 고승전의 원전과 성격을 유형별로 검토하겠다. 둘째, 그것들의 찬성 경위를 몇 가지 측면에서 추정하겠으며, 이어 그것들의 문학적 실상을 장르론으로써 고찰·평가하겠다. 그래서 이 작품들의 문학사적 전개 양상을 논의하는 기반·단서를 제시코자 한다.

2. 고승전의 원전과 성격

한·중 고승전의 형태는 다양하고 그 범위도 매우 넓다. 역대 고승들의 원초적 행적이 사서나 수기 등에 산재한 것은 헤아릴 수 없이 많다. 나아가 이러한 행적이 입전되어 적어도 전의 형태로 찬성된 것만도 질량면에서 광범하고 풍성한 실정이다. 그리하여 이른바 고승전의 양태를 갖춘 작품들을 유별해 보면, 대강 다음과 같이 나타난다.

첫째로, 비명체가 있다. 역대 고승들의 열반 후에 사리탑을 세우고 비명을 새기는데, 그 비문이 본래적인 고승전의 원형을 보인다. 그것은 금석문의 성격상 가장 긴요하게 짜여진 고승의 전기이기 때문이다. 그 문장 속에 응축된 고승의 생애와 행적은 실로 그 승전의 역할을 족히 해내고 있는 게 분명하다. 한·중 양국에 산재한 금석문 중에서, 고승비명은 그 질이 높고 양이 많기로 유명하다. 중국의 사원·비림에만도 「도인법사비명道因法師碑銘」·「법완선사비명法琬禪師碑銘」·「대지선사비명大智禪師碑銘」·「초금선사비명楚金禪師碑銘」 등이 즐비하고,[6] 전국 유명 사찰과 박물관에 보관된 고승비명은 모두 당대 승·속의 명문으로서 그 수를 헤아리기가 어렵다. 한국에서는 신라사산비명을 비롯하여[7] 「원종대사혜진탑비명元宗大師惠眞塔碑銘」·「법인국사보승탑비명法印國師寶乘塔碑銘」·「진관선사오공탑비명眞觀禪師悟空塔碑銘」 등이 전국 고찰에 산재하여[8] 그 높은 문장 수준과 그 많은 수량에서 해동 비림·문원의 주종을 이루고 있는 게 사실이다.[9]

이와 같은 비명체는 한·중 양국에서 전형적인 전기 형태를 갖춤으로써, 체제와 문장면에서 정연하고 모범적인 기전체를 보이고 있다. 이 고승비명들은 전체적으로 전기적 구조에다 역사성과 종교성을 배합하여 문학화됨으로써, 그것이 수려한 산문문학의 범주 안에 들게 된다. 따라서 이 비명 속에는 이미 '영웅의 일생'으로서의 서사적 골격이 형성되어 있는 것이다. 그리하여 이 비명은 금석문이라는 엄격한 한계에도 불구하고 저명한 성자의 기전으로서 분명한 형태를 유지하면서 널리 전승·유통되었던 것이나.

이 비명은 입석의 고정된 위치에서 많은 관람·독자를 통하여 읽혔던 것은 물론이다. 그리고 이 비명은 탁본이나 책자로 작성되어 광범

---

6   李域錚 外, 『西安碑林 書法藝術』, 陝西人民美術出版社, 1994 참조.
7   최치원, 이우성 교역, 『신라사산비명』, 아세아문화사, 1995.
8   이지관 교역, 『역대고승비문』, 가산불교문화연구원, 1993~1995.
9   허흥식, 『한국금석전문』, 아세아문화사, 1983.

위하게 유통되었던 것이다. 그로부터 이 비명은 금석문의 고정성을 벗어나 다소간 변통되는 여지를 가지게 되었다. 여기서 이 비명은 여러 경우와 경로를 통하여 독파·구전되었기 때문이다. 따라서 이 비명의 전기적 유형은 구비 전승의 흐름을 타고 설화화되어 개변·부연의 성장을 거듭함으로써, 서사적 승전의 활로를 열었던 것이다. 그러므로 고승들의 비명체는 가장 원형적인 고승전이라 하겠고, 그것이 후대 고승전의 기반을 이루었다고 하겠다.

둘째로, 열전체가 있다. 중국의 『사기』와 한국의 『삼국사기』에 열전을 실어 전기의 전범을 보였거니와,[10] 그와 같은 형태를 따라 오직 고승전만을 만들어 모은 이른바 고승전 전집이 편찬되었다. 이것이 인물승단사나 인물불교사를 지향하고 있는 것은 사실이지만, 그 각개 고승전은 독자적인 전기 형태를 이루고 있다. 이러한 고승전은 많은 인원을 합록해야 되는 제한과 역사 지향적 한계로 하여 그 규모나 내용 상에서 상당한 제약을 받고 있는 게 사실이다. 그래서 이 열전체는 비명체를 크게 벗어나지 못하지만, 역시 승전의 전기적 역할을 다하고 있는 터다. 중국의 『양고승전』·『속고승전』·『송고승전』·『대명고승전』·『비구니전』·『신승전』 등[11] 역대 고승의 열전이 무수히 전개되어 왔다. 그것들의 내용은 대강 10과목으로 유별되어 있고,[12] 각개 고승전의 독자적 특성을 발휘하고 있다. 한국에서도 중국의 경우와 같이 그 시대에 상응하는 여러 고승전이 편찬되었을 것이나, 신라 대의 『고승전』이 흔적만 남

---

10 임형택, 「『삼국사기』 「열전」의 문학성」, 『한국한문학연구』 12, 한국한문학회, 1989.
11 「사전부 2」, 『신수대장경』 50, 불교대승회, 1976, 322~1014쪽.
12 『양고승전』에서는 서발(序跋)과 함께 편목이 역경·의해·신이·습선·명율·유신·송경·홍복·경사·창도 등 10과목으로 되어 있고, 다른 고승전도 이와 유사하다.

아 있고,[13] 고려의 『해동고승전』 일부만 현전한다.[14] 조선 후기의 『동사열전』이 겨우 전하여 그 열전체의 전통을 이어 주었다.[15] 그 과목의 분류나 체제는 원래 중국의 그것과 같았던 것이다. 그러나 각개 고승전의 형태·내용은 유사한 듯하면서도 독자성을 보이고 있는 게 확실하다.

이러한 열전체는 역시 한·중 양국에서 명실공히 전형적인 승전 형태를 완성한 것이었다. 따라서 그것이 이른바 전기적 유형을 완결하고 나아가 그 체제와 문장표현도 문학적으로 세련되어 있었다. 이 열전체가 전술한 바 여러 가지 제약에도 불구하고 그 역사성을 바탕으로 종교성·신이성을 문학적으로 조화·표출하였다는 점에서, '영웅의 일생'을 구비한 본격적 승전문학의 영역에 한걸음 다가섰다고 하겠다. 거기에는 이미 본격적인 산문문학으로 행세하면서, 전장의 면모와 함께 서사문학의 형태를 갖추고 있는 작품들이 많기 때문이다.

이러한 서사문학의 형태는 바로 역사성에 기반을 둔 종교성과 문학성의 확대를 의미한다. 이 열전체의 각개 작품에 이미 불교적 신이성이 강조되고 따라서 그 개인적 명성에 의한 전설계 설화가 결부·개입되게 마련이었다. 각개 작품들이 구비 전승되는 마당에서 파생한 개인적 설화가 그 입전 과정에서 수용되었기 때문이다. 그래서 전게한 신승전을 비롯한 한·중 신이승의 행적에서 그 실화성이 강하게 나타나는 것이라 하겠다.

이 열전체가 각개 작품별로 문학적 기능을 발휘하는 가운데, 그것은

---

13 김대문의 『고승전』이 있었다 하나 실전되었다.
14 각훈의 『해동고승전』 2권만 현전하고 있으나, 한·중 고승전의 체제로 보아 적어도 5권 이상의 권질을 갖추었으리라 추정된다. 황패강, 앞의 글, 336~337쪽.
15 각안, 『동사열전』, 정문사, 1982.

한·중 양국의 대규모 승전집성으로 전개·유통되었다. 그것은 우선 문헌으로 간행되어 승단·불교사의 교본처럼 활용되었고, 나아가 문학적 포교방편으로 사용되었다. 그리하여 그것은 거기에 수록된 고승들의 권능과 법력·명성으로 하여 불서 내지 경전처럼 행세하게 되었다. 따라서 사원이나 불교계에서는 이것을 다투어 수지·독송하였던 것이다. 이러한 열전체가 문학적 관점에서 작품으로 인정될 때, 그것의 문헌적 유통은 많은 이본을 형성시켰던 것이다. 특히 그 구비적 유통은 수많은 이화를 생성시키며 널리 유전되었던 터다. 여기서 이 열전체의 각 작품이 지닌 설화성은 제대로 발휘되고, 나아가 설화적으로 더욱 부연·발전하였던 것이다. 그리하여 그것은 많은 이본·이화의 유통과 함께 승·속 간에 큰 영향을 끼쳤던 것이다. 결국 그것은 각개 작품의 역사적 교화보다는 신이적 감화와 설화적 감동으로 수용되었기 때문이다. 이러한 유통·수용 과정에서, 그것은 벌써 변화·발전의 조짐을 보였던 터라 하겠다.

셋째로, 별전체가 있다. 그것은 열전체에서 벗어나 고승의 행적을 본래부터 개별적인 독립 형태로 기술한 승전 유형이다. 말하자면 이 유형은 열전체에서 획기적으로 부연·발전한 이본 내지 별본의 성격을 지녔다고 보아진다. 그리하여 그 형식이 독자성을 띨 뿐만 아니라, 그 길이나 내용면에서도 비교적 장편이고 풍성한 편이다. 중국에는 돈황 출토의 '고승전인연'이 고승별전으로 취급되고[16] 나아가 「지자대사별전」·「법림대사별전」·「조계대사별전」·「현장법사별전」·「불공삼장행장」 등 많은 작품들이 현존하고 있다.[17] 이 별전체들은 자연 좀

더 정제됨으로써, 독자적 성향을 보이고 있는 게 사실이다. 한국에서
도 이러한 별전체가 독립적으로 형성되어 적잖이 유통되었을 것이지
만, 최치원의 「법장화상전」 정도가 현전하는 실정이다.[18] 신라대 고승
들의 별전체가 엄연히 찬성되었을 것이나, 그 원형이 변모·조정되어
『삼국유사』에 수록됨으로써, 「원효전」·「의상전」·「원광전」 등의 모
습으로 그 별전체의 잔형을 보이고 있다.[19] 그 후로 의천·보조·나
옹·보우·득통·서산·사명 등의 별전체가 실존하였음을 그들의 문
집에서[20] 유추할 수 있겠다.

이러한 별전체는 한·중 양국에서 실로 본격적이고 중후한 고승전
으로 정립된 것이었다. 그것은 전형화된 전기적 유형을 구체적으로 장
편화하고 설화성을 보다 더 강화함으로써, 그 '영웅의 일생'을 완결하
고 있다. 따라서 그것은 완벽한 구조·구성 형태와 구상적 문장·표현
을 통하여 불전체를 지향하고 있는 터라 하겠다. 실제로 고승의 최상
행적과 그 최고의 기술은 결국 불타의 행적과 그 전형을 추구하여 왔기
때문이다. 그러기에 그 별전체는 한 고승의 역사적 행적과 신화적 이
적 등을 설화적으로 충분히 조화·표출시킨 훌륭한 서사문학 작품이
라 하겠다.

이런 별전체는 불선을 시향한 문학작품으로서 승·속 간에 널리 유
통되었던 것이다. 우선 그것은 문헌으로 간행·유전되었으니 필사본

---

17 「사전부 2」, 『신수대장경』 50권, 불교대승회, 1976, 191~280쪽.
18 위의 글, 280~286쪽.
19 『삼국유사』 권4 「의해」조 참조.
20 한국불교연구회, 『韓國高僧集』―高麗時代 1권 義天·知訥, 同 3권 懶翁·普愚, 朝鮮
    時代 1권 得通, 경인문화사, 1974; 『서산대사집』·『사명대사집』, 동국역경원, 1970
    등 참조.

과 함께 목판본으로 행세하였다. 오늘에 전하는 다양한 이본들이 이 점을 족히 실증하고 있는 터다. 나아가 그것은 역시 구비로 전파되어 많은 이화를 남기게 되었다. 실제로 그것은 감동적이고 흥미로운 설화성으로 하여 강설·강담·강창 등의 방편을 타고 다양하고 광범하게 유전되었기 때문이다. 이런 유전·수용의 과정을 통하여 그것들은 더욱 활발하게 변환·발전할 가능성을 보이는 터라 하겠다.

넷째로, 변전체가 있다. 이것을 열전체 내지 별전체를 바탕으로 설화적으로 변모·부연된 형태를 드러낸다. 이것은 이른바 '고승인연'을 넘어서서 설화를 방편으로 허구적으로 서사화된 변형승전이라 하겠다. 그리하여 이것들은 고승변문이라고 간주될 수도 있겠다. 중국에는 돈황변문에 속하는 「목련연기」·「항마변문」·「난타출가연기」와 「여산원공화」,²¹·「당삼장취경시화」,²² 좀더 장편화된 「혜능전」과²³ 「대자은사삼장법사전」,²⁴ 등이 현전하고 있다. 이는 인도와 중국에 걸친 고승전의 변전체이거니와, 이만한 정도의 작품이라면 고승변문이라 하여 무방할 것이다. 한국에도 그만한 고승변문이 상당수 형성·유통되었을 것이지만, 현전하는 것은 매우 드문 형편이다. 겨우 『삼국유사』에 수록된 「원효불기」나 「광덕 엄장」·「남백월이성」·「원광서학」·「의상전교」·「경흥우성」·「월명사 도솔가」 등을²⁵ 통하여 그 변전체의 원형을 재구해 볼 수가 있고, 나아가 변문계의 「목련전」·「사리불항마

21　潘重規, 『敦煌變文集新書』, 中國文化大學 中文研究所, 1984.
22　羅振玉跋, 『唐三藏取經詩話』, 廣文書局, 1978.
23　柳田聖山編, 『六祖壇經諸本集成』, 中文出版社, 1976.
24　釋慧立, 『玄奘法師傳』, 玄奘寺, 1976.
25　『삼국유사』 권4·5 참조.

기」・「난타출가기」・「나운출가기」와[26] 「균여전」 정도가 현전하여 그 전형을 보이고 있는 것이다. 그러기에 이 한국의 변전체도 그 실상으로 보아 고승변문의 모습을 갖추고 있는 게 분명하다.

이러한 변전체는 한・중 양국에서 변문계 고승전 즉 고승변문으로서 어느 유형의 그것보다 발전・세련된 서사문학 양식을 확보하고 있는 터다. 물론 그것이 각개 고승의 역사적 행적을 근저에 깔고 있지만, 그것은 전기적 유형을 갖춘 포교문학으로서 신화성과 서사성을 허구적으로 조화시킨 서사문학 작품으로 전개되었다고 본다. 이 작품들은 불교계 서사문학으로 형성・전개되는 과정에서, 부연・성장을 통하여 어느새 설화적 성격을 강하게 나타냈던 것이다. 따라서 그것들은 이른바 '영웅의 일생'을 제대로 갖추고 소설적 성향을 드러낼 뿐만 아니라, 그것이 시가를 도입하여 강창문체를 구현함으로서, 연극적 연행도 가능하게 되었던 터다. 그러면서 이런 작품들은 각개 고승의 저명도에 따라 불전체를 지향하여 창조적으로 완결됨으로써, 드디어 불전・불경으로까지 승화・행세하였던 터다.

이만한 변전체는 역사적 고승의 서사문학으로서 포교를 위하여 종교적 감화력과 설화적 감동력을 충분히 발휘하였다. 더구나 그것은 불전을 지향히는 고승전에서 벗어나 불전・불경의 명색을 띠고[27] 불교계나 신불 대중에 성행하였을 뿐만 아니라, 일반 민중에는 소설적・문학

---

26 『월인석보』에 실린 「목련전」・「사리불항마기」・「난타출가기」・「나운출가기」의 한문 저본을 가리킨다.

27 「혜능전」이 불전으로 승화・행세한 것은 유명한 사례이거니와, 기실 그것은 돈황본에서는 「육조혜능대사어소주대림사시법단경 일권」이라 한 것을 비롯하여 「소주조계산 육조사단경」・「육조대사법보단경」・「육조법보단경」・「육조단경」 내지 「단경」 등 여러 이름으로 행세하였다.

작품으로서 널리 유통되었던 것이다. 그러한 성행·유통은 우선 문헌적 방편을 타고 원만하게 이루어졌다. 그것이 돈황사본처럼 필사되기도 하였고, 그 후로는 판본으로 대량 출판되기도 하였다. 여기서 오랜 세월, 넓은 지역을 통하여 많은 이본이 형성된 것은 물론이다.[28] 한편 그것이 구비적 방편을 타고 설화적으로 강설·강담·강창되었던 것은 당연하다. 이러한 유통 과정에서, 그것이 수많은 이화를 생산하게 마련이었다. 그것은 이 고승변문의 변모·성장을 촉진하는 구체적 사례가 되고, 그 전체의 설화적 성격을 형성하는 필연적 계기가 되었다. 여기서 이러한 실태와 성격을 가장 극명하게 드러내고 있는 전형적 작품은 아무래도 유동성을 가장 많이 지닌 변문계의 변전체라고 보아진다.

이와 같이, 한·중 양국의 고승전은 비명체와 열전체 그리고 별전체와 변전체 등의 유형으로 전개되었다. 이 유형들은 각개 특성에 따라 그 형성의 경향과 시기를 달리하면서도 공존·유통되었던 것이다. 그 유형들은 각기 역사성을 공유하면서도 독자적으로 종교적 신이성을 강조하여 왔고, 그에 따라 문학성을 강화하여 왔다. 그 문학성은 각개 유형의 형성·유통 과정에서 개입·부연된 신화·전설계의 설화에 의하여 좌우된 것이었다. 그래서 이 유형들이 그 기초적 역사성을 점차 약화시키면서, 신이성과 함께 설화성 내지 문학성을 더욱 강화해 온 것은 아무래도 비명체로부터 열전체와 별전체를 거쳐 변전체에 이르는 순차로 전개된 것이라 보아진다. 적어도 변전체를 대표하는 「혜능전」이나 「균여전」 등이 그 신화·설화적 성격을 갖춤으로써, 그러한 실태

---

28 柳田聖山編, 『六祖壇經諸本集成』에는 돈황본과 흥성사본·고려전본 등 필사본·판본이 13종이나 수집되어 있다.

를 확인시켜 주기 때문이다. 요컨대 이 고승전은 역사성과 종교성을 지니고 불전·불경처럼 행세한 설화적 문학작품이라 하겠다.

3. 고승전의 찬성 경위

이 고승전을 찬성·유통시킨 주체는 한·중 양국에서 공통성을 지니고 있다. 거기에는 우선 문화사와 불교사에 정통한 학승이나 친불학자들이 이를 주도했을 것이다. 그리고 불교문헌·불전을 찬성·체계화한 문승이나 신불 문사들이 여기에 동참했을 것은 물론이다. 이러한 고승전을 포교 방편으로 문학화하는 데는 보다 전문적인 문학승이나 일반 문인이 가세하였으리라 본다.

가령 고승전의 비명체는 중국의 승원(「법완선사비명」)이나 비석(「초금선사비명」) 같은 학승·문승과 이엄(「도인법사비명」)이나 엄정지(「대지선사비명」) 같은 신불 문사·문인들에 의하여 찬성된 게 사실이다. 그런데 여기에 동참한 찬성사들은 전체직으로 승려 쪽보디는 제가 문인 쪽이 우세한 편이다. 그것은 한국에서도 학승·문승이 그 찬성에 참여했을 것이나 사례가 아직 보이지 않고, 최치원(「사신비명四山碑銘」)이나 김정언(「법인국사비명法印國師碑銘」)·왕융(「진관선사오공탑비명」) 같은 재가 문장가들에 의하여 주로 찬성되었던 것이다. 이런 경향은 승가의 문장에 한계가 있었다기보다, 왕명이나 공론에 따라 한 고승의 숭고한 행적을 추모·

찬양하는 비문에는 직계 제자나 학승을 제외하고 고관 문장가들이 손을 대는 것이 객관성과 권위를 높이는 방편이라는 관례에서 비롯된 게 아닌가 한다. 그리고 그 열전체는 불교사·승단사의 전문성·특수성으로 하여 학승·문승들이 그 찬성·편집에 주로 참여하였던 것이라고 본다. 중국에서는 혜교(『고승전』)나 도선(『속고승전』)·찬령(『송고승전』) 같은 고승들이 이에 동참하였고, 한국에서도 각훈(『해동고승전』)이나 각안(『동사열전』) 같은 대덕들이 이에 참여하였던 것이다.

한편 그 별전체는 한 고승의 찬연한 행적을 구체적으로 서술했다는 점에서, 그 제자나 직계 법손이 찬술하는 경우가 주축을 이루었다. 중국에서는 관정(『지자대사별전』)이나 언종(『법림대사별전』) 그리고 도선(『현장법사별전』) 같은 고승들이 이에 참여하였고, 한국에서는 응당 학승·문승들이 많이 동참했을 것이나 일연(『삼국유사』 고승별전) 같은 학승이 이에 참여하여 있었고, 석학·문인으로 최치원(『법장화상전』) 같은 명사가 이에 동참하였던 것이다. 나아가 그 변전체는 신이성·설화성이 문학적으로 강조·부연된 점에서, 확고한 찬성자를 찾기가 어렵다. 그것은 돈황변문 내지 강창문학이 대부분 찬자 미상인 경향과 같다고 보아진다. 따라서 중국에서는 학승·문승이나 신불 문사·문인 등이 이에 직간접으로 관여되었을 것이니, 법해(『혜능전』) 같은 고승들이 그 흔적을 보이는 정도다. 한국에서도 이 상당한 학승·문승이나 신불 문사·문인 등이 이에 손을 댔을 것이지만, 혁련정(『균여전』) 같은 학자 문인이 창운(균여 전기 자료) 같은 고승의 협력을 얻어 그런 작업을 해냈던 것이다.

이와 같이, 여러 유형의 고승전을 찬성·유통시킨 주체가 학승·문승 내지 친불 학자·문사라는 것을 어림해 보았다. 여기서 그 유통을 중심으로 불가의 창도승·연예승·속강승의 역할이나 민간의 거사·광대의 기능이 중시되어야 하겠다. 그리고 이를 수용·전파시키는 신불 민중과 서민 대중의 위치가 실질적으로 중요한 것이라 보아진다.

이렇게 그 찬성의 주체가 파악되면, 그 찬성의 동기는 자명해질 것이다. 먼저 여기에는 역사적 동기가 뚜렷하였다. 그 중에서도 한·중 역대 고승의 찬연한 행적을 역사적으로 영구히 기리기 위하여, 사리탑이나 기념비를 세워 비명을 새겨 놓았던 것이다. 그것이 바로 고승전의 비명체로 나타났다. 웬만큼 고명한 승려라면, 그 제자·법손 내지 신도들이 그 유덕을 추모·기념하려고 승·속 간의 문사를 찾아 비문을 받고, 이를 서사하여 금석에 새기게 마련이었다. 이러한 추모·기념비의 관례와 전통은 한·중 양국에 불교가 수입·정착된 이래 오늘에 이르기까지 계승되어, 그 고승들의 행적을 역사적으로 증명·선양하고 있는 것이다. 이어 불가에서는 고승들의 개인적 사적을 전기로 기술하여 이것을 시대적으로 순열·집성함으로써, 각개 고승의 역사적 위치를 정립할 뿐만 아니라, 양국 승단사 내지 불교사를 체계화하게 되었다. 그것이 바로 고승전의 열전체로 등장하였던 터다. 그리하여 역대 고승들의 제자·법손은 그 선사의 전기가 그 고승전에 입적되는 소망을 이루게 되었고, 나아가 승단사나 불교사를 조감·고찰하는 학승이나 대덕들은 승가의 법통을 체계적으로 정리하고, 그 불교사를 국내외에 선양·정립시키는 데에 크게 기여하였던 것이다.

다음 여기에는 종교적 동기가 강하게 작용하였다. 실로 불교계에서 중시·숭앙하는 것은 역대 고승들의 탁이한 종교적 행적이다. 그래서 그 고승들의 신성한 언행과 수승한 영적, 불가사의한 도력과 법력 등

초인적 권능을 가장 강조·부연하여 입전하게 마련이었다. 그러므로 이러한 종교적 특성, 불교적 탁이성은 그 비명체나 열전체에서도 강조되고 있지만, 그 별전체와 변전체에서 보다 적극적으로 강화되어 있다. 말하자면 고승전은 역사적 근거를 가진 불교적 이적, 초인적 권능을 표출·선양하는 데에 주안점을 두고 있었다는 것이다. 바로 고승전의 그 점이 당대나 후대의 승가에 직접 감동을 주었을 뿐만 아니라, 후대 신불 대중에도 깊은 감화를 입힐 수가 있었기 때문이다. 그리하여 불가에서는 포교적 방편으로 활용하기 위하여 고승전을 찬성·편집하였다고 하겠다. 한·중 양국의 불교계는 승·속 간에 역사상 실존했던 고승의 탁이·위대한 행적을 통하여 가장 심대한 영향을 받을 수밖에 없었다. 그러기에 그 고승전은 후대로 전승·유통되면서, 보다 신이한 불교적 권능을 갖추도록 고양되고, 불타의 일생처럼 완벽해졌던 것이다.

한편 여기에는 문학적 동기가 보편적으로 적용되었다. 불가에서 이 고승전을 찬성할 때, 가장 중시하는 것은 각개 유형에 걸쳐 명문을 얻어 내는 일이었다.[29] 이런 명문이란 가장 효율적이고 아름다운 문장, 즉 문학문장을 의미하는 것이다. 그 고승의 숭고·탁이한 행적을 그처럼 완벽한 문학으로 표출해내는 것이 무엇보다도 소중하였다. 그 고승전의 구조 형태와 문체·표현 등이 문학적으로 승화될 때, 그것은 비로소 훌륭하게 완결되는 것이었다. 그러기에 고승전의 각개 유형들은 모두 그 자체로서 거의 완벽한 문학성을 갖추고 있는 것이다. 원래부터 이들 고승전에서는 그 문학성을 극대화하기 위하여 시가·수필·설

---

29 한·중 역대 고승전에 직접 손을 댄 승·속 인사들은 모두 당대의 유명한 문사였던 것이다.

화·소설·희곡 등 각 장르를 도입하는 한편, 과장법·대조법·비유법·인용법 등 각종 문장기법을 모두 활용하여 왔던 것이다. 따라서 이것은 그 고승전의 포교적 동기와 직결되어 포교문학의 면모를 족히 보완했던 터다.

여기서 문제되는 것은 이 고승전의 실제적 찬성 과정이다. 그것은 전체적으로나 각개 유형별로 여러 단계의 복잡한 내막을 가지고 있기 때문이다. 첫째로, 그 고승의 생애는 그의 열반 이후부터 전기화되기 시작하는 것이 상례다. 그 생전의 행적이 어록과 약력 등으로 기록되었을 뿐만 아니라, 도반·제자, 그리고 신불 대중의 기억 속에서 생생하게 살아 있기 마련이었다. 이에 그 고승의 생애가 마감되면서, 그를 숭모·추념하는 중론과 관례에 따라 그의 행적은 재정리·기록되는 것이었다. 그것은 먼저 그 고승의 천도 재의에서 천도문·찬덕문 등의 형태로 나타나고, 승·속 제자들의 추모담으로 표출·집성되게 마련이었다. 여기서 그의 생애는 문헌·구비로 하여 전기의 얼거리를 잡게 되고, 드디어 그 고승의 비명체로 정립되는 것이었다. 이렇게 한 고승의 행적이 금석문으로 완결되기까지는 형편에 따라 그 열반 후 1, 2년 내지 2, 3년이 걸리고, 경우에 따라서 상당한 세월이 필요하였다. 이런 비명체는 그 생전의 행적이나 열반 후의 이저, 추숭에 관한 모든 기록·구비물이 총망라되어 기초적 고승전으로 성립되었던 것이다. 그래서 이 비명체는 역사성과 현실성을 주축으로 하되, 그 고승의 신이성과 설화성이 삽입되고 당대의 문학 장르와 표현·문체에 의하여 기술됨으로써, 문학작품의 면모를 유지하게 되었다.

둘째로, 그 고승의 사실적 행적은 불교사적 전기로 찬성되었다. 우선 그 행적이 독자적 전기로 제작될 수밖에 없었다. 위 비명체를 전후하여 한 고승의 행적에 관한 모든 기록과 구비물이 종합적으로 수집·정리되고, 이것을 기초로 불교사적 관점에서 개별 고승전으로 찬술되는 것이 우선이었다. 다음에는 이런 개별 고승전이 승단사 내지 불교사의 차원에서 역사적으로 순열되고 계통적으로 체계화되도록 재조정될 수밖에 없었다. 여기서 개별 고승전은 독립된 체제를 유지하면서도, 한·중 전체 고승전상에서 일정한 위치를 차지하게 되었다. 그러므로 개별 고승전은 정도의 차이는 있지만, 전체의 규모와 체제를 위하여 전형적으로 재조정되었던 것이다. 여기서 열전체 고승전이 각개 고승전의 한계를 바탕으로 장강 같은 승전사 내지 불교사로 집성되었던 것이다. 이러한 열전체가 완성되기까지는 개별적인 차이는 있지만, 그 고승의 열반 이후 적어도 50년 내지 100년 이상이 걸리는 경우가 허다하였다.[30] 그러므로 그 고승의 행적이 다양한 측면으로 구비 전승되는 과정에서, 신이성과 설화성을 점차 강화하게 되었고, 그것은 당대의 문학 장르와 전형적 문체에 의하여 절제·표현됨으로써, 전형적 열전체의 문학성을 구비하게 되었다.

셋째로, 그 고승의 탁이한 전기는 불전 내지 불경을 지향하는 문학작품으로 개변·창조되었다. 여기서 고승전은 어떠한 제한도 없이 독자적으로 확대·승화될 수가 있었다. 그 이전에 유전되던 한 고승의 모든 행적 자료를 보다 광범하게 수집·정리하고, 이를 바탕으로 얼마든지

---

[30] Mircea Eliade, *The myth of the Eternal Return or, Cosmos and History*, Princeton University Press, 1971, p.43에서 한 인물의 사실이 적어도 2·3세기 정도를 지나서야 유형화·전설화된다고 하였다.

허구·부연하여 의도하는 작품으로 창작할 수가 있었기 때문이다. 그리하여 그 고승의 행적은 승려로서의 완벽한 전형을 갖추게 되었고, 불타의 행적을 전범으로 그대로 따르게 되었다. 그리하여 이것은 바로 고승전의 별전체로 정립되었던 터이다. 이와 같은 별전체에는 자연 당해 고승의 행적을 확대·승화시키는 상당한 작위가 더해졌던 것은 물론, 시가와 서사 장르를 도입하여 그 신이성과 설화성을 문학적으로 표현함으로써, 전기문학의 전형을 이루게 되었다. 나아가 그 중에서도 특출한 고승의 행적은 불경으로 행세하는 저명한 종합문학으로 재편·창작되었다. 이것은 그 열전체의 한계나 별전체의 정형을 벗어나 대중 포교를 위하여 가장 효율적이고 감동적인 내용과 표현을 지향하고 있었다. 그리하여 그 행적에서는 신이성과 설화성을 보다 적극적으로 강화하고 통속·대중적인 내용을 자유로운 표현으로 포괄하고 있었다. 그것이 바로 고승전의 변전체로 나타났다. 이러한 변전체는 그 내용과 표현에서 성·속을 드나들면서 시가와 서사 형태는 물론, 심지어 희곡 양식을 수용하고, 강창문체로써 역동적인 표현을 구사하게 되었다.[31] 그리하여 이런 변전체 고승전은 고승변문으로서 본격적인 종합문학의 양상을 보이게 되었던 것이다.

---

[31] 葉德均, 『宋元明講唱文學』, 河洛出版社, 1978; 경일남, 「고려조 강창문학 연구」, 충남대, 박사논문 1989; 김진영, 「불교계 강창문학 연구」, 충남대 박사논문, 1992 등 참조.

4. 고승전의 장르적 전개

이미 전제된 것처럼, 한·중 역대의 고승전은 모두가 승전문학이라 규정될 수가 있다. 그리고 그것은 전체적으로 전기문학의 전형을 이루어 왔다고 하겠다.[32] 그러므로 전기적 유형으로 '영웅의 일생'을[33] 그리고 있는 이 작품들은 일단 서사문학이라 규정하여 마땅할 것이다. 그런데도 거시적으로 보면, 그 전체가 종합문학의 실상을 드러내고 있는 게 사실이다. 그것이 여러 가지 방편을 타고 유통·생동할 때에는 전통적 문학 양식으로 분화·행세하였기 때문이다. 그러므로 전술한 바이 고승전이 형성 과정에서 도입·수용한 문학 장르, 시가·수필·설화·소설·희곡 등과 각종 문장 수법을 기준으로 하여 몇 가지 문학적 측면을 고찰할 필요가 있다.

1) 시가적 측면

이 전체 고승전 가운데서 시가에 해당하는 작품을 수습하여 하나의 장르로 집성시킬 수가 있다는 것이다. 먼저 그 비명체를 보면, 그 전기적 산문(병서幷序) 말미에 운문이 예외 없이 나온다. 그것은 '文曰문왈'·'銘云명운'·'銘曰명왈'·'詞曰사왈'·'辭曰사왈'이라 하고, 사언·오언·칠

---

32 김열규, 「민담과 이조소설의 전기적 유형」, 『한국민속과 문학연구』, 일조각, 1971.
33 조동일, 「영웅의 일생, 그 문학사적 전개」, 『민중 영웅이야기』, 문예출판사, 1992.

언 등의 운문이 계속된다. 중국에서는 상게한 비명을 비롯하여 거의 모두가 사언 고체시를 유지하고 있어 일면 사부의 성향을 보이지만, 그 것은 사언 장시로 산문성·서사성을 보다 강하게 드러내고 있다. 한국 에서도 전게한 비명을 중심으로 대부분이 사언 고체시로 마무리되어 공통성을 보인다. 그런데 구체적으로 근체시 형태, 오언·칠언의 고시 체를 활용하여 주목되는 바가 있다. 최치원이 지은 사산비명 중 「낭혜 화상비명郎慧和尙碑銘」의 오언과[34] 「지증대사비명智證大師碑銘」의 칠언[35]이 바로 그것이다. 이것은 한국 비명의 운문이 산문성과 서사성을 띤 고 시체임을 증언하는 터라 하겠다. 위 비명의 오·칠언 고시는 한국 근 체시사상에서 뚜렷한 작품으로 평가되겠기 때문이다. 상술한 한·중 비명의 운문은 그 고승의 생애·행적을 요약·찬양했다는 점에서, 산 문성을 띤 서사시의 면모를 보이고 있다고 하겠다.

그리고 그 열전체에는 시가가 삽입될 여지가 없고, 별전체에 극소수 의 시가만이 삽입되어 있는데, 그것은 다만 기술 과정에서 체제상의 제 한으로 그 고승들의 많은 시가가 제외·유보되었기 때문이다. 따라서 이런 고승전의 주변에서 많은 시가를 재구·수습할 수가 있겠다.[36] 이에 반하여 그 변전체에는 상당한 시가가 삽입·작용하고 있는 실정이다. 그것이 승전변문이라 전제될 때, 그 작품에는 많은 시가가 삽입·교직 되어 강창문체를 이룬 것이 당연하다. 중국에서는 상게한 승전변문을

---

34 최치원, 남포 성주사(藍浦聖住寺), 「낭혜화상백월보광탑비문」, 『역대고승비문』(신 라편), 가산문고, 1993, 165~166쪽.

35 최치원, 문경 봉암사(聞慶鳳巖寺) 「지증대사적조탑비문」, 위의 책, 290~291쪽.

36 고승전의 기술체제상, 그 고승의 시가를 제외·유보시켰다가 다시 결부시키는 경우 가 있었다. 가령 「균여전」에서 그의 〈보현십원가〉가 달리 유통되다 나중에 입전하 는 과정에 끼어들었던 경우와 같은 것이다.

비롯하여 그 계통의 작품들이 「여산원공화」를 제외하고는 오언 · 칠언
의 근체시와 이 계열의 민가 · 백화시까지 많이 포괄 · 수용하고 있다.[37]
한국에서는 전게한 승전변문을 중심으로 모든 작품들이 오언 · 칠언의
근체시와 민요 · 향가까지 상당수를 수용하고 있는 실정이다.[38] 이와 같
이 한 · 중 양국의 변전체에는 그 산문속에 수많은 시가가 삽입 · 조화되
어 성황을 이루고 있었던 것이다. 여기서 한 · 중 비명체 · 열전체 내지
별전체에 삽입 · 수용되지 못했던 그 고승들의 시가를 수습 · 합치시킨
다면, 이 시가 장르는 더욱 풍성해지리라 본다.

　이로써 한 · 중의 고승전에서는 각기 시가 장르를 추출 · 조합시킬
수가 있는 것이다. 마치 넓은 초원에 만발한 꽃나무를 캐다가 아름다
운 화원을 만드는 것과 같다고 하겠다. 그것은 단순한 시가가 아니라,
그 고승전의 산문 속에서 역동성을 자아내고 운 · 산문을 교직시켜 강
창성을 창출함으로써, 독특한 장르로 전개될 수도 있었던 터다.

2) 수필적 측면

　이 고승전에는 수필 장르에 해당되는 작품들이 적지 않다. 그동안
한 · 중 양국에 보편화된 수필 장르 가운데는 논설과 서발, 전장과 비지
등이 있다.[39] 이 논설은 어떤 인물이나 제재에 대하여 논평하는 것이고,

37　「항마변문」, 「난타출가연기」 · 「목련연기」 등 고승변문, 『돈황변문집신서』 권3 · 4;
　　羅宗濤, 「變歌 · 變相與變文」, 『中華學苑』 7期, 臺灣政治大學 國文硏究所, 1971 등 참조.
38　「남백월이성」, 「원효불기」 · 「광덕 엄장」 등 고승변문(『삼국유사』 권3 · 4 · 5)과 「균
　　여전」 등 참조.

서발은 주로 역대 문장·전적에 붙이는 서문과 발문을 포괄하는 것이다. 그리고 전장은 역대 인물의 일생을 간략히 기술한 전기와 행장을 포함하는 것이고, 비지는 어떤 인물이나 사실을 기념하는 비문과 묘지를 함께 지칭하는 것이다. 그렇다면 이 고승전에는 이상 수필 장르에 소속될 작품들이 선명하게 부각되는 터라 하겠다.

먼저 여기 논설에 해당되는 작품들을 들어 보겠다. 중국 측의 고승전에서는, 전게한 열전체, 『양고승전』·『속고승전』·『송고승전』·『대명고승전』 등의 각개 과목의 말미에 '論曰논왈' 또는 '系曰계왈'이라 하여, 그 과목 전체를 총괄·요약하는 전문적 논설이 붙어 있는 것이다. 말하자면 위 4대 고승전에 공통되는 10개 과목, 역경·의해·신이·습선·명율·유신·송경·흥복·경사·창도 등에 걸쳐 입적된 승전을 망라·평가하고 불교사적 위상을 논증하는 논설이 적어도 40편 가까이 현전하고 있다는 것이다. 한국 측의 고승전에서도, 그것은 전게한 열전체 중에서 『해동고승전』에만 현전하는 실정이다. 중국 측 고승전의 과목에 기준하여, 저 '역경譯經' 대신에 '유통流通'을 설정하여 각개 고승전을 순열하는 가운데, '찬贊'을 붙여서 저 논설의 역할을 대신하였다. 그런데 이 찬은 중국의 경우와 달리, 비교적 짧고 요약된 산문으로서 각개 고승전의 말미에 붙어 논설의 면모를 유지하고 있다는 것이나. 따라서 현존하는 고승전 18개 잔편에 따라, 꼭 18편의 논설이 실존하는 셈이다. 이렇게 볼 때, 그 규모는 비록 작지만 알차고 값진 승전계 논설이 『해동고승전』 원본에만도 수십

---

39 민병수, 「문장의 형식과 성격」, 『한국한문학개론』, 태학사, 1996에서는 논변·주의·조령·서독·증서·전상·비지·잡기·서발·잠명·송찬·애제·필기 등의 유형으로 나누어 놓았다.

편이나 제작·유통되었으리라 추정된다.

이러한 한·중의 고승전계 논설이 논조와 기본 구조를 같이 하면서, 각기 독자적 형태로 전개되었다. 중국의 그것이 비교적 장황하고 전문적인 경향을 지닌데 대하여, 한국의 그것은 간단·명료하고 함축적인 성향을 보이는 게 특징이라 하겠다. 그래서 이러한 고승전 열전체 속의 논설들은 모두 당대의 고승·대덕, 문장대가에 의하여 제작됨으로써, 완벽한 문학적 수필작품으로 행세하였던 것이다. 더구나 이 논설들이 그 고승전의 유통망을 타고 널리 전파·기능했으리라고 보아진다. 한편 여기서 주목되는 것은 이러한 논설들이 고승전을 평가하는 문장이라는 점이다. 그러기에 이 논설들은 평론의 기능을 겸하고 있는 터라 하겠다.

그리고 여기 서발에 소속되는 작품들을 들어 보겠다. 전게한 중국측 열전체 고승전에는 모두에 반드시 서문이 얹혀 있고, 더러는 말미에 후서·발문이 붙어 있게 마련이었다. 『양고승전』에는 분명 「고승전서록高僧傳序錄」(석 혜교釋慧皎)이 그 마지막 권14에 실려 있어 독특하다. 거기에는 그만한 내막이 있었겠지만, 아무래도 고승·대덕의 성적을 입전·열거하는 숭고한 서두에 자신의 소견을 내놓기가 어렵다는 겸허가 아니었나 싶고, 그래서 발문을 겸하여 후미로 돌린 것이라 보아진다. 이어 『속고승전』에서는 「속고승전서」(석 도선釋道宣)가 모두에 당당히 실려 있고, 다음 『송고승전』에서는 「진고승전표進高僧傳表」(찬영贊寧) 아래에 「송고승전서宋高僧序」(찬영)가 서두에 자리하였고, 그 말미에는 「후서」까지 수록되었다. 그리고 『대명고승전』에서는 「대명고승전서大明高僧傳敍」(여성如惺)가 초두에 실리었고, 『비구니전』에서는 「비구니전

권제일 병서比丘尼傳 卷第一 幷序」(보창寶唱)의 형태로 서문이 머리에 붙어 있으며, 『신승전』에서는 「어제신승전서御製神僧傳序」(영락제永樂帝)가 서두에 기재되어 더욱 빛나고 있다. 한편 전게한 별전체 고승전에도 서문이 붙는 경우가 있다. 저「법림대사별전」위에 놓인「법림대사별전서」(이회림)와 「대자은사삼장법사전」위에 실린 「대당대자은사삼장법사전서」(석 언종), 그리고「법장화상전」과 관련된「신간현수국사비전서」(석 봉담) 등이 다 그러한 전형적 작품들이다.

　나아가 변전체 고승전에도 그 서문·발문이 붙게 되었으니, 그 중에서도「혜능전」(『육조단경』)의 경우가 대표적인 사례라 하겠다.「혜능전」의 많은 이본 가운데 원본에 가까운 돈황본에는 서문이 불투명하고, 흥성사본에는 「육조단경서六祖壇經序」(혜흔惠昕)와 「육조단경기」(조자건晁子健)가 있고, 금산천령사본에는 「소주조계산육조사단경서韶州曹溪山六祖師壇經序」(융경암隆慶庵 비구)가 있다. 그리고 고려전본에는「육조대사법보단경략서六祖大師法寶壇經略序」(법해法海)가 앞에 실리고, 뒤에 「고자간발古者刊跋」(미상), 「단경발壇經跋」(소남옹所南翁)과 「법보단경발法寶壇經跋」(지눌知訥), 「단경발」(회당晦堂)과 「단경발」(행사行思), 「단경발」(태헌太憲)과 「간행단경후발刊行壇經後跋」(봉기鳳機) 등이 연속 어울려 있다. 명판 남전본에는 「육조대사법보단경찬六祖大師法寶壇經贊」(계숭契嵩)이 실리고, 청대진박중졸본에는「어제육조법보단경서御製六祖法寶壇經序」와 「육조대사법보기서六祖大師法寶記序」(랑간郎簡), 「중간단경서후重刊壇經書後」(창진박彰眞楼) 등이 얹혀 있다. 그리고 소위 조계 원본에는 「어제육조법보단경서」(성화제成化帝)와 「각법보단경서刻法寶壇經序」(이재李材)가 앞에 놓이고, 뒤에 「중침조계원본법보단경연기重鋟曹溪原本法寶壇經緣起」(왕기륭王起隆)과 「중정조계법보단경

원본발重訂曹溪法寶壇經原本跋」(담정묵譚貞默), 「독단경원본송讀壇經原本頌」(엄대
삼嚴大參) 등이 붙어 있으며, 이른바 유포본에는 「육조법보단경서六祖法寶
壇經序」(덕이德異)와 「단경발」(석 종보釋宗寶)가 실려 있는 것이다.[40] 이처럼
방대한 고승전과 직결되어 서발이 다양하게 생성·유통되는 게 주목된
다. 그것은 당대의 제왕이나 저명한 학승·문사들이 고승전을 바탕으
로 창제하였기 때문이다.

한편 한국의 고승전 열전체에도 서문·발문이 중국의 경우처럼 상
당히 붙어 있었을 것이다. 그러나 현전하는 것은 다만『해동고승전』의
서문 정도라 하겠다. 이것도 그 초두에 서문이라고 정당히 내세우지
않고, 제1권 머리에 「유통流通·일지일一之一」의 '論曰논왈'로 시작하여
총론격인 서문을 써 놓은 것이다. 그러니까 그것은 서문 대신으로 지
어 낸 총설인 셈이라 하겠다. 그러므로 그 내용과 문체는 중국 역대의
그런 서문보다 폭넓고 알찬 것이라 보아진다. 이런 정도의 서문이라면,
그 많은 작품들을 비교하는 마당에서 중국과 대등한 서문을 재구할 수
가 있겠다.

그리고 별전체 고승전에도 서문·발문이 직결·부수되었을 것이나,
현전하는 바는 불투명하다. 저 「법장화상전」의 경우나『삼국유사』에
수록된 고승별전의 흔적을 보면, 상당수의 서발이 있었다고 추정된다.
그 「법장화상전」은 최치원이 지은 작품으로 그 관계 서문이 현존하고,
위 고승별전의 말미에 '찬讚'이 붙어 그 발문의 역할을 대신하기 때문이
다. 기실 그 말미의 찬은 비록 근체시 형태를 보이고 있지만, 그 고승전
을 총괄·평가하고 찬양하는 내용이므로 족히 그 발문으로 행세해 온

---

40 이상 「혜능전」 관계는 柳田聖山 編, 『六祖壇經諸本集成』 참조.

것이 사실이다.

나아가 한국의 변전체 고승전에도 중국과 같이 상당한 서문·발문이 부수·유통되었을 것이지만, 현전하는 바는 아주 드물다. 그 중의 대표적인 사례는 바로 「균여전」의 경우라 하겠다. 이 작품은 해인사판 이외에 별다른 이본이 없었고, 지금 여러 가지 활판본으로 보급되고 있는 실정이다. 「균여전」의 초두에는 「대화엄수좌원통양중대사균여전병서大華嚴首座圓通兩重大師均如傳幷書」(혁련정)가 엄연히 자리하고 있다. 이 작품의 10개문 중에서, 「제칠 가행화세분자第七 歌行化世分者」가운데는 향가에 대한 서문이 있어, '其序云기서운'(균여) 아래에 전개된다. 그리고 「제8 역가현덕분자第八 譯歌現德分者」 가운데도 역가에 대한 서문이 나와 '其序云'(최행귀) 아래에 소개된다. 그리고 이 작품의 말미에 「후서」(혁련정)가 붙어 있어 정연한 체제를 이룬다. 「균여전」에 기반한 서문·발문이 이만큼 갖추어진 것을 보면, 원래 고승전 변전체에는 수많은 서발들이 있었으리라 추정된다. 이런 작품들이 형성·유통되다가 그 원작의 일실로 하여 자연 실전되었던 것이라 하겠다. 따라서 현전하는 그 서문·발문과 중국의 그것들을 기준하여, 많은 원전 작품을 재구할 수가 있으리라고 본다.

이상과 같이 한·중 양국의 고승진의 서발이 고금을 통하여 다양하게 형성되어 성행하였다는 게 확인·주목되는 터다. 그 작품들에는 고승전과 직결되어 어제도 있고, 당대의 고승·대덕 중 저명한 학승이나 문사의 제작도 나타나서 가장 값지고 법도 있는 창작 수준을 유지하고 있다. 이 작품들은 역사성·종교성은 물론 그 정제된 문학성을 통하여 탁월한 수필작품으로 한·중 양국에서 그 진가를 발휘하였던 것이다.

한편 이 서문·발문들은 고승전 전체나 개별 작품을 해설·평가하고 찬양하는 역할을 제대로 하고 있었다. 그것은 물론 긍정적이고 미화된 논조를 보이고 있는 경향이지만, 넓은 의미에서는 크게 그 고승전들을 비평하는 역할을 계속하고 있다. 따라서 일반적으로 모든 서책의 서문·발문들이 비평의 성격을 가지고 있는 것처럼, 고승전의 모든 서문·발문도 역시 평론의 성격을 지니고, 그런 기능을 다해 왔다고 하겠다.[41]

다음 여기 전장에 해당되는 작품들을 들어 보겠다. 먼저 열전체 고승전의 전체와 역대 고승의 문집에 실린 승려들의 행장을 지목할 수 있다. 중국에서는 전술한 바 열전체 고승전, 『양고승전』·『속고승전』·『송고승전』·『대명고승전』·『비구니전』·『신승전』 등에 실린 개별 고승전이 모두 전장에 해당된다. 그리고 한국에서는 『해동고승전』과 『동사열전』 등에 들어 있는 개별 고승전이 모두 전장에 포함되는 것이다. 이러한 기준에 의하면, 한·중 양국에 산재한 많은 고승들의 문집에 실린 고승의 행장도 이에 포괄될 수가 있겠다.

이러한 전장은 현전하는 구조 형태가 고정되어 그 장르 규정에 손쉬운 바가 있다. 그런데 이 전장의 형태가 실제로 유통되는 과정에서는 복잡한 양상을 보이기도 한다. 이 전장은 바로 '전傳'의 장르로서, 그 서사성 '영웅의 일생'을 갖추어 생동·전개되는 마당에서는 단순히 수필 장르에만 머물 수 없는 능동적 융통성을 가지고 있기 때문이다. 그래서 문헌으로 정착되어 있는 현전 상태에서만 그 전장은 수필 장르에 머

---

41 이 서발이 붙은 작품의 장르와 내용에 따라, 그것은 시가론·수필론·서사·소설론 등으로 나누어 볼 수도 있겠다. 김선기, 「최행귀의 향가론 고찰」, 『한국언어문학』 38, 한국언어문학회, 1997, 145~156쪽에서 서문을 통하여 그의 향가론을 정립하였다.

물고, 그것이 개방·유통되는 능소능대의 활동상태에서는 그 장르를 현장적으로 검토할 수밖에 없는 것이다. 이처럼 한·중 양국의 전장은 그 자체로서 그만큼 방대한 수필 장르로 행세하고, 나아가 보다 능동적인 서사문학, 설화나 소설로 성장·발전할 수 있는 여지를 얼마든지 가지고 있는 터라 하겠다. 그러므로 이 전장은 우선 서사적 수필로서 문학적 가치·기능을 발휘할 뿐만 아니라, 좀더 장대한 서사 장르로 발전할 수 있는 길을 열어 놓은 개방적 문학 형태라고 보아진다.

또한 여기 비지에 해당되는 작품들을 들어 보겠다. 전게한 바 비명체 고승전이 모두 이 장르에 소속될 것이다. 중국의 무수한 고승비문과 한국의 허다한 고승비문이 합류되면, 그 방대한 작품의 흐름은 장관을 이룬다고 하겠다. 기실 이 비명체는 금석문으로서 그 특성과 제한이 있기에, 전장과는 별도로 취급될 수밖에 없는 실정이다. 그렇지만 그 비문의 명에 앞선 이른바 '병서幷書'는 그 대상 고승의 행적을 집약·서술한 전기라고도 하겠다. 그러므로 이 비명체는 크게 보아 전장에 포함시킬 수도 있겠다. 따라서 이 비명체는 비지에 소속되는 게 확실하되, 그만큼 전기적 서사성이 강하다는 것이 특징이라 보아진다.

그래서 양국의 비명체는 구성·문체의 독자성과 간결·명료성으로 하여 특이한 문학성을 느러내게 된다. 그리히어 이 자품들은 금석뮤으로 고정된 상황 속에서, 엄연한 비지에 소속되어 수필 장르로 행세하였던 것이다. 그런데 그 작품들이 많은 독파·감상이나 문헌·구비화됨으로써 널리 유통되고 변화·발전한다면, 저 전장의 경우처럼 '영웅의 일생'을 갖춘 전기적 유형으로 전개될 수가 있겠다. 여기서 비명체 고승전은 수필문학적 면모와 함께, 변환·발전의 가능성을 고루 갖춘 문학작품이라는 것이 확인되었다고 본다.

위와 같이 한·중 양국의 고승전에서 수필 장르, 논설·서발·전장·비지 등을 탐색·규정하였다. 그 작품들은 당대 승·속 중에 최고의 문장 대가들이 최선을 다해 지어 낸 수필의 정화라는 것이다. 기실 이 고승전의 수필 장르가 그 승전문학의 주류를 이루어 왔다고 보는 것이 타당할 것이다.

여기서 전게한 바 표문이나 어제 서문을 상기·재고할 때, 그것은 비록 소수이긴 하지만, 각기 독립된 수필 장르로 배속시켜도 무방할 것이다. 전게한『송고승전』의「진고승전표」는 실제로 수필 장르 중 주의에 소속되어야 하겠고, 제왕이 써 내린『신승전』의「어제신승전서」나「혜능전」청대 진박 중재본의「어제육조법보단경서」, 그 조계 원본의「어제육조법보단경서」등은 사실상 수필 장르 중의 교령에 합류되어야 할 것이다. 그렇다면 이 고승전은 한·중 양국의 수필 장르를 보다 광범하게 담당·유지하여 왔다고 보아진다.

3) 설화적 측면

전술한 대로, 한·중 양국의 고승전은 본래 설화적 성격을 지니고 있다. 그것은 고승전을 입전·찬성할 때에 그 대상 승려의 설화적 전승을 흡수·인용하였던 데서 기인한다. 다시 한 고승전이 전승되는 과정에서 설화로 형성·전승되다가, 어떠한 계기로 그 고승전을 새롭게 찬성할 때, 거기서는 자연 설화적 요소를 수용·강화하게 되었던 것이다. 이렇게 장구한 전승에 따른 설화적 보강으로 하여, 그 고승전은 설화적 성격을 강하게 드러내고 있는 것이 분명해졌다. 이러한 현상은 한·중 고승전에서 공통으로 나타나고 있는 실정이므로 그러한 실례를 별도로 나열할 필요조차 없겠다. 다만 그러한 현상이 고승전의 유형에 따라 상대적인 차이를 보이는 것은 흥미 있는 일이라 하겠다.

실제로 비명체 고승전은 금석문의 한계 내에서 역사적 행적마저 요약·기술되는 마당에, 설화·문학적 표현이 그만큼 축약될 수밖에 없었다. 따라서 이 비명체에는 그 설화적 요소가 넉넉히 끼어들 여지가 없었다고 하겠다. 그러므로 고승전 중에서 비명체는 그 설화성이 가장 약화되어 있는 실정이다. 그런데도 이 비명체에는 그 고승의 종교적 신이성, 도력의 탁월성을 강조하기 위하여 부득이 설화적 방편을 활용할 수밖에 없었다. 그 설화적 방편이 축약·응축되어 있는 것은 사실이기에 그것을 근거로 하여 그 신화·전설적 설화의 실체를 확인·재구할 수가 있겠다.

그리고 열전체 고승전은 금석문 같은 제한에서는 벗어났지만 열전체로서의 한계성을 가지고 있으므로 일정한 체제 속에서 그 역사적 행적을 요약 기술하는 데에 치중하게 되었다. 따라서 그 내용에 설화를 제대로 수용하고 문학적으로 표현할 여지는 별로 없었다. 그러기에 그 고승전에 설화적 요소가 그만큼 약화되고 열세를 보이는 것은 당연한 일이다. 그러나 이 설화적 요소와 위상이 저 비명체에 비하여 좀더 뚜렷한 것만은 분명하다. 그것은 이 고승의 종교적 신이성이나 도력의 탁월성을 강조하기 위하여 설화적 방편을 활용할 수밖에 없었기 때문이다. 실제로 평상인을 넘어서는 신이성과 탁월성은 결국 신화적 설화를 통해서만 묘사·표현되는 게 사실이다. 그러기에 아무리 열전체의 범위를 고수한다 하더라도, 이 고승전에서는 신화·전설적 설화가 수용됨으로써 그 특성을 드러낸다고 하겠다. 특히 『신승전』의 경우는 신화적 설화성이 그 신이한 행적을 강조하는 데 기여하고 있는 실정이다. 따라서 이 열전체의 설화적 요소가 비록 약화·열세를 보인다 하더라도, 적절히 삽입·기능하는 그 설화의 실체는 어떤 계기를 만나 확대·재구될 가능성을 항상 지니고 있는 것이었다.

다음 별전체 고승전은 비명체나 열전체의 제한을 벗어나 불전을 지향하여 비교적 자유롭게 집성·조성되었다. 따라서 그것은 역사적 기반을 잃지 않는 한, 그와 관련된 설화를 제대로 수용·조절하여 문학적으로 표현될 수가 있었다. 여기서는 그 고승의 종교적 신이성과 도력의 탁월성을 강조하기 위하여 그의 신화·전설적 설화를 제한 없이 활용할 수가 있었기 때문이다. 그러기에 이 별전체에서는 역사적 사실이 축소·정리되고, 오히려 그 설화가 주류로 부각되는 경향을 보이게 되었다. 그래서 이 별전체는 설화성이 보다 강하여, 전체적으로 역사적 기반과 사실적 윤곽을 지닌 설화작품이라고 할 수가 있겠다. 그러기에 그것은 왕성한 설화성으로 하여 서사문학으로 전개되고 나아가 소설 형태로까지 전개될 수가 있겠다.

나아가 변전체 고승전은 별전체의 제한마저 벗어난, 자유자재한 형식으로 불전을 지향하여 부연·전개되었다. 따라서 그것은 역사적 사실에 구애되지 않고 그와 관련된 설화를 모두 수용·부연하여 창조적으로 표현할 수가 있었다. 그러기에 여기서는 그 고승의 종교적 신이성이나 법력의 탁월성이 허구적으로 극대화되어 있는 실정이다. 차라리 그것은 신화·전설적 설화로 짜여진 서사적 작품이라고 하겠다. 그러기에 그것은 포교를 위하여 형성·전개된 설화작품으로서, 그 부연·발전의 방향과 수준에 따라서는 단순한 서사문학의 한계를 넘어서 소설 형태로까지 전개될 수가 있겠다.

이와 같이, 한·중 양국의 고승전은 고정된 상황 속에서도 위와 같은 정도의 차이를 보이면서, 모두 강력한 설화성을 보유하고, 나아가 그것은 설화 그 자체이기도 하였다. 그러기에 불교설화를 연구·검토하는 마당에서, 실제적 원전으로 고승전을 활용한 것은 당연한 일이라 하겠다.[42] 그런데 이 고승전의 설화적 성격은 구비 유통을 전제로 그 진면목을 드러낸다는 점이 주목된다.

이처럼 고승전은 구비적 방편을 타고 자유롭게 유통됨으로써, 그 전체가 모두 설화로 전개되는 것이 자연스런 과정이었다. 그러니까 한·중 양국의 전체 고승전은 구비적 유통을 거치면서, 모두 설화로 행세하였다는 것이다. 기실 이 고승전은 그 형성·전개의 동기나 그 실제적인 기능·역할이 구비 유전을 통하여 충분히 이루어졌기 때문이다. 그러기에 이 고승전은 그 문헌·기록에 바탕을 두고 각계각층에서 집단 기억에 의하여 언제·어디서든지 구비 설화로 활발히 유통되었다. 그것은 고승전의 본래 면목이요 생동하는 모습이었다. 물론 그 설화는 기록 정착된 각개 유형, 비명체나 열전체, 별전체나 변전체 등의 설화적 성격에 기반하여 상대적 차이를 가지며 유통되었을 터다. 그러나 그것은 구비적 방편을 통하여 그 유형적 장벽을 헐고 그 나름으로 변

42　황패강,「불교설화의 분류」,『신라 불교설화 연구』, 일지사, 1975 중 업보윤회·보살행화·영이·구법·공덕 등의 유형에서 고승전을 불교설화로 많이 활용하였다.

형・성장하게 되었다. 그리하여 마침내 그 고승전은 설화화되어 원래의 유형을 벗어나고 장르상의 변환을 가져 오게 되었던 것이다.

이러한 구비 전승의 현상은 양국에 걸쳐 오랜 세월 되풀이되면서 그 시대의 어떤 기록에 자취를 남기기도 하였고, 현재까지 그 잔영을 남기고 있는 실정이다. 이것은 고승전의 설화적 전개와 유통을 실증하는 바로서 크게 주목된다. 우선 중국에서는 고승설화가 신화나 전설의 형태로 많이 현전하고 있다.『중국불화』에 수집・기록된 것만을 보아도 그 상황을 확인할 수 있겠다. 여기에는 주지住持・선승善僧・기승奇僧・행승行僧・명승名僧・문승文僧・무승武僧・니고尼姑 등으로 나뉘어 수많은 고승설화가 실존한다. 각 분야에서 저명한 사례를 대표적으로 들어 보면, 달마達摩・홍인弘忍・혜능惠能 등을 비롯하여, 신안神晏・남당南塘・아포亞鮑・효안曉安・보안普安・혜원惠遠・혜운惠雲・회해懷海・회양懷讓・가도賈島・회소懷素・관휴貫休・죽선竹禪・문재文載・각원覺遠・용보龍寶・여해汝海・묘월妙月 등의 신화・전설적 설화들이 화려하게 전개되어 온 것이다.[43] 이 고승설화들은 그 고승전의 원전에 근거하여 오랜 세월 변화・성장하여 왔기에, 기본적인 공통성과 함께 구체적인 상이점을 갖춤으로써, 각기 이화적異話的 위치를 점유하고 있다.

한편 한국에서도, 고승설화가 신화나 전설의 형태로 많이 현전하고 있다.『한국사찰전서』나『한국구비문학대계』에 수집・기록된 것만을 중심으로 그 실황을 대강 파악할 수가 있겠다. 여기에도 중국의 경우처럼, 주지・선승・기승・명승・문승・의승 등으로 나뉘어 수많은 고승설화가 현존한다. 이 각 분야에서 유명한 사례를 대표적으로 들어

---

43 徐建華 等編,『中國佛話』, 上海文藝出版社, 1994 참조.

보면, 원효 · 혜공 · 의상 · 자장을 비롯하여 아도阿道 · 범일梵日 · 혜명惠明 · 해호海浩 · 혜정慧淨 · 진감鎭鑑 · 도선道詵 · 진표眞表 · 보조普照 · 각성覺性 · 무학無學 · 학조學祖 · 서산西山 · 사명泗溟 · 진묵震默 · 초의草衣 · 경허鏡虛 · 만공滿空 등의 신화 · 전설적 설화들이 다양하게 유전되었던 것이다.[44] 이 고승설화들은 대부분 그 고승전의 원전에 근거를 두고 변용 · 부연됨으로써, 그 기본 구조를 같이하면서 그 구체적 차이점을 드러내는 후대적 이화의 실태를 보이고 있다.

이와 같이 한 · 중 양국의 고승전은 설화적 성격을 강하게 지니고, 구비 유통을 거쳐 각기 신화 · 전설적 설화로 민담을 지향함으로써, 설화문학의 성향을 보이고 있는 게 확실하다. 그렇다면 이런 고승전의 설화적 현상은 그대로 서사 장르에 해당된다고 하겠다. 그리하여 이 고승전은 고정된 상태로나 구비되는 상황에서, 그 설화적 성격으로 하여 서사문학으로 규정될 수밖에 없다. 이것은 그 비명체나 열전체도 수필의 비지와 전장을 벗어나 서사문학의 영역으로 성장 · 전입되는 것을 의미한다. 또한 그것은 그 별전체와 변전체가 족히 서사문학의 범주에 들어 있었음을 실증하는 터이고, 나아가 그것들이 소설 형태로 발전 · 진입할 수 있는 가능성을 예증하는 것이라 하겠다. 이런 점에서 이 고승전을 승전문학으로 간수하고 그 서사구조를 검토하거나,[45] 그 현전하는 고승설화를 개인별로 수집 · 정리하며 문학적으로 고찰하는 작업은[46] 얼마든지 가능하고 매우 중요한 일이라 하겠다.

---

44 권상노, 『한국사찰전서』, 동국대 출판부, 1979;『한국구비문학대계』, 한국정신문화연구원, 1980~1988 등 참조.
45 김승호, 「승전의 서사체제와 문학성 검토」,『한국문학연구』10, 동국대 한국문학연구소, 1987.

4) 소설적 측면

전술한 바 한·중 양국의 고승전이 설화문학으로서 서사문학의 범주에 든다고 한 것은 그것의 구조 형태에 기반을 둔 원칙론이라 하겠다. 그것은 이들 고승전의 설화문학적 구조 형태가 고정된 것이 아니라, 발전과 전환의 원리에 의하여 적어도 소설이나 희곡 등의 다른 장르로 전개될 수 있다는 가능성을 시사하고 있다. 여기서는 서사문학의 광의의 범주 안에서 설화와 소설의 한계가 기계론적으로 양분되지 않고, 나아가 양자의 관계가 성장론적으로 연결되어야 한다는 것이다. 그러기에 일찍부터 거론된 전의 소설적 성향을 주목하지 않을 수 없다. 거기에는 전의 발전·전환에 대한 엄격한 검토와 전 내지 소설의 개념을 기준한 정밀한 검증이 전제됨으로써, 전의 소설화가 올바로 논증될 수 있기 때문이다.[47]

이런 점에서 이 고승전에서는 전게한 비명체나 열전체의 설화적 성장·발전을 주시하면서[48] 나아가 별전체와 변전체의 소설적 성향을 확인할 수 있겠다.[49] 적어도 별전체 내지 변전체의 고승전은 현전하는 원전만으로도 소설적 성향을 지니고 있을 뿐만 아니라, 유통·성장의 발전적 전환을 전제하면 그 자체가 바로 소설작품이라 할 수가 있겠다.

46　오대혁, 「원효설화의 구조와 의미」, 동국대 박사논문, 1996.
47　박희병, 「한국문학에 있어 '전(傳)'과 '소설'의 관계 양상」, 『한국한문학연구』 12, 한국한문학회, 1989.
48　전용문, 「「법인국사보승탑비문」의 서사성 ―「균여전」과의 대비를 중심으로」, 『한국언어문학』 24, 한국언어문학회, 1986.
49　이강옥, 「불경계 설화의 소설화 과정에 대한 고찰」, 『고전문학연구』 4, 한국고전문학연구회, 1988.

이미 알려진 대로, 이 별전체와 변전체는 저 비명체나 열전체에 비하여 설화를 대폭 수용하고 상상적 허구를 통하여 흥미와 감동을 추구하며, 등장인물의 개성을 중시하면서, 그 형식과 문체를 소설적으로 변화·발전시키고 있기 때문이다.[50]

이런 관점에서, 중국의 별전체 고승전은 전게한 「지자대사별전」·「법림대사별전」·「조계대사별전」·「현장법사별전」 등은 물론, 여타 많은 별전체도 거의 모두가 소설의 요건과 수준을 유지하고 있다고 하겠다. 이들 개별 작품에 대하여 소설론으로써 분석·고찰한 업적은 뚜렷이 나타나지 않았지만, 그럴만한 가능성과 가치는 얼마든지 있다고 보아진다.[51] 이어 그 변전체 고승전은 변문계의 「목련연기」·「항마변문」·「난타출가연기」와 「여산원공화」·「당삼장취경시화」 등이 이미 소설이라고 공인된 단계에 이르렀다.[52] 한·중 학계에서는 이런 변문계 작품들을 소설로 검토·규정하고, 그 소설사적 위상을 정립하고 있는 실정이기 때문이다. 그리고 이보다 더욱 정제되고 장편화된 「혜능전」과 「대자은사삼장법사전」은 본격적인 장편소설의 모든 요건을 제대로 갖추고 있는 것이다. 이 「혜능전」은 잘 알려진 「육조법보단경」으로서 한·중 선종의 경전으로 행세하였지만,[53] 최근에 그 소설적 허구성이 고승되면서 변문계의 소설작품으로 취급되기 시작하였다.[54] 그

---

50 박희병, 「조선 후기 전(傳)의 소설적 성향 연구」, 『대동문화연구』, 성균관대 대동문화연구소, 1993, 87~116쪽 참조.

51 이 작품들 모두가 전기적 유형과 이른바 '영웅의 일생'을 갖추어 소설적 구성을 유지하고 있다.

52 徐訏, 『小說彙要』, 「變文小說」條, 正中書局, 1974, 145~146쪽; 전인초, 「변문의 중국 소설사적 연구」, 『동방학지』 92, 연세대 국학연구원, 1996, 116~142쪽 등 참조.

53 駒澤大學禪宗史硏究會編著, 『惠能硏究』, 六修館書店, 1973 참조.

54 정성본, 「「육조단경」의 성립과 제문제」(「「육조단경」의 세계』, 대한전통불교연구원,

리하여 이 「혜능전」은 사실적 경전이기보다는 선종을 선양하기 위한 '혜능의 출현 이야기'로서 종교문학 작품, 포교소설이라고 할 수가 있겠다. 한편 「자은사삼장법사전」은 현장의 찬연하고 파란만장한 성적을 구법·취경 중심으로 구성·연설한 대장편(전10권)이다. 이 작품은 상술한 실전의 소설화 기준에 직접 해당되는 장편소설이라 하여 마땅할 것이다.[55] 이 작품의 변문적 이본이라 할 「당삼장취경시화」와 결부시켜 검토하면, 이 작품의 소설적 성격이 더욱 강화되리라 본다. 그렇다면, 이러한 현장에 관한 일연의 작품군이 기반이 되어 『서유기』로 집대성되었던 것이라 하겠다.[56]

이런 관점에서 한국의 별전체 고승전도 『삼국유사』에 그 잔영을 보이는 원효·의상·원광 등의 별전체가 본래 소설의 요건과 수준을 유지하고 있었으리라 추정된다. 그리고 신라의 작품으로 현존하는 「법장화상전」이 초기 승전의 서사구조를 명시함으로써,[57] 발전적 소설 형태를 드러내고 있는 실정이다. 고려 대를 거쳐 조선시대의 별전체에 이르면, 그 중의 서산西山·사명泗溟의 별전체 같은 것은 성장·발전하여 「갑진록」·「사명당전」 등 국문소설로 전개되었다.[58] 한편 그 변문체 고승전

1989, 267~269쪽)에서 「혜능전」을 '혜능 이야기'라 하여 「목련변문」·「여산원공화」·「항마변문」 등과 같은 문학작품이라고 논증하였다. 정성본, 「『선종육조혜능대사정상동래연기』考」, 『인도학불교학연구』 36-1, 1982 참조.

55 胡光舟, 「西遊記故事的演變及西遊記的成書」, 『吳承恩與西遊記』, 木鐸出版社, 1983, p.64에서 "慧立的大唐慈恩寺三藏法師傳是中國傳記文學的名著 這部書記述玄奘取經的事迹相當詳細生動 由於作者是佛敎徒 取經故事又關乎佛敎的信譽 因此其中夾雜進一些弘揚佛法的宗敎神話"라 하여 그 소설적 수준을 시사하였다.

56 위의 글, p.61~68에서 『서유기』의 형성 계보를 「대자은사삼장법사전」에 이어 「대당삼장취경시화」로 잡고 있다. 臺灣政治大學古典小說硏究中心, 『唐三藏出身全傳』(影印), 天一出版社, 1985 참조.

57 김승호, 「초기 승전의 서사구조 양상」, 『한국문학연구』 11, 동국대 한국문학연구소, 1988, 261~273쪽.

은 「원효불기」와 「광덕 엄장」·「남백월이성」·「원광서학」·「의상전
교」·「경흥우성」·「선율환생」 등이 이미 서사문학·소설 형태로 재
구·고증되고 있다.[59] 따라서 이 작품들은 이상의 논증을 전제로 소설
장르로 규정되어 마땅할 것이다. 이어 「목련전」·「사리불항마기」·
「난타출가기」·「나운출가기」 등은 한문소설로도 행세하였지만,『석보
상절』과 『월인석보』를 통하여 국문소설로 유통되었다. 이 작품들은
국·한문을 통하여 일찍이 소설 형태로 분석·고증되었기에,[60] 이런 작
품들을 소설이라 규정하여 무방할 것이다. 나아가 「균여전」 같은 작품
도 근래에 와서 전기작품으로 간주되어 서사문학성을 인정받고 있는 실
정이다.[61] 전술한 대로 이 작품은 선행 문헌자료와 구비전승 등을 망라
하여 재구·창작해낸 것으로,[62] 그 서사문학성이 강하게 드러난다. 그
것은 10개 부분으로 연결되었으되, 소설의 구성법에 따라 주인공의 행
적을 단계적으로 배치·조정하여 소설 형태를 제대로 갖추고 있다.[63] 그
리하여 이 작품은 소설론에 입각한 논증을 전제로 소설이라고 규정할
수가 있겠다.

　이상과 같이, 한·중 고승전의 별전체와 변전체는 모두 서사문학의

58　「갑진록」(사재동 소장), 정미정월염뉵일 필셔, 칙쥬 전시; 세창서관(世昌書館) 본,『사
　　명당전(四溟堂傳)』, 1952; 소재영, 「임진록 설화의 연구」,『임진난과 문학의식』, 한국연
　　구원, 1980, 88~94쪽 등 참조.
59　사재동, 「「원효불기」의 문학적 연구」·「「남백월이성」에 대하여」,『불교계 서사문
　　학의 연구』, 중앙문화사, 1996.
60　사재동, 「국문소설의 형성－『석보상절』을 중심으로」, 김동욱 외편,『한국소설사』,
　　현대문학사, 1990, 106~109쪽.
61　김승찬, 「균여전과 청전법륜가」,『한국상고문학론』, 새문사, 1987; 정하영, 「균여전
　　의 전기문학적 성격」,『한국언어문학』20, 한국언어문학회, 1981; 이현수, 「균여전
　　의 설화문학적 성격」,『시원김기동박사회갑기념논문집』, 동간행회, 1986.
62　혁련정의 「균여전 서(序)」에 그러한 과정을 약술하고 있다.
63　신명숙, 「균여전 연구」, 단국대 석사논문, 1994, 55~61쪽.

범주 내에서 소설 형태를 지향·성취한 실상이 대강 파악되었다. 여기서 이 작품들의 장르는 굳이 따진다면, 대강 설화소설과 기전소설 그리고 전기소설 내지 강창소설로 설정될 수 있다고 보아진다.[64] 그것은 많은 작품의 개별적 분석·논증이 거의 이루어지지 않은 상태에서 거시적으로 입론한 터이므로, 이 방면에서 개척·연구할 큰 영역을 발견하게 된 셈이다. 이러한 고승전의 소설적 성향 내지 소설화 경향은 양국 전문학의 소설적 성향 내지 소설화 과정을 실증하는 전거가 되리라고 본다.[65]

4) 희곡적 측면

실제로 설화 내지 소설 등의 서사 형태는 그 유통·실연의 과정을 거쳐 바로 희곡 양식으로 변환·전개될 수가 있다.[66] 이런 현상은 한·중 양국의 유구한 예술·문학사상에서 보편적으로 나타났던 것이다. 언제 어디서든지 저명한 설화나 소설 형태는 극화·각색되어, 그대로 희곡화되었기 때문이다. 따라서 한·중 고승전이 설화나 소설 형태를 취하고 시공을 초월하여 자유롭게 유통·실연됨으로써, 그대로 희곡 양식으로 전환·전개된 것은 당연한 일이었다.

---

64 사재동, 「고전소설이란 무엇인가」, 『우리문학』, 우리문학회, 1992 참조.
65 김용덕, 「조선 전기소설 연구」, 『한국전기문학론』, 민족문화사, 1987; 이동근, 「전(傳)·소설·야담의 기술방법에 관한 일연구」, 『조선 후기 전(傳)문학 연구』, 태학사, 1991 등 참조.
66 모든 설화·소설들은 각색·극화의 과정을 거쳐 연극으로 실연되고, 그 각본이 그대로 그 극본·희곡으로 정립되는 게 보편적 현상이다.

더구나 고승전은 불교적 현장에서 시청각적으로 유통·실연되는 것이 본령이었다.[67] 그 비명체는 그 입석된 현장에서 보이며 읽혔고, 열전체는 승단·불교사로서 강독·강담되었다. 별전체는 독자적으로 신중에게 강독·강담 내지 강창되었고, 변전체는 개별적으로 대중에게 강창·공연되었던 것이다. 이것은 고승전을 극화·연출하는 기반이요 출발이었다. 여기 강담을 구연으로 동작·표정을 곁들이면 연극적 분위기가 조성되는 터이지만, 그 강창을 실연으로 행동·표정까지 아우르면 그대로 강창극이 되는 것이다.[68]

이 강창극은 일찍이 한·중 불가에서 개발한 가장 보편적이고 기초적인 연극 행태였다. 중국 당대로부터 본격화되어 삼국·신라에서도 전개된 포교 방편의 속강이 바로 속강승에 의하여 강창극으로 전개되었다.[69] 이러한 강창극은 포교법회나 각종 재의·설법에서 으레 활용되었고, 나아가 불교행사의 여흥·오락에서도 이용되었던 터다. 이러한 속강의 화본 즉 강창극의 극본으로는 대강 저명한 고승전이 채택되는 게 상례였던 것이다. 그 포교·재의·행사의 성격과 의미에 따라 가장 적합한 고승전을 선택하여 강창극으로 실연하였기 때문이다. 이런 경우에, 그 별전체나 변전체는 대개 산문·운문의 강창문체를 취하고 있으므로,[70] 그것이 손쉽게 극본으로 채택되는 것은 당연한 결과였다.

---

67 인도로부터 한국·일본의 불교계에서는 저명한 불제자, 고승들의 전상(傳狀)을 만들고 그에 관한 행사·법회 때에, 그의 사리탑 주변에서 각종 공양과 함께 그와 관련된 연극을 벌리는 관례가 있었다. 小川貫一, 「目連救母變文の源流」, 『佛教文化史研究』, 永田文昌堂, 1973, pp.161~164 참조.

68 사재동, 「한국 희곡사 연구서설」, 『어문연구』 18, 어문연구회, 1988, 96~97쪽; 사재동, 「불교연극 연구서설—강창극의 실제」, 『불교사상논총』, 하산출판사, 1991, 267~272쪽.

69 孫楷第, 「唐代俗講軌範與其本之體裁」, 『俗講說話與白話小說』, 河洛圖書出版社, 1978 참조.

나아가 불가에서는 고승전을 극본으로 강창극을 실연하는 바탕 위에서, 보다 다양한 연극 형태들이 전개되었다. 자고로 불가에는 인도·중국·한국을 통하여 어떤 고승을 추모·기념하는 법석·행사에서, 그의 주석 사찰이나 그의 사리탑·기념비 주변을 무대로 그의 탁이한 행적을 극화·실연하는 관례가 있어 왔다.[71] 그래서 그 때의 극본은 그 고승의 행적을 각색한 것이로되, 그 연극의 형태는 형편에 따라 몇 가지 유형으로 분화·전개되었던 것이다.

먼저 그것은 대체로 평범한 경우에 보편적이고 기초적인 일인 전역의 강창극으로 실연되는 게 상례였다. 그런데 그것이 좀 궁색하고 간편을 요하는 경우에는, 장황하고 잘 알려진 서사문맥을 생략하고, 그에 대한 게송이나 찬가만을 연창하여 연극적 분위기를 이끌어 나가게 되었다, 그러한 연극 형태는 흔히 가창극으로 전개되는 게 보통이었다.[72] 그러나 그것은 가창을 기본 요소로 하되, 좀더 색다르게 요구될 경우에는, 그 가창을 전문적 불교무용에 얹어 연출하게 되었다. 이러한 연극 형태는 가무극으로 전개되는 것이 당연하였다.[73] 나아가 궁중이나 대찰에서 대규모 법회·재의·행사와 관련하여 보다 전문적이고 입체적인 대형 연극을 요청할 경우에는, 무대를 특설하고 일인 일역의 배역을 내세워 분장·의상을 갖추어 소도구까지 활용하며 대화와 행동으로 연극을 밀고 나가게 되었다. 이처럼 본격적 연극은 자연 대화

---

70 사재동, 「불교계 강창문학의 유통 양상」, 『한국불교문화사상사』, 가산불교문화연구원, 1992, 392~393쪽.
71 주 65 참조.
72 사재동, 「한국 희곡사 연구서설」, 앞의 책, 95쪽; 사재동, 「불교연극 연구서설」, 앞의 책, 262~264쪽 등 참조.
73 사재동, 「불교연극 연구서설」, 위의 책, 264~267쪽.

극으로 전개되었던 것이다.

이와 같이 고승전을 중심으로 불가에서 벌리는 연극은 강창극을 기본으로 가창극과 가무극 그리고 대화극 등의 장르로 분화·전개되었다. 그렇다면 이런 연극을 주동·좌우하는 극본으로서의 희곡은 그 실상과 위상이 분명해진다. 말하자면 위 연극 장르에 해당되는 극본이 강창극본·가창극본·가무극본·대화극본 등으로 전개되어 희곡의 실체와 기능을 구비하였던 것이다. 그러니까 한·중 양국의 고승전이 불가의 연극으로 극화·실연됨으로써, 그것이 극본으로 정립되었고, 다시 그 극본이 연극으로 연출되면서 어느새 새로운 고승전으로 회귀·정착되었던 것이라 하겠다.

그러기에 중국에서는 비명체나 열전체 고승전도 극화·실연될 여지를 언제나 지니고 있지만, 별전체 고승전은 그 소설적 성향의 강화와 관련되어, 극화·연행되었을 가능성이 더욱 농후한 터라 하겠다. 그러기에 적어도 별전체에서는 당시 극본·희곡의 형태를 탐색해 낼 수가 있겠다. 나아가 변전체 고승전은 소설적 성격이 그만큼 현저할 뿐만 아니라, 그 변문적 강창문학의 형태를 제대로 갖춤으로써, 보다 적극적으로 극화·공연되었던 흔적·전거를 가지고 있다. 그것은 적어도 속강으로 진행된 강창극의 대본 또는 화본으로서 바로 그 극본·희곡이 되었기 때문이다. 또한 그것은 단순한 강창극본으로만 존재하는 것이 아니라, 당시 공연·유통의 형편과 연극의 형태에 따라 융통성을 발휘함으로써, 가창극본이나 가무극본 내지 대화극본 등으로도 행세하였을 것이다.[74]

---

[74] 사재동, 「한국 희곡사 연구서설」, 앞의 책, 99쪽.

실제로「목련연기」는 강착극의 극본으로 활용되는 한편「목련잡극」
이나「목련전기」·「목련희」(지방희) 등의 극본으로 행세하였다.[75] 그리
고「항마변문」은 당시나 후대에 가장 성행하였던 강창극본으로서「목
련연기」보다 더욱 다양한 극본으로 기능했을 것이다.[76] 이와 같은 차
원에서,「난타출가연기」도 강창극본을 비롯하여 여타의 극본으로 유
통되었으리라 본다. 나아가 이런 극본들보다 더욱 정제·발전된「혜
능전」은 선종 선양의 가장 유명한 문예물로서 성행하는 가운데, 강창
극본을 위시하여 게송·찬가 중심의 가창극본과 신기·절묘한 선문답
을 교직시킨 대화극본으로 전환·행세하였을 것이다. 이러한 작품의
종교적 연행은 차원 높은 수도·증득의 방편으로 전형화됨으로써, 그
다양한 연극 형태의 극본으로 유통될 수밖에 없었다. 이보다 발전 승
화된「대자은사삼장법사전」은 교종·대승불교의 전형적 포교문예로
서, 그 당시나 후대 불교계에 가장 성행하였다. 이 작품은 전게한「당
삼장취경시화」와 함께 소설적 방법을 벗어나 종합예술의 방편을 타고
극화·공연됨으로써, 강창극본에서 가창극본·가무극본을 거쳐 대화
극본으로까지 변환·전개되었던 것이다. 이 작품의 극본적 실상은
「당삼장취경시화」를 전형으로 하여, 후대『서유기』의 극화·극본화의
실태가 직간접으로 증언하고 있는 터다.[77]

그러기에 한국에서도, 비명체나 열전체 고승전이 극화·연행될 여

---

75 사재동,「한·중 목련고사의 유변관계-한·중 목련고사의 희곡적 연진」,『불교계
    서사문학의 연구』, 앞의 책, 283~286쪽.

76 N. Vandier-Nicolas, 齊飛 譯,「降魔變及變文」,『雄獅美術』63期, 世界文物供應社, 1976
    참조.

77 嚴敦易,「『西遊記』和古典戲曲的關係」,『西遊記研究論文集』, 作家出版社, 1954 참조.

지를 항상 가지고 있는가 하면, 나아가 별전체 고승전은 중국의 경우와 같이 극화·실연되었을 가능성이 더 높다고 하겠다. 그러므로 이 별전체에서도 시대에 상응하여 그 극본·희곡의 일면을 검증해 낼 수 있는 게 사실이다. 그러기에 변전체 고승전은 중국의 경우처럼, 그만큼 강력한 소설적 성격과 비례하여 변문적 산운체까지 완비함으로써, 역시 극화·공연된 잔영과 근거를 갖추고 있다. 이런 작품들은 당연히 속강으로 연창되어 강창극의 극본으로 정립·행세하였던 터다. 나아가 이 작품들은 강창극본을 기본으로 공연의 제반 여건과 연극 형태에 의하여 가창극본이나 가무극본 내지 대화극본 등으로 다양하게 유통되었던 것이다.

실제로 「원효불기」는 저명한 서사문맥에 가요를 삽입·가창함으로써, 강창극의 극본이 되었던 것은 물론, 그 생명창조와 대각·해탈의 가요를 중심으로 가창극의 극본이 되었으며, 〈무애가〉와 〈무애무〉를 조합시켜 가무극의 극본이 되었다.[78] 그러기에 이 작품은 극화·실연의 호조건을 만나 입체화·전문화됨으로써, 대화극의 극본으로 정립·행세하였을 것이다. 그리고 「광덕 엄장」과 「남백월이성」 등은 그만큼 낭만적이고 미묘한 서사 형태에 의미 심중한 시가를 삽입·연창함으로써, 강창극본은 물론, 가창극본·가무극본 내지 대화극본으로 연행·유통되었으리라고 본다.[79] 이어 「경흥우성」이나 「월명사 도솔가」 등도 그처럼 곡절 있는 서사구조에 무용과 시가를 삽입·가창하고 해학과 비애까지 곁들여 실로 강창극본으로 적합했을 뿐 아니라, 가창

---

78 사재동, 「「원효불기」의 문학적 연구」, 앞의 책, 527~536쪽.
79 사재동, 「「남백월이성」에 대하여」, 앞의 책, 555~561쪽.

극본과 가무극본 내지 대화극본 등으로도 족히 활용되었으리라 본다.

한편으로 「목련전」은 저 「목련연기」와 결부되어 강창극의 극본으로 작용했을 뿐만 아니라, 「목련구모가」를 중심으로[80] 가창극의 극본이 되었고, 추천재의 때 불교무용을 결합시켜 가무극의 극본이 되기도 하였으며, 궁중·대찰의 요청에 따라 전문적 대화극의 극본이 되었던 것이다. 이어 「사리불항마기」도 저 「항마변문」과 직결되어 강창극본으로 행세한 것은 물론, 나아가 「사리불항마가」를 위주로[81] 가창극본이 되고, 불교무용과 결합되어 가무극본으로 전개되었으며, 드디어 장엄하고 역동적인 대화극본으로 발전·전개되었던 터다.[82] 그리고 「난타출가기」와 「나운출가기」는 동일계의 작품으로 「난타출가연기」와 결부되어 강창극본으로 적합하였고, 나아가 가창극본과 가무극본 내지 대화극본으로 전개·활용되었으리라 본다. 이러한 전제 아래 「균여전」을 보면, 이 작품이 극화·실연되어 다양한 극본으로 전개되었다고 하겠다. 그 작품의 곡진한 서사문맥과 적절한 향가·한시의 배합이 실로 출중한 강창문학을 이루고 있기 때문이다. 그리하여 이 작품이 「혜능전」과 관련되어 강창극본으로 행세하였음은 물론, 그 시가 중심의 가창극본과 적절한 무용을 수용한 가무극본으로 정립·유통되었을 터다. 마침내 이 작품은 그를 기리는 기념법회나 추모행사에서 입체적인 대화극본으로 중요한 역할을 했으리라 보아진다.

이상과 같이, 한·중 양국 고승전은 극화 과정과 공연 형태를 통하

---

80 『월인석보』 제23 잔권, 「목련전」에 해당되는 『월인천강지곡』, 其500∼519.
81 『석보상절』 제6권 「사리불항마기」에 해당되는 『월인천강지곡』, 其148∼175.
82 사재동, 「『월인석보』의 강창문학적 연구」, 『애산학보』 9, 애산학회, 1990.

여 대강 강창극본과 가창극본·가무극본 내지 대화극본 등 다양한 극본·희곡으로 변환·전개되었던 그 실상이 파악되었다. 따라서 그것은 극화·실연이 전제되어야 하므로, 연극학계 특히 불교연극 분야에 중대한 문제를 제기하고 있다. 게다가 그 연극의 장르에 해당되는 극본·희곡의 실상을 장르별로 검증하고, 또한 각개 작품의 희곡문학적 실체를 분석·고증할 과제가 안전에 다가 온 것이라 하겠다.[83]

5. 결론

이상 한·중 양국의 고승전의 종합적 실체를 문학적 관점에서 고찰하였다. 지금까지 논의해 온 것을 요약하면 다음과 같다.

① 이 고승전의 방대한 원전은 대강 비명체와 열전체, 별전체와 변전체로 유별되면서, 그 역사성과 종교성을 문학화한 종합적 문학작품이다. 이 고승전은 역사적 전기로 바탕을 이루면서 종교적 문학으로 승화되어, 대략 비녕제·얼선체·별전제·번진세의 순차를 따라 문학적 특성을 점차 강화하고 한·중의 문학 장르를 지향하여 왔다.

② 이 고승전을 왕명이나 공론으로 찬성·유통시킨 주체는 문화사와 불교사에 정통한 학승이나 친불문인, 그리고 불교문헌·불전을 찬성 체계화한 문승이나 신불 문사들이었다. 그 고승전의 유형에 따라

---

83 사재동, 「불교연극 연구서설」, 『석림논총』 28, 석림회, 1994 등 참조.

일반 문인과 서민 대중이 직간접으로 이에 합력하였던 것이다. 그들은 역대 고승들의 찬연한 행적을 길이 선양하고, 승단사·불교사를 체계화하여 그 법맥을 정립하고, 그 포교적 방편의 수승한 법화를 마련하며, 그 문학적 소망을 달성하기 위하여 이 고승전을 찬성하게 되었다. 그리하여 그 찬성은 고승들의 행적에 관한 역사기록·공사만록, 비명·묘지 등과 각종 구비전승 설화까지 망라하여 총체적인 역사성·종교성을 문학화한 것이었다. 그러기에 그 고승전은 찬성·완결되기까지 오랜 시일이 걸렸거니와, 그것은 불교사적 전기와 불전 내지 불경을 지향하는 종합적 문학작품으로 전개되었다.

③ 이 고승전에는 많은 시가가 삽입되었기에, 이를 모두 수습해서 하나의 장르로 정리·집성할 수가 있었다. 중국에서는 사언 고체시, 민가·백화시 등이 한 무리가 되었고, 한국에서도 사언 고체시와 함께 오·칠언 근체시 그리고 민요와 향가까지 합류하여 한 흐름이 되었던 것이다. 여기에 한·중 고승전에 직접 삽입되지 못하였던 그 고승들의 시가들을 수습·합치시킨다면, 이 시가 장르는 보다 풍성해질 수 있으리라고 보았다.

④ 이 고승전에는 수필에 해당되는 논설과 서발 등이 결부되어 있고, 고승전 자체가 전장과 비지 등의 수필 성향을 갖추고 있다. 그 논설과 서발 등은 고승전의 열전체나 별전체 그리고 변전체 등을 논평하고 해설·찬양하기 위해서 그 유형들의 앞뒤나 중간에 삽입되어 있는데, 그것들이 대체로 평론의 성격을 지니고, 서발 중에는 교령과 주의의 성향을 보이는 것이 있었다. 또한 그 열전체는 거의 전부 전장에 속하고 비명체는 모두 비지에 포함되는 것이었다.

⑤이 고승전은 그 형성 과정을 통하여 설화적 성격을 갖추고 있는데, 대강 그 비명체·열전체·별전체·변전체 등의 순서대로 그 경향이 강화되어 왔다. 그것이 양국에 걸쳐 구비로 전승되면서 그 전체가 모두 설화화되었는데, 장구한 세월에 걸쳐 유통·성행하면서, 그 고승설화가 현재까지도 신화·전설의 모습으로 민담을 지향하고 있다. 그것은 설화문학으로서 서사문학의 범주 안에 들며 소설 형태와 교섭하여 왔다.

⑥이 고승전은 그 설화문학성과 서사적 구조 형태를 바탕으로, 그 장르적 변환·발전을 전제로 대강 소설적 성향을 지니게 되었다. 그 비명체나 열전체의 설화적 성장을 기반으로 별전체와 변전체는 거의 모두가 소설적 구조 형태를 구비하고, 그 표현·문체와 더불어 실제로 소설작품으로 행세하였다. 한·중 양국에서 그 별전체와 변전체는 소설로 형성·전개되는 과정에서 각기 독자적인 계통을 유지하고, 대강 설화소설·기전소설·전기소설·강창소설 등 여러 장르로 전형을 이루었던 것이다.

⑦이 고승전은 설화·소설 등의 서사 형태가 유통·실연의 과정을 거쳐 희곡 양식으로 변환·전개된다는 전제 아래, 모두 극본·희곡의 기본 구조와 시사 요건을 갖추고 있었다. 이 고승전은 그 유형에 따라 정도의 차이는 있지만, 별전체와 변전체를 중심으로, 한·중 양국의 가창극·가무극·강창극·대화극 등 연극 장르로 연행·유통되었다. 따라서 문학적 관점에서는, 그 연극의 극본이 희곡의 기능·역할을 다하게 되니, 그것이 바로 가창극본·가무극본·강창극본·대화극본 등으로 정립·행세하였던 것이다. 그래서 한·중 양국의 문학과 문학사상

에서, 서사문학의 기본 구조는 일변 정태적인 소설로 전개되었지만, 그게 역동적인 희곡 형태로도 전개되었던 것이다.

이상과 같이, 한·중 양국의 고승전은 승전문학으로서 종합적 형태를 지니고 적어도 1,500여 년의 면면한 역사 위에서 광범하게 유통·전승되어 왔다. 이 승전문학의 거대한 흐름은 그 역사성·종교성과 예술성으로 하여 그 시대의 어떤 문학집성보다도 뚜렷하고 강력하게 불교계와 민중 층에 감동을 주며 파고 들었던 것이다. 그 점은 양국의 역대 고승전이 그 계통을 따라 적층적으로 유통·전승된 실태가 확증하고 있기 때문이다. 그러기에 이 승전문학은 그 시대마다 문단·문학계에서 핵심·주축이 되어 유교계·도교계 여타 통속층의 어느 문학보다도 큰 기능을 발휘하고, 그만큼 많은 영향을 끼쳤던 것이라 본다. 여기서 그 승전문학은 장르별로 시대에 상응하여 문학적 기능과 문학사적 역할을 다하여 왔다는 것이 실증된다. 따라서 이 고승전의 장르적 전개를 바탕으로, 그 각개 장르사적 위상을 파악할 수가 있겠다. 실제로 고승전 속의 시가와 그 고승의 시가는 망라되어, 한·중 시가사의 장구한 흐름에서 뚜렷한 위치를 점유하여 왔고, 이 고승전에 관련된 수필과 그 자체의 수필 형태는 한·중 수필사의 장원한 계통 위에서 중심부에 위치해 왔으며, 이 고승전의 설화문학·소설 형태는 한·중 소설사의 장구한 계맥 위에서 주류를 이루어 왔고, 나아가 고승전의 극화·실연을 통한 극본·희곡 형태는 한·중 희곡사의 장원한 계통 위에서 주축이 되어 왔기 때문이다. 이와 같은 거시적 개관은 실로 서설에 불과하므로, 앞으로 이 고승전의 문학적 실상과 문학사적 위상을 본격적으로 연구할 중대한 당면 과제를 제시하는 데에 그칠 따름이다.

제3장

국문불전의 문학적 실상

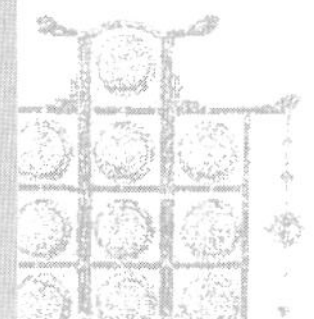

1. 서론

국문불전은 사원·불교계를 바탕으로 민중 사이에 널리 성행하여 왔다. 이런 불전은 세종의 훈민정음 반포 직후에 형성되어 면면한 전통을 유지하면서, 조선 후기를 거쳐 오늘까지 유통되고 있다. 조선 전기의 국문불전은 『월인천강지곡』과 『석보상절』 그리고 『월인석보』 등으로 대표되거니와, 조선 후기에는 그 계통을 이은 『팔상명행록』 등이 명맥을 지키면서 많은 이본을 남기고 있다. 조선 전기의 국문불전 한자어에 독음을 달은 것과는 달리, 조선 후기의 국문불전은 『팔상명행록』의 경우 한자를 일체 배제하고 '한글전용'으로 일관하고 있는 것이 특징이라 하겠다.

잘 알려진 대로, 이 국문불전은 국문문화와 깊이 관련되어 문학적 가치와 문학사상의 위상을 확보하고 있는 게 사실이다. 조선 전기의 국문불전이 문학적으로나 문학상에서 중요한 것과 같이, 조선 후기의 그것도 그만큼 중시되어야 할 것이다. 이런 점에서 국문불전은 조선 전·후기를 통하여 그 문학적 실상과 문학사적 위상이 제대로 검토·파악되어야 함은 물론이다. 여기서 조선 후기 국문불전의 유통 양상이 우선적으로 주목되는 것이다.

그동안 학계에서는 조선 전기 국문불전에 대하여 적지 않은 성과를 낸 것은 사실이나,[1] 조선 후기 국문불전에 관해서는 이렇다 할 업적이 나오지 않은 실정이라 하겠다. 필자가 「『팔상명행록』의 연구」로 관심을 표명한 이래,[2] 아직까지도 이 국문불전에 대하여 본격적으로 검토하지 않고 있는 것은 아무래도 학계가 조선 후기 국문소설의 성행에 관심을 기울인 나머지, 이를 불교계의 전유물로 돌려 버린 탓이 아닌가 한다. 국문불전, 특히 『팔상명행록』은 국학의 여러 분야에서 중시해야 되겠지만, 국문학 쪽에서 가장 주목하면서 본격적으로 논의·고구해야 될 것이다.

이에 본고에서는 『팔상명행록』을 중심으로 첫째, 국문불전의 형성 계통을 추적·검토하겠고, 둘째, 이 국문불전의 유통 실태를 정리·파악하겠다. 셋째, 그 불전의 서사문학적 실상을 분석하여 장르적 전개 양상을 검토하며 넷째, 그 문학사적 위상을 어림해 보려고 한다.

---

1 사재동, 「『월인석보』의 형태적 연구」, 『어문연구』 6, 1970; 사재동, 「『월인천강지곡』의 몇 가지 문제」, 『어문연구』 11, 어문연구회, 1982; 인권환, 「『석보상절』의 문학적 고찰」, 『민족문화연구』 9, 고대민족문화연구소, 1975 등 참조.
2 사재동, 「『팔상명행록』의 연구」, 『인문과학논문집』 8-2, 충남대 인문과학연구소, 1981; 박광수, 「『팔상명힝녹』의 서사문학적 연구」, 사재동 편, 『한국 서사문학사의 연구』 V, 중앙문화사, 1996 등 참조.

2. 국문불전의 형성 계통

국문문장의 시원은 국문불전에서 찾아야 할 것이다. 훈민정음의 반포·실용 직후에 가장 먼저 국문불전이 찬성·간행되었기 때문이다. 기실 훈민정음은 중국과의 외교적 위기를 『동국정운東國正韻』으로 극복하고, 국내 유교계의 필사적 반대를 왕권으로 억누르면서, 행정·치민의 문자적 편의와도 관계없이 '어린 백성을 가르치는 올바른 소리'로 창제되었다. 그것이 반포·실용되면서, 바로 국문운문의 『월인천강지곡』이 최초로 찬성되었고,[3] 국문산문의 『석보상절』이 찬역되었으며, 이어 운문·산문의 『월인석보』가 재편·인행되었다.[4] 나아가 『권념요록』이 찬성되고, 각종 대승불경이 국역되었던 것이다.[5] 그후 대역 형태의 『삼강행실도』와 『내훈』 등이 찬역·간행되기 이전까지는 국문불전이 국문문장의 세계를 독점·성행하였으니, 마치 훈민정음이 국문불전의 제작·유통을 위하여 창제된 것처럼 보이는 실정이었다.[6] 실제로 '외유내불外儒內佛'의 세종 대, 불교 중흥을 염원하던 불교계와 최고 보살 소헌왕후·수양대군이 주도하던 숭불왕실의 협력·합작은 참으로 큰 힘을 발휘하여, '광익중생廣益衆生'의 '훈민정음訓民正音'을 열망하였을 것으로 추정된다. 서장의 왕실에서 불경 원전을 서장어로 번역하기 위하여

3　사재동, 「『월인천강지곡』의 몇 가지 문제」, 앞의 책, 290쪽.
4　사재동, 「『월인석보』의 문학적 연구」, 앞의 책, 1671쪽.
5　사재동, 『불교계 국문소설의 형성 과정 연구』, 아세아문화사, 1977, 29쪽.
6　훈민정음은 대외적 명분과 내면적 동인에 의해서 창제되었을 것이니, 극비의 실제적 동기가 불교중흥을 위한 국문불전의 찬성·간행에 있었으리라고 추정된다. 위의 글, 14~16쪽.

그 문자를 창제하였다는 사실을 감안할 때, 숭불의 아성이던 조선 왕실에서 불전을 광포하기 위한 국자의 창제를 갈망·요청하였을 것이고, 세종은 이를 내적으로 수용해서 대외적 명분과 위민의 방편을 복합적으로 내세워 역사적인 문자를 창제하였던 것이라 보아진다. 이런 점에서 훈민정음의 창제·실용은 일단 불교계와 숭불왕실의 승리요 영광이었으니, 국문불전을 대표하는『석보상절』·『월인석보』의 첫머리에 국역 훈민정음 예해를 실어 그 용례로 삼았던 것이라 하겠다.

그래서 국문불전은 국문문장의 시원을 이루고 명실공히 '한글전용'의 신기원을 이룩하게 되었다. 기실『월인천강지곡』에서는 완벽한 국문전용을 보이고, 국음 한자어 아래 한자를 부수적으로 달아서 한문의 대역이나 축역과는 수준을 달리하였다.[7] 나아가『석보상절』·『월인석보』에서는 국문전용을 보이되, 한자어는 한자로 쓰고 국음을 달아서 다른 국역들과 정도를 달리하였다. 그런데『팔상명행록』에 이르러서는 한자를 일체 배제하여 철두철미한 '한글전용'을 시행하기 시작하였던 것이다.

이러한 국문불전은 실로 방대하고도 체계적으로 형성되었다. 훈민정음의 반포·실용과 동시에 불교계와 왕실에서는 국책 이념상의 만난을 무릅쓰고 불교중흥을 주도하는 국문불전을 찬성·간행하려는 원대한 계획이 수립·추진되고 있었던 것이다. 그러던 차에, 그 사업의 주체이던 소헌왕후가 승하하여 그것이 실패의 위기를 맞은 듯하였으나, 수양대군 등이 앞장서 세종의 윤허 아래 소헌왕후의 추모불사로 효행을 내세워 그 불전의 찬행을 보다 적극적으로 서두르게 되었다. 먼저 그 왕후의 추천불사에 활용될 국문불전으로『월인천강지곡』이 급속히 제작되

---

7   허웅·이강노,『주해 월인천강지곡』상, 신구문화사, 1962, 7~16쪽.

었다. 이 운문불전은 불타의 전생으로부터 일생 행적과 열반 후까지 찬양하여 노래한 완벽한 장편서사시다. 그러기에 이 운문불전을 찬성하기 위한 선행 저본으로서 불타의 완전한 생애를 전기적으로 구성한 『석가보』를 한문으로 신편하게 되었다. 이를 저본으로 『월인천강지곡』을 완성한 것은 세종 28년 12월 이전이었다고 본다. 그해 12월 세종은 그 『석가보』를 '증수增修'하라고 명하였는데,[8] 이 결과로 편성된 『석가보』의 증수본을 창조적 문체로 국역한 것이 『석보상절』이었으니, 그게 세종 29년 7월의 일이었다. 이어 세조가 『월인천강지곡』과 『석보상절』을 재편·합본한 게 『월인석보』니, 그 4년 이전에 이루어졌다. 여기서 위 국문불전은 새로운 운문·산문으로서 불교 측에서는 이른바 '신찬불경新撰佛經'이고, 문학 측에서는 이른바 '찬불서사시'요 '석가대전'이라 하겠다.[9]

이 국문불전은 『석가보』가 기본 구조를 잡아 주었듯이, 불타의 완전한 일생을 작품화한 것이다. 그 불전들은 모두 순차적으로 연결되어 불타의 일생을 소위 '팔상八相'의 구조로 서술하고 있는 게 사실이다.[10] 불교계의 불변하는 석가보가 모두 그러하듯이, 그 일대기는 팔상으로 나뉘어 유기적으로 기술되고 있기 때문이다. 이러한 불타의 전기문학은 전체적으로 팔상의 단계를 고수하지만, 그 각 부분은 여러 개의 독립된 단편으로 조직되어 있다. 말하자면 여러 개의 독립 단편들이 각 부분을 이

8　『세종실록』「28년 12월 2일」조에 "命副司直金守溫 增修釋迦譜"라 하였다.

9　사재동, 「『월인천강지곡』의 불교서사시적 국면」, 황패강 외편, 『한국문학연구입문』, 지식산업사, 1982, 391쪽.

10　수양대군의 「석보상절서(釋譜詳節序)」에 "世之學佛者鮮有知出處始終 雖欲知者亦不過八相而止"라 하고, 그 세주(細註)에 "八相은 兜率來儀 毘藍降生 四門遊觀 逾城出家 雪山修道 樹下降魔 鹿苑轉法 雙林涅槃"이라 하였다.

루고, 그 8개의 부분이 크게 하나로 편성되어 그 국문불전이 이룩되었다
는 이야기다. 따라서 그 불전들은 경우와 사정에 따라 8개 부분으로 구
별되기도 하고, 각각의 독립 단편으로 분화되기도 할 것은 물론이다.[11]
이러한 국문불전은 불교계에서는 불경으로 전파되고, 서민 대중에서는
문학으로 유통·성행하여 왔던 게 조선 전기의 사정이었다.

　여기 『팔상명행록』은 조선 전기에 뿌리를 두고 그 중기를 거쳐 후기
에 완성·유통된 국문불전, '석가대전'의 대표적 산문작품이다. 그 제
명부터가 팔상 구조를 적극적으로 강조하고 있으며, 그 내용에서도 그
렇게 구분해 놓았다. 나아가 이 불전은 팔상의 각 부분에 많은 독립 단
편을 유기적으로 포괄하고 있다. 따라서 이 불전은 전체적으로는 일대
장편이지만 부분적으로는 수많은 독립 단편들로 분화될 수가 있는 것
이다. 그러므로, 이 『팔상명행록』은 그 구조 형태면에서 위 조선 전기
국문불전의 적통을 이어 발전적으로 형성·전개된 것이라 하겠다. 그
것은 조선 전기 국문불전들이 이미 품절되어 희귀서로서 일반 대중의
손안에 들기 어려운 데다, 문헌·문장에서 15세기적 보수성을 그대로
고수하고 있는 데에서, 새로운 팔상계의 국문불전을 요망하였기 때문
이다. 그러므로 그것은 조선 중·후기 불교계의 포교적 배려와 민중적
요청을 아울러 수용할 수밖에 없었던 것이다. 따라서 그것은 서민 대중
의 흥미·취향과 독파 능력을 고려하고 소설문학의 성황에 대처하게
되었다.

　첫째, 『팔상명행록』은 위 국문불전들의 팔상구조와 서사문맥을 거
의 그대로 계승하였다고 보아진다. 이것은 선행한 것들의 팔상구조를

11　사재동, 「『월인석보의 형태적 연구」, 앞의 책, 39~41쪽.

보다 적극적으로 부각·표면화하였고, 저것의 장엄한 '영웅의 일생'이라는 서사적 계통을 그대로 유지하고 있기 때문이다. 그러나 팔상 각 부분의 독립 단편의 출입·변화는 서로 다르게 나타난다. 이 『팔상명행록』은 선행한 것들의 독립 단편을 수용하되 상당히 교체하고 적잖이 변화시켰다.

둘째, 『팔상명행록』은 국문불전의 15세기적 표현·문체로부터 해방되어 상당히 개변되었다. 이 문장의 어휘와 어법은 물론 표현 수법까지도 그 시대에 상응하는 대중적 현상을 보이고 있다. 그 문장에서 한자를 일체 배제했을 뿐만 아니라, 대중적 서사문체를 자유롭게 구사하고 있는 실정이다. 따라서 이 불전은 비로소 완벽한 '한글전용'을 완수하고 선행한 불전의 그것보다 서민화·대중화 내지 통속화의 방향으로 전개된 것이라 하겠다.

셋째, 여기서 『팔상명행록』이 그 당시에 유통되던 고전소설과 민감한 교섭을 가졌던 것이다. 이 불전과 국문소설은 일단 대중적 서사구조라는 점에서 그 기반을 같이하는 게 사실이다. 더구나 이 불전은 불교계 국문소설과 그 계통을 같이하는 게 분명하다. 그리고 양자는 대중적 '한글전용'을 실현하고 있는 점에서 완전 합치된다. 그렇다면 이 양자는 현실적으로 동일 부류로서 같은 징르에 속한다고 보아진다. 기실 조선 전기 국문불전이 보수성을 지님으로써, 국문소설을 수용하지 않고 오히려 개방적인 국문소설로 수용·전개되었다면, 여기 『팔상명행록』은 그러한 보수성을 벗어나 그 시대의 국문소설과 활발히 교섭하여 영향을 주고받았던 것이 실증된다. 그리하여, 이 국문불전은 결코 통속적 국문소설을 배격하면서도 대중적 국문소설처럼 민중에 광포·전파되기를 갈망하고, 그렇게 노력하였던 것이라 하겠다. 그 결과로 이 국문불전은 소재, 내용이나 사건 구성 내지 표현·문체에 이르기까지, 상당한 변화를 겪으면서 국문소설과 동화되는 경향을 보이게 되었다.

넷째, 이 국문불전은 선행 국문불전보다 새롭고 알찬 내용을 정비한다는 명분아래, 다른 불전·불경에서 적지 않은 독립 단편을 인용·보완한 것도 사실이다. 실제로 인도의 불전계 경전과 중국의 불전을 비롯하여, 인용된 경전을 들어보면 참으로 다양하다.

> 인과경(因果經)·본행경(本行經)·화엄경(華嚴經)·장엄경(莊嚴經)·열반경(涅槃經)·보적경(寶積經)·미증유인연경(未曾有因緣經)·처태경(處胎經)·용왕경(龍王經)·잡보장경(雜寶藏經)·현우인연경(賢愚因緣經)·옥야경(玉耶經)·월광동자경(月光童子經)·본기경(本起經)·월난경(越難經)·백연경(百緣經)·중아함경(中阿含經)·사십이장경(四十二藏經)·육도집경(六度集經)·효자경(孝子經)·목련경(目連經)·관불삼매경(觀佛三昧經)·법구경(法句經)·채화위왕경(採華爲王經)·장수멸죄경(長壽滅罪經)·능엄경(楞嚴經)·법화경(法華經)·관무량수경(觀無量壽經)·수달나태자경(須達拏太子經)·여래장경(如來藏經)·유마경(維摩經)·금강경(金剛經)·마가마야경(摩訶摩耶經)[12]

이러한 경전들에서 인용하였으되, 그 독립 단편들은 한문 저본에 근거를 두고 상당히 개변된 것이라 보아진다. 말하자면 이 국문불전은 불경에서 가장 극적이고 소설적인 서사물을 뽑아 왔으되, 직역이나 축역

---

12 『팔상명행록』 필사본 Ⓝ에서 뽑았다.

이 아니고 창조적으로 국문화되어 개선의 전승 과정을 밟았다는 것이다.

이렇게 형성된 국문불전, 『팔상명행록』은 불경과 서사문학의 양면성을 지녔다. 따라서 불교계에서는 이를 불경으로 인식하여 신앙하며 읽어 왔던 것이다. 그리고 일반 민중들은 이를 서사문학으로 간주하고 즐겁게 읽어 왔던 터다. 그러면서도 불교계에서는 그로부터 문학적 감동을 받게 되었고, 일반 대중들은 그로부터 불교적 감화를 입게 되었으리라 본다.[13]

3. 국문불전의 유통 실태

국문불전 『팔상명행록』은 우선 불경으로 인식되어 불교계와 신불 대중 사이에 널리 유통되었다. 불교계에서는 불경의 광포를 위한 신앙이 자리잡고 있었다. 지경·사경·간경·독경·설경 등에 따른 공덕이 바로 그것이다. 그리하여 이 국문불전은 종단 조직과 신도 연락을 통하여 보다 성행하였으리라 본다. 그리고 이것은 일반 대중에서 실로 재미있고 유익한 이야기책으로서 널리 행세하였던 것이다.

먼저 문헌적으로 유통된 실태를 보면 그 시대에 상응하여 성황을 이루었던 것이나, 현전하는 것은 그리 많지 않은 편이다. 현존한 이본들은 필사본이 주류를 이루고, 목판본은 아직 드러나지 않은 채 근대적 활판

---

13 사재동, 「『팔상명행록』의 연구」, 『인문과학논문집』 8-2, 충남대 인문과학연구소, 1981.

본이 얼마간 있는 정도다. 현재까지 알려진 필사본을 점검해 보면 다음과 같다.[14]

Ⓐ 서울대도서관 소장, 『팔상녹』 4책(3책 분권), 함풍 원년(1851)

Ⓑ 조종업 소장, 『팔상녹』 초권(3책 잔권), 함풍 10년(1860), 무우자 필서

Ⓒ 고려대도서관 소장, 『팔상녹』 3책, 계미년(1860)

Ⓓ 고려대도서관 소장, 『팔상녹』 6책(3책 분권), 함풍 10년(1860)

Ⓔ 박순호 소장, 『팔상녹』 권지삼(3책 잔권), 대청 원년

Ⓕ 박순호 소장, 『팔상록』 4책, 광서19년(1893), 장극락화필서

Ⓖ 사재동 소장, 『팔상녹』 권지삼(3책 잔권), 필자 미상

Ⓗ 박순호 소장, 『팔상녹』 초권(3책 잔권), 갑신년(1884)

Ⓘ 박순호 소장, 『팔상녹』 3책, 정묘년(1927), 금암 필서

Ⓙ 김광순 소장, 『팔상녹』 3권 1책, 필자 미상

Ⓚ 박순호 소장, 『팔상록』 1책(축약본), 병자년(1936)

Ⓛ 국립도서관 소장, 『석가여릭응화시적 팔상경』 7책, 보월 찬집, 필서 미상

Ⓜ 사재동 소장, 『석가여릭응화시현 팔상경』 4책(7책 잔권), 보월 찬집, 필서 미상

Ⓝ 사재동 소장, 『석가여릭응화시현 팔상성경명행록』 7책, 보월 찬집, 융희 5년(1911)

Ⓞ 국립도서관 소장, 『셔가여릭응화시현 팔상록』 14책(7책 분권), 보월

---

[14] 아직도 고찰이나 도서관, 개인 장서에 이 『팔상명행록』의 이본이 비장되어 발굴의 여지가 있다. 지금까지 이처럼 귀중한 연구자료를 제공해 주신 각급 도서관과 소장자에게 심심한 사의를 표한다.

찬집, 필서 미상

ⓟ 강전섭 소장, 『석가여리응화시현 팔상녹』 6책(14책 잔권), 보월 찬집,
융희 5년(1911)

ⓠ 사재동 소장, 『여시아문록』(초록본) 1책, 신미년(1931)

이들 필사본은 빙산의 일각으로 유전된 것이다. 따라서 이 필사본들
은 단순한 이본이 아니라, 그 시대 그 지역을 거점으로 널리 유통되었
다는 확실한 근거가 된다고 보아진다. 이 필사 이본들은 각기 그 시
간·공간의 좌표를 확정할 수는 없지만, 전체적으로 보아 그 유통의 위
상을 어림할 수는 있다. 위에 보인대로 현전 필사본의 상한선은 '함풍
원년'(1851)이요 그 하한선은 '병자년'(1936)이다. 그렇다면 최소한 1850
년대 이전부터 이 불전이 여러 이본으로 분화·유통되었다고 보아진
다. 위에서 추정한대로 이러한 국문불전이 적어도 15세기에 근원을 두
고 16세기와 17세기를 거쳐 18세기에 완성됨으로써 19세기에는 성행
하였다는 추정이 가능해진다. 그리고 이 필사 이본들이 간단없이 제작
되어 20세기 중엽까지도 유통되었다는 점을 유념해야 된다. 그러니까
『팔상명행록』의 필사 이본들은 형성 이래 최근에 이르기까지, 전국 사
찰·불교계를 중심으로 민중 사이에 유통되었기 때문이다.

다음 『팔상명행록』의 목판본이 제작되었으리 추정된다. 이러한 국
문불전이 수요의 증대로 필사본의 한계를 벗어나 목판본에 의존하게
되는 것은 인쇄·출판사의 자연스러운 추세였다. 더구나 불가에서는
불전의 간행이 판본으로 성행하였고, 조선 후기 국문불전이 예외없이
고활자본·목판본 등으로 간행되었던 게 사실이다.[15] 실제로 조선 후

기 국문불전, 『보권염불문』 같은 것이 목판으로 간행되는 마당에[16] 대소 사찰간본이 조선조 말기까지 유전되었던 것이다. 여기에 조선 후기 방각본의 성행으로 각종 한문서·국문소설 등이 목판으로 간행되었다는 점도 고려되어야 할 터이다.[17] 그렇다면 『팔상명행록』이 그 시대의 복합적인 요청에 의하여 판본화되었을 가능성은 얼마든지 있다고 하겠다. 다만 현전하는 자료가 불투명하여 탐색의 손을 뻗쳐야 될 것이다.

이러한 환위 속에서 활판술의 도입과 함께 『팔상명행록』의 활판본이 간행된 것은 당연한 일이었다. 현전하는 자료를 들어보면 다음과 같다.

  (a) 백용성 찬(삼장역회), 『팔상록』 1책, 한성도서주식회사, 1922

  (b) 안진호 편, 『신편팔상록』 1책, 법륜사, 1943

  (c) 이종익 외편, 『도해팔상록』 1책, 보련각, 1978

이러한 근대적 『팔상록』은 필사본이나 목판본을 계승·보완하여 원형에서 많이 벗어나는 게 사실이다. 그러나 이것은 그 전통적 기본구조와 계통적 서사문맥을 유지하고, 나아가 이 시대에 상응하여 근대적으로 개변된 것이라 보아진다. 그렇다면 이 근대적 활판본의 출판·유통도 그 전통의 계승이라는 점에서 상당히 중시되어야 할 것이다.

다음 위와 같은 문헌적 유통을 근거·기반으로 하여, 그 구비적 전

---

15 김두종, 「조선 후기 각도사찰장판」, 『한국 고인쇄 기술사』, 탐구당, 1974, 391~437쪽.
16 이 『보권염불문』은 구례 화엄사본 『권념요록』에 이어 합천 해인사, 고창 선운사, 영변 용문사, 구월산 흥률사 등지에서 조선 후기에 간행되었다.
17 김동욱, 「방각본에 대하여」, 『동방학지』 11, 연세대 동방학연구소, 1970; 유탁일, 「완판 방각소설의 문헌학적 연구」, 학문사, 1981 등 참조.

승 실태를 주목해야 되겠다. 실제로 『팔상명행록』의 진면목은 그 구비적 유통 과정에서 생생하게 발휘되었기 때문이다. 그동안 이러한 구비적 현상은 무형적이라 그런지, 별로 주목된 바가 없었다. 그러나 그 국문불전은 분명히 강독·강담·강창되기 위해서 찬성된 것이고, 따라서 반드시 그렇게 되었던 것이다.

우선 이 『팔상명행록』은 불경이나 국문소설처럼 강독되어 왔다. 최근까지도 승려나 신도들이 독경의 곡조와 초성으로 이를 낭독하고, 나아가 국문소설을 읽는 방법으로 전환되는 경향을 보였다. 이것이 불교와 서사의 양면성을 지녔으므로 처지와 관점에 따라서, 그 강독의 소리는 불경 쪽이냐 소설 쪽이냐 가름될 수밖에 없는 게 사실이다. 이렇게 강독하는 데서 불교를 소설에 실어서 청중에게 재미있고 유익하게 전파하는 게 상례였던 것이다. 여기서 승려나 거사·신녀들이 강독사로 등장하여 그 문학적 포교의 광장을 마련하고 국문불전의 기능을 발휘케 되었다.

이 강독을 담당하거나 들은 사람들은 포교적 신앙과 자발적 의욕에 의하여 다른 민중에게 이를 이야기로 전달하게 마련이었다. 그리하여 『팔상명행록』은 강담되는 결과를 내게 되었다. 이것의 강독사와 청중이 그 책을 떠나서 그만한 분위기를 만나면, 그 내용을 이야기로 풀이할 수밖에 없었다. 지금까지도 승려들의 대중 설법에서 『팔상명행록』의 단편을 인용하여 설화하는 경우가 있는 실정이다. 그 법사의 설화가 원래의 불경에서 인용되었을 가능성도 있지만, 불학 전공의 학승이 아니고도 대강 열람·참고하기 쉬운 『팔상명행록』의 독립 단편을 활용하는 경우가 많았던 것이다. 이런 점에서 『팔상명행록』은 서사성이 강한 단편집으로서 설법에 활용하기 좋은 예화집이라고 보아지기도 한다. 오랜 세월에 걸쳐 설법의 예화로 검증된 단편들만을 집성하여 일반적 포교에서 효율적으로 활용한 것은 분명 그 강담, 이야기로서의 유통 기능을 증언하는 것이라 하겠다. 여기서 승려나 거사·신녀들이 강담사 이야기꾼으로 등장하여,[18] 이러한 국문불전을 바탕삼아 널리 이야기하였고, 따라서 그 국문불전의 진면모가 제대로 드러났던 것이다.

나아가 『팔상명행록』은 대중들에 입체적으로 강창되었을 것이다. 이것의 강담이 가요를 삽입하고 가창되면 강창 형태로 전개되는 게 사실이다. 자고로 불교계의 설법에서 가장 보편적이고 효율적인 방편이 바로 강창이었다. 실제로 당나라·신라 때부터 속강이라는 포교 설법이 강창으로 전개되어 오랜 세월을 지내고도, 오늘에까지 그 방편이 원용되고 있는 실정이다.[19] 현재 설법에 능통하고 법력 있다는 고승들은 이 국문불전과 같은 단편을 역설하는 데에 있어, 아무래도 강창의 방법을 벗어나지 않는다. 그들은 재미있고 감명 깊은 법화를 가지고, 흥미롭게 이야기하고 충격적으로 노래한다. 그 내용의 정감에 알맞게 표정·몸짓·행동을 극적으로 가미시킨다. 그리하여 그들은 결국 그 단편의 법화를 강창극으로 연출하고 마는 것이다.[20] 실제로 그 독립 단편들은 삽입가요를 동반함으로써, 강창될 수 있는 필연성과 강창극본으로 활용될 수 있는 가능성을 확보하고 있기 때문이다.

위와 같이 『팔상명행록』이 문헌·구비로 유통되는 과정에서 몇 가

---

18 임형택, 「18·9세기 이야기꾼과 소설의 발달」, 『한국학논집』 2, 계명대 한국학연구소, 1975 참조.

19 사재동, 「불교계 서사문학의 연구」, 『어문연구』 12, 어문연구회, 1983.

20 사재동, 「불교계 강창문학의 유통 양상」, 『한국불교문화사상사』 하, 가산불교문화연구원, 1992 참조.

지 계통을 이루어 온 것으로 보인다. 적어도 한문본『팔상록』을 전제하고 국문본『팔상록』의 원본을 추정한다면, 그로부터 현전하는『팔상명행록』들은 실제로 원본적인 3책본 팔상록류와 과도적인 증윤본 팔상록류, 그리고 발전적인 7책본『석가여리응화시적 팔상경』류와 파생적인 축약본『팔상록』류로 나누어 볼 수가 있겠다.

우선 3책본『팔상록』류는 전체적인 서사구조가 팔상으로 일관되어 있으나 각 부분에 해당하는 단편의 수량이 적고 각 단편의 구성 내용이나 표현 형태 등에서 고졸한 면모를 보인다. 따라서 이 3책본 계열이 원본에 가까운 유형이라 보아진다. 위 필사본 Ⓐ~Ⓙ와 이를 계승한 활판본 (a)가 이 계열에 해당된다고 하겠다. 이런 동일계의 이본들도 그 유통 과정을 통하여 서로 상당한 출입과 변화를 보여 주고 있다. 이 계통의 체재와 작품들의 수록 실태를 위 필사본 Ⓒ에 의거하여 살펴보겠다. 그 분권 체재는 3권 3책으로 팔상의 구분을 확실히 하였고, 그 수록 내용은 이러하다.

○ 서문

○「도솔늬의상」
① 선혜비구리 매화인연 ② 호명보살 승원입태(제목 필자)

○「비람강싱상」
① 호명보살 쳐태설법 ② 제대보살 승원강생 ③ 보살탄생 최초설법 ④ 법계인천 환희봉행 ⑤ 마야부인 열반승천 ⑥ 파제이모 봉행양육 ⑦ 선인 예상 읍탄연위 ⑧ 태자알묘 천생전녜 ⑨ 태자입학 군사괴복(상동)

○「사문유가샹」

① 정반시험 태자용력 ② 태자납비 야수부인 ③ 태자동문 초봉노인 ④ 태자남문 재견병와 ⑤ 태자서문 노견사시 ⑥ 태자복문 득우사문(상동)

○「유셩출가샹」

① 태자재삼 간계출가 ② 제불보살 출가권청 ③ 천왕제석 출가재촉 ④ 야수득몽 읍별태자 ⑤ 태자입산 금도낙발 ⑥ 야수별리 회고왕사 ⑦ 부왕 야수 체읍상위 ⑨ 군산차탄 수종태자 (상동)

○「셜산수도샹」

① 태자진입 외도문답 ② 태자우선 의논도덕 ③ 갱진설산 석굴참선(불 전한토연기 · 팔상록찬역기)

○「수하항마샹」

① 마왕파순 훼방성불 ② 항마성불 원득불효

○「녹원전법샹」

① 제석권청 하산설법 ② 제천시불 제도이상 ③ 교진여동 최초득도 ④ 차 릭간청 세존귀궁(이상 제목 필자) ⑤ 화룡소 가섭삼형제 투위제자(제팔희) ⑥ 사리불수보리 투의제자(제목 필자) ⑦ 효즈나복 오빅승재(제구회) ⑧ 야 수화탄 변작연딕(제십회) ⑨ 나복환위목련 아란투위제자(제십일회) ⑩ 목 련척발등공 방견천당 지옥문전 ⑪ 아란오타음실 세존설법ㅎ샤 소긔이욕 ⑫ 목련방견 청제부인 세존친견 마야부인 ⑬ 우전왕 조성세존등상 영쇼보

전 강설묘법 ⑭ 황사국 세존첨비 중싱빅골(제십팔회) ⑮ 영산힝노 세존광설 인과보은 ⑯ 선광공주 선인수복 ⑰ 장자악업 필지수고 ⑱ 우태부부 애련과보 ⑲ 범지망아 염계상봉 ⑳ 빈녀일등 성불인연 ㉑ 빈녀탈의 보시공덕 ㉒ 장자양인 생육일자 ㉓ 세존설법 아란가섭인연 ㉔ 영산세존 재봉부왕(세존사적서) ㉕ 야수모자 승운등공 ㉖ 종족중생 회취청법 ㉗ 야수모자 봉불득도 ㉘ 이모과계 봉불득도 ㉙ 난타사악 목련교화(⑯ 이하 제목 필자)

　○「쌍림열반샹」
　① 열반시래 광설사덕 ② 열반임박 최후설법 ③ 대중통곡 천지진동 ④ 상림열반 곽시쌍부 ⑤ 다비보와 균분사리(제목 필자)

　위 내용을 개관하면 전3권도 모두 63편의 단편을 싣고, 298면에 약 8만 자를 헤아리는 장편이라 하겠다. 위와 같이, 각 단편들은 팔상의 과정을 따라 유기적으로 배치되어 있다. 그런데 각 단편들에는 제목 없이 연결되는 게 대부분이고, 나머지 일부가 제목을 달았으며, 나아가 '제팔회', '제십팔회' 식으로 장회 형태를 보이는 것도 사실이다.
　다음 7책본 『석가여리응화시현 팔상경』류는 3책본 계열을 계승하되 획기적 보완·개신을 이룬 것이다. 권책의 구분이 확언히고 그 독립 단편들에 일일이 규칙적인 제목을 달아서 정연한 장편 체재를 갖추고 있다. 따라서 이 7책본 계열은 후대적으로 개신된 유형이라 보아진다. 위 필사본 Ⓛ～Ⓟ과 이를 개편한 활판본 (b)와 (c)가 이 계열에 해당된다. 이러한 동일 계의 이본들도 역시 유통 과정을 통하여 서로 상당한 출입·변화를 겪은 게 사실이다. 이 계통의 체재와 작품들의 수록상황을 위 필사본 Ⓝ에 근거하여 살펴보겠다. 먼저 형식상의 체재를 보면 보다 방대하고 정연하다.

제1책 112면 제1부 제1·2권 22편

제2부 제3·4권 22편

제2책 121면 제3부 제5·6권 16편

제4부 제7·8권 14편

제3책 101면 제5부 제9·10권 10편

제6부 제11·12권 14편

제4책 110면 제7부 제13·14권 10편

제8부 제15·16권 4편

제5책 106면 제9부 제17·18권 6편

제10부 제19·20권 4편

제6책 100면 제11부 제21·22권 10편

제12부 제23·24권 4편

제7책 64면 제13부 제25·26권 6편

제14부 제27권 3편

구체적인 작품 배치는 다음과 같다.

○ 서문

○「도솔래의상」

① 석가전신 선혜비구 매화공양 득몽수기 ② 선혜보살 승원입태 ③ 마

야부인 침수길몽 ④ 호명보살 쳐태설법 ⑤ 제대보살 승원강생

　○「비람강생상」

　① 보살탄생 최초설법 ② 인천법계 환희봉승 ③ 마야부인 승텬수복 ④ 파사이모 봉행양육 ⑤ 마야광설 과거인연 ⑥ 선인예상 읍탄연위 ⑦ 태자알묘 텬생전녜 ⑧ 태자입학 군사괴복 ⑨ 태자희장 쳑상사고 ⑩ 태자납비 야수부인 ⑪ 태자구연 오욕자재 ⑫ 정거텬인 경각태자

　○「사문유관상」

　① 태자동문 초봉노인 ② 태자남문 재견병와 ③ 태자셔문 노견사시 ④ 태자북문 득우사문

　○「유셩출가상」

　① 야수부인 현몽의구 ② 태자재삼 간계출가 ③ 태자숙종 천인출가 ④ 야수부인 읍별태자 ⑤ 태자입산 금도락발 ⑥ 정반왕 읍방태자

　○「셜산수도상」

　① 태자조목 이션 ② 우다이권정 태자환공 ③ 정빈부왕 수중양거 ④ 태자셜산 육년고행 ⑤ 태자수(식) 최초공양 ⑥ 태자전하 죠욕금신

　○「수하항마상」

　① 마왕파순 득몽경구 ② 마자상주 간부작열 ③ 마군동중 대구긔쳔 ④ 태자암설 숙셰인연 ⑤ 지신용출 제고증명 ⑥ 마왕마재 참회발심 ⑦ 보살이전

명성오도 ⑧ 세존초설 화엄대법 ⑨ 계위장자 봉공세존 ⑩ 문인용왕 봉공세존

○「녹원전법상」

① 교진녀오인 최초득도 ② 루나 가젼연 야사 권속득도 ③ 선사자책 희과 ④ 삼가섭 일천사도 일시득도 ⑤ 마갈국왕권속 입정사 ⑥ 목련사리 투위제자 ⑦ 금색가섭 투위제자 ⑧ 정방부왕 청불환국 ⑨ 야수빈읍고 나후인연 ⑩ 불졔난타 출가 ⑪ 세존위부왕 설법 ⑫ 수달장자 도금매지 ⑬ 왕손나후라 출가 ⑭ 전자가녀 가잉발불 ⑮ 세존위용귀 설법 ⑯ 앙굴마라 사사귀정 ⑰ 옥야부인 견불수훈 ⑱ 신일독안 견불생신 ⑲ 창건계단 불전계법 ⑳ 아란출가 위불시자 ㉑ 세죤항복 독용나찰 ㉒ 불수왕청 화제음녀 ㉓ 파사야수 발타출가 ㉔ 정반부왕 청불유상 ㉕ 유란국왕 부인견 불 ㉖ 맹아봉불 자력득도 ㉗ 빈궁노옹 견불슈복 ㉘ 노인봉불 출가득도 ㉙ 츄녀승불 위력개용 ㉚ 츄야견불 위승득도 ㉛ 백구폐불 불시견인 ㉜ 아질왕 견불생신 ㉝ 아란취유 악우득계 ㉞ 불화이션 노지장자 ㉟ 불승도리 위모설법 ㊱ 불찬지장 광대셔원 ㊲ 우젼국왕 최초죠상 ㊳ 불위생생 셜부모은 ㊴ 목련존자 셩불구모 ㊵ 아란청불 시식의기 ㊶ 목련망모 지옥아귀 ㊷ 소비치불 불강제도 ㊸ 목련승불위력 구모생쳔 ㊹ 수달장자 권우견불 ㊺ 선광죄축 승인득과 ㊻ 반왕득병 불반분상 ㊼ 수라타 촉아반불 ㊽ 계구빈객 대젼탄식 ㊾ 단이내쳬의 시불득복 ㊿ 화목왕사 편우불 51 토업인등 견불슈복 52 오백젹인 봉불자오 53 도젼다라 익왕간언 54 소애시토 수긔작불 55 채화공역 봉불자도 56 난타빈녀 연등수긔 57 셜고불태 담낙불책 58 노걸우불 약재반효 59 불도 미묘비구니 악업 60 션셜 과거 대비방변 61 범지애착망아 봉불각몽 62 바사타호곡망아 봉불득도 63 불설위병인 임종염불 64 불설위망자 장송절차 65 불위중생 설전도업연 66

불위중생 셜불정경 ⑥ 아란오타음실 봉불자도 ⑱ 제대불자 술회자오 ⑲ 대비관음보살 이근원통 ⑩ 문수보살 간택원통 ㉑ 불위대중 셜관음신력 ㉒ 불위아란 셜사종계율 ㉓ 위계희부인 원생극낙 ㉔ 불셜극낙 극호장엄 ㉕ 셰존임셩 조복취상 ㉖ 조달유인 장궁해불 반몽불화 ㉗ 조달방불 생입디옥 ㉘ 셰존약셜 조달인연 ㉙ 수달나보시만행 여의셩취 ㉚ 선우입해 구주원만보시 ㉛ 약셜조달 업연지여 ㉜ 반야진공 불측인연 ㉝ 유마힐시질 위중셜법 ㉞ 불칙제자 교왕문질 ㉟ 팔셰용녀 턴중셩불 ㊱ 여래장경 실상법문 ㊲ 유리왕 생입디옥 ㊳셰존약셜 디옥고보

○「쌍림열반상」

① 마왕파슌 쳥불열반 ② 파사촉자 션불입멸 ③ 순타장재 최후공덕 ④ 가섭보살 이난불변화 ⑤ 불지이셕 영오무상 ⑥ 열반대교 광셜사덕 ⑦ 아사왕 참죄 몽불자도 ⑧ 육사방불 반몽불화(상·하) ⑨ 여래견신 셜산죵자 ⑩ 선경방법 생입디옥 ⑪ 의도방불 반몽불화 ⑫ 재희아란 급수발타 ⑬ 수훈유교 다비법측 ⑭ 삼계대대사 웅진환원 ⑮ 불모문부 하래산화 ⑯ 불현쌍족 최후시법 ⑰ 셩화자분 균분사리 ⑱ 가섭아란 결집법장

○ 잔십자 논셜

① 해셕제경의취 ② 한졔감몽 젼사구법 ③ 화엄경사귀계 공덕셜 ④ 지셜팔상셩경명행녹 행인연셜

(기호는 인용자)

위 내용을 개관하면, 전14부 27권에 모두 149편의 단편을 싣고, 총

744면, 약 35만 자를 헤아리는 장편이라 하겠다. 이 작품들은 불교계에서는 불경이었지만, 유통 과정에서는 서사문학의 면모를 보다 강하게 들어냈던 게 사실이다. 기실 그 설득력·파급력은 그것이 불경으로서보다는 문학으로서 더 원활히 발휘되었기 때문이다. 여기서 이 국문불전이 문헌·구비로 자연스럽게 전파·유통될 때에 문학적 성향을 띠어 왔으리라는 것을 주목하게 된다.

그리고 파생적인 증윤본과 축약본은 위 양계열에서 다 나타날 수가 있겠다. 3책본 계열에서는 7책본 계열로 연결되는 과도기적인 이본을 파생시켰을 가능성이 높다. 현재로서는 전제한 필사본 Ⓓ가 3책본을 6책으로 분권하고 독립 단편에 다소의 증윤을 보여서 간접적인 증거가 되겠다. 이어, 7책본 계열에서도 이본에 따라 증윤의 경향을 보이고 있다. 대강 필사본 Ⓜ이 7책본을 14책으로 분권하고 각 단편에서 약간의 증윤을 나타내는 정도라 하겠다. 한편 3책본을 축약하여 1책으로 조정한 경우가 위 필사본 Ⓚ에 나타나고, 7책본을 발췌하여 1책으로 편집한 사례가 위 필사본 Ⓠ에서 드러나고 있다. 이러한 현상들은 복잡다단한 유통 과정에서 불가피하게 일어나는 것으로, 그 유통의 성황을 증명하는 바라 하겠다. 그리고 이 국문불전의 각 단편들은 이러한 과정을 통하여 창조적으로 변화·성장함으로써, 국문작품의 면모를 더욱 강화하게 되었다고 보아진다.

위와 같이 유통된 문헌적 계통을 도시화하면 다음과 같다.

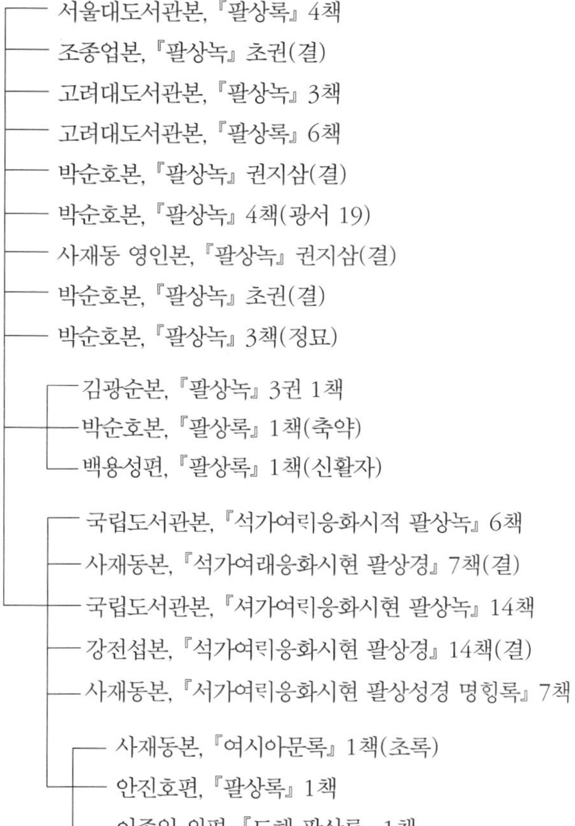

한문팔상록/국문팔상록

서울대도서관본, 『팔상록』 4책
조종업본, 『팔상녹』 초권(결)
고려대도서관본, 『팔상녹』 3책
고려대도서관본, 『팔상록』 6책
박순호본, 『팔상녹』 권지삼(결)
박순호본, 『팔상녹』 4책(광서 19)
사재동 영인본, 『팔상녹』 권지삼(결)
박순호본, 『팔상녹』 초권(결)
박순호본, 『팔상녹』 3책(정묘)

김광순본, 『팔상녹』 3권 1책
박순호본, 『팔상록』 1책(축약)
백용성편, 『팔상록』 1책(신활자)

국립도서관본, 『석가여리응화시적 팔상녹』 6책
사재동본, 『석가여래응화시현 팔상경』 7책(결)
국립도서관본, 『셔가여리응화시현 팔상녹』 14책
강전섭본, 『석가여리응화시현 팔상경』 14책(결)
사재동본, 『서가여리응화시현 팔상성경 명힝록』 7책

사재동본, 『여시아문록』 1책(초록)
안진호편, 『팔상록』 1책
이종익 외편, 『도해 팔상록』 1책

4. 국문불전의 문학적 실상

1) 전체 구조

이 『팔상명행록』은 전체적으로 장편소설, '대석가전'의 형태를 갖추고 있다. 그것이 석가불을 주인공으로 하여 완벽한 장편 구조를 이루고 있기 때문이다. 이 작품은 '팔상八相'의 보편적 구조를 지닌 '전기적傳記的 유형'으로서 그 전범을 보이고 있다. 또한 이 작품은 동양권에서 공통되는 불전문학으로서 전형적인 '영웅의 일생'을 기술·전개시키고 있는 터다. 잘 알려진 대로 이 석가불이 전생에 무한 공덕을 닦고 호명보살로 도솔천에서 내려와 마야부인께 탁태하고(도솔래의상兜率來儀相), 비람동산에서 강탄하며(비람강생상毘藍降生相), 왕성의 사문을 통하여 인생문제를 깊이 통찰한 뒤(사문유관상四門遊觀相), 왕성을 넘어 출가하여(유성출가상逾城出家相) 설산에서 수도·정진하고(설산수도상雪山修道相), 드디어 마군을 항복받아 대도를 깨치고는(수하항마상樹下降魔相), 녹야원에서부터 널리 법륜을 굴리다가(녹원전법상鹿苑轉法相), 마침내 쌍림에서 열반에 들기까지(쌍림열반상雙林涅槃相) 그 생애를 정연하게 정리·기술하고 있기 때문이다.

이러한 팔상의 기본 구조는 인도와 중국의 불전문학과도 상통하는 것이었다. 먼저 인도의 불전은 하나의 계통적 유형을 이루어 『불소행찬佛所行讚』(5권)[21]·『불본행집경佛本行集經』(2권)[22]·『보요경普曜經』(8권)[23]·『불

---

21 『신수대장경』 제4권 「본연부 하 192호」, 불교대승회, 1976, 1~54쪽.
22 위의 책, 제3권 「본연부 상, 190호」, 655~932쪽.

본행경佛本行經』(7권)[24]·『방광대장엄경方廣大莊嚴經』(12권)[25] 등 10여 종이 자리하고 있다.[26] 그중에서 『보요경』을 보면

권제1

① 論參禪品 ② 說法門品 ③ 所現象品

권제2

④ 降神處胎品 ⑤ 欲生時三十二瑞品

권제3

⑥ 入天祠品 ⑦ 現書品 ⑧ 坐樹下觀犂品 ⑨ 太子求妃品 ⑩ 試藝品 ⑪ 四出觀品

권제4

⑫ 出家品 ⑬ 告車匿被馬品

권제5

⑭ 異學三部品 ⑮ 六年勤苦行品 ⑯ 迦林龍品 ⑰ 召魔品

권제6

⑱ 降魔品 ⑲ 行道禪思品 ⑳ 諸天賀佛成道品

권제7

㉑ 觀樹品 ㉒ 商人奉麨品 ㉓ 梵天勸助說法品 ㉔ 拘隣等品

권제8

㉕ 十八變品 ㉖ 佛至摩竭國品 ㉗ 化舍利弗目連品 ㉘ 優陀耶品 ㉙ 歎佛品 ㉚ 囑累品

---

23 위의 책, 187호, 483~538쪽.
24 위의 책, 제4권 「본연부 하, 193호」, 54~114쪽.
25 위의 책, 제3권 「본연부 상, 187호」, 539~616쪽.
26 사재동, 「『팔상명행록』의 연구」, 앞의 책, 35~37쪽.

(기호는 인용자)

이러한 전체 구성을 통하여, 벌써 팔상의 기본구조를 보이고 있다. 위 ④-⑤-⑪-⑫-⑮-⑱-㉔-㉚을 중심으로 팔상의 골격이 잘 짜여지고 있기 때문이다. 그리하여 이러한 불전은 전기적 유형의 웅장한 서사문학으로 행세하였던 것이다.

그리고 중국의 불전은 인도의 그것을 번역·수용하여 계승·발전시킴으로써, 보다 정연한 체계로 재정립되었다. 실제로 양 승우의 『석가보』(5권),[27] 당 도선의 『석가씨보釋迦氏譜』(1권),[28] 당 왕발의 『석가여래성도기釋迦如來成道記』, 명 보성의 『석가여래응화록釋迦如來應化錄』(6권)[29] 등이 불전의 엄연한 계맥을 형성하고 있다. 그 중에서 『석가씨보』를 보면, 「서품」에 이어

제1 「處兜率天迹」

제2 「降閻浮洲迹」

① 興念下生相 ② 現入胎相 ③ 明處胎品

제3 「現生誕靈迹」

① 往林嚴飾相 ② 正誕靈儀相 ③ 發號顯德相 ④ 諸天奉侍相 ⑤ 現大瑞應相 ⑥ 入天祠相 ⑦ 立名建號相

제4 「集藝歷試迹」

---

27 『신수대장경』 제15권 「사전부 2, 2040호」, 1∼84쪽.
28 위의 책, 2041호, 84∼98쪽.
29 장경서원판, 『만속장경』 제130책, 「중국찬술 사전부」, 신문풍출판공사, 1977.

① 立爲諸后相 ② 觀耕生厭相 ③ 示納妃孕相 ④ 出遊四門相

제5「出家尋敎迹」

① 啓出家相 ② 天神接擧相 ③ 削髮捨俗相 ④ 尋仙非奪相 ⑤ 王師尋迹相
⑥ 同邪苦行相 ⑦ 浴身受食相

제6「悟道乘時迹」

① 降魔顯德相 ② 斷惑成覺相

제7「說法開化迹」

① 興念愍物相 ② 梵五來請相 ③ 懷土念機相 ④ 受供商者納鉢相 ⑤ 道逢
非機相 ⑥ 遇雨龍供相 ⑦ 乘機授法相 ⑧ 聲告化境相 ⑨ 出家表僧相 ⑩ 次第
度人相 ⑪ 分頭化人相 ⑫ 赴洴沙本願相 ⑬ 度舍利弗目連相 ⑭ 度金色迦葉緣
⑮ 佛還本生緣

제8「機窮化掩迹」

① 魔王重請入滅相 ② 囑累終事相 ③ 標處現滅相 ④ 正滅度相 ⑤ 終後殯
殮相 ⑥ 母來重起相 ⑦ 現雙足相 ⑧ 天上人中分骨相

(기호는 인용자)

이라 하고「성범후윤聖凡後胤」으로 마무리되었다. 이러한 본체부는 거
의 완벽한 필싱 구조를 갖추고 있다. 말하자면, 제1과 제2에서「도솔래
의상」이 드러나고, 제3에서「비람항생상」이 보이며 제4에서「사문유
관상」이 나타나고, 제5에서「유성출가상」과「설산수도상」이 병립되
며, 제6에서「수하항마상」이 마련되고, 제7에서「녹원전법상」이 입증
되며 제8에서「쌍림열반상」이 종결되기 때문이다.

이렇게 이 팔상 구조는 보편성을 가지고 있거니와, 그것은 적어도 고려

대와 조선 초기를 통하여 정연하고 완벽하게 정립되었다고 보아진다. 이러한 구조는 이미 『석가여래행적송』으로부터 『석보상절』·『월인석보』에 이르러 정립되었지만, 이 『팔상명행록』에서 명실공히 실현되었던 것이다. 여기서 이러한 팔상구조가 보편적인 장편소설의 형태로 구체화되었음을 발견할 수가 있겠다. 실제로 그것은 불타의 장엄한 행적을 8개 부분으로 나누고 그 부분마다 소제목을 붙인 독립 단편들을 인용·조직함으로써, 일대 장편소설의 형태를 들어내고 있기 때문이다. 이러한 구조 형태는 일찍이 장회소설의 체재를 유지하고 있는 게 분명하다.

이런 점에서 불교계에 전래된 국문불전, 『팔상명행녹』이 장편소설의 구조나 장회소설의 형태를 지니고 있는 것은 결코 우연한 일이 아니다. 따라서 『팔상명행녹』은 국문 대하소설이나 장회소설로 공인될 요건을 갖추었다고 하겠다. 그렇다면 이것은 조선 후기에 성행한 국문대하소설이나 장회소설의 구조 형태와 무관하지 않는다고 보아진다.

한편 『팔상명행록』은 각상에 따라 적어도 8부의 장편으로 구분·행세할 수도 있었을 것이다. 우선 「도솔래의상」에서는 위 필사본 ⓒ나 ⓝ에서 보인대로 8편 내지 12편의 독립 단편을 포괄하고 있다. 그리고 「사문유관상」에서는 4편 내지 6편, 「유성출가상」에서는 6편 내지 8편, 「설산수도상」에서는 3편 내지 6편, 「수하항마상」에서는 2편 내지 10편, 「녹원전법상」에서는 29편 내지 89편, 「쌍림열반상」에서는 5편 내지 17편 등의 독립 단편을 각기 포용하고 있는 실정이다.

이러한 각상은 그 나름의 순차를 지켜 수미일관된 서사구조를 갖추고 있다. 그러므로 각상은 여러 개의 단편이 유기적으로 연속되어 장편소설의 기본구조를 구비하였다고 보아진다. 그중에서도 「녹원전법상」은 핵심·주축을 이루는 부분으로서, 그 단편들의 질량으로 보아 규모 있는 장편 구조라 하여도 무방할 것이다.

2) 개별 구성

이『팔상명행록』에 수록된 작품들을 개별적으로 분리·검토할 때 크게 2가지 구성 유형으로 나타난다. 그 첫째는 한 제목·주제 아래에 2개 이상의 단편을 간접적으로 연결시키는 중편 지향의 유형이고, 그 둘째는 한 제목·주제로 한 개의 중편을 완결하는 유형이 바로 그것이다. 그 첫째의 경우 그 대표적인 작품으로 「야수전」과 「나복전」 등을 들 수가 있고, 그 둘째의 경우 「아란결연기」·「장자부인전」·「선우태자전」 등을 그 대표적인 작품으로 내세울 수가 있겠다.

(1) 제1유형

○ 「야수전」

이 작품은 필사본 ⓒ에서만도

선혜구리 매화인연(상권, 9~15쪽)

태자납비 야수부인(상권, 38~42쪽)

야수득몽 읍별태자(상권, 64~69쪽)

야수별리 회고왕사(상권, 73~74쪽)

부왕야수 체읍상위(상권, 74~77쪽)

야수화탄 변작연대(권2, 23~30쪽)

야수모자 등운승공(권3, 10~13쪽)

야수모자 봉불득도(권3, 20~26쪽)

등 8편의 독립 단편으로써 전체적 통일 구성을 보이고 있다. 이 작품의 전체 구성을 검토하기 위하여 그 경개를 순차적으로 열거하면 다음과 같다.

① 불타 전신 선혜선인과 야수의 전신 구리선녀가 매화공양으로 후세의 부부 인연을 확약한다.

② 선혜가 하강하여 정반왕의 태자로 생장하고 구리도 인연 따라 우전왕의 공주 야수로 생장한다.

③ 태자가 문무겸전의 대장부로 되고 야수가 요조숙녀로 되어 숙연에 따라 결혼한다.

④ 태자가 인생에 회의를 느끼고 출가할 결심을 하고 야수빈은 이를 막으려 갖은 방편을 쓴다.

⑤ 야수빈이 태자의 상서로운 꿈을 깨고 달려가 출성 직전에 상봉하여 만류한다.

⑥ 야수빈이 자식을 원하여 태자의 점지를 받고, 예상되는 위기를 면할 전단향을 얻고는 읍별한다.

⑦ 야수빈이 태자를 이별하고 과거의 인연과 지난 일을 회고하며 슬퍼한다.

⑧ 야수빈은 부왕과 함께 태자의 출가를 애통해 하며 서로 위로한다.

⑨ 야수빈이 태자의 신통력으로 태몽을 꾸고 8년만에 비범한 아들을 낳

아 조야에 물의를 일으킨다.

⑩ 정반왕이 야수빈의 부정을 확신하고 그 모자를 숯불에 넣어 죽이려 한다.

⑪ 야수빈은 아들을 안고 숯불 앞에서 불타를 염하며 전단향을 던지고 불속으로 뛰어든다.

⑫ 그 숯불이 연화대로 변하며 야수빈 모자는 그 위에 앉고 관음보살이 청정과 염험을 증언한다.

⑬ 야수빈 모자는 구름을 타고 영산으로 불타를 찾아간다.

⑭ 야수빈 모자가 불타를 공경하고 그 법력으로 출가하여 마침내 득도한다.

⑮ 그리하여 그들은 불법 아래 복락을 함께 누린다.

이와 같이 「야수전」은 그 구성이 소설의 수준에 이르고, 그 질량면에서 중편에 해당된다고 하겠다. 실제로 그 이야기 전체가 '야수의 일생'으로 일관되어 서사적 구성 요건을 완비하고 있기 때문이다. 따라서 이 구성의 실상을 소설론·희곡론에 의거하여[30] 분석·검토할 필요가 있다.

우선 그녀는 전제 등조왕의 성안에 구리라는 미녀로 살고 있었다. 그 나라에 보광불이 출현하여 그녀는 헌화를 하려고 명화 일곱 송이를 감추고 있는데, 역시 꽃을 구하러 온 선혜의 정성으로 자연 감춘 꽃이 드러나서 대화가 시작된다. 이렇게 그 꽃으로 하여 필연적인 만남이 이룩된 것이다. 그녀는 선혜에게 감동받아 내세에 부부가 될 것을 확약하고

---

30 정주동, 『고대소설론』, 형설출판사, 1983, 180~181쪽; 조용만, 「『홍길동전』과 Tom Jones」, 『개교60주년기념논문집—인문과학편』, 고려대, 186~188쪽 참조. 이하 작품의 구성은 위 고소설·희곡 구성의 방법에 의하여 분석·논의될 것이다.

꽃 다섯 송이를 주어 공양케 하고 두 송이는 자기 몫으로 바치게 한다. 이것이 실달태자와 야수공주의 전세 인연이다. 그리하여 선혜는 정반왕의 실달태자로 생장하고 구리는 우전왕의 야수공주로 생장한다. 그들은 천정배필로서 가장 완벽한 선남자와 가장 아름다운 선여인이 되어 가장 훌륭한 결합이 예정되어 있다. 여기까지가 이 작품의 발단 단계라 하겠다. 그래서, 희곡 구성의 '예건의 설명'에 해당된다(①~③).

다음 야수공주는 어려운 관문을 통하여 실달태자와 화려무쌍한 혼인을 치른다. 그것은 정반왕가와 우전왕가의 경사로서 천하 만민의 경축을 받는다. 그러나 야수부부는 그다지 흡족한 쾌락과 행복을 구가할 수가 없다. 그 능동적인 주인공, 태자가 근본적으로 그런 쾌락과 행복에 회의를 느끼고 있었기 때문이다. 그러면 그럴수록 야수빈은 쾌락과 행복을 갈망하고, 태자는 그것을 초월하여 벗어나려는 심정을 점차 굳혀 갔던 것이다. 여기서 야수빈은 불안 속에서 갈등하기 시작한다. 그녀는 통속적으로 태자를 가까이하거나 감싸안을 수가 없다. 가까이 갈수록 멀어지고 높아지는 태자를 애모하여 비애를 느낄 수밖에 없는 것이다. 드디어 태자가 무상을 절감하고 출가를 결심하게 된다. 이것을 알아챈 왕이 야수빈에게 당부하고 온갖 쾌락의 방편을 써서 그 출가를 막으려 하나 역부족이다. 여기서 야수빈의 불안과 갈등이 심화되고 그녀의 처지는 점차 비운의 방향으로 기울기 시작한다. 드디어, 태자가 유성 출가할 순간에 야수빈이 이를 만류하려 읍소한다. 그래서 부부의 대화는 더욱 간절해지고 비애는 점차 가중된다. 그래서 태자가 야수빈으로 인하여 고조된 애정을 단호히 끊는 데서, 그 비애는 극대화되는 것이다. 마지막 애별의 현장에서 가장 소중한 한 가지가 예약된다. 야수빈이 자식을 원하자, 태자는 최후의 잠자리 대신으로 야수빈의 배에 손가락질만 하고 후일의 생남을 확약한다. 나아가 남편 없는 생남에 따른 야수빈의 위기를 극복하기 위한 예비 방편으로 전단향을 주고 떠난다. 야수빈은 이 사실을 확신하고, 말을 타고 홀연히 성을 넘어 사라지는 남편을 바라보면서 비애의 절정을 실감한다. 이것은 다음 사건을 예비하는 복선으로서 야수빈의 비운을 충격적으로 심화시킨다. 이러한 부부의 폭력적 분리는 굉장한 충격파를 일으켜 심각한 비운을 부각시키기 때문이다. 여기까지가 사건 진행의 비운 단계라 하겠다. 바로 희곡 구성의 '유발적 사건'에 대비된다(④~⑥).

　이어 야수빈은 역경으로 접어든다. 그녀는 태자를 읍별하고 과거세의 인연을 회상하며 자위하려 하나 안타까움만 더해지고, 지난 결혼생활을 회고해 보면 외로움만 더해 갈 뿐이다. 그것은 점차 괴로움으로 변하여 야수빈의 역경은 점차 심각해지기 시작한다. 야수빈은 부왕을 만나 태자의 출가를 함께 슬퍼하고 서로 위로하지만, 그 속마음은 더욱 공허해지고, 괴로움을 가중시킬 따름이다. 다만 야수빈은 태자가 끼쳐 주고 간 생남의 기회를 희망으로 삼고 있었다. 신통 그대로 남아를 잉태하여 점점 자라는 데서 위안과 기쁨을 삼고 있었다. 이러한 일을 누구에게 사랑하고 싶은 심정으로 부왕께 아뢰지만, 오히려 웃음민 살 뿐이었다. 그래서 야수빈의 희망으로 점차 자라나는 아들은 역경 그 자체였다. 그 역경이 그대로 성장하여 태자 출가 8년 후에 아들로 태어났을 때, 야수빈은 희망과 기쁨 대신에 비극적 역경을 만나게 된다. 왕과 만백성은 야수빈이 부정하게 남의 아들을 낳았다고 대노하고 비난하게 되었고, 야수빈은 현실적으로 변명할 도리가 없기 때문이다. 그러니 왕이 격노·질책하여 야수빈 모자를 숯불 속에 넣어 죽이려 한다. 이러한 처벌은 왕가나 속가의 경우 너무도 당연한 처사라는 평판이다. 야수빈은 태자의 신통력을 믿고, 신몽을 꾼 다음에 아들을 낳았기에 당당하고 태연하지만, 객관적으로는 최고의 역경에 처한 게 사실이다. 야수빈 모자가 궁인·백성들이 환시하는 가운데, 그 엄청난 숯불에 몸을 던져 죽지 않을 수 없기 때문이다. 실로 그들의 비극이 절정에 이르기 직전이다. 여기까지가 사건 진행상의 역경 단계라 하겠다. 그러니까 희곡 구성의 '상승적 동작'에 해당된다(⑦~⑩).

그리하여 야수빈 모자는 비극적 죽음 앞에 직면하여 있다. 모두들 이 모자의 처참한 죽음을 앞두고 충격적인 비통과 경악을 금치 못하였지만, 야수빈은 태연히 아들을 안고 그 숯불 속에 뛰어들 각오와 예비 동작을 과감히 취하는 것이다. 그녀는 태자의 신통력을 확신하고 예견된 위기를 극복하는 방편을 다 가지고 있기 때문이다. 그녀는 서서히 영산을 바라 보아 불타를 염하고 그 준비된 전단향을 숯불 속에 던지고 그대로 그 속으로 뛰어든다. 누구든지 그 모자의 죽음을 본듯이 비극적 탄성을 지르려는 순간에, 도리어 경천 등지의 환성을 외치게 된 것이다. 그 숯불이 변하여 화려한 연화대가 되고 그 모자는 그 연대 위에 불보살처럼 안좌하여 있었기 때문이다. 그녀는 이미 한 남아를 안고 미소짓는 관세음보살로 승화된 것이다. 이러한 큰 이적을 아직도 못믿는 중생들 앞에 관음보살이 현신하여 불타의 위신력과 야수빈의 청정을 증언한다. 그리하여 야수 모자와 정반왕, 궁인들 그리고 만백성이 하나로 감복하여 환희·작약할 때, 이 사건은 전환하여 절정을 이루는 것이다. 여기까지가 사건 진행상의 절정 단계라 하겠다. 그래서 희곡 구성의 '정점'에 대응된다(⑪~⑫).

　드디어 야수빈 모자는 모든 갈등과 집착에서 벗어나고 왕과 백성들의 오해까지 씻어 냈다. 다만 청정무구한 신심과 구도심으로 한 고비 넘어 불법의 세계로 들어선 것이다. 이것은 비극을 극복하고 법운을 되찾은 바다. 그러기에 남편이며 아버지, 삼계도사를 영산으로 찾아가 몽매에도 그리던 상봉이 이룩된다. 그것은 세속의 재봉이 아니라 불타를 숭앙·경배하는 불자의 감격일 뿐이다. 이것은 세연을 떠난 법연의 회복이라 하겠다. 여기까지가 태자의 품안을 멀리 벗어났다가 다시 불타의 품안으로 돌아온 과정으로서 사건 진행의 회운 단계다. 그러므로 희곡 구성의 '하강적 동작'에 해당된다(⑫~⑭).

　끝으로, 야수빈 모자의 앞에는 불법의 행운이 기다리고 있다. 남편과 아버지가 법왕이요 도사이시니, 그 엄청난 행운을 어디에 비기겠는가. 그래서 야수빈은 비구니로서 제자가 되고 아들은 비구로서 어린 제자가 되니, 그 불은이 각별한 것은 물론이다. 그들은 실로 불타의 품안에서 복락을 누리고 나아가 스스로 불법을 깨쳐 극락을 누리게 된다. 실제로 그들은 색다르고 뛰어난 종말의 행운을 누린다. 이러한 사건의 종결 단계는 희곡 구성의 '대단원'에 해당된다(⑮).

　그리하여 이 작품의 구성은 고전소설의 그것과 원칙적으로 합치되는 것이라고 확인된다. 그리고 이 작품은 그 규모로 하여 중편소설의 구성을 유지하고 있는 것도 실증된 터다. 한편, 이 구성은 희곡 구성의 그것과도 공통되는 점이 있다고 하겠다.

○「나복전」

이 작품은 위 필사본 Ⓝ에서만도

목련사리 투위제자(5권, 16~17쪽)

목련존자 성불구모(10권, 43~47쪽)

목련망모 지옥아귀(11권, 51~57쪽)

목련승불위력 구모생천(11권, 63~65쪽)

등 4편의 독립적 단편으로 전체적 구성을 드러내고 있다. 이 구성의 통일적 양상을 파악하기 위하여 그 경개를 개조식으로 나열해 보겠다.

① 나복은 전세 인연으로 불타 제자 목련이 되어 신통력을 체득하고 선망부모께 보은하려 한다.

② 나복은 행복하게 생장하고 가통을 본받아 효행·신심이 대단한데 부친상을 당한다.

③ 나복이 효심으로 장례·시묘하여 부친은 선사로 생천하고 모친은 가산을 탕진한다.

④ 나복이 이웃나라에서 장사하여 돌아오는데, 그 모친은 갖은 악사를 다하여 중죄를 짓는다.

⑤ 나복이 사환을 시켜 모친의 선사 여부를 알아 보니, 모친은 많은 불사를 한 것처럼 꾸민다.

⑥ 나복은 모친의 선사로 기뻐하다가 동네 노인의 실토로 기절하고 모친의 거짓 맹세를 듣는다.

⑦ 나복은 갑자기 모친의 병사를 만나 장사하고 불타께 출가하여 목련이
   된다.

⑧ 목련이 육신통으로 화락천중에서 부친을 만나 만단정회를 나누지만,
   모친을 찾지 못한다.

⑨ 목련이 신통력으로써 48지옥, 18대 지옥을 편력해도 모친을 찾지 못
   하고 대성통곡한다.

⑩ 목련은 철위성지옥을 발견하고 옥졸에게 간청하여 그 죄인명단을 확
   인해도 모친은 없다.

⑪ 목련이 불타의 법력으로 무간 아비지옥에서 모친의 참상을 확인하고
   고함하며 몸부림친다.

⑫ 목련이 불타께 구모를 호소하니, 대중을 모아 설법하고 신통을 나투
   어 지옥중생을 방면한다.

⑬ 목련은 모친이 흑암지옥의 아귀로 수생함을 알고 구제하기 위하여
   백방으로 진력한다.

⑭ 목련이 불타의 지시대로 7월 15일 백미공양 대승법회를 열어 모친을
   도리천에 수생케 한다.

⑮ 그 모친이 도리천에서 내려와 불타께 백배 사례하고 다시 올라간다.

이와 같이 「나복전」은 그 구성이 소설의 수준에 이르고 있다. 이보
다 선행한 「목련전」이 소설로 분석·규정되어[31] 「나복전」의 소설적 구
조를 입증하고 있기도 하다. 말하자면 「나복전」은 「목련전」이 후대적
으로 부연·성장하여 중편소설의 규모를 지향해 나가고 있는 실정이

---

31 사재동, 「「목련전」 연구 상」, 『한국언어문학』 3, 한국언어문학회, 1965, 121~124쪽.

다. 여기서 「나복전」을 「목련전」의 후대적 이본으로 취급하지 않고 그 제명까지 달리하여 중편으로 취급하는 근거를 발견하게 된다. 그리고 「나복전」은 「목련전」과 달리 액자구조의 일면을 보이고 있다. 먼저 목련이 출가하여 신통력이 제일가는 제자가 되고 선망부모를 찾아 보은하려 드는데서 서두가 시작되기 때문이다. 이것이 도입액자로 작용하여 현대소설적 기능을 발휘하게 되는 것이다. 그후로부터 나복의 내력이 나와서 순차적인 서사문맥이 진행된다. 그래서 이것을 고전소설 내지 희곡적 측면에서 검토·논의할 수가 있겠다(①).

우선 나복은 장자 부상과 미녀 청제의 아들로 행복하게 생장한다. 부친의 신심·선행을 본받아 효행·자비가 출중한 청년이 된다. 갑자기 부상이 죽음으로써 비운이 예시되는 가운데 나복은 삼 년간의 정성스러운 시묘로써 지극한 효성과 불심을 실증하고 있다. 청제부인은 나복이 집을 비운 사이에 낭비생활을 자행함으로써, 장차 악행할 소지를 엿보이고 있는 터다. 그러나 나복은 아무런 불평도 없이 남은 재산을 3분하여 그 중 부친 몫을 모친에게 주어 봉불·승재에 쓰게 하고, 또한 모친 몫을 주어 그 생활에 쓰도록 한다. 여기서 청제의 악행을 경제적으로 뒷받침하고 합리화하는 것이다. 그리고 나복은 자기몫을 가지고 익리와 함께 장사를 떠난다. 그것은 나복의 경제적 회복기간이요 동시에 청제에게 죄업의 기회를 주는 결과가 된다. 이로써 등장인물의 성격과 행동은 방향을 잡았고, 앞으로 전개될 사건의 기반이 마련된다. 그리하여 사건의 발단 단계가 성립된 것이다. 말하자면 희곡 구성의 '예건의 설명'과 상통하는 것이라 하겠다(②~③).

나복이 장사를 떠난 후에 청제부인은 불가에서 가장 경계하는 최대의 악업을 짓는다. 살생을 자행하고 삼보를 박대·능멸하는 것은 물론, 이를 충고하는 선인들을 마구 비방·배척하는 일이 허다하다. 이로써 청제부인은 불보살과 천인이 공분하는 악인이 되는 것이다. 그런데 나복이 많은 돈을 벌어 약대에 싣고 귀가하다가 익리를 시켜 모친의 신심·선사의 여부를 확인토록 한다. 이것이 청제부인의 죄상을 부각시키는 방편으로 작용한다. 청제부인은 익리를 통하여 나복이 돌아옴을 알고, 예비한 대로 꾸며 마치 일대 적선 불사를 한 것처럼 거짓으로 익리에게 보인다. 여기서 청제부인의 악랄한 허위사실이 역력히 드러난다. 익리에게 모친의 선사·신행을 전해 듣고 감사의 절을 하며 서둘러 귀가하는 나복 앞에 동네사람들이 나타나 청제부인의 죄상을 낱낱이 폭로한다. 이에 나복은 비로소 모친의 죄악상을 파악하고 몸부림쳐 기절한다. 모친을 벌할 수 없는 나복이 자신을 준엄하게 벌하는 처절한 몸짓이다. 그런데 청제부인이 나타나 아들 나복에게 자신의 죄상을 변명하고 거짓 맹세를 한다. 그리하여 정말 무간지옥에 떨어질 무거운 죄업을 가중시키는 것이다. 나복은 순진하게 모친의 맹세를 믿고 즐겨 모친을 모시다가, 모친의 급사에 놀라 비통하고 시묘살이로 들어가는 효행을 보일 뿐이다. 그러나 누구든지 청제부인이 급사하여 무간지옥에 떨어졌으리라는 것을 확신하기에 이른다. 시묘살이를 하며 수행한 나복이 거기에서 종들에게 재산을 나누어 주고 해방시키는 희사·선행을 하고 출가하여 목련이 된다. 이로써 나복은 세속적인 비운을 맞아 갈 길을 찾은 터라 하겠다. 그리하여 이 사건의 비운 단계가 완결되는 것이다. 그것은 희곡 구성의 '유발적 사건'과 상통한다고 보아진다(④~⑦).

　그래서 목련은 피나는 정진과 불타의 법력을 힘입어 신통력이 으뜸가는 제자가 된다. 그가 그만한 신통력을 얻은 과정과 목표가 필연적으로 부각되는 것이다. 그리하여 목련은 천안통으로 천계를 두루 살필 수가 있었고, 천상에서 복락을 누리는 부친을 만나 어머니의 안부를 서로 묻게 된다. 그것은 청제부인이 결코 천상에 오르지 못한 것을 확인한 결과가 된다. 거기서 목련은 청제부인의 맹세대로 믿고 천상을 찾았지만 허사인 것을 확신하고 갈등하기 시작한다. 그 모친이 천상에 아니면 지옥에 떨어졌을 텐데, 이게 놀랍고 궁금하기 때문이다. 목련은 불타게 물어 모친이 중죄를 짓고 지옥에 떨어졌음을 알고 큰 충격을 받는다. 모친의 말대로라면 천상에 갔을 텐데 오히려 지옥에 떨어졌다니, 그게 대조적으로 작용한 것이다. 목련은 자신의 신통력에 의하여 이른바 48지옥과 18대 지옥을 편력하기 시작한다. 그가 실제로 이 지옥들을 다 탐색하지는 않지만, 그 지옥의 지루하고 거창한 참상을 강조하기 위하여 가상적으로 내세운 것이다. 그가 찾아가는 지옥마다 그 첨가되는 참상은 그곳 죄인들의 처절한 고통과 비극으로 나타난다. 목련이 참기 어려운 비통을 절감하면서 그 지옥의 참상을 확인하고, 모친을 탐문하지만 결코 만나지 못한다. 그래서 목련의 비감과 실망은 점진적으로 증가되어 불굴의 효심을 더욱 부각시킨다. 그는 모친의 소재와 그 수고의 참상을 예상하면서, 그러기에 기필코 모친을 찾아 구제해야겠다는 결심이 보다 굳어지는 것이다. 그래도 그는 모친을 만나지 못하고 마지막 지옥문을 나오면서 지극한 효심을 울부짖는다. 그의 외침은 천지를 진동하고 지옥 전체를 감동시키는 힘을 발휘하게 된다. 그래서 목련은 최고의 비통에 빠지고, 이 사건은 절정에 맞닿는 역경 단계에 이르는 것이다. 그것은 희곡 구성의 '상승적 동작'과 동일하다고 보아진다(⑧~⑨).

마침내 목련은 거창한 철위성지옥을 발견하고 재삼 경악과 충격을 받는 한편, 곧장 거기서나마 모친을 상면·구제할 수 있다는 희망으로 효심을 불태운다. 생명을 건 위험 속에서 그 무서운 옥졸에게 간청하고 감동시켜 그 지옥에 들어감으로써, 새로운 국면을 맞는다. 목련이 그곳의 모친을 찾아 만난다는 강한 의지와 빛나는 희망은 그만큼 커다란 절망을 안겨 주게 된다. 이 지옥이 특별히 크고 무서워서 목련도 직접 죄인들을 돌아 볼 수가 없으므로 옥졸의 주선으로 그 명단을 확인했지만, 거기에도 그 모친은 없기 때문이다. 그러면 이것이 마지막이 아닌가. 그러나 목련은 단념하지 않고 그곳 옥졸 앞에 피맺힌 호소를 하여, 그 철심을 감동시킴으로써 마지막 무간지옥, 아비지옥이 있음을 알아낸다. 더구나 그 지옥은 목련의 신통력으로 문을 열 수가 없다. 그 옥졸의 지시대로, 부처님을 찾아가 그 신통력을 빌림으로써, 드디어 그 지옥문을 열게 된다. 참으로 불가사의한 부처님의 위신력이 이렇게 실증되고 목련의 효심이 더욱 강조되는 터다. 거기서 우두 옥졸이 나와 고함을 치다가 불제자 목련을 보고 예를 하고 지옥문을 열게 된 사연을 묻는다. 그래서 목련이 모친을 찾아 달라고 눈물겨운 호소를 한다. 여기서는 불력을 입은 목련조차도 죄인들을 확인할 수가 없다. 그 우두옥졸이 죄인의 명단을 확인하고 그 모친 청제부인이 그 지옥에서 수고함을 알려 준다. 그러면서도 그 옥졸은 혹시 동명이인이 될 수 있다고, 목련의 이름을 물어 재확인하고는 목련을 아들로 가진 부인이 아니라고 확인해 준다. 목련이 처참히 절망하는 순간에, 모친과 사별할 때의 자기 이름, 나복을 다시 일러주어 그 모친임을 확인한다. 이것은 사실적이고 감격적인 사건을 만들기 위한 고차원의 수법이라 하겠다. 그래서 목련은 무간지옥에 떨어진 모친의 참상을 확인하고 그다지 그리던 모친을 무간지옥의 문전에서 만난다. 그 얼마나 극적인 만남인가. 모든 사건은 이 모자의 비극적 상봉을 위하여 집중적으로 힘을 모으고 있는 터다. 그래서 부처님 같은 아들과 최고의 수고죄인 모친이 만나는 감격은 그대로 비통 그 자체인 것이다. 그것은 실로 폭력적 결합으로써, 비극적 절정을 이루고 거대한 충격파를 일으킨다. 그 모자는 기가 막혀 대화를 못하고. 그저 피눈물을 흘리며 고함을 지를 뿐이다. 그래서 겨우 진정하여 만단정회를 다 풀려 할 때, 면회시한이 다한다. 모친이 벌받을 시간이 되었기 때문이다. 목련이 그 시간을 연기해달라 간청하니, 옥졸이 쇠갈쿠리로 그 모친의 등을 찍어 그의 목전에서 무간지옥으로 던진다. 그 때에 목련은 쇠기둥에 몸을 부딪혀 피를 흘리며 모친대신에 벌을 받으리라 울부짖는다. 지옥으로 떨어지며 외치는 모친의 긴 절규를 듣는 목련은 기절할 지경에 이른다. 이것은 비극의 절정이다. 그래서 이 사건의 절정은 최고의 비극으로 정립된 것이다. 그것은 희곡 구성의 '정점'과 그대로 통하는 터라 하겠다(⑩~⑪).

그리하여 목련은 부처님께 호소하여 그 모친을 구제하는 대방편을 운용한다. 그는 부처님을 모시고 모든 승려를 모아 대승경전을 설하고 만발공양을 베푸는 대승법회를 연다. 그 무량공덕으로 부처님의 신통력과 무한광명이 무간지옥에까지 미쳐, 그 지옥을 감화시키고 그 모친과 동류 죄인들을 방면·승화시킨다. 그래서 그 모친은 겨우 흑암지옥의 아귀로서 올라오게 된다. 목련이 만발공양을 차려 가지고 직접 찾아가 모친에게 바치니, 그 음식이 변하여 먹을 수가 없다. 이에 목련이 더욱 안타깝고 비통하여 다시 부처님께 간청하고 백방으로 방편을 써서, 모친을 점차 인도로 승화시킨다. 이것은 모친의 수고 과정에서 획기적인 해탈이라 하겠다. 따라서 이 과정은 사건 진행의 회운 과정이라고 보아진다. 그것은 희곡 구성의 '하강적 동작'에 해당된다고 할 수가 있다(⑫~⑬).

드디어 목련은 부처님께 청원하여 마지막 효성을 발휘한다. 그는 부처님의 지시대로 칠월 보름을 택하여 백미공양으로 대승법회를 푸짐하게 연다. 모든 승려들을 모아 부처님의 설법을 들리니, 그 공덕이 제천과 지옥에 미쳐 감화·교감을 일으킨다. 그래서 그 영험·묘력이 그 모친을 인도로 환생시키고 도리천으로 오르게 한다. 그래서 목련은 이를 확인하고 환희·작약하고 모친을 모셔 내려와 부처님께 감사한다. 모친은 부처님의 설법을 듣고 다시 도리천에 올라가 행운을 누린다. 목련의 효행이 마침내 대승을 거둔 것이다. 이래서 불법 아래 그 모자와 모든 중생들이 행운을 누린다. 이것은 사건 진행상의 종말의 행운이다. 그것은 희곡 구성의 '대단원'과 같은 단계라 하겠다.

이렇게 볼 때, 이 「나복전」의 구성은 고전소설의 그것과 상통하는 게 분명하다. 그래서 이 작품의 구성은 적어도 중편소설의 요건을 갖추고 있는 점도 확인된 터다. 한편, 이 작품의 구성은 희곡 구성의 그것과도 공통되는 바가 있다고 하겠다.

(2) 제2유형

○ 「아란결연기」

「아란결연기」는 원전에서 많은 이본을 가지고 있다. 적어도 전게한 『팔상명행록』의 이본 17종에 고루 실려 있기 때문이다. 이 작품의 이본들은 각기 특징이 있지만, 그중에서도 원형성과 전형성을 제대로 갖춘 것이 위 필사본 ⓒ에 실린 원전이라고 보아진다. 그래서 이 원전에 근거하여 그 작품의 경개를 개조식으로 들어보면 다음과 같다.

① 아란이 교화의 평등성을 고집하여 주가·창가 등을 두루 다닌다.

② 아란이 창가에 가서 미인 창녀 마등가를 만나 수작한다.

③ 아란과 마등가가 서로 반하여 방안으로 들어간다.

④ 아란이 청규를 지켜 그녀로부터 억지로 빠져 나온다.

⑤ 마등가가 울면서 그 모에게 호소하여 환술로써 아란을 데려온다.

⑥ 아란은 그녀의 음실에 들어 꿈꾸듯이 침석에 빠지게 된다.

⑦ 아란과 그녀가 애정의 절정에 이르러 환희에 넘친다.

⑧ 세존이 신통력으로 그 장면을 불보살·신중 앞에 공개한다.

⑨ 아란과 마등가는 알몸으로 만인 앞에 황망해 한다.

⑩ 아란과 그녀는 순식간에 음심을 거두고 참괴·참회한다.

⑪ 아란이 청죄하고 세존이 관용·훈계하여 승화시킨다.

⑫ 세존은 아란과 마등가가 전세의 부부였음을 설파한다. (위 필사본 ⓒ 제2권 44~60쪽)

이와 같이 「아란결연기」는 그 구성이 절묘한 서사문맥을 유지하고 있다. 그래서 이 작품은 실제로 소설 내지 희곡의 수준을 나타내고 있는 실정이다. 원래 아란과 마등가의 애련담은 너무도 유명하거니와, 그것이 창조적으로 재편된 이 작품의 수준은 매우 높은 게 분명하다. 이제 고전소설 내지 희곡의 일반적 구성에 입각하여 이 작품의 구성을 논의해 보겠다.

먼저 아란이 불제자가 되어 대중을 교화하려 앞장서게 된다. 그때의 교화방편은 일정한 계층 이상으로 편중되어, 진정 교화의 손길이 뻗쳐야 하는 하층민중에게는 무관심하였다. 그래서 아란은 세존과 도반들에게 육고나 주가, 창가 등에까지 불법이 미쳐야 한다고 주장한다. 그것은 당시의 관례에 따라 부인되었지만, 아란만은 하나의 신념으로 삼고 그런 민중을 찾아 다니게 된다. 따라서 아란은 주가를 거쳐 창가에도 찾아가 교화를 펴는데, 거기서 미인 창녀 마등가를 만나 눈을 마주치게 된다. 여기는 이 사건의 발단 단계라고 보아진다. 그리고, 그것은 희곡 구성의 '예건의 설명'과 동일한 바라 하겠다(①~②).

그래서 아란이 첫눈에 마등가에게 마음을 주고, 마등가도 마음에 끌려 눈을 맞춘다. 그들은 곧장 사랑에 빠지고, 마등가는 아란을 유혹하게 된다. 아란은 자신이 수행승이라는 것을 잊고, 마등가는 자기가 창녀라는 것을 잊은 채 사랑의 밀실로 이끌고 따라 간 것이다. 그들은 사랑에 빠지기 전에 자신을 한 번 돌아 보고 갈등을 느끼게 된다. 아란은 어엿한 수행자요 교화의 일꾼이고, 마등가는 창녀로서 감히 수행승을 파계시켜서는 안 되었기 때문이다. 그 순간에 아란은 심신을 수습하여 마등가의 애걸하는 손길을 뿌리치고 그곳을 도망처 나온다. 마등가는 안타까와 흐느끼고 아란은 미련을 둔 채 빠져 나와서 고통을 실감하게 된다. 실로 이것은 아란과 마등가가 폭력적으로 이별하는 비련의 일단이라 하겠다. 그래서 여기는 사건 진행의 비운 단계라 보아진다. 한편 그것은 희곡 구성의 '유발적 사건'과 상통하는 면이 있다(③~④).

따라서 마등가는 사랑에 빠져 아란을 잊지 못하고, 그 어미에게 울면서 도와 주기를 간청한다. 마침 그 어미는 유명한 환술가라 마음만 먹으면 누구나 유인할 수가 있다. 그녀는 딸의 심정을 알고 아란에게 환술을 걸어 다시 마등가에게 돌아오도록 한다. 이때 아란은 마음 속에 마등가를 연연하고 있었기에, 그 환술대로 따른 것이다. 그래서 아란은 마등가를 그녀의 밀실에서 다시 만나고, 꿈을 꾸듯이 사랑에 빠지게 된다. 이것은 이 연인들이 폭력적으로 분리된 것을 다시 폭력적으로 결합시키는 구성 수법이라 보아진다. 그래서 그들은 그만큼 감격적인 사랑을 만끽하지만, 그러면 그럴수록 아란은 청규와 파계 사이에서 심리적 고통을 받게 된다. 그것은 수행자 아란에게는 실로 견디기 어려운 시련이 아닐 수 없다. 따라서 이것은 사건 진행의 역경 단계라 하여 마땅할 것이다. 그리고 그것은 희곡 구성의 '상승적 동작'과 같은 것이라 본다(⑤~⑥).

드디어 아란과 마등가는 알몸이 되어 음행으로 빠져 들게 된다. 그들의 정사는 사랑으로 불타오르고 환희의 절정에 이른다. 그들은 마침내 서로의 열정으로 심신을 태우며 고통스런 쾌감에 광분하게 된다. 이때에 세존이 이 사실을 알고 신통력으로 그 환희의 장면을 만인 앞에 떠 올려 공개한다. 밀실의 애정 장면이 근엄한 불보살과 신중들에 둘러 싸여 생동하는 모습으로 부각된 것이다. 이것이야말로 사건의 핵심을 강조하는 영화적 수법이다. 그래서 아란과 마등가는 밀실의 침혹에서 전격적으로 폭로되어 급전직하 극적인 별리·전환을 겪게 된다. 그것은 강렬한 결합을 급격히 폭력 분리시킴으로써, 거기서 무한한 충격파·감동력을 이끌어내는 기법이라 하겠다. 그래서 이 사건 진행은 절정에 이르러 극적 전환에 접어든 것이다. 이것은 희곡 구성의 '정점'에 해당된다(⑦~⑧).

그래서 아란과 마등가는 알몸으로 만인·성현 앞에 던져지어 그 황당·참괴함을 감당하지 못한다. 그것은 이미 양자가 사랑의 꿈을 깨어 계행와 인륜을 즉각 회복한 것을 의미한다. 그래서 이 남녀는 옷을 입고 정신을 차려 청정한 수행자와 순정한 청신녀의 심상으로 돌아가 참회의 눈물을 흘리게 된다. 이것이 수행의 원리요 여인의 도리라는 것을 누구나 알게끔 솔선수범하는 방편이 되도록 한다. 그래서 이 사건 진행은 회운 과정을 맞이하는 것이다. 그것은 바로 희곡 구성의 '하강적 동작'과 직결되고 있다(⑨~⑩).

드디어 아란은 수행자요 불제자로서 세존께 사죄하고 크게 벌할 것을 자청한다. 그러나 세존은 아란을 깊이 양해하고 용서하여 자비 관용을 실천하는 것이다. 그래서 아란은 수행자의 뼈아픈 시련을 되새기고 세존의 자비 대방편을 높이 드러내는 것이다. 그리하여 승단은 다시 원만하고 빛나게 되었다. 따라서 이것은 사건 진행의 종결 단계를 이루는 터다. 그것은 실제로 희곡 구성의 '대단원'에 해당된다고 하겠다. 그리고 세존은 아란과 마등과의 시련을 전세의 부부관계로 설파·승화시킴으로써, 이 사건 구성을 한층 선명하고 감명 깊게 만든다. 그것은 그내로 소실 구성의 효율적 방법으로 액자 구조, 중결 액자의 역할을 감당하고 있는 터라 하겠다(⑪~⑫).

이렇게 볼 때, 「아란결연기」의 구성은 고전소설의 그것과 동궤라고 하겠다. 이만하면 이 작품은 최소한 중편소설의 구성 요건을 갖추었다고 인정할 수가 있겠다. 한편 이런 작품의 구성 형태는 희곡 구성의 요건과 상통한다고 보아진다.

○「장자부인전」

「장자부인전」은 원전에서 많은 이본을 가지고 있다. 전게한『팔상명행록』의 이본 17종 중에 이 작품의 이본들이 각기 특이한 모습으로 실존하고 있기 때문이다. 그 이본들이 구체적으로 비교되지는 않았지만, 대체로 위 필사본 ⓒ에 실린 원전이 원형성과 전형성을 갖춘 것으로 보인다. 따라서 이 원전을 통하여 그 작품의 경개를 개조식으로 나열해 보면 다음과 같다.

① 한 장자와 부인이 결혼 후 자녀가 없어 고민한다.

② 부인이 남편에게 첩을 얻어 주어 아들을 낳는다.

③ 남편의 애정이 첩과 아들에게 쏠리니, 부인은 질투하고 음모를 꾸민다.

④ 부인은 남편과 첩이 나간 사이에 철침으로 그 아들의 머리를 찔러 암살한다.

⑤ 첩이 이 사실을 알고 보복하려 드니, 부인은 거짓 맹세로 위기를 면한다.

⑥ 부인은 급사하여 무간지옥에 빠져 수고하다가 여자로 재생하여 업보를 받게 된다.

⑦ 그녀는 가난한 집에 시집가 아들을 낳고 남편을 독사에게 잃는다.

⑧ 그녀는 길거리에서 해산하고 두 아들을 악귀·짐승에게 빼앗긴다.

⑨ 그녀는 친정 부모가 불에 타 죽은 것을 확인한다.

⑩ 그녀는 사나운 홀아비와 강제 재혼하여 고통 속에서 아이를 낳는다.

⑪ 그녀는 남편의 갖은 행패와 폭행을 받아 비통에 빠진다.

⑫ 그녀는 남편이 대취하여 끓는 물에 던져 삶긴 아이의 고기를 입에 댄다.

⑬ 그녀는 동인의 고발로 도망간 남편 대신에 관가에 끌려가 재가한 여인의 벌로 흙속에 묻힌다.

⑭ 그녀는 부처님을 만나 전세의 업보를 알게 되고 구제를 받는다.

⑮ 그녀는 그 업보를 참회하고 출가하여 비구니가 되고 수행의 법열을 체득케 된다.(위 필사본 ⓒ 제2권 91~97쪽)

이와 같이 「장자부인전」은 한 여인의 파란만장한 비극적 일생을 응집·재구한 우수 작품이다. 그 여인의 양대 생애를 연속·재생시켜 전생의 업보를 현세에서 그대로 받도록 구성함으로써, 빼어난 서사 역량을 발휘하고 인과응보의 주제를 절실히 부각시켰다. 이에 이 작품은 족히 서사문학·소설 형태로 인정되고, 나아가 희곡 양식의 수준을 갖추었다고 보아진다. 따라서 고전소설과 희곡 일반의 작품론에 의거하여, 이 작품의 구성을 고찰해 보겠다.

먼저 한 장자와 그 부인이 부귀를 누리고 살지만, 일점 혈육이 없어 근심에 쌓인다. 부인이 착한 마음으로 자신의 부족으로 생산을 못한다고 생각하여 궁리한 끝에 남편에게 첩을 얻어 주어 후사를 보도록 한다. 이에 감동한 장자는 첩과 동거하여 아들을 낳는다. 장자는 아들을 과애하고 첩을 더욱 기끼이 히게 된다. 그래서 첩은 점점 득세하여 부인을 은근히 압박하고 장자는 첩의 편에 서서 부인을 멀리한다. 따라서 부인의 마음에 불안이 생기고 그로부터 삼자의 갈등이 나타나게 된다. 여기까지가 사건 진행의 발단 단계를 이룬다. 한편 이 단계는 희곡 구성의 '예건의 설명'에 해당된다(①~②).

이어 부인은 점차 불안과 갈등 속에서 그 심사가 악하게 변한다. 장자와 첩은 더욱 가까워져서 아들만을 사랑하고 부인은 자연 소외되어 고독한 처지로 전락하게 되었기 때문이다. 부인은 아들이 성장하여 많은 재산을 상속받으면, 모든 가산이 첩에게 넘어 가리라 예상한다. 여기서 부인은 심리적 갈등과 본능적 욕심이 발동하여 자신의 장래를 위해서라면, 그 아들을 죽여야 한다고 결심하게 된다. 부인은 호시탐탐 기회를 엿보다가 장자와 첩이 아들을 잠재우고 나간 틈을 타서, 철침으로 아들의 정수리를 찔러 죽이고 시침을 뗀다. 그래도 장자와 타인은 모르나, 그 첩은 부인의 소행이라 직감하고 폭로·보복하려 달려든다. 부인은 강력하게 범행을 부인하고, 극도의 거짓 맹세를 한다. 만약 자신이 아들을 죽였다면, 스스로 급사하여 무간지옥에서 수고하고 또 여자로 재생하여 몇 가지 최악의 업보를 받으리라 발명하는 것이다. 그래서 장자와 다른 사람은 부인의 말을 믿으나, 부인과 첩의 고통은 증폭되기 마련이었다. 이것은 소설 구성의 비운 단계를 이룬다. 한편 이것은 희곡 구성의 '유발적 사건'에 해당되는 터라 하겠다(③~⑤).

과연 부인은 급사하여 무간지옥에 떨어지고, 최악의 형벌을 받게 된다. 이것은 인과응보의 철칙이 그대로 실현됨을 보여 주는 것이다. 그래서 부인이 전세에 거짓 맹세한 것이 그대로 진행된다. 먼저 부인은 여인으로 재생하여 어렵게 성장하고 매우 가난한 집으로 시집을 가서 고통스런 해산으로 아들을 얻는다. 그 아들이 세 살이 되자, 부인은 다시 임신하여 만삭이 되고, 남편에게 아들을 업히어 친정으로 해산하려 떠난다. 그들이 가는 길에 덥고 피로하여 숲에서 잠시 쉬는데, 독사가 달려와 남편을 물어 죽이니, 부인은 비통하여 기절한다. 그리고 그녀는 행인의 도움으로 남편을 겨우 땅에 묻고, 만삭의 몸으로 아들을 업은 채 먼 길을 떠난다. 그러다가 노상에서 산기를 느껴 피 흘리며 해산하니, 또 아들을 낳았지만 그 고통은 헤아릴 수 없다. 산후 탈이 난채로 두 아들을 업고 안고 가다가 냇물을 만난다. 이것이 거듭되는 고난을 배가시키는 필연적 환경을 이루는 것이다. 부인은 큰 아들을 이 편에 놓아 둔 채, 갓난아이를 안고 물을 건너 언덕에 뉘어 두고, 다시 큰 아들을 데리려 물을 건너게 된다. 부인이 냇물 중간 쯤에 왔을 때, 악귀가 갓난아이의 울음소리를 듣고 달려와 아이를 삼키고 도망간다. 그녀는 가슴을 두드리며 처참히 울다가 큰 아들을 향해 다가 가는데, 그 아이가 반가와 쫓아 오다가 냇가 언덕에서 딩굴어 깊은 물에 빠져 죽는다. 그녀는 거듭된 참척에 비통을 이기지 못하나 죽지 못하고 다시 부모라도 만나리라 친정으로 향하여 간다. 가는 길에 그 동네 사람들을 만나 그 부모가 불에 타 함께 죽었다는 소식을 듣고 통곡하며 기절하게 된다. 이렇게 그녀의 비극이 중첩되니, 그것은 이 사건 진행의 역경 단계를 이루고도 남는다. 그리고 이것은 희곡 구성의 '상승적 동작'과 상통하는 바라 하겠다(⑥~⑨).

나아가 부인은 사나운 홀아비에 붙잡혀 강제로 재혼한다. 그녀는 비참한 생활의 연속으로 기진하여 남편의 포악한 언행으로 최악의 고통 속으로 빠져 든다. 그것은 지싱의 아비지옥으로 대비된다. 그런 가운데서도 부인의 고통을 강요하는 자식이 태어난다. 그것은 부인의 지옥고와 같은 비극을 점차 증폭시키는 역할을 한다. 더구나 남편의 주벽과 폭행이 가증되어 이 부인의 심신은 이제 더 버틸 수가 없다. 그때 남편이 대취하여 극도의 행패를 부리는데, 우는 자식을 집어 던지다 실수하여 끓는 물에 빠뜨려 죽인다. 부인은 자식이 눈 앞에서 삶겨 죽음을 보고 발광

하여 그 남편에게 달려드니, 그것은 최후의 비극적 몸짓일 뿐이다. 그 남편은 더욱 발악하고, 제 자식을 건져 부인에게 먹으라고 그 입에다 문지른다. 부인은 그 극단의 비극에 빠져 실신하고 모든 것을 포기해 버린다. 이것은 전세에 거짓 맹세한 바가 그대로 현생의 비극으로 재연되어 절정을 이룬 터다. 여기서 이 사건 진행은 절정 단계에 이른다. 그래서 이것은 희곡 구성의 '정점'과 동일하다고 보아진다(⑩~⑫).

이에 동네 사람이 들고 일어나 관가에 고발하여 그 남편을 잡으러 오니, 부인은 그나마 구제를 받는 듯이 한숨 돌리게 된다. 그때 남편은 도망치고 부인이 관가에 잡혀간다. 거기서는 부인을 보호·위로하기는커녕, 오히려 모진 형벌을 가하게 된다. 그 지방의 법규에는 재가한 부인을 길 가운데 흙 속에 묻어 목만 내밀게 함으로써, 오가는 사람들에게 수모를 당하게 만드는 관습이 있었기 때문이다. 그래서 부인은 흙 속에 묻혀 머리만을 내밀고 이제는 부끄러움조차 모르고 체념 상태에서 좌절하고 있을 뿐이다. 이것이 바로 부처님과 만나는 기연을 마련케 된다. 그때 부처님이 전세의 인연으로 부인을 만나게 된다. 부처님과 제자들이 부인의 해괴한 모습을 보고, 전세의 죄과와 현세의 업보에 대한 필연성을 문답한다. 그래서 부처님은 부인에게 전과 현보의 실상을 알리고 구제의 손길을 뻗친다. 부인의 비극적 운명이 밝혀지고 제대로 돌아서게 된다. 이것이 바로 사건 진행의 회운 단계라 하겠다. 그래서 이것은 희곡 구성의 '하강적 동작'에 해당된다고 보아진다(⑬~⑭).

드디어 부인은 흙 속에서 구제되어 부처님 앞에 참회한다. 그녀는 전세의 죄과에 따른 현세의 업보를 절감하고 충격적 결심으로 출가한다. 그녀는 불법의 위대함을 체득하고 자신의 전·후생을 통달하여 깨달은 사람의 법열을 누린다. 그리하여 그녀는 훌륭한 비구니로서 자신의 체험을 교화의 전범으로 삼는 것이다. 이만하면 그 처절·장원한 비극적 생애로서는 최상의 행운이다. 이것이 바로 사건 진행의 종말의 행운이라 하겠다. 그래서 이것은 희곡 구성의 '대단원'이 되리라고 본다⑮.

이렇게 볼 때, 「장자부인전」은 그 구성에서 고전소설의 그것과 동일하다고 하겠다. 오히려 이 구성은 구체적인 부면에서 고전소설의 그것보다 기발한 점이 엿보이는 터다. 그래서 이 작품은 적어도 중편소설로서의 구성 요건을 완비하였다고 간주할 수 있겠다. 그러기에 이 작품의 구성 형태는 희곡 구성의 요건과 동궤라고 하여 마땅할 것이다.

○「선우태자전」

「선우태자전」은 원전에서 적지 않은 이본을 가지고 있다. 전게한 『팔상명행록』의 이본 중에서 보월 찬집의 『석가여릭응화시현팔상녹』 계열(위 필사본 Ⓛ~Ⓟ)에, 이 작품이 수록되어 있는 실정이다. 이본들은 아직 자세히 비교되지 않았지만, 대체로 위 필사본 Ⓝ에 실린 원전이 상당한 전형성을 갖추고 있는 것으로 보인다. 그래서 바로 이 원전을 통하여 이 작품의 경개를 개조식으로 열거해 보면 다음과 같다.

① 바라국 월기왕이 정궁에서 선우를 낳고 인국 사발왕이 딸을 낳아 선우와 혼약한다.

② 후궁에서 악우를 두니, 언제나 악행으로 선우와 대립한다.

③ 선우는 인자하여 국고를 흩어 백성들을 구제한다.

④ 선우는 국고가 비어 보시를 중단하고, 용왕의 여의주를 얻으려 바다

로 향한다.

⑤ 선우는 도사의 유언대로 용궁을 찾아가 용왕의 감동을 사고 여의주를 얻어 온다.

⑥ 선우가 용선을 타고 오다가 도사의 장례를 치르고 해변에 돌아와 악우를 만난다.

⑦ 선우는 악우에게 여의주를 맡기고 잠자는데, 악우가 선우를 해치고 여의주를 빼앗아 간다.

⑧ 선우는 눈이 멀고도 도리어 악우를 걱정하고, 악우의 악행을 알고도 부모와 동생만 생각한다.

⑨ 선우가 사발국에서 걸식하고 궁성의 잔치집에서 단소를 불다가 공주를 만난다.

⑩ 공주가 선우를 흠모하여 부모의 반대를 무릅쓰고 죽기로써 그를 맞아 결혼한다.

⑪ 선우가 자신의 본체를 실토하고 서원하여 두 눈을 뜨니, 사발왕이 태자와 부마로 환대한다.

⑫ 사발왕이 급히 바라국왕께 통지하고 선우·공주 내외를 환국시킨다.

⑬ 선우가 안맹한 부모를 해후하고 악우에게 여의주를 찾아서 부모의 안광을 되찾는다.

⑭ 선우는 등극하고 여의주의 영험으로 일체 중생에게 원만 보시한다.

⑮ 선우왕이 악우를 소왕으로 봉하나 악우가 선우를 해하려다 제 칼에 죽는다. (위 필사본 Ⓝ 5책, 44~60쪽)

이와 같이 「선우태자전」은 장쾌하고 파란만장한 '영웅의 일생'을 구상화하고 있다. 일찍이 이 작품의 원형적 이본이라 할 「쌍은기」가 중국의 변문소설로 논의되고[32] 『월인석보』에 실린 「선우태자전」이 국문소설로 고찰되었다.[33] 그 후대적 이본인 이 작품은 실제로 소설다운 구성을 유지하여 우수한 서사성을 발휘하고 있다. 이 작품은 부처님의 전생담으로서 자비 보시·중생제도의 깊은 주제를 구체적으로 소화하여 서사문학·소설 형태로서 높은 수준을 보여 주는 터다. 그리고 그 극적 서사 형태를 통하여 실연을 전제로 한 희곡 양식으로서 본격적인 면모를 드러내고 있는 실정이다. 더구나 서두와 종말에는 부처님의 설법현장으로 구체화된 도입액자와 종결액자가 설정되어, 허구성을 강화하고 있다.[34] 이러한 액자구조는 현대소설적 수법으로서, 이 작품의 구성을 이미 보장하고 있는 터다. 이에 고전소설과 희곡 양식의 구성론에 입각하여 이 작품의 구성 실태를 검토해 보겠다.

먼저 이상국인 바라국의 월기왕이 정궁에서 태자 선우를 낳고 문무백관과 만백성의 경하를 받는다. 이 선우태자는 영웅의 기상을 타고 만덕을 갖추어 국가를 선치하고 백성을 선도·구제할 만한 권능의 바탕을 보여주게 된다. 그것은 이 태자가 부처님의 전신으로 자비·보시와 중생 제도의 권능을 이미 구비하였다는 상징적 암시로 나타난다. 그런데 월기왕이 후궁에서 왕자 익우를 낳아 선우 태지의 상대역을 만들게 된다. 그래서 선우가 행하는 모든 일에서 대립·상대하며 사사건건이 갈등을 일으키도록 예비하는 것이다. 거기에 이웃 나라 사발국왕이 미

---

32 李殷權, 「敦煌變文 '雙恩記' 殘卷及其故事 研究」, 臺灣師範大學 國文硏究所, 1989.
33 사재동, 「「선우태자전」의 연구」, 『어문연구』 9, 어문연구회, 1974.
34 이재선, 「액자소설의 원질과 그 계승」, 『한국 단편소설 연구』, 일조각, 1975, 95~99쪽.

염무쌍한 공주를 낳아 기르고, 바라국왕에게 알려져서 선우태자와의 인연을 의논하게 된다. 양국왕이 화친하고 흔쾌히 합의하여 어려서 일찍이 혼약을 맺는다. 그래서 태자와 공주는 그 사실만을 알고 서로 흠모할 뿐 만나 보지는 못하여, 다음 사건에 대비하게 된다. 그리고 선우는 가난한 백성을 불쌍히 여기고 부왕께 간청하여 국고를 열고 마음껏 보시한다. 그래서 태자의 성품을 강조하고 다음 사건의 빌미를 만든다는 것이다. 여기까지가 사건 진행의 발단 단계라고 하겠다. 그래서 그것은 희곡 구성의 '예건의 설명'에 해당되리라고 본다(①~③).

이어 선우는 머지 않아 갈등을 절감하기에 이른다. 백성의 가난은 한이 없고 국고는 한정되어, 그 이상 보시할 수가 없기 때문이다. 백관들이 국고의 탕진을 우려하여 왕께 상소하고 왕의 윤허를 받아 선우를 설득하고, 국고의 문을 닫게 된다. 그리하여 선우는 애민·광시의 마음을 멈추지 못하고, 만조 백관을 모아놓고 무한 보시의 대방편을 상의한다. 여기서 여러 가지 방법을 모색하다가 해중 용왕의 여의주를 얻어 내면 그것이 최선의 방편이라고 공론한다. 그것은 이전에 시도되었지만 누구도 실현할 수 없는 불가능의 난사였다. 그러나 선우의 심성과 정성이라면 족히 구득해 올 수 있다는 것이다. 이것은 선우의 권능을 부각시켜 그 착수에 박차를 가하는 데에 크게 작용한다. 마침내 선우가 그 일행을 모아 맹도사의 안내를 받아 용궁을 향하여 항해를 시작한다. 선우는 어느 섬에 이르러 선원을 머물게 하고 맹도사와 함께 바다를 걸어서 용궁에 접근하게 된다. 그때 맹도사가 기진하여 용궁에 이르는 길을 유언하고 죽는다. 그래서 선우는 점차 비운에 쌓이지만, 결코 좌절하지 않고 오직 지극 정성으로 용궁에 들어가 용왕의 환대를 받는다. 인간 누구도 못들어오는 용궁까지 찾아 든 것에, 용왕이 일단 감동해서다. 그리고 선우의 각오와 서원에 더욱 감격하고 나아가 선우의 설법에 동심하여 여의주 한 개를 선사한다. 선우는 감사하고 여의주를 지녀 환희 작약하면서 용선을 타고 나오다가 명도사를 장사 지내고 비감에 쌓인 채 그 섬 해변에 이른다. 거기에 어느새 악우가 와서 선우는 동생을 만난 기쁨을 누리지만, 이미 불운에 쌓일 운명을 예시하고 있는 것이다. 선우는 악우를 믿고 여의주를 맡긴 채, 자신은 잠을 잠으로써 악우의 범행을 용이하게 만든다. 드디어 악우는 흉계를 드러내어, 대나무 꼬챙이로 선우의 두 눈을 찔러 죽게 한 뒤, 여의주를 가지고 왕궁으로 돌아와 자신의 공로를 거짓으로 꾸미고 자랑한다. 악우가 선우의 죽음을 알리자, 부모는 여의주를 제쳐 놓고 선우를 그리며 통곡하니, 선우의 불운이 더욱 부각되는 것이다. 여기까지가 이 사건 진행의 비운 단계라 하겠다. 그래서 이것은 희곡 구성의 '유발적 사건'과 상통하는 바라고 보아진다(④~⑦).

그리하여 선우는 구사일생으로 목숨을 부지하고는 악우를 걱정한다. 강도가 들어 자기 눈을 찌르고 악우를 죽인 뒤에 여의주를 빼앗아 달아났다고 믿었기 때문이다. 그때에 해신이 선우에게 현몽하여 그것이 모두 악우의 악행임을 암시했는데도, 일호의 원망도 없이 부모와 악우만을 생각하게 된다. 여기서 악우의 악행과 대조되어 선우의 선행·자비심이 강조·부각되는 것이다. 그래서 선우는 눈이 먼 채 파선의 널판을 찾아 타고 정처 없이 헤쳐 나가다가 사발국 해변에 닿는다. 그로부터 선우는 허약한 맹인으로서 기고 걸어서 인가를 찾아 걸식하기 시작한다. 그것이 바로 역경의 시작이었다. 선우는 자신의 신변을 보호하기 위하여 신분을 숨기고, 다만 거지로서 행세할 뿐이다. 그는 때로 동정을 받고 때로 구박을 받으면서 걸식·고행을 계속하게 된다. 그래서 선우는 걸식하기 좋은 궁성에 이르러 단소를 불면서 환대를 받는다. 그는 인기 있는 거지 악사로서 여기저기 불려 다니다가, 어떤 장자의 잔치집에서 자신의 불우한 신세를 실어 감명 깊게 단소를 불었다. 그것이 인연이 되어 사건을 진전시키게 된다. 마침 사발국 공주는 약혼자인 선우태자가 해중에서 실종되었다는 통지를 받고 비통하여 마음을 잡지 못한 채, 시녀들을 데리고 방황하게 된다. 그녀가 장자집에서 들려 오는 단소 소리를 듣고 깊이 감동하고, 그 거지 악사를 불러 만난다. 이때 공주는 그 걸인 악사를 직접 보자마자 그게 천생연분임을 알고 부모에게 간청하였지만, 강력한 반대에 부딪친다. 여기까지는 사건 진행의 역경 단계라 보아진다. 그래서 이것은 희곡 구성의 '상승적 동작'에 해당되는 터라 하겠다(⑧~⑨).

그래서 공주는 다시 부모에게 읍소하고 그 걸인과의 인연을 따라 결혼하겠다고 윤허를 간청한다. 그럴수록 그 부모는 왕실의 체면과 공주의 장래를 위하여 그 결혼을 극구 반대하고, 공주는 극단적인 언행으로 결혼을 강행하려 든다. 여기서 갈등은 최고조에 달하고, 부왕의 권위로써 무엇인가 큰 일이 일어날 것 같은 긴장이 상승된다. 그때 공주는 그 걸인과 폭력적으로 결합, 강제 결혼을 성취한다. 선우는 이미 그 공주가 자신의 약혼녀임을 알고 있었으나 섣불리 신분을 밝히지 않는다. 그랬어도, 그만한 증표가 없어 공주와 왕실에서 그 사실을 믿을 리도 없고, 오히려 거짓으로 몰려 환란을 당할 수도 있었기 때문이다. 이제 결정적인 시기가 왔다고 믿고, 선우는 공주와의 대화에서 자신의 신분과 처지를 실토하게 된다. 그러나 우선 공주가 믿어 주지 않는다. 그래서 그는 하늘에 맹세코 자신이 태자임을 먼 눈이 뜨이는 것으로 증명해 달라고 서원하게 된다. 정말 공주가 보는 앞에서, 선우의 먼 눈이 청명하게 회복되었다. 그 감격은 선우보다도 공주에게 절감되어 둘이서 환희·작약하여 마지 않는다. 이 사실을 부모께 급고하니, 선우는 그 왕·왕비와 대화하여 태자·부마로서 공인·찬탄되는 것이다. 그 충격적 감동의 순간이 번개 후의 꽃비처럼 찬연하게 전개되는 터다. 여기까지가 이 사건 전개의 절정이라 하겠다. 그래서 이것은 희곡 구성의 '정점'과 동일하다고 본다(⑩~⑪).

그래서 사발국 왕은 일변 감격하고 일변 송구하여 선우부마에게 사죄하고 극진히 환대한다. 나아가 혼인식을 겸하여 잔치를 크게 배설하는 한편, 장문의 서장으로 바라국 왕에게 그간의 사정을 전하고 선우 부부가 환국하리라는 것을 알리게 된다. 사발국보다 더 감격·환희하는 것이 바라국 왕실과 백관·백성들이었다. 드디어 선우태자 부부의 위의 찬란한 행차가 시작되었다. 그 의전 고관과 예물, 인부들의 행렬이 끝없이 이어지는 가운데, 풍악이 울리는 감격적인 장면이다. 국왕 부모와 왕실·백성 등이 고대하는 가운데 고국·궁성에 금의 환향하는 선우태자는 실로 빛나는 환국의 감격보다는 부모님을 만나고 싶은 생각과 악우를 달랠 마음으로 가득하였다. 그런데 악우가 선우의 행차를 시기하고 자신의 장래를 걱정하여 군사를 모아 반란·가해하려다가 실패하게 된다. 그래도 선우는 개의치 않고 달려가 부모님을 뵈니, 자기를 기다리노라 초췌하고 눈이 멀어 있었다. 선우는 그런 부모님을 안고 대성통곡함으로써, 그 출천의 효행이 강조된다. 선우는 악우를 통하여 여의주를 찾아서 그 신통력으로 우선 부모님의 눈을 뜨게 한 뒤, 함께 감격에 쌓인다. 여기까지가 사건 진행의 회운 단계라 하겠다. 그래서 이것은 희곡 구성의 '하강적 동작'에 해당된다고 본다(⑫~⑬).

드디어 선우태자는 부왕을 대신하여 왕위에 오른다. 신왕은 등극 즉시 그 여의주의 신통력을 부리어, 자비 보시·중생 제도의 서원을 세우고, 온 천하 만백성에게 모든 보물과 비단·옷과 갖가지 곡식 등 행복을 위한 모든 것을 무한히 내려 준다. 그 소원이 원만 성취되고 국정을 새로 정리하여 이상국을 세우게 된다. 그때 악우를 소왕으로 봉하여 화친하게 지내려 했지만, 그가 신왕에게 반란·가해하려다가 제 칼에 맞아 스스로 죽는다. 이것이 다 천도에 의한 인과응보라고 마무리된다. 다시 부처님의 설법 현장으로 돌아와 구조상에서 종결 액자로 작용한다. 그래서 서두의 도입 액자와 조응하여 그 액자 속의 사건 구성을 효율적으로 보증하는 터라 하겠다(⑭~⑮).

이렇게 볼 때, 「선우태자전」은 실로 '영웅의 일생'을 기발하게 구성한 작품이라 하겠다. 그래서 이 작품은 그 자체로서 중편 내지 장편소설의 수준을 유지하고 있는 점이 확인된 것이다. 따라서 이런 정도의 구성이라면 족히 희곡 구성의 그것과 동궤라고 보아 무방할 터이다.

3) 표현·문체

이미 알려진 대로 국문불전『팔상명행록』은 전형적인 한글전용의 문체다.『석보상절』이나『월인석보』가 국문문장임에는 틀림없지만 한자어를 쓰고 한글로 음을 달았는데에 반하여,『팔상명행록』은 전혀 한자를 쓰지 않고 있기 때문이다. 이것은 불전문학이지만 한자 표기의 관례에서 완전히 탈피하여 국문소설의 한글전용과 같은 성향을 띠고 있는 게 분명하다. 그래서 『팔상명행록』의 개별 작품을 기준으로 하여 그 표현·문체가 산문문학·소설문체의 성격과 수준, 나아가 희곡문체의 성향까지 유지하고 있는지 살펴볼 필요가 있겠다.[35] 그것은 이 작품들의 문학적 가치와 장르적 성향을 검토하는 최종의 기준이 되겠기 때문이다.

이 작품들의 문체는 한문원전을 바탕으로 한 번역체이지만 결코 직역이 아닌 의역으로 부연되어 아름다운 산문체를 이루고 있다. 전게한 「야수전」에서, 그 초두의 일부를 임의로 들어 보면 다음과 같다. 야수 공주의 15세 용모를 표현한 것이다.

야쉬 심오 츈광의 당ᄒ야 월틱화용이 사름을 놀닉더라 왕이 과익ᄒ야 퇴셕코져 ᄒ더니 이쩍 뎡반왕이 야슈의 방명을 듯고 닉관 궁녀를 명ᄒ샤 우젼왕긔 글월ᄒ샤 구혼ᄒ니 우젼왕이 딕희열ᄒ야 허혼ᄒ고 닉관을 관딕ᄒ니 궁녜 소져 보믈 쳥ᄒ딕 왕이 궁녀를 명ᄒ야 내궁의 드리고 야슈를 명ᄒ야 나오라 ᄒ니 야쉬 승명ᄒ야 나오니 비컨딕 추쳔 망월이 치운을 헤치ᄂ 듯 녹수 부용이 됴양의 반기흠 ᄀᆺ더라 궁녜 ᄒᆫ번 보믹 졍신이 황홀ᄒ야 왕긔 듀왈 귀듀ᄂᆫ 진실노 직네 천진의ᅵ ᅡ리미요 왕믹 요지의 님ᄒ미라 진짓 왕상의 비필이로소이다(위 필사본 ⓒ 제1권, 39~40쪽)

이만하면 이 문체는 창조적인 차원에서 산문의 아름다움을 갖추고[36]

---

35 정주동, 「고소설표현론」, 『고대소설론』, 형설출판사, 1966, 194~224쪽; 이광래, 「희곡의 행동과 언어」, 『현대희곡론』, 이우출판사, 1986, 131~134쪽 등 참조.

고전소설의 표현을 그대로 이루었다 하겠다. 나아가 이 문체는 한 작품의 배경·무대장면을 표현하는 데에 뛰어나 있다. 역시 「야수전」에 한 대문을 임의로 뽑아 보겠다. 야수가 실달태자의 출가 현몽을 깨고 나서 불안·참담한 심정으로 주위 환경을 바라 보는 장면이다.

> 야쉬 몽ᄉᆞ를 긔록ᄒ며 졍신을 ᄎᆞ려 시녀를 부르니 경괴 졍히 삼경이라 이즈러진 월ᄉᆡᆨ은 셔창에 거졋고 ᄉᆞ괴 졍요ᄒ엿거ᄂᆞᆯ 시녀를 다리고 급히 틱ᄌᆞ침실노 드러가니 젼문이 열엿고 문밧긔 슈직ᄒᆞᄂᆞᆫ 우타이 슈다라 등과 궁녜 환신의 무리 각각 잠이 깁허거ᄂᆞᆯ 바로 침실의 드러가니 다만 옥노의 향연이 스러지고 잔촉이 나위 가온ᄃᆡ 명멸ᄒ엿ᄂᆞᄃᆡ 사름의 ᄌᆞ최 묘연ᄒ엿거ᄂᆞᆯ 야쉬 경황 망극ᄒ여 ᄒ더니 건격의 우름소ᄅᆡ 나거ᄂᆞᆯ 소ᄅᆡ를 조ᄎᆞ 젼도히 닉다르니 (위 필사본 ⓒ 제1권 65~66쪽)

이런 정도의 표현이라면 배경과 무대 분위기의 묘사에서 부족함이 없다고 할 것이다. 이것이 지금까지 잘 알려진 고전소설의 배경·무대의 표현과 비교되어 조금도 손색이 없으리라고 본다. 한편 희곡적 측면에서 보더라도 무대설치를 위한 지시문으로서 부족함이 없다고 하겠다.

그리고 이 작품들에서는 인물 묘사가 실감을 드러낸다. 위에서 야수 공주의 용모를 설명한 데서도 인물 묘사의 일면을 보이거니와, 도처에

---

36 최현배, 『한글갈』, 정음사, 1946, 78~79쪽에서 『석보상절』의 문체를 "번역한 것이 아닌 일종의 창작품"이라고 하였거니와, 그보다 더 세련된 것이 바로 이 문체라고 보아진다.

서 그 실감나는 표현이 돋보인다. 이제 그 언행을 통하여 인물을 묘사하는 한 대문을 들겠다. 위 「아란결연기」에서 아란을 만나 보고 애걸하는 창녀 마등가와 그 어미의 모습이 이렇게 나타난다.

미인이 침방의 드러가 몸을 침금의 더져 구을며 가는 소리로 울며 니르디 미낭군 화샹아 금일 닉명이 진흐리로다 흐더니 추시 그 미인의 어미 슐 팔더니 원촌의 나갓다가 드러와 제 쏠의 노심흠을 보고 연고를 무로디 기녜 기리 흔숨 짓고 답흐디 앗가 동영 왓던 쇼화샹의 얼골을 잠간 보더니 정신이 무르녹아 자연 호탕흐니 츈정을 억제치 못흐는지라 만약 그 쇼화샹을 만나지 못흘진디 소녀의 명이 진흘지로소이다. 그 어미 니르디 그 화샹의 용뫼 엇더흐며 어내 곳으로 향흐더뇨 기녜 다시 흔숨 지며 니르디 그 화샹의 용뫼 극히 미려흐고 풍치 동탕흐야 인간 사룸 갓지 아니흐거늘 쇼녜 흠모흐야 지미를 바드라 흐니 그 화샹이 몸을 피흐야 문을 나며 간 곳을 아지 못흐느이다 그 어미 웃고 니르디 녀아는 시름 말나 그 쇼화샹은 반다시 여릭 제쟈 아란존지라 아란이 비록 여릭 그 도를 어더 나한과를 어더시나 엇지 나의 황발의 도 환슐을 당흐리오 내 이제 너를 위흐야 사비라법전쥬을 흔번 진언을 염흘진디 아란이 결노 내 집의 드러와 네 침셕의 누을 거시니 네 모름즉이 월하의 인연을 미즈 빅연 동낙게 흐라(위 필사본 ⓒ 제2권 (49~50쪽)

이만하면 소설이나 희곡에 등장하는 인물로서 그 언행·성격이 제대로 드러났다고 하겠다. 그 창녀가 아란의 미모에 즉각 침혹하여 침석에 딩굴어 울면서 춘정에 겨워 아란을 품고자 야단하는 모습이나 그 어미가 또한 그 딸의 욕구에 호응하여 수다를 떨면서 백방으로 아란을 찾아와 월하의 인연을 맺게 하는 체모가 선연하게 표현되었기 때문이다. 이렇게 대화와 행동을 중심으로 인물을 묘사하는 문체야말로 고전소설의 그것과 동일하거나 능가하는 수준이라 하겠고, 나아가 실연을 전제로 한 고전희곡의 그것과도 동질의 면모를 보이는 터라 하겠다.

그리고 이 작품들의 문체는 사건 진행을 실감나게 표현하고 있다. 이제 「나복전」에서 그러한 대목을 들어 보겠다. 나복이 목련존자가 되어 그 모친을 찾아 천상·지옥을 두루 다니고, 천신만고 끝에 무간 아비지옥에서 만나는 비극적 장면이다.

옥졸이 즉시 청졔를 다리고 나오니 청졔부인이 고을 밧든지 오린 고로 신쳥과 면모가 변ᄒ여 알 길이 업거날 옥졸이 목련을 불너 왈 존ᄌ야 쳥졔을 알쇼냐 목련왈 아지 못ᄒ리로다. 옥졸이 쳥졔을 가르치며 이ᄅ딕 이 죄인이 졍영 쳥졔니라 목련이 쳥파의 부인의 몸의 안기며 방셩딕곡 왈 모친아 젼셰의 오빅승지을 ᄒ여 계시오니 천승의 수싱할가 바라습더니 셔가셰존을 만나 츌가득도ᄒ여 천승의 올ᄂ가서 부친만 뵈와ᄉ오나 모친은 뵈옵지 못ᄒ옵고 셔가셰존젼의 뭇ᄌ온즉 이 지옥의 슈싱ᄒ여다 ᄒ옵기로 ᄎᄌ왓ᄉ오니 모친의 용모 이럿틋 참혹ᄒ오니 쇼ᄌ의 심신이 분쇄ᄒ여이다 ᄒ고 슬허 통곡ᄒ니 순쳔죠목이 다 슬허ᄒᄂ듯 ᄒ더라 쳥졔 목련을 보고 딕곡왈 아ᄌ 나복아 본지 오리거니와 엇지 이 지옥의셔 셔로 만날 줄 아라ᄉ리오 말을 맛지 못ᄒ여셔 옥졸이 쳥졔를 불러 왈 죄인이 무슴 여러 말을 ᄒᄂ뇨 죄을 바들 ᄰᄭ가 당ᄒ니 엇지 오리 유하리요 ᄒ고 쳘칙을 드러 치며 모라가니 부인이 토읍 왈 나복아 어셔 나를 졔도ᄒ여라 허며 나가니 목련이 망극ᄒ여 옥졸을 즙고 비러 왈 잠간 머물러 모ᄌ 말슴이ᄂ 마ᄌ ᄒ고져 죄ᄂ 닉가 딕신 당ᄒ려 ᄒ노라 옥졸왈

존ᄌᆞᄂᆞᆫ 아모리 되신 밧고져 ᄒᆞ여도 지옥 죄보ᄂᆞᆫ ᄌᆞ손 중의 되신 당ᄒᆞᄂᆞᆫ 법이 업ᄉᆞ오며 부인의 죄업이 극중ᄒᆞ여 엇지 일시나 지쳬ᄒᆞ리요(위 필사본 Ⓝ 제3권 55~56쪽)

이만하면 막다른 무간지옥에서 꿈에도 그리던 모자 상봉의 장면을 비극적으로 표현하는 데에 성공하였다고 할 수가 있다. 그 모친을 찾아 천상·지옥을 헤메느라 노심 초사하고 간절히 애태우던 아들 목련과 무간지옥에서 무한히 수고하여 만신창이가 되고 몰골이 전혀 변해 버린 모친 청제부인이 그처럼 엄섬한 별천지에서 폭력적으로 만나는 광경은 생동하듯이 부각된다. 서로가 몰라 보고 어리둥절하다가 옥졸의 소개로 얼싸안고 흐느끼며 말문이 막혀 겨우 토해내는 대화는 피맺힌 울부짖음으로 메아리친다. 모자가 겨우 숨을 돌려 만단정회를 풀어 보려는 순간에 만남의 시간은 다하고 벌받을 때가 된 모친이 아들의 눈앞에서 옥졸의 철재에 맞아 끌려가니, 그래서 폭력적으로 이별하는 기막힌 대목이 숨막히게 표현된다. 출천 대효 목련이 망극하여 옥졸에게 빌며 다하지 못한 마지막 말 한 마디를 애원하고 모친 대신 벌을 받겠다고 몸부림치는 모습도 선연하게 묘사되고 있는 것이다. 이런 정도로 사건 진행을 표현한 것이라면 고진소설의 그것에 비하여 손색이 없고, 오히려 더욱 절실한 면모가 돋보인다고 하겠다. 더구나 이 비극적인 장면을 대화와 행동으로 묘사해 낸 이 표현·문체야말로 희곡의 그것이라 하여 마땅하리라고 보아진다.

한편 이들 작품의 사건 진행을 이야기하듯이 설명해 나가는 표현이 적지 않은 분야로서 특색을 보인다. 그 중에 한 실례를 들어 보겠다. 「장자부인전」에서 그 부인의 심리 변화와 사건 전개를 서술한 대목이다.

> 과거겁 등 낭일 장재 잇시니 직물이 누만이라 오직 조식이 업기로 기체 산천 영지와 명산을 차조 드러 향화로써 기도호디 마츰니 엇지 못호고 기체 연광이 오십이라 일일은 기체 가옹드려 니르디 불효 삼텬의 무조식호 죄 웃듬이라 후쳐를 기취호라 호고 권호여 일쳐를 기취호엿더니 과연 일 조를 어드니 발셔 삼세 동지 뎡히 아름다온디라 장지 늣거야 일조를 어드 매 후쳐 모조는 과이호고 본쳐는 소리호니 본쳐 도로혀 헤오디 후쳐의 조 식이 장성홀진대 니 집의 직물과 직산이 다 후쳐 모조의게 도라가고 나는 외인이 되리로다 호고 일됴의 투심을 발호야 그만 이 조식을 죽여 업시홈 만 곳지 못다 호고 장재 나가고 기이 잠든 쩌를 다 털침으로써 아희 머 리 슷굼긔 쇼쟈 죽이니(위 필사본 ⓒ 제2권 91~92쪽)

이처럼 상당히 긴 사건의 추이를 순식간에 이야기하고 있는 것이다. 이것은 사건 진행을 묘사 표현한 것이 아니라, 그것을 설명 서술하고 있는 터다. 이 표현은 마치 고담을 설화한 것처럼 보이기도 한다. 이렇게 설화성을 띤 문체라 하더라도 고전소설의 그런 경향과 맥을 같이하고 있는 점이 눈에 띄고 있다. 더구나 이러한 표현은 사건 진행을 전달함에 있어 얼마큼의 효과를 나타내고 있는 게 분명하다. 그리고 이 문체가 고전소설의 발단 과정에서 흔히 보이는 관용적 표현과 매우 유사하여 주목된다. 이런 정도의 문체라면 고전소설의 그것과 대등한 수준이라 하여 무방할 것이다.

더욱이 이 작품들의 문체가 대화 중심으로 표현되어 있다는 게 소중한 점이다. 이런 대화는 서사문학·소설 형태의 문체에서 역동성과 생동감을 주는 필수적 요건이라 하겠다. 더구나 희곡문체의 경우는 대화 그대로가 절대적 요소가 되고 있는 것이다.[37] 전게한 몇 작품의 문체가 대체로 대화 중심으로 이루어져 있음을 보았거니와, 기실 이들 문체의 전체적 경향이 대화를 위주로 기울어 있다고 하겠다. 이런 경향을 대표적으로 보이는 한 사례를 들어 보겠다. 「선우태자전」에서 선우와 공주가 결연하여 사랑의 절정을 이루는 장면이다.

공쥬 문왈

"어데 사는 맹아라 하더뇨"

ᄒ고

"외인이니 혐의홀 배 아니니 어서 밧비 다려 오라"

ᄒ며 궁인을 보내어 맹아를 부르니 맹애 사양치 안코 즉시 돌아오거늘 공주 문왈

"너는 어데서 살며 나혼 얼마며 뉘집 아해뇨."

선위 대왈

"맹걸인은 정처없이 다니는 무가객이옵더니 의식을 사방에 부치업고 먹사오며 나혼 십칠세요 부모는 어러시 실신ᄒ였으므로 모로ᅡ이다."

공쥬 사랑ᄒ여 즉시 의복을 내어 입히고 궁중에 유ᄒ게 ᄒ며 부왕과 모후 전에 나아가 맹아 사연을 고ᄒ고 부마 정홈을 청ᄒ거늘 부모 듯고 대경왈

"너는 월기국 왕자 선우로 결혼ᄒ엿더니 그래 드르니 월기 왕재 해중에 표류ᄒ엿다 하거니와 다시 귀인을 간택ᄒ여 부마를 정ᄒ여 원앙의 녹수

---

37 김갑순, 「대사」, 『희곡론』, 이화여대 출판부, 1986, 41~42쪽.

와 봉황의 깃들임을 보고자 ᄒ엿더니 네가 천걸ᄒ는 맹아를 다려다 두고 부마를 정ᄒ라 ᄒ니 전고에 듯지 못ᄒ던 일이요 또ᄒ 네가 실성ᄒ엿거나 귀매를 붓들럿도다"

ᄒ며 꾸지지니 공쥐 대왈

"만일 부모가 윤허치 아니시면 결단코 이 일로 조차 죽을 지언정 다른 가문에는 가지 안사오리다"

ᄒ고 돌아와 맹아를 붓들고 아로되

"너를 보니 맹걸 천인 갓지 안으니 내 마음이 자연 자의ᄒ여 우리 부왕긔 아뢰어 너와 백년가약을 정코자 ᄒ엿더니 부뫼 비록 허치 아니ᄒ시나 내가 엇지 너를 노ᄒ리요."

선위 대왈

"나는 비러먹는 천맹이요 귀인은 일국의 옥주시나 엇지 이가튼 날과 동거ᄒ오릿가. 그러나 옥쥐 능히 나를 알으시릿가."

공쥐 왈

"내가 너를 보니 비록 천맹이 되엇스나 귀인의 기상이 구족ᄒ여 뵈니 금시에 맹걸이라. 무어슬 모른다 ᄒ리요."

선위 소왈

"옥쥐 엇지 알이요. 나는 다른 사람이 아니라 월기국 왕자 선우여니와 인연이 연합ᄒ여 천의로 되니 엇지 인력으로 ᄒ리요."

공쥐 대경왈

"이 당아야. 내 드르니 선우 귀인이 해중에 표류ᄒ엿다 ᄒ고 우리 나라에 통지ᄒ엿거늘 엇지 밋지 못ᄒ 망언을 ᄒ느뇨."

선위 하날을 가라쳐 맹세하여 왈

　　"내가 만일 허망흔 말슴을 ᄒ면 두 눈이 생전에 환명치 못ᄒ려니와 만일
　　실상 말슴일진되 두 눈이 발가지리라"
　　ᄒ시더니 과연 천지 신명이 감응ᄒ사 스스로 선우의 두 눈알이 소생ᄒ며
　　명광이 낭연ᄒ니 양목이 완연ᄒ거늘 명랑흔 정기 중추 망월이 청천에 오
　　름 갓더라.(위 필사본 Ⓝ 제5권, 55~57쪽, 부호 필자)

　이 장면은 대화 중심으로 표현되어 사건 진행도 감격적이거니와, 역
동성과 생동감이 넘친다. 이것은 고전소설의 문체로는 그 묘사적 표현
의 효과로서 상당한 수준에 이르고 있는 실정이다. 그 대화로 엮어지
는 사건 진행의 표현이 박진감과 함께 사실성을 강화하고 있기 때문이
다. 그래서 이런 표현·문체는 희곡적 특성을 갖추었다고 하겠다. 기
실 이런 문체는 희곡의 표현으로서 적합하다고 본다. 이런 문체가 바
로 대화와 행동으로만 엮어지는 희곡문체 그 자체이기 때문이다. 이런
표현은 그대로가 희곡의 그것이라 하여 마땅할 터다.

　한편 이 작품들의 문체는 강창 형태로 표현되어 있다는 것이 주목된
다. 원래 이 작품들이 불전에 근원·기반을 두고 있는 이상, 그 표현·
문체는 전체적으로 강창 형태를 취하고 있었으리라 추정된다. 그런데
현진하는 바 이 작품들의 표현에서는 강창문체가 야세를 보이고 있는
게 사실이다. 이 강창문체는 서사적 산문에 게송·가요가 삽입되어 형
성되는 것이 원칙인데, 그 원문에 상용되던 고차원의 게송이 대중적으
로 번역·부연되는 유통 과정에서 약화·탈락되기 쉬웠던 것이다. 실
제로 서사문맥을 위주로 광포·유전되는 현장에서는 필사나 구전을
막론하고 난해한 게송이 생략·망실될 수밖에 없었기 때문이다. 대강

이러한 원리와 형편에 따라, 이 작품들의 강창문체가 허약한 면모를 유지하고 있는 것은 그나마 다행한 일이라 하겠다. 이것을 바탕으로, 이들의 원형적 강창문체를 재구할 수 있을 뿐만 아니라, 현전 문체로도 그 유통의 현장에서 강창될 수 있는 가능성을 보여 주고 있기 때문이다. 그런대로 이 작품들의 강창문체 중에서 한 실례를 들어 보겠다. 위 「야수전」에서 야수공주가 대례를 지내고 폐백을 드릴 때, 그 손바닥에 새겨진 글귀를 보여 신기해 하는 대목이다.

야쉬 폐빅을 밧드러 왕긔 드릴 시 옥수의 밧든 금반이 기우러지거늘 왕이 보니 잡으려 홀 제 쥐인 손이 펴이미 손쌔닥의 두 줄 푸른 글짜 잇거늘 왕이 크게 긔이 여겨 틱즈로 더부러 글즈를 보니 ᄒ여시디
　　연등불전오경화　연등불전의 다섯 송이 곳치
　　석일발원금부부　녜늘 발원이 이제 부부로다
　　막한원앙별금한　원앙 이별ᄒ미 금금이 ᄎ믈 한 말라
　　필경정각영산회　필경 정각으로 영산의 모드리라
ᄒ엿더라 모다 긔이함을 ᄎ탄ᄒ나 과거의 인연을 알리오 홀로 틱지 신긔영심ᄒ야 세계 밧글 ᄋ 눈지라 야쉬 전신니 구이 선녀로셔 오경화 공양 향화ᄒ고 발원ᄒ든 일을 환연히 씨닷고 동방 화축의 디ᄒ며 은연히 반기는 듯ᄒ나(위 필사본 ⓒ 제1권, 41~42쪽)

이처럼 서사적 산문 속에 게송·가요가 삽입되어 산문과 운문을 교직한 결과를 내었다. 이것은 유통·실연되는 현장에서 산문이 강설되고 운문이 가창됨으로써 명실공히 강창문체의 실상을 드러내고 있는

터다. 이러한 강창문체는 유원한 전통을 가지고 있으니, 인도의 강창
으로부터 연원하여 중국의 속강에서 그 대본 변문으로 본격화되었던
것이다.[38] 그래서 한국에도 불경이 전래되어 삼국·신라대부터 속강
이 실연되는 현장에서 그 대본으로 강창문체를 정립시켰던 터다.[39] 그
러한 강창의 전통이 고려조에 성행하고[40] 조선조까지 계승되어『월인
석보』로 집대성되고[41] 『팔상명행록』에서도 유지되었던 것이다. 이런
강창문체는 서사적 표현에 역동성과 입체성을 드러내어 속강으로 설
법을 하거나 강창극으로 실연을 하는 대본으로 활용되어 왔던 터다.
그래서 이런 강창문체가 고전소설에 적용되면, 이른바 강창소설이 되
고, 그것이 희곡 양식에 활용되면 강창극본이 되는 게 상례였으리라 본
다. 따라서 이 작품들의 강창문체는 고전소설이나 희곡 양식의 그것과
동일·동궤의 수준이라고 하겠다.

4) 장르적 계통

　국문불전,『팔상명행록』은 전체적으로 복합적인 장편 구조와 개별
적으로 다양한 작품 형태를 총괄하고 있는 게 사실이다. 따라서 그것
은 일단 종합문학의 성격을 지니고 여러 장르를 포용하고 있는 터라 하
겠다. 그래서 지금껏 논의해 온 바를 기반으로 장르론을 적용하여, 이

38　向達,「唐代俗講考」,『敦煌變文論文錄』上冊, 明文書局, 1985.
39　사재동,「불교계 서사문학의 연구」, 앞의 책, 179~182쪽.
40　경일남,「고려조 강창문학 연구」, 충남대 박사논문, 1989.
41　사재동,「『월인석보』의 강창문학적 연구」,『애산학보』9, 애산학회, 1990.

작품들의 전개 양상을 검토할 필요가 있다. 이『팔상명행록』같은 종
합문학적 서사 형태는 그것이 생동하는 유통을 통하여 장르적으로 전
개·행세하는 게 원칙이다. 원래 문학의 장르라는 것은 적어도 고전의
경우에 고정 형태로서 구분되는 게 아니고, 생동적 유통 과정을 통하여
자연상태로서 유별·정립되는 것이기 때문이다.[42]

그렇다면 이 작품들은 적어도 유통의 현장에서 몇 가지 유형으로 행세
했으리라 본다. 그것은 불교계·사찰의 특수한 환경과 종교적 효용성을
바탕으로 대강 강설·낭독과 강담·화설 그리고 강창·실연 등의 유
형·방편을 타고 유통·전개되었기 때문이다. 첫째, 이 강설·낭독을
통해서는 소설 형태가 정립·전개되었다. 그것이 전형적 산문 양식으로
서 강설·낭독되기 위해서는 소설계 산문으로 고정·서술되고 나아가
소설집으로 정립·편찬될 수밖에 없었던 터다. 둘째, 이 강담·화설을
통해서는 설화 형태가 형성·전개되었다. 그것이 대중적 담화 양식으로
서 강담·화설되기 위해서는 설화계 서사 형태로 부연·구전되고 나아
가 설화집으로 정리·집성될 수가 있었던 것이다. 셋째, 이 강창·실연
을 통해서는 극본·희곡 형태가 성립·전개되었다. 그것이 보편적 연극
양식으로 강창·실연되기 위해서는 희곡계 극본 형태로 각색·기술되
고, 나아가 희곡집으로 정착·편집될 수가 있었던 것이다. 그리고, 위 유
통 과정에서 삽입된 시가가 분리되어 독자적으로 행세하고 독립 장르로
유형화될 수가 있겠다. 원래 그 시사는 바로 그 산문, 서사문맥에서 삽
입·조화되어 유통되었지만, 그것이 실연의 현장에서 현저한 기능을 발
휘하여 유명해지면, 인구에 회자되고 독립된 시가로 공인·합류될 수가

---

42 사재동, 「고전문학의 유통 양상」, 『학림』 11, 충남대 국어국문학과, 1992.

있기 때문이다. 나아가 이와 같은 유통 현장에서 이 작품들이 축약·변형되면, 수필 형태로 전개될 수가 있겠다. 이런 수필 형태는 축약·부연을 통하여 서사 형태와 서로 넘나들 수 있기 때문이다.

(1) 소설 형태

이 작품들은 소설적 측면에서 전체적으로나 개별적으로 모두 소설 장르로 규정될 수가 있다. 그것들은 구조 형태로부터 구성 양식 그리고 표현·문체에 이르기까지 일체가 소설의 요건과 수준을 유지하고 있기 때문이다. 우선『팔상명행록』은 전체적으로 국문 '대석가전大釋迦傳'이라 규정될 수가 있다. 이 장편은 적어도 8편 3권 63개 단편으로부터 8편 14부 27권 149개 단편을 포괄하는 대하소설이라 하겠다. 그리고 이 장편은 그많은 단편들에 각기 소제목을 4자 2구 중심으로 붙여 연결시킴으로서 장회소설의 한 전형을 보이고 있다. 원래 한·중간에 형성·유통되는 장회소설의 연원이 장편불경에 소제목을 붙이는 전통·관례에 있다고 보아진다. 그렇다면 불경의 불타전과 그 전통을 계승 발전시킨『팔상명행록』이 한 장편소설로서 장회소설의 체재를 갖추고 있는 것은 소설사상에서도 중요한 의미를 갖는다고 하겠다. 적어도 한국의 장회소설이 형성·전개되는 과정에서『팔상명행록』의 구조 형태가 깊이 관여되었으리라 보아지기 때문이다.

그리고 전술한 대로『팔상명행록』은 팔상을 기준하여 8개 장편소설로 분리·독립할 수가 있을 것이다. 적어도 그것은 전게한 팔상의 편목을 제목으로 하여 20개 내지 90개의 단편을 조직적으로 거느리는 장편소설의 구조 형태·구성 양식을 갖추고 있기 때문이다. 그래서 가령「도솔내의

기」·「비람강생기」·「사문유관기」·「유성출가기」·「설산수도기」·「수하항마기」·「녹원전법기」·「쌍림열반기」 등의 제목이라거나 팔상의 편목에 '~록'을 붙이는 정도에서라도, 이 작품 단위들은 훌륭한 장편소설로 행세·유통될 수가 있었을 것이다.

한편 전술한 「야수전」이나 「나복전」과 같이, 한 작품의 구성이 2개 이상의 편목에 걸쳐 연속되는 구조 형태는 중편소설이라고 인정되어야 할 것이다. 동일인의 일생을 서술하는 데에 있어, 전게한 바 4개 내지 8개의 독립적 단편을 유기적으로 연결·조직함으로써 짜임새 있는 중편소설의 면모를 보이기 때문이다. 물론 그것이 규모면에서는 부족하지만, 조직면에서는 상당한 수준을 유지하고 있는 게 특징이라 하겠다. 그리고 이 중편소설들은 역시 여러 개의 소제목을 붙임으로써 장회소설의 구조를 보이고 있는데, 그것은 원래의 단편 구조가 점차 장편 구조로 성장해 온 계통을 증명하는 바가 아닌가 한다. 따라서 이러한 성장성 중편소설이 결코 많은 편은 아니라고 하겠다. 다만 이러한 중편소설들이 계속적인 성장·정비를 통하여 마침내 「구운몽」이나 「사씨남정기」 같은 전형적 소설로 전개되었으리라 추정할 따름이다.

이제 『팔상명행록』의 수많은 독립 단편들은 그간의 논의대로 국문 중·단편소설로 규명·공인되어야 할 것이다. 전술한 바 「야수전」과 「나복전」, 「아란결연기」나 「장자부인전」·「선우태자전」 등과 같이, 그 구조 형태와 구성 양식, 그리고 표현·문체 등을 고전소설의 그것과 비교·검토하여 그 조건과 수준을 동등하게 증명한 터이기로, 그런 유형의 독립 작품들은 모두 국문소설로 규정·공인되는 게 당연한 일이다. 중국의 수많은 단편들이 웬만하면 소설로 인정되고, 한국의 「왕랑반혼전」이나 「목련전」·「안락국전」 등이 이미 소설로 규정된 마당에, 「심청전」·「흥부전」·「토끼전」·「적성의전」·「옹고집전」 등을 지향하고 있는 『팔상명행록』의 중·단편들은 그만한 정도의 국문소설로 공인·규정되어야 마땅할 것이다.

(2) 설화 형태

이 작품들은 독립 단편을 중심으로 구비 유통되면서 불교설화로 행세할 수가 있었다. 이 설화들은 원칙적으로 불교신화의 원형을 갖추었고, 불교적 증거물과 결부되어 불교전설의 유형을 들어내었으며, 그 신성성이나 역사성을 상실하고는 불교민담의 양상을 나타내기도 하였던 것이다. 이 설화작품들이 국문소설에 근거한 것은 물론이로되, 그게 구비적 방편을 타고 유통되는 과정에서 설화로 정립·인식되었기 때문이다.

원래 이 설화들은 신격화된 불타의 성적과 결부되어 있으므로, '신성한 이야기'로서 신화의 범주에 속하여 왔다. 실제로 불교계와 신중들 사이에서는 이 설화들이 언제나 신화로서 그 문학적 기능과 종교적 권능을 항상 발휘하고 있는 게 사실이다. 더구나 이것들이 불교재의의 대본으로 활용되고 되풀이 실연되었다면, 그것들은 결코 신화의 면모를 잃지 않고 불교신화·종교신화의 전통을 그대로 지켜 왔을 것은 물론이다. 지금껏 한국의 종교신화라면 무속신화만을 내세웠지만, 이제 불교신화의 영역을 인정해야 될 것이다. 자고로 불교계와 신중들 간에는 불교신화가 만발하여 그 양면적 역할을 감당하였으니, 그게 다 이런 국문불전에 바탕을 둔 것이었다.

다음 이러한 불교신화가 오랜 세월 광범위하게 전파되면서, 그것은 불교 문물과 결부되어 그 역사성을 설명하는 이야기로 전개되게 마련이었다. 그 신화들은 그 시·공상의 한계를 벗어나 그 신성성과 신앙성을 상실하면서, 어떤 사물을 근거로 그 유래를 풀이하는 데에 이르러서는 일반 대중에게 응당 전설로 인식될 수밖에 없었다. 이들 설화의 다양한 주제·내용과 불교 문물의 다양한 목적·기능이 서로 결부되어 다양한 불교전설로 개변·전개되었던 것이다. 실제로 사찰과 그 주변의 여러 가지 전설이 이런 국문불전에 기반을 두고 있다는 사실이 밝혀진다.

이러한 신화·전설이 실제로 신성성과 역사성을 잃게 되면, 그 설화는 드디어 민담으로 전개될 수밖에 없었다. 그러한 신화·전설이 서민 대중에 오래 널리 유통되면서, 자연 그 신화적 특성이 퇴색되고 역사적 근거가 희박해져서 보다 재미있고 유동적인 불교민담으로 전개되었던 것이다. 고금을 통하여 서민 대중에 유통되는 불교민담은 결코 자연히 형성된 게 아니다. 적어도 불전에 연원을 두고, 국문불전과 같은 작품들을 바탕으로 하는 불교신화·전설을 발전적으로 계승하여 이루어졌기 때문이다.[43]

이같은 불교설화는 국문불전의 구비적 전승 실태를 증명하고 있다. 그것은 국문불전의 수용이요 재창조로 나타난다. 그 구비적 변용이 복잡 다양한 장르적 성향을 들어내고 그 정립의 방향을 제시하고 있는 것이다. 그래서 이런 불교설화는 창조적 부연을 거듭한 나머지, 그 자체로서 소설의 수준을 유지하게 되었다. 여기서 그 설화는 설화소설로 행세하게 되었고 그것이 기술·기록되어 한 차원 승화된 국문소설의

---

[43] 황인덕, 「불교계 한국민담의 연구」, 충남대 박사논문, 1988.

면모를 보이게도 되었던 터다. 그리고 이런 작품들 중에서 소설 수준
에 미달한 것들은 모두 불교계 서사문학으로서 장편·중편·단편 등
의 장르적 성향을 나타내고 나아가 문학적 기능을 십분 발휘하였던 터
다. 그리하여 이 작품들은 실제적으로 포교문학의 역할을 다하여 왔던
것이다.

(3) 희곡 형태

이러한 설화들은 보다 적극적으로 실연되고 연극화되어 극본·희곡
으로 변환·전개될 수도 있었다. 잘 알려진 대로 불교계에는 전게한 강
창극 계열에 기반하여 여러 가지 연극 형태가 성행하였다. 고래로 불교
계에서는 포교와 교화를 위하여 가창극이나 가무극·강창극 내지 대화
극 등을 실연하여 온 게 사실이다.[44] 이렇게 다양한 불교계 연극에서 그
극본은 이 국문불전의 다양한 소설작품들로 충당되었으리라 보아진다.
이 국문불전이 찬성되는 목적과 과정을 알고 보면, 그것들은 소설적이
고 극적인 작품들만 뽑아 극화되기가 가장 용이하였던 것이다. 따라서
이 국문불전의 각 단편들은 포교·교화를 위하여 뽑힌 감명깊은 작품들
로서 신중이나 민중에 소설로 이야기되고, 마침내 연극으로 실연되는
게 운명이었던 터다. 그러므로 이 국문작품들은 가종 불교연극의 대본,
불교희곡의 구조 형태를 구비하여 왔다고 하겠다.[45]

실제로 이 작품들은 희곡에서 요망하는 사건구조를 그대로 갖추고

---

[44] 사재동, 「불교연극 연구서설」, 경해법인 신정오박사화갑기념 불교사상논총간행위
원회, 『불교사상논총』, 하산출판사, 1991.
[45] 사재동, 「불교희곡 연구서설」, 『석림논총』 28, 동국대석림회, 1994.

있다. 그것은 희곡의 구조 구성로 변환되는 데에 결코 무리가 없다. 따라서 이 작품들의 서사구조는 그것이 연극적으로 장면화하는 데에 매우 편리하게 되어 있다. 그리하여 대체로 발단에 이어 '예건의 설명—유발적 사건—상승적 동작—절정—하강적 동작—대단원'의 희곡 구성을 들어 내는 것이다. 그리고 이 작품들은 대개 등장인물들의 윤곽이 뚜렷하고, 그 성격이 분명하게 나타나고 있다. 여기서는 불타를 주축으로 그 제자들이 거시적인 틀을 잡았고, 각 단편들의 주인공과 부수인물들이 등장하여 극적인 행동을 취하고 있는 게 사실이다. 연극을 행동예술이라 하거니와, 여기 등장인물들의 적극적인 행동은 실로 연극적 상황을 역동적으로 보여 주고 있는 것이다.

또한 이 작품들은 그 표현에서 대화가 중심이 되어 있다. 위에 보인 대로 여기에는 대화가 발달하여 마치 대화의 문학이라 할만하다. 희곡이 대화와 행동의 문학이라 한다면, 이 작품들은 실로 희곡 양식에 근접하여 있고, 나아가 극본·희곡으로 전환되기 쉽게 조직되어 있다고 보아진다. 더구나 이 작품들에는 삽입시가가 수반되어 한·중 고전희곡의 특성을 그대로 반영하고 있는 것이다. 이런 시가는 가창되어 강창의 문체를 이룩하고, 극본·희곡의 특성을 잘 들어내고 있다. 이러한 삽입시가는 많은 산문·대화에 밀리어 약화되어 있지만, 그 명맥을 유지하여 이것이 극본으로 활용되었거나 극본으로 활용될 수 있는 근거를 제공하고 있는 게 사실이다. 여기서 이 표현·문체에 남아 있는 이른바 지문은 극본·희곡에서 흔히 보이는 지시문으로 간주될 수가 있겠다. 이 지시문은 무대지시·행동지시·소도구지시 등으로 그 기능을 발휘하게 되어 있기 때문이다. 이만한 요건이라면, 이 작품들은 유통 과정에서 극화되어 그 극본·희곡으로 행세했으리라고 보아진다.

　그렇다면 이 작품들은 희곡적 측면에서 몇 가지 장르로 전개되었으리라 본다. 우선 이 작품들은 규모면에서, 소설 장르와 결부되어 대하희곡과 장편희곡, 중편희곡과 단편희곡으로 유별될 수가 있겠다. 대하희곡은『팔상명행록』전체를 하나의 작품으로 보았을 때, 그것이 희곡 '대석가전'으로 행세했으리라 추정된다. 이런 희곡이 불교계에 유통되면서 그 시공과 형편에 따라 극화·연출되었을 것이기 때문이다. 그리고 장편희곡은『팔상명행록』을 8개 단위로 보았을 때, 그것이 희곡「도솔내의상」·「비람강생상」·「사문유관상」·「유성출가상」·「설산수도상」·「수하항마상」·「녹원전법상」·「쌍림열반상」 등의 작품으로 유통되었으리라 짐작된다. 적어도 이 8개 장편희곡은 해당 제의·행사와 직결되어 재의극 극본으로 활용되었으리라고 본다. 말하자면 불탄재를 위하여「도솔래의상」과「비람강생상」이, 출가재를 위하여「유성출가상」이, 성도재를 위하여「설산수도상」과「수하항마상」이, 열반재를 위하여「쌍림열반상」이 각각 그 재의극의 희곡으로 활용·전개되었으리라는 것이다. 나아가 중편희곡은「야수전」이나「나복전」 같이 단일한 작품이 부연·증보되어 이룩된 것이고, 중·단편희곡은「아린걸언기」니「장자부인전」·「선우태자전」 같이 중·단형으로 독립된 것이라 하겠다. 이것들은 불교계·사원을 중심으로 하는 대중교화나 행사 진행의 설법현장에서 간단·선명하게 행해지는 교화극·행사극의 희곡으로 이용·유전되었을 터이다.

　한편 이 작품들은 연극의 장르에 기준하여 희곡 장르로 전개되었을 것이다. 전술한 바 연극 장르에 따라 가창극본과 가무극본, 강창극본과 대화극본 등으로 활용·행세하였을 것이기 때문이다. 여기 가창극은 불교계 시가의 가창을 중심으로 행해지는 연극인데 이 작품들에는 시가의 세력이 약화되어 있는 실정이다. 그러나 이런 시가를 현장적으로 삽입·재구할 때, 그것은 가창극의 희곡으로 작용할 것이 분명하다. 그리고 가무극은 위에 든 가창극에 불교무용이 합세한 연극인데, 이 작품들에는 무용이 도입된 흔적이 구체화되지 않은 게 사실이다. 그러나 불교계 가창극이 신명을 더해 갈 때, 거기에는 법열의 춤이 자연스럽게 필수되는 법이다. 그래서 가창극을 바탕으로 가무극을 재구하면, 그것은 가무극의 희곡으로 작용했으리라 보아진다. 더구나 이 작품들이 가창극의 희곡만으로 어떤 재의에 동참되었을 때, 그것은 그 재의의 작법무용과 어울려 가무극본의 실제적 면모를 보였으리라 추정된다. 나아가 강창극은 한 강창사가 설법의 차원에서 강설하고 가창하는 연극인데, 이 작품들에는 강설과 가창의 요건이 두루 갖추어져 있다. 그래서 이 작품들은 예외없이 강창극의 희곡으로 활용·전개되었던 것이다. 한편 대화극은 무대장치 위에 배역들이 등장하여 대화와 행동으로 엮어 나가는 연극인데, 이 작품들에는 대화와 행동의 조건이 충분히 구비되어 있다. 그래서 이 작품들은 대부분 대화극의 희곡으로 각색·이용되었으리라고 보아진다.[46]

(4) 시가 형태

전술한 대로 이 작품들은 유통되는 과정에서 거기에 삽입된 시가들이 분화되어 독립적으로 행세하게 되었던 것이다. 더구나 이 작품들이

---

[46] 사재동, 「불교희곡 연구서설」, 앞의 책, 132~134쪽.

연극 형태로 실연되면서 그 속의 삽입시가들은 가창을 통하여 널리 행세함으로써, 불교시가의 한 유형을 이룩하게 되었던 터다.[47] 이처럼 서사·희곡계의 작품들에서 삽입시가가 분리·독립되는 사례는 허다하거니와,[48] 『팔상명행록』의 독립 단편들에는 삽입시가가 약화되어 그다지 성행하지 못한 것은 사실이다. 그러나 그 삽입시가들은 대부분 분리되어 나갔거나 해당 산문 속에 용해되어 있다는 것이 주목된다. 이런 시가들은 그 서사물의 실연 과정에서 필요에 따라 다시 삽입될 수도 있고, 또한 용해되어 있던 산문으로부터 재생될 수도 있겠기 때문이다. 나아가 이 작품들이 실연될 때, 그 실연자의 증흥적 창작력과 가창력에 의하여 삽입가요들이 생산·활용될 수가 있었을 것이다.

이러한 시가들은 그 장르면에서 다양하게 전개되었던 것이다. 그 주류를 이루는 것은 게송이거나 그 번역 가송이라고 하겠다. 그 게송은 대개 근체시 형태로 다양성을 보이고 있는게 사실이다. 그런데 이 작품들에서는 그 게송들이 국문문체에 맞추어 번역되어 있는 게 당연하다. 그리하여 이 국문게송은 한문게송의 형태에 따라 그 장르를 달리할 수밖에 없는 터다. 그래서 한문게송의 절귀체는 국문단가로, 그 율시체는 사설체로, 그 고시체는 가사체로 변용·유통되었다는 것이다. 이러므로 이 작품들의 유통 과정에서 불교계 한시와 그 번역된 국문시가가 혼용·생산되어 불교시가의 유형을 이루어 왔다는 것이 소중한 일이다. 이러한 시가들은 숭불·찬양을 주제·내용으로 하고 있으므

---

47 김성배, 『한국 불교가요의 연구』, 아세아문화사, 1983, 3~13쪽 참조.
48 중국의 희곡에서 사곡(詞曲)이 삽입되거나 분리되는 것처럼, 한국의 희곡에서도 그 창사가 삽입되거나 분리·독립되었던 것이라 본다. 실제로 향가나 고려가요, 조선가요 그리고 민요·잡가 등이 그러한 현상을 보여 왔던 것이다.

로, 그것이 신도 대중 외에 일반 서민에게 널리 보급되지 못한 바가 있었던 터다.

(5) 수필 형태

전술한 대로 이 작품들은 독립된 단편으로 비교적 단형을 유지하고 있는 경우에 수필 형태의 면모를 보이고 있는 게 사실이다. 우선 그러한 단편들은 그 입전된 인물의 탁이한 행적을 기술한 전기·행장의 형태를 유지하고 있는 터다. 그런 작품들이 가지고 있는 서사성에도 불구하고, 그것들은 실제로 보편화된 전장을 지향하고 있기 때문이다. 이 작품들은 저명한 인물들의 전기·행장보다는 역사적 인물들의 이행·일화라거나 역대 고승들의 신이 행적을 입전한 것과 상통하는 점이 많다. 요컨대 이러한 작품들은 단편적인 불전·보살전, 고승전·거사전과 같다고 보는 것이 옳겠다. 그래서 이런 일군의 작품들은 전장이라 규정되어 수필 장르 중의 하나로 편입될 수가 있는 것이다.[49]

나아가 이 작품들은 실제적인 유통 과정에서, 그 단편들에 입전된 인물을 숭앙·추모하는 방향으로 진전될 수가 있겠다. 그래서 이런 작품들은 문헌으로 보다 구전되는 경우에 애제의 성향을 띠고 유통·작용하게 되었던 것이다. 이런 바탕과 분위기 속에서 이 작품들은 스스로 애제문으로 변용되거나 그러한 불교적 애제문을 형성시키는 데에 영향을 끼쳤으리라 보아진다. 더구나 이러한 작품들이 불교재의에 직접 활용되었다는 전제 아래, 그것들은 기도문이나 발원문의 방향을 택하게 될 수가 있다는 것이다. 그래서 이 작품들은 상당한 과정을 밟아

---

[49] 최승범, 「한글 고전수필」, 『한국 수필문학 연구』, 정음사, 1980, 104~105쪽.

기도문·발원문 등으로 변용되거나 그런 작품을 생산하도록 지대한 영향을 주었으리라 본다. 이러한 문장 형태가 역시 애제에 속하여 드디어 수필 형태 속에 포괄되는 터라 하겠다. 한편 이 단편들이 구전되는 과정에서 축소·조정되면 담화 형태로 전개될 수가 있었을 터다. 이런 담화 형태는 일찍부터 재미있고 다양한 수필 장르로 형성되었고, 그 계통의 국문수필, 특히 불교적 담화를 발전시키는 데에 영향을 주었을 것이다.

여기서 전장이나 애제·담화 등을 기본으로 하여 이른바 전기적 유형을 추출하고, 이를 매개로 하여 전기적 수필 형태와 전기적 소설 형태가 호환·호전될 수 있는 유통의 실상을 노정하게 된다. 말하자면 전장이나 애제 등의 수필 형태가 허구적으로 부연·정리되면 서사문학·소설 형태로 전개되고, 설화소설·기전소설 등의 소설 형태가 현실적으로 축약·정리되면 수필 형태로 형성된다는 이야기다. 그래서 이『팔상명행록』의 독립 단편들은 모두 서사문학·소설 형태이면서 그것들이 유통의 형편에 의하여 국문수필로 변모·행세할 수 있다는 것이다.

5. 국문불전의 문학사적 위상

전술한 대로 국문불전『팔상명행록』은 오랜 세월, 불교계를 중심으로 민중에 널리, 많은 이본·이화들을 통해서 유통되어 왔다. 이러한 유통 과정과 실제적 양상이 바로 이 작품들의 문학사적 위상을 중후하게 규정짓는 터라 하겠다. 이『팔상명행록』이『월인석보』이래, 조선 전기로부터 연원하여 그 중기를 거치면서 형성되고 말기까지 성행·유전되었다는 사실이 중시된다. 이렇게 장구한 기간을 통하여, 이 작품들이 성장·발전하면서 점차적으로 성행하였던 것은 그 자체의 종교성과 문학성이 그만큼 높아서 제대로 기능하여 왔다는 증거가 되겠다. 이것은 상술한 바『팔상명행록』의 유통 실태가 증명하고 있기 때문이다.

이런『팔상명행록』의 유통을 촉진하고 성행토록 작용한 것은 불교계를 바탕으로 하는 신불 대중의 수용 능력이었다고 본다. 기실 신불 대중들은『팔상명행록』같은 것을 불경으로 취급하여 '팔상경'이라 부르는 것이 보편화되기까지 했다. 나머지 대중들은 그에 수록된 단편들이 재미있는 감동을 주는 '소설'이라 인정하고 읽고 또 읽었던 것이다. 그리고 이러한 문헌적 유통을 바탕으로 그것은 구비유통을 통하여 실제로 성행·보급되었던 터다. 이와 같은 국문불전『팔상명행록』의 유통을 통하여 그에 수록·근거한 작품들이 자연스럽게 장르를 형성하고 그 계통을 이어가게 되었다. 여기서 이 작품들의 장르적 계통과 그 문학사적 전개 과정을 고찰할 필요가 있다. 이제 장르사적 과점에서, 이 작품들이 차지하는 소설사와 희곡사, 그리고 시가사와 수필사상의 위치를 개관해 보겠다.

1) 소설사상에서

이 작품들의 소설사적 위치는 조선 전기로부터 그 중기를 거쳐 말기에까지 뻗쳐 있는 실정이다. 이에 해당하는 시기의 일반 소설사는 적어도 국문소설이 형성·발전하여 난숙·성행하고 흥행·유통되었던 것이다.[50] 이미 논의된 대로, 국문소설은 15세기 훈민정음 반포 이래 불교계 소설을 중심으로 형성되었다. 일찍이『석보상절』·『월인석보』에 수록된「안락국태자전」·「선우태자전」·「목련전」등과『석가여래십지수행기』에 편입된「금우태자전」그리고『권념요록』에 기재된「왕랑반혼전」등이 15세기에 찬성된 국문작품으로서 고전소설론에 기준하여 국문소설로 논의·규정된 바가 있었다. 그런데 이런 작품들은 모두 불교계 국문소설이라는 데에 특색이 있었다.[51]

그 무렵에『팔상명행록』의 국문소설들은 위 불교계 국문소설들의 영향 아래, 형성의 실마리를 잡게 되었던 것이다. 전술한 바『팔상명행록』이 서사적 불경이나 한문불전들을 망라하여 재편성·국문화됨으로써, 국문소설의 면모를 갖추게 되었기 때문이다. 그래서 이 국문소설들은 기존의 불교계 국문소설들과 동계의 상보적 관계를 유지하면서 불교계 소실문원을 풍성히게 이루었던 터다. 이러한 국문소설들은 문헌으로 유통되는 것이 기본이지만, 그것은 구비로 유전되는 데에서 실세를 보였다고 하겠다. 이러한 서사·소설 형태는 실제로 생동·유

50　김태준,『조선소설사』, 청진서관, 1939; 사재동,「고전소설이란 무엇인가」,『우리문학』, 우리문학회, 1992 등 참조.
51　사재동,『불교계 국문소설의 형성 과정 연구』, 아세아문화사, 1977.

통되는 데에 있어, 으레 설화의 모습을 취하는 것이 원칙이기 때문이다. 그래서 이런 작품들은 설화 그 자체로서 독자적 장르와 유통의 영역을 확보하여 문학사적 위상을 유지하였던 것이다. 한편 이러한 작품들은 설화적 유통 과정에서 부연·성장하여 설화소설의 유형을 이룩하고, 그것이 국문소설의 변화·발전에 이바지했던 터다.

이어 불교계 국문소설은 16세기에 이르러 발전하면서 국문소설의 명맥을 유지하여 왔던 게 사실이다. 상게한 바 불교계 국문소설 등이 변용·성장하여 발전적 형태를 드러내게 되었고,[52] 한편 「설공찬전」과 같은 새로운 국문소설이 창작되기에 이르렀다.[53] 이 무렵에 역사계 내지 유교계의 국문소설이 형성의 실마리를 잡게 되었던 터다.

이러한 소설사의 흐름 속에서, 『팔상명행록』의 국문소설들은 개별적으로 그 자체의 변화·발전을 통하여 불교계 국문소설을 지향하게 되었던 터다. 한편 이 국문소설들은 전체적으로 장편소설 내지 장회소설로서의 특성을 나타냄으로써, 독자적인 영역을 확보하기 시작하였으리라 본다. 따라서 이 국문소설들은 국문의 보급과 함께 점차 수용층을 확대하면서 유통될 수가 있었던 것이다. 따라서 이 작품들은 문헌으로 전파되는 것이 원칙이지만, 구비로 유전되는 것이 자연스러운 형상이었다. 실제로 이러한 작품들은 구비로 유통되는 것이 필연적인 추세라 보아진다. 이러한 설화적 유통은 그 자체로서 설화 장르로 성립되어 전통을 이어 가는 게 사실이다. 그러는 한편 이 설화들은 성장·발전하여 설화소설로서 결국 국문소설의 성장·전개에 기여했던

---

52 사재동, 「불교계 국문소설의 형성·전개」, 『고소설사의 제문제』, 집문당, 1993.
53 사재동, 「「설공찬전」의 몇 가지 문제」, 『불교계 국문소설의 연구』, 중앙문화사, 1994.

것이다.

　그래서, 국문소설은 17세기에 이르러 난숙의 경지로 접어들게 되었다. 잘 알려진 「구운몽」과 「사씨남정기」 등과 「창선감의록」 같은 작품들이 창작·유통되었기 때문이다. 이 무렵에는 「구운몽」 같은 작품이 불교계의 장회소설로서 「사씨남정기」와 함께 소설계를 대표하고 있었다.[54] 이때 「창선감의록」 계통의 국문소설들이 역사계 국문소설들과 어울려 소설계를 본격화하게 되었던 것이다. 그것은 소설작품들의 보편화와 대중화를 이루는 확실한 계기가 되었으리라 보아진다.[55]

　이러한 소설사의 분위기에서, 『팔상명행록』의 국문소설들은 좀더 보편화되고 대중화되었을 것이다. 이 작품들은 오히려 그 주제·내용이 특이성을 드러내고, 장회소설·장편소설의 면모가 확실하게 부각되었기 때문이다. 이 국문소설들은 「구운몽」류의 장회소설과 교감하면서, 그 소설적 보편성이 인식되고, 따라서 그것이 수용층의 요청에 부응하여 더욱 부연되고 장편화될 수가 있었던 터다. 이런 점이 이 작품들의 소설사적 위상을 보완하게 되었던 것이다. 한편 이 작품들은 문헌적 유통이 본격화되면서, 그 구비적 유전이 강화될 수밖에 없었다. 이 구비적 유통은 바로 그 문헌적 유통을 바탕으로 같은 비례로 성행하는 게 필연적 원리이기 때문이다. 이 작품들에서 피어난 그 설화들은 자연 성황을 이루워 그 자체의 장르적 성향을 더욱 분명히 나타내면서, 그 전통을 이어 가게 되었을 터다. 그러면서 그 설화들은 성장·발절

54　사재동, 「「구운몽 연구서설」 및 「『사씨남정기』」의 몇 가지 문제」, 『한국 고전소설의 실상과 전개』, 중앙인문사, 2006.

55　이상택, 「조선 후기 소설사 개관」, 사재동 편, 『한국 서사문학사의 연구』 V, 중앙문화사, 1995.

하여 설화소설의 수준에 이르고 그 국문소설의 정리·확대에 직접 동참하게 되었을 것이다.

이어 국문소설은 더욱 정형화되어 18세기에 이르면, 수용층의 요청에 따라 보다 성행하게 되었다. 이때, 국문소설들은 중국소설과의 교섭과 소제·내용의 확충으로 매우 복잡하게 진전하는 추세였다. 그것들이 형식면에서는 다양하게 유형화되고 내용면에서는 그 유형을 충족시키고 있었다. 그래서 국문소설은 신괴소설·환몽소설·염정소설·영웅소설·가정소설·역사소설·윤리소설 등으로 분화·전개되었던 것이다.[56] 이러한 환위 속에서 단행본 국문소설의 한계가 드러나고, 이를 극복하기 위한 국문소설이 장편화의 방향을 모색하게 되었다. 따라서 이른바 대하소설, 가문소설이 상당한 종합성을 지니고 등장하게 되었다. 이것은 『팔상명행록』의 국문소설들이 일찍이 시도하고 꾸준히 모색해 오던 장편·장회 구조의 확대·실현이었다고 본다. 그리하여 이 장편소설은 소설사상에서 획기적인 역할을 해 온 것으로 기록될 것이다.[57]

여기서 『팔상명행록』의 작품들은 적지 않은 충격을 받게 되었고, 그 자체의 획기적인 확대·혁신에 박차를 가하게 되었을 터다. 이 작품들은 불전계 소설로서 결코 통속화될 수 없는 한계가 있고, 또한 포교소설로서 결코 고급화될 수 없는 한계와 명제가 있었다. 그래서 기존의 작품에다 불교적 주제·내용을 갖춘 바 재미있고 유익한 작품을 대거 편입·

56　김광순, 「중세에서 근대로의 전환기 소설」, 『한국 고소설사와 논』, 새문사, 1990.
57　이수봉, 「가문소설의 문학사적 위상」, 사재동 편, 『한국 서사문학사의 연구』Ⅳ, 중앙문화사, 1995 참조.

증보하는 길을 스스로가 택하게 되었다. 따라서 그동안 불교계에 보편화되고 공인된 서사불경이나 불전 등에서 많은 작품을 수집·번안하여 재편·집성함으로써, 새로운 체재의 방대한『팔상명행록』이 등장·행세하기에 이르렀던 터다. 이처럼『팔상명행록』이 재편·집성되는 과정에서, 기존의 작품들이 개신되고 새로운 작품들이 편입·증보되는 상황이 벌어질 때, 그것은 이 모든 작품들의 구비적 유통을 대대적으로 촉진하게 되었다. 그처럼 방대한 문헌적 유통이 그만큼 광범한 구비적 유전을 보증·동조하였기 때문이다. 이러한 구비적 전승은 그것이 설화 자체로서 그 전통을 계승할 뿐만 아니라, 그것이 설화소설의 수준으로 성장·발전하고 다시 국문소설로 고정되어 기여하는 바가 컸던 것이다.

이러한 국문소설이 19세기에 이르면, 여러 모로 통속화되어 흥행의 국면을 맞게 된다. 그것은 제작·생산층과 수용·소비층의 문예·사회적 요청에 의하여 필연적으로 일어난 현상이었다고 보아진다. 이들 작품 자체가 통속적으로 풍성하게 제작·생산된 데다, 그 보급·유통의 방편이 다양하게 발달했기 때문이다.[58] 이런 국문소설들이 전문필사자에 의하여 필사본이 양산되어 상업적으로 공급되고, 나아가 세책으로 이용되었으며, 출판업자에 의하여 목판본이 양산됨으로써 대중적으로 보급되었던 것이다.[59] 따라서 이 국문소설에는 전문적인 강독사가 생겨 상업적으로 대중·단체에 이를 강독하고, 전문적인 강담사가 생겨 개방적으로 청중에게 이를 강설하였던 터다. 나아가 이 국문

---

58 서종문,「조선조 후기의 소설의 수용」, 사재동 편,『한국 서사문학사의 연구』V, 중앙문화사, 1995 참조.
59 이창헌,「고전소설의 유통에 대한 일 고찰」, 위의 책 참조.

소설을 바탕으로 강창사 내지 광대가 나와 대중적으로 많은 청중에 이를 강창하여 판소리로 정리·공연하였던 것이다.[60]

이처럼 국문소설이 홍행하는 분위기 속에서, 『팔상명행록』은 대형 집성의 여세를 몰아 그 유통에 박차를 가하게 되었다. 역시 불교계를 중심으로 포교적 효과를 강조하는 마당에서, 『팔상명행록』의 작품들은 그만큼 홍행하는 통속·대중소설들과 변별력을 가지면서, 그만한 성행을 기도하는 데에 어려움이 있었다. 그래서 그 작품들의 바탕·내용은 불교에 두고 그 유통의 실제는 통속소설을 지향할 수밖에 없었다. 이 작품들의 편집자들이 한결같이 이 작품들은 소설 같지만 결코 소설이 아니라 불경에 속한다고 주창하는 것이 그 점을 실증하고 있다. 그 당시에 이 작품들은 소설처럼 인식되고 유통되었다는 것이 주목된다. 적어도 7책 내지 14책에 달하는 『팔상명행록』류는 전문 필사자가 상업적으로 만들어 보급시킨 것이라 보아지기 때문이다. 지금 불교계나 고서가에 빙산의 일각으로 전하고 있는 그 이본들이 수습·재구된다면, 그 유통의 성황을 짐작할 수 있겠다. 한편 이런 작품들의 구비 유통은 강담 형태를 중심으로 설화로 변용·전개될 수밖에 없었을 터다. 그것은 설화 자체로서 그 장르사를 이어 오기도 했지만, 그것이 설화소설의 수준으로 성장·승화되면, 그 정착을 통하여 국문소설의 풍성한 흐름에 적극 동참하였을 터이다. 이 국문소설들이 20세기 초반부터 활판본으로 출간되고, 소위 신작 구소설의 모습으로 생산·유통되는 쇠퇴의 환위 속에서도,[61] 『팔상명행록』의 작품들은 여전히 독자성을 가지고

---

60 정병헌, 「판소리계 소설의 형성과 전개」, 위의 책 참조.
61 조도현, 「고전소설 유통의 현대적 양상」, 위의 책 참조.

불교계 중심으로 유통됨으로써, 국문소설사에서 마지막까지 소중한 위치를 유지하고 있었던 것이다.

2) 희곡사상에서

잘 알려진 대로 희곡사와 소설사는 전혀 별개의 것이 아니라, 동일한 서사전승의 양면적 계통으로 전개된 것이라 보아진다. 말하자면 하나의 저명한 서사전승이 그 유통 과정에서 허구적 산문으로 정착·강독되면 소설 장르가 되어 소설사의 계통을 이루고, 한편 그것이 대화와 행동으로 극화·실연되면 희곡 장르가 되어 희곡사의 계통을 이룬다는 것이다. 그렇다면 희곡사와 소설사는 그 실상에 있어서나 그 연구·기술에 있어서 상보적 관계를 유지할 수밖에 없다. 따라서 여기 『팔상명행록』의 국문희곡이 희곡사에서 차지하는 위상을 검토하기 위해서는 이미 논의된 국문소설의 그것을 기준으로 하여 보완을 받아야만 되리라 본다. 『팔상명행록』의 국문소설이 소설사상에서 확실한 계통을 유지하고 있는 반면, 이 국문희곡은 희곡사상에서 불확실한 계보를 답습하고 있기 때문이다.

일찍이 한국의 희곡사는 시원시대로부터 고대·중세를 거쳐 근세·근대에 이르기까지 가창극·가무극·강창극·대화극 등의 극본 형태로 면면하게 계승되어 왔다는 것이 논의되어 왔다.[62] 이런 논지에 의하

---

62 이하 희곡사의 제문제는 사재동, 「한국 희곡사 연구서설」, 『어문연구』 18·19, 어문연구회, 1988·1989 참조.

면, 적어도 국문희곡의 형성과 전개는 국문소설의 그것처럼 중대한 의
미를 지닌다고 보아진다. 이 국문희곡만이 우리 연극을 우리 말글로
표현한 본격적인 희곡문학이기 때문이다.

이러한 국문희곡의 형성은 적어도 15세기 훈민정음 반포 이후로부
터 가능했던 것이다. 저 국문소설이 불교계 작품을 중심으로 이 시기
에 형성되었거니와,『악학궤범』·『시용향악보』와『월인석보』·『용비
어천가』에 실린 국문희곡들이 이 시기에 재편·조성되었던 터다. 기
실 이 국문희곡들은 장르별로 실연·정착됨으로써, 그 계통을 이어가
고 있는 실정이다. 따라서『팔상명행록』의 국문희곡도 그 불교계 국문
희곡들의 전통을 이어서 형성의 계기를 마련했으리라고 본다. 그것은
위『팔상명행록』의 국문소설들이 이 시기에 형성되기 시작한 것과 잘
조응되고 있기 때문이다. 실제로『팔상명행록』의 국문희곡은 그 당시
불교계의 시대적 요청에 의하여 형성·극화됨으로써, 대중적 교화에
활용될 필연성을 지니고 있었던 것이다.

이 국문희곡은 16세기에 이르러 발전 단계로 접어들게 되었을 것이
다. 거기에는 15세기 국문희곡을 그대로 답습한 계열과 함께 16세기에
상응하여 변화·재편된 계통이 공존하고 있었을 터이다. 그것은 상게
한 조선 전기의 국문희곡들이 중간되고『악장가사』같은 시가집이 신
찬·간행된 점으로 미루어 추정되기 때문이다. 이 시기까지도 그 문화
정책이 연극을 제한·정리하고 더구나 불교 연극을 억압·축소시키려
는 경향이 농후하여, 그 국문희곡이 장족의 발전을 기하지 못했던 것은
사실이다. 그러나 그 당시의 연극 전반이 깊은 뿌리와 강한 생명력을
갖추었기에, 신불 대중과 서민 관중의 요청과 호응에 따라, 이 희곡이

발전의 흐름을 탈 수밖에 없었을 것이다. 따라서『팔상명행록』의 국문 희곡은 그런 고무적 추세에 힘입어 발전적 면모를 취하게 되었을 터다. 그것은 불교계의 재의·설법·행사의 요청에 의하여 불가피 연극으로 실연될 수밖에 없었기 때문이다. 실제로 그것은 불교계 국문소설,『팔 상명행록』의 국문소설이 이 시기에 그만큼 변모·발전의 실세를 유지 하고 있었다는 점에서 반증되고 있는 터다.

이어 이 국문희곡은 17세기에 상응하여 전반적으로 난숙의 수준을 유지했으리라고 본다. 이 시기에 제반 연극 형태가 난숙하였다는 뚜렷 한 근거는 아직 나타나지 않았지만, 그 당시의 국문소설이 난숙기에 접 어들었다는 것은 분명하기 때문이다. 그때의 국문소설은 필요에 부응 하여 각색·극화될 때, 그대로가 국문희곡으로 전환·행세할 수가 있 었던 터다. 따라서『팔상명행록』의 국문희곡은 이런 난숙의 분위기에 호응하지 않을 수가 없었을 것이다. 이 희곡작품들은 단편의 경우에 매우 극적인 내용을 갖춘 데다 또한 다양하고 간편하여 그러한 다각적 요청에 족히 부응할 수가 있었기 때문이다.

나아가 이 국문희곡은 18세기에 내려와서 성행·단계에 오르게 되 었을 것이다. 이 시기의 연극은 전체적으로 제한·정리의 정책에도 불 구하고, 그 자체로서 성행의 추세를 보였기 때문이다. 그것은 시대적 요청과 민중적 호응에 의하여 연극 자체가 부흥하는 모습이었다. 그나 마 각지 사찰에서는 영산재·수륙재·예수재 등의 재의극이 점차 활 기를 띠고,[63] 이에 관련하여 각종 가면극과 인형극 등도 제 모습을 찾

---

63 사재동,「사찰재의의 문예적 연구」,『인문과학논문집』22-1, 충남대 인문과학연구소, 1995.

게 되었다. 한편 전통적 강창극을 집성하여 판소리가 대두하게 되었던 것이다. 이에 이들 연극을 좌우하는 국문희곡이 성행하였던 것은 당연한 이치다. 따라서 『팔상명행록』의 국문희곡이 그 시대 사찰 재의·법회·행사 등의 연극적 요청에 부응하여 성행하였으리라는 것은 족히 추정되는 터다. 그것은 그때의 국문소설이 성황을 보이면서 판소리 창본으로 전환·행세하기 시작한 것과 궤를 같이 한다고 보아진다. 그래서 『팔상명행록』의 국문희곡은 획기적인 확대·증보가 절실히 요청되었을 것이다.

게다가 이 국문희곡은 19세기에 이르러 흥행의 계기를 만나게 되었다. 이 시기의 연극은 실로 조선시대의 정책적 굴레를 벗어나 흥행의 호기를 맞이하였기 때문이다. 그것은 그 연극의 자체 성장이기도 하지만, 연극에 대한 민중의 새로운 인식이요 각성이며 세계적 추세였다고 본다.[64] 이제 이른바 민속극도 제 모습을 찾고 판소리가 흥행의 앞장을 서는 마당에서, 각개 사찰의 재의·법회·행사 등에서 오락적 연희가 끼어 들어[65] 실세를 유지하게 되었다. 이에 이들 연극을 주도하는 국문희곡이 그 흥행을 뒷받침하기에 이른 것은 당연한 일이었다. 따라서 『팔상명행록』의 국문희곡이 이러한 흥행의 분위기에 부응할 수밖에 없었을 것이다. 이때에 국문소설이 흥행에 호응하여 마구 극본화되고 특히 판소리 창본 열두 마당을 이루는 데까지 나간 것은 불가피한 현상이었다. 따라서 『팔상명행록』의 국문희곡이 대폭 확대·증보되어 혁

---

64 사진실, 「조선 후기 재담의 공연 양상과 희곡적 특성」, 사재동 편, 앞의 책 참조.
65 강우방 외, 『감로탱』, 예경, 1995에서는 불교재의 천도재 이후에 불교적 대중연희가 시행되었음을 표현하고 있다.

신적인 집대성을 보이게 되었다. 그리하여 이 국문희곡들은 그 시대의 흥행에 적극적으로 대처하여 실연·유통되었던 것이다. 마지막으로 모든 국문희곡들이 20세기 초반에 와서 쇠퇴 일로를 걸을 때에도, 『팔상명행록』의 방대한 국문희곡들은 그 종교문학적 특성을 바탕에 두고 불교계 사찰 중심으로 여전히 유통됨으로써, 국문희곡사의 근대화에 이르기까지 중대한 역할을 감당해 왔던 터이다.

3) 시가·수필사상에서

한국시가의 역사적 전개는 너무도 풍성하고 정연한 체계를 갖추고 있는 게 사실이다. 그 중에서도 국문시가의 시발·전통은 훈민정음 반포 이래 확실해졌던 것이다. 이 국문시가는 15세기에 제대로 정립되어 있었기 때문이다. 향가에 이어 차자표기로 전승되던 고려가요가 다시 국문표기로 이행되어 정형을 이룬 것은 물론, 『월인천강지곡』·『용비어천가』 등을 비롯하여 사설·단가 등 다양한 국문시가가 창작되었다.[66] 이 무렵에 『팔상명행록』의 국문시가는 불교가요의 특성을 지니ㄱ 형성되기 시작했을 것이다.

이어 이 국문시가가 16세기에 이르러 장족의 발전을 이룩하여 단가·사설과 가사 등이 분화·정립되고 문학적 가치를 발휘하고 있었다. 이 때에 불교계 시가는 『월인천강지곡』과 『월인석보』를 거쳐 발전 단계에 이르렀지만, 그것은 대중적 보급에 역점을 두는 데에 그치고 말았던 터

---

66 김사엽, 『이조시대의 가요 연구』, 대양출판사, 1956.

다. 이 시기에 이르러 이런 작품을 능가할 만한 대작이 나오지 않았기 때문이다. 다만 불교계의 사설이나 단가에는 질적인 상승과 함께 양적인 확대가 가능했던 것이다.[67] 그리하여『팔상명행록』의 국문시가는 그러한 불교시가의 여세를 타고 역시 발전의 계기를 마련하게 되었을 터다. 이 국문시가는 적어도 그 국문희곡이 실연되는 과정에서 분리·재구되거나 즉흥적으로 창작·삽입된 정도에 머물고 있었다고 본다.

그리고 이 국문시가는 17세기에 와서 난숙의 절차를 밟게 되었다. 그중에서도 가사는 질적 향상보다는 양적인 확대를 가져오고, 사설은 명실공히 내실을 기하며, 단가는 난숙의 경지를 제대로 누리고 있었다. 이때에 불교시가는 불가 승려들을 중심으로 점차 난숙의 차원으로 승화되고 있었던 것이다. 여기서『팔상명행록』의 국문시가는 역시 국문시가의 난숙 단계를 함께 누리지 않을 수가 없었을 터다.

나아가 이 국문시가는 18세기에 이르러 성행의 과정을 밟게 되었다. 그 중에 가사와 사설·단가 등은 질적인 저하와 함께 양적인 확대와 대중화가 추진되었던 터다. 이때에 불교계 국문시가는 가사를 중심으로 사설·단가까지 양적인 확대를 통하여 대중 포교에 이바지하고 대중화되어 갔던 것이다.[68] 이 시기에『팔상명행록』의 국문시가도 질량면의 확대를 통하여 대중포교와 그 대중화에 이바지했을 터이다.

게다가 이 국문시가는 19세기를 당하여 흥행의 추세에 따르게 되었다. 이때는 민중의 시대적 요청에 의하여 국문시가가 가창·가무·강창·대화의 연극적 방법대로 흥행을 거듭하고 있었다. 이 시기의 불교

---

67 김성배,「이조 불교가요의 배경과 전개」,『한국 불교가요의 연구』, 아세아문화사, 1983 참조
68 김주곤,「한국 불교가사 연구」, 대구대 박사논문, 1991.

시가도 그 분위기에 휩쓸려 대중포교를 위한 통속화와 함께 민중적인 흥행길에 오르게 되었다. 이런 때에『팔상명행록』의 국문시가는 그 장엄한 분위기 안에서 비교적 순수한 종교성과 문학성을 지닌채 대중적 유통을 거듭하게 되었던 터다. 끝으로 국문시가가 근대시에 밀려 쇠잔·음성화될 때까지도, 이 불교계 국문시가는 독자적 특성을 유지하면서, 그 시가사상의 위치를 지켜 왔던 것이다.[69]

한편 유구한 수필문학사에서 훈민정음 이래 형성·전개된 국문수필은 독특한 계통을 이루고 있는 게 사실이다. 이 국문수필이 15세기 국문불전이나 번역불경 등을 기반으로 형성되었을 때, 불교계 국문수필은 그 주류가 되었던 터다.[70] 이때에 불교계 국문수필의 전통을 이어, 이『팔상명행록』의 국문수필이 형성의 실마리를 잡았다고 보아진다.

이 국문수필이 16세기에 이르러 발전 단계에 들어섰던 것이다. 그것은 한문작품의 번역에서 점차 국문체로 세련되었고, 창작적인 작품에서는 토착화된 주제·내용을 담게 되었던 터다. 이 무렵『팔상명행록』의 국문수필은 국문소설과 교감하면서 발전의 계기를 마련했을 것이다. 이 국문수필은 그 유통 과정에서 적어도 불교계 전장·애제·담화 등의 장르로 분화·전개되려고 모색하였을 터이다.

이어 이 국문수필은 17세기에 와서 난숙의 경지에 이르렀던 것이다. 이제 국문수필은 각개 장르로 전개되고, 그 다양한 내용을 확충함으로써 어엿한 작품으로 존재하게 되었다. 이때 불교계 수필이 보편화·대중화되어 그 영향력을 확대하고 있었다. 그 무렵 불교계에는『염불보

---

69 김성배, 앞의 글, 117∼148쪽.
70 사재동,「국문수필의 형성문제」,『수필문학 연구』, 정음문화사, 1976.

권문』이 편찬·간행되어 일부 불교시가와 함께 주로 불교계 수필을 실어 펴고 있었던 것이다. 이에『팔상명행록』의 국문수필이 호응·가세하여 불교계 수필의 전형을 이루었다. 이런 때에 이 국문수필이 당시 난숙기에 다다른 불교계 국문소설의 그것과 교감·영향했던 것은 당연한 일이었다.

그래서 이 국문수필은 18세기에 이르러 성행의 단계를 맞이하게 되었다. 이때 국문수필은 한글의 보급과 함께 국문문장의 보편화를 틈타서 각개 장르가 형식·내용을 제대로 갖추어 널리 유통되었기 때문이다.[71] 이 무렵에는 불교계 국문수필이 대중화되어 포교적 역할로 명맥을 유지하고 있었다. 이에『팔상명행록』의 국문수필이 통속화를 거부한 채 대중교화를 위하여 성행의 실세를 타게 되었던 것이다. 그것은 질양면에서 획기적으로 확대되고, 주로 상하 여성계에 파고 들어 여성수필을 생산하는 데에 적지 않은 영향을 주었으리라 추정한다.

드디어 이 국문수필은 19세기를 맞아 흥행의 단계를 밟게 되었다. 이것은 국문소설의 흥행과 관련되어 국문산문의 대중화에 힘입은 바라 하겠다. 이때는 국문수필이 교령·주의·논설·서발·전장·애제·서간·기행·일기·담화·잡문 등의 장르로 전형화되고 그만큼 다양한 주제·내용을 담게 되었다.[72] 이때에는 이미 수필의 전장·애제·서간 같은 것은 집성되어 상업적으로 간행되는 일까지 있었다. 이에『팔상명행록』의 국문수필은 결코 통속화되지 않은 채로 사찰 중심의 순수한 영역을 지키면서, 일반 국문수필의 성행 아래서 그 나름의 영향력을 발휘했던 것이다.

---

71 장덕순,「수필의 영역 확대」,『한국 수필문학사』, 새문사, 1985, 296쪽.
72 최승범, 앞의 글, 131~132쪽.

이러한 국문수필이 20세기 초반부터 근대 수필에 밀려 나가는 판국에서도,『팔상명행록』의 국문수필은 불교계 수필로 특색을 나타내면서, 국문수필사의 마지막 단계를 지키고 있는 터다. 그리하여 이것은 국문수필사의 흐름 속에서 불교계 수필의 계통을 면면하게 이어 온 것이라 하겠다.

6. 결론

이상에서 사찰에 전래되는 국문불전의 문학적 전개에 대하여『팔상명행록』을 중심으로 고찰하여 보았다. 지금까지 논의된 바를 요약하면 다음과 같다.

① 이 국문불전,『팔상명행록』은 조선 전기 국문불전,『월인천강지곡』·『석보상절』내지『월인석보』의 팔상 구조와 서사문맥을 거의 그대로 계승하였으되, 그 독립 단편들을 적잖이 교체하고 15세기적 표현·문체로부터 해방되어 민중적으로 개변시켜서 '한글전용'을 완수하였나.『팔상명행록』은 당시 성행하던 국문소설과 민간하게 교섭하고, 서사적 대승경전이나 중국계 불전을 참고·인용하여 그 내용을 보완하고 대중화함으로써 '대석가전'으로 완성되었다.

② 이 국문불전은 불전과 서사문학의 양면성을 지니고 불교계와 서민 대중에서 성행·유통되었다. 그것은 문헌적으로 유전되어 현재까지 17종의 이본이 남아 있고, 독립 단편 149편을 수록하여 구비적으로

강독·강담·강창됨으로써, 수많은 이화를 유전시켰던 것이다. 이 국문불전은 15세기에 연원을 두고 16, 17세기를 거쳐 18세기에 완성됨으로써 19세기에 성행하고 20세기 중엽까지 불교계를 중심으로 전국 각지에 널리 유통되었다. 이 국문불전은 문헌·구비로 유통·전승되는 과정에서 원본적인 3책본과 발전적인 7책본의 두 계열로 전개되고, 과도기적인 증윤본 내지 축약본 계열로 파생·전승됨으로써 성장문학의 면모를 드러내었다.

③ 이 국문불전은 전체적으로 전통적인 팔상 구조를 취하고 있으니, 그것은 인도의 불전으로부터 연원하여 중국의 그것과 교류하고 한국에서 전형화되었다. 이것은 불타의 일생을 팔상으로 나누어 연결시킨 일대 서사구조를 완벽하게 구현함으로써, 국문 '대석가전'의 전모를 보이고 있다. 그리고 이 팔상의 개별 구조도 각기 독립적인 서사 형태를 구비하여 장편서사의 면모를 드러내고 있었다.

④ 이 국문불전의 독립 단편들은 각기 수미완결된 서사구조를 갖춤으로써 무대·인물·사건이 조화를 이루었다. 따라서, 이 작품들은 사건 구성을 중심으로 발단·비운·역경·절정·회운·종말의 전체 과정을 밟아 고전소설의 구성과 일치하였고, 한편 그것은 '예건의 설명·유발적 사건·상승적 동작·정점·하강적 동작·대단원'의 전체 단계를 겪어 고전희곡의 구성과 동일하였다.

⑤ 이 국문불전의 표현·문체는 번역·번안 문체의 수준을 넘어 전형적인 국문문체를 갖춤으로써 국어산문문학의 그것으로 부족함이 없었다. 이 산문체는 수필문체 뿐만 아니라, 서사문체로서 모든 조건을 갖추었으니, 배경서술과 인물묘사, 사건 표현에 이르기까지 고전소설

의 그것과 일치하였다. 그리고, 이 표현·문체는 극화·실연을 전제로 특히 대화를 주축으로 하여 무대·행동·가창·소도구 등의 지시문을 적절히 조화시킴으로써 고전희곡의 그것과 상통하였다.

⑥ 이 국문불전은 장르적 계통에서, 전체적으로 국문 대하소설 '대석가전' 내지 장회체 장편소설로 행세하였고, 개별적으로 여러 개의 단편을 아우르는 중편소설 내지 독립 단편소설로 성립·전개되었다. 한편 그것은 전체적으로 극화·실연을 주도·통활하는 장편희곡으로 행세하였고, 개별적으로 각기 가창극·가무극·강창극·대화극 등의 극본이라 인정되어 중·단편희곡으로 역할하였다. 그리고 이런 고전소설·고전희곡들이 유통되는 과정에서 삽입가요가 분리·독립되어 시가 유형을 이룩하게 되었고, 그 국문산문을 바탕으로 단편들이 축약·변용되는 다망에서 전장·애제·담화 등의 국문수필로 성립되었던 것이다.

⑦ 이 국문불전이 각개 문학 장르로 규정됨으로써, 그것들이 실제적인 유통·전개 과정에서 문학사적 위상이 정립되었다. 먼저, 이들 장편·중편·단편소설들은 15세기 훈민정음 반포 이래 형성·전개된 국문소설사에서 주축을 이루어 한국소설사에 이바지하였고, 이 작품을 근거로 하여 설화문학이 계통적으로 전승됨으로써 서사문학사에 그만큼 기여하였다. 그리고, 이들 장편·중편·단편희곡들은 훈민정음 반포 이래 형성·전개된 국문희곡사에서 핵심·주류를 이루어 한국 희곡사에 크게 공헌하였다. 그리고, 이 불교시가들은 국문시가사의 장기간에 걸쳐 특성 있게 명맥을 유지하였고, 이 불교수필들은 15세기 이래 형성·전개된 국문수필사에서 면면한 계통을 이어 옴으로써, 한국수필사상의 위치를 지켜 왔던 것이다.

이로써, 국문불전『팔상명행록』은 오래 널리 유통되는 과정에서 불교 중심의 문학사상에 직간접의 영향을 끼치었고, 또한 그것은 불교문학과 직결된 시가문학사·수필문학사·소설문학사·희곡문학사 등의 흐름에서 주축을 이루어 왔던 것이라 하겠다. 적어도, 조선 전·후기를 통관하는 국문불전은 국문문학사상에서 획기적인 위치를 차지하고 있으며, 국문문화의 형성·창달에서도 지대한 공헌을 하여 왔다고 믿어진다.

제4장

「왕랑반혼전」의 희곡적 성향

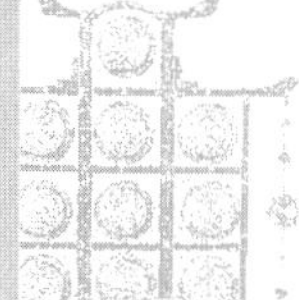

1. 서론

바야흐로 「왕랑반혼전」의 연구는 새로운 국면으로 접어들었다. 그 동안 답보 상태에 머물던 이 작품의 연구가 고려 대에 유통되던 원전의 발굴과 정리로 하여, 획기적 방향으로 활기를 띠게 되었기 때문이다. 이 작품의 고려기 원전은 고익진의 정보 제공과[1] 필자의 문제제기에[2] 이어, 정규복의 '고려본' 복원으로 학계에 보고되고, 최고 원전으로 정립되었다.[3] 이제 우리는 복원된 고려본에 근거하여, 이 작품에 관한 근본적이고 본격적인 연구를 진행할 단계에 이르렀다. 물론 소설론·소

---

1 한국불교전서편찬위원회, 『한국불교전서』 7, 동국대 출판부, 1986, 611쪽.
2 사재동, 「「왕랑반혼전」의 실상」, 김진세 편, 『한국고전소설작품론』, 집문당, 1990, 648쪽.
3 정규복, 「「왕랑반혼전」의 원전복원」, 『한국한문학연구』 19, 한국한문학회, 1996.

설사에서도 새롭게 조명되어야 하고, 또한 다른 장르의 측면에서도 폭넓게 검토되어야 할 당위성과 긴요성을 지니게 되었다. 필자는 일찍이 이 작품의 희곡적 성향을 지적한 적이 있거니와,[4] 여기 원전이 정본으로 정립되면서, 희곡적 연구의 중요성과 필요성이 절감되는 터다.

그간에 「왕랑반혼전」은 다른 작품보다 비교적 많이 논의되어 온 게 사실이다. 김태준의 『조선소설사』 이래[5] 각종 국문학사나 소설사에 곁들여 이 작품을 언급하거나 독립된 논문으로 거론한 업적이 상당한 수준에 이르고 있기 때문이다.[6] 그런데도 이 작품에 대한 소설론·소설사 분야의 제반 논의들은 일단 재고의 여지를 가지게 되었다. 기실 이 작품 자체에 관한 소설론적 고찰은 성과에 어떤 하자가 발견되지 않는다손 치더라도, 원전의 연대가 올라간 이상, 일단 재조정을 거쳐야 하겠고, 소설사적 고구라면 마땅히 수정을 보아야 하겠기 때문이다. 이런 점에서, 최근 정규복의 「「왕랑반혼전」의 원전복원」과 「「왕랑반혼전」의 원전과 형성」,[7] 그리고 「왕랑반혼전여고본서유기王郎返魂傳與古本西遊記」[8] 등 일련의 업적은 실로 중시되어야 할 것이다. 나아가 이 작품을 희곡적 측면에서 검토한 논고가 아직 뚜렷이 나타나지 않았으므로 이런 문제를 먼저 제기한 입장에서는, 이 과제를 제대로 해결할 막중한 책임이 따른다. 그리하여 원전의 유통을 기반으로 작품의 연행 양상과

---

4 사재동, 앞의 글, 668~669쪽.
5 김태준, 『조선소설사』, 청진서관, 1932, 26~27쪽.
6 이 작품의 연구사적 검토는 사재동, 「「왕랑반혼전」의 연구문제」, 화경고전문학연구회, 『고전소설 연구』, 일지사, 1993을 참조할 것.
7 정규복, 「「왕랑반혼전」의 원전과 형성」, 『고소설연구』 2, 한국고소설학회, 1996.
8 정규복, 「王郎返魂傳與古本西遊記」, 『第二 屆韓國傳統文化學術硏討會論文集』, 語言文學卷, 中國杭州大 韓國硏究所, 1977, pp.150~155.

희곡적 성향을 본격적으로 고구·논의할 단계에 이르렀다.

이에 본고에서는 첫째, 「왕랑반혼전」 고려본의 원전 실태와 함께 작품의 유통 양상을 문헌·구비의 차원에서 고찰하겠다. 둘째, 작품의 연극적 연행 양상을 재구하여 보겠다. 셋째, 작품의 희곡적 실상을 복원하여 보겠다. 그리하여 「왕랑반혼전」의 문학사적 역할을 전망하여 보려는 것이다.

2. 「왕랑반혼전」의 원전과 유통

1) 고려본 원전의 실태

이미 알려진 대로, 고려본은 대덕 8년(충렬왕 30년, 1304) 갑진 9월 모일에 『불설아미타경』의 부록 『궁원집』 아래 실려 간행된 목판본이다. 따라서 작품의 원본은 원래 『궁원집』에 수록되어 있다가 위 부록으로 인용된 것이 분명하다. 그런데 지금 『궁원집』의 실체와 행방을 모르는 마당에서, 작품의 원본이 형성·유통된 경위를 확인하기는 어렵다. 적어도 원본이 『궁원집』에 실려 충렬왕 30년 이전에 고려 불교사회에서 유통된 것은 분명하다. 그리고 원본이 『궁원집』의 찬성 당시나 그 이전에 독자적으로 형성·유통되었을 가능성도 배제할 수 없다. 그렇다면 원본이 형성된 상한연대는 상당히 소급될 수 있으므로 섣불리 단정해서는 아니 되겠다. 그러기에 원본이 형성·유전되는 과정에서『궁원집』에 수록되고 나아가 다시『불설아미타경』에 부록되었다고 전제한다면, 현전하는 원전은 원본 자체가 아니라고 볼 수 있겠다. 원본이 위와 같이 수록·부록되는 과정에서, 최소한 어떤 형태, 어느 정도의 변화를 입을 수밖에 없었으리라 보아지기 때문이다. 그래서 현전하는 원전은 적어도 1,304년을 상회하는 원본을 재구할 수 있는 전거가 되므로 그것이 이 작품의 최고·최선의 원전이라고 보아진다. 이런 점에서 정규복의 원전 복원은 실로 중대한 의미를 갖는다. 복원된 고려본은 정확한 교정에다 문단을 나누고 부호까지 붙인 것이다.[9] 이에 후술할 몇 문제를 고려하고 원문의 순리에 따라 이를 조금 조정하여 제시하면 다음과 같다. 여기서 그 문단 구분을 달리하여 번호나 문자를 넣은 점은 앞으로의 논의를 위하여 편의대로 한 것이다.

①吉州王思机, 郞年五十七, 妻宋氏先亡, 十一年三更時, 扣窓云: "王郞睡不?" 郞云: "阿誰也?" "郞君故妻宋氏, 乍傳惡意, 故而來也." 郞警怪云: "何要事耶?" 宋氏云: "我亡後以來, 十一年中, 問正未畢, 待君以決, 前日閻王商議, 來朝捉君, 使五鬼來, 君宜家堂中, 彌陀佛幀掛西壁, 君東辺向西坐, 念彌陀佛也." 郞云: "冥官捉何事?" 宋氏云: "宅北隣居安老宿, 每日晨朝, 向西五十拜, 每月望日, 念彌陀佛 万名爲業, 君我常誹謗, 以此先捉吾囚問, 而待君問了 我等必然墮於地獄, 永無出期." 言訖而歸.

②郞明旦, 如其所告, 念佛之時, 忽然五鬼使, 來入庭中, 良久廻看, 審諦觀

---

9 정규복, 「「왕랑반혼전」의 원전복원」, 『한국한문학연구』19, 한국한문학회, 1996, 59~61쪽.

察, 禮彌陀佛, 次拜王郎, 郎警下座拜使, 使云：“吾承冥曹勅命, 捉君來, 今君淸淨道場之內, 坐念彌陀, 吾等雖敬無二, 難避閻王之命, 雖不如之勅命, 非不行李.”第三鬼曰：“閻王嚴法, 被王縛將來, 不如勅則彼王嗔吾等也.”餘鬼曰：“君我等多劫, 不修道業, 故今受鬼報未脫, 寧受死罪, 不敢念佛者, 嚴法縛之.”第一鬼告王郎曰：“雖有犯罪如山, 必可入地獄, 吾等所見, 善奏閻王, 必還人道, 君不敢悲悶, 君若生極樂, 不忘吾等.”鬼使因偈曰：

“我作冥間使, 今已百千劫.

未曾見念佛, 墮於惡道中.

君若生蓮華, 念吾脫鬼報”

③已後到冥曹 閻王怒勅使曰：“急捉將來, 如何遲晩?”鬼使具陳所見, 王下座立云：“善來王郎! 速速上階.” ⓐ十王齊拜, 王曰：“汝夫妻曾誹謗安老宿念佛, 及爭家地, 先囚汝妻宋氏, 當汝問考, 墮惡道, 差極惡鬼使, 鬼使所見聞之, 汝改心懺悔念佛, 有何罪乎?”王因偈曰：

“西方主彌陀佛, 此娑婆別有緣.

若人一念彼佛, 冥曹猛使難降.”

“放夫妻, 還返人間, 遺命三十年, 加六十歲, ⓑ謹精進, 念彌陀, 速生彼刹. 吾等十王, 汝歸彼之時, 惟奉金蓮, 慰送也. 妻命終久年, 皮骨已散也.”王勅喚冥曹府崔判官：“王郞排造彌陀道場常念, 前犯無間罪報, 今已散盡, 唯念功德, 夫妻同返人間, 偕老同居念佛, 宋氏皮骨散, 屬魂何處?”判官聽閻王旨. 廻拜王郎夫妻, 奏曰：“越支國公主, 時命二十一歲, 今來此, 夜摩天報已進, 公主生於彼天, 其體全在, 宋氏魂託此還生可.”閻王歡喜, 告曰：“君夫妻不忘此願, 速生西方. 君則諦聽, 君宅北居安老宿, 不敢誹謗. 受此身已來, 常尊西方, 諸佛多天 常護持也. 君則常供養如父母, 請君持吾等音信, 傳達安老宿否?”郞卽應諾.

閻王向安老宿, 拜曰 :"道體如何? 日新堅固, 隔三年, 三月初一日, 西方化主持
紫金蓮座, 迎君西方上品往生." 言訖.

　④(王郎)還至本家 家人欲葬 還生偈曰 :

"滿堂妻子與財珍

受苦當時不代身

一念彌陀消衆報

還生延命更修眞."

　⑤宋氏女到於王宮, 託公主生身還生, 王與夫人歡喜言 :"公主還生." 公主具
陳上事, 王等悲怪, 歡喚王郎, 王郎則歡喜, 同歸本宅, 壽延一百四十七歲後, 生
西方也.

(기호는 인용자)

이와 같이 고려 대의 원전에 충실한 원문이 작성되었다. 그런데 정규
복은 원문에 대하여 몇 군데를 교정하였고, 설명 지문과 대화 대사를 구
분하여 번역하는 데서도 몇 가지 독특한 견해를 제시하였다. 그는 「구운
몽」을 비롯한 고전소설의 원전 복원에 큰 업적을 낸 권위자로서, 「왕랑
반혼전」의 복원에서도 전체적으로 정확하고 완전한 성과를 올린 것이
사실이다. 다만 몇 군데의 지엽적인 문제점에 대해서만 논의해 볼 필요
가 있다고 본다. 여기서는 어떤 고전작품이든지, 원본적 원전에 기록된
것은 일단 그대로 놓아두고, 여러 각도에서 분석·고찰하는 것이 원칙
이라는 점이 전제된다. 그래서 교정된 부분과 색다른 구분·해석을 원
래대로 되돌려 놓는 일을 하자는 것뿐이다. 원문의 순차에 따라 그 문제
의 부분을 들어 고찰해 보겠다.

첫째, ②의 "吾等雖敬無二"에서 '無二'가 '無已'의 오자라는 문제다. 여기서 '無二'는 불가에서도 '唯一無二'라 하여 가장 높은 수준을 나타내는 말로 많이 쓰인다. 가령 '謂成佛之道 唯一而無二道'와 같이,[10] '유일하다', '무쌍하다', '비할 데 없다'는 의미로, 그 수준을 가장 높이 표현하고 있기 때문이다. 그러므로 "雖敬無二"는 '비록 가장 존경하지만'이나 '비록 존경하기 비할 데 없지만'으로 해석되어, '無二'야 말로 바로 그 자리에 어울리는 불가 고풍의 어휘라고 본다. 그렇지만 그것을 '無已'라 고쳐도 그 어휘는 '비록 존경하여 마지 않지만' 정도로 해석되어, 의미가 통하는 것은 사실이다. 그래서 이 작품의 화엄사본에서는 바로 그 어휘를 '無已'라 바꾸고, '비록 공경을 마디 아니ᄒ나'로 번역하고 있는 것이다. 그렇다면 그 고본의 '無二'를 오자라 하지 말고, 그대로 두어야 오히려 제격이라 보아진다.

둘째, ③에서 ⓐ"十王齊拜"를 빼어다가 ⓑ의 자리에 삽입시킨 문제다.[11] 그렇게 할 수 있는 일면이 있는 것은 사실이다. 그러나 획기적인 사유와 확실한 근거가 없는 한, 그 원문은 그대로 놓아두는 것이 원칙이다. 그런데 그것이 '쓸모없는 삽입구'라 하여 임의로 멀리 옮겨진다면, 우선 석탑처럼 짜여진 원문 전체의 조직이 무너지거나 균형이 깨질 수밖에 없다. 기실 ⓐ가 빠져 나오면, "王下座立云" 이하의 대사가 같은 왕의 발화로 연속되는 현상을 빚어내므로, 그 '王曰'은 문법상에서 중복되는 어색함을 드러낸다. 굳이 그 '王曰'을 인정한다면, 왕랑이 계상

---

10 『법화경』 권제1 「방편품 제2」·「장편게송」에서 "十方佛土中 唯有一乘法 無二亦無三"이라 하였다.
11 정규복, 「王郎返魂傳與古本西遊記」, 앞의 책, pp.47~50.

에 오르는 과정이나 응당 그 계상에 있어야 하는 십왕의 존재와 행동이 실종되고, 염왕이 계하에 내려 선 채로 말하는 것처럼 인식될 수도 있다. 실제로는 염왕이 귀사의 말을 듣고 왕랑에게 감탄 존경하여 계하에 내려가 "잘 오셨도다. 왕랑이시여! 어서어서 계상에 오르소서"라고 말한 것이다. 그렇다면 왕랑이 염왕의 안내로 계상에 오르자 마자, 십왕이 그에게 인사를 겸하여 일제히 절하는 것이 자연스럽고 당연한 일이라 하겠다. 다음에 거론할 바 미타신앙에서는 태산같은 죄업을 짓고도 "改心懺悔念佛" 하면 그는 이미 아미타불을 몸과 마음에 모시고 극락에 갈 위인이라, 명부의 귀사·판관은 물론 십왕까지도 그에게 경배를 해야만 되기 때문이다.[12] 그러기에 이 "十王齊拜"는 바로 그 자리에 꼭 있어야만 그 원문의 조직이 그대로 유지될 것이다.

그런데도 이 "十王齊拜"를 억지로 ⓑ의 자리에 삽입한다면, 더욱 복잡한 문제가 일어난다. 우선 이 어귀가 삽입되는 즉시로, 바로 염왕의 계송에 이어 장래할 일을 선고하는 대사 "放夫妻~加六十歲"가 이미 시행된 기정 사실을 알리는 해설 지문으로 바뀌어 버린다. 그리고 그 어귀 이하에서는 "十王齊拜 謹精進 念彌陀 速生彼刹"이 되어, 자칫 '시왕이 일제히 절하고는 삼가 정진하고 미타불을 염하여 저 극락에 속히 왕생하다'로 해석되는 해설 지문으로 오인될 수도 있다. 그런데도 이 문장을 시왕이 (왕랑에게) 일제히 절하고 (이르기를) "삼가 정진하여 미타불을 염하고 속히 저 사찰에 나시라"로 번역한다면, 난점이 없지 않다. 그 문장 자체에서나 그 전후 문맥에서는 '왕랑에게'와 '이르기를' 등의 의미를 찾기가 어

---

12 징광사 판, 『정토보서』(전라도 악안 금화산 징광사, 1686, 20~21쪽) 「佛示念佛十種 功德」 중에는 "常爲一切世間人民 恭敬供養禮拜 猶如敬佛"이라 하였다.

렵기 때문이다. 그럼에도 이러한 번역을 시인한다면, 십왕은 계상에 있으면서 그리로 올라 오는 왕랑에게 경배해야 될 때는 가만히 있다가, 염왕의 모든 처분이 내려진 말미에 가서야, 새삼스럽게 끼어들어 일제히 절을 하고, 공동으로 권념·덕담을 해내는 어색함을 연출하게 되는 터다. 기실 염왕은 십왕의 대표로 능동적 언행의 창구라 하겠다. 그리고 그의 계송은 '偈曰'이 증거하듯이 대사로서, 독백이기보다는 현장의 동참자나 왕랑에게 주는 일방적 대화라고 본다. 그렇다면 ③에서, "王因偈曰" 이하 게송에 이은 "放夫妻 (…중략…) 慰送也"는 실로 염왕의 일관된 대사라고 보아야 순리라 하겠다. 혹시 그 문맥 중의 "吾等十王"의 복수성에 착안한다면, 그것은 대표성을 띤 염왕이기에 그 대사에서 얼마든지 나올 수도 있겠다. 그래서 이 "十王齊拜"가 ⓑ에 끼어들지 말고, 제자리로 가야만 그 원문의 조직과 균형을 제대로 보전할 수가 있다.

셋째, ③의 게송 제3구 "若人一念彼佛"에서 '人'이 '不'의 오자라는 문제다. 그러기에 "若不一念彼佛"은 "만약 한결같이 염불하지 않는다면"으로 해석이 되고, 따라서 그 뒤의 말귀 "冥曹猛使難降"이 "명부의 사나운 사자를 항복받기 어려우리라"로 번역될 수는 있겠다. 이러한 시도는 일찍이 이 작품의 화엄사본에서 보여 주었다.[13] 그러나 위 원문 그대로 두어도 아무런 모순이 없다고 본다 그 워귀가 "마약 사람이 일심으로 염불하면"이라 해석되면, 그 말귀는 "명부의 사나운 사자도 (그를) 항복받기 어려우리"로 번역될 수가 있다.[14] 이로써 양 어귀가 다 주어

---

13 화엄사 판, 『권념요록』(전라도 구례지 화엄사, 1637), 18쪽.

14 징광사 판, 『정토보서』(20쪽)에서는 "若人受持一佛名號者 見世當獲十種功德利益"이라 하고 "一切惡鬼 若夜又羅刹 皆不能害"라고 하였다.

를 갖추어 어법에도 맞고, 위 문맥에도 잘 조응된다고 하겠다. 원래 이 게송은 위 서사적 산문을 요약한 중송의 기능을 가지거니와, 위에서 왕랑이 일심 염불하였으므로 명부의 사나운 사자들이 그를 항복받지 못하고 예경·인도하였기 때문이다. 그렇다면 이 어귀는 '人'을 그대로 둘 때만 제대로의 의미를 발휘한다고 보아진다. 따라서 이를 '不'로 고쳤을 때의 모순이 오히려 드러나게 된다. 이럴 경우, 양 어귀에는 주어가 다 빠지고, 말귀에서는 주어를 목적어로 해석한 결과를 내게 된다. 더구나 이 양 어귀를 뒤집어 해석하면, '만약 한결같이 염불하면 명부의 사나운 사자를 항복받기 쉬우리라'로 되어, 위 산문 문맥과도 조응되지 않는다. 그래서 이 '人'은 오자라 보기 어려우므로, 원문 그대로 두었으면 한다.

넷째, ④의 번역문에서 그 숨은 주인공을 구체적 인물로 부각시킨 문제다. 그 번역문에는 '말을 마치자 안노숙은 본가로 돌아와 집사람들이 장례를 지내려 하니 (그가) 환생하여 게를 읊었다'라고 '안노숙'을 그 주인공, 주어로 떠올렸다.[15] 물론 그 바로 앞까지, 염왕이 왕랑을 통하여 안노숙에게 음신을 전하는 말이 연결되었기에, 그렇게 볼 수 있는 여지가 없지도 않다. 그러나 여기서 안노숙은 염왕의 대사 속에만 등장하였고, 그에 향한 음신의 말도 연극적 실감을 자아낼 뿐, 안노숙은 여전히 인간세계에 살아 있는 게 틀림이 없다. 염왕의 음신 속에서, "안노숙이 3년을 지낸 후에, 3월 1일에 서방화주의 영접을 받아 서방 상품에 왕생하리라" 예언하였기 때문이다. 그러기에 시신을 남기고 명부에 와서 염왕의 말을 직접 들은 사람은 왕랑뿐이고, 마침내 안노숙에게 전

---

15 정규복, 앞의 글, 64쪽.

할 염왕의 음신을 듣자마자 본가로 되돌아 온 사람도 왕랑뿐이었다. 그러므로 이 ④의 주인공은 왕랑일 수밖에 없다는 것이다.

이와 같이 문제된 몇 군데가 원문대로 회복될 때에, 이 고려대의 원전은 그만큼 완벽한 작품으로 진가를 발휘하리라고 보아진다. 이 고려대의 원전이 원본 자체이거나 원본에 가까운 이본이라면, 그 가치는 더욱 증대되는 터라 하겠다. 그것은 이 작품의 제반 문제를 연구·검토하는 데에 있어, 유일무이한 전거가 되겠기 때문이다. 따라서 이 원전이 본고의 모든 논의에서 그 전거가 되는 것은 당연한 일이다.

2) 「왕랑반혼전」의 유통 양상

전술한 대로 작품의 원본은 충렬왕 대의 간행 이전에, 형성·유통되었던 게 사실이다. 그 작품은 전게한 『궁원집』에 편입되기 이전에, 이미 독립된 작품으로 형성되어 행세하였을 가능성이 있다. 그리고 이 작품이 『궁원집』에 처음부터 편입되었다손 치더라도, 그 문집이 언제 편찬되고 어떻게 간행되었는지 장담할 수 없는 게 현실이다. 여기서 자명해지는 것은 이 작품이 『궁원집』에 실린 후 『불설아미타경』의 부록으로 인용·수록되기까지 상당 기간 유전·행세하였다는 점이다. 더구나 전게한 충렬왕대의 간행본이 초판·원간이라는 확증·보장이 없으므로, 그것이 중간·후쇄본일 가능성이 높다는 점이다. 그렇다면 이 작품은 충렬왕 대의 간행 시기를 하한선으로 하여, 고려 중기 내지 초기까지도 소급될 수가 있겠다. 따라서 작품이 형성·유통된 상한선을 섣불리 단정하지 말고, 그와 상관된 제반 여건을 여러 모로 검토하여 이를 계속 추적해야만 되겠다는 것이다.

이러한 작품은 신라 말기나 고려 초기에도 형성·유통될 만한 모든 여건을 갖추고 있었다. 그때만 해도 정토신앙이 보편화되어 '보권염불普勸念佛'이 성행하였기 때문이다.[16] 기실 그 정토신앙의 실천적 요체는 언제 어디서나 '일념미타一念彌陀'에 있었다. 이 '일심염불一心念佛'의 궁극적 목적·이상은 사후의 '왕생극락往生極樂'이나 '반환인간返還人間'이기 때문이다. 여기서 미묘한 과정이 전개되거니와, 그것은 '백겁적집죄百劫積集罪 일념돈탕진一念頓蕩盡' 바로 그것이다.[17] 말하자면 백겁의 시간에 걸쳐 무한대로 쌓이고 쌓인 죄업이라도 단 한 번이나마 일심으로 염불하면, 모든 죄업이 한꺼번에 소멸되어, 죽어서도 극락세계에 왕생하거나 다시 인간으로 환생하여 복락을 누린다고 믿는다. 어떤 죄인이라도 염불하면 죄업이 소멸되어 선인이 되고 부처를 심신에 모셔 승화됨으로써 모든 존재의 존숭을 받게 되니, 명부의 귀사·판관이나 십왕도 경배하고 불보살도 가호하여, 사후의 왕생극락이나 환생복락을 누린다는 게 철칙이기 때문이다.

이것은 악행과 선행의 극적 전환이요 악인과 선인의 획기적 변환이다. 그래서 이것은 지옥과 극락의 극한적 전환점이요, 죽음과 삶의 마지막 갈림길이 된다. 오직 염불만이 전체요, 시작이며 끝이다. 이것은 정토신앙의 근본이치요 실천요결이다. 이 길만이 신앙하는 사람들의

---

16 불교문화연구원, 『한국정토사상연구』, 동국대 출판부, 1985 참조.
17 홍윤식, 「염불왕생, 정토사상」, 『한겨레』, 97~98면; 坪井俊映, 「淨土往生の行」, 『淨土敎槪論』, 弘法院, 1891, p.114.

진리요 묘방이며, 희망이요 활로이기 때문이다.[18] 이것은 죄많은 중생, 고해의 인생에게 유일한 비원이요 구원의 손길이다. 나아가 그것은 신불자의 불가사의한 증험이요 신묘한 성과라 하겠다.[19] 이것이야말로 모두가 서방정토 아미타불, 무량한 광명, 무한한 생명의 위없는 권능과 위신력에 의한 원만성취이기 때문이다.

그래서 정토사상·염불신앙을 위한 모든 경전과 불서들이 바로 이러한 핵심·묘법을 강의·연설하고 있는 것이다. 그러기에 『아미타경』·『무량수경』이나 『관무량수경』 등과 한·중의 각종 왕생전·감응담이 모두 그렇게 유통되어 정토신앙계를 감복시키고 있었던 것이다.[20] 나아가 이러한 경전·불서를 바탕으로 민간과 대중을 더욱 감응시키는 각종 재의가 연극 형태로 창안·실연되고, 법담이 체험·응험을 통하여 설화나 소설·희곡 등의 문학으로 유통·수용되었다. 이러한 기반과 환위 속에서 이른바 정토·염불의 예술이 추천재의나 정토재의극, 정토미술·염불문예 등으로 형성·전개되었던 것이다.[21]

이러한 정토·염불계의 예술·문학이 적어도 신라 말기나 고려 전기부터는 족히 형성·유통되었으리라고 본다. 이러한 기반과 그만한 여건 아래서, 「왕랑반혼전」이 형성·유통될 수 있었다고 추정된다.[22] 그렇다면 이 작품이 형성·유전되기 시작하면서, 교계·신앙층에 널리 성

---

18 釋太虛, 『往生淨土論講要』, 菩提印經會, pp.30~32.
19 阿彌子, 『往生傳』, 寶蓮閣, 1987 참조.
20 한·중 불가에는 『정토삼부경』 이외에도, 「淨土往生傳」·「念佛普勸文」·「淨土寶書」와 「淨土往生記」·「彌陀懺讚」·「往生西方淨土瑞應傳」 등이 유통되었다.
21 文明大, 「韓國阿彌陀佛淨土繪畫」, 『佛敎藝術』 第三期, 佛敎藝術雜誌社, 1986 참조.
22 일찍이 중국의 『찬령기』에 왕명간이 죽어 염라왕 앞에 끌려갔는데 『화엄경』의 한 게송을 외워 왕생한 전설이 실려, 「왕랑반혼전」과 상통하는 점이 있다. 해주, 『화엄경의 세계』, 민족사, 2016, 75쪽.

행하였을 것은 족히 짐작되는 터다. 이것이 왕생·반혼담의 전형적 작품이기 때문이다. 그러기에 이 작품은 문헌이나 구비를 막론하고, 사원·민간이나 교계·신앙층에서 각종 재의·추천재 내지 일상 생활 속에서, 널리 오래 유통·성행하였으리라고 본다.

첫째, 이 작품은 문헌을 통하여 광범하게 유통되었던 것이다. 우선 이 작품은 한문이나 향찰로 기록되어 단독으로 행세하였을 것이다. 그 기능과 인기로 하여 필사나 판본으로 사원 불교사회에 점차 널리 전파되었으리라 본다. 더구나 이 작품이 신불 대중들의 감화를 확대하면서, 교계의 공인을 받고 불경에 준하는 불서로 취급된 이래, 본격적으로 유통·독파되었던 것이다. 마침내 이 작품이 유명해지면서, 정토신앙·염불보권의 교재로 간주되고 그런 작품집에 편입·간행되었던 것인가 한다. 이러한 연유로, 이 작품이『궁원집』에 수록되었던 터라 하겠다. 그렇다면『궁원집』이 궁극의 언덕을 지향하는 '구경열반究竟涅槃'의 신앙·염불에 얽힌 체험담·영험담을 집성한 불서가 아니었던가 싶다.

이러한 불서『궁원집』이 널리 유통되면서, 그 중에서도「왕랑반혼전」이 더욱 유명해지고, 드디어 신앙·염불의 감명깊은 예화로서 여기저기 화제가 되었을 터다. 따라서 정토계의 불경이나 불서를 편간할 때, 서두나 부록으로 이 작품을 인용하기에 이르렀던 것이라 하겠다. 대표적인 사례가 상게한 충렬왕 대의『불설아미타경』에 부록된 경우라 하겠다. 이 작품은 독자적인 기록으로 유통되거나 별개의 저명한 문헌에 실려 유전되거나 간에 고려 후기부터 조선 초기까지는 한문으로 광범하게 유통된 것이 분명해진다.

이어 이 작품은 세종 대의 국문실용과 동시에,『석보상절』·『월인석보』내지 각종 대승경전 언해의 분위기와 기세를 타고, 마침내 국역되었던 것이다. 그것이 15세기에 번역된 원본 「왕랑반혼전」이라 보아진다.[23] 비록 원본이 아직 발견되지는 않았지만 『권념요록』에 실린 현전 최고의 화엄사본을 근거하여 국어사 내지 문장사의 관점·방법으로써, 그것을 재구·복원할 수가 있기 때문이다. 그것은 그 원본을 문단별로 구분하여 한문 현토하고 언역해 낸 국·한문 대역본이었다. 그러기에 언역본의 원본을 이어받아 후대적으로 간행된 많은 이본들이 한결같이 국·한문 대역본을 벗어나지 못하고 있다. 전게한 화엄사본에 이어, 동화사본·해인사본·선운사본 등이 모두 동일한 모습을 보이거니와, 흥률사본만은 한문 부분을 버리고 국문만으로서 적지 않은 출입을 보이고 있는 실정이다.

그래서 작품은 후대적 문헌으로 광범하고 다양하게 유통되어 조선 후기까지 성행한 것이 사실이다. 그다지 오랜 기간 광범하게 유통되는 가운데, 이 작품은 독립된 단행본으로보다는 『권념요록』 이래로 『염불보권문』 등의 서두나 『아미타경언해』의 부록으로 행세한 것이 고금을 통하여 같은 경향을 보인다.[24] 그리고 그 작품은 그동안의 유통·전승을 통하여 정토신앙·보권염불에 기여함은 물론, 그 시대의 식자 대중에게 정토예술·염불문학을 보급·교화해 온 공이 지대하다고 보아진다.

둘째, 이 작품은 구비를 통하여 보다 광범하게 유통·보급되었던 것이다. 구비적 유통이라도 일단 문헌적 유통과 직결되어 궤적을 같이한

---

23 사재동, 「「왕랑반혼전」의 몇 가지 문제」, 『한국언어문학』 13, 한국언어문학회, 1995, 97~102쪽.
24 「왕랑반혼전」을 수록한 『염불보권문』은 해인사·선운사·홍율사 등의 판본이 있고, 동화사본은 『아미타경언해』의 부록으로 되어 있다.

다. 어떠한 계통의 문헌적 유통은 바로 주변의 구비적 유통을 유도·
확산시켰기 때문이다. 그러기에 구비적 유통은 실제로 문헌적 유통보
다 유동적이고 자유자재한 경로를 따라, 보다 입체적이고 적극적인 파
급력을 가지고 있었던 것이다. 그래서 이 작품은 문헌적 유통의 제한
성과 묵독·음독의 한계성을 벗어나서, 불가의 각종 재의·설법·행
사 등에서 다양하게 활용되고, 민간·대중에서도 신기하고 흥미로운
환생담으로서, 구전에 구전을 거듭해 왔던 것이다.[25]

먼저 이 작품은 정토신앙의 여러 재의·설법이나 행사의 여가에 저
명한 법화로서 강창되었던 것이다. 그처럼 다양한 법석에서 신앙·염
불·재의의 효험과 영험을 실증하는 예화로서 왕랑의 염불반혼담을
강설하고 그 속에 삽입된 게송을 가창하니, 그것이 그대로 강창으로 실
연되는 것이었다. 이러한 강창은 설법 전반에 흔히 활용되던 대중적
방편으로, 법사·강사의 흥미로운 운용에 따라서 속강으로 실연되기
도 했던 것이다. 그것은 이 작품의 본문 구조가 강창 형식이므로, 속강
적 강창으로 실연될 수밖에 없었기 때문이다. 이러한 강창적 구연은
강창극의 형태를 취하여 그것의 연극적 유통에 중대한 기능을 발휘하
게 되었다. 여기서 이 삽입 게송을 강조·가창할 때 기능·역할이 확
대되어 가창극에 준하는 구연 현상이 벌어지기도 했던 터다.

다음 이 작품은 정토신앙의 다양한 계기에, 승려들의 신이한 법담이
나 민간·대중의 신기한 설화로서 강담되었던 것이다. 이 강담이란 옛
날이야기를 주고받듯이 풀어 나가는 과정이기에, 작품은 그 왕생의 서

---

25 장덕순, 「설화와 서사무가, 재생설화」, 『한국설화문학연구』, 박이정, 1995; 박계홍,
「재생설화와 재생의식」, 『구비문학』 제6호, 한국정신문화연구원, 1981 등 참조.

사적 기능으로 하여, 일단 많은 청중들의 인기를 모았던 게 사실이다.[26] 그래서 이 작품의 이야기를 들은 청중들이 다시 화자가 되어 다른 청중들에게 강담하는 식으로 유통·전승됨으로써, 이야기의 각 편들은 불교사회나 민간 대중층에 널리 유통망을 형성하기에 이르렀던 것이다. 그러한 재생설화의 유통·전승은 시대에 상응하여 고려 후기나 조선 시대를 거쳐 오늘에 이르기까지 연속되어 왔다고 보아진다.[27] 지금도 이 작품과 같은 유형의 염불왕생담이 승·속 간에 유전되고 있는 것은 결코 우연한 일이 아니기 때문이다.[28]

위와 같이 이 작품이 구비적으로 강창·강담될 때, 거기서는 실제로 연행의 형태가 드러나게 되었다. 우선 이 작품의 구연에서 강설의 성음이 평상을 넘어서 연극적 음조를 띠게 되었다. 그리고 연창 과정에서 가창이 바로 연극적 곡조를 가지고 유창하게 전개되었었던 터다. 그래서 이들 강설과 가창이 제대로 조화되어 강창극의 면모를 나타내게 되었다. 그리고 강담하는 데서도 구연의 어감이 연행적 효과를 발휘하게 되었다. 여기서 작품 속의 대화가 강설 내지 강창 그리고 강담의 과정을 통하여 생동하는 실감을 자아내게 되었다. 그것은 마치 그 이야기에 등장하는 인물들이 주고받는 연극적 대사·대화의 특성을 제대로 드러내는 것과 같다. 이러한 언어적 연행 현상에 연기적 동작·몸짓이 가미되었다. 이 작품의 도입 과정의 해설적 언동으로부터 전개 과정에서 등장인물의 행위를 실연하는 동작, 종결 부분의 마무리

---

26 志寸有弘, 『往生傳硏究序說』, 櫻風社, 1976, p.447.

27 김나영, 「재생설화를 통해 본 죽음과 그 극복 양상 연구」, 성신여대 석사논문, 1998 참조.

28 사재동, 「「왕랑반혼전」의 재고」, 하서김종우박사 화갑기념논총발간위원회 편, 『하서 김종우 박사 화갑기념 논총』, 1977, 167쪽.

언동에 이르기까지 연행의 효과를 극대화하기 위하여 연극적 행동을 창출해 내었던 것이다. 이러한 구비적 유통의 연행적 특징은 좀더 세련된 연출을 전제로, 바로 이 작품의 연극적 실연으로 직결되는 터라 하겠다.

3. 「왕랑반혼전」의 연행 양상

1) 「왕랑반혼전」의 연행적 기반

전술한 대로 이 작품은 유통 과정에서 극화·연행될 가능성이 충분하였다. 말하자면 이 작품은 그 내용과 성격으로 보아 불교연극을 통하여 유통·전개되었으리라는 것이다. 이러한 작품이 불교연극으로 실연될 만한 전통적 기반은 이미 정립되어 있었기 때문이다. 기실 인도·중국·한국·일본 등지의 불가에서는 포교나 수행을 위한 연극이 아주 일찍부터 실연되어 왔었다. 실제로 이러한 불교연극, 포교극이나 교화극은 아주 보편화되어 그 최선의 방편으로 활용되었던 것이다.

인도에서는 불타 당시부터 설법의 현장이 연극으로 실연되었고, 각종 불교재의가 모두 연극으로 전개되었던 터다. 그러기에 불경 중의 상당 부분이 서사적 산문과 시가로 교직되어 강창하기에 알맞고, 대부분의 서사적 불경이 대화와 행동으로 연결되어 대화극으로 실연되기에 적합한 것이었다. 그것은 포교가 연극으로 진행되고 그 내용이 극본으로 정착·기록되었기 때문이다.[29] 그래서 인도의 범어희곡에서는 범어불경 중의 저명한 작품이 핵심을 이루어 왔던 것이다. 그러기에 인도의 불교연극 내지 희곡은 일찍이 전문적 연극 형태나 희곡 양식으로 발전·전개되어, 범어연극사와 인도희곡사에서 중대한 위상을 유지하였던 게 분명하다.[30]

중국에서는 불교 전래와 함께, 범문경전을 수용·번역하는 과정에서, 이미 그중의 서사적 불경을 소설 내지 희곡으로 인식하는 경향이 있었다.[31] 따라서 불교를 홍포·전파시키는 과정에서, 이런 불경의 연극적 실연이 큰 성과를 얻었던 것이다. 나아가 불교가 발전하고 이 불경의 실연이 여러 형태로 전개되면서, 당대를 중심으로 이른바 속강을 개발하게 되었다. 말하자면 승·속 간의 신중과 민간·대중을 상대로 포교활동을 전개함에 있어, 불경을 쉽고 재미있게 연설하기 위하여 속강이란 연극적 형태를 개척·활용하였던 것이다. 그 연창은 유능한 속강승이 혼자 서사적 불경에 기반하여 꾸며낸 화본을 재미있는 담화와 유창한 가창으로 엮어 가면서 어울리는 동작을 곁들임으로써, 강창극으로 전개될 수 있었다.[32] 그 화본은 바로 강창극의 대본으로서, 저 유

---

29 深浦正文, 「戲曲文學」, 『佛敎文學槪論』, 永田文昌堂, 1970, pp.347~380.

30 A. Berriedale Keith, "Açvaghosa and Buddist Drama", *The Sanskrit Drama*, M. B. Publishers · Delhi, 1992; 고승길, 「산스크리트 연극사의 이해―불교전성기의 인도연극」, 『동양연극연구』, 중앙대 출판부, 1993, 52~54쪽.

31 胡適, 「佛敎的飜譯文學」, 『白話文學史』, 啓明書局, 1957, p.203에서 "印度的文學往往注重形式上的布局與結構, 普曜經·佛所行讚·佛本行經都是偉大的長篇故事, 不用說了. 其餘經典也往往帶着小說與戲曲的形式"이라고 하였다.

32 孫楷第, 「唐代俗講軌範與其本之體裁」, 『俗講說話與白話小說』, 河洛圖書出版社, 1978 참조.

명한 변문 「쌍은기」와 「파마변문」·「목련변문」 등 수많은 작품으로
행세하며, 소설과 희곡의 양면성을 보이고 있었다.[33]

한편 중국의 불가에서는 각종 법회·재의·행사 등에서 그 속강을
벌이는 가운데에, 여러 가지 재의극을 벌이고 있었다.[34] 사원 내외의
각종 재의에서 포교와 교화, 그 여흥을 위하여 연희·연극을 실연하면
서 보다 전문적인 가창극이나 대화극 등을 개발·도입하였던 것이다.
이런 데에서 불교연극은 일반 연극계와 유기적 관계를 맺으면서 발전
을 거듭하였고, 송·원 이래 연극이 전성하던 무렵에는[35] 불교의 대화
극이 완성·연행되었다. 그 중에서 현전하는 것만 해도, 「방거사극龐居
士劇」·「야원청경극野猿聽經劇」이나 「석가불쌍림좌화釋迦佛雙林坐化」·「관
음보살어람기觀音菩薩魚籃記」·「맹열나타삼변화猛烈那吒三變化」·「어아불
잡극魚兒佛雜劇」 등이 있어[36] 이른바 원대 잡극, 대화극으로 연출되고, 극
본·희곡으로서 행세하였던 것이다.

한국에서는 삼국시대 불교가 전래·파급된 이래 발전을 거듭하면서,
그 포교·교화의 방편을 모색·개발하게 되었다. 여기서 가장 효율적
인 방법으로 대두된 것이 역시 연극 형태의 운용이었다. 일찍이 한국에
서 불교연극이 중국과의 상관성을 가지고 형성·유통되었다는 논의가
있었다.[37] 그래서 불교연극의 형성 경위와 형태, 그리고 유통 양상 등이
어느 정도 밝혀졌다. 먼저 중국을 통하여 한역불경이 전래되면서 서사

---

33 潘重規, 『敦煌變文集新書』, 中國文化大·中文硏究所, 1983 참조.
34 田仲一成, 『中國祭祀演劇硏究』 上, 東京大 東洋文化硏究所, 1981 참조.
35 王國維, 『宋元戲曲史』, 河洛出版社, 1975; 兪爲民, 『宋元南戲考論』, 臺灣商務印書館,
　　1974 등 참조.
36 趙元度 集, 『孤本元明雜劇』 五, 明倫出版社, 1974 참조.
37 사재동, 「불교연극 연구서설」, 『불교사상총론』, 하산출판사, 1991.

적 불전은 일부 계층에서 소설과 희곡의 양면성을 지닌 것으로 인식 · 보급되었던 게 사실이다. 나아가 광범한 대중 포교를 위하여 승 · 속 간에 속강을 벌였던 것이 확실하다. 적어도 삼국시대 · 통일신라에서는 속강승이 불경에 바탕을 둔 화본을 편성하고 이를 강설 · 가창하여 쉽고도 재미있는 강창극을 연출하였던 터다.[38] 여기서 화본으로서 변문이 대두되어 포교극 · 교화극으로 연출되고 강창극본이 희곡으로서 행세하였던 것이다.[39] 이 강창극의 연행과 극본은 고려대에 이르러 보다 발전 · 성행하여 많은 작품들을 남기게 되었다.[40] 이른바 한국의 변문이라 할 작품으로 현전하는 것만도 「선우태자전」 · 「안락국태자전」 · 「금우태자전」 · 「사리불항마기」 · 「목련전」 등이 강창극으로 극화 · 연행되고, 소설과 희곡의 양면성을 드러내었던 것이다.[41] 이러한 속강은 강창극을 벗어나 가무극이나 대화극 등으로 발전 · 전개되면서 조선 초기에 이르러 크게 위축되었다. 그러나 극본으로서의 변문계 작품들은 국문화되어 『월인석보』에서와 같이 국문본 강창극본 내지 대화극본으로 변신하게도 되었다.[42]

나아가 한국에서는 이러한 강창극과 맞물려 각종 법회 · 재의 · 행사 등에서 다양하고 입체적인 연극 형태가 도입 · 활용되었다. 불교의 명일로 불탄재 · 출가재 · 성도재 · 열반재 · 우란분재 등과 추천재의로 수륙

---

38 황패강, 「불교 구비전승의 원리」, 『신라 불교설화 연구』, 일지사, 1975; 김진영, 「불교계 강창문학 연구」, 충남대 석사논문, 1992 등 참조.

39 사재동, 「불교계 강창문학의 연구」, 가산이지관스님화갑기념논총간행위원회 편, 『가산이지관박사화갑기념논총』, 1992 참조.

40 경일남, 「고려조 강창문학 연구」, 충남대 박사논문, 1989 참조.

41 사재동, 「불교계 서사문학의 연구」, 『어문연구』 12, 어문연구학회, 1983 참조.

42 사재동, 「『월인석보』의 강창문학적 성격」, 『애산학보』 9, 애산학회, 1990 참조.

재·예수재·칠칠재 등에서 영산재를 중심으로 다양한 재의를 벌일 때, 거기에는 재의극으로서 연극 형태가 실연되었던 것이다. 그러한 재의의 내용과 성격에 맞는 연극공연은 각기 가창극·가무극·강창극·대화극 등으로 전개되었다는 것이 실증되었다.[43] 이러한 재의극의 다양한 형태는 전술한 강창극과 그 운명을 같이 하였을 것이지만, 그것이 확실한 근거를 가지고 발전·성행한 시기는 역시 고려시대였다고 보아진다.[44] 고려 자체의 연극이 그만큼 진전되었을 뿐만 아니라, 원대의 잡극 대화극과의 긴밀·빈번한 교류를 통하여, 불교계에서는 궁전이나 대찰을 중심으로 대화극이 더욱 성세를 보였던 것이다.[45] 그것이 조선 초로 연결되면서 축소·파기되어 부득이한 추천재의를 통하여 겨우 변형된 모습을 보전할 따름이었다.

이러한 불교연극의 전통과 환위 속에서, 전술한 정토신앙·보권염불에 직결된 재의와 법회·행사 등에서 연극이 다양하게 실연되었다. 일찍이 삼국·신라를 통하여 발전하였던 아미타 정토신앙은 고려시대에 이르러 성행하였고, 척불의 조선시대에서도 그 끈질긴 명맥을 유지하였던 터다. 여기서 행하여진 정토신앙·보권염불의 연극은 실로 가창극·가무극·강창극·대화극 등으로 가장 심각하게 연행되었던 것이다. 이러한 연극의 주제·내용이 인생의 가장 큰 비극, 그 죽음에서 획기적인 극락왕생이나 인도환생의 희극으로 급전되기 때문이다. 실

---

43 사재동, 「사찰재의의 문예적 연구」, 『인문과학논문집』 22-1, 충남대 인문과학연구소, 1995 참조.
44 사재동, 「고려조 희곡의 형태와 전개」, 간행위원회 편, 『남도 민속학의 전진』(지춘상 박사 정년기념 논총), 태학사, 1998 참조.
45 사재동, 「불교희곡 연구서설」, 『석림논총』 28, 동국대 석림회, 1994 참조.

제로 정토신앙이나 염불재의에서는, 고난과 비극으로 점철된 일생을 극락정토나 복락인간으로 승화시키는 시가를 가창하는 연극이 있고, 이러한 가창에다 정토무용을 결부시켜 염불성취를 역동적으로 강조하는 가무극이 있었다. 그리고 여기서는 저명한 염불왕생담이나 염불환생담을 흥미롭게 강설하고 적소의 삽입시가를 유창하게 가창하여 실연하는 강창극이 엄연히 존재하였다. 나아가 여기에는 이러한 강창극을 바탕으로 무대를 설치하고 분장인물을 내세워 대화와 행동으로 입체·공연하는 대화극이 확고히 자리하였던 것이다. 이러한 정토·염불의 연극들은 계기에 따라 인기리에 실연되었고, 극본들은 역동적 희곡이면서 정연한 소설의 면모까지 보였던 터다.

이러한 정토·염불의 연극이 실연되는 가운데서, 「왕랑반혼전」이 극화·공연되었던 것이다. 기실 이 작품은 염불환생담으로서 획기적인 주제·내용을 갖추고 있기 때문이다. 이 작품은 전술한 유통 과정에서 밝혀진 대로, 문헌적 전파를 바탕으로 정토신앙의 전형적 법화로서 구비적 전승에 박차를 가하고, 마침내 극화의 절차를 밟아, 다양하게 연행되었던 터다. 이 작품은 자체의 구조·형태와 표현·문체로 보아 적어도 강창극이나 대화극으로 연출되었으리라 보아진다. 그리하여 이 작품은 극본·희곡이면서 일면 소설의 면모를 보이게도 되었던 것이다.

2) 「왕랑반혼전」의 연극적 실연

전술한 대로 이 작품은 최소한 강창극과 대화극으로 연행되었을 것이다. 두 측면의 연행 양상을 각기 고찰하되, 유기적 관계를 중시해야만 되겠다. 이 작품 하나를 대본으로 하여 두 가지 연극이 벌어질 뿐만 아니라, 연극 형태가 서로 불가분리의 상관성을 가지고 있었기 때문이다. 말하자면 이 작품은 전형적 염불환생담이면서, 게송·가사를 삽입하여 자연 변문계의 강창문학이 됨으로써, 그것이 '일인 전역'의 강창극으로 실연되는 것은 당연한 일이었다. 나아가 이 작품의 강창극은 제반 여건이 충족되고 발전적 요청이 있을 때, 그 자체가 입체적으로 극화되어, 무대를 갖추고 분장된 '일인 일역'이 대사와 행동으로 극적 사건을 밀고 나감으로써, 그것이 대화극으로 연행되는 것은 순리적인 현상이었다. 따라서 이 작품의 대화극이 도로 강창극으로 전환될 수도 있으므로, 양자의 유변 관계는 그만큼 긴밀하다는 것이다.

첫째, 이 작품이 강창극으로 실연된 상황을 재구해 보겠다. 이 원문은 향언·이어로 실연된 강창극의 현황을 한문으로 축약·기록한 대본이기 때문이다. 먼저 실연의 무대는 어떠한 제한이 없다. 그저 작품의 공연을 요구하는 염불법석이나 재의현장, 행사 여흥의 마당, 어느 곳에서든지 청중만 있으면 그대로 무대가 되기 때문이다. 다만 청중이 자리한 앞이나 청중에 둘러싸인 바 단 한 사람의 실연 공간만 확보되면 그만이었다. 그래서 특별한 무대장치나 설비가 필요치 않았다. 따라서 공연에 필요하거나 무대에 관련된 어떠한 소도구도 소용이 없었다. 그러기에 이다지 자유롭고 단순한 무대에는 이 작품의 실연을 알리는 제목 정도가 나붙고, 내용 중의 중요한 장면을 그린 변상도가 번듯하게 내걸리었으리라 보아진다. 그것은 한·중 역대의 속강·강창극에서, 관례적으로 표시되어 최소한 청중의 관심과 주목을 집중시키는 역할을 하였기 때문이다. 그런데 연극의 제목은 원래 「왕랑반혼전」이 아니었을 가능성이 크다. 그것은 적어도 「왕랑반혼기」나 「왕랑염불환혼」 정도가 아니었을까 추정된다. 한·중 연극의 명명 관례가 '～전傳'을 선호하지 않고, '～기記'가 아니면 주제어를 그대로 택하는 경우가 혼하기 때문이다.[46] 그래서 이 작품은 문헌전승을 통하여 소설로 인식되는 과정에서, '전'이라 표시된 것이 아닌가 한다.

그리고 이 작품을 강창하는 실연자가 등장한다. 이러한 강창자로는 원래 속강승이나 연희승이 한 사람 나오는 법이다. 이 작품이 강창되던 고려 중·후기에는 전문적인 속강승·연희승이 연행에 등장하였던 것이다. 이러한 실연자는 형편상 전문성에 차이가 날 수도 있었고, 부득이할 때에는 신불거사나 광대가 대행하는 경우도 없지 않았던 것이다. 이처럼 실연자의 자격·능력을 전문성에 입각하여 비교적 광범하게 인정할 때에, 그들이 결국 판소리 창자, 광대와 동질적인 인물이었음에 틀림이 없다.

이 강창극의 실연자는 전술한 대로 '일인 전역'이었기에, 그 어떤 특정인물로 분장하거나 의상을 걸칠 필요가 없었다. 그저 승·속 간에 평상시의 안면에 일상의 예복으로 차리고 나오면 그만이다. 그래서 그

---

46 원·명 잡극의 명명을 보면, 「金錢記」·「漁樵記」·「忍字記」·「灰蘭記」·「留鞋記」·「東墻記」·「洞天玄記」·「太平仙記」·「南牢記」·「魚籃記」 등 '～記' 계통이 일부이고, 나머지는 주제어(인명)로 하여, '～傳'의 경우는 발견되지 않는다. 趙元度 集, 『孤本元明雜劇』一目錄, 明倫出版社, 1974; 藏晋叔, 『元曲選』 上 目錄, 正文書局, 1971 등 참조.

들은 승려나 거사, 그리고 광대의 모습으로 등장하는데 만능의 연기에 필요한 소도구 하나만을 소지할 수 있었다. 그것은 마치 판소리의 광대가 부채 하나를 지참하는 것과 상통하였던 터다. 그때에 실연자의 강창·연기를 돕는 보조가가 등장할 수 있었다. 그 강창 중에서 특히 가창할 때에 장단을 맞추거나 그 곡조를 연주할 수 있었기 때문이다. 그때에도 보조자는 실연자의 영역에 결코 들어가지 않고, 주변 청중 속에 앉아서 기능을 다하는 것이었다. 그리고 실연자의 능력에 따라 그 청중의 반응이 커서 적극적인 호응, 추임새나 즉흥적인 문답이 벌어지는 것은 판소리의 경우처럼 바람직한 일이었다.

이렇게 하여 한 실연자가 이 작품을 대본으로 삼아 강창극을 벌여 나가는 것이다. 이 대본은 바로 전게한 원전으로서, 그 자체를 실연하면 그대로 강창극으로 전개되기 때문이다. 먼저 ①에서 "吉州王思机, 郎年五十七, 妻宋氏先亡"까지는 실연자가 해설하여 본극을 유도하는 대목이다. 이 해설부는 비록 짧은 기록이지만, 그 속에 주인공의 고향·나이, 배우자의 죽음까지 명시하여, 도입부의 역할을 제대로 해내고 있다. 실제로 이 대목은 연극 현장에서는 실연자의 능력과 구변에 의하여 자세히 부연될 수도 있는 것이다. 기실 이러한 대본은 최대한 축약·기록된 것이기에, 언제나 그 연극의 실연에서는 재량껏 부연·미화되는 것이 관례이기 때문이다.

이어 ①에서, 망처와 왕랑이 11년 만에 만나는 장면은 강설만으로 진행된다. 거기서는 지시·해설부와 왕랑 부처의 대화가 입체적으로 조화되어 극정을 돋운다. 여기서 실연자는 송씨가 명부의 비밀을 알고 왕랑에게 염불을 권하는 대목을 강조하되, 능력과 언변에 의하여 극정의 정도를 좌우할 수가 있다. 그것은 마치 판소리에서 광대가 아니리를 운용하는 것과 같은 방법이기 때문이다.

그리고 ②에서, 왕랑이 염불하고 명부의 귀사가 와서 그를 모셔 가는 장면은 강설과 가창으로 유창하게 전개된다. 실연자는 사나운 귀사들이 염왕의 엄명을 받고 왕랑을 잡아 가려고 왔다가, 일심으로 염불하는 그를 보고 경배하며 모셔 가는 획기적인 전환점을 결코 놓치지 않는다. 그리고 실연자는 귀사의 게송을 유창하게 가창하여 감동을 자아낸다. 그러면서 강설 부분의 해설부를 더욱 부연하고 귀사들이 왕랑에게 존댓말을 건네는 점을 강조함으로써, 극정을 높이는 것이다.

다음 ③에서, 귀사들이 왕랑을 모셔가서 염왕에게 염불 사연을 아뢰어, 염왕이 경탄하고 인간으로 환생시키는 장면은 강설과 가창으로 조화되어, 강창극의 절정을 이룬다. 여기서는 실연자가 해설과 대화를 통하여, 염왕이 늦게 온 귀사들을 꾸짖는 준엄한 대목과, 귀사들이 아뢰는 왕랑의 염불사연을 듣고, 염왕이 찬탄하여 왕랑을 계상으로 안내하는 대목의 전환에서, 극적 상황을 충분히 표현하게 된다. 그래서 실연자는 염왕이 왕랑에게 존댓말을 쓰고 계상의 십왕+王이 일제히 절하는 대목을 강조하게 마련이다. 십왕을 대표하는 염왕이 혼자서 왕랑에게 대화하고 모든 명운을 선고하는 대목이나 게송을 가창하는 대목에서도 극적 효과를 극대화하게 마련이다. 그리고 송씨가 월지국 공주의 몸으로 환생하는 대목이나 염왕이 안노숙에서 음신을 전하는 대목에서도 그 실연자가 해설과 대사를 구분하여 실감 있게 연설하는 것이다.

끝으로 ④·⑤에서, 왕랑과 송씨가 인간으로 환생하여, 오래 복락을 누리다가 극락세계에 왕생하는 장면은 행복한 종말로 강조된다. 이에 실연자는 ④에서 왕랑이 본가에 환생하여, 장사지내려던 가족들이 감격하는 대목을 실감 있게 강설하고, 나아가 왕랑이 가족에게 옳은 게송을 더욱 효율적으로 가창하는 것이다. 게다가 실연자는 ⑤에서 송씨가 월지국 공주의 몸으로 환생하여, 왕과 왕비가 환희하고 송씨 공주가 감복하는 대목과 그녀의 명조사연을 들은 왕부부가 비탄·괴이하게 여기고 왕랑을 불러 부마로 삼아, 서로 기뻐하는 대목을 희극적으로 연행하는 것이다. 그리고 실연자는 부마내외가 본댁으로 돌아가 장수와 복락을 누린 후, 극락세계로 왕생하였다는 대목을 멋진 마무리로 연설하는 것이었다.

이상과 같이 이 작품은 실연자 한 사람의 전능한 연기에 의하여 강창극으로 연행되었다. 따라서 이 작품의 연극적 기능과 역량이 십분 발휘되었다고 하겠다. 실제로 작품 자체의 구조 형태와 표현·문체가 그만한 실연 요건으로 작용하였기 때문이다. 여기서 작품의 실연이 마치 판소리의 연창과 동질적인 것임을 확인할 수가 있다. 원래 강창극이 그 무대의 융통성이나 연출의 용이성 등에 의하여 보편적이고 경제적인 연극으로 행세하였기에, 이 작품은 강창극으로 실연됨으로써, 보다 널리 오래 유통되었던 것이다. 그런데도 이 작품의 강창극은 한 사람이 모든 역할을 전담한다는 한계성으로 하여, 주어진 수준과 울타리를 벗어날 수가 없었던 터다. 그리하여 극화 실연이 보다 입체적이고 전문적인 연극 형태를 모색하여 대화극으로 비약하게 되었다.

둘째, 작품이 대화극으로 실연된 현황을 복원해 보겠다. 이 원문은 역시 향언·이어의 대사와 행동으로 실연된 대화극의 상황을 한문으로 응축·기록하고 있기 때문이다. 이러한 대화극은 전문적으로 입체화된 본격적인 연극 형태로서 강창극의 한계를 극복하는 데에 그 특장이 있었다. 우선 실연의 무대부터가 별도로 조성되어야 했다. 장소가 궁중이나 사찰 등으로 지정되면, 적합한 곳을 택하여 거기에 무대를 설치하였다. 신라 통일기에 이어 고려시대 중·후기에는 이러한 연극의 무대가 대소 간에 설치되는 것은 흔한 일이었다. 따라서 이 작품의 실연 무대는 사원·불교계를 바탕으로 인간계와 명부의 양면을 띠고 설치되었던 게 당연한 터다. 그리고 최소한 연극의 제목을 전술한 대로 확연히 표시해 놓았던 것이다. 그러한 기본 무대에다 연극의 내용에 따라 막이나 장을 구분하여 그에 알맞은 장치를 하게 되었다. 이 작품은 전게한 원전의 ①, ②, ③, ④·⑤와 같이 4장으로 나뉘어 해당되는 무대장치를 해냈던 게 사실이다. 이 작품의 4장 구분은 원대 잡극의 4절과 동일한 양상을 보였다고 하겠다.[47] 그리고 무대 주변에 악단이나 보조장치까지 마련되고, 나아가 청중석이 계층별로 설정되었던 것이다. 이어 이 대화극에 출연할 연원들은 분장하고 당해 의상을 입는 게 순리였다. 이 작품에서는 왕랑과 송씨 그리고 가족, 염왕 중심의 십왕과 다섯 귀사·최판관, 그리고 월지국의 왕과 왕비·공주 등이 각기 특색 있게 분장하고 그에 적합한 의상을 입으며, 필요한 소도구를 들게 되었다. 여기 인간계의 왕랑이나 송씨·공주, 왕과 왕비의 분장·의상·소도구는 당시의 관례에 따라 시행되었지만, 명부의 십왕이나 귀사·판관의 그것은 『십왕경十王經』의 도록이나 사원 명부전의 소상 등에 의거하여[48] 실감나게 마련되었다. 그 중에서도 염왕은 십왕 중의 왕

---

47 趙元度 集, 『孤本元明雜劇』五, 明倫出版社, 1974; 藏晋叔, 『元曲選』上, 正文書局, 1971 등의 잡극본 참조.

이라 혼자만 황제격의 면류관을 쓰고 그 위에 『금강경』을 얹어, 위엄을 자랑하는 것이었다.[49] 이러한 분장·의상 내지 소도구의 지참이 염왕의 대표적 권능과 그만의 언행을 보장하고 있었던 터다.

이러한 무대와 여러 장치 속에서 분장인물들이 연극을 시작하게 된다. 먼저 한 출연자가 무대 위에서 연극의 대강이나 왕랑의 사정을 소개하면서 청중의 관심을 집중·안정시킨다. 서두부는 강창극의 초두 해설을 발전시켜서 원대 잡극의 설자楔子와 같이 진행되는 것이다. 그래서 연극의 본체로 들어 가는 게 원칙이다.

제1장 원전 ①에서, 막이 오르면 연극이 시작된다. 먼저 왕랑의 집, 그의 독수공방 등잔불이 켜지고, 왕랑이 등장하여 뜬 눈으로 돌아간 아내를 그리워함인지, 외로운 모습이다. 삼경이 되도록 전전반측할 때에, 송씨가 영혼의 모습으로 나타나 문을 두드리며 찾는다. "왕랑이여, 주무시나요." 왕랑이 깜짝 놀라며 반문한다. "누구요." 여기서 송씨는 말한다. "낭군의 옛 아내인데, 잠시 나쁜 소식을 전하려 역부러 왔나이다." 기맥힌 정황이 된다. 왕랑은 사별한 지 오래된 그 아내가 나타나 그런 말을 하니, 너무도 놀랍고 기이하여 되물을 수밖에 없다. "무슨 일로 그러는가." 이에 송씨가 이른다. "제가 죽은 지 11년이 되도록 죄를 물어 처결하지 않고 당신을 기다려 판결한다고, 얼마 전에 염왕이 상의하였소이다. 내일 아침에 당신을 잡으러 다섯 귀사를 보낸다 하니, 당신은 마땅히 집안 서쪽 벽에 아미타불의 탱화를 걸고, 당신은 동쪽에서

48　松廣寺板,『佛說壽生經·佛說預修十王生經 圖錄』, 曹溪山 松廣寺, 1618 참조. 한국의 대형사찰에는 모두 명부전이 있어, 지장보살을 모신 시왕과 그 권속의 소상이 배치·나열되어 있다.

49　위의 책, 15쪽.

서향하여 아미타불을 염하세요." 송씨의 그 말은 조급하고 두려워 떨리는 목소리다. 이에 왕랑은 더욱 겁이 나고 불안한 표정으로 대답을 재촉하여 이른다. "명관이 무슨 일로 나를 잡아 가려 하느뇨." 그래서 송씨는 숨김없이 털어 놓을 수밖에 없다. "우리집 북쪽 이웃에 사는 안노숙이 매일 새벽이면 서방을 향하여 50번씩 절하고, 매월 15일이면 아미타불을 만번 염하는 것으로 수업을 삼을 때, 당신과 나는 항상 이를 비방하였소이다. 이로써 먼저 나를 잡아 가두고 죄를 묻고자 하다가, 당신을 기다려 묻기를 미치면 우리들은 반드시 지옥에 떨어져 길이 벗어날 기약이 없겠소이다." 그녀는 말을 마치자 곧 퇴장한다. 왕랑은 이 말에 깊은 충격을 받고 그대로 믿을 수밖에 없다. 원래 불법이나 신불자를 비방하면 가장 큰 죄가 되어 중벌을 받는데, 한결같이 아미타불을 염하면 그 죄를 면하고 인간으로 환생한다는 이치가 뻔하기 때문이다. 이에 왕랑은 오랜만에 찾아 온 아내를 얼굴도 못 본채 보내는 심정을 게송으로 가창하고, 참회·염불에 전념하는 모습으로 퇴장한다. 이래서 제1장은 이 연극의 서두를 열고 막을 내리는 것이다.

제2장 원전 ②에서, 막이 오르면, 여전히 왕랑의 집이다. 왕랑이 등장하여 참회하는 모습으로 아미타불의 탱화를 서벽에, 걸고 향불을 피우며 일심으로 염불한다. 그래서 이 자리는 청정도량이 되어 엄숙하고 경건한 정토적 분위기가 조성된다. 이때에 사나운 귀사들이 5명이나 등장하여 그 무서운 위용을 보인다. 그들은 왕랑을 당장에 잡아 가려고 오라와 방망이를 든 채, 맹위를 떨치며 집 뜰에 서서 얼핏 둘러 살피다가 왕랑의 염불 광경을 보고 일제히 감복하고 아미타불과 왕랑에게 경배한다. 아무리 큰 죄를 지었다 하더라도 참회·염불하면, 그 위신

력으로 하여 사나운 귀사들마저 정복하지 못하고 오히려 경배한다는 그 철칙을 실현하는 것이다. 왕랑이 염불하다 그 귀사들의 절을 받고, 깜짝 놀라 자리에서 내려와 귀사들에게 황급히 절한다. 엊저녁 아내의 통고가 딱 들어 맞았기에, 더욱 당황할 수밖에 없다. 이제는 죽었구나 끝장이라고 좌절하는 왕랑의 동작이 뚜렷이 보인다. 이때에 한 귀사가 이른다. "우리가 명부의 칙령을 받아 그대를 잡으려 왔지만, 그대는 지금 도량을 청정히 하고 앉아서 아미타불을 염하니, 우리들이 비록 가장 존경하지만, 염왕의 명령을 피하기 어렵습니다. 그래서 비록 그 칙명대로 잡아 가기는 하지만 편안히 모실 터이니, 떠나실 행장을 차리시기 바랍니다." 귀사들로서는 획기적인 처사를 보인다. 그들이 왕랑을 잡아 결박해 가려고 왔다가 오히려 존경하여 모셔 가게 되기 때문이다. 따라서 왕랑은 일단 죽음 같은 좌절에서 급전직하 살길을 찾은 표정이 된다. 이렇게 왕랑이 존경과 예우를 받게 되었을 그때에, 제3의 귀사가 쐐기를 박는다. "염왕의 법령으로 왕랑을 결박하여 데려오라 하시니, 칙령을 따르지 않으면 염왕이 우리를 꾸짖을 것입니다." 그래서 왕랑은 다시금 묶여 갈 가능성에 가슴이 철렁하여 불안에 떠는 것이다. 그러나 즉시 나머지 귀사들이 말한다. "그대와 우리가 다겁에 걸쳐 도업을 닦지 않았으므로, 지금껏 귀보를 벗어나지 못하거니와, 차라리 죽을 죄를 지을지언정, 감히 염불하는 그대를 엄한 법령대로 묶어 갈 수는 없나이다." 그리 결정하매, 제3의 귀사는 다시 말을 못하고, 왕랑은 다시 안도의 한숨을 쉬게 된다. 그래도 왕랑이 두려움을 떨치지 못하고 전전긍긍하니 제1의 귀사가 왕랑에게 이렇게 고하여 이른다. "비록 범죄가 산과 같이 있어 반드시 지옥에 들어가게 되었어도, 우리들이 본

바를 염왕께 잘 아뢰면 반드시 인도로 환생하리니, 그대는 감히 슬퍼 괴로워 마소서. 만약 그대가 극락세계에 왕생하시거든 우리들을 잊지 말으소서." 이 말에 왕랑은 비로소 안도하는 모습이다. 이어서 그 귀사가 게송을 읊어 정토신앙·염불보권의 철칙을 내세운다. 그 게송의 가창은 음악·장단에 맞추어 유창·청려하게 흐른다. 그 내용은 왕랑에게 주는 대사로서 전개된다. "우리들이 명부의 귀사 된지, 이제 이미 백천 겁이 지났소만, 일찍이 염불인이 악도 중에 떨어짐을 보지 못했소. 그대 만약 연화대에 나시거들랑, 우리들이 귀보를 벗게 염불하소서." 이런 게송의 가창을 들은 모든 이가 감동·환희하거니와, 왕랑은 이제 확신을 가지는 표정이 된다. 그것은 그 신앙의 미묘한 신통력에 의하여 처참한 비극의 시작이 희극으로 전환되는 예비적 과정을 보여 준 터다. 그래서 다섯 귀사가 왕랑을 정성스럽게 모시고 퇴장한다. 그래서 제2장은 이 연극의 진행을 상승시킴으로써, 막을 내리는 것이다.

제3장 원전 ③에서 막이 오르면, 명부 십왕전十王殿이다. 그 계상에 십왕이 열립하고 계하에는 그 왕들에 딸린 수많은 판관·귀왕·귀사 등이 문초의 차비를 차리고 나열해 서서, 모두 왕랑을 잡아 오기만 고대한다. 그 예정된 시각이 지나도 그 귀사들이 돌아오지 않으니, 모두들 조바심을 가지는데, 그 중에서도 염왕이 계상에서 화를 내어 왔다 갔다 야단이다. 그들이 당도하는 대로 귀사들이며 왕랑을 당장 잡아 족칠 기세가 등등하여 살벌한 분위기다. 그때에 다섯 귀사들이 왕랑을 고이 모시고 서서히 등장한다. 염왕이 대노하여 벽력같은 소리로, 그 귀사들을 준엄하게 꾸짖는다. "급히 잡아 오라 했더니, 왜 이리 늦었는고." 이에 모두가 질겁하지만, 그 귀사들은 조금도 동요하지 않고 왕랑을 둘러 모신 채, 그

의 염불사연을 자세히 아뢴다. 이 말을 듣고 모두가 놀라는 가운데, 염왕이 급히 계하에 나려가 왕랑 앞에 서서 존댓말로 이른다. "잘 오셨도다. 왕랑이시여. 속히 속히 계상으로 오르소서." 염왕이 왕랑을 부축하여 오른다. 왕랑이 염불의 권능으로 의젓하게 계상에 이르자, 십왕이 일제히 그에게 절을 하고 모든 판관·귀왕·귀사들이 모두다 절을 한다. 그러한 왕랑이 이렇게 절을 받으니, 이것은 정토·염불의 묘리로서는 너무도 당연한 추세요, 이 연극에서는 너무도 파격적인 반전이 아닐 수 없다. 이것은 처절한 비극으로 예상되던 사건이 극락의 희극으로 역전되기 때문이다. 그래서 염왕은 태도와 어조를 가다듬고 왕랑에게 이른다. "그대의 부처는 일찍이 안노숙의 염불을 비방하고 집과 땅을 다투었으니, 우선 그대의 처 송씨를 가두고 마땅히 그대를 문초하여 지옥에 떨어뜨리고자 극악한 귀사를 부렸는데, 귀사들의 본 바를 들으니, 그대가 마음을 고쳐 참회하고 염불을 하셨다고 하니, 무슨 죄가 있겠소이까." 이로써 왕랑은 염불의 묘험을 극적으로 증험한 모습이 가득하다. 이로 인하여 염왕은 게송을 읊어 그 염불의 묘력을 거듭 선언한다. 그 게송은 역시 음악·장단에 맞추어 귀사의 그것보다 중후·전아하게 흐른다. 그 내용은 왕랑을 대상으로 대범한 대사로 전개된다. "서방의 주인 아미타불께서는, 이 사바와 인연이 각별히 깊으시니, 만약 사람이 한결같이 염불하면, 사나운 명부 사자도 항복받기 어려우리" 이 가창에 모두가 감복·찬탄하거니와, 이로써 왕랑은 구제·환생이 예정된 모습이다. 이어 염왕은 왕랑과 송씨 앞에서, 그들의 앞날을 예언·선고한다. "그대 부처를 방면하여 인간으로 환생시키되, 남은 수명 30년에 60세를 더하니, 삼가 정진하고 미타불을 염하면 저 서방에 속히 왕생하시리다. 우리들 십왕도 그대가 그리로 돌아갈 때, 오직 금연좌를 받들고 그대를 위로하여 보내리이다. 하지만 그대 처는 목숨을 마친지 오래 되어 피부와 뼈가 이미 흩어져 버렸소이다." 이에 염왕은 왕랑의 환생보다 그 처의 환생에 난색을 표하는 모습이 역력하다. 일단 그것은 염왕의 금석 같은 보장을 드러내는 정경이다.

이에 염왕은 송씨의 환생 방안을 심려하는 표정으로, 명부의 최판관을 불러 들여 묘안을 묻는다. "왕랑이 미타의 도량을 벌이어 놓고 항상 염불하였으니, 이전에 범한 한없는 범죄는 이제 이미 흩어져 없어졌도다. 오직 염불한 공덕으로 그 부처는 함께 인간에 환생하여 늙도록 동거하면서 염불케 점지하였는데, 송씨는 피부와 뼈가 흩어져 버렸으니, 그 혼을 어디에다 붙일꼬." 이에 그 판관이 염왕의 교지를 듣고 돌아서서 왕랑 부처에게 절한 다음, 염왕에게 아뢴다. "월지국 공주가 명한이 21세로 지금 여기에 와 있고, 야마천에 갈 업보가 이미 진행되어, 이 공주가 그 하늘에 왕생하니, 그 몸이 완전하게 있으므로 송씨의 혼을 여기에 의탁하여 환생케 함이 옳을까 하나이다." 최판관의 진지한 언동에 감복한 염왕이 환희하여 왕랑 부처에게 고하여 이른다. "그대 부처는 이 염원을 잊지 않아야, 속히 서방에 왕생하시리다. 그대는 곧 잘 들으시오. 그대 집 북쪽에 사는 안노숙을 감히 비방하지 마시고, 이 몸을 받은 이래로, 항상 서방을 존경하면 여러 부처님과 많은 천신들이 항시 보호할 것이니, 그대는 안노숙을 늘 부모와 같이 공양하시라. 청컨대 그대는 우리들의 음신을 가져다가 안노숙에게 전달하시겠느뇨." 이말에 그 부처가 감응하고, 왕랑은 응답한다. "예, 예" 그는 통쾌한 모습이다. 이에 염왕이 인세의 안노숙을 향하여 바로 앞에 있는 듯이 절하며 이른다. "도체 평안하시오닛가. 날로 새롭고 견고하시어, 3년을 지나 3월 초하루가 되면, 서방 화주께서 자금련좌를 가지고 그대가 서방 상품 세계에 왕생토록 맞이하시리이다." 이것은 염불 묘력에 대한 실증을 다시 보여 주는 극중의 극으로 진행된다. 그것은 왕랑 부처에게 염불 신앙을 완벽하게 각인시켜 준다. 이에 왕랑 부처는 이 염왕의 음신을 전달하는 것으로 그 염원을 다시금 체달하게 된다. 그 염왕이 음신을 마치자, 곧 막이 내리는 것이다. 이로써 이 연극의 중심부가 제대로 실현된다. 이 연극의 핵심 주제와 전환·절정이 완전한 성과를 올리기 때문이다.

제4장 본문 ④·⑤에서, 막이 오르면 다시 인간세상이다. 그 ④의 왕랑의 집안에서 시작하여 ⑤의 월지국 왕궁으로 이어지는 무대다. 그러니까 1개 장의 연극이 전·후반으로 나뉘어 진행되는 것이다. 먼저 왕랑의 집안에서는 가인들이 등장하여 왕랑의 죽음을 애도하다가 이제 장사지낼 것을 결정한다. 그 이상 그의 환생을 기대할 수가 없기 때문이다. 그런데 왕랑이 환생하여 일어나니, 실로 극적 사건이 벌어진다. 모두가 경탄하고 환희하며, 궁금하여 왕랑에게 명부 사연을 묻는다. 이에 왕랑은 명부에 들어가 환생하기까지의 과정을 설화하는 모습이다. 마침내 왕랑은 그 당시의 심경·각오를 게송으로 읊는다. 그 가창은 음악·장단에 맞추어 유창·청아하게 흘러간다. 역시 그것은 가인과 인간에 주는 대사로 전개된다. "집안 가득한 처자와 재물이라도, 고통받을 때는 이 몸을 대신 못하네. 한결같이 미타를 염하여 많은 죄보를 소멸시키니, 환생하고 연명하여 진리의 길을 다시금 닦겠네." 이 가창에 모든 사람들이 감복하고, 왕랑과 함께 퇴장한다.

다음 월지국의 왕궁에서는 왕과 왕비, 궁인들이 등장하여 공주의 죽음을 애도하여 마지않는다. 그 때에 공주의 시신이 환생하여 일어난다. 송씨가 영혼의 탈을 벗고 그 공주의 몸으로 태어난 것이다. 이에 왕과 왕비가 환희・작약하여 환호성을 올린다. "공주가 살아났다." 그래서 모든 궁인이 환호 만세를 부른다. 그런데 그 공주의 정신과 언동은 모두 송씨의 것이라 아무래도 이상하게 보인다. 왕과 왕비가 심려하는 표정을 지을 때, 그 공주는 송씨의 생각과 말로 명부의 전후시말을 사실대로 고한다. 그 말은 중복을 피하여 생략될 수도 있다. 그 말에 왕과 왕비는 비애와 신괴를 절감하는 모습이 역력하다. 왕이 표정을 바꾸어 찬탄하며 왕랑을 대령하라 이른다. "여봐라. 왕랑을 불러 오너라." 왕랑이 등장하여 왕과 왕비께 아뢰어 인사하고, 공주가 된 아내를 다시 만난다. 그 몸과 모습은 공주이지만 생각과 언동은 그 아내 송씨라 친숙하다. 그러나 왕궁에서는 처녀 공주가 왕랑을 부마로 맞는 혼례를 치르게 된다. 갑자기 부마가 된 왕랑이 기쁨을 이기지 못하고, 잔치 자리에서는 정중・청아한 가창과 무용이 필수되는 것이다. 모두의 축복을 받으며 공주와 부마는 함께 본댁으로 돌아간다고 퇴장한다. 왕과 왕비, 궁인들이 환송하는 데서 막이 내린다. 이로써 이 연극은 대단원으로 마무리된 것이다. 여기서 해설자가 무대 앞에서, 이 연극의 내용을 요약하여 그 주제를 강조한다. '왕랑부처는 본댁에 돌아가 147세가 되도록 염불하며 복락을 누린 후에 돌아가 서방정토에 왕생하였노라.' 이런 점은 원대 잡극의 말미에서 '제목'과 '정명'으로, 그 내용・주제를 강조하는 점과 공통되는 것이다.

기실 연극이 4장 구조나 진행 과정, 그리고 대단원의 처리 등에서 원대 잡극과 상통하는 것은 매우 중시되는 점이라 하겠다. 여기서 작품을 「어아불사막극魚兒佛四幕劇」과 결부시킨 것은 주목할 만한 견해다.[50] 그것은 어디까지나 연극이나 희곡으로서 상호 근사성과 동질성을 거론한 것이지, 선후 간에 영향 관계를 지적한 것은 결코 아니라고 본다. 적어도 이 작품은 고려 충렬왕 30년 이전에 찬성되었고, 「어아불사막극」은 명나라 가정 40년(1561)에 태어난 담연湛然의 저술이기 때문이다.[51] 그러기에 이 작품은 원대 잡극과 교류하면서 극화·실연되었다는 전제 아래서, 그 당시에 대화극으로 실연되었다는 사실이 더욱 확실해지는 터다.

4. 「왕랑반혼전」의 희곡적 성향

1) 「왕랑반혼전」의 강창극본적 성향

전술한 대로 이 작품은 강창극으로 실연되었으므로, 그대로가 극본이 되는 것은 당연한 일이다. 따라서 전게한 바 이 작품의 원전은 강창 구조와 문체를 지닌 강창극본이라 하겠다. 기실 이 작품의 원전은 강창극으로 실연된 구비적 원형을 축약·기록한 것이기에, 일단 소설적 형

---

50   김태준, 『조선소설사』, 청진서관, 1932, 27쪽.
51   澤田瑞穗, 「散木湛然禪師事蹟」, 『佛敎と中國文學』, 國書刊行會, 1995, pp.101~105.

태를 갖추고 있는 게 사실이다. 이런 점은 마치 판소리의 창본이 강창 구조를 지니고도 소설 형태를 지향하고 있는 것과 같다고 하겠다. 그래서 이 작품은 현전하는 모습 그대로 판소리계 소설처럼 강창계 소설이라고 규정될 수도 있겠다. 그러나 일찍이 논의된 대로, 이 작품은 소설로서의 미비점을 적잖이 드러내고 있다. 그 소설의 기본적 서사구조상에서 전형적 '영웅의 일생'을 제대로 갖추지 못하였다. 이른바 주인공 왕랑이 57세에 돌출하여, 그나마 전체 사건에서 능동적이고 주동적인 언동을 하지 않으면서 수동적 주체 역할만 하기 때문이다. 그리고 이 작품은 사건 진행이나 등장인물의 언행을 표현하는 데서, 대사·대화를 중심으로 이끌어 갈 뿐, 소설적 설명·묘사에 적합한 기술이 거의 없는 실정이다. 이런 등속의 미비점으로 하여, 이 작품은 소설로서 부족한 게 분명하고, 강창극본으로서도 흡족하지 못한 게 사실이다. 다만 후술할 대화극본으로서는 이런 점이 오히려 당연하다는 것이다.[52]

실제로 이 작품은 강창극본으로서 요건을 이미 마련하고 있었다. 우선 이 작품은 불교계통으로서는 강력한 서사구조를 갖추었다. 말하자면 왕랑이 부인을 잃고 11년 만에 재회하여 흉보를 듣고 고민·참회하며 일심염불하여, 귀사들의 포박을 모면하고 예경을 받으면서, 명부에 들어가며, 죽을 고비에 염불 묘력으로 십왕의 경배를 받고, 목숨을 연장하여 공주와 부마로 환생·결연하며, 오래 복락을 누리다가 극락세계로 왕생하는 일련의 서사구조는 가위 극적 전개 과정을 보이고 있다. 이것은 일단 강창극본의 기본요건에 적합한 점이다. 그리고 이 작품은 전게한 원전대로 5단계의 장면을 이루고 있다. 그것은 마치 판소리 창

---

52 사재동, 「「왕랑반혼전」의 실상」, 앞의 책, 347~353쪽.

본에서 사건 전개의 독립적 단락을 한 판으로 만들어 놓는 것과 상통하는 점이다. 그러면서 이 작품은 그 장면마다 독자적 내용과 주제를 강조하는 장치를 해 놓았던 것이다.

그리고 이 작품은 서사 구성이나 표현·문체에서 강설과 가창을 교직시키되, 엄연히 구별·기술하였다. 따라서 위 원전에 보이는 대로, 산문 부분과 시가 부분을 시각적으로 표면화하여 청각적인 실연을 예비하고 있는 터다. 실제로 이런 작품은 산문 부분을 강설하고 시가 부분을 가창하면 그대로 강창극이 되도록 조직·기록되었기 때문이다. 이로써 작품의 강창극본적 요건은 갖추어진 셈이다. 원래 보편적이고 경제적인 강창극에서는 그 극본이 열린 형태가 되어, 매우 다양하고 폭이 넓다고 본다. 그래서 웬만한 서사 형태·소설작품에도 시가만 삽입되어 강창할 수만 있다면, 그대로가 강창극본으로 정립되는 것이라 하겠다. 이것이 원칙적이고 기본적인 강창극본의 요건이요, 나머지 부분은 실연자의 능력과 기능으로 모두 보완되겠기 때문이다. 그렇다면 불교계 내지 여타 서사문학 중에서 강창 형태를 취하고 있는 작품은 모두 강창극본의 자질·요건을 보편적으로 갖추었다고 본다. 이런 점에서, 「왕랑반혼전」은 그만한 요건만으로도 강창극본으로 성립된 것이라 하겠다.

그런데 이 작품은 현전하는 판소리 창본에 비해서는 미비점이 없지 않다. 우선 기록상에서 강설 부분과 가창 부분을 확연히 구분하는 표시가 없다는 점이다. 이것은 강창극의 실연 과정에서, 그런 표시 없이도 족히 알아서 구별한다는 관례적 약속일 수도 있고, 원래 극본에 기록된 그 표시가 정착·이기될 때에 탈락될 수도 있었다는 것이다. 하기야 판소리의 필사본이나 목판본에는 이러한 구분의 표시가 생략된 경우가 허다했던 터다. 그리고 이 작품의 가창 부분에 곡조 표시가 없다는 점이다. 원칙적으로 강창극본의 가창 부분에 곡조를 표시하는 것은 당연한 일이다. 곡조가 전문적이고 미묘한 데다 다양하여, 단순한 기억만으로는 정확히 가창하기가 어렵기 때문이다. 기실 고금의 판소리 창본에는 다양한 창사에 어떤 형태로든지 장단·곡조를 표시하고 있는 실정이다. 그런데 이 작품에서 곡조 표시의 결여는 본래 붙어 있었던 것이 정착·이기되는 과정에서 탈락되었다고 일단 간주될 수 있겠다. 한편 작품의 가창 부분 창사가 정토계의 게송이어서, 공통된 창법이 있었기에 별도로 표시할 필요가 없었던 터라고 추측해 볼 수도 있겠다. 그래서 이것은 판소리의 경우를 대비하여 보완될 점이라 하겠다.

또한 이 작품은 원대 잡극본이나 대화극본과 대비시켜 보완할 점이 있다고 본다. 전술한 대로 이 작품의 강설 부분에서 대사를 제외하면, 나머지 해설부가 너무 간략하게 기재되었다는 점이다. 그래서 이것은 마치 대화극본에서 무대·장치·소도구와 등장인물의 분장·행동만을 제시하는 지시문과 동일한 게 사실이다. 기실 강창극본의 그 해설부는 배경·무대와 등장인물들의 외모와 행동, 사건의 추이 등을 일일이 대사와 함께 섞어서 혼자의 말로써 실감 있게 설명·묘사하는 게 원칙이다. 이런 점에서는 해설부가 마치 소설의 설명·지문과 근사한 점이 있다고 하겠다. 이런 점은 판소리 창본의 아니리 중에서 대사를 뺀 설명부가 그만큼 자세한 사설로 이루어진 것으로도 실증되는 터다. 따라서 이 작품에서 해설부의 간략함은 분명히 부족한 점이라 하겠고, 출연자의 능력과 기능에 의하여 보완되어야 할 점이라 보아진다. 이 작품이 강창극본으로서 지닌 해설부의 축약은 대화극본에서는 당연한 현상이라는 것이다. 따라서 작품은 오히려 대화극본으로서 적합한 면모를 보이고 있는 터라 하겠다.

한편 이 작품은 한문으로 표기되어 강창극으로 실연할 때, 난점이 없지 않았을 것이다. 전술한 대로 이것이 향언·이어로 구연된 바에는, 원래 향찰이나 국문으로 표기되는 것이 상책이었다. 그 중에서도 강설 부분의 대사는 직접 당대의 구어로 전달해야 되었기 때문이다. 그래서 이 작품이 실제로 훈민정음 이전에 향찰로 표기되었을 가능성은 배제할 수가 없다. 그러기에 고려 대의 원전은 향찰이 원본이었던 것을 균여의 저술처럼, 간행의 편의상 한문으로 전환시킨 것이 아니었던가 싶다. 그런데도 이 작품이 강창되는 데에서 결정적인 지장은 없었을 것이다. 실연자가 한문을 해독하는 유능한 연기자일 때, 구연 능력에 의하여 현장적으로 그 난점을 어느 정도 극복할 수가 있었기 때문이다.

2) 「왕랑반혼전」의 대화극본적 성향

전술한 대로 이 작품이 대화극으로 연행되었기에, 그것이 대화극본으로 편성·정립되는 것은 당연하다. 더구나 이 작품이 강창극본으로서 정립·행세한 이상, 그것은 대화극본으로 전환·정립될 수 있는 게 사실이다. 무엇보다도 전게한 바 작품의 원전을 대사 중심으로 정리해 보면, 그것이 바로 대화극본임을 확인할 수가 있다. 이미 이 작품은 강창극본으로서 갖춘 요건을 논의하는 가운데, 그것이 대화극본으로서 구비한 요건을 거론한 결과가 되었다. 이러한 바탕 위에서, 이 작품이 지닌 대화극본의 변별적 특성을 검토해 보겠다.

첫째, 이 작품은 대화극본으로서 당연한 구조 형태를 갖추고 있다. 우선 전술한 바 이 작품을 대화극으로 실연하는 과정에서 보인 것처럼, 그것은 전체적으로 서두부에 이어 4장 구조를 가지고 있기 때문이다. 이러한 구조는 동양권 희곡의 기본적 형태로서,[53] 특히 원대 잡극본의 4절 구조와 동일하게 전개·정립되어 있다. 그 서두부는 희곡 일반의 도입적 해설을 담당하고 원대 잡극의 설자楔子와 같이 작용하였다. 이어 제1장은 원전 ①로서, 희곡의 발단 부분을 이루고 있다. 이것은 이른바 '기起'의 단계로서, 원대 잡극본의 제1절에 해당된다. 여기서는 이 희곡에 예비적 설명을 가하고, 그 사건을 유발시켰다. 제2장은 원전 ② 로서, 희곡의 상승 부분을 이루고 있다. 이것은 이른바 '승承'의 단계로서, 원대 잡극본의 제2절에 해당된다. 여기서는 희곡의 사건에 갈등과 역동성을 가하였다. 제3장은 원전 ③으로서, 희곡의 전환 부분을 이루고 있다. 이것은 이른바 '전轉'의 단계로서, 원대 잡극본의 제3절에 해당된다. 여기서는 희곡의 획기적 전환과 함께 그 절정을 이룩하였다. 제4장은 원문 ④·⑤로서, 희곡의 종결 부분을 이루고 있다. 이것은 이른바 '결結'의 단계로서, 원대 잡극본의 제4절에 해당된다.[54] 여기서는 이 희곡의 하강적 동작과 대단원을 마련하였다. 끝으로 해설자가 이 희곡의 내용·주제를 요약·강조하는 단계로서 마무리되었다. 이것은 바

---

53 고승길, 「동양연극의 전통과 미학」, 『동양연극연구』, 중앙대 출판부, 1993, 201~208쪽.
54 吉川幸次郎, 鄭淸茂 譯, 「元雜劇的 構成」, 『元雜劇硏究』, 藝文印書館, 1981, pp.206~
    222.

로 원대 잡극본의 '제목·정명'에 해당된다.

그리고 이 작품은 지시문과 대사의 양면 형태를 이루고 있다. 이것은 동·서 희곡의 보편적 구조 형태와 상통하는 점이다. 지시문에서는 무대의 명사적 제시와 등장인물의 순서, 간단한 동작 등을 표시할 뿐이다. 이 점은 본격적 희곡, 대화극본의 전형적인 공통성이라 본다. 이런 형상은 원대 잡극의 지시문과 매우 근접하여 흥미로운 바가 있다. 이런 점은 이른바 소설의 지문과는 현격한 차이를 보이는 것이고, 강창극본의 강설 부분 중 해설부와도 상당한 변별성을 보이는 바라고 하겠다. 나머지는 모두가 대사로 짜여 있어, 실로 이 작품은 대화 중심의 희곡 구조를 그대로 지닌 터라 하겠다.

여기 대화극본의 대사 형태 중에서, 매우 독특한 분야로 연극에서 가창되던 창사가 중요한 위치를 차지하는 게 원칙이다. 이러한 창사는 강창극본에서는 강설 부분과 함께 양대 구조를 이루어 온 터이고, 원대 잡극본에서도 중대한 비중을 점유하고 있기 때문이다. 그런데 이 작품의 대화극본에서는 창사가 악조 표시도 없이 대사의 일부로 포함되고 있는 실정이다. 이것은 강창극본이나 원대 잡극의 그것과 변별되는 특징이라고 일단 간주할 수밖에 없다. 그것이 비록 본래는 다양하게 삽입되었던 창사가 어떤 계기에 약화·축약된 현상이라 하더라도, 그것은 대화극본의 대사가 확대·강화되는 추세에 의한 발전적 변화라고 보아지기 때문이다.

둘째, 이 작품은 대화극본으로서 합당한 구성을 보이고 있다.[55] 먼저

---

[55] 한노단, 「희곡의 구조」, 『희곡론』, 정음사, 1973, 178~211쪽에서 '발단부, 상승부, 정점부, 하강부, 종결부'로 나누어 보았다.

무대를 제대로 제시하고 있는 것이다. 제1장의 길주 왕랑의 집, 방의 창 안팎, 제2장의 왕랑의 집안, 서벽과 마당, 제3장의 명부 시왕전, 제4장의 왕랑의 초상집과 월지국의 왕궁, 공주의 시신방 등이 차례로 설정·기재되었다. 이러한 무대가 모두 낱말식으로 간단히 제시되고 있는 게 특징적이다. 이런 것은 전술한 대로, 소설이나 강창극본과는 다른, 대화극본만의 독특한 점이기 때문이다. 기실 대화극본의 무대 지시는 이런 정도로도 족한 것이다. 이러한 무대는 동양권 극본, 특히 원대 잡극본에서도 간략히 제시되는 것만으로 만족하고 있는 실정이다. 실제로 이 대화극의 무대는 단순한 문자로 써서 붙이거나 소박한 그림으로 그려 걸어서 표시하는 경우나 무대와 관련된 대표적 소도구를 내어 놓는 경우가 대부분이었다. 그것도 아닐 때는 출연자 중의 누가 장의 무대를 말로만 설정·선언해 놓아도, 모두 무대로 상정하여 연출하고 관청하였던 터다. 그러기에 무대는 구상적이고 화려하게 설치되지 않고, 그다지 간략히 처리되는 것이 이러한 대화극의 경제적 관례요 그 극본의 효율적 관행이었던 것이다.

다음 등장인물들을 순차대로 내세우고 있는 것이다.[56] 제1장의 왕랑과 망처의 영혼, 제2장의 염불하는 왕랑과 사나운 다섯 귀사, 제3장의 시왕과 그 중의 염왕, 귀사와 판관, 모셔온 왕랑과 ㄱ 처인 송 씨, 제4장의 환생한 왕랑과 가인, 그리고 월지국 왕과 왕비, 송씨의 영혼으로 재생한 공주와 부마로 승화된 왕랑 등이 순서대로 제시되고 있다. 여기서도 그들의 행동과 성격을 구체적으로 묘사·서술하지 않고, 그저 간단히 그들의 행동 방향만을 지시하고 있는 터다. 그것도 염왕 정도가

---

56   민병욱, 「극적 인물」, 『희곡문학론』, 민지사, 1991, 81~95쪽.

행동방향을 어느만큼 잡을 뿐이지, 주인공 왕랑마저도 분위기, 극정에 맡길 뿐 그대로 방치되고 있는 실정이다. 이러한 점은 소설일 경우에는 완전한 결격이요, 강창극본일 때는 상대적으로 보완될 점이라 하겠다. 그래도 이 작품은 대화극본이므로, 이런 점이 당연한 것으로 수용되고 있는 터이다. 실제로 동양권 대화극본, 원대 잡극본에서도 이런 인물 제시와 기재는 전형화되어 있는 실정이다. 그래서 인물의 행동은 지시된 윤곽 내에서 출연자들의 창의적 연기로 활발하게 충족·전개되었던 것이다.

그리고 대화극본의 사건은 정식 절차대로 진행되고 있는 것이다.[57] 먼저 사건은 예비적 설명으로 발단된다. 왕랑이 소개되고 그 망처가 나타나 대화를 시작한다. 여기서는 주인공 내외의 등장과 함께 사건 진행의 방향과 분위기가 예시된다.

그래서 이것은 유발적 사건으로 이어진다. 송씨가 왕랑에게 그들 부부의 죄업과 명부 심판의 급박한 정보를 제공하고 살길을 일러 준다. 여기서는 사건 진행의 성격과 주된 갈등이 시작된다. 왕랑의 불안과 고통이 믿음과 참회로 이어진다. 이것은 이른바 '자극적인 힘'으로서 새로운 행동과 반응을 자극·유발하고, 새 인물의 등장을 예고한다.

그리하여 사건 진행은 상승적 동작으로 들어간다. 왕랑이 미타탱을 걸고 지성으로 염불하는 것부터가 상당한 상승이다. 이때에 명부의 귀사들이 들이 닥쳐 이를 보고 감복·예경하니, 그것이 큰 변화요 진전이다. 그래서 귀사들이 왕랑을 예우·위로하며 모셔가니, 점입가경이 된다. 귀사들이 왕랑에게 대사를 건네어 불안과 안정을 넘나들며 극정을

57　김용락, 「희곡의 구성법」, 『현대희곡론』, 한신문화사, 1986 참조.

고조시켜 나간다. 여기서 사건은 모두가 상승의 방향으로 힘을 모으며 전진한다. 그래서 사건의 추이에 따라, 이 주인공의 갈등은 점진적으로 증폭되는 것이다.

드디어 사건 진행은 정점에 이른다. 이것은 모든 행동이 집결되어 사건을 절정으로 몰고 가는 최고의 상황이다. 그것은 극한의 고조에 달하였으므로, 이제 하향할 수밖에 없는 필연적 전환점이요 선택의 갈림길이다. 왕랑이 귀사들에게 안내되어 명부에 도달했을 때, 시왕전의 삼엄한 광경과 염왕의 호통 소리는 왕랑을 경악케 하고 그의 공포와 갈등을 최고조로 밀어 붙인다. 그때 귀사들의 염불사연을 들어, 염불공덕으로 염왕의 환대와 시왕의 경배를 받고, 부부가 환생될 약속을 받는다. 이것은 사건의 극적 반전이요 최상의 전환점이 된다. 여기서는 주인공이 비극적인 방향으로 전락하느냐 희극적 방향으로 승화되느냐를 가름하는 무상의 정점이기 때문이다. 그러기에 진행의 갈등과 긴장을 동시에 해결하고 희망적인 향방으로 급전직하하는 획기적 순간이 되는 것이다.

이제는 사건이 하강적 행동으로 넘어간다. 그 진행이 확신할 수 없는 결과를 향해 내리막길을 달리는 과정이다. 염왕이 최판관을 불러 왕랑부처의 환생방법을 강구하되, 왕랑은 본신으로 돌아가고 송씨는 공주의 몸으로 바꾸어 재생하도록 결정한다. 이것은 사건의 희망적 종국을 향한 필연성을 부여한다. 여기서는 행동 자체가 긴장·갈등을 상당히 완화시키면서도 종국을 지연시켜, 극적 상황에다 새로운 흥미를 강조하게 된다. 왕랑부처가 지옥에 떨어질 운명에서, 인간환생이 확약되고 공주와 부마가 되는 영광이 확정됨으로써, 사건의 흐름은 신기성과 기대감으로 가득 차게 된다. 더구나 염왕은 인세의 염불자 안노숙에게 경배하고 음신을 왕랑편에 전한다. 이것은 마지막으로 염불공덕을 실증시키는 방편 장치가 되는 것이다.

마침내 사건 진행은 종국에 다다른다. 왕랑이 본신으로 환생하고 송씨가 공주몸으로 재생하여 다시 영귀하게 재회한다. 그것은 염왕의 약속이 모두 실증되는 장면이다. 여기서 사건, 희곡은 대단원을 이루게 된다. 이것은 행운의 종결로써, 희극의 꽃으로 피어난다. 왕랑 부처의 인도환생도 무상의 환희이거니와, 더구나 공주와 부마로서 재봉하니, 그 자체가 무량광·무량수의 극락을 누리는 것이다.

이래서 사건의 진행은 마무리되었지만, 희곡적 진행의 해설적 종결이 있게 마련이다. 희곡의 사건이 완료된 이후에, 주인공들의 후일담을 통하여 희곡 전체를 총결하는 과정이다. 왕랑 부처, 공주 부부가 집으로 돌아가 염불하며 장수하다 극락세계에 왕생하였다는 점이다. 이것이 전술한 바 원대 잡극의 '제목·정명'처럼, 희곡의 내용·주제를 요약·강조하는 터라 하겠다. 그리하여 총결적 해설은 전게한 서두부의 도입적 해설과 조응되어, 희곡적 사건 진행의 전후 액자로 작용하고 있는 것이다.

이와 같이 대화극본의 사건 진행은 적합한 절차에 따라 극적으로 정립·기록되었다. 기실 이 사건 진행은 전술한 바 희곡의 구조 형태와 결부시킬 때, 예비적 설명과 유발적 사건은 제1장에 해당되고, 상승적 동작은 제2장에, 이른바 정점과 하강적 행동은 제3장에, 그리고 종국은 제4장에 각기 소속·조화되어 있기 때문이다. 그리하여 이러한 사건 진행은 상술한 무대와 인물들의 적합한 제시와 함께, 실로 이 대화극본의 적합한 구성을 성취하게 되었던 것이다.

셋째, 이 작품은 대화극본으로서 적절한 표현·문체를 갖추고 있다.[58] 우선 그것은 전술한 대로, 지시문과 대사로 조직된 산문체다. 그런데 이 지시문보다는 대사가 절대적인 비중을 차지하고 있으므로, 그것은 대사 중심의 표현·문체라고 해야 마땅하다. 더구나 여기에는 게송이 대사격으로 삽입되어 있어, 대사의 판도를 더욱 강화하고 있는 실정이다. 그래서 이러한 대사 중심의 문체는 대화극본의 본령으로서, 그 필수 요건을 충족시킨 바라 하겠다. 원래 희곡은 대사의 문학이기 때문이다. 따라서 이 작품의 문체는 대화극본의 그것으로서 완벽한 터라고 보아진다.

여기서 이른바 지시문을 검토해 볼 필요가 있다. 그것은 대사와 관련되어 일정한 비중을 가지고 대사를 제대로 조직·운영하여 활성화하기 때문이다. 지시문은 무대설명과 등장인물의 출연 순차와 행동 등을 아주 간략히 제시하고 있다. 전술한 대로, 그것은 너무도 간단하고 규격화되어, 소설이나 강창극본의 경우와 변별되는 특징으로 당연시되었다. 여기서 이 작품의 지시문을 순서대로 나열하면 다음과 같다.

① 吉州王思机 郎年五十七 妻宋氏先亡 十一年三更時 扣窓云 郎云 (宋氏云) : 郎驚怪云 : 宋氏云 : 言訖而歸.

② 郎明旦 如其所告 念佛之時 忽見五鬼使 來入庭中 良久廻看 審諦觀察 禮彌陀佛 次拜王郎 郎驚下座拜使 使云 : 第三鬼曰 : 餘鬼曰 : 第一鬼告王郎曰 : 鬼使因偈曰 :

58　민병욱, 앞의 글, 101~115쪽; 김용락, 「희곡의 언어」, 앞의 책, 83~108쪽.

③已後到冥曹 閻王怒勅使曰：鬼使具陳所見 王下座立云：十王齊拜 王曰：

王因偈曰：王勅喚冥曹府崔判官(曰)：判官聽閻王旨 廻拜王郎夫妻 奏曰：閻王

歡喜 告曰：郎卽應諾 閻王向安老宿 拜曰：言訖.

④(王郎)還至本家 家人欲葬 還生偈曰：

⑤宋氏女到於王宮 託公主生身還生 王與夫人歡喜言：公主具陳上事 王等

悲怪 歎喚王郎 王郎則歡喜 同歸本宅 壽延一百四十七歲後 生西方也.

이와 같이, 거의 모두가 대사를 이끄는 역할을 하고 간단한 무대와 동작만을 지시할 뿐이다. 따라서 이 지시문만을 가지고는 전체의 서사 문맥이 통하지 않는다. 이것이 바로 소설의 지문이나 강창극본 강설 부분의 해설부와 현격히 다른 점이다. 이런 정도의 지시문이라면 소설 의 지문으로서 성립·행세하기가 어렵고, 강창극본의 해설부로서도 미비점이 아닐 수 없다. 그래서 이것은 오히려 대화극본으로서는 적합 한 전형이요 관행이라 하겠다. 만약 이 지시문이 보다 구체화되어, 그 자체로서 이 사건의 줄거리가 얽어진다면, 그것은 대사의 독자성과 기 능을 침해함으로써, 이미 지시문이 될 수 없기 때문이다. 따라서 지시 문의 정도와 상황을 기준하여 대화극본과 강창극본 내지 소설을 구분 할 수도 있으리라 본다. 그만큼 대사 중심의 문체는 이 작품을 대화극 본으로 성립·실연케 하는 주체적 역할을 하고 있는 것이었다. 여기서 지시문과 대사를 조화시킨 전형적 대사 문체를 ③에서 들어, 번역·조 정하여 보겠다.

염왕(칙사에게 노하여)：급히 잡아오라 하였더니, 왜 이리 늦었는고.

귀사(본 바를 자세히 이른다) : 대사 생략

염왕(계상에서 내려와 서서) : 잘 오셨도다 왕랑이시어, 속히 속히 계상으로 오르소서.

시왕(일제히 절한다)

염왕 : 그대의 부처는 일찍이 안노숙의 염불을 비방하고 집과 땅을 다투었으니 우선 그대의 처 송씨를 가두고 마땅히 그대를 문초하여 지옥에 떨어뜨리고자, 극악한 귀사를 부렸는데, 귀사들의 본 바를 들으니, 그대가 마음을 고쳐 참회하고 염불을 하셨다고 하니, 무슨 죄가 있겠소이까.

염왕(게송을 읊고 이어 말한다) : 서방의 주인 아미타불께서는 이 사바와 인연이 각별히 깊으시니 만약 사람이 한결같이 염불하면 사나운 명부 사자도 항복받기 어려우리. 그대 부처를 방면하여 인간으로 환생시키되, 남은 수명 30년에 60세를 더하니, 삼가 정진하고 미타불을 염하면 저 서방에 속히 왕생하시리다. 우리들 시왕도 그대가 그리로 돌아갈 때, 오직 금련좌를 받들고 그대를 위로하여 보내리이다. 그대 처는 목숨을 마친지 오래되어, 피부와 뼈가 이미 흩어져 버렸도다.

염왕(명부의 최판관을 불러) : 왕랑이 미타도량을 벌이어 놓고 항상 염불하였으니, 이전에 범한 한없는 범죄는 이미 흩어져 없어졌도다. 오직 염불한 공덕으로, 그 부처는 함께 인간에 환생하여 늙도록 동거히면서 엄불게 하였는데, 송씨는 피부와 뼈가 흩어져 버렸으니, 그 혼을 어디에다 붙일꼬.

판관(염왕의 교지를 듣고 돌아서서 왕랑 부처에게 절하고 염왕에게) : 월지국 공주가 명한이 21세로 지금 여기에 와 있고, 야마천에 갈 업보가 이미 진행되어, 이 공주가 그 하늘에 왕생케 되었으니, 그 몸이 완전하게 있으므로 송씨의 혼을 여기에 의탁하여 환생케 함이 옳을까 하나이다.

이러한 정도의 대화 문체라면, 그대로가 대화극본의 그것이라 하겠다. 이로써 이 작품은 대화극본의 문체를 제대로 갖춘 희곡이라고 규정되어 마땅할 것이다. 그리하여 이 작품은 대화극본일 때만, 비교적 완벽한 희곡으로 정립·행세하였던 것이다. 그리고 이 작품은 대화극본 희곡일 때만 그 문학적 진가와 기능을 그만큼 발휘했던 것이라 하겠다.

이 작품이 대화극본으로 희곡의 역할을 다 할 때, 대사는 당시의 향언·이어였을 것은 물론이다. 그 극본이 승·속 신중이나 서민 대중을 상대로 실연될 때 생동하는 향언·이어를 사용하지 않고는 불가능하였기 때문이다. 그러기에 대사를 기록하여 대화극본으로 정립시킬 때, 그것이 향찰로 표기되는 게 상책이었던 것이다. 전술한 바 강창극본의 경우도 향언·이어를 향찰로 표기해야 되었지만, 부득이 한문으로 기록되었더라도, 실연자 한 사람의 독해력과 언변·기능으로 하여 어느 정도 극복할 수 있었으리라 본다. 그러나 대화극본의 대사는 등장인물들이 현장에서 주고받는 생동감을 확보해야 되기에, 그것이 말하는 대로, 소리 나는 대로 기재되어야 그 기능을 제대로 발휘하게 되었던 터다. 그러므로 국자가 없었던 고려시대만 하더라도, 그것은 향찰로 표기되는 게 당연하고 필연적인 일이었다. 이왕 이 작품이 대화극본으로 활용될 바에는, 그것이 한문으로 표기되었다면, 그것은 이미 희곡의 모습을 상실한 터이고, 출연자들도 이를 극복하여 극본으로 활용하기가 어려웠을 것이다. 그러기에 이 작품은 극본·희곡으로서 원래 향찰로 표기되었던 것이라 추정된다.

그러던 것이 이 극본을 간행할 때, 편의를 위해서 복잡·다양한 향찰로 표기된 원본을 한역하였던 게 아닌가 싶다. 그러기에 전게한 한문 원전에 가끔 세련되지 않은 문장과 함께 향찰식 어순·어법을 탈피하지 못한 어귀가 보이는 것도 결코 우연한 일이 아니라고 본다. 그리고 불교계 지식층에서 중국 희곡의 일부처럼, 읽는 희곡으로 활용키 위하여 원본이 한역됨으로써, 현전하는 모습을 갖추게 되었으리라고도 추정된다. 그래서 이 작품은 후대적으로 점차 소설처럼 읽히고 인식되어, 전게한 바 희곡적 원제를 벗어나 「왕랑반혼전」으로 개명되었을 가능성이 짙다고 하겠다. 따라서 이 작품의 원본은 향찰로 표기되어 극본·희곡으로서 유통·연행되는 한편, 후대적으로 한역되어 소설처럼 행세·유전되었던 것이라 하겠다.[59]

5. 결론

최근에 발굴·정리된 고려본 「왕랑반혼전」을 전거로 하여, 원전의 유통상황을 바탕으로 이 작품의 연행 양상과 희곡적 성향을 고찰하여 보았다. 지금까지 논의해 온 것을 요약하면 다음과 같다.

①이 작품의 고려본 원전은 그 시대에 상응하여 유전되는 바 최고·최선의 실태를 보존하고 있다. 이 원전은 정리·복원하는 전문적 작업 과정에서, 몇 구절 수정·이동된 바가 있는데, 이런 원전이면 가능한 한 그대로 두고 연구한다는 원칙 아래, 원상으로 복구되었다. 그리고

---

59 한노단, 「희곡과 소설」, 앞의 책, 76~88쪽.

이 작품은 당시 불교사회와 대중 사이에서 한문이나 향찰로 표기되어 활발하게 유통되었으니, 충렬왕 이전부터 고려 말기까지 유전되었고, 훈민정음 이후부터는 국문으로 표기되어 여러 형태의 문헌에 수록되어 널리·오래 전파·보급되었다. 그리고 이 작품은 구비로 유통되어 강창 형태나 강담 양식으로 전파되었으니, 그것이 연극으로 연행되었는가 하면, 설화 유형을 타고 전승되었던 것이다.

②이 작품은 정토신앙·염불보권의 기반 위에서 연극으로 실연되었다. 그것은 인도의 불교연극에서 연원하고, 중국의 불교연극과도 상통·교류한 것이었다. 이러한 배경과 환위 속에서, 이 작품은 일단 한·중의 속강에 바탕을 둔 강창극으로 실연되어 고려 중·후기를 거쳐 조선조까지 연결되었다. 나아가 이 작품은 보다 전문화·입체화되어 대화극으로 연행되어, 원대 잡극과 동질적인 양상을 보였으니, 그 강창극과 관련하여 적어도 고려 중·후기까지 유전되었고, 조선조에 이르러 축약·위축되었던 것이다.

③이 작품은 극화·실연의 전거와 극본으로서, 희곡으로 정립·행세하였다. 먼저 이 작품이 강력한 서사구조를 가지고 강설 부분과 가창 부분을 조화시킴으로써, 강창극본으로 성립되어 희곡으로 유전되었다. 그것은 일인 전역의 연창 형태로서 중국 변문계의 화본과 동질적이어서 화본소설과 함께 강창소설로도 인정·유전되었던 것이다. 이러한 강창극본의 형태는 역대 불교계 서사문학에 얼마든지 존재하여 연행을 전제로 희곡의 역할과 기능을 다하였던 것이다. 나아가 이 작품은 대화극으로 실연된 것을 전제로, 그 극본·희곡으로 정립·유전되었다. 이 대화극본은 강력한 서사구조에다 4장의 희곡 양식을 갖

추어 원대 잡극본의 그것과 공통되는 터였다. 나아가 극본은 배경·인물 등의 간략한 제시와 사건 진행의 희곡적 과정을 겪어 희곡의 면모를 갖추고 지시문과 대사로만 표현됨으로써, 본격적인 희곡으로 편성·유통되었던 것이다.

④ 이러한 연행 양상과 희곡적 성향을 중심으로 계속 유통·전승됨으로써, 이 작품은 국문학사상에 중요한 역할을 하였다. 먼저 이 작품 속에 삽입된 게송 시가가 당시 시가의 전개에서 소중한 역할을 했을 것이다. 이 작품이 대사 중심으로 향찰을 통하여 기록되었으리라는 점과 3수의 게송이 정격 근체시를 벗어나 있다는 점을 감안하면, 고려 후기까지 전승된 향찰 표기 시가들과 결코 무관하지 않다는 것이다. 그리고 작품이 당시나 후대에 강창소설로 인식·유통되면서 적어도 고려 중·후기 소설의 전개와 깊은 관련을 맺어 왔을 것이다. 더구나 향찰로 표기되었다는 전제 아래, 적어도 그 시대에 상응하여 국어소설의 역사를 소급시키는 전거가 되리라 본다. 나아가 작품은 강창극본이나 대화극본으로 정립·행세하여 고려 이래의 희곡사에서 중요한 위치를 차지하였던 것이다.[60] 적어도 고전시대의 연극은 존재하였으나 그 극본·희곡은 인정되지 않는다는 지금에, 고전희곡이 고려 중·후기, 아니 그 이전부터 형성·유전되었다는 증거가 되기 때문이다. 이와 같은 하나의 작품은 결코 고립되어 대두·소멸되는 것이 아니고, 각 장르의 문학이 오랜 역사 위에 성장·유통되는 기반 위에서, 빙산의 일각으로 솟아 오른 것이므로, 이 작품의 문학사적 위상이 더욱 중시·규명되어야 할 것이다.

---

60 사재동, 「한국 희곡사 연구서설」, 『어문연구』 18·19, 어문연구학회, 1988·1989 참조.

참고문헌

자료

『석가여래십지수행기』(강전섭 소장), 덕주사, 1660.

각안, 『동사열전』, 정문사, 1982.

강우방 외, 『한국감로탱』, 예경, 1995.

권상로, 『한국사찰전서』, 동국대출판부, 1979.

권성산, 『부모은중가』, 법성사, 1998.

김부식, 김종권 역, 『삼국사기』, 선진문화사, 1960.

김석기, 『부여의 전설집』, 화산출판사, 1989.

김원룡 외, 『무령왕릉발굴보고서』, 문화재관리국, 1974.

김태곤, 『한국무가집』, 원광대 민속학연구소, 1971.

김태곤, 『한국의 무속신화』, 집문당, 1985.

柳田聖山, 『六祖壇經諸本集成』, 中文出版社, 1976.

박세민 편, 『한국불교의례자료총서』, 삼성암, 1993.

潘重規, 『敦煌變文集新書』, 中國文化大學 中文研究所, 1983.

徐建華 外, 『中國佛話』, 上海文藝出版社, 1994.

서대석 외, 『안성무가』, 집문당, 1989.

성현 외, 이혜구 역, 『악학궤범』, 국립국악원, 2000.

심상현, 『영산재』, 국립문화재연구소, 2003.

안진호 편, 『석문의범』, 범륜사, 1982.

오고산 외, 『도해팔상록』, 보련각, 1978.

오수창 해제, 『원행을묘정리의궤』, 서울대 규장각, 1994.

이기선·안장현, 『지옥도』, 대원사, 1993.

이지관 교역, 『역대고승비문』, 가산불교문화연구원, 1993.

장상철 편, 『주해 융보요집』, 실상사, 1978.

정인지 외, 김종권 역, 『고려사』, 범조사, 1963.
최길성, 『한국무속지』, 아세아문화사, 1992.
최치원, 이우성 교역, 『사산비명』, 아세아문화사, 1996.
탄허 현도, 『大方廣佛華嚴經』, 나가원, 2011.
한국불교전서편찬회, 『한국불교전서』 5책, 동국대학교 출판부, 1983.
허웅 외, 『주해월인천강지곡』 상, 신구문화사, 1962.
허흥식, 『한국금석전문』, 아세아문화사, 1983.
홍윤식, 『영산재』, 문화재관리국, 1987.
황정 외교주, 전홍철 외역주, 『돈황변문교주』, 소명출판, 2015.

논저

경일남, 「고려조 강창문학 연구」, 충남대 박사논문, 1989.
고승길, 『동양연극 연구』, 중앙대 출판부, 1993.
고유섭, 『조선 탑파의 연구』, 을유문화사, 1954.
국어국문학회, 『수필문학 연구』, 정음문화사, 1976.
김갑순, 『희곡론』, 이화여대 출판부, 1986.
김광순, 『한국 고전소설사와 논』, 새문사, 1990.
김동욱 외, 『한국소설사』, 현대문학사, 1990.
김동욱, 『한국가요의 연구』, 을유문화사, 1961.
김두종, 『한국 고인쇄 기술사』, 탐구당, 1974.
김성배, 『한국 불교가요의 연구』, 아세아문화사, 1983.
김승호, 『한국 승전문학의 연구』, 민족사, 1992.
김열규 외, 『한국사상의 원천』, 양영각, 1973.
김열규, 『한국민속과 문학연구』, 일조각, 1971.
김영주, 『조선시대 불화연구』, 지식산업사, 1980.
김영태, 『백제 불교사상 연구』, 동국대 출판부, 1985.
김용덕, 『한국전기 문학론』, 민족문화사, 1987.
김용락, 『현대희곡론』, 한신문화사, 1986.
김응기, 『영산재연구』, 운주사, 1999.
김재철, 『조선연극사』, 학예사, 1939.
김진세 편, 『한국 고전소설 작품론』, 집문당, 1990.

김진영,『불교 담론과 고전서사』, 보고사, 2012.

김태곤,『한국의 무속신화』, 집문당, 1985.

______,『황천무가 연구』, 창우사, 1966.

김태준,『조선소설사』, 청진서관, 1939.

김형우,「고려시대 국가적 불교행사에 대한 연구」, 동국대 박사논문, 1992

김흥우,『불교 전통의례와 그 연극·연희화의 방안연구』, 엠애드, 1999.

민병수,『한국한문학개론』, 태학사, 1996.

민병욱,『희곡문학론』, 민지사, 1991.

박광수,「『팔상명힝녹』의 계통과 문학적 실상」, 충남대 박사논문, 1997.

박병동,「『석가여래십지수행기』 연구」, 충남대 박사논문, 1998

박성식,「한국무가의 희곡적 연구」, 충남대 박사논문, 1991.

박희병,『한국 고전인물전 연구』, 한길사, 1992.

배도식,『한국민속의 현장』, 집문당, 1993.

사재동 외,『실크로드문화와 한국문화』, 충남대학 인문과학연구소, 1997.

________,『한국 서사문학사의 연구』, 중앙문화사, 1995.

________,『한국 희곡문학사의 연구』, 중앙인문사, 2000.

______,『불교계 국문소설의 연구』, 중앙문화사, 1994.

______,『불교계 국문소설의 형성 과정 연구』, 아세아문화사, 1977.

______,『불교계 서사문학의 연구』, 중앙문화사, 1996.

______,『월인석보의 불교문화학적 연구』, 중앙인문사, 2006.

______,『한국 고전소설의 실상과 전개』, 중앙인문사, 2006.

______,『한국공연 예술의 희곡적 전개』, 중앙인문사, 2006.

______,『한국문학 유통사의 연구』, 중앙인문사, 1999.

______,『훈민정음의 창제와 실용』, 역락, 2014.

서대석,『한국 서사무가의 연구』, 서울대 출판부, 1980.

서연호,『한국 근대희곡사 연구』, 고려대 민족문화연구소, 1984.

소재영,『임진란과 문학의식』, 한국연구원, 1980.

손수남,『한국무도사』, 금광출판사, 1989.

안계현,『한국불교사상사 연구』, 동국대 출판사, 1983.

안확,『조선문학사』, 한일서관, 1922.

여증동 외,『고려시대의 가요문학』, 새문사, 1986.

오대혁,「원효설화의 구조와 의미」, 동국대 박사논문, 1996.

유민영, 『한국 현대희곡사』, 기린원, 1988.

유영대 외, 『고소설사의 제문제』, 집문당, 1993.

유탁일, 『완판 방각소설의 문헌학적 연구』, 학문사, 1981.

______, 『한국문헌학 연구』, 아세아문화사, 1990.

이광래 외, 『현대희곡론』, 이우출판사, 1986.

이동근, 『조선 후기 '傳' 문학 연구』, 태학사, 1991.

이두현, 『한국연극사』, 민중서관, 1973.

이재만, 『한국 고전문학의 사상적 연구』, 등용출판사, 1976.

이재선, 『한국 단편소설 연구』, 일조각, 1975.

이종찬, 『한국의 선시』, 이우출판사, 1985.

이지관, 『한국 불교문화사상사』, 가산불교문화연구원, 1992.

이혜구, 『한국음악연구』, 국민음악연구회, 1957.

인권환, 『고려시대 불교시의 연구』, 고려대 민족문화연구소, 1983.

장덕순, 『한국 설화문학 연구』, 박이정, 1995.

______, 『한국 수필문학사』, 새문사, 1985.

장사훈, 『한국 전통무용 연구』, 일지사, 1986.

장한기, 『한국연극사』, 동국대학교 출판부, 1986.

장휘옥, 『해동고승전 연구』, 민족사, 1991.

전신재, 「판소리의 연극성에 관한 연구」, 성균관대 박사논문, 1989.

전인평 외, 『동양음악』, 삼호출판사, 1983.

정성본 외, 『육조단경의 세계』, 대한전통불교연구원, 1989.

정주동, 『고대소설론』, 형설출판사, 1983.

조동일 외, 『삼국유사 연구』, 영남대 출판부, 1983.

______, 『탈춤의 역사와 원리』, 홍성사, 1989.

______, 『한국문학통사』, 지식산업사, 1982.

조윤제, 『한국문학사』, 탐구당, 1984.

최상수, 『한국 인형극의 연구』, 성문각, 1988.

최승범, 『한국 수필문학 연구』, 정음사, 1980.

최혜진, 『동초제 고향임 춘향가』, 인문과교양, 2016.

최홍섭, 「『삼국유사』 고승별전의 연구」, 충남대 석사논문, 1990.

카스터 다니엘 A, 『무속극과 부조리극』, 서강대 출판부, 1986.

한노단, 『희곡론』, 정음사, 1973.

한만영,『불교음악 연구』, 서울대 출판부, 1981.

현용준,『무속신화와 문헌신화』, 집문당, 1992.

______,『제주도 무속 연구』, 집문당, 1986.

홍윤식 외,『불교민속학의 세계』, 집문당, 1996.

______,『한국불화의 연구』, 원광대 출판부, 1993.

황인덕,「불교계 한국민담의 연구」, 충남대 박사논문, 1988.

황패강,『신라 불교설화 연구』, 일지사, 1975.

岸辺成雄, 송방송 역,『고대 실크로드의 음악』, 삼호출판사, 1992.

외서

高琦華,『中國戱台』, 浙江人民出版社, 1996.

金維若,『中國美術史論叢』, 明文書局, 1984.

譚帆,『優伶史』, 上海文藝出版社, 1995.

羅宗濤,『敦煌講經變文硏究』, 文史哲出版社, 1972.

呂鍾寬,『台灣的道敎儀式與音樂』, 學藝出版社, 1994.

路應昆,『中國戱曲與社會諸色』, 吉林敎育出版社, 1992.

劉禎,『中國民間目連文化』, 巴蜀書社, 1997.

閔定慶,『優伶人格』, 長江文藝出版社, 1996.

白文化 外,『敦煌變文論文錄』, 明文書局, 1985.

傅曉香,『戱曲理論史述要』, 文化藝術出版社, 1994.

史梅岑,『中國印刷發展史』, 商務印書館, 1977.

上原昭一,『日本の美術』, 至文堂, 1968.

徐訏,『小說彙要』, 正中書局, 1974.

蕭與華,『中國音樂史』, 文津出版社, 1995.

小川貫一,『佛敎文化史硏究』, 永田文昌堂, 1973.

孫崇濤 外,『中國優伶史』, 文化藝術出版社, 1995.

孫楷第,『俗講說話與白話小說』, 河洛圖書出版社, 1978.

施議對,『詞與音樂關係硏究』, 中國社會科學出版社, 1989.

深浦正文,『佛敎文學槪論』, 永田文昌堂, 1970.

岩本裕,『目連傳說と盂蘭盆』, 法藏館, 1968.

葉德均,『宋元明講唱文學』, 河洛圖書出版社, 1978.

藝能史硏究會,『日本藝能史』, 法政大 出版局, 1988.

王克芬 外,『佛敎藝術』, 天津人民出版社, 1995.

王安祈,『明代傳奇之劇場及其藝術』, 學生書局, 1986.

姚姬傳,『古文辭類纂』, 華正書局, 1978.

任伴塘,『唐戲弄』, 漢京文化公司, 1985.

張庚 外,『名家論名劇』, 首都師範大學 出版社, 1999.

張舜徽,『中國文獻學』, 木鐸出版社, 1983.

赤松智城 外,『朝鮮巫俗의 硏究』, 東文選, 1991.

田仲一成,『中國演劇史』, 東京大 出版會, 1998.

________,『中國的宗族與戲劇』, 上海古籍出版社, 1992.

________,『中國祭祀演劇硏究』, 東京大 東洋文化硏究所, 1981.

鄭傳寅,『傳統文化與古典劇曲』, 湖北敎育出版社, 1990.

______,『中國戲曲文化槪論』, 志一出版社, 1995.

鄭郁卿,『高僧傳硏究』, 文津出版社, 1987.

周育德,『中國戲曲文化』, 中國友誼出版公司, 1996.

周貽白,『中國劇場史』, 長安出版社, 1976.

朱恒夫,『目連戲硏究』, 南京大 出版社, 1993.

中鉢雅量,『中國の祭祀と文學』, 創文社, 1986.

志寸有弘,『往生傳硏究序說』, 櫻風社, 1976.

陳萬鼐,『中國古劇樂曲之硏究』, 重山學術文化基金會, 1978.

陳榮富,『宗敎禮儀與古代藝術』, 江西高校出版社, 1994.

陳淸香,『佛經變相美術創作之硏究』, 中華叢書編審査委員, 1977.

陳抱成,『中國的戲曲文化』, 中國戲戲劇出版社, 1995.

蔡正華,『中國文藝思潮』, 淸流出版社, 1976.

澤田瑞穗,『寶卷の硏究』, 國書刊行會, 1965.

________,『地獄變』, 法藏館, 1976.

八目澤元,『明代作家論』, 中新書局, 1977.

胡光舟,『吳承恩與西遊記』, 木鐸出版社, 1933.

胡忌 主編,『戲史辨』, 中國戲劇出版社, 1999.

胡適,『白話文學史』, 啓明書局, 1957.

黃克保,『戲曲表演硏究』, 中國戲劇出版社, 1992.

작품명